Oliver Bär

QELEN

Fantasy

Bibliografische Information der Deutschen Nationalbibliothek
Die Deutsche Nationalbibliothek verzeichnet diese Publikation
in der Deutschen Nationalbibliografie, detaillierte bibliografische
Daten sind im Internet über http://dnb.dnb.de abrufbar

© 2017 Oliver Bär
Herstellung und Verlag
BoD – Books on Demand, Norderstedt

ISBN 9783743134058

ERSTER TEIL

1.

Creeping Death - Metallica

Ylvi erwachte von einem seltsamen Gefühl. Ein seltsames Gefühl? fragte sie sich selbst, so wie wenn man aus einem Traum aufwacht, und die Intensität des eben Erlebten noch spürt, aber eigentlich nicht mehr weiß, was man geträumt hat.
Ein seltsames Gefühl. Bedrohlich. Warum?
Es ist jemand im Raum.
Die meisten Menschen haben einen Instinkt für so etwas. Allerdings kann dieses Gefühl der Bedrohung auch von etwas anderem ausgelöst werden: ein ungewohntes Geräusch von außen vielleicht.
Sie lauschte.
Außer dem allgegenwärtigen monotonen Rauschen war nichts zu hören. Die Glühsteine an der Decke verbreiteten ihr fahlgelbes Licht im Zimmer.
Oder sollte ...? Sie drehte sich herum und tastete über die zerschlissene Bettdecke neben ihr. Nein!
Natürlich nicht. Der Freier war längst gegangen. Sie hatte ihn sogar zur Tür begleitet, weil er sie großzügig entlohnt hatte, und die Tür der Wohnung hinter ihm zugesperrt. Schön, sie hatten beide einiges an Geoph[1] getrunken, und dann sogar ein Geoph-Stäbchen geraucht, bevor er sie beschlafen hatte, aber so benebelt war sie nicht gewesen, dass sie sich das nur eingebildet hatte.

---

[1] Geoph = eingekochter Extrakt aus den abgeworfenen Schildplättchen des Kleines Erdwurms mit berauschender Wirkung

Nein! Der Kerl war weg. Warum hatte sie also auch jetzt noch das unbestimmte Gefühl, dass sie nicht alleine in ihrer Behausung war?

Sie stand auf und legte ihr rechtes Ohr an die Mauer. Aber außer dem leisen, fast nicht wahrnehmbarem Vibrieren des Steins war da nichts. Und in dieser Zone hatte es schon seit Langem keinen Geonogon[1] mehr gegeben. Die Mauern waren zu dick und im Erdreich weitverzweigt. Das waren eben die Vorteile, wenn man es als Hataii[2] so weit gebracht hatte, dass man nicht mehr auf die Orkards[3] angewiesen war: Man konnte in eine besser befestigte Zone ziehen.

Trotzdem: Irgend jemand war im Raum. Hatte sie die Türe vielleicht nicht richtig abgesperrt?

Die Tür war zu. Sie drehte den Schlüssel zwei Mal hin und her und rüttelte zur Probe an der Klinke. Nein. Unmöglich, dass jemand eingedrungen war, ohne Krach zu machen.

Ylvi lehnte sich mit dem Rücken an die Wand und atmete einmal tief durch. Nach ihrer Schätzung - die durch den Geoph-Genuss natürlich etwas unpräzise ausfiel - müssten es noch etwa zwei Sseg[4)] bis zur Hellphase sein.

Sicher hatte sie nur schlecht geträumt.

Am besten, sie ging wieder zu Bett und versuchte, noch drei oder vier Sseg zu schlafen. Mutter Thiria würde ihr spätestens um fünf Hellsseg den nächsten Freier schicken. Und bis dahin musste sie nicht nur wach sein, sondern auch in der Lage, gute Laune zu verbreiten und den Kunden in jeder Beziehung zu unterhalten.

In jeder Beziehung! Und das hieß, als Hataii der höheren Kategorie, sich nicht nur hinzulegen und die Beine breit zu

---

1 Geonogon = großer Erdwurm
2 Hataii = Hure
3 Orkard = Slumbewohner/Asozialer
4 Sseg entspricht Stunde = 1/12 Hellphase = 72 min

machen, sondern dem "Gast" auch "den Geist zu streicheln", wie Mutter Thiria so schön sagte. Was beinhaltete, so zu tun, als ob man ihm wirklich beiliegen wollte, sich in die Rolle hineinzufinden, die er am liebsten bei einer Frau sieht - sei es als Dienstmagd, Sklavin, Herrin oder sogar Mutter - ,und ihm das Gefühl zu geben, *er* sei der Verführte.

Im Gegensatz zu den relativ preiswerten Diensten der gewöhnlichen Orkard-Hataii, die zwanzig Mal am Tag beschlafen wurden und dabei gerade so viel verdienten, um sich ihre kümmerliche Höhle, die sie Behausung nannten, leisten zu können, verdiente sie, Ylvi, relativ viel. Es war eben alles eine Frage des Einfühlungsvermögens.

"Es ist eben eine Frage des Einfühlungsvermögens!", sagte sie laut, schüttelte den Kopf, um die unangenehmen Gedanken zu verscheuchen, und ging zurück zur Schlafkammer.
"Das ist richtig!", erklang eine Stimme neben ihr. "Und ich hoffe, dass du genug Einfühlungsvermögen hast, das zu genießen, was wir beide jetzt tun werden!"
Der Schreck lähmte sie einen Moment, und danach war es zu spät, eine Bewegung der Abwehr zu machen. Eine kräftige Faust packte sie an der Kehle, dass ihr einen Moment lang schwarz vor Augen wurde, und warf sie auf das Bett.
Ein schwerer Körper wälzte sich auf sie, und sie spürte, wie ihr kurzes Nachtkleid nach oben geschoben wurde.
Sie schloss die Augen und machte sich auf den Schmerz bereit, denn sie wusste, was jetzt kommen würde. Es war nicht das erste Mal, dass sie vergewaltigt wurde. In kurzer Zeit würde alles vorbei sein, und sie würde die Männer noch mehr hassen, als sie es jetzt schon tat. Ein verzweifelter, vergeblicher Hass. Männer kontrollierten die ganze Gesellschaft. Wenn sie wenigstens eine Geschlechtskrankheit hätte! Dann würde sie der Kerl, der jetzt auf ihr herumrutschte, auch bekommen.

Eine Hand fingerte an ihren Brüsten herum, und sie wunderte sich, dass der Mann nicht grob und derb zupackte, sondern zart und fast schüchtern ihre Brustwarzen betastete.

Trotzdem: Wenn sie sich von dem einäugigen Iphram anstecken ließe, und dann ihre Dienste in Zukunft billig oder umsonst feilböte, dann könnte sie ein- oder zweihundert Männer anstecken, bevor die Sache herauskäme. Welch exquisite Rache!

Und wie fatal für sie selbst! Wenn einer der Freier sie anzeigte, dann würde sie auf der Streckbank enden.

Diese Gedanken gingen Ylvi durch den Kopf, während sie fast gleichmütig blieb, als der Mann sich auf ihr krümmte.

Er hat noch nicht einmal seine Hose ausgezogen! dachte sie. Aber jetzt ...

Es waren ihre letzten bewussten Gedanken. Das, was schließlich doch in sie eindrang, war kein männliches Geschlechtsorgan, sondern eine zwanzig Zentimeter lange Messerklinge, die, die rhythmischen Bewegungen des Geschlechtsakts unbeholfen nachvollziehend, ihren Unterleib bis zum Brustbein zerteilte.

Ylvi schrie, aber die kräftige Hand über ihrem Mund erstickte jeden Laut.

Als die Gedärme auf beiden Seiten des Schnitts hervorquollen, schrie der Mörder seine Lust laut hinaus.

Aber die dicken Wände verschluckten alles.

2.

Good Morning - Blackfoot

Trelain wachte mit Kopfschmerzen auf, und diesmal war es noch schlimmer als in den vergangenen Wochen. In seinem ganzen Leben hatte er nie unter Kopfschmerzen zu leiden gehabt, und jetzt das: Seit sicher drei Fünfwochen peinigte ihn dieser bohrende Schmerz in seinem Kopf. Nein, Kopf war falsch, mitten im Hirn wäre besser ausgedrückt.

Es war, als ob ein Außenstehender Zugang zum Zentrum seines Geistes erzwingen wollte - und das mit Gewalt. Und jedes Mal, wenn er erwachte, dann hatte er Durst, gewaltigen Durst.

Der Zustand, durstig aufzuwachen, war ihm an sich nichts Neues. Immer, wenn er mit Drew losgezogen war und dann zwangsläufig seine Vorsätze vergessen hatte, dann ging es ihm am nächsten Tag so. Geoph in Wasser gelöst, das ging ja noch, aber Geoph-Stäbchen ... Drew schien das Zeug eher zu vertragen.

Die letzten Wochen, die er mit Drew - oder manchmal auch mit Irmin - verbracht hatte, sie waren, wenn er jetzt so versuchte, sich zu erinnern - eine einzige Abfolge von Räuschen, Exzessen und geophbedingtem Tiefschlaf gewesen.

Und warum war er jetzt eigentlich aufgestanden, obwohl ihm gar nicht danach war?

Irgend etwas sollte er heute tun. Irgend etwas, zu dem er überhaupt keine Lust hatte, das aber sein musste.

Die Hinrichtung Kolars, genau!

Fluch über die ganze Milizbehörde!

Trelain trat vor den Spiegel und sah sich selbst mit einem gewissen Widerwillen an. Wenn es stimmte, dass das polierte

Metall ein Fenster in die jenseitige Welt war, in der die Geister der Verstorbenen hausten und jeden Gedanken der Lebenden kannten, dann müssten sie in diesem Moment seine Gedanken gar nicht lesen, um über ihn Bescheid zu wissen, sondern nur sein Gesicht ansehen.

Ein Greis sah ihnen entgegen, ein Greis allerdings im jugendlichen Alter, dem die dichten schwarzen (im Augenblick fettig verklebten) Haare in wirren Strähnen ins Gesicht fielen und bis zum Kinn herunterhingen. Der schmale Mund zeigte links eine freundliche Annäherungsbereitschaft an eine breite Narbe, die auf der linken Wange ihr zwar auffälliges, aber einsames Dasein fristete. Und deshalb mangels gesellschaftlich gleichstehenden Umgangs dem Mundwinkel wahrscheinlich zwecks einer zukünftigen Liaison zustrebte. Die augenblicklich einzig evidente Folge dieser ersten zarten Kontaktaufnahme war die Tatsache, dass Trelain ständig ein schiefes Grinsen in seinem Antlitz zur Schau trug.

Ihm selbst hätte dies herzlich wenig bedeutet, war er doch der ehrlichen Meinung, dass so ziemlich alles, was in dieser erbarmungswürdig misslungenen Welt geschah, nichts anderes als ein schiefes Grinsen verdient hatte. Doch leider kann der missgelauntesten Menschenhasser nicht in Frieden seinen Aversionen nachhängen, wenn er ab und zu gezwungen ist oder wird, mit anderen Vertretern seiner Art zu kommunizieren. Speziell mit jenen, die sich einbilden, gesellschaftlich darüber zu stehen (über was auch immer - hier bekommt der Begriff "überstehend" seine eigentliche Bedeutung).

Trelain jedenfalls verfügte über die bemerkenswerte Eigenschaft, das (unbeabsichtigte) sarkastische Grinsen, das seiner Physiognomie innewohnte, durch seine verbalen Äußerungen noch zu verstärken, auf jeden Fall aber zu untermauern. Eine rhetomorphe Rückkopplung sozusagen.

Als es an der Tür klopfte, unterbrach er die Betrachtung seiner tief eingefressenen Augenringe und des Fünftagesbartes, wischte die Haarsträhnen aus dem Gesicht und schlurfte zur Tür.

Began stand draußen. Rang Leutnant. Trat nervös von einem Fuß auf den anderen. Das alles registrierte Trelain unwillkürlich. Warum nervös? Klar - weil er mich abholen soll.

Dem armen Kerl war seine Aufgabe dermaßen unangenehm, dass Trelain gar nicht anders konnte, als ihm die ganze Sache noch mehr zu vermiesen. Er wusste aus eigener Erfahrung, dass Verständnis und Einfühlungsvermögen in einer solchen Situation genau der falsche Weg waren. Nein, man musste dem "Leidenden" eine solche Unverschämtheit vorsetzen, dass alle latenten Aggressionen plötzlich freigesetzt wurden. Gefühle wie Peinlichkeit oder Scham entpuppten sich dann schlagartig als das, was sie in Wirklichkeit waren: gesellschaftlich aufgedrängte Ruhigstellungs-Mechanismen, die sofort ihre Wirkung verlieren, wenn man an der richtigen Stelle bohrt.

"Und was willst du?", fragte er. "Ich wollte nicht gestört werden!"

"Ihr ... du wolltest ... du solltest ...", stotterte Began herum, und Trelain lachte innerlich. Er kniff die Augen zusammen, und der andere verlor zusehends seine militärische Haltung. Natürlich wusste Trelain, dass er mit dem Leutnant per Du war, und das schon seit geraumer Zeit, aber dieser machte es wie jeder gescheite Untergebene: ein Du-Angebot eines Vorgesetzten dankend annehmen, mit Vorsicht handhaben und im Falle schlechter Laune desselben lieber vergessen.

Diese, zugegebenermaßen, vernünftige Überlegung der niedrigeren Chargen im Falle einer angebotenen Fraternisierung bot dem bösartigen Vorgesetzten natürlich vielfältige Möglichkeiten, die einfache sadistische Lust am ungerechten Bestrafen entweder mit simpler Insubordination ("Du" sagen), oder mit nicht erwiderter Vertraulichkeit (Nicht -"Du"-sagen) zu begründen - je nach Sachlage.

Trelain kannte diese Mechanismen der militärischen Hierarchie zur Genüge. Das Grundprinzip war einfach: Lass den Untergebenen im Unklaren, was gut und was schlecht für ihn ist - dann weiß er nie, was er tun soll, und als Vorgesetzter ist man immer im Recht!

Während all dies Trelain durch den Kopf ging, stammelte Began weiter: "Ich sollte dir doch nur sagen, dass ..."
" ... dass ich gefälligst aufstehen und mitkommen sollte, nicht wahr? Es war klar, dass jemand kommt. Gut, dass du es bist!"
Der Leutnant entspannte sich mit einem von Herzen kommenden Schnaufen, als er die versöhnlichen Worte vernahm: "Ich dachte nur, dass du vielleicht" (das "Du" fiel ihm immer noch schwer) "irgendwie nicht so recht ... also ich wusste nicht ..."
"Jetzt lass das Geschwätz! Ich weiß, dass es von mir erwartet wird. Auch wenn mir das missfällt."
"Warum eigentlich? Es war dein Erfolg. Du solltest die Gelegenheit nutzen, um ..."
"Um was? Nemeb[1], im Ernst, mich kotzt das an! Und ich habe den Dienst genau aus diesem Grund quittiert. Ich habe meine Aufgabe erfüllt, aber ich hasse es, was diese Herren von dort oben daraus machen. Ich hasse es wirklich!"
Trelain hatte unwillkürlich lauter gesprochen, und als Antithese senkte Began seine Stimme: "Sei bloß vorsichtig, was du sagst! Du weißt, was ich meine ..."
"Ach was!"
"Wink nicht so leichtfertig ab! Und rasier dich! Und bring dich wenigstens äußerlich einigermaßen in Ordnung! Du siehst aus, als hättest du in der letzten Zeit in einem Orkard-Viertel gelebt!"

---

[1] Nemeb = Nein (Ay = Ja)

Trelain schnaufte ob dieser ehrlich gemeinten Worte amüsiert durch die Nase, aber Began ließ sich nicht irritieren: "Du wirst erwartet - von allerhöchster Stelle! Auch wenn du deinen Dienst quittiert hast, du kannst nicht einfach von allem nichts mehr wissen wollen!"
Trelain verzog das Gesicht: "Aber so ist es! Scheiß auf die 'allerhöchsten' Stellen. Diese Blassts[1] können es nur nicht vertragen, wenn sie ein Schauspiel veranstalten, und jemand zeigt ganz einfach Desinteresse."
"Mag sein, dass das der einzige Grund ist, aber du könntest dir sehr schaden, wenn du sie einfach ignorierst, selbst als ehemaliger Major der Miliz. Es heißt, dass sogar Bischof Polikides anwesend sein wird."
Die Grimasse, die Trelain zog, zeigte deutlich, was er von dem Erwähnten hielt. "Sieh an: Der Bischof, Großmeister der Pursuition[2], wagt sich in höchsteigener Person aus seinem heiligen Refugium im Deusemtan[3] heraus - um einer Hinrichtung beizuwohnen?! Das ist mehr als seltsam!"
Began beugte sich vor und senkte wiederum die Stimme zu einem Flüstern: "Man munkelt, dass sein Interesse einer ganz anderen Angelegenheit gilt."
"Man munkelt?", lachte Trelain, während er das Wehrgehänge, das er in der Dunkelphase achtlos auf den Boden geworfen hatte, aufnahm und umschnallte. "Wie ich diese Heimlichtuerei schätze! Wirklich! Nur keine Namen nennen! Die Pursuition hat ihre Ohren überall, nicht wahr, und selbst auf

---

1 Blasst = altsprachlicher Ausdruck für den Anus (verschämterweise benutzen Trelains Zeitgenossen für drastische Schimpfworte lieber Ausdrücke aus der Alten Sprache, obwohl nur ganz wenige Gelehrte die Alte Sprache verstehen. Daran sieht man, was an einer Sprache wirklich wichtig ist und nicht vergessen wird ...)
2 Pursuition = kirchliche Behörde zur Verfolgung und Bestrafung religiöser Vergehen (zufällige Ähnlichkeiten mit den Praktiken einer ähnlichen Institution einer gewissen Glaubensgemeinschaft sind durchaus beabsichtigt)
3 Deusemtan = Residenz der Kirche in den Zweiundniveaus

dem Abtritt könnte einer von ihnen in der Schüssel sitzen, oder?"

Der andere wusste nicht recht, was er sagen sollte. Das gedankliche Bild eines Lauschers in der Abtrittschüssel reizte ihn zum Lachen, aber er beherrschte sich und schüttelte nur missbilligend den Kopf.

"Ich werde dir sagen, warum Polikides, dieser Auswurf eines Geonogon, an dieser Hinrichtung Interesse zeigt: Er sieht einfach gerne bei so etwas zu! Das ist der Grund! Und da die Sache ausnahmsweise einmal nicht im Deusemtan stattfindet, weil ich den Kerl geschnappt habe und nicht die Pursuition, muss er sich wohl aus seinem Niveau herausbegeben."

Began schüttelte nochmals den Kopf. "Ich fürchte, dass du dich täuschst! Es heisst, dass sein Interesse *dir* gilt!"

Jetzt war Trelain ehrlich verblüfft. "Was? Mir? Ich hatte mit dem Smat[1]kerl bis jetzt fast noch nie etwas zu tun, der Erde sei Dank, und jedesmal, wenn ... Nun, ich hatte nicht den Eindruck, als würde er mich sonderlich mögen, eher im Gegenteil!"

Sein Gegenüber seufzte dramatisch und sah ihm zu, wie er die breite Gürtelschnalle schloss. "Das ist mit allen höhergestellten Persönlichkeiten der Fall, die mit dir zu tun haben. Musst du eigentlich unbedingt den Degen zu einem offiziellen Anlass tragen? Ein Duseck würde es doch auch tun!"

Began meinte damit den kurzen dünnen Zierdegen, den die Adligen und die Reichen, jedenfalls diejenigen, die sich eine Leibwache leisten konnten, an der Seite trugen, um wenigstens den Eindruck zu erwecken, als ob sie mit einer Waffe umgehen konnten.

Trelain spuckte aus, wobei es ihm egal zu sein schien, dass er sich in seiner eigenen Wohnung befand. "Nemeb!", brummte er. "Soll ich vielleicht auch noch eine weiße Along-

---

[1] Smat = (menschliches) Exkrement

Perücke aufsetzen? Ich gehe ohne vernünftige Waffen nicht aus der Tür, und wenn ich sie ziehe, dann nicht, um bei irgendeinem minderbemittelten Humum[1] Eindruck zu schinden, sondern um Blut zu sehen."

"Das ist bekannt, Major!", bestätigte Began ernst. Er hatte aus den sogenannten "sicheren Quellen" auch gehört, dass Trelain immer ein zusätzliches langes Messer in einer Lederscheide am rechten Unterarm trug, das er im Kampf zusätzlich zu seinem Degen einsetzte, eine "Maingosh". Diese Technik des Fechtens war früher angeblich weitverbreitet gewesen, heutzutage beherrschen sie nur noch wenige.

Er wurde von dem Major aus seinen Überlegungen gerissen: "Na los dann! Ich will natürlich nicht, dass Kolar mit seiner Exekution nicht zufrieden ist, wenn ich nicht zugegen bin!"

---

1 Humum = Dummkopf/Trottel/Depp (nach einem sprichwörtlichen Dummkopf aus der Legende, entsprechend dem Seppel aus dem Kasperletheater)

3.

Hallowed be thy Name - Iron Maiden

Man hatte den Ort der "Veranstaltung" bewusst so gewählt, dass eine Masse Volk anwesend und des Schauspiels teilhaftig werden konnte. Ganz im Sinne der von von der Regierung und den Militärbehörden vertretenen Maxime: Strafen müssen abschreckend wirken. General Casnoff, der damals stellvertretender General der Miliz war, hatte ihm, Trelain, einmal erklärt:
"Sehen Sie, Hauptmann, die meisten Menschen, die ein Verbrechen begehen, führen ein elendes Dasein. Sie hausen in den Clerchen- oder in den Orkard-Niveaus und sind zeit ihres erbärmlichen Lebens von Dreck, Krankheiten und den anderen Vertretern ihrer lebensunwerten Gattung umgeben.

So einen Menschen", er betonte das Wort absichtlich, "einfach vom Leben zum Tode zu expedieren, beinhaltet keinen Lerneffekt für die anderen. Nein, mein Lieber, wer in so unangenehmen Verhältnissen lebt, der misst der eigenen Existenz natürlich nicht so viel Bedeutung bei. Der Tod schreckt nicht ab, Sie verstehen. Also muss man dafür sorgen, dass er es doch tut! Ein alter Spruch sagt zwar, dass der Tod umsonst zu haben ist, aber wir sorgen dafür, dass selbst die Beendigung des Daseins erkämpft werden muss. Schließlich erblickt man ja auch das Licht dieser Welt unter Schmerzen - wenn auch nicht unter den eigenen! Haha!"
Er hatte gelacht, und seit damals war Trelain von der Selbsteinschätzung befreit, ein Zyniker zu sein.

Inzwischen war der Hauptmann zum Major aufgestiegen, und er hatte mehrfach das "Vergnügen" gehabt, an von Casnoff ausgerichteten Inszenierungen schmerzhaften Ablebens teilzunehmen.

Und da dessen dramaturgische Fähigkeiten offenbar bei höchsten Stellen Anklang fanden, war Casnoff ebenfalls avanciert, und zwar zum Präfekten der Miliz im Range eines Generals.

Er winkte Trelain huldvoll, aber betont gleichgültig mit der Linken zu, als dieser die kleine Galerie betrat, die für wichtige Persönlichkeiten reserviert war. Der Major grinste: Wenn der General sich ihm gegenüber derart desinteressiert zeigte, dann war tatsächlich etwas im Gange. Bei der Abneigung, die Casnoff gegen ihn hegte (und die von Herzen erwidert wurde), hätte er zumindest einen bösen Blick oder einige unfreundliche Worte erwarten können. Dass dem nicht so war, gab wirklich zu denken.
Es wurde Trelain gestattet, nicht nur auf der Galerie zu bleiben, sondern auch seine Waffen zu behalten. Ein besonderer Gunstbeweis des Generals, der das dankende Nicken des Majors durch Nichtbeachtung beantwortete.

Trelain machte es sich bequem und ließ seinen Blick über das Areal wandern. Sicherlich acht- oder neunhundert Menschen hatten in dem riesigen Raum Platz, der früher vermutlich einmal Theateraufführungen gedient hatte, wie die leicht ansteigende Anordnung der Sitzplätze im Halbkreis um die Bühne bewies.
Als Trelain das Wort "Bühne" durch den Kopf ging, lachte er einmal halblaut vor sich hin, was den beiden Gardesoldaten, die sich links und rechts von ihm postiert hatten, ein missbilligendes Stirnrunzeln entlockte.
Er achtete nicht weiter darauf, denn das Schauspiel begann.
Der Conférencier, ein als Harlekin kostümierter Kleinwüchsiger mit einer Narrenkappe auf dem Kopf, betrat die Bühne, und schlagartig verstummte das Raunen und Flüstern des Publikums.

Der Kasper ging bedächtigen Schrittes zweimal auf der Bühne auf und ab, wobei er wild mit den Augen rollte und Grimassen schnitt, die wohl dramatisch wirken sollten, um das Auditorium auf das Folgende entsprechend aufmerksam zu stimmen.

Währenddessen hatte Trelain Gelegenheit, sich über die Funktion des riesigen Stahlkastens auf der Bühne, und der Spiegel, die in allen möglichen Positionen über diesem montiert waren, zu wundern. Ihm schwante nichts Gutes.

Schließlich wurde unter donnerndem Applaus das eigentliche Subjekt des Interesses auf die Bühne geführt: Kolar der Drogenhändler. Der groß gewachsene kräftige Mann wehrte sich nicht gegen die Milizsoldaten, die ihn an beiden Armen gepackt hielten, aber er schrie irgend etwas ins Publikum, wobei kleine Speicheltropfen von seinen Lippen spritzten, wie Trelain im Gegenlicht der hellen Scheinwerfer sehen konnte. Und jetzt, nachdem alle auf der Bühne verteilten Lampen eingeschaltet waren, erkannte er auch, welchem Zweck der Kasten und die Spiegel dienten.

Kolar schien das ebenso zu sehen, denn er bäumte sich in seinen Ketten, die Hände und Füße verbanden, aber noch genügend Bewegungsspielraum ließen, auf und brüllte dem Narren etwas entgegen, was dieser mit einem Lachen erwiderte. Beides ging natürlich in dem spontan aufbrausenden Beifallssturm des Publikums unter, sodass man kein Wort verstehen konnte.

Der Milizsoldat hinter ihm tippte Trelain spontan auf die Schulter und nickte ihm augenzwinkernd zu, als die beiden kräftigen Wachen Kolar über die Wand des Stahlkastens hievten und hineinwarfen.

Etwa eineinhalb Ssegs später war die Sache vorbei. Die Hunderttausende von Geonvirs in dem Bottich hatten von Kolar, dem Drogenhändler, nur das Skelett übriggelassen.

Über die oberhalb schräg angebrachten Spiegel hatte das Publikum jede Einzelheit der Hinrichtung mitbekommen (bis auf die auf den schlechten Plätzen, die ihre Phantasie etwas anstrengen mussten, um sich die Details auszumalen):

Der Geonvir, der Kleine Erdwurm, ist ein vollkommen friedliches Tier, plump und passiv, braun und etwa dreißig Zentimeter lang, nur hat er leider immer Hunger. Er gräbt sich durch alles, bis auf massiven Fels und Metall, und schafft es, mineralische und halborganische Substanzen in Nahrung umzuwandeln. Etwas rein Organisches ist ihm deshalb ein besonderer Leckerbissen.

Kolar bemühte sich ungefähr eine halbe Sseg lang, sich die tausend zubeißenden Geonvirs vom Leibe zu halten, was ihm ganz gut gelang, trotz der Ketten, die ihn behinderten. Seine Versuche, über die hohe Umrandung des Bottichs zu steigen, scheiterten natürlich. Dann ließ seine Kraft nach, und eins ums andere Mal fiel er von der glatten Wand in die zuckende, wimmelnde Masse aus fressgierigen Würmern hinab. Und zehn-, zwölfmal tauchte er, zunehmend blutverschmiert, wieder auf, wischte die Geonvirs, die sich festgesaugt hatten, von seinen Schulter und der Brust herunter und versuchte, den Rand des Stahlbottichs zu erreichen.

Schreiend schaffte er es, sich den Ring von seinem mittlerweile halb abgenagten rechten Fuß zu streifen und mit der so gewonnenen Bewegungsfreiheit wie wild auf die Würmer einzutreten, bis er vor Erschöpfung in die Knie brach.

Das letzte Bild, das Trelain sich noch ansah, war ein über und über mit Geonvirs bedeckter Körper, der langsam in einem lebenden Sumpf aus braunem Gewürm einsank und aufgefressen wurde. Die finalen gurgelnden Laute Kolars, während sich die ersten Geonvirs durch seine Wangen ins Gesicht fraßen, weil er keine Hände mehr zum Abwehren hatte, gingen in dem tosenden Beifall der Menge unter.

Der Harlekin schwenkte theatralisch mit seinen Armen und ergriff das Wort, als die Ovationen so weit abgeebbt waren, dass man sich wieder verständigen konnte:

"Hört, ihr Bürger! So geschieht Gerechtigkeit im Erdreich! Ihr habt es gesehen! Achtet die Gesetze! Achtet die Gesetze!"

Er verbeugte sich tief und fügte lächelnd hinzu: "Die Regierung hofft, dass Euch die Veranstaltung gefallen hat, und würde sich freuen, Euch demnächst wieder hier zu begrüßen. Ich wünsche einen guten Nachhauseweg und darf mich mit einem herzlichen 'Glückauf!' verabschieden!"

Als das Volk aus der Arena nach Hause drängte, blieb Trelain bewusst sitzen. Er wusste, dass noch irgend etwas kommen würde. Und er hatte sich nicht getäuscht.

"Hauptmann Trelain, würdet Ihr bitte mit mit kommen!", ertönte eine Stimme hinter ihm.

"Major Trelain!", berichtete er, noch bevor er sich umdrehte.

"Major ...", begann die Stimme leicht indigniert erneut, aber er wartete den Rest nicht ab, sondern wandte sich um und fasste den Sprecher ins Auge. Ein untersetzter glatzköpfiger Mann (was man nur an seiner verrutschten Along-Perücke sehen konnte) mit den Insignien eines Majors auf den Schultern. Trelain kannte den Kerl nicht.

"Bevor Ihr weitersprecht, Verehrtester", stellte Trelain fest, "solltet Ihr zwei Tatsachen wissen: Erstens: Ich bin aus der Miliz ausgeschieden und somit keiner Befehlsgewalt mehr unterworfen. Und zweitens: Wenn doch, dann bin ich Major, so wie Ihr. Ich würde also empfehlen, so oder so Euren Ton anzupassen!"

"Ja-aa!", gab der andere zu. "Verzeiht! Es ist nur so, dass ich Befehl habe, Euch zu ... äh ..."

An dieser Stelle geriet er ins Stocken, und Trelain konnte sich ein abfälliges Grinsen nicht verkneifen: "... dass Ihr Befehl habt, mir zu befehlen, mit Euch zu kommen, nicht wahr?"

"Sozusagen ... Major!"

"Und wenn ich das nicht tue, was dann?"

"Dann ... ", begann der andere, aber die Begeisterung hielt nicht lange an, als er Trelains Augen sah.

"Eine Vorführung mit Waffengewalt, Major?"

"Doch ... Nein ... Ich ..." Der Glatzköpfige wusste offenbar nicht, was er mit seiner rechten Hand anfangen sollte, denn er fingerte abwechselnd damit an dem Griff seines Degens, an seiner Nase und seiner Perücke herum. "Ihr ... Ich hatte gehofft, dass Ihr mir keine Schwierigkeiten macht, Sir!"

"Nun, diese Absicht hatte ich auch nicht!", lenkte Trelain ein. "Eigentlich wollte ich nur wissen, wer mich eigentlich so höflich zu sich bestellt - und warum!"

Der andere nahm die Hand sichtlich erleichtert vom Griff seines Degens: "Ersteres kann ich Euch sagen, Major!

"Und Zweiteres leider nicht! Das war mir klar! Also: Wer ist so verdammt begierig auf meine Person?"

"Ihr werdet es nicht glauben: Es ist der Kanzler persönlich!"

Trelain lachte: "Ay, das glaube ich sogar!"

4.

The idyllic Place of Innocence - Elbereth

'Der Kanzler persönlich!' Diese Worte gingen Trelain nicht aus dem Kopf, während er mit dem Major, der sich immer noch nicht vorgestellt hatte, die Innenbezirke verließ. Die Regierungsniveaus waren nicht allzu weit entfernt, aber es hätte natürlich dem offiziellen Charakter des Auftrages widersprochen, nicht den Ascator[1] zu benutzen.
Und so ließ sich Trelain, inspiriert durch seines Begleiters Schweigen, einiges durch den Kopf gehen (was dem Schreiberling eine willkommene Gelegenheit bietet, von der eigentlichen Handlung abzuschweifen, um auf einige andere wichtige Tatsachen einzugehen, zum Beispiel auf eine Erklärung des eigentümlichen zylinderförmigen Zustands der Welt):

Es mag aufgefallen sein, dass von "Niveaus" die Rede war. Dies rührt daher, dass Trelains Welt (und er kennt keine andere) übereinandergestapelt ist wie hundert Unterlegscheiben auf einem langen Bolzen.
Natürlich gibt es keinen Bolzen, sondern das zentrale Element ist ein riesiger Schacht im Gestein von ungefähr vier Kilometern Durchmesser, um den sich die ringförmigen Niveaus gruppieren. Der Außendurchmesser der einzelnen Ringe variiert, da man (wer, das weiß man nicht) die Wohn- und Arbeitsbezirke und die sie verbindenden Stollen unterschiedlich weit in den umgebenden Fels vorgetrieben hat.
Die ganze "Stadt" Subgäa besteht aus hundert Niveaus, die einfach von oben nach unten durchnummeriert sind und jeweils in Zehnereinheiten klassifiziert werden. Die Dreiundniveaus zum Beispiel (Stockwerke 31 bis 40) stellen das

---
[1] Ascator = Aufzug, Fahrstuhl

Regierungsviertel dar, auch *Kremanwar* genannt, in dem sich die zivile und die Militär- und Milizverwaltung befindet, das Königsstockwerk und die Ministerien; sowie die Wohnsitze der Minister und hohen Staatsbeamten (natürlich auch die meisten Kasernen).

Trelain selbst wohnt auf Niveau 59 in einer sogenannten *Prowen*-Zone, einem Viertel nicht gerade für die Hochgestellten, aber doch Begüterten, hart an der Grenze zu den nächsten *Clerchen*-Niveaus. Die Clerchen stellen die Arbeiterschaft dar, eine Klasse, die eminent wichtig für den Reichtum der Reichen ist, und Trelain hatte seinen Hauptwohnsitz bewusst dort so gewählt, da es erfahrungsgemäß in Arbeitervierteln ein interessanteres Dunkelphasenleben gab als in den Bezirken der Reichen. (Auch dort gab es Vergnügungen, die im Dunkeln besser gediehen, aber als Milizoffizier der mitteloberen Kategorie war Trelain froh, sich ebenda wenigstens die Wohnung leisten zu können.)

Weiter unten waren die Orkard-Niveaus, die "Wohn"viertel der Unter- und Unprivilegierten, wir Zivilisierten würden sie Slums nennen, Höhlen in diesem Falle im reinen Sinn des Wortes, in denen die Wasser-, Quanz[1]- und Nahrungsversorgung nicht immer so funktionierte, wie es sein sollte, dafür jedoch die Miete extrem erschwinglich war - nämlich umsonst. Kleine Unannehmlichkeiten wie schlechte Entlüftung, regelmäßige Kanalrohrbrüche (und die damit verbundene Überschwemmung ganzer Stollen mit Dingen, die man besser unerwähnt lässt, und die dadurch hervorgerufene weitere Verschlechterung der Luft) nahmen die Orkards gerne in Kauf, um die Annehmlichkeiten ihres Daseins zu genießen: Für Unterhaltung sorgten die zyklisch stattfindenden Kleinkriege ganzer Viertel gegeneinander um die wenigen erträglichen Wohnräume sowie die Tatsache, dass man sich fleißig

---

1 Quanz = Energie

vermehren *musste*, um die hohe Kindersterblichkeit auszugleichen. Dass ihnen das trotz aller widrigen Umstände bestens gelang, zeigte ihre hohe Anzahl.
Apropos: Bei einer durchschnittlichen Ringfläche von 12 bis 15 Quadratkilometern und hundert Niveaus im Abstand von jeweils zirka hundert Metern ergibt sich (rein rechnerisch, und die Bevölkerungsdichte einer europäischen Kleinstadt vorausgesetzt) eine stattliche Population von fünf Millionen Menschen.
Das stimmt natürlich nicht, da einige Niveaus wahrlich keinen fünfzigtausend Menschen eine Heimstatt bieten können, aber wie in anderen zivilisierten Welten rechnet man auch hier gerne mit theoretischen Zahlen herum. In der Praxis hat es sich gezeigt, dass jeder Versuch einer Zählung der in der Stadt lebenden Menschen so aussichtslos ist wie ... ja, wie das Unterfangen, die Einwohnerschaft eines Termitenhügels abzuzählen. Vorsichtige Schätzungen bewegen sich zwischen einer und zwei Millionen.

Der Ascator blieb auf der kurzen Strecke nur zweimal für einen Moment stecken, und ruckelte mehrmals bedrohlich, wobei das Licht flackerte, aber das war Trelain gewöhnt. In den relativ häufig verteilten Ascatoren zwischen den Zwei- und- den Fünfundniveaus passierte es auch nur selten, dass sie wirklich einmal steckenblieben, und wenn, dann konnte man mit dem Alarmknopf Hilfe herbeirufen. Eine vernünftige Einrichtung, denn sobald in der Verwaltungszentrale im darüber liegenden Niveau (sofern es eine gab) die Glocken läuteten, machte sich sofort (wobei die präzise Festlegung des Wortes "sofort" in diesem Fall zwischen "später" und dem spanischen "mañana" schwankte) Hilfe auf den Weg. In aller Regel erreichte der Rettungstrupp den bedauernswerten Eingeschlossenen aber noch, bevor er verhungert war, und rief ihm von oben Mut und gute Ratschläge, sich die Zeit zu vertreiben, zu, bis der Geist des Ascators - die Technik - ein Einsehen hatte, und sich selbst in Ordnung brachte.

In den Niveaus von 60 abwärts war die Fortbewegung mit dem Ascator allerdings wirklich ein riskantes Spiel auf Leben und Tod. Hier geschah es öfters, dass das Einsehen der Technik eben zu spät kam, und irgend jemand furchtbar erschrak, weil ihm aus der sich mühsam und quietschend öffnenden Tür der Kabine ein ziemlich abstoßender Geruch entgegen strömte, verbunden mit dem Anblick einer oder mehrerer halb verwester Leichen, die schließlich wie sämtliche Dahingeschiedenen den Weg alles Irdischen nahmen - den Zentralschacht.

(Es versteht sich, dass der Beruf des Leichenentsorgers - nicht etwa Totengräber genannt - im Gegensatz zu uns zivilisierten Menschen nicht besonders angesehen war. Er musste ja nicht im Schweiße seines Angesichts graben, sondern sich nur eine Stelle suchen, wo der Zentralschacht nicht verglast oder vergittert war, und seine traurige Last der Schwerkraft überlassen, die das Weitere besorgte. Auch wenn das jetzt für unsere Ohren pietätlos klingt, man erspart sich manche Probleme, zum Beispiel Grabpflege, Friedhofsverwaltung und den unvermeidlichen Ärger, wenn Grabstellen aufgelöst werden sollen.)

5.

Save us - Helloween

Trelains Befürchtung trat ein: Es war nicht nur der Kanzler, der ihn sprechen wollte.
Der Weg durch die prachtvoll herausgeputzten Gänge des vierunddreißigsten Niveaus - der Residenz des Kanzlers - erschien ihm wie damals, als er ihn schon einmal gegangen war, wie ein Gang durch eine Märchenwelt:
Hier gab es - jedenfalls in den Hauptgängen - keinen nackten Stein und keine blank liegenden Metallrohre wie in den unteren Niveaus. Jedes freie Fleckchen war in gediegenen hellen Farben gestrichen, manchmal sogar künstlerisch gestaltet. Und selbst auf dem Boden zu laufen, bereitete hier Vergnügen. Der gegossene Stein, wie er sonst allerorten zu finden war, war hier mit einem stoff- oder filzähnlichen Belag bedeckt, der die Trittgeräusche und die dadurch zwangsläufigen Endlosechos fast vollständig verschluckte.
Wenn man einen Moment stehen blieb, dann konnte man wirklich, trotz der geschäftig umherwieselnden Bediensteten, nichts anderes hören als das alle zwanzig oder dreißig Ssigs[1] auftretende Rauschen und Gurgeln der unter den Wänden verborgenen Wasser- und Abflussrohre.

Kanzler Lysander war ein imponierender Mann: groß gewachsen, mit einem scharf geschnittenen Gesicht, das intelligente Wachsamkeit ausstrahlte. Der Spitzbart als Verlängerung seiner schmalen Nase verlieh ihm das rechte Maß an Listigkeit, ohne schon wieder allzu durchtrieben zu wirken.
Er war in weite wallende farbige Gewänder gekleidet, die seine Gestalt vollständig verbargen, aber Trelain hatte wie

---
1 Ssig = entspricht Sekunde

beim letzten Mal das untrügliche Gefühl, dass dieser Mann sicherlich nicht derartig körperlich verweichlicht war wie meisten anderen Vertreter des Hochadels von Subgäa. Es fehlten einfach die typischen Anzeichen exzessiven Lebenswandels, wie sie anderen sozusagen wirklich ins Gesicht geschrieben und gegraben waren.

Der andere Gast des Kanzlers hätte hierfür Modellbeispiel sein können: Bischof Polikides.

Der oberste Herr der Behörde zur Überwachung der Ethischen Reinheit stellte sowohl als Institution als auch als Mensch genau das dar, was Trelain zutiefst verabscheute:

Ein fetter Wichtigtuer in seinem blassroten Ornat - Zeichen des Religionsdieners - sah ihm aus gelbgeränderten tiefliegenden Augen abweisend entgegen, und kratzte sich geistesabweisend an seiner schwammigen Backe. Eine Schicht hautfarbener Schminke hatte an eben dieser Stelle wohl nach den Tages Müh' und Plag' ihren Dienst quittiert und sich unter den langen Fingernägeln des Kirchenfürsten zur Nachtruhe gebettet. Dabei hatte sie ihren eigentlichen Auftrag zur Gänze vergessen und enthüllte ihres Benutzers im übertragenen Sinne sakrosanktes Antlitz auf geradezu schamlose Weise: Mehrere obszön vorstehende Pickel - lieblich in eine kraterartige Landschaft aus Schorf, geröteter Haut und Narben eingebettet - zogen Trelains Blick geradezu magnetisch an und reizten ihn zu einem Grinsen.

Der Bischof zog es vor, diesen Blick nicht registriert zu haben, und wandte sich dem Kanzler zu, wobei er etwas flüsterte, das Trelain nicht verstand.

"Seid willkommen, Herr ... Major, nicht wahr?", ergriff der Kanzler schließlich das Wort. "Nehmt Platz, bitte!"

Trelain nickte nur und setzte sich auf einen bequemen Stuhl, den ihm ein Bediensteter mehr oder weniger unterschob. Er wäre lieber stehengeblieben, aber Lysander hatte eine ruhige

Art zu sprechen an sich, die Trelains leichten Ärger über die ganze obskure Weise seiner Herbeizitierung momentan dämpfte. Er war neugierig geworden.
"Ich danke, Exzellenz! Dürfte ich ..."
Der andere lächelte: "Ihr dürft, Major. Ich kann mir vorstellen, dass es Euch etwas inkommodiert hat, Euch zu mir zu bemühen. Um so mehr dürft Ihr meiner Dankbarkeit versichert sein!"
Der Bischof räusperte sich vernehmlich, und Lysander verzog das Gesicht für den Bruchteil einer Sekunde.
Trelains ganzer Ärger verdunstete von einem Moment auf den anderen. Sein Geist begann zu arbeiten.

Die beiden waren sich nicht einig!

Der Kanzler warf dem anderen einen - jedenfalls für Trelain - undeutbaren Blick zu, worauf dieser gar nicht erst versuchte, etwas zu sagen, sondern sich den kosmetischen Verunstaltungen seines Gesichtes vermehrt zuwandte.
"Ich verstehe, Exzellenz!", meinte Trelain zweideutig, und an dem leichten Zucken des Mundwinkels des Kanzlers vermeinte er, eine Sympathieäußerung zu erkennen.
Aber das konnte auch ein Irrtum sein. Und bis jetzt wusste er nicht, um was es ging. Eines jedenfalls war ihm klar: Er musste höllisch vorsichtig sein. Irgend jemand, vielleicht einer dieser beiden Männer, vielleicht beide, vielleicht auch jemand ganz anderer, versuchte, ihn in eine Sache hineinzuziehen, die mehr als delikat war. Sonst würden nicht die beiden zweithöchsten Würdenträger der Stadt jetzt vor ihm sitzen.
Equart[1]!

Lysander, der offenbar die Absicht hatte, weiterhin das Wort zu führen, mass ihn mit seinen Blicken:

---
1 Equart! = Verdammt!

"Ihr könnt Euch den Grund unseres ... unseres Zusammentreffens nicht vorstellen, Major?"

Trelain war leicht irritiert, aber auf der Hut: "Nemeb! Wenn es sich um eine Angelegenheit der Miliz handelt, dann ... äh ..."

Der Kanzler winkte ab.

"Ay! Ich bin mir der Tatsache durchaus bewusst, dass Ihr den Dienst quittiert habt, Major Trelain!"

"Darf ich, bei allem Respekt, aus der besonderen Betonung der beiden Worte 'Major Trelain' schließen, dass Ihr meine Demission nachträglich nicht akzeptiert?"

Lysander überlegte sich seine Antwort einen Moment lang und tippte dabei mit den Fingerspitzen auf die Lehne seine Stuhles.

"Ay, ich habe mir sagen lassen, dass Ihr ein widerspenstiger Mensch seid. Hm. Es wäre jetzt wirklich ... hm ... wie soll ich sagen? ... nicht zweckdienlich, Euch darauf hinzuweisen, mit wem Ihr es hier zu tun habt."

"Darf ich das als Drohung auffassen, Mylord?"

In diesem Augenblick meldete sich der Bischof zum ersten Mal zu Wort: "Vielleicht solltet Ihr das, Major! Wenn ..."

Der Kanzler verzog missmutig das Gesicht: "Bitte, Eminenz! Es war mir daran gelegen, gerade jetzt ein gütliches Einvernehmen herzustellen!"

"Na schön, bitte!"

Trelain war noch mehr irritiert. Aber bevor er etwas sagen konnte, sprach Lysander weiter: "Es ist so, und dann werdet Ihr verstehen, warum ich gerade mit Euch dieses Gespräch führe, dass ich", er verzögerte das Wort "ich", "Euch um Eure Mithilfe bitten möchte!"

Obwohl ihm schon ein Grinsen auf den Lippen lag, unterließ es Trelain: "Ihr bittet mich um meine Mithilfe? Wie darf ich das verstehen, Mylord?"

"Nun", begann der Kanzler, der offenbar froh war, den heikelsten Punkt des Gesprächs hinter sich gebracht zu haben, "dann lasst Euch erklären:
Ihr sollt einen Mörder suchen!"

6.

Get in the Ring - Guns n' Roses

"Wir benötigen Eure speziellen Fähigkeiten, um ... hm ... zur Aufklärung einiger Mordtaten, Major Trelain."
"Einiger Mordtaten? Ich verstehe nicht recht, Mylord. Die Miliz hat ständig mit dergleichen zu tun, und ..."
Der Kanzler unterbrach ihn: "Ich weiß, ich weiß! Es ist mir vollkommen bewusst, dass die Miliz nicht einmal einen Bruchteil aller begangenen Kapitalverbrechen in den unteren Bezirken aufklären kann, geschweige denn verhindern! Aber hier ..."
Er schwieg bedeutungsvoll, und Trelains Gedanken überholten das Gespräch: "Es ist etwas in den oberen Niveaus geschehen. Und nicht nur einmal. Ihr sprecht von 'einigen'!"
"Ay. Aber der Fall ist komplizierter: Es handelt sich um eine Mordserie in den unteren und mittleren Bezirken - mit Auswirkungen in den oberen, das ist das Problem!"
Trelain schüttelte den Kopf. "Ich fürchte, ich verstehe nicht ganz ..."
"Hm. Wärt Ihr bereit, nochmals für ... für mich zu arbeiten? Ihr hättet Euren alten Rang und bekämt jede mögliche Unterstützung meinerseits! Und natürlich die entsprechende Entlohnung."
Trelain wiegte den Kopf. "Darf ich das nach Preisgabe aller, und ich meine wirklich aller Informationen entscheiden? Um was geht es, und wo liegt das eigentliche Problem?"
Der Kanzler nickte: "Nun, das ist wahrhaft Euer gutes Recht, das zu erfahren."
Bischof Polikides räusperte sich nochmals vernehmlich und setzte sich in seinem Stuhl auf: "Verzeiht, Exzellenz, ich möchte nur zu bedenken geben: Was soll geschehen, wenn nach Preisgabe aller Informationen, wie sich unser Freund

gerade so schön ausgedrückt hat, er nicht bereit ist, zu kooperieren?"

"Was soll dann sein, Eminenz?", fragte Trelain zuckersüß zurück. "Dann könnt Ihr mich immer noch von Euren Häschern umbringen lassen. Ich könnte mir vorstellen, dass es gerade in Eurer Truppe genug Interessenten gibt, die sich um diesem Auftrag geradezu reißen!"

Der solcherart Angesprochene wies die Unterstellung nicht etwa empört von sich, sondern lächelte maliziös und lehnte sich in seinem Stuhl bequem zurück: "Nun, Major Trelain, Ihr scheint in der Tat meine Einstellung Euch gegenüber genau zu kennen", meinte er schließlich. "Und ich mache keinen Hehl daraus, dass ich Eure Art, Euer Auftreten, und Euer Reden nicht besonders schätze ..."

"Was mich in tiefste Verzweiflung stürzt, Euer Eminenz!", spöttelte Trelain. "Könnte es sein, dass Ihr ganz einfach mich nicht besonders schätzt?"

Der Bischof lächelte noch breiter: "Nein, nein, mein Lieber, Ihr schafft es nicht, mich zu provozieren. Und ich denke, jetzt ist es ohnehin Zeit für mich. Seine Exzellenz ist mit den Einzelheiten besser vertraut und wird Euch das Weitere erklären, Major. Ich war ohnehin nur hier, um mir nochmals einen persönlichen Eindruck von Euch zu verschaffen."

"Ich hoffe doch, dass dieser ähnlich positiv wie der meine ausgefallen ist, Eminenz!"

"Sicher, Major, sicher. Ich denke, dass Ihr der Richtige für diese heikle Aufgabe seid."

Mit diesen Worten raffte er sein Ornat zusammen, nickte dem Kanzler zu, und empfahl sich. Sechs Mann seiner persönlichen Garde erschienen wie durch Zauberei neben dem Tor des Saals und nahmen ihn in die Mitte.

Ein Diener schloss die beiden Flügel, nachdem der kleine Trupp verschwunden war.

Lysander zupfte sich an seinem Kinnbart und schien einen Moment in Gedanken versunken, dann gab er sich einen sichtbaren Ruck.

"Kommen wir zur Sache, Major! Und verzeiht, ich war bis jetzt ein schlechter Gastgeber, aber das lag wohl an ... hm!"

Trelain tat sein Verständnis durch ein Nicken kund, und der Kanzler stellte mehr fest, als zu fragen:

"Ihr bevorzugt ... ähm ... aromatisiertes Wasser, nicht wahr?"

Er schnippte mir den Fingern, und ein weiterer Diener eilte mit zwei Gläsern des gewünschten Getränks herbei. Lysander nippte kurz und fuhr dann fort: "Bedient Euch! Und habt bitte die Güte, nicht so zu grinsen, wenn Ich Eure Laster auch noch unterstütze. Ich gebe zu, dass auch ich mich manchmal der Eigenschaft dieses Getränks bediene, die ... nun, wie soll ich sagen? ... die Gedanken zu beflügeln ..."

"Was ihr vor dem hochheiligen Herrn eben natürlich nicht zugegeben hättet, nicht wahr?"

Der andere verzog das Gesicht: "Nun, es stimmt, was Euer loses Mundwerk betrifft. Stimmt auch das andere?"

Er nahm sein Glas in die Hand und betrachtete die rötliche Flüssigkeit interessiert, aber Trelain konnte den verborgenen Blick auf ihn beinahe körperlich spüren. "Ich meine, dass Ihr eine mehr als sporadische Hingabe zu diesem Getränk zeigt?"

"Das Geoph? Nun, so ist es, Mylord. Und ich glaube, dass ich genau aus diesem Grund nicht der Richtige für diese Aufgabe bin!"

Der Kanzler lachte lauthals: "Nein, so kommt Ihr mir nicht davon! Das war eben zu geschickt!"

"Hatte ich befürchtet!"

"Interessiert Euch die Sache nicht wenigstens persönlich?"

"Ein wenig, zugegeben. Aber ein Mord ... Ihr wisst, ich habe in der Drogenbekämpfung gearbeitet."

"Ja, ich weiß. Und Eure letzte Amtshandlung vor Eurer Demission war, diesen Kolar zu erwischen. Eine remarkable Leistung, wie ich zugeben muss."
"Danke, aber ..."
"Lasst mich aussprechen, bitte! Und ich will gleich zum Kern der Sache kommen: Unser Mörder bewegt sich offenbar genau in diesen Kreisen. Dass dort Morde an der Tagesordnung sind, das dürfte Euch ja wohl nichts Neues sein!"
"Natürlich nicht! Aber ich muss zugeben, dass die wenigsten davon jemals aufgeklärt werden. Die Gesellschaft, von der wir sprechen, hat ihre eigenen Gesetze, und kaum jemand macht den Mund auf, wenn in den unteren Vierteln ein paar Tote mehr als sonst herumliegen."
Der Kanzler grinste: "Das habt Ihr schön gesagt, bei der Erde! Ihr wisst aber einiges über die 'Gesellschaft', wie Ihr sie nennt. Ich will damit sagen, dass Ihr über einen gewissen Einblick in die hierarchischen Strukturen verfügt ..."
Trelain zuckte die Achseln: "Einen gewissen, ay! Aber nicht genügend. Die Verhaftung und Aburteilung Kolars zum Beispiel: Er war nur eine mittlere Charge, ein Zwischenhändler für die Verteilung des Sphygs[1] vor allem an die Hataii! Derjenige, der hinter allem steckt und die Fäden aus dem Hintergrund zieht, ist ein gewisser Zodiar, genannt der 'Skualman'. Er kontrolliert den gesamten Drogenhandel, aber bisher hat es noch niemand geschafft, an ihn heranzukommen."
"Hm", brummte Lysander nochmals und nippte an seinem Glas. "Der Skualman, der Krake, ein Fabelwesen also! Welch bildhafter Name, in der Tat! Aber es geht um etwas anderes! Der Mann, von dem wir sprechen, er sucht sich seine Opfer genau in dieser Gesellschaft - unter Hataii! Deswegen dachten wir, dass Ihr der Richtige wärt, um diese Angelegenheit ... nun ... zu erledigen! Ihr versteht?"

---

1 Sphygs = harte, abhängig machende Droge

"Nicht ganz!", wich Trelain aus. "Oder darf ich Euer letztes Wort wörtlich auffassen?"

Der Kanzler seufzte: "Wir sollten wirklich offen sein, Major! Eure ... hm ... Methoden haben oft genug zu Verärgerung speziell Eurer vorgesetzten Milizbehörden geführt. Schon, wie ich Euch jetzt vor mir sehe ..."

Trelain grinste: "Mein Rapier? Nun, ich bin nur ein vorsichtiger Mensch!"

"Natürlich. In dieser Beziehung habe ich allerdings wahre - nicht immer positive - Wunderdinge gehört. Ihr scheint mit Eurer Waffe recht schnell zur Hand zu sein. Und nicht immer im Sinne der Miliz."

"Wie darf ich das verstehen - 'im Sinne der Miliz'?"

"Das wisst Ihr genau! Ihr habt mindestens sechs Menschen mit Eurer Klinge aufgespießt, ohne dass diejenigen noch ein Wort sagen konnten, deren Schuld noch nicht einmal bewiesen war, equest[1]!

Trelain überlegte sich in diesem Fall seine nächsten Worte sehr, sehr gründlich.

---

1 equest = verflucht

7.

Run if you can - Accept

Eines stimmte mit Sicherheit, was der Kanzler sagte: Trelain war mit seiner Klinge schnell bei der Hand. Aber wie sollte er die Sache erklären? Dass er mit einigen Kerlen, die nicht nur in den Drogenhandel verstrickt waren, sondern auch mit besten Beziehungen zum Hochadel und zu kirchlichen Kreisen aufwarten konnten, kurzen Prozess gemacht hatte?

Dann hätte er dem Kanzler jetzt auf der Stelle ebenfalls erklären müssen, dass er die ganze Führungsriege von Subgäa - ihn vielleicht eingeschlossen - für korrupt bis ins Mark erachtete.

Der Drogenhandel speziell in den unteren Niveaus hatte Ausmaße angenommen, die jeder Beschreibung spotteten. Und sobald man als Ermittlungsbeamter mit einigem Geschick - und manchmal unter Missachtung des eigenen Lebens - in die Struktur der Gesellschaft so weit eingedrungen war, dass man an einen der Zwischenverteiler herankam, dann wurden einem plötzlich von allerhöchsten Stellen die Riegel vorgeschoben.

Das stank wie ein Neunundniveau nach einem Wasserrohrbruch.

Zweitens: Wie konnte die Zufuhr des Sphygs in den letzten Hunderttagen plötzlich so in die Höhe schnellen? Die Gewinnung des Stoffes aus den Drüsen des Sphyglyten war zwar äußerst gewinnträchtig, aber nichtsdestotrotz mit Aufwand verbunden - und mit Nachschubschwierigkeiten. Selbst in den unteren Niveaus musste man sich weit in die äußeren Höhlen vorwagen, und dort die gefährlichsten Stellen aufsuchen, um unter Lebensgefahr einzelne Exemplare des kleinen, aber hochgiftigen Tausendfüßlers zu finden und sie zu erschlagen. Entsprechend teuer war das Zeug, das am Anfang ein Euphoriegefühl, wie man es noch nie erlebt hatte, bescherte, bei weiterem Gebrauch die Stimmung in einem beständigen Hoch hielt, verbunden mit einem subjektiven Gefühl unglaublicher körperlicher Leistungsfähigkeit - und schließlich, schon nach kurzer Zeit, zu Wahnsinn und Tod führte.

Das war Sphygs.

Und drittens: In den unteren Vierteln verschwanden in letzter Zeit immer mehr Menschen. Das wäre an sich nichts Außergewöhnliches gewesen, denn zu allen Zeiten brachten die Orkards sich gegenseitig um und ließen die Leichen im Zentralschacht verschwinden. Eine Tatsache, die keinem Hilfsmilizbeamten auch nur eine Randbemerkung in seinem Zehntagesbericht wert gewesen wäre, gäbe es da nicht einen grundlegenden Unterschied: Die Angehörigen der Verschwundenen meldeten sich zu Hunderten in den Milizdienststellen und forderten eine Nachforschung.

Und das war ein solches Novum, dass sich Trelain wirklich keinen Reim darauf machen konnte. In den meisten Fällen, wenn ein Orkard spurlos verschwand, interessierte dies überhaupt niemanden. Und von dem Anteil der Fälle, der den Milizbehörden zumindest bekannt wurde, waren es Gefährten, Gefährtinnen, Eltern oder Kinder, die jemanden vermissten. Seltsamerweise (oder eben nicht!) verebbte das Interesse an dem Wohin-auch-immer-Gegangenen bei Nachforschungen ziemlich schnell, je weiter man sich von den eigentlich Betroffenen in der Beziehungshierarchie nach unten bewegte: weitläufig Verwandte kannten ihn kaum, Nachbarn noch weniger, andere wussten gar nicht, dass er existiert hatte.

Trelain pflegte in solchen Fällen dem seligen Verblichenen im Geiste nachträglich einen guten Flug zu wünschen und einen beschaulichen Platz am Grunde des Zentralschachts (wo immer dieser auch endete) zwischen den Millionen anderer Leichen - und sich dann der Tagesroutine zuzuwenden.

Aber, wie gesagt, diesmal lag der Fall anders. Wenn so viele Orkards verschwanden, die vermisst wurden (eigentlich ein Widerspruch in sich), dann war hier etwas faul!

Diese drei Überlegungen, verbunden mit einer in letzter Zeit gewachsenen Aversion gegen sämtliche Autoritäten dieser und aller anderen Welten, hatten Trelains Entschluss zementiert, aus dem Milizdienst auszuscheiden. Und das, bevor sein zartes Gemüt so weit Schaden nahm, dass er in einer spontanen Aufwallung explosiver Antipathie bei einem seiner Vorgesetzten kraft der geschliffenen Klinge aktive Sterbehilfe leistete.

Sollte er das dem Kanzler so sagen? Nein.
Lysander wirkte wie ein integrer Mensch, aber trotzdem. Man konnte niemandem trauen, schon gar nicht jemandem, der den Anschein der Vertrauenswürdigkeit erweckte. Andererseits auch niemandem, der genau den gegenteiligen Eindruck hervorrief, denn der konnte ja diesen Grundsatz kennen, und ...
An dieser Stelle brach Trelain die Überlegung resigniert ab. Keine Sekunde zu früh, denn ein vernehmliches Räuspern des Kanzlers gemahnte ihn, augenblicklichen Notwendigkeiten mehr Aufmerksamkeit zu schenken.
"Verzeiht, Mylord, aber ich musste mir meine Antwort überlegen, schließlich enthielt die Frage einen Vorwurf."
"Hm. Es war nicht direkt eine Frage, aber bitte: Wie lautet die Antwort?"
"Nun, ich bin angegriffen worden und handelte in Notwehr."
Lysander winkte ab. "Das mögen andere bezweifeln, mir soll es recht sein. Ob Ihr nun rechtmäßig gehandelt habt oder nicht, in diesem Fall bitte ich Euch um Eure Unterstützung. Wollt Ihr sie mir gewähren?"

Trelain spürte in diesem Moment, dass er die Karten, die über sein zukünftiges Dasein entscheiden würden, in der Hand hielt. Wenn er "Nein" sagte, dann konnte seine alte Behörde ihm nichts mehr anhaben, er hätte keinen Ärger mehr mit sturen Vorgesetzten, die an den Buchstaben ihrer Dienstverordnung klebten, die Probleme der Miliz, die sich in den nächsten Hunderttagen vervielfachen würden, könnten ihm egal sein, und auf alle Mörder, Drogenhändler, Banditen, Eminenzen und Exzellenzen könnte er einen großen Haufen setzen.

Zugegeben, eine verlockende Vorstellung. Das Erbe seines Vaters würde ihm den Lebensstandard ermöglichen, der ihm zusagte. Reich in Sinne des Wortes war nicht zu nennen, aber immerhin.

Eine verlockende Vorstellung.

Eine langweilige Vorstellung.

"Ich sage Ja!" Die drei Worte waren quasi von selbst aus seinem Mund gekommen, ohne weitere Rücksprache mit seinem Verstand. Nun, sei's drum. Allerdings drängte seine Vernunft jetzt doch auf ihr Mitspracherecht: "Jedoch habe ich Bedingungen, speziell was meine Kompetenzen betrifft."

Der Kanzler lehnte sich in seinem Stuhl zurück. Lächelte er? "Das war zu erwarten. Ich vermute, Ihr denkt hier an General Casnoff, nicht wahr?"

"Ay! An ihn und andere."

"Nun, darüber können wir sprechen, Major. Ich kann Euch natürlich nicht gleichwertig neben ihn stellen, oder gar über ihn, das werdet Ihr ja wohl einsehen."

"Ihr seid der Kanzler, Mylord, wenn ich Euch daran erinnern darf!"

Lysander grinste schief: "Ay, das bin ich! Aber allmächtig bin ich nicht. Wenn ich versuchte, die Milizhierarchie auf den Kopf zu stellen, hätte ich wohl einige unangenehme Worte mit dem König zu wechseln. Und Ihr wisst selbst, dass

Casnoff gute Verbindungen mit dem Königshaus hat. Auch als Kanzler kann man sich nicht alles herausnehmen."
Trelain lächelte sein Gegenüber an. "Ihr habt etwas vergessen!"
"Und das wäre?"
"Eure Rede mir einem tiefen Seufzer abzuschließen!"
Der Kanzler maß ihn mit einem prüfenden Blick: "Ay, ich kann mir vorstellen, dass Euer Sinn für Humor auch nicht jedermanns Geschmack ist. Nun, wie auch immer, ich denke, dass wir hier einen Kompromiss finden. Ich werde Euch einen Pass ausstellen, der Euch als meinen Sonderbevollmächtigten ausweist. Und ich werde den Text bewusst so unklar formulieren, dass man praktisch alles hineininterpretieren kann, aber nicht muss. Ihr versteht?"
"Ay, ich verstehe! Sehr geschickt von Euch, wenn ich mir das erlauben darf zu sagen!"
"Danke. Ihr könnt also in jeder niedrigeren Milizdienststelle generals-, na sagen wir oberstähnliche Vollmachten vorweisen. Inwieweit Ihr die Sache treibt, das muss ich Eurem Instinkt überlassen."
"Und ich nehme an, wenn Casnoff eine Beschwerde erhält und damit zu Euch gelaufen kommt, dann werdet Ihr einfach sagen: 'So war das ja nicht gemeint!'"
"So ist es, Major!"
"Und ich bewege mich sozusagen auf eigenes Risiko auf gefährlichem Terrain. Ich arbeite zwar lieber allein, aber ich werde wohl gezwungen sein, das ein oder andere Mal die Hilfe einer Milizdienststelle in Anspruch zu nehmen."
"Ich bitte Euch sogar darum. Und es war der ausdrückliche Wunsch Bischof Polikides'."
In Trelains Kopf schrillten sämtliche Alarmglocken: "Es war der Wunsch des Bischofs, dass ich mit der Milizbehörde zusammenarbeite?"
"Er hält nichts von Euren berüchtigten Alleingängen!"

"Er hält nichts von ..." Trelain lachte schallend. "Könnt Ihr Euch nicht denken, warum er solchen Wert darauf legt?"

Der Kanzler legte den Kopf schief: "Doch. Aber sagt es mir!"

"Weil die ganze Miliz von Spitzeln der Pursuition unterwandert ist. Sobald ich die Hilfe von irgendjemandem in Anspruch nehme, weiß er eine halbe Hellphase später, was ich getan habe."

"Und was wäre die Konsequenz daraus, falls Eure vollkommen abwegige Vermutung stimmt, Major?"

Trelain sah den anderen forschend an, aber der Kanzler hatte keine Miene verzogen, obwohl er die beiden Worte 'vollkommen abwegig' mit einer seltsamen Betonung ausgesprochen hatte.

"Nun", meinte er schließlich, "nach genauerer Überlegung denke ich, dass meine Vermutung wirklich abwegig ist, und dass ich nach besten Kräften mit den Milizbehörden zusammenarbeiten sollte."

Lysander hob sein Glas. "Dann wären wir uns ja einig. Auf Euer Wohl!"

8.

Harvester of Eyes - Blue Öyster Cult

In dieser einen Sekunde Überlegung entschied sich Trelains zukünftiges Schicksal, und ein Teil seines Geistes schien das auch zu fühlen, denn plötzlich kehrte der Kopfschmerz, den er in den letzten Ssegs eigentlich vollkommen vergessen hatte, mit vermehrter Heftigkeit zurück.

Ein heftiges Durstgefühl ließ seine Kehle trocken erscheinen, und er trank den restlichen Inhalt seines Glases in einem Zug hinunter.

"Was ist, Major?", fragte Lysander, dem es wohl aufgefallen war, dass Trelain die Lippen zusammenkniff.

"Nichts ... nichts. Könnte ich wohl noch ..."

Er deutete auf das Glas, und der Kanzler zuckte die Achseln: "Natürlich." Er schnipste nochmals mit den Fingern, und zwei Ssegs später stand ein neues Glas, diesmal mit grünem Inhalt, vor Trelain.

"Oh, Ihr braucht Euch nicht zu wundern!", erklärte der Kanzler. "Wir verwenden verschiedene Aroma- und Farbzusätze. Es gibt der an sich wohl ziemlich profanen Prozedur des Geoph-Trinkens einen gewissen kulturellen Anstrich."

Trelain nippte an an der Flüssigkeit und schmatzte anerkennend. "Es ist wohl immer der 'kulturelle Anstrich', der die Lasterhaftigkeit zum esoterischen Vergnügen für Feinschmecker macht, nicht wahr? Aber natürlich nur für die, die sich's leisten können!"

"Man wird nur zum Feinschmecker, wenn man sich's leisten kann. Aber ich wusste nicht, dass ein Philosoph unter dieser rauen Schale steckt, Major!"

"Den zeige ich nur, wenn ich mit jemandem spreche, der sich's leisten kann, Exzellenz! Aber, um zum Thema zurückzukommen: Ich darf doch wohl davon ausgehen, dass in diesem besonderen Fall nicht meine philosophischen Talente gefragt sind, oder?"

"In der Tat. Eher Eure bekannt ... nun, handfeste Art, anfallende Probleme ohne viel Aufhebens vor Ort zu lösen."

"Eine entzückende Umschreibung, wenn ich mir diese Bemerkung erlauben darf, Mylord!"

Der andere lachte, dann wurde er ernst. "Seid Ihr wirklich so gut? Wenn ich jetzt zum Beispiel ..."

Er kam nicht dazu, auszusprechen, denn als er seine rechte Hand hob, machte Trelain, der die Arme verschränkt gehalten hatte, eine einzige wischende Bewegung mit der Linken, und die Maingosh, die er im rechten Ärmel verborgen hielt, steckte leicht federnd in der hohen Lehne haarscharf neben dem linken Ohr des Kanzlers. Als dieser dann - natürlich zu spät - zur Seite zuckte, hatte er bereits Trelains lange Klinge an der Kehle.

"Beweis genug?", knurrte Trelain, und der Kanzler schluckte.

"Ay! Beweis genug!" Seine Hand zitterte ein wenig, als er zu seinem Glas griff. "Nur bin ich mir nicht so sicher, ob mir die Art Eurer Beweisführung sehr zusagt."

"Oh, das ist kein Problem, Mylord! Bis jetzt hat sich noch niemand, dem meine Art der Beweisführung nicht zusagte, hinterher beschwert!"

Lysander nickte. "Wir sollten zum Thema kommen. Sucht einen Mörder und löst das Problem auf Eure Weise. Wenn ich auch sonst mit derlei Methoden nicht einverstanden bin - hier würdet Ihr mir einen großen Gefallen tun."

Er wartete auf eine Frage Trelains, aber dieser hatte sich in seinem Stuhl zurückgelehnt und kratzte sich am Ohr.

"Na schön!" fuhr er fort. "Es ist wohl ohnehin vernünftiger, am Anfang zu beginnen. Also: Sie nennen ihn den 'Geonogon'. Warum, das könnt Ihr Euch vorstellen."

"Den Erdwurm? Nemeb, nicht direkt. Aber Eure Worte 'Sie nennen ihn' lassen auf einen Serientäter schließen. Wie oft hat er schon getötet?"
"Viermal. Und vor zwei Phasen zum fünften Mal."
"Und? Das ist in den unteren Vierteln nichts Außergewöhnliches. Und ihr solltet wissen, dass man diese Kerle fast nie kriegt. Die machen weiter, bis sie von irgendjemandem dabei erwischt werden, und dann warten die Orkards nicht auf unsere Rechtsprechung, sondern ziehen ihm die Haut ab und werfen die Leiche in den Zentralschacht."
Der Kanzler schnaufte einmal heftig durch. "Hm. Ich habe von diesen Dingen gehört. Trotzdem: Hier liegt der Fall etwas anders. Der Geonogon hat sich eben nicht auf die unteren Niveaus beschränkt, sozusagen. Er hat vier Hataii umgebracht, und das auf ziemlich ekelhafte Art; Ihr könnt das alles in den Milizberichten nachlesen. Bei seiner fünften Tat ist er allerdings, nun ja ... etwas über sein Ziel hinausgeschossen. Außer der Hataii hat er noch ihren Freier mit umgebracht. Und das bereitet uns Probleme."
"Ich fürchte, ich verstehe nicht ganz ..."
"Ihr werdet gleich. Der Kunde der fünften Hataii war nicht irgendwer, sondern Graf Bajan!"
Trelain kam es vor, als hätte jemand plötzlich den Nebel vor seinen Augen weggewischt. Graf Bajan, ein Mitglied des Ministerrats - ermordet in der Wohnung einer Hataii in den unteren Vierteln! Eine Katastrophe für die hochherrschaftlichen Herrschaften im Kremanwar! Ein Schlag ins ach so saubere Gesicht für all diejenigen, die mit ihren fetten Ärschen auf ihren reichen Pfründen hockten und dem unsittlichen niederen Volk mit zuckerverklebter Stimme Moral und Anstand predigten.
Und der Kanzler wollte von ihm, dass er den Mörder fand und - umbrachte. Zweiteres war logisch; nur kein Aufsehen. Und ersteres? Trelain hatte niemals einen tieferen Einblick in

die verwickelte Machtverteilung von Subgäa gehabt, aber er wusste, dass es verschiedene Parteien gab, die um die Gunst des Königs, der zwar pro forma die Macht ausübte, aber an den alltäglichen Notwendigkeiten der Politik recht wenig Interesse zeigte, wetteiferten.

Und jetzt war ein Mord geschehen, der einen hochgeschätzten Parteigänger - von wem auch immer - das Leben gekostet hatte. Ein Triebtäter, der Hataii ermordete, hatte - sozusagen mit einem Zufallstreffer - einen ehrwürdigen Pfeiler der von oben diktierten Meinung des Volkes geschlachtet.

Kein Wunder, wenn jetzt manche Leute nervös wurden!

Trelain war sich in diesem Moment nicht ganz sicher, warum er den Auftrag annahm. Einerseits das Interesse des Milizionärs, einen delikaten Fall aufzuklären. Andererseits hatte er erstmals in seinem Leben die Gelegenheit, wirklich Schlamm aufzuwirbeln. Im Lauf der Aufklärung würde eventuell derartig viel Dreck an die Oberfläche der Gesellschaft gespült werden, dass ...

Dass was?

Dass man ihn umbrachte? Nun, mit dieser Möglichkeit hatte er gelebt, seit er in den Dienst der Miliz getreten war.

Vielleicht reizte ihn auch nur die Gefahr.

Er lehnte sich zurück und schloss kurz die Augen. "Erzählt mir mehr, bitte!"

"Natürlich, Major. Er wird der Geonogon genannt, weil er seine Opfer zurichtet, als ob sie einem solchen zum Fraß vorgeworfen worden wären. Er schlitzt sie auf, schneidet sogar ganze Stücke heraus und schmiert Blut und Eingeweide an die Wände. Seinem zweiten Opfer hat er die Arme abgetrennt, wahrscheinlich sogar, als sie noch lebte, seinem dritten die Augen herausgestochen. Der untersuchende Leutnant der Miliz sagte, dass selbst er so etwas noch nie gesehen hat. Der Mann muss beim Anblick des ersten Blutes in vollkommene Raserei verfallen."

"Der Mann?", warf Trelain ein.

"Nun, die Art der Verstümmlungen weist auf bedeutende Körperkraft hin. Er scheint zwar ein Messer zu benutzen, eine lange Klinge wie Eure Maingosh, aber manche Wunden sind mehr gerissen als geschnitten. Wie gesagt, ein vollkommen Irrer!"

"Was Euch nicht sehr stören würde, wenn er nicht Graf Bajan mit erwischt hätte!"

Der Kanzler verzog kurz das Gesicht: "Ich will Euch nichts vormachen, ay! Aber diese letzte Tat gefährdet in höchstem Masse den inneren Frieden im Ministerrat. Und wenn der Geonogon weitermacht, werden die Orkards immer lauter nach Aufklärung schreien. Und es werden Fragen nach der Untadeligkeit meiner Minister gestellt werden."

"So, so!", sinnierte Trelain. "Und was ist Euer wirklicher Beweggrund?"

Lysander überlegte einen Moment und zog die Augen zu schmalen Schlitzen zusammen.

"Es könnte sein, dass in Regierungskreisen der Verdacht aufkommt, Bajan wäre aus dem Weg geräumt worden. Vielleicht sogar von mir. Also findet den Geonogon, tötet ihn und bringt mir seinen Kopf!"

"Aber wäre es gerade wegen dieses Verdachts nicht vernünftiger, ihn lebendig zu bekommen, damit er redet?"

"Nemeb, Major!" Und dieses "Nemeb!" klang sehr bestimmt.

"Findet den Mann und bringt ihn um!"

9.

Chance - Savatage

Die Hataii musste, ihrer Wohnung nach zu schließen, einer besseren Kategorie angehört haben, obwohl das Viertel im zweiundsiebzigsten Niveau nicht gerade zu den besten gehörte, nicht einmal zu den mittleren. Aber ihre Dienste mussten ihren Freiern immerhin genügend wert gewesen sein, dass sie sich ein Domizil am inneren Ring leisten konnte, mit einem Fenster zum Zentralschacht.

Einer alten Gewohnheit folgend versuchte Trelain, sich zuerst überhaupt keine Gedanken zu machen, sondern nur Eindrücke "in sich aufzusaugen", wie er es nannte. Drew hatte einmal eine Anspielung darauf gemacht und gesagt, dass er keinen intelligenten Menschen kenne, der in manchen Momenten so dämlich guckte.

Trelain spazierte jedenfalls zuerst einige Male im Gang auf und ab und ließ die Impressionen auf sich einwirken: Kahler Fels (ganz anders als im Regierungsviertel), leichter Schimmelbewuchs an den Wänden, harter Boden (seine schweren Stiefel hätten sicherlich hallende Trittgeräusche von sich gegeben, wenn der Geräuschpegel der vielen Menschen nicht alles zugedeckt hätte wie das Rauschen eines Hauptkanalisationsrohres). Genau. Vereinzelte dicke Rohre, die in etwa vier oder fünf Meter Höhe den Gang überquerten, ein untrügliches Zeichen, sich in einem der unteren Niveaus zu befinden. Von manchen war der Anstrich schon arg abgeblättert, und das blanke (oder eher mattstumpfe) Metall sah hervor. Vereinzelte schmutzige Wassertropfen.

Er sah nach oben. Der Gang war hell erleuchtet. Von den zehn oder zwölf Yllumi-Röhren, die er von hier aus erblicken konnte, war nur eine schwarz. Wahrscheinlich würde sie irgendwann in den nächsten Zehntagen ausgewechselt werden. Das war hier ein Viertel, in dem das noch gemacht wurde. In den Achtund- und Neunundniveaus sah das anders aus. Wenn dort eine Röhre ausfiel, dann blieb es an dieser Stelle eben finster, bis auf das immerwährende schwache Glimmen der Leuchtkugeln.

In manchen Orkardniveaus war es ständig Dunkelphase. Seltsamerweise stellte Trelain in diesem Augenblick fest, dass er sich verdammt selten Gedanken über die alltäglichen Kleinigkeiten des Lebens machte. Die Yllumi-Röhren in seiner Wohnung zum Beispiel verbreiteten schon seit Jahren[1] in der Hellphase ihr Licht, und erst einmal hatte er eine auswechseln müssen. Hielten schon verflucht lange, die Dinger, gespeist von dieser unsichtbaren Kraft mit dem merkwürdigen Namen Quanz, auch einem Wort aus der Alten Sprache.

Woher kam eigentlich die Quanz? Und woher kamen neue Yllumi-Röhren? Seltsamerweise hatte er sich diese Frage schon oft gestellt, aber mehr nebenbei, so wie man sich fragt, warum ein Gegenstand zu Boden fällt und nicht zur Decke. Die Frage huscht kurz durch die Gedanken ("Warum eigentlich?") und versinkt sogleich wieder in dem riesigen Sumpf unmittelbarer Probleme des täglichen Lebens.

Konnte es sein, dass es umgekehrt war? Dass die Begriffe "oben" und "unten" durch das Fallen eines Gegenstandes definiert wurden? Wenn also kein Fallen mehr stattfand, dann konnte man an der Decke laufen? Wäre aber unpraktisch, denn dann müsste man ständig über die Gitterverkleidungen der Yllumi-Röhren steigen. Quatsch!
Trelain schüttelte den Kopf, um diese Gedanken zu verscheuchen, und ging zum Appartement der Ermordeten zurück.

Die Masse der Gaffenden und Kommentatoren auf dem Gang verlief sich langsam. In den mittleren und unteren

---

1 Jahr = 500 Tage (= 500 Helldunkelphasen)

Vierteln ist ein Mord eben auch nur begrenzt interessant. Man eilt hin, um auch ja kein blutiges Detail zu verpassen, bevor die Schweinerei saubergemacht wird, gruselt sich selbst ein bisschen, gibt ein paar weise Kommentare ab, die diese Humums von der Miliz natürlich ignorieren, steht so lange im Weg herum, bis einem ein unfreundlicher Milizsergeant klarmacht, dass man sich dünn machen soll, tauscht noch einige kriminologische Geheimtipps mit Bekannten aus und geht dann wieder seiner Wege.

"Was willst du hier?" fragte ihn ein vierschrötiger Mensch, der ohne Schminke jederzeit in Kinderbüchern als das Urmuster des oben erwähnten unfreundlichen Milizbeamten durchgegangen wäre, als er den Raum betrat.
Trelain hatte keine Lust auf einen Disput mit irgendeinem subalternen Wichtigtuer, also ... Nein! Wenn er sich die Sache recht überlegte, dann hatte er doch Lust dazu. Und dies war eine willkommene Gelegenheit, die Wirksamkeit seines neuen Dienstausweises zu erproben.
Der Mann hatte in unmissverständlicher Absicht, keinen Durchgang zu gewähren, seinen Arm vor ihm an den Türstock gepresst und warf ihm einen Blick zu, der imstande war, den Putz von der Wand abblättern zu lassen.
"Was ich hier will? Nach was sieht es denn aus, was ich hier will?"
Für einen Augenblick verlor der andere die Fassung. Trelain lachte innerlich. Derart rhetorische Fragen von solchen Mikrokosmos-Autoritäten wirklich im Sinne des Wortes (oder gar mit einer logischen Gegenfrage) zu beantworten, brachte deren klar abgezirkeltes Weltbild unweigerlich ins Wanken. Aber nur für einen Moment, das war klar. In den paar Sekunden (bei manchen konnte es auch länger dauern) bis der "Ich-Vorgesetzter-du-Arschloch"-Mechanismus wieder griff, da guckten sie wirklich wie jemand, der einen großen Bissen

verschlucken will, aber nach dem Abbeißen erst merkt, dass er einen Stein im Mund hat.

Beim Ausspucken des Steins hatte man dann mit einer gewissen Aggressivität zu rechnen, aber das war auch klar. Und so auch hier:

Der Sergeant riss den Mund auf, als ob er Trelain mitsamt seinem Degen ratzekahl zum Frühstück verspeisen wollte (Der Major hätte, wenn er Zahnreißer gewesen wäre, die schadhaften Beißer abzählen können). Aber bevor diesem optischen Vorgeschmack des zu Erwartenden der verbale Hauptschlag folgte, hatte Trelain schon seinen Ausweis in die Höhe gehalten.

Die unvergleichliche Gesichtsakrobatik, wenn jemand, der seinen Mund soeben zum Brüllen aufgerissen hat, auf etwas starrt, das sich knapp unter seiner Nase befindet, und dabei den eigentlichen Zweck des Mundaufreißens vergisst, das waren jene kleinen, aber höchst erfreulichen Erlebnisse, die das Leben lebenswert machten, fand Trelain.

Die Unterschrift und das unverkennbare Siegel des Kanzlers taten ihren Zweck: Bildlich gesprochen verschluckte der Mann den Stein wieder und bemühte sich vergebens um einen freundlichen Gesichtsausdruck.

(In unsere Verhältnisse übertragen: So ähnlich würde der Abteilungsleiter dreinschauen, wenn ihm der Bürobote erklärte, dass er im Lotto gewonnen und die Firma gekauft hätte.)

Das kurze Intermezzo erheiterte Trelain, aber es gab Wichtigeres zu tun. Er ließ sich von dem Sergeant zu dem leitenden Offizier bringen.

Ein Leutnant. Er kannte ihn flüchtig von früher, aber der Name?

"Ah, Major ... äh ... Trelain?", begrüßte ihn der Offizier und lächelte freundlich. Wenn er erbost über die Einmischung war, dann ließ er es sich nicht anmerken. Jedenfalls hatte er eine schnellere Auffassungsgabe als sein Sergeant.

"Erfreut, Euch hier zu sehen! Ich bin Clancey, Leutnant Clancey!"

Trelain betrachtete sein Gegenüber kurz, bevor er die ausgestreckte Hand schüttelte. Ein junger Mann, schätzungsweise Mitte zwanzig. Schlank, groß gewachsen, schwarzes Haar. Fast wie er. Glattrasiert. Leicht gebeugt, nicht sehr muskulös. Wacher Gesichtsausdruck. Schlichte Kleidung, trotz seiner Offiziersstelle. Keine sichtbaren Waffen.

(Keine Meinung bilden. Abwarten.)

"Freut mich, Euch kennenzulernen, Leutnant! Ich wollte Euch nicht bei Euren Untersuchungen beeinträchtigen, lediglich" (ab diesem Wort wusste er, dass er auf dem besten Weg war, sich in die Sackgasse hineinzureden. Was wollte er eigentlich?) "zur Aufklärung beitragen. Wenn ich Euch helfen kann."

(Ein noch dämlicherer Abschluss des Satzes. Wenn der andere nicht ganz blöd war ...)

Clancey lachte, und das entspannte die Situation ein wenig. "Major, erstens habe ich von Euch gehört, und zweitens habe ich gerade Euren Sonderausweis gesehen. Es wäre geradezu idiotisch von mir, diese Tatsachen nicht zu akzeptieren. Kleinliches Feilschen um Kompetenzen liegt mir nicht. Wenn Ihr an der Sache hier interessiert seid, dann bin ich gerne bereit, mich Euch unterzuordnen. Wünscht Ihr das?"

Trelain schüttelte den Kopf. "Nemeb. Aber betrachtet das bitte nicht als Misstrauen Euch gegenüber! Mir ist nicht an einem Mitarbeiter gelegen. Ich akzeptiere aber gerne die Zusammenarbeit. Ich hatte nicht die Absicht, als Leiter der Ermittlung aufzutreten."

"Aber ich darf Eure Anwesenheit hier zumindest als Interesse auffassen?"

"Hmja. Ihr drückt Euch sehr gewählt aus. Warum seid Ihr nur Leutnant?"
Der andere wiegte den Kopf: "Ich schätze, Major, dass wir uns zunächst die Sache hier ansehen sollten. Falls wir zunächst fachlich einen Konsens erzielen sollten, wäre vielleicht hinterher die Gelegenheit, über andere auch persönliche Dinge zu sprechen, nicht wahr?
Trelain stimmte zu.

10.

Under the rotted Flesh - Cannibal Corpse

Die Wohnung sah aus, wie er Hunderte in dieser Art zuvor gesehen hatte: drei oder vier Zimmer, zweckmäßig eingerichtet, wie es dem persönlichen Bedürfnis entsprach, die Küche und das Wohnzimmer (mit Fenster zum Zentralschacht) unzweifelhaft weiblich gestaltet.
Das Schlafzimmer (im Geiste bezeichnete er es als Arbeitszimmer) war da schon anders: derart rosaplüschige Kitschigkeit konnte nur dem Hirn einer Puffmutter (oder ihres männlichen Äquivalents) entsprungen sein, das dachte, luxuriöse Schwülstigkeit würde automatisch begehrliche Gedanken bei Männern auslösen. Im Sinne von: Zu diesem Überangebot von dekadenten Annehmlichkeiten würde die großzügige Darbietung des Allerweiblichsten gerade die rechte Atmosphäre schaffen. Oder umgekehrt.
Leider war im Moment das Ambiente etwas gestört. Erstens durch die dunkelroten Blutspritzer an den Tapeten, die sich mit dem mittelrosa gestalteten Untergrund sowohl in der Farbe als auch in der Formgebung ziemlich bissen. Der unbekannte Künstler hatte sich zwar jede erdenkliche Mühe gegeben, variationsreiche Muster an die Wände zu zaubern, jedoch nicht die Eigendynamik seiner Werke bedacht: Aus ehemals filigranen Spritzarbeiten waren plumpe, nach unten ganz und gar unkünstlerisch verlaufende Gekleckse geworden.
Ein weiterer Beweis dafür, dass - wie man allerorten sehen kann - nur durch Widerstand gegen die Naturgesetze Kunst - im Sinne des Wortes - zu schaffen ist.

Trelain begutachtete die Sache mit dem Interesse eines Malermeisters, dem man den Auftrag gegeben hatte, den Eiffelturm schwarz zu streichen. Die Frau - oder was von ihr übrig war, und man gerade noch als Frau identifizieren konnte - lag auf dem Bett inmitten einer riesigen Blutlache.

"Hm", brummte der Major mit einem Seitenblick auf die herausgequollenen Gedärme, die wie Schläuche aussahen. Oder wie kleine Erdwürmer - Geonvirs - wie er sie bei Kolars Hinrichtung gesehen hatte. Er hatte oft genug im Laufe seiner Dienstzeit bei der Miliz einen geöffneten menschlichen Körper gesehen, dass ihm der Anblick nichts mehr ausmachte. Die Wundränder an Bauch und Unterleib waren glatt und klafften weit auseinander.

"Ein ziemlich scharfes Messer, hm?", fragte Trelain, und Clancey nickte. "Sieht so aus, Major!"

Mit nicht allzu langer Klinge, sonst wäre nicht nur die Bauchdecke aufgetrennt, sondern von dem Zeug hier einiges zerschnitten, nicht wahr? Ist es aber nicht."

Der Leutnant schluckte, als Trelain auf die Därme wies. Wahrscheinlich befürchtete er, dass der andere jetzt die glibbrige Masse einer eingehenderen Untersuchung unterziehen würde, oder - noch schlimmer! - dass er dies tun sollte.

Trelain lächelte. Hatte er seine Gedanken erraten?

"War schon ein Arzt da?"

"Ay!", bestätigte Clancey froh. Die Frage nach dem Arzt beruhigte ihn ein bisschen. Offenbar hatte der Major nicht die Absicht, ihn eine anatomische Rekonstruktion durchführen zu lassen.

"Gut!" stellte Trelain fest. "Was ist mit Euch? Ihr seid etwas blass, Leutnant." (Natürlich wusste er genau, was los war, aber die Frage hatte er sich einfach nicht verkneifen können.) "Und?", fragte er weiter. "Ich meine, sind Organe entnommen? Wie bei den anderen? Soviel ich weiß, hat er zum Beispiel bei seinem dritten Opfer das Herz und die Nieren herausgeschnitten und ..." Er brach hier ab, denn Clanceys Gesichtsfarbe war noch um einige Nuancen blasser geworden.

"Nemeb!", verneinte der Leutnant mühsam. "Er hat sie nur aufgeschlitzt. Aber ich finde, das reicht."
"Sicher, sicher. Was ist mit dem ... hm ... anderen Toten?"
Trelain war zwar mit dem Leutnant allein im Raum, aber er senkte unwillkürlich seine Stimme.
Clancey hatte sich anscheinend wieder gefangen und winkte beruhigend ab. "Der ist schon weggeschafft worden. In einem Sack. Eine Freundin - oder Kollegin, wie Ihr wollt - hat die Sache hier entdeckt. Mehr oder weniger aus Zufall. Ihr fiel beim Vorbeigehen draußen auf, dass die Tür nicht geschlossen war. Die konnte auch nicht schließen, weil das Schloss aufgebrochen war."
"Aufgebrochen?" Trelain runzelte die Stirn. "Sagtet Ihr aufgebrochen? Das ist seltsam."
"Seltsam? Warum?"
"Das hat er bis jetzt nie getan. Bei allen anderen waren die Türschlösser unbeschädigt. Die Vermutung liegt also nahe, dass er hereingelassen wurde. Sozusagen der 'letzte' Kunde. Ein Freier. Hier ist er gewaltsam eingedrungen."
"Und fand einen anderen Freier vor!", ergänzte Clancey. "Lag wohl nicht in seinem Plan. Also musste er den ebenfalls umbringen."
"Könnte sein", meinte Trelain und kratzte sich am Kinn. "Hat er den ... den anderen genauso zugerichtet?"
Der Leutnant lächelte. "Ich weiß Bescheid, Major. Deshalb ja wohl Eure Anwesenheit. Nemeb, er hat ihn nicht so zugerichtet. Ein sauberer Stich von hinten ins Herz. Der Arzt sagte, sofort tödlich."
"Und was schließt Ihr daraus?", fragte Trelain.
"Nun, dass er nur Frauen gerne umbringt. Der Graf musste daran glauben, weil er zufällig anwesend war. Daher der eine Stich. Er wusste genau, was er tat."
"Das denke ich auch. Wer weiß außer Euch noch über die Sache Bescheid?"

"Der Graf? Hm, das wird ein Problem werden, fürchte ich. Mindestens zehn Milizmänner haben die Leiche gesehen und wer weiß wie viele Schaulustige, die andere Nutte, der Arzt. Hat wohl keinen großen Sinn mehr, das verheimlichen zu wollen."

"Nemeb! Smat!", knurrte Trelain und zuckte dann die Schultern. "Kann ich auch nichts mehr dran ändern!"

"Eine Frage, Major! Seid Ihr hier, um ... um die Sache zu vertuschen, oder ...?"

Trelain lachte. "Selbst wenn, dann wäre es wohl zu spät. Nach fast einer Hellphase ist die Geschichte bis zu den Nullundniveaus hinauf und wieder zurück gelaufen. Ihr wisst ja: Ein Gerücht ist schneller als ein Ascator! Nemeb! Ich bin nicht zum Vertuschen hier, sondern zum Aufklären!"

Er betrachtete sich noch einmal die Leiche der Hataii und fuhr dann fort: "Um auf das zurückzukommen, was Ihr vorhin sagtet: Ich könnte zunächst natürlich Unterstützung gebrauchen, um die anderen Morde noch einmal durchzugehen. Meine Informationen sind noch etwas dürftig, und man hat mich zu spät eingeschaltet. Wenn Ihr mir also sämtliche Informationen der verschiedenen Dienststellen beschaffen könntet ... Ihr wärt zwar nicht direkt mein Mitarbeiter, eher ... naja, eine Art Verbindungsoffizier. Meint Ihr, das ließe sich mit Eurem Kommandeur abklären?"

"Bei Eurer Vollmacht? Sicher. Darf ich fragen, warum Ihr Euch in Bezug auf mich anders entschieden habt?"

"Oh, täuscht Euch nicht, Leutnant! Ich arbeite allein. Aber bei der Beschaffung der Hintergrundinformationen könnte ich einen fähigen Mann gebrauchen. Das spart Zeit, und Ihr scheint mir eine gute Auffassungsgabe zu haben. Mein Mann muss den Verstand haben, Wichtiges von Nebensächlichem zu trennen, und trotzdem den Instinkt, Wichtiges *in* Nebensächlichen zu erkennen. Traut Ihr Euch das zu? Es ist ein Vertrauensposten."

Der andere strahlte, als hätte man ihm eben erklärt, er sei der lange verschollene einzige Sohn König Gorodons und erbe hiermit die Kronjuwelen. (Was natürlich unmöglich war, denn König Gorodon hatte zwei Söhne, Quermilian und Ormilian, und wenn beide verschollen gingen, wäre er auch nicht sehr beunruhigt, wie man so hörte.)

"Ich bin Euer Mann, Major!", erwiderte Clancey und reichte Trelain die Hand.

11.

The Dark - Metal Church

Es war seit zwei Ssegs Dunkelphase, und Trelain war natürlich noch wach. Er stand am geöffneten Fenster seines Appartements und lehnte an der Brüstung. Ein leichter Lufthauch aus dem Zentralschacht wirbelte ihm die Haare ins Gesicht.

Er beugte sich nach vorne und starrte in den Abgrund. Aus den unter ihm liegenden zehn Stockwerken konnte er an einigen Stellen den schwachen Schimmer der Yllumi-Steine sehen, wenn die Besitzer der Wohnung keinen Vorhang vorgezogen hatten, oder wenn ein allgemein zugänglicher Korridor bis an den Zentralschacht heranreichte.

Weiter unten war nur Schwärze.

Er drehte den Kopf. Oben das gleiche Bild. Er hatte sich daran gewöhnt, er kannte nichts anderes. Man lebte in einem langgezogenen dünnen Zylinder, irgendwo in der Mitte, wobei (hier musste er an sein nachmittägliches Philosophieren denken) der Unterschied zwischen oben und unten nur war, dass Gegenstände, wenn man sie losließ, in die eine Richtung fielen.

Leichen zum Beispiel, die an irgendeiner zugänglichen Stelle über eine Brüstung geschoben wurden, und dann (nach wie langer Zeit?) irgendwo dort unten zwischen Hunderttausenden von anderen Leichen aufschlugen und ... Und was?

Wenn man davon ausging, dass die toten Körper nicht einfach immer weiter fielen, bis sie eins mit der schwarzen Unendlichkeit wurden, sondern dass dort unten irgendwann einmal Schluss war (In der Tat teilten sich die Philosophen Subgäas streng in diese beiden Disziplinen: die Anhänger des "Immerwährend-Fallens" und die des "Finalen Grundes"), dann musste sich dort unten im Lauf der Jahrhunderte (Die

Geschichtsschreibung reichte in etwa sechs- bis siebenhundert Jahre zurück) ein verdammt gewaltiger Haufen von Leichen angesammelt haben.
Der Abfall der Menschen, nein, der menschliche Abfall. Und von der Oberfläche dieser humanen Müllschicht nach unten gerechnet wäre der Zerfallsprozess des Fleisches immer weiter fortgeschritten, bis ganz unten nur noch Knochenmehl wäre - Skelette, von der gigantischen Last über ihnen zu kompaktem Pulver zusammengedrückt.
Und das ganze ein monumentaler Mittagstisch für die Erdwürmer - wenn es dort unten noch welche gab.

"Was ist los?", fragte Drew hinter ihm, und Trelain wurde aus seinen trüben Gedanken gerissen.
Er drehte sich herum und betrachtete seinen Freund. Podigbudindrew, kurz "Drew" genannt, entsprach nun wirklich in keinster Weise dem Umgang, den man von einem Major der Miliz (jetzt auch noch mit Sondervollmachten) erwartete. Er war etwas kleiner als Trelain, mit einem spitz zulaufenden Gesicht (wir würden an ein Wiesel oder ein Frettchen erinnert werden), zu dem die großen dunklen Augen nicht recht passen wollten, und fast hüftlangen schwarzen Haaren, die er fast stets in einem geflochtenen Zopf auf dem Rücken trug.
(Übrigens: Fast alle Einwohner Subgäas haben rabenschwarzes Haar und natürlich helle bleiche Haut. Es gibt Blonde und Brünette, vereinzelt sogar Rothaarige, aber die gelten als echte Exoten. Zum Glück für sie ist die kirchliche Behörde zur Überwachung Ethischer Reinheit überhaupt nicht abergläubisch, sondern verbrennt, vierteilt und häutet nur solche Personen, die ihr wirklich politisch gefährlich werden können.)
Podigbudindrew war aber ganz und gar unpolitisch. Äußerst unwahrscheinlich, dass er jemals der Religiösen Überwachungsbehörde unangenehm auffallen würde. Dann schon

eher der Miliz, die ja bekanntlich für die Verfolgung weltlicher Delikte zuständig war. Trelain wusste das. Was er nicht wusste, das war, wie Drew eigentlich seinen Unterhalt verdiente und er wollte es auch lieber nicht wissen.

Sie waren Freunde, seit er sich zurückerinnern konnte. Drews Mutter war eine gute Freundin von Trelains Vater gewesen (Ja, genau *das* dachte Trelain sich auch, aber er hatte es nie ausgesprochen!)

Seit der Zeit, als Trelain bei der Miliz angefangen hatte, verkehrte Drew in Kreisen, die dem eher diametral gegenüberstanden, aber diese Polarisierung ihres Umgangs hatte der Freundschaft keinen Abbruch getan. Trelain vermied Fragen nach Drews Bekanntenkreis, und im Gegenzug versuchte dieser nicht, aus ihm Informationen über Maßnahmen der Miliz herauszulocken. Ein unausgesprochener Vertrag, der sich bis jetzt gut bewährt hatte. Allerdings machte sich Drews Einfluss in anderer Hinsicht bemerkbar, schleichend, wie ein Krebsgeschwür: Wann immer Trelain nach Geoph-Stäbchen (streng verboten!) zumute war - Drew hatte welche! Wann immer Trelain danach zumute war, sich bis zur Bewusstlosigkeit zu betrinken - Drew zog mit. Und Drew vertrug verdammt viel!

Andererseits war Drew der Einzige, mit dem Trelain über persönliche Probleme sprechen konnte - ein Freund eben. Und er hatte wenige, verflucht wenige (Wenn er ehrlich war, gar keine außer Drew und Calaya[1]).

"Was los ist? Ich weiß nicht recht!", rückte Trelain schließlich heraus. "Ich habe ein schlechtes Gefühl bei der Sache."

Drew zündete ein Geoph-Stäbchen an, schmatzte kurz und blies ein kleines Rauchwölkchen zur Decke. "Es ist eine

---

[1] Calaya = ehemalige Partnerin Trelains; seit einem Jahr in Trennung.

dienstliche Sache von dir, nicht wahr? Du bist schon den ganzen Abend so komisch!"

"Komisch fühle ich mich überhaupt nicht, ehrlich!"

"Rede keine Smat! Du weißt genau, wie ich 'komisch' gemeint habe. Mit deinen Wortklaubereien kannst du vielleicht deine Untergebenen beeindrucken, mich nicht!"

Trelain setzte sich und sah Drew an, der vielleicht sein Halbbruder war. "Wir haben nie über Interna meines Berufs gesprochen, nicht wahr?" Er wartete keine Antwort ab, sondern fuhr gleich fort: "Wärst du bereit, dir jetzt einmal eine Geschichte anzuhören, einfach aus dem Grund, weil sie mir Unbehagen bereitet - und ich vielleicht einfach nur deine Meinung erfahren will?"

"Klar. Aber zuvor noch eine einfache Feststellung: Du hast dich wieder einkaufen lassen, nicht?"

"Ay!" Außer dieser Zustimmung fiel Trelain nichts anderes ein.

"Und warum? Ich dachte, du hättest die Schnauze voll!"

"Ich weiß es nicht! Nimm Abenteuerlust, Geltungsbedürfnis, Langeweile, Gerechtigkeitssinn, Eigennutz und Neugier - und koch dir daraus selbst eine Antwort zusammen. Equest!"

Drew lachte. "Gut gesprochen, Mann! Mir scheint, du hast echt ein Problem! Also erzähl schon!"

Eine halbe Sseg später war die Geschichte beendet, und Trelain lehnte sich in seinem Sessel zurück. "Nun?"

Drew drückte sein Geoph-Stäbchen aus und zuckte die Schultern. "Was heißt hier 'Nun?' Was erwartest du von mir? Dass ich dir eine Patentlösung biete, was du tun sollst? Nemeb!"

"Nichts dergleichen, equart! Ich erwarte ... wenn ich überhaupt etwas erwarte, dass du etwas anderes denkst als ich. Das tust du ja eigentlich immer - aber diesmal will ich es wissen!"

"Und warum?"

"Wenn du noch einmal 'warum' fragst ..."

" ... dann trennst du mir mit deiner Maingosh den Kopf vom Rumpf, ich weiß! Dafür bist du bekannt!"

"Quatsch! Bleib jetzt bitte ernst! Was ist dir bei der Geschichte aufgefallen?"

Drew wiegte seinen Kopf. "Erstens, dass man dich relativ spät hinzugezogen hat. Zweitens, dass du selbst kein gutes Gefühl dabei hast. Glaubst du, dass man dich hereinlegen will?"

Trelain nickte. "Das weiß ich eben nicht! Aber wem sollte etwas daran liegen?"

"Überleg selber! Die Liste deiner Feinde ist lang!"

Das war die Antwort, die Trelain gehofft hatte, nicht zu hören. Wenn er bei dieser ganzen Sache selbst hereingelegt werden sollte, dann ... Eine Intrige? Aber der Mörder, der Geonogon, war real! Nemeb!

"Was noch?"

"Nun", grinste Drew, "ich bin doch nicht so blöd, dir deine eigenen Überlegungen vorzumachen! Der Unterschied zu den anderen Morden war, dass er sich diesmal gewaltsam Eintritt verschafft hat. Also was ist deiner Meinung nach so bemerkenswert daran? Der Kerl bringt Hataii um!"

"Eben!", stimmte Trelain zu. "Und das macht ihm Spaß. Und ich schätze, der Hauptspaß bei der Sache ist der, sich als Freier mitnehmen zu lassen, und den harmlosen Geilen zu spielen. Bis es so weit ist. Dieses Vorspiel, bei dem er genau weiß, was später folgt, aber die Nutte nicht, das ist für ihn die absolute Triebbefriedigung. Er hat die Macht und er weiß es. Er weiß es, equest! Und die Frau nicht! Alles, was später folgt, ist das reine animalische Ausleben des Tötungsinstinktes: Das Herausreißen der Eingeweide - ein Raubtier. Aber was ihm Spaß macht, das ist das Vorspiel!"

Drew schüttelte sich. "Woher willst du das so genau wissen?"

"Hm. Gute Frage. Instinkt. Jedenfalls bleibt die andere gute Frage bestehen: Warum hat er die Tür aufgebrochen, um sich Zugang zu erzwingen bei einer Hataii? Und die hatte auch noch gerade da einen Freier in ihrem Bett?"

Drew grinste. "Ein, nein zwei schwere Fehler, nicht wahr? Allein, dass du auf den Plan gerufen worden bist!"

"Genau! Und das beunruhigt mich: Auf einmal bin ich in die Angelegenheit verstrickt!"

12.

Metropolis - Part 1 - Dream Theater

Den nächsten Tag verbrachte Trelain mit Routinearbeit. Er sichtete Akten und Aufzeichnungen der verschiedenen Milizreviere. Naturgemäß hatte jeder untersuchende Leutnant oder Hauptmann seine Erkenntnisse auf seine persönliche Art niedergeschrieben (oder auch nicht), sodass es auf den ersten Blick schwierig war, Gemeinsamkeiten oder gar gravierende Unterschiede herauszulesen. Die Aufgabe, in diese teilweise dilettantischen Protokolle einen Konsens hineinzubringen, war die dringlichste, und Trelain widmete sich ihr (mit der Begeisterung eines französischen Vier-Sterne-Küchenchefs, der einen Testbericht über einen amerikanischen Schnellimbiss schreiben soll) einige Stunden lang mit grimmiger Entschlossenheit.

Er hatte erwirkt, dass Clancey als sein Verbindungsoffizier abgestellt wurde, und schnaufte trotz seiner zunehmend schlechten Laune erleichtert, als der junge Mann am frühen Nachmittag mit freudestrahlendem Gesicht in dem Milizrevier im siebenundsiebzigsten Niveau auftauchte.

Der Gute ahnte ja nicht, was ihn erwartete.

So wie er ihn am Tag zuvor eingeschätzt hatte, zeigte der Leutnant sich recht anstellig und hatte schnell kapiert, auf was es Trelain ankam. Der Major lächelte in sich hinein. Er war zwar noch keinen Schritt weitergekommen, aber er wertete es als ersten persönlichen Erfolg, dass er jemanden gefunden hatte, der ihm den Routinedreck abnahm. Und wer weiß, vielleicht stieß Clancey bei dem Versuch, in diesen Wust von interesselos zusammengeschrammelten Berichten Ordnung zu bringen, tatsächlich auf etwas, das ihm beim ersten Lesen entgangen war.

Trelain stieg in den Ascator und gab die Geheimnummer ein. (Man darf nicht denken, dass jeder die Ascatoren benutzen konnte oder durfte. Die Fahrstühle setzten sich nur in Bewegung, wenn man auf der Bedienungsplatte vor dem Fahrtziel eine fünfstellige Zahlenkombination eingab, welche alle Zehntage wechselte. Weitere drei Stellen waren notwendig, wenn man mit dem Lift bestimmte Niveaus erreichen wollte, zum Beispiel im Regierungs- oder Kirchenviertel.)

Manchmal war er schon froh über diese Art der Fortbewegung, obwohl ihm die Dinger nicht ganz geheuer waren. Aber wenn er wie jeder "normale" Clerchen oder gar Orkard gezwungen gewesen wäre, die Treppen zu benutzen, um von einem Niveau zum anderen zu gelangen, dann hätte er sich jetzt schon die Hacken von seinen Stiefeln abgetreten. Immerhin waren jeweils hundert Meter Höhenunterschied von einem Stockwerk zum anderen zurückzulegen. (Wenn man nur seine Arbeit bei der Miliz in den letzten zwei Jahren rechnete, dann hatte Trelain in dieser Zeit mehr Höhenmeter überwunden als Luis Trenker in seinem ganzen Leben.) Als sich der Fahrstuhl leicht knirschend in Bewegung setzte, überlegte er: Noch zweieinhalb Ssegs bis zur Dunkelphase. Er wusste nicht, wer eigentlich jeden Tag genau zur selben Zeit die Yllumi-Röhren ausschaltete. Er kannte auch niemanden, der dies wusste (oder es zugab). Seltsam, dass er sich schon wieder Gedanken um alltägliche Fragen machte. Früher war ihm dies egal gewesen. So, als ob irgendein bis jetzt unbenutzter Teil seines Geistes plötzlich die Arbeit aufgenommen hatte.

Mit einem Mal spürte wieder den Durst und die Kopfschmerzen.

Wer machte sich eigentlich überhaupt Gedanken um so etwas?

Philestasis vielleicht.

Philestasis.

Eine seltsame Zielstrebigkeit erfüllte Trelain plötzlich. Er würde den alten Freund seines Vaters heute Abend aufsuchen. Warum? Weil ... Ja, warum eigentlich?
Weil Trelain instinktiv spürte, dass irgend etwas in sein Leben getreten war, das sich von allem unterschied, das sich bisher unter dem Oberbegriff "Veränderung" vorgestellt hatte. Gut, es war ein Wechsel gewesen, als er in die Miliz eingetreten war. Er hatte seine Lebensgewohnheiten umstellen müssen (nicht allzu sehr, wie er später feststellte, denn die Termini Gleichgültigkeit, Faulheit, Gier, Genusssucht, Bestechlichkeit und Opportunismus waren in Kreisen von Milizbeamten beileibe nicht unbekannt - im Gegenteil!).

Dann die Veränderung, als er Calaya "ehelichte". (Den Begriff der Ehe darf am sich in Subgäa keineswegs gesetzlich oder kirchlich reglementiert vorstellen. Es handelt sich lediglich um die freie Willenserklärung eines Mannes und einer Frau, als freiwillige Partner zusammenzusein und vielleicht einen Hausstand zu gründen. Gesetzliche Konsequenzen ergaben sich daraus nicht, und der Kirche war das vollkommen egal, die interessierte sich nur dafür, ihr eigenes politisches Süppchen zu kochen.)

Die Frau hatte es tatsächlich geschafft, ihn mitsamt seinen lieben Gewohnheiten vollständig umzukrempeln. Eine reife Leistung, aber (leider) nur von kurzer Dauer.

Schließlich die Trennung vor einem Jahr, verbunden - natürlich - mit dem verstärkten Rückfall in die ganz alten Gewohnheiten.

Veränderungen.

Aber das hier war etwas anderes. Die Tatsache, dass gerade ihm die Aufgabe übergeben worden war - noch dazu vom Kanzler persönlich! -, den Geonogon aufzuspüren, einen Serienmörder, der Hataii aufschlitzte. Trelain wusste nicht, was ihn an der Sache eigentlich beunruhigte, aber dieses ungute Gefühl war da. Es saß ihm im Genick wie ein Alpdruck.

Ein Mörder. Ein Wahnsinniger, der sich an dem Anblick von Blut und herausgerissenen Eingeweiden berauschte. Einer, der ohne Motiv tötete. Nein, nicht ohne. Das Motiv schlummerte in dem Mann. Alles hatte irgendeinen Grund. Nur war dieser Grund einem "normalen" Menschen nicht zugänglich. Aber wer war schon normal? Und diesen Mann (das Argument mit der mit großer Kraft geführten Klinge hatte Trelain halb überzeugt, dass der Täter männlich war; aber mehr noch: In seiner Imagination hatte sich das Bild eines Mannes herangebildet. Es war schemenhaft, undeutlich, verschwommen, verwischt - aber ein Mann! Und dieses innere Bild war eine Spur, nein, nicht einmal der Schatten einer Spur, aber der Anfang der Verbindung zwischen zwei intelligenten Wesen. Der Geonogon hatte den männlichen Freier der Hataii mit einem sauberen Stich getötet. Die erste offensichtliche Abweichung in seiner Vorgehensweise.
Er beherrschte seine Waffe.
Die andere Frage blieb: Warum konnte Trelain das Gefühl nicht mehr abschütteln, dass hier irgend etwas vorging, das mit einem "gewöhnlichen" Triebtäter nicht in Einklang zu bringen war? Und vor allem: dass er plötzlich die Hauptrolle in einem Spiel spielte, dessen Regeln er nicht einmal kannte?
Philestasis.

Es war nicht einfach, zu dem alten Philosophen vorzudringen.
Philestasis hatte sein Refugium im neunundzwanzigsten Niveau. Ziemlich weit oben, genau an der Grenze zwischen dem Regierungs- und dem Kirchenviertel. Trelain hatte die Genehmigung und die Codenummer, um bis in den Kremanwar hinaufzufahren (wobei nur die persönlichen Stockwerke des Kanzlers und des Königs und seiner Familie ausgespart waren), aber alles, was oberhalb lag, war kirchliches Gebiet. Wenn er mit seiner Kennzahl versuchte, über das dreißigste

Niveau hinauszufahren, dann würde er sicherlich abgefangen und kontrolliert.

Andererseits die Treppe: Er wusste von keinem einzigen Fall, dass jemand versucht hätte, das Deusemtan wirklich zu Fuß zu betreten.

Nichtsdestotrotz: Bischof Polikides war zwar ein hässlicher Gnom, aber mit Sicherheit nicht so naiv, gerade den naheliegendsten Zutritt zu seinem Reich unbewacht zu lassen.

Was also tun? Ein undefinierbares, aber trotzdem bestimmtes Gefühl warnte Trelain davor, einfach hinaufzufahren und Zutritt zu erbitten. Sicherlich wäre dieser gewährt worden, aber dann hätte sofort die ganze Pursuition Bescheid gewusst, dass er sich mit Philestasis unterhalten hatte.

Er traute der ganzen Kirchenbehörde nicht. Nicht nur, dass es eigentlich überhaupt keinen Glauben in ganz Subgäa gab (außer an die allmächtige Erde, die einen tagtäglich und überall umgab, und die bis jetzt noch keine einzige Willenskundgebung getan hatte. Eine geduldige Gottheit sozusagen, sie erbat und sie forderte nichts, und im Gegenzug gab sie auch nichts. Eine wahrhaft gerechte Rollenverteilung zwischen Mensch und Gott.), nein, ihm war die Rolle der Kirche an sich suspekt:

Sie verfolgte mit gnadenloser Unbarmherzigkeit alle jene, die gegen das Königshaus, das selbst als Hort der Inkompetenz, Gleichgültigkeit und Dekadenz galt, sprachen, handelten, oder zumindest im Verdacht standen, dies zu tun. Damit sicherte sie sich ihre eigene Position. Um es anders auszudrücken: Die Kirche hatte den jeweils regierenden König zum Gott erklärt (bezeichnenderweise immer dann, wenn dieser klerusfreundlich eingestellt war) und übernahm die politisch undankbare Aufgabe, Regimegegner mundtot zu machen, wörtlich, indem sie bei dem Wort "mundtot" bescheidenerweise (wie es einem Mann des Glaubens zusteht) die erste Silbe wegstrich. Die solcherart Verurteilten wurden

in den Kerkern des Deusemtan im dreiundzwanzigsten Niveau mit schlagenden Argumenten von der Notwendigkeit, sich zum wahren Glauben zu bekehren, überzeugt. Und, so seltsam das auch klingen mag, es soll wirklich verstockte Sünder gegeben haben, die, nachdem man ihnen - im Sinne des wahren Glaubens, was immer das auch sein soll! - die Fingernägel herausgerissen, die Beine in einen Zementblock eingegossen hat, und dann durch freigelassene Löcher lange Stahlnägel durchgeschlagen hat, die dann wirklich zugegeben haben, dass sie ethisch gefehlt hatten, indem sie mit der göttlich vorgegebenen Gesellschaftsordnung nicht einverstanden waren.
Soweit dazu.

13.

The Hermit - Steve Hackett

Es war gar nicht so schwierig gewesen, und den Trick hatte ihm Drew verraten: sehr schnell hintereinander auf die "Eins" drücken, in der Kombination des Stockwerks, das man ansteuern wollte. Also Neunundzwanzig, entschied Trelain. Lieber ein Niveau zu hoch landen, für alle Fälle. Immerhin befand er sich jetzt mitten im Kirchenviertel. Warum Philestasis seinen Wohnsitz ausgerechnet hier gewählt hatte, wer weiß?

Er traf keinen Menschen im Gang (die Gänge waren, wie er es im Kremanwar schon gesehen hatte, luxuriös ausgestattet und verschluckten die Schrittgeräusche vollständig). Merkwürdig, dass in der Dunkelphase in diesen oberen Stockwerken niemand mehr unterwegs war. Ein totes Gebiet.
In den Clerchen und Orkard-Niveaus war das ganz anders: Wenn die Yllumi-Röhren ausgeschaltet wurden, dann "blühte" das Leben erst so richtig auf.
Aber hier?

Trelain erreichte die Tür, die er gesucht hatte, nach kurzer Zeit. Kein Posten stand davor, und er trat einfach ein. Der Eindruck des Raumes war der, wie er ihn früher gekannt hatte, als er mit seinem Vater hier war: Bücher vor allem, Unmengen von Büchern, die sich an den Wänden stapelten. Ein Regal über dem anderen, bis zur Decke hinauf, Regale über Regalen, die den Eindruck erweckten, als sei das Wissen der gesamten Menschheit hier, genau an diesem Platz, in Form von schwarzen Buchstaben auf weißen Seiten, niedergelegt worden.

Die Altehrwürdigkeit dieses gesammelten Wissens hielt Trelain nicht davon ab, sich seine eigenen Gedanken zu machen. Aber bevor er sich noch in die Esoterik flüchten konnte, hielt ihn eine Stimme aus dem Hintergrund zurück:
"Ah, Trelain, endlich bist du da!"
Er sah sich um, und er erkannte in dem Fast-Dunkel den kleinen alten Mann, den er hier zu treffen gehofft hatte. "Philestasis, bist du das?"
"Natürlich, Trelain, ich bin es! Auch wenn du es nicht glaubst!"
"Mann, bist du eingeschrumpelt!"
"Vielen Dank, Mann!"
Der kleine Mann, der aussah, als wäre er inmitten seiner Wachstumsphase von einem Riesen in der Mitte auseinandergeschnitten worden, und der ein Gesicht wie ein kleines Kind hatte, lachte Trelain ehrlich an.
"Was darf es denn sein, Major, häh?"
"Du weißt?"
"Natürlich! Aber du glaubst doch wohl nicht, dass ich dir das verrate!"
"Was?"
"Halt! Halt! Eine Fangfrage!"
Philestasis wieselte einige Male in seiner Behausung auf und ab, bis er schließlich in einem Schrank das Gewünschte fand: einige Gläser und ein kleines Stäbchen Geoph.
"Lass uns das hier trinken, Trelain, es wird das letzte Mal sein, dass wir das tun. Ich spüre, dass es das letzte Mal sein wird."
"Und warum?"
"Oh, für jeden ist die Zeit einmal gekommen, und bei mir ist das jetzt der Fall. Komm, setz dich!"
Trelain nahm in einem uralten Sessel Platz und spürte Staub in der Nase. Er unterdrückte seinen Niesreiz und nahm dankend das Glas aus der Hand des Weisen.

Des Weisen? Naja, manchmal war Philestasis nicht ganz bei sich und redete wirres Zeug. Oder waren es doch tiefschürfende Erkenntnisse über den Sinn des Lebens, die bloß niemand verstand?
"Für was ist bei dir die Zeit gekommen? Zu sterben?"
Der alte Mann lächelte und schwenkte sein Glas, wobei er sich einen Spritzer über die Hausjacke schüttete, aber das störte ihn nicht. "Sterben, weggehen, verschwinden - nenn es, wie du willst! Das Wichtigste ist, dass ich keine Angst davor habe. Aber um dich mache ich mir Sorgen, mein Sohn. Wie geht es Calaya?"
Trelain war verwirrt. Drei verschiedene Themen in drei Sätzen.
"Wie ...", stotterte er, " ... Calaya, ja, ich denke, ihr geht es gut. Weißt du, wir haben uns seit einigen Zehntagen nicht gesehen. Warum machst du dir Sorgen um mich?
Philestasis schüttelte vorwurfsvoll den Kopf. "Na, wenn das kein Grund zur Sorge ist!"
"Was denn?"
"Äh, richtig, das kannst du ja nicht ... äh ..." Der alte Mann zog sich aus seinem Lehnstuhl hoch und stand einen Moment lang unentschlossen im Raum, wie ein Kind, das gerade einen tollen Einfall gehabt hatte, sich aber jetzt nur noch daran erinnern konnte, dass es eine Idee gehabt hatte. Trelain seufzte. Das war immer der Beginn der Phase, in der Philestasis zu philosophieren begann (im Sinne von "unverständlich daherreden").
"Ah ja!", fuhr Philestasis so plötzlich fort, dass Trelain fast erschrocken wäre. "Die Geschichte, deine Geschichte, Runic. Es ist schon seltsam, nicht wahr! Zwei Geschichten in einer."
"Was?" Es war wirklich seltsam. Trelain war weit davon entfernt, die Worte des Alten als wirres Geschwätz abzutun. Im Gegenteil, er spürte, dass Philestasis gerade etwas gesagt hatte, das - und nicht nur für ihn - von eminenter Wichtigkeit

war. Seine Nackenhaare stellten sich auf. Wie hatte er ihn genannt: Runic?

Der Philosoph war inzwischen zu einem großen Tisch geschlurft, auf dem Hunderte von alten Büchern herumlagen, dicke Schwarten, von denen die Umschläge schon halb zerfallen waren. Er begann ein zielstrebiges, aber in Trelains Augen völlig unkoordiniertes Suchen und Wühlen, als sei ihm die Glut eines Geoph-Stäbchens dazwischengefallen, und er befürchtete einen Großbrand. Dabei ächzte und schnaufte er und brabbelte unverständliches Zeug vor sich hin.
Trelain kannte das. Voraussichtlich war mit dem Alten jetzt für die nächsten Ssegs nichts mehr anzufangen.
Dieser wurde immer ärgerlicher, weil er das Gewünschte nicht fand, und fluchte in der Alten und der Neuen Sprache vor sich hin, wobei öfter das Wort Runic zu verstehen war, aber auch Manwar und Sem.
Schließlich gab er erschöpft auf. "Equest! Ich finde es nicht, das verdammte Skript mit der Fabel. Ich hasse es, wenn Buttak hier aufräumt - man findet nichts mehr!"
Bei Buttak handelte es sich um den Diener Philestasis, der ... ja, wo war der Kerl eigentlich? Trelain hörte sich die Schimpftiraden über nichtsnutzige Bedienstete eine Zeit lang an, obwohl er die Meinung Philestasis' nicht teilte: Wer es wagte, hier für Ordnung zu sorgen (naja, so konnte man das auch nicht sagen, lieber: das Chaos in Grenzen zu halten), der war eher bewunderns- als verdammenswert.
Nach einer Weile musste Philestasis schon aus Luftmangel verstummen, und Trelain nutzte die erzwungene Unterbrechung des Redeschwalls, um auch wieder zu Wort zu kommen:
"Wer ist Runic, von dem du immer sprichst? Und was ist eine Fabel? Eine Kurzgeschichte?"

Der Alte lachte. "Der Runic? Na, das bist du! Und eine Fabel? Mein lieber Sohn, mir scheint, hier zeigen sich Lücken in deiner Bildung, die wahrhaftig erschreckend sind. Eine Fabel ist eine kurze Geschichte über Tiere, die ..."

"Über Tiere? Was soll man schon groß über Erdwürmer und Vavnirds[1] schreiben?"

"Vavnird, genau, das kommt auch vor!" Philestasis nickte eifrig, und Trelain fragte sich allen Ernstes, in welcher Phase der alte Mann sich jetzt gerade befand. Redete er jetzt vernünftig oder diesen nur ihm selbst verständlichen Quatsch?

"Ich ... warte!", murmelte Philestasis, und begann erneut mit seinem Werk, die Bücher auf dem Tisch umzusortieren. Und, fast ein Wunder, schon nach kurzer Zeit förderten seine Bemühungen einen Wälzer zutage, den er Trelain stolz entgegenhielt. "Hier! Darin kannst du alles nachlesen, mein Sohn. Du bist der Runic, kein Zweifel!"

Trelain wusste nicht recht, was er sagen sollte. Erstens, weil ein Teil seines Verstandes, der sich wohl ausschließlich mit sprachlichen Unregelmäßigkeiten beschäftigte, hartnäckig versuchte, sich Gehör zu verschaffen: Er hatte jetzt schon zum wiederholten Male 'der Runic' gesagt, nicht einfach 'Runic'. Also kein Eigenname, sondern - was? Zweitens, weil die ganze Szene an ein schlampig inszeniertes Theaterstück erinnerte:

Er, der wiedereingestellte Major der Miliz, saß in einem Sessel, machte wahrscheinlich das dümmste Gesicht seines Lebens, und starrte auf eine uralte Schwarte, die ihm ein präseniler Zwerg, der allgemein als Weiser bezeichnet wurde, in die Hand drücken wollte.

Zu allem Überfluss stellte Philestasis auch noch mit dem selbstsicheren Lächeln eines Jünglings, der seine erste Frau beschlafen hatte (und dabei feststellen konnte, dass es wirk-

---

1 Vavnird = kleine Spinne; harmloses, aber lästiges Ungeziefer, das überall in den unteren Niveaus anzutreffen ist.

lich so ging, wie er sich das gedacht hatte) fest: "Na, *du* bist der Runic! Und nicht nur das! Zwei Geschichten! Du bist noch etwas anderes geworden und du musst es wissen! Du und noch jemand! Zwei Transfers! Und du suchst den anderen!"

Er reckte Trelain das Buch entgegen, das aussah, als ob in grauer Vorzeit darin jemand die Bauanleitung für Pfeil und Bogen notiert hatte.

Der Major dankte ergebenst. "Was zum Henker ist ein Runic?"

Der Alte sah ihn mit leicht verwirrtem Blick an und schüttelte den Kopf: "Ein Fuchs natürlich!"

Was war ein Fuchs?

Das Buch vor seinen Augen - es war in der Alten Schrift.

14.

Killer - King Diamond

Trelain hatte an diesem Abend nichts mehr aus Philestasis herausgebracht, das ihm irgendwie von Nutzen sein konnte. Er trank noch zwei Gläser Geoph mit dem alten Philosophen, bis dieser nur noch unverständliches Zeug in der Alten Sprache vor sich hinbrabbelte. Wenn er dieses Idiom wenigstens verstanden hätte!
So blieb ihm nichts anderes übrig, als sich, bewehrt mit der dicken Schwarte, schließlich nach Hause zu begeben. Er hatte einige Male versucht, Philestasis davon zu überzeugen, das Buch zu behalten, da es ihm sowieso nichts nutzte, aber dieser hatte halsstarrig darauf bestanden, dass er es mitnahm und studierte.
Als Trelain bei sich zu Hause war, legte er den Wälzer auf ein Regal und legte sich schlafen.

In der Nacht schlief er äußerst schlecht und wachte mitten in einem Albtraum auf, als das typische Einschaltbrummen der Yllumi-Röhren ertönte.
Die nächsten beiden Tage gehörten der Routinearbeit, was seine Laune nicht gerade verbesserte. Zum Glück erwies sich Clancey wirklich als wertvoller Assistent und zeigte bei der Auswertung der Akten eine Umsicht und ein Verständnis für systematisches Arbeiten, das Trelain schon fast bewundern musste.
Nichtsdestoweniger kam nichts dabei heraus, aber das war zu erwarten gewesen.
Trelain hasste es, sich die Tatsache selbst einzugestehen, aber so war es nun mal: Wenn der Geonogon keinen wirklich schwerwiegenden Fehler beging, dann würde er nur durch Zufall gefasst werden. Und bis dahin würde er weitermachen.

So lange, bis sich in seinen Taten wirklich eine eindeutige Systematik abzeichnete. Und Trelain hatte zu der bevorzugten Klasse der *Prowen* gehört, die eine Schulbildung genossen hatten. Also auch Mathematik. Daher wusste er, dass sich selbst in dieser exakten Wissenschaft eindeutige Zuordnungen nur bei einer relativ großen Zahl von Einzelereignissen ergaben - wie viel komplizierter stellte sich der Sachverhalt dar, wenn es um Menschen ging, nicht um lineare Faktoren! Equest!

Der dritte Tag brachte die entscheidende Wende - aber nicht so, wie er sich das vorgestellt hatte:
 Trelain wachte auf, weil jemand heftig an seine Tür klopfte. Sofort wusste er, dass etwas geschehen war.
 Clancey.
 Der Leutnant machte ein Gesicht, das Trelain alles sagte.
 "Komm rein! Ein weiterer Mord?"
 "Ay. Und nicht nur wieder eine Hataii, sondern ..."
 "Moment, Moment! Lass mich wenigstens erst richtig aufwachen! Wie spät ist es denn?"
 "Seit ein paar Zentsseg Hellphase. Ich bin auch erst seit einer halben Sseg wach. Du wirst es nicht glauben ..."
 Trelain winkte mit einer Grimasse ab: "Halt! Hast du schon gefrühstückt?"
 "Nemeb. Keine Zeit."
 "Na, dann tu's hier! Unangenehme Nachrichten vor dem Frühstück versauen mir den ganzen Tag. Also setz dich und halt die Klappe, bis ich wenigstens so weit bin!"
 Clancey nickte ergeben und nahm Platz.

(Die wenigen Zentssegs, die er auf Trelain wartete, wollen wir nutzen, um auf ein anderes Thema einzugehen, das sich hier geradezu anbietet: Wer bisher aufmerksam mitgelesen hat, wird sich - zu Recht - fragen, von was die Bewohner

Subgäas eigentlich leben. Nun, das ist einfach erklärt, so einfach wie die Frage, warum die Sonne scheint, oder warum die Schwerkraft anziehend und nicht abstoßend wirkt[1].

Sie leben von Nahrungskonzentrat, das entweder in Form einer Paste oder von kleinen gepressten Tabletten allüberall an Ausgabestellen verteilt wird. Dieses *Lab* ist jedermann zugänglich und wird umsonst abgegeben; selbst die *Orkards*, die vollkommen Unprivilegierten, haben also zumindest in dieser Beziehung keine Schwierigkeiten. Das Lab gibt es in verschiedenen Geschmacksrichtungen, die sich voneinander ungefähr so sehr unterscheiden wie italienische Nudeln ohne Sauce und Beilagen.

Entsprechend begehrt und teuer bezahlbar sind natürlich "richtige" Speisen: Fleisch von Erdwürmern und Skualmans und Gerichte aus den wenigen Pilzarten, die man manchmal in den Außenbezirken findet.

Wer jetzt abfällig Nase und Doppelkinn rümpft, der wäre erstaunt, wie delikat Skualman schmeckt, wenn man sonst nur pappige Proteinpaste bekommt. Wer jahrelang nur Reis pur gegessen hat, dem muss eine Erbswurstsuppe wahrlich begehrenswerter als Sophia Lorens jüngere Schwester in Strapsen erscheinen.

"Oberst Hachton?" Trelain schüttelte den Kopf. "Der Stellvertreter von General Casnoff? Equest!"

Clancey nickte: "Genau der! Der zweite Milizchef! Der Fluch gerade war berechtigt!"

"Nein, nein!", lachte Trelain böse. "Der Fluch bezog sich darauf, dass es diesen Smathaufen von General nicht selbst erwischt hat! Damit hätte der Geonogon ein gutes Werk getan. Dieser Humum!"

---

[1] Wenn die Schwerkraft nach oben wirken würde, dann würden wir, sobald wir ins Freie träten, in den Weltraum davonfliegen. Und wenn die Sonne nicht schiene, dann gäbe es niemanden, der diese Frage stellen könnte. Tja.

Der andere sah etwas betreten zu Boden. Immerhin hatte der Major gerade seinem höchsten Vorgesetzten den Tod gewünscht.

Trelain mochte die Gedanken seines Gegenübers erraten haben, denn er winkte leichthin ab: "Lassen wir das! Aber ist Euch nichts aufgefallen?"

Er wartete die Antwort nicht ab, sondern fuhr gleich selbst fort: "Er fängt an, Fehler zu machen, das ist es! Und das gefällt mir nicht!"

Clancey starrte ihn verständnislos an: "Das gefällt Euch nicht? Aber ... es müsste doch gerade in unserem Interesse sein, dass er Fehler macht ..."

"Schon, schon. Aber er müsste eigentlich besser werden, versteht Ihr? Perfekter, routinierter - eben besser! Irgendetwas in ihm brennt, treibt ihn dazu, Frauen aufzuschlitzen. Er ist mit Sicherheit ein erwachsener Mann, und er hat diesen Trieb nicht erst seit gestern. Also hat er ihn lange Zeit unterdrückt, unter Kontrolle gehabt. Irgendwann dann hat er seine erste Tat begangen, und als ihm nichts passierte, die zweite. Auch das ist 'gut' gegangen. Und ab diesem Zeitpunkt müssen bei ihm sämtliche Schranken gefallen sein. Er dachte sich: 'Ich kann meinen Trieb in die Tat umsetzen - es funktioniert! Ich kann weitermachen, aber ab jetzt muss ich damit rechnen, dass man hinter mir her ist.' Und von da an stellte er seinen Verstand seinem Trieb zur Verfügung und begann, seine Taten besser zu planen ..."

"Entschuldigt, aber woher wollt Ihr das wissen, Major?", unterbrach Clancey. "In den Aufzeichnungen ..."

"Die Akten sind so gut wie wertlos, das habt Ihr selbst gesehen! Aufgenommen von irgendwelchen Milizkorporalen, die kaum die Rechtschreibung beherrschen und gerade imstande waren, zu vermerken, dass etwas passiert ist. In den ersten beiden Fällen ist noch nicht einmal ein Arzt gerufen worden. 'Eine erstochene Hataii gefunden!' Nein, Die Abstände zwischen den Morden wurden kürzer, und das bedeutet, dass er sich sicherer wurde, obwohl er damit rechnen musste, dass er ab jetzt verfolgt wurde."

"Vielleicht war er sich eben zu sicher, deshalb diese beiden Schnitzer."

Trelain lachte wiederum. "Schnitzer ist wirklich gut ausgedrückt, Leutnant, wirklich sehr gut! Nun besagt die Wahrscheinlichkeitsrechnung, dass bei einer genügend hohen Anzahl von Taten die Wahrscheinlichkeit steigt, dass etwas schiefgeht. Irgend etwas, das er nicht einplanen konnte, wie zum Beispiel, dass die Hataii einen 'Gast' hat. Aber ..."

Er ließ bewusst eine Pause, und Clancey fragte prompt: "Aber?"

"Aber nicht zwei Mal hintereinander! Dass er einen zweiten Mord begehen musste, was nicht eingeplant war, hätte ihm erst einmal einen gewaltigen Schrecken einjagen müssen: 'Meine Planung ist nicht so perfekt, wie ich dachte - Vorsicht!' Folglich hätte der nächste Mord wesentlich länger auf sich warten lassen. Und zweitens: Zweimal wird als praktisch Unbeteiligter - wenn man von der Absicht des Beischlafs einmal absieht - eine hohe Persönlichkeit mit erwischt. Und für einen Zufall ist mir das ein bisschen zu viel Zufall!"

"Und was schließt Ihr daraus?", fragte Clancey mit zusammengekniffenen Augenbrauen.

"Irgendetwas an dieser Sache ist equest faul. Womöglich ..."

"Womöglich ...?"

"Womöglich ist er kein Triebtäter!"

15.

In your Eyes - Riot

Der Vormittag hatte nicht viel gebracht. Trelain hatte den Tatort besichtigt, eine Wohnung im 83. Niveau. Eine üble Gegend. Und wie üblich eine Hataii. Der Rest eigentlich schon Routine:
Die Frau war kaum noch als ehemaliges menschliches Wesen zu erkennen, der Mann mit einem 'sauberen' Stich von hinten ins Herz erledigt.
Ansonsten: Viel Miliz, ein Arzt, viele misstrauische Gesichter auf den Gängen, und ein weiterer Leutnant, der Trelain die Aufforderung überbrachte, sich umgehend bei General Casnoff einzufinden.
Das war zu erwarten gewesen. Die Ermordung seines eigenen Stellvertreters zwang den Chef der Miliz, jetzt persönlich auf den Plan zu treten. Trelain fluchte. Was immer geschehen war, oder weiterhin geschah, oder wer oder was auch immer hinter dieser Sache steckte - er, Trelain, war als Sonderbeauftragter des Kanzlers zur Untersuchung dieser Sache derjenige, an dem alles hängenblieb. Er hatte es gewusst und sich darauf eingelassen, aber dass die Situation sich so schnell zuspitzen würde, das hatte er nicht erwartet. Selber schuld, equest!

In dieser Laune verabschiedete er sich von den untersuchenden Beamten und wollte zusammen mit Clancey den Ascator besteigen, als er eine Hand auf seinem Arm spürte.
"Seid Ihr der Oberst? Entschuldigt bitte!"
Trelain wandte sich um und sah vor sich eine nicht mehr ganz junge, aber noch recht hübsche Frau mit schwarzen glatten Haaren. Sie lächelte ihn zaghaft an und zeigte dabei

einen halb abgebrochenen oberen Schneidezahn, daher wohl das leichte Lispeln.

"Nun, *der* Oberst bin ich nicht, außerdem nur Major!"

Das Lächeln verblasste sofort, und Trelain merkte, dass sein Scherz wohl etwas zu forsch geklungen hatte. Als die Frau die Hand wegzog und einen Schritt zurücktrat, hob er beschwichtigend die Arme: "Ich bin Major Trelain, und falls Ihr ..."

Sie ließ ihn nicht ausreden: "Seid Ihr der Milizoffizier, den der ..., der ...?"

Sie warf einen Blick links und rechts neben sich und dann auf Clancey, der sie misstrauisch begutachtete.

Trelain räusperte sich, um die Aufmerksamkeit wieder auf sich zu lenken, dann setzte er nochmals an: "Ich bin Major Trelain, und ich bin mit der Untersuchung dieser ... hm ... Sache beauftragt, falls Ihr das wissen wolltet. Ay?"

Jetzt war sie vollkommen eingeschüchtert, das sah er sofort. Aber offenbar hatte die Frau ihm etwas sagen wollen, und momentan war er für jeden Hinweis dankbar. Als sie noch einen Schritt zurückweichen wollte, packte er sie am Arm, lockerte aber sofort seinen Griff, als er sah, dass sie die Mundwinkel im Schmerz verzog.

"Was wolltet Ihr mir sagen? Bitte, Ihr könnt offen mit mir sprechen!"

Sie warf einen weiteren undefinierbaren Blick zu Clancey, der missmutig den Mund verzogen hatte, und Trelain verstand.

"Na schön", brummte er. "Wolltet Ihr Euch mit mir alleine unterhalten?"

Sie nickte und er schickte den Leutnant mit einer Handbewegung fort.

"Nun? Übrigens: Ich kenne Euren Namen noch nicht, oder ...?"

"Nein, nein!", winkte sie ab. "Ich heiße Marcia, und ..."

Sie schwieg. Trelain betrachtete sie nochmals. Die Kleidung. Nun, hier unten zog sich jeder an, was er eben so hatte.
"Ihr seid Hataii?"
Nicken.
Innerlich schüttelte Trelain den Kopf. Das gab es also tatsächlich: Eine Nutte, die sich ihres Berufs schämte. Oder war das etwas anderes? Furcht? Vor der Miliz?
"Können wir uns an einem anderen Ort unterhalten?", fragte sie plötzlich. "Nicht hier?"
"Natürlich! Was schlagt Ihr vor? Bei mir zu Hause?"
Sie lachte leise und produzierte einen wahrhaft bezaubernden Augenaufschlag. "Nemeb, Ihr seid ein hoher Milizoffizier ..."
"Na, wo dann? Ich schätze, ein Milizrevier wäre wohl auch nicht so ganz nach Eurem Geschmack!"
"Nemeb!" Jetzt lächelte sie wieder. "Was haltet Ihr von einer Kneipe - im 75. Niveau?"
"Warum nicht?"

Für das Stockwerk war die Kneipe nicht einmal schlecht: zwei große vergitterte Fenster zum Zentralschacht, die Tische und Bänke waren zwar nicht gepolstert, aber sauber, das Wasser schien frisch, und das Geoph war nicht so sehr gepanscht, wie er erwartet hatte. Auf einer erhöhten Bühne in einer Ecke spielte eine Drei-Mann-Kapelle leise Musik auf Saiteninstrumenten. Zum Glück keine Streicher! Im Hintergrund flackerte eine Yllumi-Röhre und warf in Ssigabständen den Schatten der Theke an die dahinterliegende Wand. So eine Röhre kurz vor dem Ableben ging zwar sonst, wo man Wert auf konstante Beleuchtung legte, gewaltig auf die Nerven, aber hier passte der Effekt ganz gut.
Marcia hatte Geoph bestellt, und Trelain war stillschweigend einverstanden gewesen. Der erste Schluck verbreitete angenehme Wärme in seinem Inneren.

Er stellte vorerst keine Fragen, um abzuwarten, wie sie beginnen würde, deshalb überraschte ihn die plötzliche Eröffnung:
"Kann Ich Euch trauen, Major?"
Aber Trelain wäre nicht er selbst gewesen, wenn er sich nicht sofort darauf eingestellt hätte: "Die Frage ist Quatsch, nicht wahr? Wenn Ihr mir nicht trauen könnt, dann würde ich's wohl kaum sagen, oder?"
Sie verbesserte sich sofort: "Nemeb, ich meinte, seid Ihr wirklich von ... von ..."
Trelain stützte sich mit den Ellbogen auf dem Tisch auf und sah ihr in die Augen: "Ihr wolltet wissen, ob ich wirklich vom Kanzler persönlich beauftragt bin. Deswegen sagtet Ihr vorhin auch nicht 'Seid Ihr der' sondern 'Seid Ihr *den* der ...'! Richtig?"
Er wartete die Antwort nicht ab, sondern fuhr fort: "Ja, ich bin es! Und ich finde, jetzt könntet Ihr etwas zu dieser Unterhaltung beitragen! Nicht, dass ich etwas dagegen habe, in üblen Spelunken Geoph zu trinken, aber ich habe zu tun!"
Wenn er jetzt befürchtet hatte, die Rede würde sie wiederum einschüchtern, dann sah er sich ausnahmsweise einmal getäuscht.
Marcia nickte nur und begann dann:
"Ich denke, Ihr seid der richtige! Also: Meine Freundin Elaine wohnt im 83. Niveau ..."
"Wo der Mord geschah?"
"Ay. Und nicht weit davon."
In Trelains Kopf klingelte es. Nicht weit davon?
"Und sie hat etwas gesehen?"
"Das weiß ich nicht!"
Die Klingel in Trelains Kopf wurde in einem Kübel mit Eiswasser versenkt und hauchte ihr Leben mit einem hohlen Blubbern aus.
"Ja und?"

"Ich habe etwas gesehen!"
"Was?"
"Sie haben Elaine abgeholt!"
"Wer?"
"Vier Männer. Sie sahen aus wie Milizbeamte. Oder von der Religiösen Behörde. Ich weiß doch nicht ..."
Die Klingel in Trelains Gedanken war zwar ertrunken, aber unter Wasser hatte sie mehrere Kinder geboren, die jetzt alle aufwachten und heftig bimmelnd an die Oberfläche drängten.

16.

Vice Versa - Samson

Trelaine hatte Marcia nach Hause geschickt und sich gerade auf den Weg zu General Casnoff gemacht, als ihm auf dem Gang zu seiner Wohnung Podigbudindrew begegnete.
"Na Alter?" tönte Drew schon, als er um die Ecke bog. "Was soll das verbissene Gesicht? Du siehst aus wie in deinen besten hektischen Zeiten. Ein trauriger Anblick, das kann ich dir sagen! Ham' sie dich wirklich am Arsch gekriegt, was?"
"Ich schätze ja. Und du? Schwankst etwas, was?"
"Ay, ay. Und ich dachte, vielleicht könnte ich dich ja überreden, mit mir ... Aber das sieht heute wohl nicht so aus, was?"
"Nemeb! Die Lage hat sich leider etwas verschärft."
"Verschärft? Das klingt gut, Mann! Ich hab' hier gerade ein bisschen Zeug, das zieht dir die Stiefel aus, das kann ich dir sagen ..."
Trelaine tat es seinem Freund nach und lehnte sich an die Wand: Gerade irgendwas, was mir die Stiefel auszieht, kann ich jetzt überhaupt nicht gebrauchen. So wie es aussieht, muss ich meine Stiefel anbehalten!"
"Klingt nicht gut, klingt nicht gut! Was is' denn schon so groß los, häh?"
"Eigentlich darf ich es bestimmt nicht sagen, aber ich schätze, das kommt sowieso raus: Der Vizechef der Miliz, Oberst Hachton, hat bei einer Hataii ein Messer zwischen die Rippen bekommen. Und wie das so ist: Überlebt hat er es nicht!"
Podigbudindrew ließ sich lauthals lachend an der Wand nach unten sinken. Als er schließlich mit seiner hinteren Extremität unten angekommen war, prustete er nochmals, langte dann in seine Tasche und förderte ein dünnes Geoph-Stäbchen zutage. Mit dem Schmatzen des wahren Genießers zündete er es an, zog den Rauch in seine Lunge, und verkündete

dann nach einer Zehn-Ssig-Pause unter stoßweisem Ausatmen des Rauches: "Du bist ein Humum, Mann!"

Trelain knirschte mit den Zähnen: "Ich weiß, dass der Scherz nicht gut war, schon klar, aber, ..."

Drew lachte noch lauter: "Der Scherz doch nicht! Du!!! Dein guter Hachton, den man bei einer Hataii tot gefunden hat ... Der war so invais[1], wie man sich nur vorstellen kann! Der hätte sich ein Frauenallerheiligstes nicht mal angeguckt, wenn man dahinter den Weg zum ewigen Leben hätte sehen können."

Jetzt wäre Trelain am liebsten zu Boden gerutscht. "Ohne Scherz?"

"Ohne! Dein Oberst war invais!"

"Equest!"

Eine Sseg später fand sich Trelain im Hauptquartier von General Casnoff, Oberkommandierender der Miliz von Subgäa, ein. Seine Stimmung war nicht gut, und die des Generals war es noch weniger.

Das zeigte sich sofort: "Herr Major, ich bin äußerst ungehalten!"

"Das dachte ich mir!"

"Ach ja! Und warum wohl dachten Sie sich das?"

"Erstens aufgrund der Situation, zweitens aufgrund ihres Gesichtsausdrucks!"

Der General überlegte einen Moment. "Dergleichen Bemerkungen finden Sie wohl witzig?"

"Der Witz liegt immer im Sinne des Betrachters, General!"

"Hm. Ich hatte sie jedenfalls nicht kommen lassen, um mir Unverschämtheiten von Ihnen gefallen zu lassen!"

"Das hatte ich auch nicht angenommen, sonst hätte ich mir vielleicht ein paar bessere überlegt ..."

---

1 = homosexuell

"Jetzt schweigen Sie!", schrie Casnoff los. "Es geht hier um ein ernstes Problem. Dieser Mörder ... dieser ... äh ..."
"Geonogon, Herr General, Geonogon!"
"Ja, ich weiß! Sie sind offenbar unfähig, hier etwas zu unternehmen, Herr Major!"
"In der Tat ist es mir nicht gelungen, in dieser kurzen Zeit etwas zu unternehmen, Herr General. Ich halte auch ..."
"Schweigen Sie!", brüllte Casnoff nochmals, und Trelain hatte für eine Sseg das zweifelhafte Vergnügen, seinen - sozusagen - obersten Vorgesetzten nochmals zu betrachten:
Casnoff - General Casnoff, er musste sich dies immer vor Augen halten - war ein grauhaariger Sechzigjähriger mit einem Bauch, der sich nicht mehr unterdrücken ließ. Dies machte er durch besonders gerade ausgerichtetes militärisches Verhalten wieder wett, unterstützt durch einen kurzen Knebelbart und eine breite rote Schärpe um seine ausgedehnte Mitte. Dieser Eindruck der Stattlichkeit ging wohl etwas auf Kosten der kriegerischen Wendigkeit, vermittelte aber dafür den für simple Gemüter so ungemein wichtigen Aspekt der militärischen Omnipräsenz: 'Lasst uns nur machen, wir werden die Sache schon hinkriegen!'
Trelain konnte den Kerl nicht ausstehen, kurz gesagt.
"Ich werde Ihnen den Auftrag, den Sie haben, entziehen, Major!", fuhr Casnoff, jetzt auf einmal merkwürdig ruhig, fort, nachdem er sich eine knappe Sseg an seinem Kinnbart gekratzt hatte.
Trelain fand, dass der General seine explosive Laune ziemlich schnell unter Kontrolle gebracht hatte. Wahrscheinlich die Befriedigung, diesen Satz aussprechen zu können. Aber er hatte schließlich die Möglichkeit, dieser kurzen Freude ein schnelles Ende zu bereiten.
"Das können Sie nicht, Herr General! Bedaure."
Nun, das 'Bedaure' hatte wirklich nicht sehr aufrichtig geklungen, das mochte die plötzliche Rotfärbung Casnoffs Ge-

sicht erklären. Trelain machte sich bereit, dass jetzt gleich etwas losbrechen würde, aber seltsamerweise geschah dies nicht. Der General schluckte einige Male, dann fragte er gefährlich leise: "Ich kann nicht, so? Weil Ihr Euren Auftrag vom Kanzler persönlich bekommen habt?"
"Zum Beispiel."
Casnoff schmunzelte. "Nun, Major, Ihr fühlt Euch sehr sicher mit Lysander im Hintergrund, der Euch schützt, nicht wahr?"
Trelain verzichtete auf eine Antwort, und der andere sprach weiter, nachdem er ihn kurz eingehend gemustert hatte: "Ich habe Beziehungen zum Königshof. Und ich bin nicht ganz ohne Einfluss auf den Kanzler."
"Wie schön für Euch."
"Lasst den Sarkasmus! Ihr wisst sicher, was ich damit ausdrücken will: Wenn Euch diese Angelegenheit entzogen wird, und Ihr wieder ein ganz gewöhnlicher Offizier der Miliz seid ..."
"Erstens wenn, und zweitens ..."
"Unterbrecht mich nicht! Dann könnte es wirklich fatal für Euch sein, mich zum Feind zu haben!"
Trelain grinste: "Naja, fatal bedeutet tödlich. Ich kann mich des Eindrucks nicht erwehren, Ihr wollt mir drohen."
Jetzt schwieg der andere, und er ergänzte: "Drohen, damit ich selbst diesen Auftrag niederlege. Und warum wohl soll ich meinen Auftrag selbst niederlegen? Weil Euer Einfluss im Kremanwar und speziell auf Kanzler Lysander wohl doch nicht so groß ist, wie Ihr mich gerade glauben machen wolltet, nicht wahr?"
Casnoff kniff die Lippen zusammen, und Trelain wusste, dass er diesen Teil des Spiels gewonnen hatte - und sich einen Feind geschaffen. Einen gefährlichen Feind. Und damit war schon innerhalb kürzester Zeit das eingetreten, was er befürchtet hatte: Er war in ein Netz aus undurchsichtigen

Ränken geraten und klebte jetzt dort fest. Und bei allem ging es nicht nur um die Suche nach einem Frauenmörder - die Sache war ein Politikum, dessen war er sich jetzt sicher.

Trelain wandte sich zum Gehen, da sein Gegenüber keine Anstalten machte, das Gespräch fortzusetzen, aber dann hatte er noch eine Eingebung.

"Wusstet Ihr eigentlich, dass Euer Stellvertreter, der dahingegangene Oberst Hachton, in so mancher Hinsicht die Gesellschaft von Männern bevorzugte?"

Casnoff hob den Blick. Sein linkes Augenlid zuckte. "Wie?"

"Nun, er bevorzugte die Gesellschaft von Männern auch bei Gelegenheiten, wo eigentlich eine Frau unabdingbar ist ... Aber die Geschmäcker sind ja bekanntlich verschieden, nicht?"

"Was sagt Ihr da?" Der General starrte ihn an wie einen Geist.

"Was ich damit sagen will: Oberst Hachton war *invais*! Sehr interessant, was?"

Das hatte gesessen, wie er an dem betroffenen Blick des anderen erkennen konnte, also fuhr er betont leise fort, als ob ein Lauscher hinter dem nächsten Vorhang stehen könnte (was übrigens nicht auszuschließen war): "Und das wirft eine weitere interessante Frage auf: Was hat ein invaiser Mann, der zufällig auch noch der zweithöchste Milizoffizier ist, bei einer Hataii zu suchen? Ist ihm auf seine alten Tage aufgegangen, dass das weibliche Innenleben doch der richtige Aufbewahrungsort seines Freudenspenders ist? Und wenn ja, was passiert? Anstatt sein Organ dorthin zu bekommen, wo er es platzieren wollte, bekommt er selbst etwas Stählernes zwischen die Rippen platziert, was gemeinhin zum Tode führt. So ein Pech, was, wo er doch schon auf dem Wege der Läuterung war!"

Angesichts dieser Worte war Casnoff blass geworden, was Trelain ein befriedigtes Grinsen abnötigte.

17.

Hollow-hearted, Heart-departed - Theatre of Tragedy

Calaya sah phantastisch gut aus - wie immer - was Trelain einerseits erfreute, andererseits etwas ärgerte, weil er sich bei dem Anblick immer daran erinnert fühlte, dass er selbst schon besser ausgesehen hatte. Besonders missmutig stimmte ihn die Tatsache, dass er sich eben darüber ärgerte. Offenbar hatte er sich doch einen Rest männlicher Eitelkeit bewahrt, was er sich niemals selbst eingestanden hätte. Wirklich über einer Sache zu stehen oder sich dies nur einzureden waren offenbar in der Tat zwei verschiedene Paar Stiefel, wie ihm in solchen Momenten bewusst wurde.

Seine ehemalige Gefährtin hatte ihn einen Tag später zufällig - aber was ist schon Zufall? - aufgesucht. Und bei allem Bemühen brachte Trelain es nicht zuwege, den kühl Abweisenden herauszukehren. Equest!

Sie hatte sich ihr halblang geschnittenes pechschwarzes Haar zu einem Zopf im Nacken zusammengebunden, sodass die hohen Wangenknochen noch besser betont wurden. Das hatte ihm früher immer besonders gut gefallen, und sie musste das wissen. Warum richten sich Frauen immer besonders gut her, wenn eine Sache eigentlich schon längst vorbei und vergessen ist - oder sein sollte? Nur Eitelkeit? Ästhetisches Empfinden? Oder steckt da ein gewisser Sadismus dahinter?

Seine Gedanken wurden unterbrochen: "Du siehst besser aus, Trelain!"

Sofort übernahm der intellektuell-misstrauische Teil seines Verstandes die Regie:

"So? Sollte mich wundern. Ich habe nichts davon bemerkt."

Calaya lachte leise. "Warum so gallig? Ich mache dir ein Kompliment - und du reagierst, als ob ich dir deine Maingosh weggenommen hätte!"

Ein guter Vergleich, das musste er zugeben. Sie kannte ihn eben. Er überlegte an eine entsprechende Erwiderung, aber sie ließ ihn nicht zu Wort kommen:
"Nein, du siehst wirklich besser aus! Ehrlich! Du hast wieder eine Aufgabe gefunden, stimmt's?"
"Eine Aufgabe? Vielleicht habe ich ja eine neue Gefährtin gefunden ..."
Sie blieb ernst: "Ja, womöglich ..."
In diesem Moment gab er innerlich auf. Nein, ihr konnte er nichts vormachen.
"Du weißt genau, dass ich keine neue Gefährtin habe. Und wenn nicht, dann kannst du dir's denken! Also, was soll der Spott?"
"Kein Spott! Zieh doch nicht gleich alles ins Dramatische!"
Er seufzte. Dieses Gespräch hatte er verloren. Warum auch musste er auf jedem Gebiet versuchen, der Überlegene zu sein?
"Entschuldige! Vergiss alles! Was treibt dich hier herein? Ohne alle Hintergedanken, wirklich."
Sie lächelte. "Wer weiß, vielleicht ..."
"Bitte kein 'vielleicht'! Ich habe zur Zeit genug um die Ohren, und ..."
"Du hast dich also wieder einkaufen lassen!"
"Ja!"
Er war selbst erstaunt über die knappe Antwort, aber präziser - und ehrlicher - hätte man die Sache nicht ausdrücken können.
"Warum?"
Jetzt lachte er. "Warum zur Erde denn nicht?"
"Das ist keine Antwort!"
"Hm. Wahrscheinlich nicht." Es war nur ein unbestimmtes Gefühl, aber plötzlich hatte er wieder Oberwasser. Warum musste er sich mit Calaya eigentlich immer streiten? Trotzdem: "Warum willst du das so genau wissen? Kann es sein,

dass du eine bestimmte Antwort hören wolltest? Zum Beispiel, dass ich mich nur in eine gewisse Sache gestürzt habe, um vielleicht etwas anderes zu vergessen? Dich etwa?"

Sie zögerte mit der Antwort, und das gab Trelain die Gewissheit, dass er richtig lag. Equart, er hatte wieder einmal den rationalen Sieg davongetragen - aber ohne der Gewinner zu sein. Seine unerbittliche Analyse der Spielregeln hatte ihn das Spiel selbst vergessen lassen.

Calayas Gesicht sprach Bände, aber sie blieb fair: "Trelain, du bist noch derselbe. Das hätte ich mir denken können!"

"Und? Hast du dir's gedacht?"

"Vielleicht ... Ich dachte, dass wir reden könnten."

"Tun wir das nicht?"

"Nein, das tun wir nicht - leider! Schade! Es ist das gleiche wie immer, nach wie vor. Trotzdem, ich wünsche dir alles Gute."

Jetzt seufzte Trelain: "Ist irgendwie schiefgegangen, was? Ich danke dir trotz allem. Der Versuch war's wohl wert, nicht?"

"Ja, etwas." Sie lächelte, und er schmolz innerlich dahin und spürte plötzlich eine Anspannung in seinen Backen. Man lächelt automatisch mit, wenn eine Frau lächelt. Dabei ging ihm der Gedanke durch den Kopf, dass vermutlich die wenigsten Frauen einen Mann mit ihren primären und sekundären geschlechtlichen Attributen 'herumgebracht' hatten, sondern die meisten eher mit einem viel, viel tiefer zielenden Geschoss: Ein Lächeln, ein Augenblick, ein Wort im rechten Moment - und die Beute ist nicht nur erlegt, sondern schwelgt auch noch in dem Bewusstsein, Opfer des Siegers zu sein. Hilflosigkeit als Machtrausch?

"An was denkst du?"

"Oh, an gar nichts!"

"Quatsch! Ich kenne dich! Du denkst immer an irgend etwas, Trelain."

"Hm. Na schön. An meinen Fall?"

Sie wiegte den Kopf. "Dein, dein, dein Fall! Ich glaube nicht, dass es dein Fall ist!"

"Und warum nicht, bitteschön?"

"Weil zu viele staatliche und kirchliche Stellen mit drin hängen!"

Keine persönliche Erfahrung aus den letzten Tagen hätte Trelain mehr schockieren können als diese Eröffnung. "Was weisst du darüber, equestnochmal?"

Calaya machte eine wegwischende Handbewegung: "Man hat seine Beziehungen, nicht wahr ... Ich will ja nicht ..."

Er packte sie am Arm und ließ sofort los, als sie das Gesicht im Schmerz verzog:

"Entschuldige! Aber ich muss das wissen!"

"Warum denn? Warum musst du das unbedingt wissen?"

"Ich ... nun, es ist meine Aufgabe!"

"Aufgabe! Du hast dich auch schon früher herzlich wenig um deine sogenannten Pflichten gekümmert! Warum also jetzt dies?"

Er wusste nicht, was er ihr in diesem Moment sagen sollte. Was war es, das ihn dazu förmlich trieb, den Geonogon zu verfolgen? Der undefinierbare Instinkt des Kriminalisten, irgend etwas aufzuklären, was ihn selbst eigentlich gar nichts anging? Eine Art Gerechtigkeitsempfinden? Oder das Gefühl, dass hier etwas mit seinem eigenen Leben geschah? Was er selbst nicht definieren konnte.

Er wusste es nicht.

Calaya verabschiedete sich mit den Worten: "Ich glaube, dir kann niemand helfen. Aber wenn du Hilfe brauchst, dann wende dich an die Hohepriesterin Ophris."

18.

Danger Money - U.K.

Aram sah sich in der Kneipe um: Ziemlich schäbig, ziemlich dreckig - und ziemlich voll, wie nicht anders zu erwarten. Es war die dritte Sseg der Dunkelphase, und zu dieser Zeit ging das Geschäft in den meisten Kaschemmen dieser Art am besten.

Hier im vierundsiebzigsten Niveau konnte man praktisch jeden treffen: Regierungsbeamte und Kirchenmänner - natürlich inkognito - zwischen Dieben, Huren, Falschspielern und Halsabschneidern jeder Art. 'Normale' Bürger, die sich nur einmal ein Abenteuer in einer verrufenen Gegend gönnten, oder auf der Suche nach einer billigen Hataii waren, oder auch einmal Drogen versuchen wollten.

Von diesen Leuten lebte Aram. Und zwar in zweifacher Hinsicht. Die Natur hatte ihm ein nützliches Geschenk mit auf den Lebensweg gegeben: ein vertrauenerweckendes Gesicht. Der Rest von ihm war nicht so gut weggekommen: Er war alles andere als kräftig, ein wenig klein geraten und von einer Körperhaltung, die man einigermaßen schmeichelnd als personifiziertes Fragezeichen umschreiben könnte.

Mit dem natürlichen Opportunismus des Im-Leben-zu-kurz-Gekommenen und -Geratenen aus dem Orkard-Milieu hatte er sich diese an sich unerfreulichen Umstände zunutze gemacht. Ein hilflos in die böse Welt blickendes Gesicht auf offensichtlich unterwürfig eingezogenen Schultern, das lockte reiche und vor allem ahnungslose Humums aus den höheren Niveaus förmlich an, so wie Sphyg-Extrakt einen Skualman.

Das 'Spiel' lief meistens nach dem gleichen Schema ab: Er sondierte die Lage, suchte sich seinen Kunden, sprach ihn an und stellte sich 'freundlicherweise' als Berater, Unterhalter,

Führer oder was auch immer zur Verfügung. Die meisten Besucher aus den oberen Niveaus suchten das morbide, verworfene Amüsement in den Siebenundstockwerken. Natürlich lockte der Reiz des Verbotenen, aber trotzdem waren diese Kerle - manchmal auch Frauen - am Anfang, wenn sie sich erst einmal in Orkard-Kreise vorgewagt hatten, ziemlich unsicher und gehemmt. Eine natürliche Reaktion: Auf einmal bekamen sie Angst vor der eigenen Courage angesichts der üblen Gestalten, die sich hier zu Hause fühlten.

Und genau hier sprang Aram 'hilfreich' ein. Er hatte im Lauf der Jahre einen untrüglichen Blick dafür bekommen, wer der Richtige für seine Dienste war. Und das nicht nur aufgrund der Kleidung. Die meisten Besucher der unteren Niveaus waren nicht so dumm, Reichtum offen zur Schau zu tragen. Hier musste man genauer beobachten: ein unsicherer Blick, eine nervöse Geste, ein ungeschickter Versuch, eine Frau anzusprechen, zögerndes Nippen an starkem Geoph - und er hatte sein Ziel erkannt. Der Rest war fast schon Routine: Er machte sich unauffällig näher heran und versuchte, ein paar Gesprächsfetzen aufzuschnappen. Denn damit verrieten sich die meisten reichen Säcke aus den Prowen-Vierteln: ihr Dialekt. Man musste schon wirklich im Orkard-Milieu geboren und aufgewachsen sein, um genau so zu sprechen.

Wenn er sich dessen versichert hatte, dann schritt er zur Tat. Meistens die höfliche, zunächst distanzierte Tour: Ob hier wohl noch Platz sei, entschuldigt bitte, aber man bekommt ja keinen Platz. Dies ließ sich durch etwas Larmoyanz noch verstärken: Man bekommt keinen Platz, wenn man so klein ist wie ich, und die anderen nehmen keine Rücksicht ...Blabla.

Es wunderte ihn selbst immer wieder, wie diese simple Tour funktionierte, aber es klappte. Durch den Hinweis auf seine eigene Mangelhaftigkeit hatte er die emotionale Brücke zu dem anderen etwas Unsicheren geschlagen.

Oft genug konnte er sich dies ersparen, denn viele waren froh, wenn sich jemand zu ihnen setzte, und begannen von selbst ein Gespräch. Die waren ihm eigentlich am liebsten, denn dann brauchte er nur zuzuhören und seine Antworten so einzurichten, wie sie der andere wohl gerne hätte.

Manchmal freilich, bei besonders Misstrauischen, musste er schon stärker auf die Gefühlstube drücken. Ein kleiner arrangierter Unfall tat da Wunder. Er lief einem dieser Kerle 'zufällig' vor die Füße, ließ sich über den Haufen rennen und jammerte dann lautstark über unerträgliche Schmerzen im Bein, in der Hüfte oder sonstwo. Ein blutiger Striemen auf der Backe gab meistens den Ausschlag.

Der Rest war Psychologie: "Nein, nein, mein Herr! Ihr konntet ja nichts dafür! Meine Schuld! Verzeiht! Ich will Euch keine Schwierigkeiten machen!"

Damit war das Spiel meistens gewonnen. Das Gespräch war im Gange, und der andere freute sich, dass er nicht die Miliz gerufen hatte. 'Darf ich Euch wenigstens auf ein Getränk einladen? Apropos: Kennt Ihr Euch hier aus? ... Blabla."

Der weitere Verlauf des Spiels sowie das Ende waren meistens ebenso unerfreulich wie unappetitlich: Nachdem er dem Fremden einiges von dem starken und unverdünnten Geoph, das er immer bei sich hatte, zu einem relativ humanen Preis aufgeschwatzt hatte, musste er nur warten, bis der Stoff seine Wirkung tat. Dies geschah üblicherweise innerhalb einer halben Sseg. Dann waren sämtliche Hemmungen gefallen. Der Kunde ließ sich weiter einreden, dass er hier unten unerhörte sexuelle Stimulationen erwarten könne, wenn er nur seinem Führer - und in diesem Moment Freund - vertraute. Er, Aram, wüsste schon, wo man hingehen müsse, um dem allgemeinen Nepp zu entgehen, und wo man wirklich 'Qualität' geboten bekomme.

Dieses Angebot verfehlte selten seine Wirkung. Anscheinend waren die meisten Kunden dieser Art auf eine gewisse

Spielart der Sexualität aus, die sie von ihren Frauen eben nicht bekamen.

Traurig für die Oberen, dachte er sich immer, aber egal! Wer auf Gewalttätigkeit - ob aktiv oder passiv - steht, nun, der solle darauf gefasst sein, dass er sie hier wirklich bekommt!

In der Tat lief das Spiel so ab. Nach mehr oder - meistens - weniger langer Überredungszeit hatte er den Kunden davon überzeugt, dass es besser wäre, sich ihm anzuvertrauen.

Kein Problem.

Mit einem gewissen zynischen Selbstbewusstsein sagte sich Aram, dass er ja praktisch fast alles getan hatte, um seinen Teil der Abmachung zu erfüllen. Fast! Immerhin, oder?

Den letzten hatte er zu Virania geführt. Und die Frau stellte sich echt nicht blöd an!

Na schön, zum Schuss war er nicht gekommen, aber immerhin hatte er die Vorfreude gehabt. Wie heißt es so schön: Die Vorfreude ist die schönste Freude. Oder?

Immerhin hatte er sie schon gefesselt gehabt, und war nackt ausgezogen, als Bilaim, Kwarr und Owest das Zimmer stürmten. Womöglich war er sogar mit einem Lächeln auf den Lippen gestorben, als sie ihm die Kehle durchschnitten.

Und der Rest?

Eigentlich nebensächlich. Ein paar Blutspuren. Ein unvergittertes Fenster am Zentralschacht. Eine gutbürgerliche Familie in den oberen Vierteln, die um den Ernährer weint, wobei die Frau sich redlich bemüht, ein paar Tränen hervorzupressen. Eine kurze Notiz im Milizreport. Und?

Das war Arams Profession.

An diesem Abend war es genauso. Die Kneipe. Er kannte alles auswendig. Die abgeschlagene Ecke am Tresen. Das verbogene Gitter am Fenster zum Zentralschacht. Das grienende

Gesicht des Wirts, als er ihn sah. Die Leute. Vor allem die Leute. Manchmal erschien es ihm, als ob alle Bescheid wüssten. Alle.

Tausende von Gesichtern starrten ihn an. Eigentlich unmöglich. Er war einer von ihnen, noch dazu klein geraten. Equest! Aber bis zur nächsten Hellphase musste er einen Kunden aufbauen. Einen möglichst vermögenden.

Seit zwanzig Stunden hatte er nichts mehr gehabt, und jetzt drückte es langsam in seinem Kopf, die Gedanken drohten sich zu verwirren, und dann war er hilflos gegenüber den ganzen Leuten, die ihn schon die ganze Zeit abschießen wollten; das konnte er nicht zulassen.

Wenn er es jetzt schaffte, dann ...

Der Fremde, der sich in die Kneipe verirrt hatte - Hat er sich wirklich verirrt? - stach ihm förmlich ins Auge.

Nein, sicherlich nicht verirrt.

Der Kerl hatte sich bewusst schäbig angezogen. Eine Jacke, der man es ansah, dass sie absichtlich so zerschlissen war. Er, Aram, konnte es beurteilen, ob jemand ein Orkard war oder es darauf anlegte, so zu erscheinen. Und der Mensch dort hinten legte es darauf an. Er hatte sich gut hergerichtet, weiß die Erde, aber trotzdem!

Zudem die allgemeine Erscheinung: langes schwarzes Haar, etwas durcheinandergebracht, korrekt gestutzter Schnauzbart - keine Waffe!

Das war der perfekte Kunde! Keine Überlegung mehr. Perfekt.

19.

A Thousand Lies - Machine Head

"Wäre es erlaubt, sich bei Euch niederzusetzen?"
"Aber natürlich, mein ... äh ... Herr!"
Aram registrierte das 'äh' wie üblich. Offenbar hatte der andere angebissen.
"Entschuldigt! Aber bei meiner Körpergröße ..."
"Aber ich bitte Euch! Es sollte doch nun kein Problem sein, also ich weiß nicht , also bitte ..."
Der andere war offenbar peinlich berührt, und schon befand sich Aram auf dem richtigen Weg. Nun, nur so weiter. Aber bloß nicht aufdringlich wirken!
"Nein, nein, mein Herr! Danke, dass ich hier sitzen durfte!"

Es dauerte eine Weile, bis der andere wieder das Wort ergriff: "Ich weiß nicht ... also ich weiß echt nicht ..."
Aram legte sein hinreißendestes Lächeln zurecht. "Ich will hier nicht ... hm ... also, um was soll es denn gehen?"
"Kann ich Euch denn trauen?"
"Wem wollt Ihr denn überhaupt trauen?"
"Das ist richtig. Also .."
Aram wartete die üblichen zwanzig Sekunden. Und es funktionierte. Die Augenbrauen des Fremden entspannten sich zusehends. Also gewonnen? Vielleicht ...?
"Ihr seid firm in dieser Gegend?"
Die Frage allein ließ Arams Herz höher schlagen.
"Hmmm. Vielleicht, mein Herr! Das kommt darauf an!"
"Das kommt darauf an! Dergleichen Antworten nützen mir nichts!"
Aram wusste, dass er sich kurz vor dem Ziel befand. Vor dem dicken Ziel. Nur noch ein kurzer Weg ..., und ... Vor al-

lem jetzt nicht mehr zu devot erscheinen, und das "mein Herr" nicht mehr so oft verwenden, das wirkte zu verdächtig.
"Nun, was?"
"Ich kann Euch dorthin führen, was immer Ihr wollt ..."
Er hatte dies bewusst lässig gesagt, begleitet von einer gleichmütig winkenden Bewegung der Hand, aber aus dem Augenwinkel beobachtete er seinen Kunden genau. Der andere hatte weite Oberbekleidung an, und so konnte er seinen Körperbau nicht genau abschätzen, aber der Mann schien nicht gerade schwächlich gebaut. Alleine konnte er es mit ihm also sicherlich nicht aufnehmen. Na schön. Das war kein Problem.
Was ihm Kopfzerbrechen bereitete: Der Mann schien ständig leicht zu grinsen. Diese Selbstsicherheit passte doch nun überhaupt nicht zu dessen zaghafter Gestik und seinen unsicheren Worten.
Aram lehnte sich am Tisch vor, wie um an seinem Schuh etwas zu richten, und sah genauer hin. Fast hätte er jetzt selbst gegrinst. Eine Narbe. Der Kerl hatte eine Narbe auf der linken Wange, die den Mundwinkel leicht nach oben zog. Das war es. Na also.
Im Geiste schätzte er seinen Gewinn ab. Was immer der Mann bei sich hatte, ein Drittel gehörte ihm. Das erschien nicht viel, aber gewöhnlich war es ein hübsches Sümmchen. Diese 'Herren' aus den oberen Niveaus hatten meistens viel zu viel Tersas bei sich, weil sie nicht wussten, wie wenig hier unten eine Hataii kostete. Manche waren sogar so leichtsinnig, Schmuck zu tragen. Aram lächelte. Schmuck. Die übrigen zwei Drittel der Beute gingen an den Skualman. Das erschien zunächst etwas viel, schließlich tat er ja die Hauptarbeit, aber immerhin stellte der Skualman die 'Mitarbeiter' zur Verfügung, das konnten bis zu vier Mann sein, und er sorgte dafür, dass Aram sein Geschäft relativ ungehindert ausüben konnte, er schmierte den Wirt und - wer weiß? - womöglich

sogar die lokale Milizbehörde. Und schließlich übernahm er den Verkauf des erbeuteten Schmucks, wovon wieder ein Drittel zurück an den Lockspitzel ging. Also konnte man sich über das geschäftliche Arrangement eigentlich nicht beschweren. Und letztlich und endlich: Als kleiner Gauner tat man besser daran, die Regelungen des Skualmans gar nicht erst infrage zu stellen. Man lebte länger.

Der andere schien zu überlegen. "Nun, das ist sehr freundlich von Euch, Herr ...?"
"Lysander, wenn's beliebt!"
Sein Gegenüber lächelte amüsiert. "Oh, man hat Euch nach unserem Herrn Kanzler benannt? Das ist sehr originell."
Aram zuckte bescheiden mit den Schultern und gab sich alle Mühe, noch kleiner zu erscheinen. Jetzt hatte er ihn! Nur nicht locker lassen!
"Ich weiß, es erregt meistens Heiterkeit, wenn ich meinen Namen nenne. Aber meine Eltern waren wohl große Bewunderer unseres Lordkanzlers, und so ..."
Zu spät fiel ihm auf, dass er Smat redete. Als er geboren wurde, war Lysander nicht Kanzler gewesen, sondern allenfalls Verwaltungssekretär oder Leutnant in der Armee. Und man benannte kein Kind nach einer niederen Charge zweiter oder dritter Ordnung. Equart! So ein blöder Fehler durfte *ihm* eigentlich nicht unterlaufen. Hoffentlich hatte der andere nichts gemerkt!
Er räusperte sich mehrmals, als ob er sich verschluckt hatte, und taxierte währenddessen sein Gegenüber. In dessen Gesichtsausdruck hatte sich nichts geändert. Er zeigte weiterhin dieses mild amüsierte Lächeln und schien auf die Fortsetzung der Geschichte zu warten. Aram atmete innerlich auf und fuhr fort: " ... ähem ... Leider bin ich wohl nicht ganz so geraten, wie sie es sich gewünscht hatten ... Tja, sie leben sowieso nicht mehr ..."

Das stimmte nicht ganz, denn von seiner Mutter wusste er nicht, was aus ihr geworden war. An dem Tag, an dem sie seinen Vater - oder jedenfalls den Kerl, von dem seine Mutter immer behauptet hatte, dass er sein Vater wäre - auf einen Pfahl gespießt und in den Zentralschacht gehängt hatten, war sie auf Nimmerwiedersehen verschwunden. Naja, ein großer Schaden war das auch nicht gewesen.

Der Mann wiegte leicht den Kopf und schüttelte ihn dann unmerklich. Anscheinend hatte er sich überlegt, ob er dazu etwas sagen sollte, und hatte es sich dann anders überlegt.

"Ähm ... darf ich Euch vielleicht auf ein Gläschen einladen?"

"Nun, da sage ich nicht nein!" Arams Freude war ehrlich. Der andere hatte angebissen. Wenn man erst bei einem Glas Geoph ins Gespräch kam, dann war die Sache so gut wie gelaufen. Fast schade um den Mann. Fast. Aber Überlegungen dieser Art hatten Aram noch nie von seiner Arbeit abgehalten. Geld ist Geld und persönliche Sympathien konnten sich nur die leisten, die Geld schon hatten.

Eine Sseg später hatte sein Kunde schon einen leichten Zungenschlag und kam jetzt langsam auf den Kern des Problems zu sprechen: "Ihr sagtet vorhin, dass Ihr mir vielleicht ... nun, hm ..."

"Wenn ich Euch irgendwie zu Diensten sein kann ...?"

"Ja, das ... das ist es. Das ist es, mein guter Lysander ..."

Er hatte ihn "mein guter Lysander" genannt und dabei in einer fahrigen Bewegung beinahe sein Geoph-Glas vom Tisch gestoßen. Na also. Beiläufig bemerkte Aram, dass er den Namen des Fremden gar nicht wusste. Aber er hatte auch nicht danach gefragt. Nun, manche Namen bleiben wohl in manchen Vierteln besser ungenannt. Egal. Im Abis zählten keine hochwohlgeborenen Sowiesos. Hoffte er wenigstens.

Sein Gegenüber schien ins Stocken zu kommen und suchte nach Worten.
"Also, die Sache ist die: Ihr könntet mir vielleicht wirklich ein Gefallen tun ..."
Aram nickte ergeben, und der andere fuhr auf der Stelle fort: "Natürlich nicht umsonst! Natürlich nicht! Ich kann sehr großzügig sein, wenn ..."
"Aber bitte! Verfügt über mich!"
Jetzt aufpassen! Das war immer das Gleiche. Jetzt nur nicht *zu* uneigennützig erscheinen, das erweckte Misstrauen. Deshalb fügte er sogleich hinzu: "Und gegen eine kleine ...hm ... Aufwandsentschädigung hätte ich natürlich nichts einzuwenden, nicht wahr?"
Er blinzelte vertraulich, und sein Mann grinste selbstzufrieden und lehnte sich in seinem Stuhl zurück.
Die Würfel waren gefallen.

20.

Way down - Pink Cream '69

"Ich suche eine Frau - eine Hataii!"
Innerlich hätte sich Aram totlachen können. Nach dieser langen Vorarbeit - was für eine dürftige Eröffnung des eigentlichen Gesprächs! Diese schmierigen Geldsäcke aus den oberen Niveaus! Stinken vor Reichtum und schaffen es trotzdem nicht, eine Hataii aufzutun! Fast machte ihm seine Arbeit schon keinen Spaß mehr. Es lief ja wohl fast immer auf das gleiche hinaus. Na schön!
Er zuckte die Achseln: "Na, das sollte doch kein Problem sein. Ich kenne da einige Damen, die ..."
Der andere winkte unwirsch ab: "Nein, nein! Nicht irgendeine! Wenn ... also ..."
Aha. Das war es also. Doch ein Perverser. Nicht irgendein harmloser Verwaltungsbeamter aus den oberen Bezirken, der sich nur eine Abwechslung von seiner gewohnten routinierten geschlechtlichen Betätigung verschaffen wollte. Nein, ein Gourmet.
Na bitte. Dem Manne konnte geholfen werden.
Aram tat harmlos. "Etwas Besonderes? Eine Rothaarige?"
"Nein, nein!" Er hatte bewusst daneben getippt, um den anderen zu weiteren Aussagen zu verleiten. Und diese Taktik hatte Erfolg:
"Nein, keine Rothaarige! Die Haarfarbe ist egal. Ich wollte ... hm ... eine, die alles mitmacht, verstehst du? Alles!"
Jetzt war seine Stunde gekommen. "Alles? Wirklich alles?"
Sein Kunde schob das leere Geoph-Glas von einer Hand in die andere und nickte verschämt: "Alles!"
Aram stand betont langsam auf und beugte sich über den Tisch: "Es kann sein, dass ich in dieser Richtung etwas für Euch tun kann. Ja, ich schätze ja!"

"Wirklich? Ich wäre Euch sehr dankbar!"
"Da bin ich mir sicher! Wir müssten uns nur zwei Niveaus tiefer begeben ..."
"Zwei Niveaus tiefer? Ich weiß nicht ..."
"Was wisst Ihr nicht? Wo ist das Problem?"
"Na, ich habe gehört, dass die Treppen alles andere als sicher sind ..."

Aram lachte wiederum innerlich laut auf. 'Die Treppen sind alles andere als sicher.' Also war der Kerl mit dem Ascator gekommen. Mit dem Ascator von oben. Fette Beute.

"Alles andere als sicher? Aber bitte, wie soll man denn sonst nach unten kommen? Außerdem seid Ihr in meiner Begleitung - und man kennt mich hier!"

Der andere schien zu überlegen. "Na schön! Gehen wir. Ich denke, dass ich Euch vertrauen kann."

Der Kunde beging, obwohl er einiges an Geoph intus hatte, nicht den Fehler, ihn zu einer Ascator-Fahrt einzuladen. So trabten sie beide die Treppe hinunter, während der andere munter drauflos plapperte. Er wäre froh, endlich jemanden gefunden zu haben, der ...bla ...undsoweiter ... blabla ...
Aram kannte das.

Es dauerte eine Weile, bis sie den langen Abstieg zurückgelegt hatten, und einmal musste Aram warten, weil sein 'Freund' in einen Abfallschacht urinierte. Der kleine Mann gab sich harmlos und pfiff eine bekannte Melodie ziemlich falsch vor sich hin, aber er beobachtete genau. Der andere schwankte zweimal bedrohlich, und einmal musste er sich sogar mit der Linken an der Wand abstützen. Na wunderbar. Um so einfacher würden es seine drei Helfer haben.

Apropos: Er versuchte das Plätschern, das gar nicht aufhören wollte, aus dem Spektrum seines Gehörs auszublenden, um nach oben zu lauschen. Aber da war nichts zu hören. Na gut.

Die anderen waren vorsichtig. Dass sie nicht weit entfernt waren, dessen war er sich sicher. Owest hatte den ganzen Abend nur zwei Tische hinter ihm gesessen und die Augen gut aufgehalten. Mit Handzeichen, die zwischen ihnen beiden schon seit Langem Verständigungsmittel waren, hatte er sozusagen Bescheid gesagt, wie es diesmal ablaufen sollte. Als sie die Kneipe verließen, hatte der große hagere Mann mit dem kurzen Zopf im Nacken ihm kurz zugeblinzelt. Also war alles klar.

Gerade als er vermeinte, ein leises Scharren von oben zu vernehmen, wurde er in seiner Konzentration unterbrochen, als sein Kunde ihm plump-vertraulich auf die Schulter klopfte und leicht lallend meinte: "Na komm schon, mein Freund, und verdien dir deine Provision, nicht wahr?"

Man war also schon beim 'Du'.

Die Gegend war noch übler als zwei Niveaus höher. Sechsundsiebzigstes Stockwerk. Von jeweils drei Yllumi-Röhren funktionierte eine richtig. In der Hellphase natürlich. Jetzt - Aram schätzte die Zeit ab: Er hatte sicher mehr als eine Sseg mit dem Fremden getrunken und geredet, dann der Abstieg: Es müsste auf die fünfte Dunkelsseg zugehen - verbreiteten nur die Glühkugeln ihr trübes gelbes Licht. Die Dinger gingen anscheinend nie kaputt. Obwohl er gehört hatte, dass es in den Unterneunzignevaus Gegenden geben sollte, wo es ständig vollkommen finster war, weil es dort überhaupt keine Quanz gab. Eine schauderhafte Vorstellung. Er selbst war zwar ein Orkard, aber bis dort hinunter hatte er sich noch nie getraut.

Aber auch hier konnte es einem in der Dunkelphase angst und bange werden. Die Gänge waren nachts so gut wie verlassen, desto mehr passierte hinter den verschlossenen Türen der teilweise weitläufigen Wohnungen. Wie in fast jedem Stockwerk gab es natürlich öffentliche Plätze und große Versammlungsräume, die jedermann zugänglich waren. Um so unheimlicher wirkten diese Stätten, wo sich in der Hellphase Händler, Geldwechsler, Handwerker, Taschendiebe und Kundenfänger aller Art ein Stelldichein gaben, wenn man nachts keinen Menschen sah und nichts hörte als das stete Tropfen von Wasser aus den undichten Leitungen an der Decke.

Seinen Kunden schien das nicht zu stören. Aram grinste. Das Geoph tat seine Wirkung.
"Hier nach rechts bitte! Es sind nur noch ein paar Hundert Meter. Dort hat eine Bekannte von mir ihr ... hm ... Etablissement, müsst Ihr wissen. Ich ..."
Der andere lachte laut. "Lysander, ich mag dich! Etablissement! Haha! Ein kleines illegales Bordell, was? Eine Stätte der ausgefallenen Freuden und verborgenen Vergnügungen, was? Prächtig!"
'Lysander' beeilte sich, zustimmend zu nicken: "Kommt! Wie gesagt, dort entlang und dann links ..."
Der Plan war so simpel, wie es erfolgreiche Pläne meistens sind: Er würde den Fremden einmal im Kreis durch das Viertel führen. Bis jetzt war das noch nie jemandem aufgefallen, da hier unten in der Dunkelphase alle Gänge und Abzweigungen gleich aussahen. Seine Leute würden dann genug Zeit haben, um sich an einer bestimmten Stelle links vom Treppenaufgang zu postieren. Der Rest war meistens kurz und bündig und ging ihn eigentlich nichts mehr an. Sobald das erste Blut floss, wendete er sich üblicherweise ab. Das konnte er nicht sehen. Im Prinzip - und das bestätigte Aram sich selbst immer wieder - hatte er also ein zartes Gemüt. Um so bedauerlicher, dass die Umstände ihn zwangen, dieses Gewerbe auszuüben. Wie traurig, vor allem für seine Kunden. Er grinste in sich hinein.

Nach fünfzehn Zentssegs näherten sie sich der bewussten Ecke. Diese war mit Bedacht als Ort der Tat gewählt worden, weil es von hier nur noch zwei Quergänge bis zu einer unvergitterten Öffnung zum Zentralschacht waren. Die Sache mitten im Gang zu erledigen, war zwar mit einem gewissen - wenn hier unten zu dieser Sseg auch geringen - Risiko verbunden, aber meistens ging es nicht anders. Ihm war es immer lieber, wenn man die Örtlichkeit eher in den privaten Bereich verlegen konnte, aber die meisten Hataii hatten es nicht so gerne, wenn ihre Wohnung mit Blutflecken verunziert wurde. Konnte man ja auch verstehen. Und es sich mit den Schwestern der Zunft zu verderben, das konnte sich Aram nicht leisten.

Er blieb bewusst ein paar Meter zurück, um nicht alles mit ansehen zu müssen. Im Geiste wünschte er seinem 'Freund' einen relativ schmerzlosen Tod und einen guten Flug. Naja, mit dem Alter wurde man halt doch sentimental.

Owest, Kwarr und Bilaim hatten sich gut vorbereitet. Ungefähr fünf Sseg nach Aram und seinem Opfer betraten sie das Niveau und konnten noch aus der Ferne das vielfach verhallte Geplapper des Kunden hören. Anscheinend alles klar.

Owest sah die anderen an. Bilaim hatte sich mit einem breiten Grinsen an die Wand gelehnt und reinigte sich die Fingernägel mit seinem Dolch. Diese betont zur Schau getragene Lässigkeit ärgerte Owest immer ein wenig. Der Kerl war zu leichtsinnig. Aber an seinen Qualitäten als Messerkämpfer gab es nichts auszusetzen. Ganz anderes Kwarr: Der lange schlaksige Mann mit der breiten Narbe an der Stirn stand einfach unbeweglich da und starrte irgendwie blicklos auf sein Messer in der Rechten, als ob er einem Tagtraum nachhing. Aber Owest wusste, dass er blitzartig 'erwachen' würde, wenn es losging. Und sobald sich seine lange Klinge in lebendes Fleisch versenkte, dann ging sogar einmal ein

Lächeln über sein sonst vollkommen ausdrucksloses Gesicht. Kwarr tötete aus Vergnügen, und meistens kümmerte er sich danach auch nicht weiter um die gerechte Verteilung der Beute. Es hätte Owest auch nicht gewundert, wenn sein Kumpan das Blut seines Opfers getrunken hätte.

Ein sauberes Gespann, mit dem er da zusammenarbeitete. Aber erfolgreich. Seit der Skualman sie mit Aram als Lockspitzel zusammengebracht hatte, konnten sie sich über einen Mangel an Kunden nicht mehr beklagen. Er selbst mochte Aram, diesen schmierigen kleinen Lügner, überhaupt nicht, aber er musste zugeben, dass die 'Kundschaft' an dessen treuherzigen Blick offenbar wirklich einen Narren gefressen hatte. Und Zodiar, der Skualman, hatte ein unübertreffliches Gespür für 'geschäftliche' Zusammenarbeit.

Die Schritte von der anderen Seite kamen näher, und noch immer redete der Fremde, als ob er für jedes Wort bezahlt würde. Anscheinend war er ziemlich angetrunken. Um so besser. Aram hatte ihm zwar vorhin in der Kneipe signalisiert: 'Keine Waffe zu sehen', aber man wusste ja nie. Das Geschäft war schon so riskant genug. Wenn sie aus einem dummen Zufall erwischt wurden, blühte ihnen allen der Tod, und kein leichter: für überführte Raubmörder galt es als Gnadenakt, wenn man sie hängte oder ihnen den Kopf abschlug. Meistens aber ließ sich der Zeremonienmeister da schon etwas besseres einfallen: Häuten, Pfählen oder - wenn er besonders gut gelaunt war - in einem Bottich mit Wasser langsam sieden.

Bei solchen Aussichten konnte man auf das Risiko, schon gleich bei der Tat getötet zu werden oder eine schwere Verletzung davonzutragen, getrost verzichten.

Die Schritte kamen weiter näher, und er drückte sich an die Wand und machte sich zum Sprung bereit.

21.

Into the Void - Black Sabbath

Es klappte nicht so ganz, wie er sich die Sache vorgestellt hatte. Der Fremde wechselte plötzlich zur anderen Seite des Ganges hinüber, obwohl Aram ihn schon in die richtige Richtung dirigiert hatte.
"Was wollt Ihr denn dort?", hörte er den kleinen Mann fragen. "Ich sagte doch ..."
"Ich ... ich, glaube, ich muss mich ...", tönte es würgend zurück.
Fast hätte Owest laut gelacht. Der Kerl musste kotzen, gerade jetzt. Eine absurde Vorstellung. Was passierte eigentlich, wenn man währenddessen die Kehle durchgeschnitten bekam. Gerne hätte Owest sich jetzt einer genaueren geistigen Durchleuchtung der unappetitlichen Details hingegeben, aber die Pflicht rief, wie es so schön hieß.
Dort drüben hatte sich Bilaim postiert, eigentlich um in Reserve zu bleiben, aber egal. Musste der eben diesmal als erster tätig werden. Sollte kein Problem sein. Ein schneller Schnitt ... Der Kunde lehnte sich an die Wand und sackte langsam in die Knie.
Im Halbdunkel konnte er Bilaims schwarzen Umriss sehen, der von hinten mit zwei schnellen Schritten herankam.
Kwarr hob plötzlich den Kopf und murmelte "Equest!" Dann verließ er seine Deckung und lief über den Gang.
Owest war vollkommen perplex. Das war das erste Mal. dass er seinen Kumpan von selbst etwas sagen hörte. Was war nur ...?
Auf der anderen Seite hatte sich das Bild grundlegend geändert. Der Kunde stand aufrecht, und Bilaim war in die Knie gebrochen. Er gurgelte etwas Unverständliches und kippte dann auf die Seite, wo er zusammengekrümmt liegenblieb.

So ein Smat! Der Fremde hatte schneller reagiert als Bilaim und ... und was? Ein Messer im Ärmel? Das hieß doch ...

Owest warf einen schnellen Blick zu Aram, der vor lauter Schreck erstarrt wie eine Bronzestatue dastand. In diesem Moment fiel ihm erst ein, dass er selbst auch keine bessere Figur machte. Nochmal Equart! Kwarr hatte die Situation eher durchschaut als er, und er stand hier und glotzte in die Gegend, während er längst hätte handeln müssen! Zu zweit konnten die den Fremden auch in einem offenen Kampf leicht besiegen.

Er lief los und versuchte dabei mit dem Instinkt des erfahrenen Kämpfers, alle Details der Lage zu erfassen.

Kwarr hatte nach ein paar Schritten seine Richtung nach rechts geändert, als feststand, dass Bilaim hinüber war. Damit wollte er ihm Gelegenheit geben, sich dem Angriff anzuschließen, und, wenn er von links kam, den Fremden von zwei Seiten in die Zange zu nehmen. In der linken Hand des Fremden spiegelte sich für einen Moment ein gelblicher Lichtreflex, als dieser sich in ihre Richtung drehte. Equart, der Kerl war alles andere als besoffen! Und er hatte ein Messer. Dass er kotzen musste, war ein verfluchter Bluff gewesen, und er hatte Bilaim genau in dem Moment in den Bauch erwischt, als dieser ihm seine Klinge über die Gurgel ziehen wollte.

Der Fremde wendete sich in seine Richtung, als Owest näher kam. Dann - die Bewegung war so schnell, dass er mit den Augen kaum folgen konnte - zuckte ein gelber Blitz durch den Raum, und Kwarr griff sich beiden Händen an den Hals und ließ seinen Dolch fallen. Owest musste nicht hinsehen, um zu wissen, was geschehen war, und er wagte es auch nicht.

Der Fremde grinste ihn böse an, und rechts im Gang ertönte ein dumpfes Poltern. Owest biss die Zähne zusammen.

Kwarr war erledigt. Der andere hatte sein Messer geworfen. In dieser Dunkelheit und bei der Entfernung ein Kunststück.
 Das war es also. Er hatte immer die Befürchtung gehabt, dass es einmal passieren würde. Er stand alleine einem Meister gegenüber. Der andere war besser, als er jemals geglaubt hatte, dass jemand mit der Waffe sein könnte. Und er hatte sie alle in die Falle gelockt. Owest war kein Feigling. Er wusste, dass er das Spiel verloren hatte. Aber kampflos aufgeben und sich hinrichten lassen, das würde er nicht. Er zweifelte keinen Augenblick daran, dass der andere noch eine Waffe hatte.

Trelain zog genüsslich langsam das Messer aus der Scheide im anderen Ärmel. Er hatte noch eine dritte Klinge im Stiefel und eine kurze Drahtschlinge mit Bleikugeln an den Enden unter seinem Gürtel, aber für den hier würde das wohl reichen. Er warf einen kurzen Blick zu Aram hinüber. Dieser 'Lysander' stand so erstarrt, als wäre er auf dem Boden angenagelt worden. Er lächelte. Nein, der würde erst weglaufen, wenn es ihm selbst an den Kragen gehen sollte. Und der kleine Mann sollte so schockiert sein, dass er erst gar nicht zu lügen versuchte.
 Also musste er nur noch den Dritten hier erledigen. Möglichst blutig.

Aram zitterte, wie er noch nie in seinem Leben gezittert hatte. Es schien, als ob er seine Gliedmaßen überhaupt nicht mehr unter Kontrolle halten könne. Wie unter Zwang musste er immer wieder zu der blutüberströmten Leiche Owests hinübersehen, obwohl sich das Gesicht des Fremden so dicht vor dem seinen befand, dass er eigentlich gar nichts anderes sehen konnte.
 "Ich glaube, ich habe mich noch gar nicht vorgestellt, mein Freund!", knurrte der andere. "Ich bin der Teufel - und der

holt dich jetzt, wenn du mir nicht einige einfache Fragen beantwortest ..."

"Fragen?"

"Genau. Fragen! Und für jede falsche Antwort wirst du einen Finger verlieren, mein guter Lysander. Bevor du deinen drei Freunden dort nachfolgst. Auf langsamerem Wege."

Das blutige Messer vor seinen Augen ließ Aram nicht an der Absicht des Fremden - im Geiste betrachtete er ihn bereits als den Teufel - zweifeln, seine Worte in die Tat umzusetzen.

"Fragen?", schrie er.

"Richtig. Erste Frage: Wie ist dein richtiger Name, Herr Lysander?"

"Ly ... Aram, Aram!!!"

"Gut. Sehr gut. Zweite Frage: Wo finde ich den Skualman? Ach ja, bevor ich es vergesse: Wie heißt er richtig? Zodiar?"

"Ja! Er heisst Zodiar, Herr! Er heißt so!"

"Du hast meine zweite Frage noch nicht beantwortet!"

Es fiel Aram gar nicht auf, dass der andere seinen Dolch längst eingesteckt hatte, es sich mit verschränkten Beinen auf dem Boden bequem gemacht hatte und ihn breit angrinste.

"Die zweite Frage?"

"Ja. Wo finde ich ihn?"

22.

Mysteries and Mayhem - Kansas

Er war der Fuchs. Er. Was zum Abis war ein Fuchs? Fuchs. Ein seltsames Wort. Und gelesen hatte er es jetzt in mehreren Sprachen. *Runic*. Fuchs. Mehr als seltsam.
 Trelain tat sich fast etwas schwer, sich von seiner Lektüre zu lösen. Aus der dicken Schwarte, die ihm Philestasis in die Hand gedrückt hatte, war ein handschriftlicher Zettel herausgefallen, den der Weise wohl hineingelegt hatte. Ein gekritzeltes 'Trlain' - ohne 'e', wohlgemerkt - schien ihn als den Adressaten auszuweisen, also hatte er sich einen Abend Zeit genommen, um sich den Wälzer vielleicht doch einmal anzusehen.
 Zwei Gründe hatten ihn dazu bewogen: Erstens ging ihm die Szene bei Philestasis immer noch im Kopf herum. Er wusste nicht warum. Doch! Das Gefühl, dass der alte Gelehrte zwar unverständliches Zeug dahergeredet hatte, aber offenbar trotzdem genau wusste, *was* er sagte. Und das hatte ihn, Trelain, betroffen. Wenn er nur schlau daraus würde! Also das Buch.
 Der zweite Grund war wesentlich profaner: Er fühlte sich etwas ausgelaugt, nachdem er mitten in der letzten Dunkelphase drei Leute im sechsundsiebzigsten Niveau umgebracht hatte. Na schön, sie hatten ihm die Kehle durchschneiden wollen, aber derlei Aktionen schien er seit seinem Ausstieg aus dem Milizdienst nicht mehr so leicht wegstecken zu können wie früher. Warum eigentlich? Im Prinzip hatte sich ja nichts geändert. Er war noch der gleiche Spürhund in Diensten der Obrigkeit, der er früher gewesen war, ob er nun im persönlichen Auftrag des Kanzlers handelte oder nicht. Falsch! Er hatte sich geändert. Nein! Noch falscher! (Gab es

für 'falsch' eigentlich einen Komparativ?) Nicht *er* hatte sich geändert - irgend *etwas* in ihm hatte sich geändert.
 Egal jetzt. Diese Gedanken führten momentan zu nichts.
 Jedenfalls hatte er sich mit Philestasis' dickem Schmöker einen Abend lang zurückgezogen, um einmal auf andere Gedanken zu kommen. Gäa sei Dank konnte er sich dies erlauben, denn die ganze Sache stagnierte - freundlicher konnte man es nicht ausdrücken - etwas.
 Entgegen seinen drastischen Drohungen hatte er Aram, den kleinen Köder für die großen Raubtiere, natürlich nicht umgebracht, sondern ordnungsgemäß zwanzig Niveaus höher der Miliz übergeben, wo er zunächst sicher verwahrt würde. Er hatte so eine Ahnung, dass er den Kerl noch gut gebrauchen könnte. Wenn der erst mal in einem Kerker der Militärbehörde saß, dann würde er noch mit ganz anderen Geschichten herausrücken. Eine wahre Fundgrube an Informationen. Allein sein Wissen über den Skualman ...
 "Der Skualman!", rezitierte Trelain laut. "Der Skualman!"
 Drew hob den Kopf. Sein Freund hatte sich, wie so oft früher, am frühen Abend bei ihm eingefunden, um sich auf ein, zwei oder fünf Gläser Geoph einladen zu lassen.
 "Was willst du die ganze Zeit mit dem Skualman? Ich denke, du sollst einen Mörder suchen, oder?"
 "Schon. Ich kann mir nur nicht helfen: Ich glaube einfach, dass ... Nein, falsch! Seit zwei Jahren kann ich in meiner Ermittlungsarbeit tun, was ich will. Immer stoße ich irgendwann an eine bestimmte Grenze: Ob es Raubüberfall, Drogenhandel, Auftragsmord oder das spurlose Verschwinden von irgendwelchen Leuten ist - der Skualman."
 "Na und? Alles, was du gesagt hast, hängt mit Kriminalität aus gewinnorientierten Motiven zusammen. Und du suchst einen Triebtäter - einen Wahnsinnigen. Was ...?"
 Trelain brummte halb zustimmend: "Ja. Meinetwegen. Nur, überlege dir folgendes. *Ein* Mann, der alle Fäden des organi-

sierten Verbrechens in den unteren Niveaus in der Hand hält ... Es müsste mit dem Teufel zugehen, wenn *der* keine Ahnung hätte, wenn auf einmal ein Verrückter seine Hataiis abschlachtet. Und ich sag' dir eines: Der Informationsdienst von dem ist besser als unserer!"

Drew nippte an seinem Glas und kratzte sich im Nacken. "Hmmm. Und warum tut er dann selbst nichts? Ist doch sein Geld, das flöten geht, wenn ... Na, du weißt schon! Und außerdem: Ein Würdenträger von oben noch mit!"

Trelain nickte grimmig: "Zwei! Also, was schließen wir daraus?"

"Ich weigere mich entschieden, diese Schlussfolgerung zu ziehen, Mann!"

"Bitte. Dann tue ich es: Er weiß, wer es ist und wagt nicht, etwas zu unternehmen, oder er wird gut geschmiert - und zwar von ganz oben!"

Der andere überlegte einen Moment lang und nickte dann bedächtig: "Bist du sicher, dass du weißt, was *du* hier tust? Wenn das so ist, wie du sagst, dann hängst du mit einem Bein über dem Zentralschacht. Dein Auftraggeber muss wirklich einer deiner größten Gönner sein, wenn ich mal so sagen darf ..."

"Kanzler Lysander", murmelte Trelain.

Er wischte die Gedanken beiseite und warf Philestasis' Buch auf den Tisch. Podigbudindrew legte seine Kippe in den Aschenbecher und blätterte kurz in dem Werk herum:
"Was soll das?"
"Wenn ich das nur wüsste ... "
"Ich kann die Schrift nicht lesen, Mann!"
"Ich kann es ein bisschen. Hat mir mein Vater noch beigebracht. Aber im Index sind zumindest die wichtigsten Wörter übersetzt. Das hat Philestasis wohl selbst gemacht. Sieh nur das Geschmiere."

Drew beugte sich vor: "Hm. Manwar. Sem. Vavjarai. Hm. Qarvis. Wie spricht man das aus? Und was willst du mit dem Schinken?"

"Ich weiß nicht genau, wie man es ausspricht. 'Karwis' wahrscheinlich."

"Und? Du weißt, wie man irgend etwas ausspricht, aber du weißt nicht, was es heißen soll. Also, von allen sinnlosen Sachen, die ich in meinem Leben schon gehört habe, ist das bestimmt die blödsinnigste, verzeih!"

Trelain knirschte hörbar mit den Zähnen. "Gut, gut. Dann bin ich auch von allen irren Leuten, die du in deinem Leben getroffen hast, der blödsinnigste. Aber dieses Buch *hat* seine Bedeutung, und es hat etwas mit mir zu tun. Verstehst du, mit mir! Ich spüre das!"

Drew starrte ihn an, als ob er den Verstand verloren hätte.

"Weißt du, Trelain, ich hab' auch schon manchmal gedacht ..."

"Nein! Equest! Nicht das! Schau!"

Er legte den Zettel auf den Tisch, der aus dem Buch herausgefallen war.

"Das ist eine *Fabel*, wie Phileselstasis das nennt."

"Häh?"

"Equart noch mal - eine Geschichte über Tiere!"

"Über *Tiere*?" Drew lehnte sich in seinem Sessel zurück und schüttelte nochmals den Kopf: "Was ..."

Trelain unterbrach ihn: "Eben. Genau das sagte ich auch! Fast wörtlich: Was soll man über Erdwürmer und Vavjards schon schreiben? Na?"

"Was na? Gut, 'Vavjard' habe ich vorhin gelesen. Aber eine Geschichte über Erdspinnen? Außer dass sie gefährlich sind, ist doch nichts interessant!"

"Hast du die anderen Namen gelesen?"

"Schon. Äh ... Schem, glaube ich. Und Manwar."

"Sem. Das ist ein ... ein Tiger."

"Ach! Und was bitte ist ein Tiger? Du vertauscht nur ein unverständliches Wort mit einem anderen."

"Hier drin kannst du es nachlesen! Da sind sogar Abbildungen."

"Verstehe ich nicht!", gab Drew schließlich zu. "Und diese Wesen sollen wirklich existieren? Ja wo denn? In den Unterhundertniveaus?"

Trelain zuckte die Achseln. "Keine Ahnung. Aber hast du dir die Bilder genau angesehen? Ist dir dabei nichts aufgefallen?"

"Doch. Zweierlei sogar."

"Und?"

Podigbudindrew stieß deutlich hörbar die Luft aus.

"Ich glaube, ich habe zu viel Geoph erwischt, Mann! Aber trotzdem: Erstens: Ich habe noch nie so deutlich gezeichnete Bilder gesehen. Im Ernst."

Trelain leckte sich mit der Zunge über die Lippen: "Und? Und?"

"Und? Bei all diesen Bildern von diesen seltsamen Viechern ist keine Mauer im Hintergrund, equest noch mal!"

23.

King of the Kill - Annihilator

Skwawk fügte sich wie immer in Geduld, wenn er warten musste. Das gehörte zu seinem Geschäft wie bei einem Bäcker, wenn er Teig kneten musste. Und im Gegensatz zu einer solch profanen Tätigkeit machten es sich seine Auftraggeber meistens nicht einfach mit ihrer Entscheidung. Nun, das war deren Problem.

Also wartete er noch eine halbe Sseg und schmauchte währenddessen ein Geoph-Stäbchen. Hätte er sich in der Öffentlichkeit irgendwo in den Sechziger-Niveaus befunden, dann wäre ihm dies auch auch egal gewesen. Seltsamerweise hatte noch nie irgendein Mensch gewagt, ihn dumm anzureden, obwohl er alles andere als kräftig gebaut war.

Wahrscheinlich waren es die Augen, das sagte er sich selbst immer. Die Augen sind die Fenster der Seele, und die seine war unergründlich. Und wenn es eine Steigerung von unergründlich gab, dann waren dies seine Augen. Wer Skwawks Blick begegnete, der sah darin gar nichts - oder sich selbst.

Skwawk war ein mittelgroßer dünner Mann mit einer bemerkenswerten Eigenschaft, die sich selbst ständig bestätigte: Er fiel nicht auf. Er war einer von den Menschen, die man ein Dutzend Mal am Tag sehen konnte, ohne dass man sie im Gedächtnis behalten hätte. Er sah aus wie hundert andere, benahm sich wie zweihundert andere, und wenn man irgendjemand fragte, ob er ihn gesehen hatte, dann sagte der in der Regel, dass er überhaupt niemanden gesehen hatte.

Er hatte sich selbst oft überlegt, woran das wohl liegen mochte. Die einzige Erklärung, die er sich geben konnte, war die: Die Menschen sahen einfach nicht gerne in seine kalten Augen. Und wenn sie hineingesehen hatten, dann vergaßen sie es schnell wieder. Seine sonstige Erscheinung war nebensächlich genug.

Dabei verbarg sich unter seinem mageren Äußeren ein durchtrainierter Körper, nicht ausgesprochen muskulös, aber sehnig, ohne irgendwelche Beschwerden. Und vor allem sein Kopf, sein Hirn, sein Verstand. Skwawks Kopf barg unter den halblangen schwarzen Haaren einen brillanten Verstand, und das wusste er.
Und das wusste der Skualman auch.
Und deswegen war er hierher bestellt worden.
Er hatte Zeit. Wenn es der Kunde auch hatte.

Ein ziemlich hässlicher vierschrötiger Kerl bat - naja, 'bat' war wohl der falsche Ausdruck - ihn, einzutreten.
Routinemäßig sah er sich um. An drei Wänden Vorhänge. Das hatte er erwartet. Mindestens sechs Mann. Egal. Er war nicht hier, um zu kämpfen. Er war hier, um den Skualman zu sehen. Ein Auftrag.
Ein Schreibtisch. Im Halbdunkel. "Kommt bitte näher!", ertönte eine heisere Stimme.
Skwawk tat wie geheißen. Dergleichen Auftritte amüsierten ihn. Er ging einige Schritte nach vorne und blieb vor dem riesigen Möbel stehen. Die dunkle Gestalt in dem Sessel schien sich einige Male nervös von einem Ellbogen auf den anderen aufzustützen. Um so besser. Ein nervöser Kunde hatte es eilig, und bei einem eiligen Kunden konnte man mehr Geld herausschlagen.
"Ihr seid Skwawk?"
"Ihr seid mein zukünftiger Auftraggeber?"
"Nehmt Ihr jeden Auftrag an?"
Skwawk lachte leise: "Das hängt von meinem Auftraggeber ab!"
"Ich wäre Euer zukünftiger Auftraggeber. Ihr seid mir als der Beste geschildert worden!"

Er überhörte das Kompliment: "Es gibt nur zwei Fragen zu klären, falls Ihr meine Dienste beanspruchen wolltet."
"Und die wären?"
"Erstens das Opfer, zweitens der Preis!"
Der andere lachte halblaut: "Der Preis sollte kein Problem sein. Ich denke, Ihr habt von mir gehört ..."
"Natürlich. Ich habe allerdings auch gehört, dass Eure Zahlungsmoral manchmal etwas zu wünschen übrig lässt ..."
"Ach?" Der andere richtete sich in seinem Sessel auf. "Von wem habt Ihr dies gehört!"
"Das dürfte in diesem Moment ziemlich egal sein, nicht wahr? Und damit wären wir nun wieder beim eigentlichen Thema ...."
"Und das wäre ...?"
"Eine fest garantierte Zahlung. Und die wird nicht gering sein. Ihr wollt irgendjemanden weggeräumt haben, und ich werde das in die Hände nehmen ..."
"Könnt Ihr mir Erfolg garantieren?"
Skwawk lachte: "Natürlich nicht! Wie denn? Aber ich werde mein Bestes tun!"
Der Skualman räusperte sich umständlich. "Wer garantiert mir, dass Ihr wirklich Euer Bestes gebt?"
"Mein Wort natürlich, was denn sonst?"
"Euer Wort?"
"Ganz klar. Ich vertraue schließlich auch auf Euer Wort. Und falls Ihr es brechen solltet ... Es wäre mir wahrscheinlich ein Vergnügen, noch ein Mal in diese Räumlichkeiten zurückzukehren ..."
"Na schön!" Der Skualman schlug mit der Faust auf den Tisch: "Der Preis!"
"Nun", Skwawk lächelte, "wer soll mein Ziel sein?"
"Trelain - Major Trelain!"
"Das, mein Lieber, wird Euch einiges kosten!"

24.

Miss Directed - Atrocity

Seit zwei Tagen trieb sich Trelain in mehreren Lokalen in den Sechziger-Niveaus herum. Nicht zum Spaß, sondern aus dienstlichen Gründen. Die Gegend war schon etwas besser als bei seinem nächtlichen Ausflug zu den Orkards, aber das machte die Ermittlungen nur schwieriger. In der Hellphase wimmelte es hier nur so von Menschen. Das sechsundsechzigste Niveau, in dem er sich gerade aufhielt, verfügte allein schon über zwei große Marktplätze, um die herum sich eine Unzahl von Schenken, Esslokalen und öffentlichen Räumen jeder Art gruppierte.

Clancey begleitete ihn an diesem Tag. Gerade bei Ermittlungen oder Beobachtungen in der Öffentlichkeit konnte er einen zweiten Mann gebrauchen.

Aram hatte, wie Trelain gewettet hätte, schon ausgepackt, als man ihm die Folterinstrumente nur zeigte. Der Major hielt eigentlich nichts von Folterungen zur Erpressung von Geständnissen. Es kam zu viel Quatsch dabei heraus, weil der Delinquent, nachdem man ihm die Arme halb herausgerissen, die Haut vom Rücken abgezogen oder das Fußgelenk zerquetscht hatte, *alles* gestand. Und wenn es die Absicht war, eine Armee aufzustellen, den König abzusetzen und sich selbst zum Gott zu erklären. Oder Hataii aufzuschlitzen.

Nein, Angst wirkte meistens besser als Schmerz. Wie bei Aram.

Jetzt suchten sie seit zwei Tagen nach einem gewissen Calumal, einem dicken Mann mit einer Vollglatze, der die Verbindung zwischen Aram und seinen Leuten und dem Skualman darstellte. Der kleine Lockspitzel hatte seinen obersten Auftraggeber angeblich nie persönlich zu Gesicht bekommen, und Trelain glaubte ihm das. Zodiar wäre auch zu dumm, wenn jeder seiner niederen Chargen wüsste, wie er aussieht. Und dumme Leute überlebten in diesem Geschäft nicht lange.

Eine Befürchtung hatte Trelain: Wenn die Gegenseite Aram langsam vermisste, dann wurde sie misstrauisch, und Calumal würde sich für die nächsten Zehntage so tief verkriechen, dass ihn nicht einmal eine Vavnird fand.

Oder eine *Qarvis*. Eine Ratte. Einen Moment lang schweiften seine Gedanken zu Philestasis' Buch ab. Ein kleines graues Nagetier mit einem langen Schwanz, das bevorzugt in Höhlen und unterirdischen Gängen und Kanälen lebte und sich von eigentlich allem ernährte. (Was bedeutete eigentlich *unterirdisch*, zum Abis? Implizierte das nicht, dass es auch *überirdisch* gab? Oder *oberirdisch*?)

Er schüttelte den Kopf, und Clancey sah ihn fragend an. "Nichts weiter, ich dachte nur nach ..."

Sein Adjutant enthielt sich eines Kommentars und spielte weiter mit seinem Glas.

Eine Sseg später stieß ihn Clancey leicht mit dem Ellbogen an, gerade als er mit dem Gedanken spielte, sich ein weiteres Glas Geoph zu bestellen: "Dort an der Tür, Major!"

Trelain hob den Blick und sah in die angegebene Richtung. Der Mann, der dort gerade zum Tresen ging - na, gehen war wohl das falsche Wort, 'sich hinwuchten' käme dem wahren Sachverhalt wohl näher - und ein Gespräch mit einem der Kellner anfing, der könnte der Gesuchte sein. Die Statur und die Frisur stimmten jedenfalls.

Er versuchte, der Unterhaltung wenigstens optisch zu folgen, denn bei dem Lärmpegel in dem Lokal konnte man natürlich nichts erlauschen. Der Dicke gestikulierte heftig und schlug einmal mit der Faust auf den Tisch. Der Ober schüttelte mehrmals den Kopf und zuckte einmal mit den Achseln. Na also - aber Vorsicht vor falschen Schlüssen! Das *konnte* natürlich die Frage nach Aram und seinen Helfern und die Keine-Ahnung-Antwort sein. Konnte. Genauso gut hätte es heißen können: 'Hast du meine Frau gesehen?' oder 'Kannst du mir etwas Sphygs beschaffen?' oder sonstwas Profanes.

"Ich glaube, das ist unser Mann!", murmelte Trelain. "Versuchen müssen wir es jedenfalls. Wenn er hier rausgeht, dann folge ich ihm, und du folgst mir. Nach zehn Zentssegs holst du auf, und wir tauschen. Dann gehst du ihm nach, und ich dir. Und ..."

"Und so weiter, ist klar, Major!"

"Gut. Also los. Ich mache mich schon mal auf den Weg zur Tür. Du zahlst inzwischen."

Als er gerade die Kneipe verlassen wollte, stieß er mit einem Gast zusammen, der die Tür schwungvoll aufgestoßen hatte, und mit einem brennenden Geoph-Stäbchen ungeniert im Mund hereintrat. Der junge Mann, elegant in Braun und Schwarz gekleidet, mit einer weiß gepuderten Allong-Perücke, grinste ihn kurz wie zur Entschuldigung an, dass er ihm beinahe die Tür ins Gesicht getreten hätte, murmelte irgend etwas und steuerte den Tresen an.

Irgendwoher kannte Trelain diesen Burschen, aber das war nicht der richtige Moment, sich Gedanken über Gesichter zu machen, die man auf irgendeiner langweiligen kulturellen Veranstaltung - als ihn Calaya zu dergleichen mitgeschleppt hatte - gesehen hatte. Ein junger Schnösel, der mit irgend jemandem aus der oberen Schicht weitläufig verwandt war.

Er wollte gerade nach draußen gehen, als er sich am Arm gepackt fühlte.

"He, Major Trelain!"

Es war der junge Mann, der gerade an ihm vorbeigegangen war.

Zwei Dinge hielten Trelain davon ab, zu reagieren, wie er normalerweise reagierte, wenn er am Arm gepackt und zurückgehalten wurde. Erstens die Tatsache, dass er jetzt auf keinen Fall Aufsehen riskieren konnte, zweitens dass er mit 'Major' angesprochen worden war. Das wusste eigentlich keiner.

Und drittens: Jetzt, wo er genauer hinsah, kam ihm das Gesicht doch equest bekannt vor. Woher nur?

Der junge Mann lächelte: "Ihr überlegt, woher Ihr mich kennt, nicht wahr? Und woher ich von Eurer Beförderung weiß?"

Trelain schwankte zwischen einer unfreundlichen und einer sehr unfreundlichen Erwiderung, aber der andere ließ ihn gar nicht erst zu Wort kommen: "Verzeiht meine etwas unorthodoxe Art, Euch anzusprechen, aber was soll ich machen ...?"

Die Stimme, die Gestik und die Erinnerung brachten Trelain auf die richtige Spur. Er hatte den jungen Mann schon einmal getroffen: auf einem Empfang der Regierung, auf den ihn Calaya mitgenommen hatte. Der Jüngling mit den weich geschnittenen Gesichtszügen war kein anderer als der jüngere Sohn des Königs, Ormilian Gorodon!

Equart! Das hatte gerade noch gefehlt!

"Ihr erinnert Euch, richtig?", stellte der andere fest. "Nemeb, kein Problem!"

Kein Problem! Von wegen! Trelain suchte nach Worten, und etwas Besseres, als zunächst eine kurze Verneigung anzudeuten, fiel ihm nicht ein.

"Meine Verehrung! Kann ich Euch ..."

Ormilian lachte leise: "Nemeb! Vergesst doch einfach, dass ich ... naja, ich bin!"

"Das fällt etwas schwer ... Hoheit. Oder wie?"

"Hoheit? Angenehm zu hören - aber hohl! Ich lege keinen Wert auf so einen Firlefanz. Ich bin der Zweitgeborene. Mein Bruder Quermilian wird irgendwann der König sein. Und ich? Ein reicher Nichtstuer, oder? Was meint Ihr dazu, Major?"

Trelain grinste breit: "Ich wäre schön blöd, wenn ich mich zu diesem Thema äußern würde, nicht? Ich hoffe, Ihr hattet nicht erwartet, dass ich zu dieser Problematik einen ernsthaften Beitrag liefere?"

Der Sohn des Königs lachte: "Nemeb, nicht wirklich! Ich wollte nur auf eines hinaus!"

"Und das wäre?"

"Falls ich irgendwann einmal die Absicht hätte, ungeachtet meiner Position einfach loszuziehen und mit einem ganz normalen Menschen einige Gläschen Geoph zu kippen - würdet Ihr dann Nein sagen?"

"Habt Ihr so wenig Freunde? Und vor allem - warum ich?"

"Warum Ihr? Eine gute Frage."

"Hmm. Wärt Ihr sehr abgeneigt, zunächst die andere Frage zu beantworten?"

"Als da wäre?"

"Keine Ausflüchte, Hoheit. Freunde, häh?"

"Ihr könnt sehr direkt sein, Major!"

"Schon. Könnt Ihr ehrlich sein?"

"Ich denke .... Nemeb. Wollt Ihr?"

"Gleiche Frage wie vorhin: Warum ich?"

"Weiß nicht."

Ormilian hatte sich am Tresen den Geoph-Getränken zugewandt, und Trelain wusste im Moment nicht, was er tun sollte. Equest!

Am besten die ganze Sache vergessen und weitermachen wie bisher.

Er brauchte nicht lange draußen zu warten. Calumal - wenn er es war! - verließ den Raum nach wenigen Zentssegs und steuerte den Marktplatz an. Trelain hatte kurz Gelegenheit, sich im Vorübergehen das Gesicht einzuprägen, obwohl das eigentlich nicht nötig gewesen wäre: kleine, von Speckfalten umgebene Augen, die tückisch blinzelten und ein paar Hängebacken, die ihresgleichen suchten. Offenbar ließ es sich von seiner Profession gut leben. Nur schien der Gute im Moment ziemlich verärgert. Der Major hoffte inständig, dass *er* der Grund für diese Verärgerung war.

Obwohl Calumal in der Menge nicht zu übersehen war, war es gar nicht leicht, ihm in dem Menschengewimmel zu folgen. Es ging auf die neunte HellSseg, und eine Menge Volk tummelte sich in den Straßen und auf den Plätzen. Zum Glück funktionierten hier in den Sechziger-Niveaus fast alle Yllumi-Röhren - oder wurden zumindest umgehend ausgetauscht, wenn nicht - so dass er nicht auch noch gezwungen war, dem anderen im Flackerlicht oder Halbdunkel auf den Fersen zu bleiben. Hoffte schaffte es Clancey, an ihm dranzubleiben.

Der erste Wechsel ging ohne Schwierigkeiten vonstatten. Als der Dicke in eine Seitenstraße einbog, die relativ menschenleer war und über mehrere hundert Meter in gerader Richtung zentrumsauswärts führte, konnte er es wagen, seinem Ziel einen kleinen Vorsprung zu lassen und sich nach seinem Adjutanten umzusehen.

Nach einer Zentsseg war Clancey zur Stelle.

"Ich sah Euch stehenbleiben. Alles klar?"

"Ay. Dort vorn. Ich schätze, du kannst ihn nicht übersehen. In zehn Zentssegs übernehme ich wieder."

"Gut. Ob er was gemerkt hat?"

"Glaube nicht. Er hat sich zwar zweimal umgesehen, aber Leute in seinem Geschäft sind wohl ohnehin immer etwas nervös."

Fünfzehn Zentssegs später wurde die Verfolgung schwieriger. Calumal schien sich jetzt gezielt vom Zentrum weg in die Außenbezirke zu bewegen. Und hier waren nicht mehr viele Menschen anzutreffen. Sie hatten den Gürtel mit den Wohnvierteln hinter sich gelassen und hielten sich nun schon in der Gegend auf, wo die Yllumi-Röhren seltener wurden. Nicht mehr lange, und sie würden den Außengürtel erreichen, grober gemauerte Gänge, wo schon an manchen eingebrochenen Stellen das Erdreich durchsah. Hier endete Subgäa eigentlich. Weiter draußen gab es nur noch verschlungene Stollen, die ins Nichts hinausführten, in den unendlichen Leib der Erde. Nur Pilzsammler und Jäger wagten sich hier heraus, und oft genug kehrten sie nicht zurück. Dass es relativ wenig Informationen über diese Erdgänge gab, lag daran, dass jeder, der sich draußen auf die Suche oder Jagd begab, *sein* Wissen um die verborgenen Pfade ins Dunkel eifersüchtig hütete und um nichts in der Erde preisgab.

Was wollte Calumal hier draußen, das war die Frage. Den Skualman treffen? Bericht erstatten, dass Aram von der Bildfläche verschwunden war? Es würde natürlich wunderbar zu dem Namen des Kapos passen, wenn er sein Hauptquartier im Außengürtel hatte. Allerdings sprach auch einiges dagegen: Trelain konnte sich nicht vorstellen, dass der Anführer einer Organisation, die fast die ganze Prostitution und den ganzen Drogenhandel in den mittleren Niveaus kontrollierte, freiwillig auf jeden Luxus verzichtete. Na schön, mit entsprechendem Aufwand konnte man sich auch ein Erdloch hier draußen einigermaßen einrichten. Aber die Wasser- und Quanzversorgung wurde dann schon zum Problem, geschweige denn Kanalisation. Das bezeugte aufs Deutlichste der Geruch aus den Müllschächten, in die die wenigen Menschen, die hier draußen lebten, ihre *sämtlichen* Abfälle entleerten, auch die organischen selbstproduzierten. Und er

konnte sich nicht vorstellen, dass der Skualman entweder einen eigenen Kanal graben ließ - ganz davon abgesehen, dass *das* schon aufgefallen wäre - oder jeden Tag seine Leute mit einigen vollgeschissenen Eimern zum nächsten Abfallschacht schickte.
Nemeb.
Sie folgten dem Dicken noch einige Quergassen weiter, wobei Clancey keinen Wert mehr darauf legte, größeren Abstand zu Trelain zu halten. Es war sowieso egal, da außer einem einsamen Penner, der ihnen müde über den Weg schlurfte, keine Person mehr zu sehen war.
"Equest!", schimpfte der Major. "Die Sache geht schief. Wenn er sich nur einmal umdreht, und uns in der selben Straße hinter sich sieht ..."
Gedankenblitz. Dem da vorne war es egal, ob er verfolgt wurde oder nicht. Und warum? Warum? Smat!
Trelain rief sich den Grundriss der Sechziger-Stockwerke ins Gedächtnis. Er hatte ihn erst heute früh studiert. Dann blieb er abrupt stehen und hielt Clancey am Arm zurück:
"So ein Mist! Ich Humum! Er will zum Ascator! Dort draußen, kurz vor der Grenze, ist noch ein Schacht!"
"Was?"
"Was?! Dort ist noch ein Ascator - und der Kerl weiß die Kombination, equest noch mal!"

Das Problem war ganz einfach zu lösen. Nur bedurfte es einer gewissen Schnelligkeit.
Er erteilte Clancey die letzten Anweisungen und spurtete los, als sich die Türen des Ascators hinter Calumal geschlossen hatten. Wenn die Technik so langsam funktionierte, wie er das gewohnt war, dann ... Dann was?
Dann hatte er jetzt eine Reise ins Ungewisse vor sich.

Die Flügeltüren hatte sich gerade mit einem schwachen Pfeifen zu einer geschlossenen metallischen Fläche vereinigt, als Trelain keuchend stehen blieb.

Ein kurzer Blick nach oben und der Griff nach dem Dolch im linken Ärmel.

Das Licht blinkte zaghaft. Die übliche Verzögerung. Gut. Hinter der Metalltür ertönte ein verhaltenes Knirschen. Nicht viel Zeit.

Er steckte die Klinge des Dolchs zwischen die bekannte Stelle und führte sie nach oben. Widerstand. Genau. Etwas drücken und dann die Klinge drehen.

Ein leises Zischen ertönte, als sich die Tür des Ascators öffnete. Vor ihm vier beindicke Stahlseile. Und die bewegten sich. Zwei nach oben, zwei nach unten. Die Fläche des Quadrats vor ihm ruckte mehrmals und setzte sich nach unten in Bewegung.

Trelain hatte keinen Moment lang Zeit. Er trat vorsichtig auf das ölige Metall und musste sich am Leitseil festhalten, als die Kabine unter ihm nochmals heftig bockte. Der erste Abwärtsschub brachte ihn fast aus dem Gleichgewicht, und das dicke Kabel rutschte durch seine Hände, aber dann hatte er sich gefangen.

Er deutete nach oben, als er aus Clanceys Blickfeld verschwand, und dann auf seine Augen.

Klar. Stockwerk merken.

Das Niveau sich zu merken konnte wohl nicht so schwierig sein. Es war nur zwei Etagen tiefer gegangen. Und der Ascator - einer der aus den Außenbezirken, was eigentlich alles sagte - war so langsam gewesen, dass er nicht einmal sehr gestaucht worden war, als dieser anhielt. Trotzdem würde Trelain niemandem eine Reise durch die dritte Dimension Subgäas auf diese Weise empfehlen.

Also befand er sich jetzt im Achtundsechzigsten. Eine äußerst beruhigende Tatsache, dass man wenigstens wusste, wo man war, wenn man auf dem Dach eines Ascators reiste, als Gast eines Menschen, der ein Todfeind sein könnte ...

Er wartete, bis er das vertraute Knirschen der Türen zweimal gehört hatte, und dann noch einige Ssigs. Der Rest war reines Risiko, da machte er sich nichts vor.
 Also mit dem Messer die Deckenklappe aufgemacht (kein Problem) und ...
 Niemand zu sehen. Musste nichts heißen.
 Er sprang hinunter. Offensichtlich kein Risiko, da Ascator-Tür zu.
 Jetzt Frage: Hatte ihn der andere bemerkt und wartete nur darauf, dass ..."
 Gute Frage. Wenn er es nicht versuchte, dann würde er es nie wissen. Und die Zeit drängte. Wenn Calumal - nach der Erfahrung, dass sein Ziel über den Vorzug verfügte, die Aufzüge benutzen zu können, zweifelte er nicht mehr daran, dass er der Gesuchte war - bis jetzt nicht gemerkt hatte, dass er verfolgt wurde, dann würde er es auch nicht mehr merken. Oder? Und wenn? Eben.
 Die beiden Flügel schwangen auseinander, und Trelain konnte - auch wenn er etwas anderes erwartet hatte - nichts anderes konstituieren als eine ziemlich dunkle leere Straße, die sich in Richtung des Zentralschachts erstreckte und keine andere Besonderheit aufwies als einen ziemlich dicken Mann, der sich mit wiegendem Schritt von ihm weg bewegte.
 Trelain beglückwünschte sich selbst innerlich zu seiner schwarzen Kleidung, schnaufte einmal tief durch, und folgte langsam hinterher.
 Jetzt hatte er Zeit.

25.

Stone Dream - Krabathor

Es schien sich um ein ganz normales Wohnviertel zu handeln, durch das er dem Dicken folgte. Nicht besonders gut erhalten, aber das konnte man in dieser Gegend auch nicht erwarten. Es waren nicht besonders viel Leute unterwegs, das besserte sich aber, je näher sie dem Zentrum kamen, und machte dem Major die Sache leichter.

Überhaupt schien sein Ziel nicht übermäßig besorgt zu sein, verfolgt zu werden. Klar, er dachte, mit seiner kurzen Ascator-Fahrt einen guten Zug gemacht zu haben. Dass jemand auf dem Dach mitreiste ... Trelain grinste.

Calumal bog jetzt in einen Seitengang ein, und der Major nutzte die Gelegenheit, momentan außer Sicht zu sein, um einige Meter aufzuholen. Als er die Ecke erreichte, fluchte er leise: Eine Ladenstraße. Viele Menschen. Equest! Womöglich entwischte ihm der Kerl doch noch.

Nach wenigen Sekunden Gedrängel hatte er ihn wieder im Visier. Kein Wunder. Der andere teilte mit seiner Körperfülle die Menschenmasse wie ein Fels das Wasser. Eigentlich vollkommen blödsinnig, so jemanden zum 'geheimen' Boten zu machen. Oder gerade deswegen sehr schlau, wer weiß ...?

Trelain drängelte sich etwas näher heran. Jetzt blieb der Dicke stehen und betrachtete die Auslagen eines Geschäfts. Er schien sich über einen Tisch zu beugen. Natürlich würde er jetzt die Umgebung sondieren. Der Major ließ sich einfach von der Menge mit treiben und kam so etwas vom Kurs ab, aber das war ihm nur recht. Er war zwar etwas größer als der normale Einwohner von Subgäa, aber ein Körper, der sich mit dem Strom mitbewegte, fiel sicher nicht auf. Und jetzt würde er sich von seinem Ziel nicht mehr abbringen lassen.

Die Frage war nun die: Kontrollierte der andere nur routinemäßig die Umgebung, oder war er am Ziel? Trelain hob den Kopf und musste lächeln: ein Büchergeschäft. Wie sinnig. In letzter Zeit schien sich ziemlich viel um Bücher zu drehen.
Und ...? Na also. Sein Ziel ging in den Laden. Jetzt noch eine Frage. Eine nicht ganz unerhebliche: Falle oder nicht?
Die Entscheidung stand von vorneherein fest: Wenn er es nicht wagte, würde er es nie herausfinden. Also. Moment. Kurz etwas zurechtlegen. Bücher, hm.

Das Geschäft war größer, als die Außenfront vermuten ließ. Vier oder fünf Reihen Regale bis unter die Decke. Im Hintergrund drei Tische mit Stühlen, daneben eine Art breites Stehpult, wo ein ziemlich alter Mann gelangweilt in die Luft starrte. Drei oder vier Kunden spazierten zwischen den Regalreihen auf und ab.
Trelain wählte den Durchgang zwischen der zweiten und dritten Reihe in der Mitte und schlenderte gemächlich an der Phalanx der dicken Schwarten entlang, wobei er seinen Kopf schräg legte und seinen Blick scheinbar interessiert an den Buchrücken auf- und abwandern liess. *Grundlagen der Chiromanthie* von Abilonia ... *Die Könige des Ersten Milleniums* von Oktavio Sâlall ... *Heldensagen der Frühzeit* - unbekannter Verfasser. Das hatte er schon einmal gelesen.
Er näherte sich dem freien Raum mit den Tischen. An einem davon saßen zwei Kerle, die in dieser Umgebung doch etwas deplatziert wirkten. Erstens der Körperbau, der eher dem von Kanalpionieren entsprach, was nicht unbedingt etwas besagen musste, denn warum sollte sich ein Muskelpaket auf Beinen nicht für Literatur interessieren. Zweitens die Gesichter. Vor allem deren Ausdruck. Beide schienen sich außer für geistige auch intensiv für körperliche Aktivitäten zu engagieren, denn derart derangierte Gesichtszüge fand man nur bei Unfallopfern oder Turnierboxern. Das linke Auge des einen

schien sogar eine besondere Vorliebe für das Lesen von hochgeistigen Büchern zu haben, denn aufgrund einer dicken rötlichen Geschwulst dort, wo sich sonst die Augenbraue befand, stierte es ständig nach unten. Der andere versuchte diesen ästhetischen Vorsprung seines Kameraden durch ein gewinnendes zahnloses Grinsen wettzumachen, das einem Hundertdreißigjährigen alle Ehre gemacht hätte.

Also ohne Zweifel zwei Literaturbegeisterte. Und Calumal stand dabei und unterhielt sich mit ihnen. Leider war trotz der relativen Stille in dem Laden nichts zu verstehen. Trelain näherte sich langsam, blieb am Ende der Regalreihe stehen und nahm einen der Schmöker heraus. *Mentale Insuffizienz bei inzestuöser Reproduktion* - unbekannter Autor. Nicht schlecht. Das Werk sollte man dem Königshaus zukommen lassen. Jedenfalls hatte der Verfasser gewusst, warum er unbekannt bleiben wollte.

Der Major blätterte hin und her, wobei er die drei genau beobachtete. Der Tisch stand direkt an der Wand. Und die war interessant. Ein Rohr mit einem Trichter lugte aus dem Verputz heraus wie der verkleinerte Abfluss einer Toilette. Die Kerle waren leichtsinnig. Ein großer Bücherstapel sollte die Sache wohl kaschieren, aber man hatte ihn einfach auf die Seite geschoben. Ein Sprachrohr. Sehr aufschlussreich. Welchen Bedarf hatte eine ganz normale Buchhandlung für eine transgeotische Sprachverbindung?

Und noch etwas war interessant. Der Tisch hatte unter der Platte eine große Ablage, nur konnte er nicht sehen, was dort abgelegt war, weil die Seite, die dem Laden zugewandt war, mit Büchern vollgestellt war. Ohne Zweifel sollte hier ebenfalls irgend etwas vor neugierigen oder zufälligen Blicken geschützt werden.

Der Major hätte seine Stiefel darauf verwettet, dass dort nicht nur Brillengläser und Stifte lagen. Eine oder mehrere

Schusswaffen. Eine kleine Armbrust vielleicht. Auf kürzere Entfernung wie hier treffsicher und tödlich.

Er stellte das Buch ins Regal zurück und wandte sich dem Ausgang zu. Hier kam er momentan nicht weiter. Einen Teilerfolg allerdings konnte er sich zugestehen: Sprechverbindungen und versteckte Waffen - hier war er richtig!

Der alte Mann an dem Katheder hatte sich eine dicke Brille auf die Nase geschoben und sah ihm nach, als er den Laden verließ.

Was nun, equest? War es möglich, dass es einen anderen Zugang zu den hinteren Räumen gab. Von einem der Nachbargeschäfte aus vielleicht? Trelain sah in beide Richtungen und stellte jetzt erst fest, dass rechts neben dem Laden eine schmale Quergasse in Richtung Zentralschacht abzweigte. Er überlegte kurz. Eventuell hatte er Glück.

Er hatte. Auch wenn ihm die Vorstellung nicht behagte - das, was er gesucht hatte, lachte ihm sozusagen entgegen. Ein Kanalschacht.

Ein Passant, der Kleidung nach aus einem besseren Viertel, blieb stehen und sah erstaunt zu, wie er das Gitter heraushebelte und zur Seite schob. Smat drauf!

Wieder Glück gehabt. Der Kanal unter dem Einstieg verlief quer zur Straße, also diente er der Drainage der Anlieger. Trelain schwang sich in das Loch, suchte sich mit den Füßen einen festen Halt auf den in den Stein eingemauerten Eisenkrampen und zog das Gitter hinter sich zu. Sicher ist sicher.

Nach schon fünf oder sechs Metern Abstieg endete die Kletterpartie und er stand auf festem Boden - allerdings knietief in schwarzbraunem Wasser, das so roch, wie es aussah. Er ignorierte den Gestank, so gut es ging, und watete langsam nach links, wo er nicht allzu weit entfernt den Zufluss aus den darüber liegenden Wohn- und Geschäftseinheiten zu finden hoffte.

Wiederum hatte er sich nicht getäuscht. Nach dreißig oder vierzig Metern in fast völliger Dunkelheit ertastete er mit der rechten Hand einen Mauerabsatz oder eine Ecke. Als er in seinen Taschen nach den Streichhölzern suchte, spürte er eine Berührung an seinem linken Fuß. Irgend etwas hatte sich um seinen Stiefel gewickelt und zog nach hinten, allerdings nicht sehr kräftig. Trelain verkniff sich einen saftigen Fluch und schüttelte heftig den Fuß, worauf der Zug nachließ und ein leises Pflatschen erklang. Vermutlich ein größerer Geonvir, die hier in den Kanälen zu Tausenden vorkamen und - vermutlich - ‚von den Abfällen der Menschen genährt, ein kommodes Dasein fristeten.

Das Zündholz leuchtete mit blauer, dann mit rotgelber Flamme auf. Vor ihm verlief der Kanal weiter in die schwarze Unendlichkeit. In der Ferne vermeinte er eine Vielzahl von weißlichen Schnüren zu sehen, die sich in allen Richtungen von Wand zu Wand spannten. Das Netz einer großen Vavjard, einer Erdspinne? Unangenehme Viecher, die zwar kleinere Opfer wie Sphygloziten bevorzugten, aber deren größte Exemplare durchaus einem Menschen gefährlich werden konnten, wenn sie gereizt wurden.

Trelain hielt das halb abgebrannte Streichholz am ausgestreckten Arm und sah nach oben. Ein senkrechter Schacht, wie er es sich gedacht hatte. Die üblichen Metallkrampen in der Wand. Ein dünnes Rinnsal lief an den Steinen entlang herunter und tröpfelte von mehreren Vorsprüngen im Fels mit leisem Plätschern in das Kanalwasser. Von oben war ab und zu ein gedämpftes Gurgeln zu hören.

Alles bestens, sozusagen. Hier war der Zugang. Aber so einfach wie bis jetzt würde es nicht weitergehen, da machte er sich nichts vor. Ein paar Meter höher würde sich der Kanal teilen - und enger werden. Wahrscheinlich musste er kriechen.

Bei der Vorstellung, durch ein schmales Abflussrohr zu krabbeln, stellten sich Trelains Nackenhaare auf. Nach Pisse stank er jetzt schon. Hoffentlich kam nicht noch jemand dort oben auf die Idee, zu scheißen.

26.

Ministry of Fear - Vicious Rumors

Calumal hatte immer ein ungutes Gefühl, wenn er Xyraisio gegenüberstand. Obwohl er eigentlich nicht sagen konnte, dass der andere ihn irgendwie feindselig behandelte - nicht einmal besonders unfreundlich - , aber auf eine gewisse subtile Weise stand immer die Tatsache im Raum, dass Xyraisio der Stellvertreter des Skualmans war. Eine Art allgegenwärtiger Bedrohung, die fast greifbar war, als wäre die Luft im Raum zähflüssig geworden.

Zodiar, den Skualman selbst, hatte Calumal nur einmal in den fünfzehn Jahren, in denen er für die "Organisation" arbeitete, zu Gesicht bekommen. Das heißt, 'zu Gesicht bekommen' wäre eigentlich maßlos übertrieben, denn der Kapo hatte sich hinter einer schwarzen Maske verborgen und aus den Halbdunkel heraus mit heißerer Stimme zu ihm gesprochen. Damals war er sehr beeindruckt gewesen, heute bereitete ihm das Bewusstsein, dass anscheinend niemand wusste, wer der Anführer eigentlich war und wie er aussah, mehr und mehr Unbehagen. Es hieß, dass man in letzter Zeit auf Schwierigkeiten gestoßen war, und dass gewisse 'Säuberungen' in den eigenen Reihen durchgeführt wurden. Auch, dass nicht nur vonseiten der Miliz, sondern noch von einer dritten Partei Schwierigkeiten zu erwarten seien.

Vor allem das Gerücht von den Säuberungen hatte Calumal schon um den einen oder anderen Nachtschlaf gebracht. Denn selbst was die Durchführung seiner Aufträge betraf, war sein Gewissen nicht ganz rein. Schön, er hatte es nicht übertrieben und war im Rahmen seiner Befugnisse relativ 'ehrlich' gewesen, aber hie und da hatte er schon etwas mehr für sich selbst abgezwackt, als dem Skualman recht sein konnte. Kleinigkeiten natürlich, aber immerhin. Und der

Kapo war nicht gerade dafür bekannt, dass er allzu glimpflich mit Leuten verfuhr, die ihn übervorteilt hatten.

Xyraisio schien seine Gedanken lesen zu können - das hatte er insgeheim schon immer geargwöhnt, obwohl er nicht abergläubisch war -, denn dessen durchdringender Blick unter zusammengekniffenen Augenbrauen erweckte den Eindruck, als ob er durch Stirn und Schädelknochen schauen konnte. Calumal fühlte wie immer ein leichtes Frösteln. Und das alles, obwohl der Stellvertreter keineswegs sonderlich imposant wirkte.

Ein relativ kleiner Mann saß hier vor ihm, mit kurzen Beinen, dafür unverhältnismäßig grossem Kopf mit schütterem Haar, den die hervorstehenden Augen besonders abstoßend machten. Aber eben der Blick dieser Augen war es, der Calumal bis in seine Träume verfolgte. Ein gefährlicher Mensch, dessen war er sich sicher.

"Und?" Das war das einzige Wort, das der andere sagte. Keine Begrüßung.

Calumal trat von einem Fuß auf den anderen. Das eine kurze Wort hatte ihn vollkommen verunsichert, und er hatte Schwierigkeiten, seine wirren Gedanken in Worte zu kleiden. Also wiederholte er einfach die Frage, um Zeit zum Überlegen zu gewinnen:

"Und? Was?"

"Nun, es wäre von Interesse, zu erfahren, was aus unserem Freund Aram geworden ist, zum Beispiel! Speziell würden wir gerne hören, *ob* du ihn inzwischen angetroffen hast, *was* er inzwischen unternommen hat, *wie viel* dabei herausgesprungen ist und *wann* wir unseren Teil davon sehen."

"Aram? Der ist ... äh ... weg!"

"Weg?!" Sein Gegenüber zog eine Augenbraue hoch. "Calumal, was ich an dir schon immer bewundert habe, das ist deine differenzierte Ausdrucksweise. Weg! Der Skualman ist nicht gerade ein Freund von Alleingängen ohne Zwischenmeldung. Also wenn du das vielleicht etwas präzisieren könntest ... Bitte!"

Angesichts dieser Freundlichkeit kam der Dicke plötzlich ins Schwitzen. Er sah sich schon - oder das, was von ihm übrig geblieben war - auf dem Grund des Zentralschachts. Wenn es dort einen Grund gab!

Von einer Ssig auf die andere brach die verbale Barriere nieder und die Worte drängten regelrecht ins Freie: "Er ist verschwunden, equest, Aram ist verschwunden! Seit mehreren Tagen hat ihn keiner mehr gesehen, das meine ich mit 'weg'! Und Bilaim, Owest und Kwarr sind tot - hinüber! Man hat sie im sechsundsiebzigsten Niveau gefunden - sauber erledigt, erstochen!"

Ein Teil seines Verstandes entrüstete sich im Hintergrund darüber, dass er sich überhaupt für diesen Schlamassel zu entschuldigen und rechtfertigen versuchte. Schließlich konnte *er* ja wohl überhaupt nichts dafür.

Wenn er gedacht hatte, dass Xyraisio jetzt aufspringen würde, dann hatte er sich geirrt. Die einzige Reaktion, die der andere zeigte, war, dass er die hohe Stirn in Falten legte. Calumal wollte noch etwas sagen, was, das wusste er später selbst nicht mehr, aber der kleine Mann hinter dem großen Tisch winkte energisch ab.

Nach höchstens einer Zentsseg hob er den Blick: "Was hatte Aram vor?"

Der Dicke zuckte die Achseln: "Ich weiß nichts Genaues. Einen reichen Sack abkochen vermutlich."

"Und dieser reiche Sack? Wie hat der ausgesehen?"

"Äh ... na ..." Calumal wusste genau: Wenn er jetzt nicht mit brauchbaren Informationen aufwarten konnte, dann wurde es gefährlich. Also strengte er sein Gedächtnis an:

"Sehr groß. Schwarzhaarig. Nicht sehr alt. Noble Kleidung. Das war's. Mehr hat mir der Wirt nicht verraten."

"Vielleicht eine Narbe im Gesicht?"

"Hat er nichts davon gesagt."

Xyraisio stützte das Kinn in die Handflächen und überlegte: "Hm. Womöglich Trelain. Wenn das stimmt ..."

Calumal wollte eine Frage stellen, verkniff es sich dann aber. Nach einer Weile schüttelte der andere den Kopf und sah ihn an: "Hältst du es für möglich, dass du verfolgt worden bist?"

Zum ersten Mal an diesem Abend lächelte Calumal: "Ganz und gar unmöglich! Ich habe den Ascator im Außenbezirk benutzt."

"Hm. Ich weiß nicht. Trelain kennt sich bestimmt mit Ascatoren besser aus als wir."

"Aber wie ... ich verstehe nicht ganz ..."

"Jaja, schon recht. Ich schätze, Aram können wir abschreiben. Entweder ist er ebenfalls tot, oder bei der Miliz gefangen. Ersteres wäre mir übrigens lieber, equart!

"Das kann ich mir vorstellen. Wenn ich bedenke ..."

"Halt die Schnauze, Humum!" Zum ersten Mal wurde Xyraisio richtig unwirsch. "Dieser Trottel Aram ist mir equest egal, aber was ist mit dem Sklaventransport in zwei Tagen? Wenn uns die Miliz auf der Spur ist, dann kann die ganze Sache schief gehen. Was immer Aram gebracht hätte, das wäre ein Smat gewesen gegen das, was wir dabei verdienen."

Calumal wusste nicht recht, was er sagen sollte: "Glaubt Ihr, dass die Miliz uns in dieser Hinsicht auf der Spur ist? Ich dachte, es geht nur um Aram, und dass ..."

Der andere seufzte ergeben: "Versuch lieber nicht zu denken! Die Tatsache allein, dass es jemanden bei der Miliz gibt, der ernsthaft versucht, uns ans Bein zu pinkeln, und der noch dazu die Unterstützung des Kanzlers persönlich hat, und der außerdem offenbar in Aram einen Ansatzpunkt gefunden hat, das sollte uns zu denken geben."

Calumal fiel nichts anderes ein, als diensteifrig zu nicken.

"Und?" Jetzt fiel ihm auch keine bessere Frage ein.

"Und?" Der andere lächelte. "Man hat schon etwas in die Wege geleitet."

Trelain kratzte sich am Kinn und stellte dabei fest, dass seine Hand völlig mit Dreck verschmiert war. Er hätte jetzt natürlich daran riechen können, um zu verifizieren, ob es sich dabei 'nur' um gewöhnlichen Dreck handelte oder eher Rückstände organischer Natur, aber er unterließ es lieber. Er stank ohnehin schon wie ein verstopfter Abtritt in den Neunziger-Niveaus.

Im Prinzip war sein Unternehmen ja bis jetzt von Erfolg gekrönt gewesen. Wie zu erwarten, hatte sich der Kanal weiter oben verzweigt; in ein Rohr für die Toilette und ein weiteres für den Müllschacht. Letzteres führte in fast allen Fällen zu einer Öffnung in einer Küche (außer in den Orkard-Stockwerken; dort hatte man natürlich auf diesen unerhörten Luxus verzichtet und nur einen Schacht für *alle* Abfälle vorgesehen).

Und genau in einer solchen kleinen Küche stand er jetzt, nachdem er nach einer am Schluss ziemlich beschwerlichen Kletterpartie sein vorläufiges Ziel erreicht hatte. Zum Glück war der Boden des Raums derartig dreckig, dass die schlammigen Stapfen, die seine Stiefel hinterließen, wohl innerhalb kürzester Zeit halb eingetrocknet und dann von dem restlichen Schmutz nicht mehr zu unterscheiden waren. Genau wie die bräunlichen Tropfen, die er in reizvollen Mustern um sich verbreitete. Bei Calaya hätte er sich im Moment wohl nicht blicken lassen können.

Die letzten paar Sätze, die im Nebenraum gesprochen wurden, hatte er an der Tür ganz gut mitbekommen, da die beiden (waren es nur zwei?) ihre Lautstärke wohl unwillkürlich nach und nach gesteigert hatten. Dass der eine Calumal war, daran bestand kein Zweifel. Von dem anderen hatte er den Namen nicht verstanden, wie er ihn überhaupt schlecht hören konnte. Es schien sich nicht um den Skualman selbst zu handeln, da von diesem einmal in der dritten Person gesprochen worden war. Smat! Aber das wäre auch zu einfach gewesen.

Trotzdem hatte er etwas sehr Interessantes erlauscht: ein *Sklaventransport*! Das war fast zu unerhört, um es zu glauben. Sklaven! Und offenbar betrieb der Skualman Handel mit dieser Ware. Man sollte es nicht für möglich halten! Alleine deshalb hatte sich sein Schlammbad schon gelohnt.

Xyraisio lehnte sich zurück und zündete sich ein Geoph-Stäbchen an. Sein Gesichtsausdruck wurde sofort milder und Calumal entspannte sich ein bisschen.

"Hm", brummte der Vizekapo, "nun, das sind alles lösbare Probleme. Wie gesagt, ich denke, Aram können wir abschreiben. Kein sehr großer Schaden; irgendwie habe ich dem Kerl auch nie so recht über den Weg getraut. Es war manchmal equart wenig, was er bei einer am Anfang vielversprechenden Aktion angebracht hatte. Ich hatte immer den Verdacht, dass er uns hin und wieder für dumm verkauft und einiges für sich selbst abgebogen hat ..."

Calumal wurde es heiß und kalt unter seiner dicken Jacke, als ihn der andere bei diesen Worten betont gleichmütig taxierte. Wenn er jetzt etwas sagte, dann bloß nicht stottern. Nein, lieber gar nichts sagen. Er fürchtete nur, dass sein Lächeln etwas eingefroren wirkte.

"Na egal!", fuhr Xyraisio fort. "Vermutlich liegt er schon unten im Zentralschacht, und die Geonogons streiten sich um seine Überreste." Plötzlich wechselte er das Thema: "Du wirst den Transport übrigens begleiten!"

"Was? Ich?" Calumals Gedanken überschlugen sich fast. "Warum denn das?"

"Der Drache wird ungeduldig. Wir hätten schon vor zehn Tagen liefern sollen. Und ich möchte, dass diesmal nichts schiefgeht. Deshalb brauche ich einen zuverlässigen Mann, einen, der sich mit der Materie auskennt, bei der Sache. Du verstehst?"

Der Dicke wusste nicht recht, was er sagen sollte: "Schon - und vielen Dank für das Vertrauen! Aber ... äh ... Ihr wisst doch ..."

Xyraisio grinste: "Na, na, mein Lieber. Die kleine Mühsal wirst du doch einmal auf dich nehmen können, oder?"

Calumal versuchte ein zuversichtliches Lächeln, was aber kläglich misslang: "Nun, ay, aber die Neunzig- und Unterhundertniveaus ... Mindestens zwanzig Stockwerke Treppensteigen. Dort funktioniert doch kein Ascator mehr!"

"Wenn schon!", grinste sein Gegenüber noch breiter. "Ein wenig körperliche Betätigung wird gerade dir sicherlich nichts schaden. Sieh dich doch an! Ich weiß nicht, was du vorhin getrieben hast, aber offenbar bist du überhaupt keine Anstrengung gewöhnt. Du bist ja vollkommen rot im Gesicht!"

Dieser Logik hatte der Dicke nichts entgegenzusetzen, jedenfalls nichts, das ihm im Moment eingefallen wäre. Also nickte er ergeben.

"Hör zu ...", begann Xyraisio.

27.

Great Expectations - Kiss

In vier Tagen also. Das war im Prinzip nicht viel Zeit, aber es musste genügen. Trelain saß am nächsten Tag in seinem Büro und zermarterte sich den Kopf. Worüber eigentlich? Das war die Frage, die er sich in jeder Sseg mindestens dreimal stellte, und die ihm Kopfschmerzen verursachte.
Überhaupt die Kopfschmerzen. Dergleichen hatte er früher nur verspürt, wenn er in der Dunkelphase mit Drew oder den anderen Zechbrüdern unterwegs gewesen war und exzessiv dem Geoph zugesprochen hatte. Waren es wirklich nur die Probleme, die ihn zur Zeit beschäftigten? Immer öfter hatte er den Eindruck, dass sich irgendeine höhere Kraft Zugang zu seinem Verstand verschaffen wollte - und das mit Gewalt.
Apropos: Lag er wirklich richtig, wenn er versuchte, den Geonogon mittels des Umweges über den Skualman zu finden. Hatte er da nicht zu weit gedacht? Oder zu kurz? Andererseits fiel ihm augenblicklich wirklich kein anderer gangbarer Weg ein. Einfach nur warten, bis der Mörder einen Fehler machte? Bis dahin konnte viel Zeit verstreichen - und konnten noch viele Opfer ihr Blut verlieren.
Und der Kanzler wollte Ergebnisse sehen.
Hätte er sich vielleicht nicht in die Sache hineinziehen lassen sollen? Aber diese Überlegung war für den Arsch - jetzt steckte er drinnen und klebte fest.
Was hatte dieser Xyraisio gemeint mit 'man hat etwas in die Wege geleitet'? Verfügten die Kerle über Verbindungen nach ganz oben, um ihn abzusägen? War fast zu vermuten. Aber der Kanzler selbst war sein Auftraggeber. Noch höher war nur der König selbst. Und noch ein unbekannter Faktor: Bischof Polikides. Womöglich genauso mächtig wie der Kanzler - man wusste es nicht; die Kirche wirkte meistens im Ver-

borgenen. Und Lysander selbst? Hatte er wirklich Interesse, dass die Sache aufgeklärt wurde - immerhin handelte es sich in zwei Fällen nicht 'nur' um Hataii, sondern um hohe Würdenträger, also politische Morde, wenn man den Zufallsfaktor einmal ausschloss - , oder sollte Trelain nur den Humum spielen, damit jener sagen konnte, er habe ja seinen 'besten' Mann abgestellt, um den Mörder zu erwischen.
 Equest, das waren entschieden zu viele Unbekannte in der Rechnung.

Trelain hatte den Ort der belauschten Unterredung zwischen Calumal und diesem Xyraisio, den er leider nicht hatte sehen können, nach einer halben Sseg verlassen, wie er gekommen war. Die zweite Kriech- und Kletterpartie durch die Abfallschächte und die Kanalisation hatte ihm weit weniger ausgemacht als der Hinweg, da er sich inzwischen an seinen eigenen Gestank gewöhnt hatte, aber etwas peinlich war dann Marsch durch das belebte Marktviertel bis zum nächsten Ascator schon gewesen. Zu Hause angekommen hatte er sich erst einmal nackt ausgezogen, die Kleidung bis auf die Stiefel und den Gürtel in den Abfallschacht gestopft und sich dann eine Sseg lang unter die Dusche gestellt.
 Bei dieser Gelegenheit hatte er sich vorgenommen, die Befestigungen des Gitters über seinem Müllschacht in nächster Zukunft einmal zu überprüfen. Die Krampen waren zwar verschraubt, aber vielleicht wäre es besser, die Schraubenköpfe abzufeilen, bis es keinen Schlitz mehr gab. Wer dann noch das Gitter entfernen wollte, der musste schon eine Rohrzange mitbringen. Ein Messer tat es dann nicht mehr.

Jemand räusperte sich neben ihm und riss ihn aus seinem Sinnieren über Abfallschächte und Schraubenköpfe. Clancey.
"Entschuldigt, Major! Ich ... hm ... ich dachte, Ihr wärt eingenickt. Ihr habt seit einer halben Sseg nichts mehr gesagt ..."

Trelain lachte laut, und alle Köpfe im Vorraum schwenkten in seine Richtung.

"Ist schon recht. Ich habe nachgedacht. Was habt Ihr erreicht?"

Der andere verzog den Mund: "Nicht besonders viel. Wir bekommen zwanzig Leute, nicht mehr."

"Das ist nicht besonders viel. Ich wollte fünfzig. Ab wo seid Ihr auf Schwierigkeiten bei der Bewilligung gestoßen?"

"Ihr kennt doch den Weg. Wer genau mit den Eifersüchteleien um Kompetenzen anfängt, das weiß man doch nie so genau."

Der Major wiegte den Kopf und lächelte milde: "Kommt, Clancey, nicht dieses Gewäsch! Wo wurde der Riegel vorgeschoben? General Casnoff?"

"Nicht direkt." - "Aber?" - "Ein Oberst Urquart. Zuständig für Koordinierung und ..."

" ... und Personalplanung, ich weiß. Wenn Casnoff Blähungen hat, dann furzt der. Was hat er als Begründung genannt? Aufrechterhaltung der Einsatzbereitschaft in den Revieren? Sowieso schon zu wenig Personal in den unteren Bezirken? Ein dringender Großeinsatz bei einem Umtrunk im Kremanwar?"

"So in der Richtung, Major. Speziell ..."

Trelain winkte ab: "Spart Euch den Rest. Na schön. Zwanzig Mann. Aber die werden gut bewaffnet sein."

Clancey legte den Kopf zur Seite und kräuselte die Lippen: "Ich weiß nicht recht, Major. Es scheint, dass uns auch in dieser Beziehung nicht gerade ... hm ..."

Der andere machte eine wischende Handbewegung. "Lasst gut sein, ich weiß schon. Das Übliche. Aber diesmal ...", er grinste in sich hinein, " ... dieses Mal werde ich den kleinen Dienstweg gehen."

"Den kleinen Dienstweg?"

"Sozusagen. Und den habe ich hier in meiner Tasche." Er legte einen kleinen silbrig schimmernden Gegenstand auf den Tisch: "Das ist der, nein *ein* Schlüssel zum Ausrüstungsdepot!"

Der Leutnant schnalzte mit der Zunge: "Das Ding sieht ziemlich abgestoßen und zerkratzt aus. Kann es sein, dass Ihr es nicht zum ersten Mal verwendet?"

"Sehr gut, Leutnant! Ich schätze eine gute Beobachtungsgabe wirklich!"

"Und Diskretion vermutlich auch."

"Nun, dann sind wir uns ja wohl einig."

Clancey nickte bedächtig. "Übrigens", fuhr er dann fort, "Ihr werdet erwartet. In zwei Ssegs. Scheint etwas Offizielles zu sein."

Trelain zog die Stirn in Falten. "Offiziell? Für irgendwelchen zeremoniellen Schmus habe ich jetzt überhaupt keine Zeit, sagt das demjenigen, der ..."

Der Leutnant nahm sich die Freiheit heraus, ihn zu unterbrechen: "Ich fürchte, die Zeit werdet Ihr Euch nehmen müssen. Und, bei allem Respekt, *ich* werde bestimmt nicht derjenige sein, der dieser offiziellen Stelle mitteilt, dass Ihr keine Zeit oder Lust habt!"

"Häh? Was soll das?"

"Nun, Ihr werdet beim König erwartet!"

28.

Whatever - Acrimony

Skwawk war nicht ohne Grund stolz darauf, solide Arbeit abzuliefern. Das hieß üblicherweise, dass er sein Ziel so lange verfolgte und beobachtete, bis er sicher sein konnte, den Tagesablauf und die Gewohnheiten mindestens zu neunzig Prozent verinnerlicht zu haben. Und dafür ließ er sich Zeit, ob es dem Auftraggeber passte oder nicht. Die Erfolge geben ihm recht. Minimierung des Risikos und Optimierung des Erfolges des eigentlichen Schlages. Vor allem ersteres lag ihm sehr am Herzen. Was hatte ein professioneller Mörder davon, wenn sein Opfer zwar hinüber war, aber er selbst dem seligen Dahingebliebenenwordenen kurz darauf nachfolgte? Und das mit ziemlich großer Wahrscheinlichkeit noch auf eine äußerst unangenehme Art und Weise. Skwawk selbst hatte in seinem Leben noch nie, selbst bei schweren Verletzungen - einmal in seiner Kindheit hatte er sich bei einem Treppensturz beide Beine gebrochen - nennenswerte Schmerzen verspürt. Aber er war sich sicher, dass den Scharfrichtern seiner Majestät schon etwas einfallen würde, das selbst seinen Todeskampf zur Qual werden ließ.

Und genau auf dergleichen war er überhaupt nicht erpicht. Hinzu kam noch die Vorstellung - und er hasste sie wirklich -, dass sein Auftraggeber sich ins Fäustchen lachen konnte, weil er aufgrund der verständlichen Abwesenheit des Ausführenden - und das wäre ja wohl er in diesem Falle - von sämtlichen Zahlungen entbunden wäre.

Nein, nein. Hier dachte er wie ein grundsolider Handwerker. Geld für Leistung. Und von Geld hatte man nur etwas, wenn man noch lebte. Also: saubere Arbeit, gut geplant, gut vorbereitet, gut durchgeführt ... und gut bezahlt.

Genau hier lag im Moment das Problem: Von guter Vorbereitung konnte überhaupt keine Rede sein. Erstens hatte es sein Auftraggeber equest eilig, und vor allem zweitens: Der Major der Miliz Trelain hatte einen Lebens- und Tagesablauf, der sich jeder Einordnung entzog. Es war einfach kein vernünftiges Schema zu erkennen, was dieser Mensch tat. Keine Regelmäßigkeiten, keine festen Angewohnheiten, keine Orte, wo er mit Sicherheit zu finden war.
 Solche Ziele waren Skwawk nicht neu, und er ließ sich nicht entmutigen. Einmal hatte er einen Prälaten der Kirche, der überall anzutreffen war, nur nicht in seinem Amtsbereich, fünf Zehntage lang beobachtet, bis sich eine, eine einzige Regelmäßigkeit herausstellte: Der Mann besuchte alle fünf Tage eine verbotene Glücksspielrunde, und wenn - aber nur wenn! - er gewann, dann besuchte er eine Nobelhataii in den Fünfziger-Niveaus. Immer die gleiche. Natürlich mit bewaffneter Begleitung. Skwawk sorgte mit Hilfe zweier gedungener Spieler, denen er eine größere Summe versprochen hatte - selbstverständlich auf Kosten seines Auftraggebers, bei dem Finanzen keine Rolle zu spielen schienen - dafür, dass er gewann. Der Rest war simpel: Er brach am späten Nachmittag bei der Hataii ein, als sie auswärts einen anderen Kunden bediente - auch das hatte er eruiert - , versteckte sich, betäubte die Frau, als sie zurückkehrte, und erledigte dann sein Opfer mit einem sauberen Armbrustschuss durch die Türklappe.
 Selbstverständlich ging draußen dann das Geschrei los, aber er hatte die Tür wohlweislich vernagelt, und bis die Leibwächter das dicke Holz aufgebrochen hatten, war er schon mithilfe eines Seils, das er zuvor schon angebracht hatte, im Zentralschacht einen Stock tiefer geklettert. Das nannte er präzise Arbeit.
 Eine Armbrust, hm. Falls er es bei dem Major mit Waffengewalt versuchte, dann nur damit. Es war allgemein bekannt,

dass Trelain im Umgang mit Hieb- und Stichwaffen so gut wie nicht zu schlagen war. Eine offene Konfrontation, zum Beispiel durch Inszenierung einer Kneipen-Messerstecherei oder durch einen provozierten Ehrenhandel, kam also kaum infrage, obwohl auch Skwawk ein Meister fast aller bekannten Waffen war. Ganz zu schweigen davon, dass er wohl schwerlich einen Dummen fand, der es wagte, Trelain selbst herauszufordern oder als Köder zu dienen. Und er selbst wollte aus verständlichen Gründen natürlich so wenig wie möglich in Erscheinung treten. Nemeb, so nicht.

Was hatte er überhaupt bis jetzt über sein Ziel herausgefunden? Viel - oder auch nicht, das hing vom Betrachtungswinkel ab. Er wusste zum Beispiel, dass der Major eine Ex-Frau ab und zu besuchte, eine offenbar reiche Dame namens Calaya aus der Oberschicht. Leider - für ihn - zeichnete sich hier weder eine Regelmäßigkeit noch ein Angriffspunkt ab. Das letzte Treffen war nach den Informationen des Skualmans sehr kurz gewesen.
Weiter: ein Freund mit Namen - hier musste er kurz nachdenken - Podigbudindrew. Den traf er öfter, aber eben auch nicht regelmäßig. Als Ansatzpunkt womöglich eher tauglich. Falls ihm nichts Besseres einfiel, dann würde er in dieser Richtung weiter planen.
Drittens - ja, und hier wurde es schon problematisch: Natürlich war Trelain hin und wieder in seinem Büro anzutreffen, aber zum einen wusste man nie genau, wann, und zum anderen: ein Attentat in einem Milizrevier? Das erforderte einen unglaublich abgefeimten Plan oder einen Selbstmörder. Und Letzteres war Skwawk bestimmt nicht. Wie gesagt: Von Geld hatte man nur etwas, wenn man es auch ausgeben konnte.

Kneipen? Dort verkehrte sein Kunde oft und offenbar gerne, aber wann und wo? Und außerdem ... Nemeb! Er strich diesen Punkt aus seiner gedanklichen Auflistung.

Und je mehr Skwawk im Kreis herum dachte und die Zirkel dabei immer enger zog, um so deutlicher trat *eine* Möglichkeit hervor:

Was blieb übrig, wenn man alles eliminierte, das unmöglich oder nur unter größtem persönlichen Risiko durchzuführen war, weiterhin alles, das wegen fehlender Berechenbarkeit nur zufällig funktionieren würde? Was versprach den Vorteil, dass vermutlich keine weiteren Personen in den entscheidenden Zentssegs anwesend sein würden? Und dass er seine Vorbereitungen höchstwahrscheinlich ungestört und unbeobachtet treffen konnte?

Trelains Wohnung.

Skwawk zündete sich ein Geoph-Stäbchen an und inhalierte tief. Das vertraute Gefühl stellte sich ein. Das Gefühl, das man hat, wenn man zwar vor einem schwierigen Problem steht, aber zumindest den Anfang des Fadens in der Hand hält.

Er lehnte sich zurück. Der Rest war Planung, Vorbereitung - Arbeit eben.

29.

Majesty - Blind Guardian

Das Gespräch - oder die Befragung, wie die Sache wohl ausgehen würde - fand in angesichts der Umstände fast privater Atmosphäre statt: kein pompöser Krönungssaal, kein Gerichtspalast, nicht einmal eine offizielle Audienzhalle im Kremanwar. Statt dessen eine schon beinahe gemütlich zu nennende Zimmerflucht in den Privatgemächern der Königsfamilie. Unter 'gemütlich' stellte sich Trelain natürlich etwas anderes vor. Seine Vorstellungen diesbezüglich bewegten sich eher in Richtung bequeme Sessel und Sofas, leise prasselndes Kaminfeuer, Teppiche, kleine Appetithäppchen, Geoph und ein zwangloses Gespräch unter Freunden.

Aber ein altes Sprichwort besagte, dass das Wort seine Bedeutung demjenigen anpasst, der es ausspricht. So natürlich auch hier. In dem 'kleinen' Saal hätte man problemlos eine Hundertschaft Soldaten aufstellen können, ohne dass einer dem anderen die Hand reichen konnte. Oder ein Schwimmbad einrichten. Übrigens stand auch mindestens eine halbe Hundertschaft Wachen an den Wänden verteilt herum. Kaminfeuer gab es nicht nur eines, sondern ... egal, bei zwölf hatte er zu zählen aufgehört. Die Appetithappen hätten ausgereicht, ein ganzes Stockwerk in den Orkardniveaus mehrere Zehntage lang zu verpflegen.

Um die heimelige Atmosphäre zu komplettieren, gab es auch noch Musik: In einer Ecke wimmerte ein dampfbetriebenes Harmonium schnaufend und keuchend vor sich hin. Trelain verzog den Mund. Seine Art von Musik war das nicht, was da manchmal ziemlich dissonant - ob beabsichtigt oder nicht, darüber sollten sich berufenere Leute Gedanken machen - aus dem Kasten quoll. Immerhin in einer halbwegs gemäßigten Lautstärke, sodass man darüber hinweghören konnte.

Nun, es gab genug Geoph, das war der einzige positive Aspekt, den er momentan aufzählen konnte. Und einige der illustren Gesellschaft schienen dem auch schon reichlich zugesprochen zu haben. Er grinste. Hohe Herrschaften sollten eben immer mit gutem Beispiel vorangehen - wohin auch immer.

Apropos hohe Herrschaften: Der Major war von General Casnoff hierher geleitet worden - eine Geste, für die er tiefe Dankbarkeit empfand. Gleich bei seinem Eintritt in den Saal hatte er außerdem den Obersten Urquart entdeckt, der mit einer der zahlreich anwesenden Damen herumschäkerte, und im Hintergrund Kanzler Lysander, der ein ziemlich missmutiges Gesicht machte. Kein gutes Zeichen.

Trelain sah genauer hin: Neben Lysander stand eine Dame, mit der er sich anscheinend unterhielt. Und die hatte der Major schon einmal gesehen. Wo und wann, equest?

Er kniff die Augen zusammen und achtete nicht auf Casnoff, der ihm irgend etwas zuraunte. Wahrscheinlich nur eine Ermahnung, sich anständig zu benehmen. Smat drauf!

Die Frau war undefinierbaren Alters, vor allem wegen ihrer ernsten und verschlossenen Gesichtszüge, die fast streng zu nennen waren, obwohl sie sicher relativ hübsch war, wenn sie lächelte. Wenn. Aber sie machte ganz den Eindruck, als ob sie, wenn sie lächeln wollte, dies erst vor dem Spiegel üben müsste. Im Gegensatz zu den anderen Hofdamen war sie ziemlich schlicht und unauffällig dunkel gekleidet. Keine Dutzende von Röcken übereinander, kein goldener und silberner Zierrat an den Handgelenken und um den Hals, und vor allem keine derart hochgetürmte Frisur, dass man normale Türen nur kniend und mit geneigtem Kopf passieren konnte.

Selbstverständlich gab es hier keine solchen Türen. Durch den Eingang des Saals hätten ohne Schwierigkeiten fünf Menschen übereinander eintreten können.

Wer war die Frau? Und woher ... Jetzt hatte er es. Calaya hatte sie einmal miteinander bekannt gemacht. Und Calaya hatte auch letzthin von ihr gesprochen:

Ophris, die Hohepriesterin.

Er war damals nicht recht bei der Sache gewesen, und jetzt bereute er das. Wie war das wieder genau? Hohepriesterin war zwar ein geistlicher Rang, der dem des Bischofs mindestens ebenbürtig war, aber irgendwie stand sie außerhalb der Kirche. Oder hatte eine Sonderstellung inne, irgendetwas in der Richtung. Und seine ehemalige Gefährtin hatte ihm geraten, sich bei Schwierigkeiten an diese Adresse zu wenden. Eine mögliche Verbündete? Hm.

Und der Kanzler selbst. Eigentlich ja. Trotzdem hm.

Zwei potenzielle Gegner waren mit Sicherheit hier: Casnoff und Urquart, wobei er Letzteren eigentlich ignorieren konnte. Na, lieber nicht.

Dann stand es also zwei zu zwei, allerdings mit einem Unsicherheitsfaktor behaftet, dass er die ganze Rechnung am besten vergaß.

Ein Stoß in die Seite beendete seine Überlegungen. Casnoff natürlich.

" ... mir überhaupt zu?"

"Natürlich, mein General. Was hattet Ihr soeben die Güte, so überaus treffend zu bemerken?"

Die Lippen des anderen zogen sich zu einem Strich zusammen. Aber er sparte sich eine Erwiderung auf die spöttische Bemerkung und wies nach vorne: "Man hat nach Euch verlangt. Bitte." Beim letzten Wort grinste er.

Trelain hatte den König selbst bisher nur einmal in seinem Leben zu Gesicht bekommen. Damals hatte er keinen besonders guten Eindruck gehabt, und jetzt war es auch nicht besser. Wen - eigentlich schon fast was - er da vor sich sah, das mochte als Karikatur eines absoluten Herrschers in Witzzeichnungen gerade noch so durchgehen, obwohl man dem Künstler dann auch kein sehr großes Talent bescheinigen konnte.

Der Monarch fiel vor allem durch seine völlige Unauffälligkeit auf. Eine untersetzte Figur, ein nichtssagendes ausdrucksloses Gesicht, dem mit der Zeit auch noch die Fähigkeit zur Mimik abhanden gekommen zu sein schien, ein gelangweilter Blick unter hängenden Augenlidern, ein fliehendes Kinn und nur ab und zu matte Handbewegungen, wenn er doch einmal sprach - das war die höchste Macht in Subgäa.

Allgemein bekannt war die Tatsache, dass der König Unmengen von Geoph - und man munkelte, auch von anderen Drogen - konsumierte. Man merkte ihm das nur nicht an, weil er dann auch kein anderes Verhalten an den Tag legte, wenn er geistig weggetreten war.

Ebenfalls war bekannt, dass er die Kirche zwar nicht ablehnte oder gar behinderte, aber kein großer Anhänger der Staatsreligion war und sich manchmal für obskure Sekten und esoterische Gesellschaften interessierte, wenn er überhaupt einmal Anteilnahme an irgendetwas zeigte.

All das wusste in den höheren Schichten eigentlich jeder, so dass man schon gar nicht mehr darüber tratschte.

Und jetzt stand Trelain vor diesem Mann, der die Geschicke von Millionen Menschen leitete - jedenfalls den offiziellen Aussagen nach. Dass dem kaum so war, das konnte ein Blinder sehen, dachte sich der Major.

"Wer seid Ihr?", fragte der König plötzlich von seinem Thronpodest aus und stützte den Kopf in die rechte Hand. Irgendwie klang die Frage nicht so, als ob er es wirklich wissen wollte, sondern als ob er sich selbst an etwas zu erinnern versuchte, das er eben noch gewusst hatte.

Trelain wurde der Mühe enthoben, selbst zu antworten. General Casnoff, der ihm gefolgt war, ergriff das Wort. Als ob er einem Kind oder einem Schwerhörigen etwas erklären wollte, sprach er langsam und betonte jede Silbe:

"Das ist der Major der Miliz Trelain, Majestät, wie befohlen!"

"Befohlen ...", murmelte der König und heftete seinen trüben Blick einen Moment lang auf Trelain. Leuchtete da kurz ein Licht in seinen Augen auf oder war das nur ein Reflex der überall flackernden Fackeln?

"Und was ...?", fuhr der alte Mann nach einer Weile fort. "Ich weiß nicht ..."

"Ihr hattet den Major zu Euch befohlen, um ihm einige Fragen zu stellen", erklärte Casnoff. "Einige Fragen bezüglich der Fortschritte ... äh ..."

Hatte Trelain vorhin noch mit dem Gedanken gespielt, selbst zu antworten, so seufzte er jetzt nur innerlich und vergaß die Sache. Offenbar wurde auf eine Teilnahme seiner Person an dem Gespräch gar kein Wert gelegt. Um so besser. Auf den höfischen Umgangston verstand er sich nicht, und auf das korrekte Verhalten gegenüber einem debilen Monarchen schon gar nicht. Er fragte sich nur, was mit dieser Posse hier eigentlich bezweckt wurde.

Das die Sache nicht vom König selbst initiiert worden war, das war wohl klar. Also wer hatte ihn dann hier antanzen lassen? Und zu welchem Zweck? Na, abwarten. Wenn irgendjemand hier etwas von ihm wollte, dann würde derjenige sich schon zu Wort melden. Für ihn war abwarten auf jeden Fall die beste Taktik.

Er musste nicht lange warten, eigentlich gar nicht. Hinter der hohen Lehne des Throns trat ein anderer Mann hervor. Und den, beziehungsweise sein Spiegelbild, hatte Trelain erst vor kurzem gesehen. Quermilian Gorodon, der andere Sohn des Königs. Fast die gleichen Gesichtszüge wie Ormilian, nur etwas dünnere Lippen und tiefliegendere, dunklere Augen. Und im Gegensatz zu seinem Bruder schien er auffälligere, prächtigere Kleidung zu bevorzugen.

Wieder einmal klingelten die inneren Alarmglocken. Von diesem Prinzen hatte er nichts Gutes zu erwarten, das spürte Trelain.

"Ihr erlaubt, General ... und, hm, Major, dass ich für meinen Vater spreche", begann Quermilian. Der König ...", er schenkte sich den Rest des Satzes und fuhr fort, ohne eine Zustimmung oder Bestätigung abzuwarten: "Es wäre von Interesse, Major, wieweit die Ermittlungen, die Ihr zu führen beauftragt seid, gediehen sind."

Trelain sah sich nach Casnoff um, aber der machte diesmal keinerlei Anstalten, die Antwort zu übernehmen, sondern kratzte sich nur wie gedankenverloren an der Nase und warf ihm dabei einen kurzen spöttischen Blick zu.

Aha. So lief der Hase.

Hatte er eben 'Hase' gedacht, und das auch noch im richtigen Zusammenhang in einer Redewendung? Ein Hase war ein Tier aus Philestasis' Buch.

Plötzlich verspürte Trelain wieder diesen quälenden Durst, verbunden mit heftigen Kopfschmerzen.

Aber er hatte keine Zeit, der Eingebung gedanklich zu folgen. Ab jetzt musste er Rede und Antwort stehen - und dabei equest aufpassen, was er sagte.

30.

The Court of the Crimson King - King Crimson

"Ihr wolltet uns von den Fortschritten in Euren Ermittlungsarbeiten berichten, Herr Major", fuhr Quermilian fort und ergänzte mit einem süffisanten Lächeln: "Falls es solche Fortschritte zu vermelden gibt. General Casnoff äußerte sich letzthin in dieser Richtung nicht sehr zuversichtlich."
Jetzt war die Reihe an Trelain, zu grinsen. "Das wundert mich nicht ... Hoheit. Es dürfte bekannt sein, dass General Casnoff nicht gerade zu den Leuten gehört, die mir besonders wohlgesonnen sind. Seine Kommentierung meiner Ermittlungen dürfte mithin zu relativieren sein."
Er erwartete eine Erwiderung von irgend einer Seite, aber der Prinz hatte nur eine Augenbraue hochgezogen und wiegte leicht den Kopf: "Fahrt fort, Major! Wir hören - mit Interesse, das muss ich hinzufügen."
Na immerhin. "Wie Ihr wünscht. Zu diesem Thema möchte ich noch hinzufügen, dass es dem Fortschritt der Ermittlungen nicht gerade dienlich ist, wenn ein General der Miliz aufgrund persönlicher Aversionen behindernd oder blockierend wirkt. Dann hätte besser von vorneherein einem anderen diese Aufgabe übertragen werden sollen. Jemandem, der sich auf das Schuheputzen bei hohen Rängen besser versteht!"
"Ihr seid wohl wahnsinnig geworden?!", brauste Casnoff auf, und sein Gesicht war blutrot angelaufen. "In diesem Ton hier ..."
Quermilian winkte leichthin ab und kaute auf seiner Unterlippe, worauf der General schwieg. Einige der Umstehenden grinsten ungeniert.
"Ihr könnt sehr amüsant sein, Major!", fuhr der Prinz schließlich fort. "Und anscheinend auch couragiert. Das weiß

ich zu schätzen, o ja. Was meint Ihr damit, dass Eure Arbeit behindert wird?"

"Diese Befragung hier ist doch der beste Beweis. Was kann man denn nach wenigen Tagen schon an eindeutigen Ergebnissen erwarten? Hattet Ihr gedacht, dass ich den Mörder hier auf einem Tablett hereintrage? Zur freundlichen Überstellung an den Herrn Yquemedos, der dort hinten gerade in ein Stück Skualman-Fleisch beißt?"

Er spielte auf den Foltermeister und obersten Scharfrichter der Regierung an, einen kleinen Mann mit schütterem roten Haar und einem verkrüppelten Bein, der nur kurz hersah und dabei wie zum Spott die Lippen spitzte, als wollte er pfeifen, sich dann aber wieder seinem Essen zuwandte.

Jetzt grinste sogar der Prinz. "Nun, Ihr irrt Euch. Diese ... hm ... Befragung ist keineswegs von General Casnoff angeregt worden. Seine Majestät selbst, mein Vater," er deutete zur Seite, wo der König der Unterhaltung halb interessiert lauschte, obwohl man dies bei ihm nicht so eindeutig sagen konnte, "zeigt natürlich allergrößtes Interesse an allem, was die innere Sicherheit des Reiches betrifft. Ich hoffe doch sehr, Herr Major, dass Ihr *das* nicht als Behinderung auffasst."

Trelain fluchte innerlich. Er hatte geglaubt, einen guten Zug zu machen, aber der Prinz hatte noch besser gekontert. Jetzt war er schon wieder in der Situation, sich rechtfertigen zu müssen. Bei Quermilian musste er wirklich equart aufpassen.

"Das steht außer Zweifel, Hoheit." Hier half nur strategischer Rückzug. "Ich möchte nur zu bedenken geben, dass es vielleicht nicht klug ist, interne Angelegenheiten vor so vielen Anwesenden zu erörtern. Womit ich natürlich nichts gegen die Vertrauenswürdigkeit und Verschwiegenheit der Herrschaften hier gesagt haben will. Nur, dass man nicht vorsichtig genug sein kann, wenn es um die innere Sicherheit des Reiches geht, nicht wahr?"

"Ihr argumentiert sehr geschickt, Major. Meine eigenen Worte aus Eurem Mund, sehr originell. Aber es leuchtet ein, in der Tat." Er dachte kurz nach. "Wir werden uns in ein Nebengelass begeben. Und ich denke ... hm, nun, den König strengen solche Geschäfte sehr an, und er ist gesundheitlich zurzeit etwas angegriffen. Es wäre wohl besser, ihm dies zu ersparen. Ihr werdet mit mir Vorlieb nehmen müssen, Major!"

"Es ist mir eine Ehre", nickte Trelain. Denken tat er etwas anderes.

"Und mit mir!" meldete sich eine andere Stimme links vom Thron. Aus dem Halbdunkel trat ein junger Mann, der dem Prinzen so ähnlich sah, dass sie nur Brüder sein konnten: Ormilian Gorodon, der andere Sohn des Königs.

Quermilian verzog in einer kurzen Aufwallung von Ärger den Mund, dann hatte er sich wieder in der Gewalt und nickte ruhig: "Sicher, Bruder, sicher. Möchte hier vielleicht noch jemand einen maßgeblichen Beitrag zu dieser Erörterung beisteuern?"

Er hatte dies in einem leicht süffisanten Ton gesagt, als erwarte er sowieso keine Meldung, aber er sah sich getäuscht: Ein weiterer Mann schob sich aus dem Hintergrund nach vorne und hob die Hand: "Ja. *Ich* bitte um diese Gunst, königliche Hoheit."

Mit diesem Auftritt hatte Trelain gerechnet und er lächelte in sich hinein. Kanzler Lysander. Womöglich sein einziger Verbündeter in der bevorstehenden Erörterung.

Quermilian verzog nochmals das Gesicht. Das wunderte den Major. Mit dieser Einmischung musste der Prinz doch gerechnet haben. Dieser überlegte kurz, aber ein leiser, fast klagender Laut aus dem Munde seines Vater lenkte seine Aufmerksamkeit ab. König Gorodon setzte sich in seinem Thron auf und sagte leise, aber trotzdem für alle Umstehenden verständlich: "Lass ihn."

Der Prinz war offenbar über diese Willensäußerung ebenso erstaunt wie die anderen Anwesenden, denn in die plötzliche Stille hinein stimmte er nur tonlos "Wie Ihr wünscht, Vater!" zu. Trelain sah zum Kanzler hinüber, aber dieser war zu sehr Diplomat, um sich so etwas wie Genugtuung anmerken zu lassen.

31.

Inside the Circle - The last Things

"Und wie ging die Sache dann weiter?", fragte Calaya.

Seine ehemalige Gefährtin hatte sich in der zweiten Stunde der Dunkelphase bei ihm eingefunden. Das war eine so erstaunliche Tatsache alleine schon deshalb, weil sie sich selbst zu der Zeit, als sie noch zusammen waren, aus seiner Wohnung im neunundfünfzigsten Niveau nie viel gemacht hatte. Verständlich, wenn man wusste, aus welcher noblen Familie sie stammte, und über welche reichen Güter sie selbst verfügen konnte. Trelain hatte sich seinerzeit nicht besonders dafür interessiert, da sie ihm irgendwelche Verwandtschaftsbesuche nie zugemutet hatte, aber dass da sogar eine weitläufige Verbindung zum Königshaus bestand, das hatte sie einmal anklingen lassen.

Na, sei's drum. Jedenfalls hatte ihn ihr spontaner Besuch mehr überrascht, als er sich jetzt selbst eingestand. Und erfreut? Hm. Trieb sie nur die Neugier, etwas über den 'Empfang' beim König zu erfahren? Schließlich kam das auch beim Hochadel nicht jeden Tag vor. Wer weiß? Wie immer waren ihre Beweggründe schwierig zu durchschauen.

"Ja, und wie weiter? Nun, wir waren letztendlich zu sechst. Fast schon ein intimes Festchen, wenn man den Prunk vorher gesehen hat. Also die beiden Prinzen, Kanzler Lysander, General Casnoff, ich ... und Bischof Polikides."

"Der Bischof?", runzelte Calaya die Stirn. "Irgendwie ist das kein gutes Zeichen."

Trelain nahm einen großen Schluck aus seinem Glas, was sie zu einem noch ausgeprägteren Stirnrunzeln veranlasste. Aber er störte sich überhaupt nicht daran, das hatte er früher auch nicht getan, und fuhr fort:

"Hat mir auch nicht gefallen. Aber Bischof ist nun mal Bischof, nicht? Den kann ich als Major der Miliz nicht nach Hause schicken. Und irgendwie war er ja mit einer von denen, die mich überhaupt ins Spiel gebracht haben ..."
"Das beunruhigt mich noch mehr, glaub mir!"
"Alles, mein Liebling." Er zwinkerte ihr zu, und sie nahm die harmlose Spöttelei mit einem vergebenden Lächeln zur Kenntnis. In diesem Moment hätte er sich wieder in sie verlieben können.
Statt dessen steckte er sich ein Geoph-Stäbchen an und erzählte weiter:
"Im Prinzip weiß ich nicht, was dieser ganze Smat eigentlich sollte. Rechenschaft ablegen über den Fortschritt der Ermittlungen! Was ich offiziell unternehme, das wissen die doch sowieso!"
"Sollte das heißen, mein Liebling, dass du auch inoffiziell ... ähm ... tätig bist?"
"Nemeb. Du weißt doch genau, dass ich streng nach den Gesetzen und der Dienstverordnung vorgehe. Irgendwelche außerplanmäßigen Aktionen kommen bei mir überhaupt nicht infrage."
"Eben. Das weiß ich sehr gut. Und darum mache ich mir Sorgen. Da hast du dich auf eine Sache eingelassen, die selbst dir über den Kopf wachsen könnte. Über deinen sturen Dickschädel."
"Nanu, nanu! Höre ich da etwas heraus?"
"Höre heraus, was du willst. Aber vor allem solltest du auf die Vernunft hören. Wenn das Geoph noch etwas davon übriggelassen hat ..."
"Das schätze ich so an dir, verehrte ehemalige Gefährtin: diese zartfühlende Subtilität, mit der du, egal von wo aus, zum eigentlichen Thema deines Interesses überleitest."

"Und ich schätze deines Sarkasmus über alles, lieber Trelain, mit du meine Überleitungen so souverän in eine ganz andere Richtung lenkst - jedenfalls von dir weg!"

Trelain seufzte: "Wohl gesprochen. Man sollte sich nicht mit intellektuellen Frauen einlassen! Bei deiner Kombination aus ... hm ... na. lassen wir das!"

Sie sah ihn unergründlich an. "Schreckst du davor zurück, etwas Schmeichelhaftes auszusprechen? Du, der Einzelkämpfer, der Schrecken der Verbrecher, der mit seinem schnellen Degen schon ... ich weiß nicht wie viel, Leute aufgespießt hat?"

"Falsch! Ich gönne es dir bloß nicht."

Jetzt seufzte sie resignierend. "Und wie ging es weiter?"

"Langweilig. Zuerst eine lange Erklärung von General Casnoff, dass er keineswegs die Ermittlungen bremst, sondern nur im Interesse der Sache die Kontrolle in der Hand behalten will und deswegen ... das übliche Geschwätz eben. Quermilian scheint es aber geschluckt zu haben."

"Was tat sein Bruder? Das würde mich interessieren."

"Ormilian? Eigentlich gar nichts. Der saß nur da und grinste vor sich hin. Ich hatte den Eindruck, dass ihn die ganze Angelegenheit an sich eigentlich gar nicht so sehr beschäftigt, sondern dass er nur darauf wartete, dass sein Bruder sich lächerlich machte. Oder der General, ich weiß nicht. Eingemischt hat er sich jedenfalls nicht."

"Was für einen Eindruck hast du von ihm?"

"Schwer zu sagen. Auf jeden Fall scheint er nicht viel von Quermilian zu halten. Und so wie das Gespräch weiterging, scheint der nicht viel von mir zu halten."

"Also könnte Ormilian dir wohlgesonnen sein?"

"Was weiß ich? Ich habe doch keine Ahnung, welche verschiedenen Gruppierungen dort ganz oben welche unterschiedlichen Ziele verfolgen. Der Kanzler ergriff dann für mich Partei. Aber das sollte er wohl auch. Schließlich hat er mich beauftragt."

"Was genau ist dir eigentlich vorgeworfen worden?"

"Soweit ich bei dem ganzen Gerede verstanden habe, dass ich nicht genügend mit der Führung der Miliz zusammenarbeite und vorläufige Fortschritte verheimliche."

"Aber das stimmt doch. Deine berüchtigten Alleingänge."

"Natürlich stimmt das. Zum Glück übernahm ab diesem Punkt Lysander die Verteidigung, wenn man das so nennen kann. Und er war ziemlich überzeugend. Somit ist es jetzt offiziell: Ich handle in seinem persönlichen Auftrag und bin also quasi autonom in meinen Handlungen."

"Was heißt denn 'quasi'?"

"Genau da ist der Punkt: Ich bin natürlich angehalten, meine vorgesetzten Behörden umfassend zu informieren."

"Also nur den Kanzler?"

"Eben nicht nur den, sondern auch General Casnoff. Bei aller Beredtsamkeit hat es Lysander nicht geschafft, diesen equesten Ignoranten auszuschalten. Quermilian war da ziemlich stur."

Calaya schüttelte den Kopf: "Na, dann ist doch eigentlich alles, wie es war."

"Genau. Ich hatte auch den Eindruck, dass diese ganze Audienz gar nicht der Aufklärung dienen sollte, sondern eine Warnung war. Eine Demonstration, dass die hohen Herrschaften mich nicht einfach gewähren lassen."

"Aber der Kanzler war doch auf deiner Seite."

"Hm. Schon. Ich bin ja auch nicht einmal schlecht weggekommen. Aber ich fürchte noch etwas anderes: nämlich, dass die Herren dort oben ein Spielchen untereinander ausfechten, in dem ich plötzlich mit drin hänge."

Calaya stützte den Kopf in die Hände und überlegte. Es dauerte eine Weile, bis sie weitersprach: "Und du, Trelain, bist keiner der Spieler. Du bist eine Karte."

Seltsam, dass sie gerade den Vergleich mit einer Karte heranzog. Auch er hatte daran gedacht. Und was wäre das Bild auf seiner Karte: Runic, der Fuchs?

32.

First Doom - Amorphis

Sollte er das jetzt gut finden oder nicht, dass sich seine Ex-Gefährtin Gedanken um ihn machte? Das überlegte sich Trelain, als Calaya nach einer Sseg gegangen war.

Er nahm einen Schluck, zündete sich noch ein Stäbchen an - das wievielte an diesem Tag, das wusste er nicht - und ging zum Fenster. Er entriegelte das Gitter, schob es auf und lehnte sich über die Kante. Sofort spürte er den leichten Luftzug, und seine Haare strichen ihm über die Wange. Er nahm einen tiefen Zug und schnippte die Asche davon. Ein rotgelbes Pünktchen trudelte für ein paar Ssigs nach unten, dann erlosch es. Die schwarze Tiefe faszinierte ihn wie immer, und für mehrere Zentssegs stand er nur da und starrte, ohne bewusst zu denken.

Nach oben das gleiche Bild. Kleine Lichtpunkte zeigten die Bereiche, wo die Hauptgänge bis an den Zentralschacht heranreichten und der Schein der dort dichter verteilten Glühsteine bis in die Dunkelheit hinaus leuchtete. Um die Fenster einzelner Wohnungen auszumachen, musste man genauer hinsehen. Irgendwo dort oben oder dort unten würde der Geonogon wieder zuschlagen. Vermutlich eher unten. Er würde sich eine Hataii aussuchen, mit ihr nach Hause gehen, womöglich noch ein Gläschen trinken, während er schon in Vorfreude auf den zu erwartenden Genuss schwebte. Diese Zeit der begierigen Erwartung würde er so lange ausdehnen, wie es nur ging - so wie man den Höhepunkt beim Geschlechtsakt so lange wie möglich verzögert, um maximalen Genuss zu erlangen - bis sein Tötungstrieb endlich übermächtig wurde. Der anschließende Blutrausch war wie das Bersten eines Damms.

Wie mochte sich der Geonogon hinterher fühlen? Befriedigt? Erschöpft? Vielleicht sogar schuldbewusst? Beschämt? Kaum. Wer von seinen Trieben sozusagen überwältigt wird, der handelt, ohne die Sache langsam und mit Genuss anzugehen. Also keine Reue und keine Gewissensbisse. Kühle Überlegung. Wie mache ich es beim nächsten Mal?

Trelains Gedanken kehrten zu Calaya zurück. Was trieb sie, sich auf einmal für seine Angelegenheiten zu interessieren? Er korrigierte sich im Geiste: nicht nur *seine* Probleme, sondern seine *dienstlichen* Probleme. Es ist noch verständlich, wenn es der Ex-Frau nicht ganz gleichgültig ist, was aus dem Gefährten wird - sofern man sich halbwegs in Freundschaft getrennt hat -, aber das Interesse für diesen Fall? Früher waren ihr seine dienstlichen Obliegenheiten herzlich egal gewesen.

Wusste sie etwas? Vielleicht nicht über den Geonogon selbst, das konnte er sich nicht vorstellen, aber womöglich über die Herrschaften im Kremanwar und im Deusemtan und deren Interesse an der Sache. Deren Ränkespielchen, in denen er jetzt mitten drin steckte?

Equart, er hätte sich mehr auf dieses Thema konzentrieren sollen, anstatt seine Geisteskraft darauf zu verschwenden, sarkastisch daherzureden und intellektuelle Sätze zu produzieren. Calaya konnte er damit sowieso nicht imponieren, dafür kannte er sie zu gut. Warum also tat er das, statt sich mit ihr ganz normal zu unterhalten?

Weil er sich in ihrer Gegenwart immer irgendwie in die Defensive gedrängt fühlte. Er lachte leise vor sich hin. Und das Paradoxe war: Trotzdem genoss er ihre Gegenwart. Abartig. Selbstquälerisch. Nochmal Equart!

Trelain ging zum Tisch zurück und setzte sich. War wahrscheinlich besser. Der Blick in den Abis führte bei ihm unweigerlich zu solchen Gedanken. Aber auch jetzt schaffte er

es nicht, einfach abzuschalten. Es wäre schön gewesen, wenn Calaya noch etwas geblieben wäre. Einfach nur so. Kein Sex. Unwillkürlich sah er zur Schlafzimmertür. Wenn ...
Die Tür war geschlossen.
Es dauerte nicht einmal eine Ssig, dann hatte er den Degen in der Hand und sprang auf. Die Tür war zu! Sein Schlafzimmer hatte kein Fenster nach außen, deshalb ließ er die Tür immer einen Spalt offen, damit die Luft nicht zu sehr abstand. Es existierte zwar ein schmaler Lüftungsschacht, aber der brachte meistens eher unangenehme Gerüche hervor.
Als Trelain langsam und vorsichtig auf das Schlafzimmer zuging, überschlugen sich seine Überlegungen fast. Erstens: Hatte er entgegen seiner sonstigen Gewohnheit die Tür doch hinter sich zugezogen? Aus Gedankenlosigkeit? Möglich, aber nicht wahrscheinlich. Also Vorsicht! Zweitens: Wenn jemand in seine Wohnung eingedrungen war, was für einen einigermaßen geübten und einschlägig vorgebildeten Einbrecher kein Problem sein dürfte ... Halt! Hier musste er schon einen Schritt weiter denken: Die Gilde der Einbrecher verfügte über einen Informationsdienst, der dem der Miliz mindestens ebenbürtig, wenn nicht überlegen war. Die wussten genau, wo was zu holen war und welche Schwierigkeiten es dabei zu überwinden galt. Und keiner käme auf die Idee, bei einem Major der Miliz, bei dem vermutlich sowieso wenig bis gar nichts zu holen war, einen Beutezug zu versuchen. Mit dem Risiko, wenn die Sache schiefging, die spezielle Sonderbehandlung der Militärgerichtsbarkeit zu erfahren. Nemeb.
Also kein Einbrecher.
Trelain ging langsam weiter, wobei seine Gedanken an dem vorherigen Punkt wieder anknüpften: Wenn ein Mörder hier auf ihn lauerte, dann hätte der in der vergangenen Sseg, als er sich mit Calaya unterhielt, mit Sicherheit eine bessere Gelegenheit gefunden, ihn zu erledigen. Abwarten, bis er einmal

an der Tür vorüberging, oder wenn er gerade Geoph einschenkte, oder sich ein Stäbchen anzündete. Dann nur noch schnell hervorstürzen und ... Eine bis zwei Ssigs, mehr nicht. Oder noch besser: ein Schuss aus der halboffenen Tür. Ein Kurzbogen. Besser noch eine Armbrust. Gute Chancen in jedem Fall. Wenn also noch jemand hier war, dann war er ein Humum.

Vor genau diesem Gedanken hütete sich Trelain, als er mit der Spitze des Degens die Tür aufstieß. Die Angeln knirschten leise. Er war bei dem ersten Geräusch zur Seite in Deckung gesprungen, aber kein Armbrustbolzen zischte an ihm vorbei und bohrte sich in die hintere Wand. Nun, das hatte er auch nicht erwartet.

Er lauschte und konzentrierte seine ganzen Sinne auf das Dunkel hinter der Schlafzimmertür. Dort war niemand. Trelain wusste nicht, ob alle Menschen über diese Eigenschaft verfügten, aber er hatte sie: Man spürt einfach, wenn sich ein anderer im Raum befindet. Mochte es noch so finster sein, ein lebender Mensch, selbst wenn er vollkommen still steht und den Atem anhält, strahlt irgend etwas aus, das man einfach wahrnehmen kann, wenn man sich darauf konzentriert. Wie bei Blinden: Die merkten auch immer, wenn jemand da war. Gehör? Geruch? Oder ein weiterer Sinn?

Egal jetzt. Hier war niemand. Die beiden Glühsteine warfen ihr gelblich-schummriges Licht auf das Bild, das er kannte. An der Einrichtung hatte sich nichts geändert. Und sonstige Spuren eines unerwünschten Besuches waren auch nicht zu sehen.

Falscher Alarm? Vorsichtshalber ging Trelain zweimal im Zimmer umher, ohne aber irgend etwas Verdächtiges zu bemerken. Ein Mensch konnte sich hier jedenfalls nicht versteckt haben. Und einen Schuss von draußen musste er auch nicht befürchten - ohne Fenster.

Er schnalzte mit der Zunge und setzte sich aufs Bett. Fast schon widerwillig legte er die Klinge neben sich ab. Entwarnung? Hatte er sich selbst getäuscht? Und die Tür doch selber zugemacht? Eine unbewusste Handlung, nicht mehr.

Nemeb! Er wusste, dass er sich nicht täuschte. Irgend jemand war hier gewesen, hier in seiner Wohnung. Und derjenige war nicht ohne Grund bei ihm eingedrungen. Es wäre müßig nachzusehen, ob etwas Wertvolles fehlte - es gab nichts. Außer ... Das Buch! Philestasis' Buch.

Auch diese Theorie zerstob sofort: Der dicke Wälzer lag genau dort, wo er ihn zuletzt deponiert hatte, mitsamt den Blättern mit den Anmerkungen.

Nemeb, so auch nicht! Equest, die Überlegungen noch mal von vorn: Jemand war hier gewesen. Aber was gab es hier? Je länger Trelains Gedanken im Kreis umherwanderten, desto mehr engte sich im Zentrum des Zirkels das ein, was es hier zu finden gab:

Ihn.

Wirklich nur ihn? Er zwang sich zum Nachdenken. Aber das führte ihn nur noch einmal im Kreis herum. Wenn dem so war, so rief er sich selbst ins Gedächtnis zurück, dann brauchte man weitere Informationen. Hier und jetzt?

Was sollte es hier noch geben? Eigentlich ... Doch! Denke logisch, Trelain! Wer immer hier war ... und nichts gefunden hat - nichts finden konnte! ... und wieder gegangen ist, ohne ... ohne ... ohne? Ohne was?

Ab diesem Moment war alles klar. Eine Falle.

Trelain wagte kaum noch, von seinem Bett aufzustehen. Jede Bewegung, die er jetzt machte, konnte irgend etwas auslösen. Aber einen Vorteil hatte er: Wer immer hier etwas vorbereitet hatte, einen Fehler hatte er gemacht: den mit der Tür. Kein Wunder: Über diese Angewohnheit konnte nun wirklich niemand Bescheid wissen. Pluspunkt für Trelain. Momentan allerdings der einzige.

Ein Fehler konnte der letzte sein. Vorsicht also. Was kostete nichts? Umsehen. Trelains Augen hatten sich inzwischen gut an die Fast-Dunkelheit gewöhnt. Sieh dich um, und zwar gut! Achte auch auf Kleinigkeiten - gerade Nebensächliches!

Also: unmittelbar nähere Umgebung zuerst. Schenkel, Füße, Boden. Nichts. Links, rechts: links das Kopfende des Betts, die Streben des Gestells, Kopfkissen, Decke, die Wand, das Schränkchen, eine halbvolle Flasche Geoph, ein Glas, ein Aschenbecher. Den Blick höher: Wand, die Yllumi-Röhre, Wand, Decke.

Rechts: Die Klinge, Decke, die Streben des Bettgestells, dahinter der Kleiderschrank, bei dem die Türen fehlten, Wand. Leuchtröhre.

Geradeaus: ... Halt. Irgend etwas hatte schon jetzt nicht gestimmt. Ein Teil von Trelains Gehirn, wahrscheinlich der, der neue Informationen mit den vorhandenen verglich, meldete Protest an. Ein Widerspruch. Leider konnte er diesen vagen Gedanken nicht konkret fassen. So wie man eine Bewegung aus dem Augenwinkel bemerkt, aber nachher nicht sagen könnte, was man da eigentlich gesehen hat. Equest! Was zur Erde war ihm da gerade aufgefallen?

Die ganze Runde noch einmal. Unten, geradeaus, links, rechts ...

Halt! Links. Jetzt hatte er es. Eine Kleinigkeit, aber eben ein Detail, das anders war als sonst: Die Yllumi-Röhre an der Wand hinter dem Kopfende des Betts war schief. Normalerweise steckte sie exakt vertikal in ihrer Fassung, und jetzt leicht schräg. Natürlich war die Röhre im Moment nicht in Betrieb, schließlich war Dunkelphase, deshalb war ihm dies jetzt erst aufgefallen. Augenblick! Denke noch weiter, Trelain!

Eine Yllumi-Röhre gab sowieso kein Licht von sich, wenn sie nicht exakt in ihrer Halterung steckte. Und das wäre ihm mit Sicherheit zu Beginn der nächsten Hellphase aufgefallen, wenn das Ding nicht leuchtete.

Was sollte das? Wollte der Eindringling einen deutlichen Hinweis hinterlassen, dass er Trelains Wohnung einen Besuch abgestattet hatte - schließlich konnten sich die Leuchtkörper nicht von selbst aus ihrer Fassung befreien?! Oder wäre die Sache dann schon erledigt?

Hm. Des Rätsels Lösung war wohl dort zu finden, also stand Trelain vorsichtig auf. Zur Sicherheit ergriff er seine Waffe. Fast schon ein Reflex, man konnte ja nie wissen.

Die Röhre war um unteren Ende leicht zur Seite gedrückt, das konnte er jetzt sehen. Das bedeutete, dass dort der ... wie hatte das Philestasis irgendwann einmal gesagt: Irgendetwas war unterbrochen, und deswegen leuchtete das Gerät nicht. Wie hatte das geheißen? Der Kreislauf oder so ähnlich. Die Quanz konnte dann nicht fließen oder so. Jedenfalls war an dieser Stelle der Kontakt unterbrochen.

Trelain trat langsam näher. Was zum Abis versprach sich jemand davon, den Fluss der Quanz zu unterbrechen? Die naheliegende Lösung: damit es dunkel blieb.

Diese Erklärung war einleuchtend, aber irgendwie erschien sie ihm zu simpel. Versprach sich jemand etwas davon, ihn im Dunkeln anzugreifen, und zwar während der Hellphase? Das war doch ziemlich sinnlos: Entweder schlief er noch, dann war es egal, oder er war wach, und dann würde ihm sofort auffallen, dass die Röhre nicht leuchtete.

Nemeb, das ergab alles keinen Sinn.

Er ging noch näher heran, bis er alles genau studieren konnte. Und jetzt wurde die Sache klarer: Von der unteren Fassung, dort wo die Röhre leicht herausgedrückt war, hing etwas herab. Ein Draht. Trelain beugte sich über das Kopfende des Betts. Der Draht ging nach unten weiter und - er bückte sich und folgte der dünnen Metallschnur mit dem Blick - war um den hinteren Fuß des Bettgestells gewickelt.

Instinktiv nahm Trelain die Hand von dem Gestell. Equest! Welchem Zweck diente diese Bastelei? Er verstand zwar nicht viel von den wissenschaftlichen Prinzipien, die hinter den Leuchtröhren steckten, aber eines war klar: Zu Beginn der Hellphase begann die Quanz durch die Röhren zu fliessen, und diese gaben dann Licht ab. Wenn man also den Kontakt unterbrach und eine Verbindung woanders hin schuf, dann ...

Diese Verbindung sah er vor sich.

Die Quanz würde in sein metallenes Bettgestell fließen. Metall leitete die Quanz weiter, so viel wusste er. Und dann? Irgendwann beim Aufstehen würde *er* sicher damit in Berührung kommen.

Trelain riss den Draht heraus, setzte sich mit einem leichten Pfeifen aufs Bett und betrachtete versonnen die metallene Schnur. Er hatte gerade etwas gelernt:

Mit der Quanz konnte man töten.

33.

Left to die - Death

Milenia hatte etwas Schwierigkeiten damit, die Augen aufzuhalten, aber ihr Geist arbeitete noch erstklassig - bildete sie sich jedenfalls ein. Mit einer einzigen Unterbrechung tat sie zwar seit vier Ssegs nichts anderes, als Geoph in allen möglichen Formen zu konsumieren, aber sie war das Zeug gewöhnt, und es konnte ihr nicht mehr viel anhaben. Dachte sie so.
Die Unterbrechung übrigens waren zehn oder fünfzehn unerfreuliche Zentssegs gewesen, in denen sie irgendein hoher Offizier, der offensichtlich noch viel mehr Geoph erwischt hatte, ungeschickt aber nichtsdestotrotz nachdrücklich beschlafen hatte.
Sie wischte sich über die Nase und schniefte. An den Namen von dem Kerl konnte sie sich gar nicht mehr erinnern - ein Oberst Urkart oder so ähnlich, aus dem Stab von dem General, der hier offenbar das Sagen hatte - , aber der Körper- und vor allem Mundgeruch von diesem Humum schien ihr immer noch anzuhaften. Eine Mischung, die sich ein Perverser mit dem Ehrgeiz, die Grenzen des Ekels zu erforschen, ausgedacht haben musste: länger nicht gewaschene Kleidung, mindestens einmal schon gekotzt, Pisse - und, sozusagen als Qelen, dem Strichlein im Q, einen Hauch des Parfums einer anderen Frau.
Sie hob schwerfällig den Kopf und sah sich um: Diesen Urkart konnte sie nirgends erblicken, aber von dem Gesocks von Milizoffizieren liefen noch genug herum. Irgendwie erkannte man die selbst dann, wenn sie nur Unterwäsche trugen - wenn!
Einige wirkliche "Herren" schienen sich auch unter den Anwesenden zu befinden. Sie kannte keinen, aber Calpurnia

hatte ihr vorhin - wie lange war das schon her? - zugeflüstert, dass angeblich sogar ein oder zwei Geistliche hier waren. Na, warum auch nicht? Waren auch nur Männer.

Sie grinste in sich hinein und schenkte sich das Glas mit blauem Geoph voll, wobei sie die Hälfte der Flasche über den Tisch schüttete. Egal. Für einen Augenblick sah sie fasziniert zu, wie sich die Flüssigkeit auf der Fläche ausbreitete und die verkleckerten Essensreste umspülte. Nein, "umspülte" war das falsche Wort, dafür ging es zu langsam. Aha. Moment. Geoph war nicht zähflüssig. Also gingen die Dinge doch langsamer vor sich, ein Zeichen, dass sie betrunken wurde. Equest, und sie hatte gedacht, dass sie das Zeug vertrug!

Es wurde sowieso Zeit, dass sie sich verabschiedete. Das Fest neigte sich dem Ende zu, und ganz offensichtlich wurden ihre Dienste nicht mehr benötigt. Um so besser.

Milenia richtete sich langsam und mühevoll auf und versuchte ziemlich vergebens, ihr Kleid zu richten. Wo war Calpurnia? Sie sah sich nochmals um, aber irgendwie schaffte sie es nicht, ihren Blick so einzustellen, dass sie die Leute deutlich erkennen konnte.

Wenn ihre Freundin ... naja, Kollegin ... schon gegangen war, was hielt sie dann hier noch? Die Dienste waren getan, und so wie es hier aussah, schien in nächster Zeit kein Mann Interesse an dergleichen Tätigkeiten zu haben. Die Madame konnte also zufrieden sein. Milenia rülpste wie zur eigenen Zustimmung. Einer am Abend. War nicht besonders, aber bei Festen von diesem General ... Na egal! ... Jedenfalls wurde nicht nach Anzahl abgerechnet, sondern eine Pauschale gezahlt, und die war nicht knapp bemessen. Schließlich genoss man ja nicht nur die körperlichen Vorzüge der Damen, sondern auch die Gesellschaft. Und den ... wie sagte Madame? Den Esprit, genau.

Ein Teil ihres übriggebliebenen Verstandes sagte ihr, dass heute und speziell jetzt mit ihrem Esprit wohl nicht mehr viel Eindruck zu machen war, und sie kicherte nochmals vor sich hin.

Es war Zeit zu gehen - und sehr vermissen würde sie hier wohl auch keiner mehr.

Als sie die schwere Tür hinter sich schloss, fiel ihr plötzlich ein, dass die Damen ja eigentlich angewiesen waren ... Was war das doch gleich wieder gewesen? Sie blieb einen Moment stehen und stolperte beinahe über ihre eigenen Füße, als sie sich an die Wand lehnte.

Denk nach! Man befand sich hier irgendwo im Kremanwar, in den Regierungsniveaus. Und es hatte geheißen, dass ... dass ... richtig! Sie sollten nur gemeinsam oder wenigstens zu mehreren gehen. Aber warum, zum Abis?

Was sollte denn hier schon passieren? Wenn nicht im Regierungsbezirk, wo war man denn dann sicher?

Es war einer jener Momente, wo Milenia ihre langsamen Gedanken verfluchte. Wenn man noch nicht so betrunken ist, dass einem alles egal ist, sondern gerade noch so nüchtern, dass man noch merkt, dass man zu viel erwischt hat. Und vor einem Problem steht, das man dann aber nicht mehr vernünftig durchdenken kann.

Nemeb, falsch! Sie wusste gar nicht, was das Problem war. Sie stand hier und versuchte darüber nachzudenken, was die Problematik war, über die sie eigentlich nachdenken wollte. Eine ziemlich verzwickte Sache, aber irgendwie witzig.

Wo war sie stehengeblieben? Dass sie gemeinsam gehen sollten. Eben. Aber warum? Warum? Weil ... Moment! Sie war doch danebengestanden, als dieser General die Sache erklärt hatte. Er hatte mit Penelope gesprochen. Wenn sie sich nur an Einzelheiten erinnern könnte!

Um eine Zahl war es gegangen. Und die hatte sie sich gemerkt, obwohl sie nur mit halbem Ohr hingehört hatte. Dreimal die Sieben und dreimal die Fünf. Einfach. Bloß ...
Der Ascator, genau! Das war es.
Die Codenummer, die man drücken musste, damit sich der Aufzug in Gang setzte. Schließlich war man hier im achtunddreißigsten Niveau, und bis nach unten in die Sechziger wäre es ein equest langer Fußmarsch, zumal für Damen. Und sie sollten gemeinsam fahren. Natürlich - wahrscheinlich, damit sie das Ding nur einmal oder höchstens zweimal benutzen mussten. Und die Zahlenkombination musste natürlich geheim bleiben. Obwohl sie oft genug geändert wurde, das hatte der General gesagt.

Warum musste sie dann eigentlich geheim bleiben? Schon wieder ein Widerspruch. Aber diese Herren würden schon wissen, was sie sagten, oder? Jedenfalls war das Problem dann geklärt, oder?

Die Tür zum Ascator befand sich schräg gegenüber. Ein glücklicher Zufall. Also: Jetzt konnte sie sozusagen das Ding einfach benutzen, ohne auf die anderen zu warten. Auch ein glücklicher Zufall.

Von irgendwoher erklang ein leises Lachen. Das perlende Echo schien von beiden Seiten zu kommen.

Milenia hob den Blick und sah sich um. Nichts.

Machte sich hier jemand einen Scherz mit ihr oder hatte sie sich das nur eingebildet? Sie wusste, dass sie ab und zu von selbst vor sich hin kicherte.

Ein Schatten huschte links am Rande ihres Blickfelds vorbei. Hatte sie sich das etwa auch nur eingebildet? Nein. Aber als sie mühsam genau in die Richtung sah, konnte sie nichts erblicken. Ein leerer Gang im gelblichen Licht der Glühsteine, ab und zu Abzweigungen, hin und wieder eine Tür. Alles deutlich sichtbar, weil hier in den Regierungsniveaus mehr

Glühsteine angebracht waren als in den unteren Bezirken. Stille.

Obwohl die Möglichkeit immer noch durch ihren Kopf spukte, dass sie halluzinierte, war sie jetzt plötzlich verunsichert.

Es schien eine Ewigkeit zu dauern, bis der Ascator sich in Bewegung setzte. Hinter den beiden Metalltüren erklang zuerst ein heulender Ton, der immer höher wurde und dabei leiser, bis er verschwand. Dann war ein Knirschen zu vernehmen, gefolgt von leisen rumpelnden Geräuschen. Über der Tür blinkte ein Licht.

Als die Flügel endlich krachend aufsprangen, hörte sie zum zweiten Mal das Kichern, gefolgt von einem lauteren, bösartigen Lachen. Sie stolperte mehr als zu gehen in die kleine Kabine und musste sich an der glatten Wand abstützen, um nicht zu fallen. Das war diesmal kein Echo gewesen - das Geräusch war sehr nahe. Jetzt bekam sie es wirklich mit der Angst zu tun.

Das Brett mit den Knöpfen. Gleich neben ihr. Wie war doch gleich die Kombination gewesen? Equart! Sie konnte doch nicht plötzlich alles vergessen haben! Nemeb. Sie wusste es noch. Gerade vorhin hatte sie doch noch daran gedacht. Erst dreimal die Sieben, und dann dreimal noch eine Zahl. Und welche? Egal. Erst dreimal die Sieben.

Mit zitternden Fingern drückte sie auf die Tasten. Bei der zweiten fielen ihr die anderen Ziffern ein. Fünfen. Gäa sei Dank!

Als sie die dritte Sieben gedrückt hatte, begann ein rotes Licht unter dem Zahlenbrett zu blinken und ein schriller unterbrochener Pfeifton erklang protestierend.

Vor Schreck wäre sie beinahe in die Knie gegangen. Das konnte doch nur bedeuten, dass die Zahl falsch war. Aus dem

Gang kam wieder ein lautes Lachen, und wie ihr schien, noch näher.

Milenias Trunkenheit war plötzlich wie weggewischt, und ihre Gedanken rasten. Dieser General hatte doch ganz deutlich gesagt: dreimal die Sieben und dreimal die Fünf. Warum zum Abis ...? Oder umgekehrt?
 Ihre Finger zitterten noch mehr, als sie die Fünfertaste dreimal hintereinander drückte. Sofort verstummte der Pfeifton und das rote Licht stellte seinen Dienst ein. Beinahe hätte sie vor Erleichterung geweint. Jetzt noch die Sieben: eins, zwei ... nur nicht daneben tippen! ... drei!
 Mit lautem Knirschen ruckten die Türflügel nach innen. Durch den sich schließenden Spalt hörte sie noch die Worte: "Gut gemacht, Mädchen!", dann wankte der Boden unter ihren Füßen und die Kabine setzte sich nach unten in Bewegung.
 Für einen Augenblick atemlos lehnte Milenia sich an die Wand und rutschte daran langsam zu Boden.

Es konnten nur wenige Ssigs gewesen sein, in denen sie nicht ganz bei Bewusstsein war, denn die Ascator-Kabine bewegte sich immer noch nach unten, als sie wieder klar denken konnte. Genau, seltsamerweise - oder auch nicht - konnte sie jetzt wieder geradeaus denken. Das musste die Angst gewesen sein, die die Wirkung des Geophs verdrängt hatte. Die Angst!
 Sie hatte ein Kichern gehört und einen Schatten gesehen. Warum hatte sie da geradezu panische Angst gespürt?
 Milenia betrachtete ihre Finger. Die zitterten immer noch. Mit etwas Mühe kam sie wieder auf die Beine und stützte sich an der vibrierenden Wand ab. Es war das Gerücht gewesen, dass zurzeit ein wahnsinniger Mörder umging und Hataii aufschlitzte und verstümmelte, das war es. Das fiel ihr jetzt

erst wieder ein. Offenbar hatte etwas in ihr sich daran erinnert, deshalb. Alleine die Vorstellung ...
Fast hätte sie gelächelt. Immerhin war sie im Kremanwar gewesen. In den Siebziger- oder Achtziger-Niveaus vielleicht, aber im Regierungsbezirk ... Also? Die Erklärung war ebenso einfach wie beschämend: Einer von diesen equesten Säcken auf dem Fest hatte gesehen, wie sie gegangen - naja, hinaus gewankt, das musste man zugeben - war, und hatte sich einen Spaß daraus gemacht, sie in Angst zu versetzen.
Beim nächsten Mal würde wohl einiges an Spott auf sie zukommen.

Sie verlor beinahe ein zweites Mal den Boden unter den Füßen, als der Ascator abrupt stoppte. Irgendwo auf dieser verwirrenden Tafel mit den vielen Knöpfen, Zahlen und Lämpchen musste doch zu sehen sein, wo ... Richtig: ein kleines, grün leuchtendes Feld mit der zwar aus lauter Vierecken zusammengesetzten, aber trotzdem deutlich erkennbaren Zahl "78".
Sozusagen war sie jetzt zu Hause, in ihrem Niveau, und wer immer ihr dort oben etwas gewollt hatte, der war jetzt weit weg.
Eigentlich lächerlich, wenn man sich gerade hier sicherer fühlte. Die sich öffnenden Türen des Fahrstuhls gaben den Blick frei auf eine nicht gerade anheimelnde Welt, vor allem in den Dunkelsegs: schmutzige Gänge mit kahlen Steinböden, Abfallhäufen, die niemand wegräumte, und in denen es von Vavnirds und Geonvirs nur so wimmelte, kaputte Yllumi-Röhren, die niemand austauschte und tropfende und stinkende Abflussröhren.
Dazu noch die Einwohnerschaft, die man zum größten Teil als nicht sehr vertrauenerweckende Leute bezeichnen konnte. Und Verbrechen kamen hier ständig vor, auch Morde, natürlich, genau wie Vergewaltigungen. Trotzdem, sie kannte die

Gegend und würde den Weg zu ihrer Behausung selbst dann finden, wenn plötzlich alle Glühsteine ausfielen. Und die vertraute Umgebung schien ihr sogar etwas von ihrer Selbstsicherheit zurückzugeben. Jedenfalls genügend, dass ihre Knie nicht zitterten.

Milenia trat in den Gang hinaus und nahm einen tiefen Zug von der kalten Luft. Diese schmeckte muffig wie immer, aber die Kühle tat ihr gut. Und ihre Trunkenheit schien wirklich so gut wie vollständig verflogen zu sein.

Ein vertrautes metallisches Knirschen hinter sich ließ sie erneut zusammenzucken. Die Ascator-Türen schlossen sich. Und das rote Licht blinkte. Dann fuhr der Fahrstuhl an.

Der Schreck verging nur langsam und wich einem seltsam unbestimmten Gefühl der Beunruhigung. Um ihre vibrierenden Nerven zu beruhigen, öffnete sie ihr Täschchen und nahm ein Geoph-Stäbchen und die Schachtel mit den Zündhölzern heraus.

Das erste machte nur ein puffendes Geräusch und verlöschte sofort, aber das zweite brannte sofort an. Die blaugelbe Flamme zeigte ihr deutlich, dass ihre Finger immer noch zitterten wie die einer alten Frau. Und die Gedanken liefen doch noch nicht ganz in die richtige Richtung. Woher kam dieses Gefühl der Beunruhigung, ja nach wie vor existierenden Bedrohung?

Links wie rechts war nicht zu sehen als kahle Steinwände, die üblichen Wasser- und Abwasserleitungen, Pfützen am Boden. Rechts in der Ferne flackerte das gelbe Licht ein bisschen - ein Glühstein kurz vor dem Aufgeben. Sie hörte ihre eigenen hastigen Atemzüge, das Tropfen von Wasser auf Steinboden - und das hohe Summen des Ascators, das nach oben verschwand.

Warum eigentlich? Normalerweise ...

Equart! Jemand oben hatte das Ding gerufen! Wenn nun ... Wie zum Abis konnte man das feststellen? Wenn sie sich mit der Bedeutung dieser Lichter und Lampen nur auskennen würde, aber das hatte sie in ihrem Leben bis jetzt noch nie interessiert.

Jetzt hörte das Rotlicht zu blinken auf. Sie legte das Ohr gegen die Tür des Schachts. Nichts zu hören. Gar nichts. Eine Ssig ... zwei ... drei ... Jetzt wieder das Summen. Es begann mit einem ziemlich tiefen Ton und wurde dann höher.

Das Rotlicht blinkte wieder. Es konnte nur eine Erklärung geben: Der Ascator hatte angehalten und sich jetzt wieder in Bewegung gesetzt. Also hatte er auch einen Fahrgast aufgenommen. Smat!

Milenia spürte deutlich, dass sie trotz der Kälte zu schwitzen begann. Wenn sie nur wüsste, ob sich nach einer Fahrt feststellen ließ, wie weit diese gegangen war. Aber vermutlich konnte man das, wenn man sich auskannte. Die vielen Lichter und Lampen und Kontrollanzeigen in der Kabine ...

Wer immer sie vorhin dort oben erschreckt hatte, er kam ihr nach! Das war kein Scherz.

Der Geonogon trommelte mit den Fingern eine kleine Melodie gegen die Metallwand der Kabine. Er war bester Laune. Bis jetzt hatte ihn am meisten die Vorfreude erregt, und die Tatsache, dass er mit seinen ahnungslosen Opfern spielte. Ahnungslos. Diesmal gedachte er die Erregung noch zu steigern. Die Frau war eben nicht ganz ahnungslos. Das machte es interessanter. Denn nun ging er wirklich auf die Jagd.

34.

Tasteful Agony - Malevolant Creation

Milenias Gedanken rasten und drehten sich doch im Kreis, während das hohe Summen des Ascators anhielt und langsam ein leises metallisches Schleifen zu hören war. Ihr Blick fiel auf eine rote blinkende Lampe, und das weckte sie aus ihrer Erstarrung.

Nur weg hier. Selbst wenn ihr Verfolger feststellen konnte, wo sie ausgestiegen war - keinesfalls konnte er wissen, in welche Richtung sie nun flüchtete. Zwei Möglichkeiten, natürlich, aber ab der nächsten Gangkreuzung schon mehr. Sie gab sich selbst einen Ruck und hastete los. Nach zwei Zentssegs langte sie außer Atem an der nächsten Kreuzung an. Zweimal war sie gestolpert und einmal beinahe gestürzt. Ihr rechtes Fußgelenk schmerzte. Hoffentlich nicht verstaucht! Ein plötzliches heftiges Schwindelgefühl, hervorgerufen von den Nachwirkungen des vielen Geoph, ließ sie taumeln, sodass sie sich an der Wand abstützen musste.

Ihr Atem ging pfeifend, und einen Moment lang glaubte sie, dass sie sich übergeben musste, doch dann beruhigte sich ihr Magen wieder.

In den Gängen vor ihr, links und rechts war niemand zu sehen. Equest! Es waren zwar nicht gerade die vertrauenswürdigsten Leute, die in der Dunkelphase zu dieser Zeit hier unterwegs waren, aber wie gern wäre sie jetzt auf eine Bande von Einbrechern gestoßen!

Ihr Verstand sagte ihr, dass sie die Flucht am besten fortsetzen sollte, aber plötzlich meldete sich auch ihre Neugier zu Wort. Kam ihr wirklich jemand nach? Vielleicht redete sie sich ja doch nur ein, dass sie verfolgt wurde. Aber dieses Lachen hatte sie wirklich gehört, und diese Worte 'Gut gemacht, Mädchen!'. Trotzdem ...

Weitere Überlegungen dieser Art blieben ihr erspart, denn aus der Richtung des Aufzugs erklang ein lautes Knirschen, als die Kabine hielt.

Milenia wartete nicht ab, bis sich die Türen öffneten, sondern hörte jetzt auf die Stimme ihres Verstandes und floh weiter. Nach rechts, auf den Zentralschacht zu. Dort gab es mehr Gangkreuzungen, und damit mehr Möglichkeiten, die Richtung zu wechseln. Außerdem kam sie damit ihrer Wohnung näher.

Vorbei an verschlossenen Türen und kahlen Steinwänden. Es platschte laut und sie fühlte eiskaltes Wasser gegen ihre Waden spritzen, als sie in ein große Pfütze schmutzigen Wassers trat. Ihr rechter Fuß schmerzte stärker, ein Stechen im Gelenk.

Nach einer Ewigkeit, wie ihr schien, hatte sie die nächste Kreuzung erreicht. Vor ihr lag ein großer runder Platz, ein halbkugelförmiges Gewölbe, links und rechts weitere Gänge, aber höher und breiter als der, aus dem sie kam. Wegen der kalten Luft hatte sie Tränen in den Augen und blieb stehen, um sie auszuwischen. Dann sah sie deutlicher.

Richtig: der Marktplatz in der Nähe ihrer Wohnung. Nur noch wenige Hundert Meter bis nach Hause. Und dort ... Sie sah richtig. Neben einigen leerstehenden Blechbuden, die in der Hellphase von den Händlern, Schaustellern und Kundenfängern genutzt wurden, dort ...

Menschen. In einer Abfalltonne flackerte ein Feuerchen, und herum saßen zwei, nein drei Gestalten. Orkards natürlich, noch schlimmer: Orkards ohne Wohnsitz, aber immerhin. Niemand würde es wagen, sie in Gegenwart anderer anzugreifen. Halblautes Gelächter drang zu ihr herüber.

Aber trotzdem: Wenn sie jetzt dort hinging und ... und was eigentlich? Um Hilfe bat? Oder sich einfach dazusetzen? Die Kerle lachten sie doch aus. In dieser Lage eigentlich egal. Besser sich lächerlich machen als ... Als was?

Wieder überkamen sie Zweifel an dem, was sie hier tat. Vielleicht sollte sie erst noch abwarten. Oder einfach den Weg nach Hause einschlagen. Aber dann musste sie den Platz ohnehin überqueren. Erst mal weg aus dem Gang. Sie humpelte durch den Torbogen und lehnte sich links daneben an die Wand. Zumindest war sie hier außer Sicht.

Nachdem sich ihr Atem wieder einigermaßen beruhigt hatte, wagte sie es, vorsichtig um die Ecke zu sehen. Das gleiche Bild wie vorhin von der anderen Seite: ein kahler Gang mit nackten Steinwänden, sonst nichts. Gar nichts. Sie strengte ihr Gehör an, aber außer gelegentlichem Gelächter der Orkards auf dem Platz war auch nichts zu hören.

Es war das Bedürfnis nach Gewissheit, das sie hier festhielt. Wenn jetzt überhaupt nichts passierte, dann ... Dann war irgend jemand zufällig mit dem Ascator genau in dieses Stockwerk gefahren, und ... und ...

Wer zum Abis sollte von oben jetzt in der Dunkelphase gerade hier herunter fahren? Nun, Gründe mochte es genug geben, aber ... Eine der anderen Hataii, die ebenfalls hier wohnte? Das hätte sie gewusst. Nemeb, ein Zufall war unwahrscheinlich.

Quasi nebenbei stellte Milenia fest, dass ihr Verstand so langsam wieder in Gang kam.

Der Gang vor ihr lag so ruhig in der gelben Halbdunkelheit, dass sich ihre Sinne mehr auf das Gehör konzentrierten. Wiederum Gelächter auf dem Platz. Die Kerle schienen sich zu amüsieren. Einzelne Wortfetzen, aber sie konnte sie nicht verstehen. Jetzt kicherte einer.

Kichern? Das war von der anderen Seite gekommen!

Und da hatte sich auch etwas bewegt. Dort, bei der Kreuzung, woher sie gekommen war. Aber was? Noch immer nichts zu sehen. Doch!

Ein Schatten auf dem Boden, der langsam in den Gang hinein wanderte. Und jetzt konnte sie gegen den etwas helleren Hintergrund auch die Umrisse eines Menschen deutlich erkennen - eines Mannes unzweifelhaft. Und er kam auf sie zu.

Wieder erklang das bösartige Kichern. Diesmal bestand für Milenia kein Zweifel mehr: Der Kerl verfolgte *sie*. Eine plötzlich aufsteigende Panik drohte sie zu überwältigen, aber sie zwang sich selbst zu einigermaßen ruhiger Überlegung. Wenn sie jetzt zu schreien begann und blind fortlief, dann würde ihr Verfolger sie bestimmt bald einholen. An dessen Absichten zweifelte sie ebenfalls nicht mehr: der Hataii-Mörder; den Geonogon nannten sie ihn.

Noch hatte sie eine Chance, davonzukommen, wenn sie vernünftig blieb und überlegt handelte. Sie warf noch einen Blick um die Mauerecke: Die Konturen des Mannes waren jetzt deutlich zu erkennen. Und er schien es nicht einmal eilig zu haben: Das Echo der Schritte war in regelmäßigen, aber nicht sehr kurzen Abständen zu hören.

Woher wusste er, wo sie war? Auf gar keinen Fall konnte er ihren Kopf hinter der Mauerkante gesehen haben, dafür war es zu dunkel, und direkt hinter ihr leuchtete kein Glühstein. Unmöglich. Und doch schien er den Weg zu wissen, das zeigte die Bestimmtheit, mit der er seine Schritte auf sie zulenkte.

Für einen Moment verwirrten sich Milenias Gedanken und ein heftiger Schwindelanfall ließ sie kurz taumeln. Equart!

Was jetzt?

Ohne noch lange zu überlegen, hetzte sie auf die Gruppe der Orkards zu. Das flackernde Licht des Feuers schien eine gewisse Sicherheit zu versprechen. Wenigstens war sie dann nicht ganz alleine. Und wenn sie für Hilfe ihre Dienste zusichern würde ... Nun, wenn sie es sonst für Geld tat - ihr Leben rechtfertigte den Einsatz erst recht.

Als sie näher kam, sank ihre Hoffnung: Einer der drei Männer lag stocksteif auf dem Boden mit dem Gesicht halb in einer schmutzigen Pfütze, so dass es jedes Mal blubberte, wenn er ausatmete. Mit dem war mit Sicherheit gar nichts mehr anzufangen.

Der zweite stützte sich mit einer Hand an einer der Blechbuden ab und erbrach sich hustend und würgend.

"Hal ...lo, schönes Kind", lallte der dritte, der auf einem Sack neben der brennenden Tonne saß und sie mit glasigen Augen anstierte. "sssetz dich doch mit her!"

Er schwenkte eine große bauchige Flasche in der Hand und hielt sie ihr dümmlich grinsend entgegen, wobei er sie beinahe fallen gelassen hätte. Bei dem Versuch, die Flasche mit beiden Händen gerade zu halten, rutschte er von dem Sack herunter und setzte sich vernehmlich auf den Boden. Ein lauter Rülpser kommentierte dieses Malheur.

"Na komm doch, m ... meine Schöne, unn nimmeinen Schluck. Is' guter Geoph, hihi!"

Milenia stiegen die Tränen in die Augen, als ihr klar wurde, dass hier überhaupt keine Hilfe zu erwarten war. Sie drehte sich um und sah nach hinten.

Ihr Verfolger war in dem Tordurchgang stehengeblieben und schien die Szene zu studieren. Er hatte die Arme in die Hüften gestützt, das konnte sie deutlich erkennen. Dann setzte er sich wieder in Bewegung. Nicht zu schnell, aber zielstrebig.

Smat! Sie hatte ihre Chance verspielt, die Richtung beizeiten mehrmals zu wechseln. In dem Labyrinth der vielen Gässchen und Nebengänge hier in der Nähe des Marktplatzes hätte sie ihn leicht abschütteln können, vor allem, weil sie sich auskannte und er sicher nicht. Jetzt allerdings wusste er, wo sie war.

Aber nicht, wie sie weiter flüchten würde. Der nächste Torbogen zu den Verbindungsgängen war nur fünfzig Meter weg. Noch hatte sie die Möglichkeit zu entkommen. Und diesmal würde sie ihre Zeit nicht mit Überlegungen vergeuden.

Ein lautes Klirren unterbrach die Stille. Der Betrunkene hatte die Flasche schließlich fallen lassen. Mühsam wälzte er sich auf die Seite und fluchte halblaut. Nemeb, diese Leute würden ihr nicht helfen können.

Milenia ging einen Schritt zurück, aber es war zu spät: Grinsend rollte der Betrunkene sich herum und packte ihr Fußgelenk.

"Haha, Lady, dass hättes' du wohl nich' gedacht, was? Der alte Gregori is' noch gut bei Verstand, was?"

Er hatte ihren linken Unterschenkel umfasst. Der Griff war für seinen Zustand erstaunlich kräftig. Aus der Richtung des hinteren Torbogens erscholl ein lautes Lachen.

Milenia versuchte vergeblich, sich zu befreien, aber der liegende Mann vor ihr hielt hartnäckig fest.

Das war der Moment, in dem die Panik übermächtig wurde. Nur weg!

Der Betrunkene grinste noch breiter und machte mit der freien Hand eine obszöne Bewegung, wobei er hustend lachte. Sie trat ihm mit dem spitzen Absatz ihrer Damenstiefel mitten ins Gesicht. Und hinter diesem Tritt steckte Wut - und Angst.

Das Lachen verstummte sofort und ging in ein blutiges Gurgeln über. Milenia verlor das Gleichgewicht und stürzte zu Boden. Sofort packte sie eine Hand am Hals.

"Du equestes Miststück!", blubberte der Mund des Orkards direkt vor ihr, wobei kleine Blutstropfen in ihr Gesicht spritzten. "Du hast mir ...", er spuckte irgendwelche Brocken aus, " ... einen Zahn ausgeschlagen, du equeste Hataii!"

Milenia rutschte ein Stück zurück, obwohl ihr die Luft wegblieb, und schlug mit der rechten Faust blind zu. Die drei Ringe mit den nachgemachten Edelsteinen, die sie an den Fingern trug, rissen Fleisch auf. Dann trafen sie auf Widerstand: ein Knochen. Der Mann heulte auf und ließ ihren Hals los. Sie richtete sich keuchend auf die Knie auf.

Der Orkard hatte die Hände vors Gesicht geschlagen und weinte. Zwischen den Fingern quoll Blut hervor. Wie in Trance besah sich Milenia ihre rechte Hand: ebenfalls voller Blut.

Aber zum Abis: Das war nicht das Problem! Der Geonogon! Sie wischte sich hektisch die Haarsträhnen aus dem Gesicht und sah auf : Der Kampf konnte nur wenige Ssigs gedauert haben, aber der schwarze Umriss ihres Verfolgers war größer geworden. Und er schien es immer noch nicht besonders eilig zu haben. Jedenfalls hatte er seinen Schritt nicht beschleunigt.

Noch hatte sie eine Chance. Weglaufen und in dem Gewirr der Gässchen rings um den Marktplatz verschwinden. Der Orkard stieß röchelnde Verwünschungen aus und spuckte sein Blut auf den Steinboden, aber das war jetzt egal.

Trotz ihrer Erschöpfung und trotz des schmerzendes Fußes kam Milenia schnell auf die Beine und rannte los.

35.

When the Moment of Death arrives - Sentenced

An der nächsten Kreuzung wechselte sie die Richtung nach links: erst einmal weg vom Zentralschacht; nur nicht direkt zu ihrer Wohnung. Sie hatte den Vorteil, dass sie sich hier auskannte: kein gutes Viertel, aber vertraut. Nach der nächsten Gangbiegung würde sie auf einen weiteren kleinen Platz stoßen, von dem drei Tunnel abzweigten. Und wenn sie schnell genug war und sich nicht mehr aufhielt, dann würde ihr Verfolger schnell den Anschluss verlieren.

Was sie wirklich beunruhigte, war die Zielstrebigkeit, mit der der Mann ihr nachgekommen war. Und dass er es überhaupt nicht eilig gehabt hatte.

Als ob er ihren Weg kannte und jetzt ein Spielchen machte.

Aber das war doch unmöglich.

Einmal blieb sie kurz stehen, um zu lauschen: nichts zu hören, keine Schritte. Normalerweise wäre es wohl ein beklemmendes Gefühl gewesen, in diesem Wirrwarr verwinkelter Gassen vollkommen alleine zu sein, aber diesmal beruhigte sie es.

Zur Sicherheit sollte sie zumindest noch einen kleinen Umweg machen. Das erhöhte zwar das Risiko, zufällig auf den Geonogon zu stoßen - jetzt nannte sie den Mann schon im Geiste so! -, aber auf gar keinen Fall durfte er wissen, wo sie wohnte. Denn selbst wenn sie ihm jetzt entkam, ab diesem Moment würde sie nie mehr sicher sein, und diese Vorstellung ließ sie wirklich erschauern: ein wahnsinniger Mörder, der wusste, wo sie zu finden war - und sie kannte ihn nicht; jeder konnte es sein.

Wohin jetzt? Vor ihr, links und rechts das gleiche Bild: kahle Steinmauern in gelblichem Dämmerlicht. Der Gang nach rechts wäre der richtige, und er schien sie anzuziehen: nur nach Hause, die Tür schließen und verriegeln.

Nemeb. Sie überquerte den kleinen Platz und lief geradeaus weiter. Nach wenigen Hundert Metern gab es eine weitere Abzweigung nach rechts, und wenn sie kurz vor dem Zentralschacht nochmals rechts abbog, dann wäre sie wieder auf dem richtigen Weg, nur von der anderen Seite.

Milenia lauschte nochmals: nichts. Ihr Herz schlug derartig laut und das Blut rauschte in ihren Ohren, dass sie fast nicht imstande war, ein anderes Geräusch wahrzunehmen, aber das Echo von Schritten hätte sie gehört. Also weiter! Gäa gebe, dass sie den Kerl abgehängt hatte!

Mauern, Türen, Wasserpfützen. Obwohl sie den Weg in schnellem Tempo zurücklegte, war er ihr noch nie so lang vorgekommen.

Der Gang. der von hier direkt zum Zentralschacht führte, war höher und breiter als die anderen. In der Ferne vor ihr konnte sie schon die vergitterten Fenster erkennen, und sie spürte den frischen Luftzug. Eine Ecke noch, dann war sie zu Hause. Das Geld, das sie verdiente, reichte leider nicht für eine Wohnung direkt am Schacht, aber immerhin: hier gab es zumindest Lüftungskanäle dorthin. Ein Luxus, den sich nicht jeder leisten konnte.

Nur noch wenige Meter. Der Schlüssel! Fast beiläufig stellte sie erstaunt fest, dass sie ihr Täschchen noch bei sich trug. Fast ein Wunder. Bei der Vorstellung, jetzt ohne Schlüssel dazustehen, stellten sich ihr noch einmal sämtliche Nackenhaare auf.

Nach kurzem Suchen hatte sie den Metallstift in der Hand. Kalt, aber trotzdem beruhigend. Dann stand sie vor ihrer Tür. Das Glücksgefühl war fast überwältigend; beinahe hätte sie ein Liedchen angestimmt. Ihre Finger zitterten noch immer, und es klirrte laut, als der Schlüssel zu Boden fiel.

Das Klingeln gebar ein Echo von rechts, zwei Ssigs später von links ...
... in das ein leises Kichern einfiel.

Die Erkenntnis schien nicht gleich in ihr Gehirn vorzudringen. Als Milenia sich mit dem Schlüssel in der Hand aufrichtete und etwas silbrig Blitzendes vor ihren Augen sah, war sie noch nicht einmal erschrocken - nur verblüfft.
Ein Gesicht vor dem ihren. Und sie hatte es schon einmal gesehen. Aber anders. Die bösartig zusammengezogene Stirnfalte, das hässliche Grinsen, das die Zähne entblößte ...
Die Klinge traf sie unterhalb der rechten Schulter, zerteilte Stoff, Haut und Fleisch mühelos. Es war nicht einmal der Schmerz, der ihr ihre Reaktionsfähigkeit wiedergab. Es war das Lachen des Mannes.
Er hatte das Messer zurückgezogen und starrte fasziniert auf das Blut an der Schneide. Milenia gab ihm mit ihrem vollen Körpergewicht einen heftigen Stoß, dass er zurücktaumelte, beinahe stolperte und die Waffe fallen ließ. Eine, zwei, höchstens drei Ssigs Zeit! Aber noch hatte sie den Schlüssel in der Hand.
Trotz ihrer Panik bekam sie ihn sofort ins Schloss. Eine Drehung nach rechts. Es knirschte metallisch, und die Tür schwang einen Spalt weit auf. Nur noch eine Ssig. Sie fiel nach innen und schlug die Tür zu. Noch ein Knirschen, gefolgt von einem deutlich hörbaren Einrasten des Riegels.

Milenia rutschte an der Tür nach unten. Stille, bis auf ihren eigenen keuchenden Atem. Luft bekommen, Luft. Sicherheit? Jetzt?
Sie saß auf dem Boden vor der Tür. Eine Eisentür. Keine Chance, dass er hier eindringen konnte. Es sei denn, er hatte einen von diesen seltenen Universalschlüsseln. Die Riegel!

Milenia quälte sich mühsam auf die Knie hoch und schob die beiden Riegel, die sie extra anbringen lassen hatte, vor.

Jetzt war bester Stahl zwischen ihr und dem Geonogon, und der war von außen nicht zu bewegen, es sei denn mit Gewalt. Aber eine zweifach verriegelte Eisentür aufzubrechen, das lag wohl nicht einmal in der Macht dieses Menschen - und einen weiteren Zugang gab es nicht.

Doch, durch das Abflussrohr, aber das war auch vergittert. Und den Zugang musste er erst einmal finden. Vermutlich war der ein Niveau tiefer.

Ihre Knie wurden feucht, das spürte sie durch den Stoff der Strümpfe hindurch. Sie kniete in einer Blutlache. Es dauerte einen Moment, bis ihr klar wurde, dass das ihr eigenes Blut war.

Der Schmerz trieb ihr die Tränen in die Augen, als sie den Stoff des Kleides über der Wunde aufriss. Ihre rechte Seite war bis zu den Oberschenkeln rot, und aus dem fast obszön geränderten Loch oberhalb ihrer rechten Brust sickerte weiteres Blut in einem dicken Schwall hervor.

Eines war ihr klar: Sie würde in nicht allzu langer Zeit verblutet sein, wenn ihr jetzt nicht schnell einfiel, wie sie diese Blutung zum Stillstand bringen konnte.

An Hilfe von außen war nicht zu denken. Die Mauern waren dick, und selbst wenn sie um Hilfe rief und jemand dies hörte - in diesem Viertel würde sich kaum jemand darum scheren. Die Menschen, die hier gezwungen waren zu leben, hatten meistens genug eigene Probleme und überhörten geflissentlich, was nebenan geschah. Von nichts zu wissen und sich in nichts einzumischen konnte einem hier unten viel Ärger ersparen.

Equest! Sollte sie dem Mörder in letzter Ssig entkommen sein - um nun in ihrer eigenen Wohnung elend zu verbluten?

War diese Blutung überhaupt einzudämmen? Verbinden würde hier mit Sicherheit nicht genügen, dazu war der Stich zu tief, und ein Verband wäre in kurzer Zeit durchweicht.

Aber momentan fiel ihr nichts Besseres ein. Ein Kasten mit Verbandswatte war im Schlafzimmer, und wenn sie ein altes Bettlaken in Streifen riss, dann hatte sie genügend Stoff.

Als Milenia sich mit Mühe hochquälte und ins Schlafzimmer schleppte, wobei sie eine Blutspur hinter sich herzog, merkte sie, wie ihr rechter Arm langsam gefühllos wurde. Es würde nicht leicht werden, sich selbst zu verbinden, aber eine andere Chance hatte sie nicht.

Wieder einmal wurde ihr schwindlig, und ihr Magen zog sich krampfartig zusammen, als sie husten musste. An der Wand vor ihr erschienen dunkle Spritzer.

Nach dem dritten Versuch, die Watte mit den Stoffstreifen auf der Wunde zu fixieren, gab sie es auf. Ihr rechter Arm schien überhaupt nicht mehr zu ihr zu gehören. Damit war nichts mehr anzufangen. Und nur mit einer Hand konnte sie keinen Verband anlegen, schon gar keinen, der fest genug saß.

Dann war auch schon die Watte vollkommen mit Blut durchtränkt und verwandelte sich zwischen ihren Fingern in eine klebrige klumpige Masse, die auseinanderfiel. Voller verzweifelter Wut schleuderte sie den nassen Batzen an die Wand, wo er klatschend und spritzend aufprallte, einen Moment lang hängen blieb, und, einen dunklen Fleck hinterlassend, zu Boden fiel.

Milenia stützte den Kopf in die gesunde Hand und weinte, während das Blut weiter an ihrer Seite herunterlief und den Bettbezug rot färbte. Ein weiterer Hustenanfall schüttelte sie, und ihre Mundhöhle füllte sich mit süßlicher Flüssigkeit. Es war nicht nötig, hinzusehen, als sie ausspuckte, um Luft zu bekommen. Sie wusste auch so, was los war. Die Lunge.

Wenn sie wenigstens die Wunde schließen könnte.

Eine Idee, ganz plötzlich. Zunähen. Wieder nur eine geringe Chance, aber immerhin. Für einen Moment wurde ihr schwarz vor Augen, als sie sich aufrichtete, aber das bestärkte sie nur in ihrer Absicht. Hier einfach zu warten, bis der letzte Tropfen Lebenssaft aus ihr herausgeflossen war und nichts von ihr zurückließ als eine leere Hülle und einen roten Fußbodenbelag - Nemeb!

Das Nähzeug war ... wo zum Abis? In der Schublade des Nachtschränkchens. Das Denken fiel zunehmend schwer, aber diesmal nicht wegen des Geophs. Sie zwang sich zur Konzentration. Über was hatte sie gerade nachgedacht?

Das Nachtschränkchen, genau! Und warum? Weil dort das Nähzeug war, richtig.

Zwei Meter. Zwei Meter nur. Als die Wände sich um sie drehten und eine davon plötzlich auf sie zuraste, wurde ihr klar, dass es ein weiter, sehr weiter Weg war.

Ein heftiger Schlag gegen ihre rechte Seite, der seltsamerweise nicht weh tat. Orientierungslosigkeit. Milenia drehte den Kopf zur Seite - oder hob sie ihn? Ihre Nackenmuskeln protestierten, aber sie wollte sehen. Was sehen?

Dass ihr rechter Unterarm, der ja ohnehin nicht mehr zu ihr gehörte, in einem seltsamen Winkel abstand? Sie kicherte. Gebrochen, fast abgebrochen. Und alles rot.

Lachhaft. Nemeb, eigentlich nicht. Worüber lachte sie eigentlich? In ihren Gedanken huschte das Gesicht eines Mannes vorbei. Warum? Sie hatte ihn erst vor Kurzem gesehen. Zweimal. Einmal auf der Feier bei diesem ... Egal! Und dann, als ... als er sie mit dem Messer ...

Messer. Stich. Blut. Sie hatte doch vorgehabt, mit dem Nähzeug irgend etwas zu machen. Irgend etwas Wichtiges. Nur was?

Nähen. Genau. Den Arm annähen? Milenia kicherte nochmals. Einen Arm annähen? Ein Mensch war doch keine Kas-

perpuppe. Lächerlich. Und trotzdem hatte sie etwas nähen wollen. Eine Wunde. Ihre.
Ihr Blick fiel auf das Nachtschränkchen über ihr, und plötzlich fielen die Schleier vor den Augen und der Verstand arbeitete wieder.

Der Raum, und sie musste sich fast zwingen zu akzeptieren, dass dies ihr Schlafzimmer war, sah aus, als ob man hier mehrere Leute sadistisch hingerichtet hatte. Und alles ihr Blut.
Nicht nachdenken. Und nicht den rechten Arm ansehen, dann würde ihr nur schlecht. Das Nähzeug, das war jetzt wichtig. Sie wählte eine Nadel mit einem nicht zu kleinen Öhr und spießte sie fest in die Oberfläche des Schränkchens. Jetzt den Faden einfädeln.
Ihre Linke zitterte nicht mehr und schaffte es beim dritten Versuch. Auf der anderen Seite durchziehen - ay!
Und jetzt?

Der Geonogon lachte. Er hatte das Blut auf der Klinge lange betrachtet. Wie es langsam heruntertropfte - zäher als Wasser. Und er hatte sich vorgestellt, wie die Frau da drinnen langsam verzweifelte. Er hatte sie getroffen - aber nicht tödlich. Vielleicht schon, aber jetzt noch nicht. Und womöglich überlebte sie sogar. Unwahrscheinlich, aber denkbar.
Aber das war nicht das Problem. Er hatte etwas Neues versucht - und das war bis jetzt nicht zu seiner Zufriedenheit verlaufen. Die Jagd - schön. Aber der Todesstoß? Die Erfüllung, die er dabei empfand. Die fehlte.
Also würde er seine Fähigkeit einsetzen. Er lächelte bei dem Gedanken, wie die Miliz später vor einem Rätsel stehen würde.
Konzentration. Diese Phase war immer equest anstrengend. Erkenne die wahre Natur der Materie, ihren Aufbau, ihre

Struktur. Es war nicht lange her, dass er dieses Geschenk erhalten hatte, eine einzigartige Gabe, und er dankte im Geiste dem früheren Besitzer. Besitzer, nicht Eigentümer. Die Gabe konnte den Träger wechseln, und er war der Erwählte. Er! Allerdings: Zwei Träger waren hinübergegangen. Es gab also noch einen anderen. Früher oder später würde er auf diesen stoßen.

Milenia stieß die Nadel tief in ihr Fleisch. Es schmerzte weniger, als sie erwartet hatte, aber das taube Gefühl hatte bereits ihre Schulter erreicht. Jetzt nur nicht in der Hast den ganzen Faden durchziehen! Die vierkantige Spitze kam oberhalb der Wunde wieder zum Vorschein. Gut so! Ihre Linke war glitschig vom Blut und sie wischte sie am Kleid ab. Jetzt keinen Fehler machen! Acht oder zehn grobe Stiche mussten genügen. Aber zunächst hatte sie noch das größte Problem vor sich: mit einer Hand einen Knoten machen.

Sie musste husten und ihr Blick trübte sich für einen Moment. Ihre Gedanken verwirrten sich wieder. Die Schlafzimmerwand vor ihr schien sich plötzlich zu bewegen, jedenfalls verschwammen die Konturen. Sie rieb sich die Augen. An der sonst glatten Fläche zeichnete sich ein Relief ab. In Form eines Menschen.

Sie halluzinierte. Der Blutverlust. Sie bildete sich ein, den Mann zu sehen, der ihr vorhin gefolgt war und auf sie eingestochen hatte. Er hatte auch das Messer noch in der Hand.

Und jetzt sprach die Vision sogar: "Sei gegrüßt, Milenia. Ich wollte nicht so unhöflich sein, dir nicht wenigstens noch einen kurzen Besuch abzustatten."

Es war zu verrückt. Sie vergaß, was sie eigentlich tun wollte, und starrte nur den Mann an, der jetzt leibhaftig vor ihr stand. Und die silberne Klinge in seiner Hand.

Ein Teil ihres Verstandes funktionierte noch. Ihr Gegenüber, das beileibe keine Fiktion war, war auf dem Fest gewesen, es hatte gewusst, wo sie wohnte, und ...

Die Schneide vor ihren Augen machte seinem Gesicht Platz. Aus dem höhnisch verzogenen Mund erklangen die Worte: "Wir beide werden jetzt noch etwas Spaß miteinander haben, nicht wahr?"

Sie spürte kalten Stahl über ihren Unterleib streichen. Milenias letzte bewusste Gedanken waren mehr verblüfft als angsterfüllt:

Sie träumte nicht. Der Mann war durch die Wand gekommen.

ENDE DES ERSTEN TEILS

ZWEITER TEIL

36.

Political Games - Glenmore

"Zehn Mann?", murmelte Trelain fast unhörbar vor sich hin, und daran merkte Clancey schon, wie wütend sein Vorgesetzter war. Der Major trommelte mit den Fingerspitzen auf den Schreibtisch und verzog das Gesicht missmutig, was die durch die Narbe verzogenen Proportionen um den Mund seltsamerweise für einen Moment fast harmonisch wirken ließ.
Dann lachte Trelain unvermittelt laut. "Zehn Mann hat man mir gewährt, um gegen den Skualman vorzugehen. Den Skualman, den wir seit mehr als zwei Jahren suchen. Den Feind der 'Gesellschaft' schlechthin."
Er spuckte an die Wand und sah zu, wie sich der Speichelklecks allmählich in die Länge zog und nach unten lief.
Clancey suchte nach Worten, aber der andere las in seinem Gesicht, das wohl nur Verlegenheit ausdrückte, und winkte ab: "Lass nur. Ich weiß, dass ich bei manchen Leuten nicht gerade sehr beliebt bin." Er grinste. "Bei den richtigen, übrigens. Der eine oder andere würde sicher nicht allzu viele Tränen vergießen, wenn mir 'bei der Ausübung meiner Pflicht' etwas zustieße - etwas Endgültiges! Ich hätte nur nicht gedacht, dass sie so weit gehen, dabei die Interessen der Miliz - und nicht nur der! - soweit hintanzusetzen. Das ist ja fast ein Witz!"
Clancey konnte nicht widerstehen zu erwidern: "Aber sehr lachst ... lacht Ihr nicht darüber, oder?"
Jetzt lachte Trelain doch: "Nemeb. Aber du hast vorhin schon richtig gehört. Ich habe nicht 'lasst', sondern 'lass' gesagt, das war ein verkapptes Angebot zum Duzen. Ich tue mir

etwas schwer mit solchen Dingen. Gut aufgepasst übrigens! Also ...?"

Der Leutnant grinste und streckte die Hand aus: "Einverstanden, ay!"

Die zehn Männer machten wenigstens einen guten Eindruck, das war schon etwas, immerhin. Trelain seufzte, als er seine eigenen Gedanken analysierte: wenigstens, etwas, immerhin. Lauter Begriffe, die optimistisch anmuteten, aber letzthin nur 'es hätte noch schlimmer kommen können' beinhalteten.

Auf Befehl General Casnoffs hatte Oberst Urquart ihm diese Leute zur Verfügung gestellt - wie großzügig! Vor allem: Immer dieselben, mit denen er in diesem 'Spiel' zu tun hatte. Als ob jemand wollte, dass er nichts anderes tat, als von einer Station zur anderen zu laufen, und zwar unter Aufsicht.

Konnte es denn wirklich im Interesse einer offiziellen Stelle liegen, dass er den Geonogon nicht fand? Wohl kaum; wenn die Sache so weiterging, riskierte man einen Aufstand in den unteren Bezirken. Oder war das beabsichtigt? Wem sollte das nutzen?

Er versuchte, das gefährliche Wort aus seinen Gedanken zu verscheuchen, aber es schlich sich immer wieder an: ein *Umsturz*?

Equest, wenn dem so war, dann war sein Leben keine halbe Tersa wert. Dann hatte er sich wirklich auf etwas eingelassen, das ein Niveau zu hoch war. Oder mehrere.

Es gab noch eine andere Möglichkeit, warum hier gebremst wurde: der Zeitfaktor. Man wollte den Geonogon zwar bekommen, aber eben jetzt noch nicht. Ein Skandal, aber zur rechten Zeit ...Und warum? Trelain seufzte nochmals. Was wurde irgendwo dort oben ausgebrütet, das noch Zeit brauchte?

Wieder schlich sich das gefährliche Wort in seine Überlegungen ein. Entweder er lag völlig daneben, oder er war der Sache so nahe gekommen, dass ... dass?

Der Major schob gezwungenermaßen diese Überlegungen zur Seite und konzentrierte sich auf das zunächst Wichtigste: Er musste die Männer so gut es ging instruieren und auf den Einsatz vorbereiten. Auch sein Leben hing davon ab.
Der Sergeant seiner Leute - das 'seiner' bereitete ihm immer noch Schwierigkeiten - hob die Hand: "Herr Major, sind Zwischenfragen erlaubt?"
Trelain lachte: "Natürlich! - Ich bitte sogar darum!"
Der Frager war ein ziemlich junger Mann mit einem dünnen Schnauzbart, der wie er einen Degen an der Seite trug. Das konnte natürlich nur Angabe sein, aber der Kerl war Trelain irgendwie sympathisch. Vielleicht die Stimme.
"Wie war doch gleich Euer Name, Sergeant? Ich glaube, ich habe das vorhin nicht verstanden?" Ein Test.
Der andere zuckte die Schultern: "Der ist auch nicht genannt worden. Und wenn ich hier alles bis jetzt richtig verstanden habe, dann sind Namen wohl nicht von großer Bedeutung. Handelt es sich hier um einen richtigen offiziellen Auftrag?"
"Was bringt Euch dazu, daran zu zweifeln, wenn ich fragen darf?"
Der Sergeant zögerte keinen Moment: "Erstens die geringe Anzahl der Leute hier, zweitens die Tatsache, dass ich keinen von ihnen kenne, was ..."
"Was ja wohl keineswegs den Gepflogenheiten eines offiziellen Einsatzes entspricht, nicht wahr, und überdies recht dumm ist, oder?". ergänzte Trelain, und der andere nickte zustimmend, wobei er eine Augenbraue hochzog.
"Ihr wolltet noch etwas hinzufügen, Sergeant ...?"

"In der Tat, ... Major! Falls das schon wieder eine Frage nach meinem Namen gewesen sein sollte: Divon." Er lächelte.

"Divon? Ein ausgefallener Name!", stellte Trelain fest. Aber irgendwie gefiel ihm der Bursche. Und außerdem blieb ihm wohl gar nichts anderes übrig, als sich auf ihn zu verlassen. "Kommen wir zur Sache! Ich werde euch zunächst in die Hintergründe der Sache einweihen - soweit ich das verantworten kann. Ich schätze nämlich Leute, die mir nicht nur blind hinterherlaufen, sondern wissen, was sie tun - und vor allem warum!"

Divon grinste, und Trelain fügte hinzu: "Ich schätze, dass die Herren mir genau aus diesem Grunde zugeteilt worden sind: etwas zu oft die Frage nach dem Warum."

"Könnte man aus diesen Worten schließen, dass wir hier alle kaltgestellt werden sollen, oder ...?"

"Oder, Sergeant!", antwortete Trelain. "Oder! Ich nehme an, dass man uns alle für besonders entbehrlich hält."

Die Männer sahen sich gegenseitig an, dann wieder ihn. "Nichtsdestotrotz haben wir eine Chance - und nicht einmal eine schlechte", fuhr er fort. "Wir werden nämlich Armbrüste haben."

37.

Black - Therion

Im achtundachtzigsten Niveau war der Ascator zum Stehen gekommen, und ein protestierendes Blinken dreier roter Lichter zeigte an, dass es hier nicht mehr weiterging. Trelain seufzte. Immerhin. Manchmal kam man nicht einmal so weit.

Er stieg mit Clancey und vier weiteren Männern aus und sah sich erst einmal um, während der Fahrstuhl knirschend anfuhr, um den Rest seiner bescheidenen Mannschaft von oben zu holen.

Sich umsehen war ein zu hochgestochenes Wort für das, was er tat. In die fast vollkommene Dunkelheit zu blinzeln käme dem Sachverhalt wohl näher. Drei Gänge zweigten von hier ab, und wenn ihn sein Orientierungssinn nicht verlassen hatte, dann würde der mittlere irgendwo in der Ferne auf den Zentralschacht treffen.

Da nur alle paar Hundert Meter ein altersschwacher Glühstein, der noch seinen Dienst versah, sein spärliches Licht verbreitete, wirkten die Tunnel mehr noch als in den mittleren oder oberen Stockwerken wie enge Röhren, die direkt in die mythische Unterwelt hinter dem Abis führen mochten.

Und es stank. War selbst weiter oben ein leicht abgestandener bis modriger Geruch ständig präsent, sodass man ihn mit der Zeit kaum noch wahrnahm, so scheuten sich die unangenehmen Bestandteile der Atemluft hier unten nicht, sich in voller Pracht zu entfalten. Die Ausdünstungen jahrtausendealten Mauerwerks, das nur eine dünne Schutzschicht vor der allumfassenden Erde war. Seltsamerweise musste Trelain in diesem Moment an seine eigene Überlegung von vor wenigen Tagen denken: *War es möglich, dass es eine Oberfläche gab? War die Welt der Menschen nicht nur ein zylinderför-*

miges Vavjard-Netz in einer schwarzen Unendlichkeit aus Erde?

Aber es gab auch noch andere Gerüche hier unten: nach vermoderten Pilzen, so wie wenn man oben sich zu weit in eine der Höhlen vorwagte, die weit nach draußen führten. Und noch etwas: Es roch nach Smat - nach menschlichen Exkrementen.

Logisch: Hier war keine funktionsfähige Kanalisation mehr. In manchen Vierteln gab es für einen Block oder auch für mehrere miteinander eine Kloake, in die alles geschüttet wurde, was weg musste, aber nicht in allen. Auf der anderen Seite des linken Ganges gurgelte ein dünnes Rinnsal in einem schmalen Kanal vor sich hin. Von dort kam auch der Gestank. Na, wenigstens schien es Wasser genug zu geben.

Clancey tippte ihm auf die Schulter, um ihm zu bedeuten, dass sich der Ascator wieder nach unten in Bewegung gesetzt hatte. Trelain nickte und kratzte sich an der Backe, während er überlegte:

Er hatte aus der Unterhaltung zwischen Calumal und diesem Xyraisio, der offenbar in der Organisation des Skualmans einen ziemlich hohen Rang einnahm, einiges erlauschen können. Dass die beiden inzwischen wussten, dass sie einen Zuhörer hatten, war möglich, aber nicht wahrscheinlich. Um den Abtritt, aus dem er geklettert war, war es so dreckig gewesen, dass der Schmutz, den er noch verbreitet hatte, so wenig aufgefallen wäre wie ein toter Orkard auf dem Grunde des Zentralschachts.

Ein Sklaventransport, dieses Stichwort hatte ihn am meisten überrascht. Sklaven. Unglaublich! Die Sklaverei - Leibeigenschaft hatte man sie genannt - war in Subgäa vor etwa dreihundert Jahren abgeschafft worden. Nicht etwa aus humanen Gründen, damit würde man der damaligen Regierung zu viel Ehre antun, sondern aufgrund des schnelleren Anstiegs der

Bevölkerungszahl damals. Der damit einhergehende Aufschwung der Wirtschaft und vor allem die Tatsache, dass sich allerorten die Zahlung mit Geld durchgesetzt hatte, zeigte bald, dass die alte Feudalherrschaft nicht mehr sehr praktisch war. Und es hatte noch einen Nebeneffekt, den die Herrschenden schnell erkannten: Durch die Kontrolle des Geldflusses erreichte man die Abhängigkeit der unteren Schichten von der eigenen Gnade, ohne direkt Gewalt anwenden zu müssen. Nahrung gab es zwar nach wie vor umsonst, aber sonst nichts. Und wer Kleidung, Wohnung, Fleisch, Geoph, Waffen, Werkzeuge oder sonst etwas haben wollte, der musste sich selbst um Arbeit bemühen. Ein Zustand, von dem die altvorderen Gewaltherrscher nur träumen konnten, denn die indirekte Versklavung erwies sich als bei Weitem wirkungsvoller und setzte diejenigen, die über keine Tersas verfügten, sogar unter Zugzwang.

Das Wort 'Sklaventransport' schien jedenfalls auf die echte, direkte Form hinzudeuten. Dabei hatten Trelain mehrere Fakten verwirrt. Erstens 'Transport': Offenbar schien es sich um eine größere Anzahl zu handeln. Das ließ darauf schließen, dass so etwas nicht zum ersten Mal stattfand und gut organisiert war. Aber wohin zum Abis sollte man - er zählte im Geiste: zwanzig, fünfzig, hundert? - Sklaven verschaffen? Wer brauchte die überhaupt? Ein Bordell? Eine versteckte Mine in den Außenbezirken?

Äußerst unwahrscheinlich. In einem Puff verkehrten (ein sehr schöner Doppelsinn) ständig Fremde; das käme zu schnell heraus. Und eine illegale Mine wäre besser beraten, ein paar willige Orkards für einen Hungerlohn einzustellen; die hielten den Mund und versuchten nicht abzuhauen. Nemeb, das ergab nicht viel Sinn.

Zweitens: Warum hier unten? Versteckte Orte, an denen man keinen Besuch der Miliz befürchten musste, gab es weiter oben auch genug. Und einen 'Transport' hier herunterbringen - eine gefährliche Sache. Wie, das hatte er leider nicht in Erfahrung bringen können. Ascator? Nicht auszuschließen, dass die Organisation Zodiars über die Zahlencodes der Aufzüge Bescheid wusste. Spione in den Reihen der Miliz gab es sicher mehr als einen: untere und mittlere Chargen, die sich gegen einen kleinen Gefallen hier und da ein zweites Einkommen sicherten. Vielleicht sogar höhere Ränge.

Und über die Treppen? Deren gab es zwar viele, aber trotzdem war die Aktion brandgefährlich. Und die Justiz Subgäas ließ bekanntlich nicht mit sich spaßen. Ein 'normales' Todesurteil mittels Hängen oder Kopfabschlagen galt da schon beinahe als Gnadenakt.

Trelain konnte über alles nachdenken, so lange er wollte: Er brachte keinen rechten Sinn in die Angelegenheit. Ein bestimmtes Wort, ein Begriff spukte in seinem Gehirn herum, aber er konnte ihn nicht fassen, so als ob man in einem Schwimmbecken unter Wasser nach der Seife langen wollte: Erstens war das Ding nicht dort, wo man es sah; zweitens flutschte es davon, sobald man zu schnell danach griff.

Es war nur ein Wort, das ihm fehlte, irgend etwas ganz Simples, aber er kam nicht darauf, und das beunruhigte ihn.

"Es sind alle da, Major!", vermeldete Clancey neben ihm und brachte ihn in die Wirklichkeit zurück. Trelain sah auf. Zwölf Gestalten, die er im Halbdunkel gegen den Hintergrund gerade so erkennen konnte. Sein Blick blieb auf Divon haften. Warum, das wusste er auch nicht. Der Sergeant hatte sich ein Stäbchen angezündet und blies den Rauch genussvoll durch die Nasenlöcher aus. Er sah ihn erwartungsvoll, aber gelassen an.

"Gut!", stellte Trelain fest und schob alle anderen Überlegungen beiseite. "Es geht los. Wir müssen noch fünf Stockwerke tiefer."

38.

What tomorrow knows - Nevermore

Warum gab es eigentlich keine mobilen Glühsteine? Die man einstecken und mitnehmen konnte? Genau das hätten sie jetzt gebraucht. Die eine Fackel, die Clancey, der voranging, trug, erfüllte zwar ihren Zweck als Lichtspender, aber ...
Wenn man auf einen Feind traf, hatte man sich sofort verraten. Löschte man die Fackel, dauerte es equest lange, bis man sie wieder angezündet hatte. Und jeder, der zufällig - oder auch nicht - hinter ihnen denselben Weg nahm, konnte noch nach einer halben Sseg riechen, dass jemand vor ihm war.
Auf ihrem Weg nach unten schien überhaupt kein Licht. Trelain wusste, dass es in den Neunziger-Niveaus während der Hellphase manche Yllumi-Röhren gab, die ihren Dienst noch versahen, ansonsten war es dort wirklich dunkel. Und in den Treppenschächten existierte überhaupt keine Beleuchtung mehr.
Alles denkbar ungünstig für eine Aktion der Miliz. Allerdings empfand er die ganze Sache schon weniger als offiziell - vielmehr als seinen privaten Feldzug.

Seine kleine Armee hatte sich gegenüber dem Treppenaufgang versammelt. Die Männer standen schweigend herum, rauchten und prüften ihre Waffen zum soundsovielten Mal. Anscheinend waren sie nicht sehr nervös.
Trelain grinste. Wer immer ihm diese Truppe der Unbequemen zugeteilt hatte, er hatte ihm wirklich einen guten Dienst erwiesen. Die Bewährungsprobe stand noch aus, aber er müsste sich schon sehr täuschen, wenn diese Männer sich als Versager erwiesen. Kämpfernaturen. Eine gewisse Chance hatten sie also.

"Also", begann er (was für ein dämlicher Anfang!), "wir nehmen jetzt den rechten Tunnel. Dort stoßen wir in in einer halben Sseg auf einen größeren Platz. Das ist unser Ziel. Nach meiner Rechnung haben wir drei Ssegs Vorsprung und damit genügend Zeit, uns einzurichten."
Es kam keine Rückfrage, also ergänzte er selbst: "Ich habe keine Ahnung, was uns dort erwarten wird - außer, dass wir Ärger bekommen werden."

In der Kuppel über dem Platz leuchtete ein einsamer Glühstein. Wenigstens etwas, überlegte sich Trelain, so konnten sie auf die Fackeln verzichten und standen doch nicht vollkommen im Dunkeln. Und bei dem überwältigen Gestank nach allem möglichen Vermoderten war nicht anzunehmen, dass dem Gegner der leichte Geruch ihrer Fackeln, der noch in der Luft hing, auffiel. Außerdem hatten diese Leute sicher selber welche.
Wenn der Transport rechtzeitig hier eintraf, dann hatten sie noch einige Zentssegs Zeit. Das musste genügen, um sich die besten Stellungen auszusuchen und einzunehmen. Er winkte seine Männer herbei, die sich im Halbkreis vor ihm aufstellten.
"Tja, jetzt wäre es wohl an der Zeit für die große Ansprache, was?", frotzelte er, und einer kicherte. Vorsichtshalber sprach Trelain mit gedämpfter Stimme.
"Ich will kein Hehl daraus machen, dass es equest viele Unwägbarkeiten in meinem Plan gibt. Die Informationen, die ich habe, sind einfach zu dünn. Vor allem ein Punkt ist noch vollkommen unklar: Wenn ein Transport hier herunter stattfindet, dann ..."
Er sah erwartungsvoll in die Runde und wurde nicht enttäuscht. Divon gab die Antwort: " ... dann muss er ja wohl auch an jemanden übergeben werden, was? Und das bedeu-

tet, dass wir es auch noch mit einer dritten Partei zu tun bekommen werden."

"Richtig, Sergeant. Sehr gut." Er hatte das 'sehr gut' in ironischem Ton ausgesprochen, aber der andere verstand ihn schon richtig und deutete eine leichte Verneigung an.

"Wir haben also vermutlich nur eine reale Chance, wenn wir uns unsere Gegner nacheinander vornehmen", stellte Trelain fest, und die meisten Männer nickten zustimmend.

"Ich habe keine Ahnung, welche von den beiden Parteien zuerst hier auftaucht, aber ich kenne den Weg, zumindest das letzte Stück, von dem Trupp, den unser Freund Calumal begleiten wird. Und das ist unser Vorteil: Wenn wir es schaffen, die Bewacher auszuschalten, dann haben wir im Nu eine größere Truppe - die befreiten Sklaven nämlich."

"Was ist mit diesem Calumal?", kam die Frage. "Ist er der Anführer, und brauchen wir ihn lebend? Es ist nicht leicht, in dieser Dunkelheit mit den Armbrüsten genau zu treffen!"

"Ich weiß!", gab Trelain zu. "Ich bin aus der Unterhaltung, die ich belauscht habe, nicht ganz schlau geworden, aber ich nehme an, dass er nicht der Anführer ist. Mir schien, als ob dieser Xyraisio ihm nicht mehr so ganz traut. Trotzdem wäre es sehr gut, wenn wir ihn lebend bekämen. Zumindest verfügt er über ein Wissen, das mir sehr nützlich sein kann. Aber: Wir sind equest wenige, das wisst ihr selbst. Also schießt, um zu töten!"

39.

Holy War - Manowar

Eineinhalb Ssegs später brachte ihm ein Mann namens Sigurd, den er als vorgeschobenen Posten auf der nahegelegenen Treppe nach oben abgestellt hatte, die Meldung, auf die er gewartet hatte: "Fackelschein und Geräusche von einem größeren Trupp von oben!"
"Was für Geräusche?"
"Schwere Stiefel, Waffenklirren ... Könnten auch Ketten gewesen sein!"
"Bist du bemerkt worden?"
Der andere schüttelte verneinend den Kopf und grinste: "Unwahrscheinlich, Major. Die scheinen sich sehr sicher zu fühlen. Einige haben sich sogar leise unterhalten - allerdings konnte ich nichts verstehen. Ich habe gewartet, bis sie ein halbes Niveau über mir waren, dann habe ich mich davongemacht."
"Hm. Wieviele?"
"Schlecht zu sagen. Drei Fackeln vorneweg, die konnte ich deutlich sehen. Sechs oder sieben Mann Bewachung. Weiter hinten noch ein paar Fackeln. Ich schätze, mindestens zwölf oder fünfzehn Bewaffnete. Von den Sklaven konnte ich nicht viel sehen."
Trelain nickte anerkennend. "Gut gemacht. Ich schätze, dass wir zwanzig Zentssegs Zeit haben. Holt die anderen Posten zurück. Wir erwarten den Zug dort vorne beim Treppenaufgang. Dort sind zwei Seitengänge, die wir als Deckung benutzen können. Wir greifen von beiden Seiten an, wenn sie schon auf dem Platz sind."

Der Major kauerte sich neben dem hohen Torbogen nieder und kramte in seiner Tasche. Bis der Feind erschien, hatte er noch Zeit für ein Stäbchen. Die kleine blaue Flamme tauchte die nähere Umgebung kurz in flackerndes Licht. Clancey stand vor ihm und lächelte schwach. Der Leutnant spielte, offenbar nervös, am Kolben seiner Armbrust herum.

"Und?" Etwas besseres fiel Trelain im Moment nicht ein.
"Schon mal einen Menschen getötet?"
Der andere schüttelte zaghaft den Kopf. "Wie ist das?"
Trelain zuckte die Schultern. "Jedesmal anders. Trotzdem gewöhnt man sich daran."
"Ich weiß nicht, ob ich das will ..."
"Danach fragt dich keiner, glaub mir. Und du hast noch Glück!" - "Glück?"
"Ay. Wenn du gut zielst, dann kannst du den ersten Toten deiner Laufbahn mit der Armbrust erledigen. Selbst wenn es nur ein paar Schritt Entfernung sind: Das ist für dein zartbesaitetes Gewissen sauberer als mit der Klinge. Du drückst nur ab, und der Mann fällt um. Mit dem Degen spürt man den Widerstand, wenn der Stahl ins Fleisch eindringt ..."
Clancey kaute auf der Unterlippe, das konnte er selbst im Halbdunkel deutlich erkennen. "Wie habt ... wie hast du ...?"
Der Major drückte die Kippe auf dem Boden aus und achtete darauf, dass keine Glut zurückblieb. "Mit dem Messer. Vielleicht erzähle ich dir die Geschichte einmal. Wenn hier alles gutgeht. Ziele nicht auf den Kopf. Die Brust ist am sichersten. Wenn du den Schuss verziehst, besteht noch eine gute Chance, die Schultern oder den Unterleib zu treffen. Der Erfolg ist am Ende der gleiche. Und selbst wenn sie Kettenhemden tragen: So eine gehärtete Stahlspitze schlägt durch wie durch Watte."
Clancey zog es vor zu schweigen.

Trelain ging seinen Plan noch einmal durch, auch wenn es jetzt zu spät dafür war. Für eine ausgeklügelte Taktik hatte er einfach zu wenig Leute. Ihm persönlich lag es ohnehin mehr, auf sich alleine gestellt vorzugehen.

Und es gab noch equest viele Unberechenbarkeiten, zu viele. Wenn die andere, die dritte Partei zu schnell auf dem Plan erschien, dann war alles verloren. Und er hatte nicht einmal weitere vorgeschobene Beobachter abstellen können. Smat!

Das halblaute Echo eines Klirrens richtete seine Aufmerksamkeit auf den Treppenaufgang. Ein Schatten huschte durch den Torbogen. Eine Stimme im Befehlston, aber er konnte nichts verstehen.

Clancey und vier weitere Männer hielten sich hinter ihm an die Wand gedrückt. Trelain wusste, dass er selbst ein guter Schütze war, und dass er die Nerven behalten würde, also hatte er sich eine zweite Armbrust mitgenommen, die auf dem Boden auf ihren Einsatz wartete.

Nach seinem ersten Schuss würde er das Kommando geben.

Es schien wirklich alles so zu laufen, wie er sich das gedacht hatte. Zwei, nein drei Fackeln, die aus dem dunklen Torbogen auftauchten. Er blinzelte. Fünf Männer, jetzt noch zwei. Einer trug eine Peitsche, zwei Armbrüste, der Rest hatte Degen oder Säbel an der Seite. An der Seite, nicht gezogen.

Beinahe hätte er gegrinst. Gute Ziele in dem Licht. Aber jetzt noch nicht. Etwas Zeit hatten sie. Nur nichts überstürzen.

Jetzt traten die Sklaven ins Licht. Traten war wohl nicht ganz der richtige Ausdruck, vielmehr stolperten sie. Er schätzte die Zahl ab, was schwierig war, da sie mit Ketten an Halseisen aneinander geschmiedet waren und sich dicht zusammendrängten: Fünfundzwanzig, dreißig ... vermutlich mehr. Meistens Frauen. Höchstens drei oder vier Männer, soweit er erkennen konnte.

Also eine Lieferung zwangsrekrutierter Arbeitskräfte für eine illegale Mine war das nicht!

Trelain zielte über die Kimme der Armbrust auf einen der Männer. Es war ein Gefühl, das ihm früher - wie lange her? - einmal ein gewisses Gefühl verschafft hatte. Das Gefühl, wenigstens in diesem Moment Herr über Leben und Tod zu sein, wenigstens eines einzelnen Menschen. Das Empfinden eines Mörders. Das war es, was den Geonogon antrieb. Macht. Und wenn es nur für eine einzige Ssig war. Als Kompensation für die eigene Ohnmacht? Der Täter als Opfer - wessen? Seiner eigenen Blödheit, im richtigen Leben eine Null darzustellen? Unfähig, sich Repressalien der Gesellschaft zu erwehren - und deshalb die aufgestaute Wut an Einzelnen um so heftiger auszulassen? Möglich, möglich - aber bei dem Geonogon?

Trelain schob diese Gedanken fast gewaltsam zur Seite. Jetzt musste er sich konzentrieren. Die Spitze des Pfeils.

Er schwenkte leicht mit der Waffe und erkannte trotz des trüben Lichts Calumal. Die Statur war auch unverkennbar. Kaum zu verfehlen, aber nein, den brauchte er noch. Also zurück.

Knapp über dem Visier erschien ein untersetzter Kerl in einer mit Nieten beschlagenen braunen Lederrüstung, der einen breiten Säbel in der Hand schwenkte und dabei halblaut irgendwelche Befehle nuschelte, die man leider nicht verstehen konnte. Schien einer der Anführer zu sein. Ein gutes Ziel.

Seine eigenen Anweisungen missachtend zielte Trelain auf den Halsansatz. Er hatte lange nicht mehr mit der Armbrust geübt und wollte sehen, ob er noch über die alte Treffsicherheit verfügte. Kein leichter Schuss bei dieser Beleuchtung, aber ...

Mordinstinkt?

Mit einem zirpenden Geräusch schoss der Bolzen los.

Die meisten Menschen hassen es, herumkommandiert zu werden. Seltsamerweise tun die wenigsten etwas dagegen, sondern beschränken sich darauf, demjenigen, der dies tut, Tod und Teufel an den Hals zu wünschen. Trelains Schuss ließ für einige diesen Wunsch vor ihren Augen zur Wirklichkeit werden und bestärkte den irrationalen Glauben in die göttliche Gerechtigkeit:
Der Mann in der braunen Rüstung, der gerade den Mund zu einem weiteren Befehl weit aufgerissen hatte, ließ diesen offen, wie er war, und anstatt heiser gebellter Befehlstöne quoll nur ein Schwall Blut hervor.
Er griff sich mit einer Hand an den Hals, mit der anderen an den Mund, als ob er die Worte, die sich eben noch auf seiner Zunge befunden hatten, so noch auffangen konnte, bevor sie zu Boden fielen, und sank langsam in die Knie. Zwischen den Fingern spritzte Blut hervor, und mit einem letzten geröchelten Laut verabschiedete sich der Leiter des Sklavenzugs von seiner Befehlsgewalt.
Was für ein melodramatischer Abgang! dachte sich Trelain, als er die andere gespannte Armbrust zur Hand nahm.

Das Geschrei der Gegner zeigte deutlich, dass seine Männer ebenfalls zu schießen begonnen hatten. In die Reihen des vormals so geordneten Sklavenzuges geriet Konfusion. Alle liefen durcheinander. Insofern war es sogar günstig, dass die Gefangenen an einer Kette hingen. Wer sich unabhängig davon bewegte, der war Feind. Trelain hatte sich noch einen der braun gekleideten Wachmänner aufs Korn genommen und im Auge behalten. Der blieb jetzt stehen und sah sich um.
Das war ein Fehler. Der Bolzen durchschlug die Lederrüstung und hätte ihn an die Wand genagelt, wenn diese aus Holz bestanden hätte. So beschränkte sich der Mann darauf,

verblüfft auf seine Brust zu starren, und dann ohne einen Laut des Protestes nach vorne umzukippen.

Trelain sprang auf und warf noch einen Blick zur Seite, wo Clancey eben beschäftigt war, seine Armbrust neu zu spannen.

"Getroffen?"

"Ich ... ich weiß nicht!", stotterte der Leutnant.

"Equest, dann lade wenigstens meine beiden Armbrüste neu! Vielleicht kann ich sie noch brauchen!"

Trelain stürmte vor und zog im Lauf seine Klinge. Die Sache wurde knapp. Soweit er überblicken konnte, hatten sie fünf oder sechs Gegner erledigt. Nicht schlecht, aber trotzdem! Jetzt musste Mann gegen Mann gekämpft werden. Es dauerte einfach zu lange, eine Armbrust wieder zu spannen. Ssigs eigentlich nur, aber die konnten entscheidend sein.

Er stieß eine kreischende Frau mit dem rechten Handgelenk zur Seite und merkte sofort, dass er einen Fehler gemacht hatte. Vor ihm stand plötzlich ein dreckig grinsender Mann, der mit einem schweren Säbel ausholte.

Trelain konnte nur zurückspringen und abducken. Er war selbst überrascht, dass er keinen Schaden davontrug, aber der andere war mit seiner plumpen Waffe zu langsam gewesen.

Reflex, fast schon Routine: Die gegnerische Klinge beschrieb einen großen Kreisbogen und wurde am Scheitelpunkt gebremst. Trelain lachte innerlich. Seine Waffe war schneller, wesentlich schneller. Fast keine Herausforderung.

Zurückziehen, schwenken, drehen - Bruchteile einer Ssig - ein eleganter Stoß mitten durchs Herz. Nochmals zurückziehen.

Der andere sank in sich zusammen und kippte auf die Seite. Die ehemals so gefährliche Klinge klapperte auf den Boden. Trelain sah auf: Direkt vor ihm kämpfte einer seiner Leute gegen zwei Gegner, die ihn hart bedrängten. Er sprang vor und wehrte eine Waffe ab, was seinem Mann vermutlich das

Leben rettete und ihm ein gekeuchtes "Danke!" einbrachte. Dann war er selbst auch schon wieder in einen Kampf verwickelt.

Es schien Trelain, als ob sich die Zeit um ihn verlangsamte und er zum ersten Mal seit vielen Zehntagen wieder richtig und bewusst lebte - und wenn es nur war, um zu töten. Er kannte dieses Gefühl: er hatte es immer - und nur - im Kampf. Obwohl - oder vielleicht gerade deswegen - weil in jeder Ssig sein Leben auf dem Spiel stand, erlebte er jeden Moment mit einer Intensität, die jeden Nervenimpuls, jedes Zusammenziehen seiner Muskeln, jede Reaktion seines Geistes und seines Körpers auf einen optischen, akustischen oder nur geahnten Reiz zu einem rauschartigen Erlebnis werden ließ.

Nicht einmal der Geschlechtsakt konnte ihm diese Fülle von Stimulationen vermitteln, die ihm ein Kampf verschaffte, und der Mann, der vor ihm gerade auf eine doppelte Finte hereingefallen war, hatte nur eine Zehntelssig Zeit, sich zu wundern, warum der Dämon, der hier offenbar über ihn gekommen war, lauthals lachte.

Selbst seine Leute schienen einen Augenblick lang verwirrt über die manische Besessenheit ihres Anführers, der diabolisch grinsend Hieb um Hieb austeilte und dabei eine blutige Gasse in die Reihen des Gegners trieb, wobei er selbst anscheinend zu schnell war, um selbst verletzt zu werden.

Trelain wehrte hier ab, duckte sich, sprang zurück, zuckte schneller wieder vor, als das Auge bei diesem Licht zu folgen vermochte, schlug dort zu, und eine Spur von abgetrennten Gliedmaßen, Blutlachen und verstümmelten Körpern säumte seinen Weg.

40.

Cold, hard Fact - Overkill

Ein lautes Triumphgeschrei erklang über der Szene und weckte Trelain aus seiner Raserei. Zwei Männer in schwarzen schuppigen Rüstungen bedrängten ihn mit ihren langen gekrümmten Klingen - und diese beiden waren besser als die anderen Wachsoldaten bis jetzt. Er hatte einem eine Wunde an der Schulter beigebracht und sich gerade noch aus der Reichweite der anderen Waffe gerettet, und jetzt ...
Moment! Warum dieses Geschrei?
Merkte keiner seiner Männer, dass er noch kämpfte?
Sein zweiter Gegner machte keine Anstalten, ihn weiter anzugreifen, sondern grinste nur wölfisch, während sein Kamerad langsam aus der Reichweite Trelains Degens zurückwich, wobei er eine Spur von Blutstropfen auf dem Boden hinterließ. Trotzdem schien er nicht allzu beunruhigt, was wiederum Trelain beunruhigte.
Was zum Abis war hier los?
Überhaupt: Diese schwarzen Schuppenrüstungen hatte er vorhin nicht gesehen. Langsam dämmerte es Trelain, dass er einen furchtbaren Fehler begangen hatte.

Es dauerte nur eine Ssig, bis sein Verstand wieder normal arbeitete. Er atmete schwer, das war das erste, was er wahrnahm. Und das zweite: Um ihn herum standen mindestens zwanzig von diesen schwarzschuppigen Kerlen. Eine unheimliche Stille lastete über der Szene.

Er hatte verloren. Nirgendwo wurde mehr gekämpft. Also waren seine Männer tot - oder gefangen, aber wohl eher tot. Ein neuer Gegner war aufgetaucht, und der war wesentlich stärker gewesen.

Und er hatte gewusst, wann er sich in den Kampf einmischen musste.

Trelain senkte seine blutige Klinge, während seine Gedanken rasten. Wenn die anderen ihn töten wollten, dann hätten sie es längst getan. Equest! Denk nach!

Dies war die dritte Partei, von der er seinen Leuten selbst erzählt hatte. Er drehte sich langsam im Kreis. Lauter kräftige Männer mit ziemlich bleicher Haut in diesen schwarzen Schuppenrüstungen. Manche grinsten ihn dreckig an, einige wedelten spöttisch mit ihren Klingen, die meisten blickten gleichgültig drein.

Der Kampf war vorbei, natürlich.

Die Erkenntnis kam langsam: Der Feind hatte eigentlich nicht wissen können, dass er überfallen werden sollte ... eigentlich. Er, Trelain, war davon ausgegangen, dass er zumindest informationsmäßig über einen Vorsprung verfügte.

Und er hatte die Sache so geplant, dass die dritte Partei auf jeden Fall zu spät eintreffen würde. Und jetzt ...?

Alles Smat! Und warum? Die Erklärung war höchst einfach, aber um so niederschmetternder.

Die Reihen der Gegner um ihn teilten sich, und zwei Männer traten hervor. Den einen kannte er, den konnte man gar nicht verwechseln: Calumal. Der Dicke lächelte ihn spöttisch an und trat zur Seite, um dem anderen Platz zu machen: ein groß gewachsener Mann in der Rüstung, wie sie die anderen trugen.

"Seid herzlich gegrüßt, Lord Trelain!", nickte der Schwarzgerüstete ihm freundlich zu. "Ich habe Eure Ankunft hier gespannt erwartet."

"Das kann ich mir vorstellen!", antwortete Trelain und spuckte vor sich auf den Boden. "Und ich schätze, ich bin angekündigt worden. Damit Eure Protokollführer von einer plötzlichen Zusammenkunft nicht allzu überfordert werden, was?"

Der andere lachte und nahm mit einer gezierten Bewegung seinen Helm ab. Er hatte schulterlanges fast weißes Haar, was ihm zusammen mit seiner bleichen Haut ein seltsam gespensterähnliches Aussehen verlieh. Bestens dazu passten die dünnen Lippen, die sich jetzt spöttisch verzogen.

"Nun, Mylord, man hat mir berichtet, dass Freundlichkeit nicht gerade zu Euren hervorragenden Charaktereigenschaften zählt."

Er trat einen Schritt näher, wobei er Trelains bluttriefende Klinge nicht aus den Augen ließ. "Nichtdestotrotz bin ich ein großer Freund der höflichen Umgangsformen. Ich darf mich also vorstellen: Herzog Ivesnagaios von Elengrad."

Trelain wollte ein zweites Mal ausspucken, aber er besann sich anders. Es hatte keinen Zweck, den Mann vor den Kopf zu stoßen (es sei denn mit dem Griff des Degens). Dieser Herzog schien zumindest momentan nicht auf sein Blut aus zu sein. Also warum nicht die Formen der Höflichkeit wahren? So wie es aussah, war er sowieso am Arsch, wie Drew es ausdrücken würde.

Also senkte er die Spitze der Waffe, wobei er mit der Linken nach dem Griff der Maingosh in seinem Ärmel fingerte. Es war nicht ganz einfach, sie mit der gleichen Hand aus der Unterarmscheide herauszuziehen, aber er hatte das lange und oft geübt.

Erstmal etwas Zeit gewinnen.

"Meine Vorstellung ist ja wohl nicht nötig!", stellte er fest. "Ihr scheint bestens im Bilde ... Herzog. Hm."

Das Brummen schien den anderen zu amüsieren, und er deutete eine leichte Verbeugung an. Trelain erwiderte mit einem Kopfnicken.

"Dürfte ich vielleicht erfahren, wo oder überhaupt was dieses Herzogtum ist - Elengrad? Vermutlich eine fast unverzeihliche Lücke in meiner Bildung, aber ich muss zugeben, dass ich noch nie davon gehört habe."

"Nun, diese Wissenslücke kann man Euch verzeihen, denn es lag durchaus nicht in der Absicht von ... von mir, dass gerade die Miliz darüber Bescheid weiß. Speziell Ihr nicht als deren hervorragendster Vertreter."

Trelain wiegte den Kopf. "Vielen Dank für die schmeichelhaften Worte." Der andere hatte sich gerade eine winzige Blöße gegeben. Dieses Zögern vor "von mir". Es gab also weitere Personen, die über die Existenz des Herzogtums Elengrad informiert waren. Naja, wenigstens etwas. Sollte er hier lebend davonkommen, würde er das nicht vergessen.

Der Herzog sah ihm gespannt ins Gesicht. "Könnt Ihr Euch nicht vorstellen ...?"

Er hatte den Rest des Satzes offengelassen und Trelain sah plötzlich ganz klar.

"Vorstellen? Wo? Doch, jetzt schon. Das Verschwinden von einer Menge Leute im letzten Jahr. Ein Sklaventransport. Die Übergabe hier unten. Und Ihr stellt Euch mir als Herzog vor."

"Nun, und was schließt Ihr daraus, Major?"

Trelain verzog das Gesicht. "Es gibt ein zweites Reich. Weiter unten. Viel weiter unten vermutlich."

Der Herzog nickte anerkennend. "Natürlich. Gut, Major!"

"Ihr bezieht Sklaven von hier oben. Über den Skualman. Wahrscheinlich stecken auch höchste Stellen mit in der Sache drin. Sollte mich jedenfalls nicht wundern. Dürfte ich eine Frage stellen?"

"Aber selbstverständlich, mein Lieber!"

Der Major beschloss, sich eine patzige Erwiderung auf das "mein Lieber" zu schenken.

"Womit bezahlt Ihr? Was bekommt der Skualman?"

"Könnt Ihr Euch das nicht denken? Sphygs natürlich."

"Natürlich." Trelain schnaubte durch die Nase. "Eigentlich hätte ich mir ja etwas in dieser Richtung denken können, nicht wahr?"

Ivesnagaios zuckte die Achseln und sparte sich eine Antwort. "Wenn Ihr jetzt bitte so freundlich wärt, Eure Waffe auszuhändigen ... Ich wäre nur ungern gezwungen, Euch zu töten."

"So? Das beruhigt mich kolossal. Und warum?"

Sein Gegenüber grinste. "Man hat eine andere Verwendung für Euch. Eine bessere, darf ich hinzufügen."

"Ach? Ich hoffe doch, eine, die meinen Neigungen entspricht. Ich glaube, ich eigne mich ziemlich schlecht dazu, bei Tisch aufzuwarten oder Schuhe zu putzen. Falls Ihr allerdings an eine Position als Vergnügungssklave gedacht hattet ..." Er lachte halblaut und schnalzte mit der Zunge. In seiner Linken ruhte jetzt der Schaft der Maingosh. Er musste die Waffe nur noch herumdrehen, und das wäre das Werk einer halben Ssig.

"Eine interessante Idee, das muss ich zugeben!" nickte der Herzog. "Aber, ohne Euch wiederum schmeicheln zu wollen: Ich schätze, dass Ihr selbst geblendet und mit abgeschnittenen Daumen noch eine zu große Gefahr für einen entsprechend veranlagten Interessenten darstellt." Er sinnierte einen Moment lang vor sich hin. "Und wenn nicht - dann würde die ganze Sache ja wohl keinen Spaß mehr machen, oder?"

Trelain erbleichte, das spürte er genau.

Der Herzog winkte mit der Linken leichthin ab. "Nemeb. Ihr spracht vorhin von Euren Neigungen. Nun, das kann ich nicht garantieren. Obwohl: Was Ihr hier im Kampf gezeigt habt ... Jedenfalls dürfte es Euren Fähigkeiten entsprechen."

"Ich soll kämpfen?" Eine Fülle von Informationen aus den Geschichtsbüchern tat sich vor Trelains innerem Auge auf. Tausend Jahre oder länger her, als man gefangene Verbre-

cher um ihr Leben kämpfen ließ. "Zur Unterhaltung? Eine Arena? Wie barbarisch!"
"Barbarisch?" Der Herzog zog die Augenbrauen zusammen. "Das nennt Ihr barbarisch? Ihr werft Eure überführten Verbrecher den Geonvirs vor. Ihr vierteilt sie, zieht ihnen die Haut ab oder zerkocht sie langsam in Siedekesseln. Und das ebenfalls zum Vergnügen der Zuschauermassen. Ist das vielleicht zivilisierter?"
"Nein! Das ist es nicht!"
"Eine eindeutige Antwort, Major!"
Trelains Linke schob die Maingosh ein Stück in die Scheide zurück. Es war ein plötzlicher Impuls, ausgelöst durch die Frage des Herzogs. Auch wenn der sein Feind war - er hatte recht! Die Maingosh würde ein Opfer finden - aber nicht diesen Mann. Noch nicht und jetzt nicht.

Schweigen für fast eine Sseg. Dann nahm der Schwarzgerüstete das Wort wieder auf: "Darf ich meine Aufforderung wiederholen? Eure Waffe!"
Jetzt spuckte Trelain doch noch einmal auf den Boden. "Ich fürchte, das lässt sich nicht machen, mein Lieber!"
Er hatte die letzten beiden Worte bewusst betont, um den anderen nachzuäffen, aber der ging auf die Provokation nicht ein. Eine leichte Bewegung ging durch die umstehenden Männer, aber der Herzog winkte gebietend ab. "Es wäre besser für Euch."
"So? Müsstet Ihr mich töten lassen? Kein Kampf in der Arena?"
"Würdet Ihr denn lieber hier sterben, als zu kämpfen?"
"Fragen. Wenn schon kämpfen - warum dann nicht jetzt und hier?"
"Und natürlich Ihr gegen mich, oder?"
"Ich gebe zu, dass ich mit diesem Gedanken gespielt hatte."

"Ziemlich naiv gedacht, Major! Seht doch: Ich habe diese Partie gewonnen. Ich wäre doch geradezu sträflich dumm, dies jetzt in einem Kampf Mann gegen Mann mit Euch aufs Spiel zu setzen."

Trelain lächelte und hob seine Klinge. "Entschuldigt! Ich hatte angenommen, dass Eure betont zur Schau getragene Höflichkeit einen gewissen Ehrenkodex einschließen würde."

Der Herzog schüttelte den Kopf. "Ich glaube nicht, dass unsere Auffassungen von Ehre in dieser Beziehung konform gehen."

"Ach? Ich bin gesellschaftlich nicht akzeptabel, vermute ich ..."

"So ist es. Wie bedauerlich, nicht wahr?"

"Ihr hattet mich vorhin mit 'Mylord' betitelt, wenn ich mich nicht sehr irre ..."

"Höflichkeit, Major, Höflichkeit!"

"Sicher." Trelain sparte sich weitere Worte und ließ die Maingosh, wo sie war, obwohl er größte Lust hatte, dem Herzog zu zeigen, dass der gesellschaftliche Rang ziemlich schnell nebensächlich wurde, wenn man erst einmal einen Dolch in der Kehle stecken hatte. Selbst uradeliges Blut war wohl nicht imstande, eine Halsschlagader wieder zusammenzuflicken. Vielleicht sollte man dies in ausgedehnten Versuchsreihen einmal untersuchen ...

Wie weit würden die anderen gehen, das war die Frage. Ihn wirklich töten? Vermutlich schon. Aber er musste den Bluff versuchen.

"Na schön", meinte er betont gleichmütig und schwenkte die Klinge langsam im Halbkreis. "Ich habe keine Lust, Euer Sklave zu werden. Denn dies entspricht eben *nicht* meinen Neigungen. Ihr werdet mich also töten müssen. Töten *lassen,* wenn Ihr Euch selber dafür zu schade seid ..."

Der Herzog lachte lauthals. "Macht Euch nicht lächerlich, Trelain! Mit Hurra in den Tod, was? Und im Abis, da gibt's ein Wiedersehn, haha! Für so dämlich hatte ich Euch nun auch nicht gehalten."

"Na dann ... versucht es!" Jetzt kam es darauf an. Er hatte bei keinem der Feinde eine Armbrust gesehen, das gab ihm eine gewisse Chance, noch zwei oder drei Männer in den Abis zu schicken, bevor sie ihn überwältigten. Es sei denn ... Und dieses "es sei denn", das war der Gedanke, mit dem er spielte. Eine Karte könnte jetzt noch aufgedeckt werden.

Und er hatte sich nicht getäuscht. Ivesnagaios schüttelte resignierend den Kopf und hob die linke Hand.

Trelain drehte sich langsam herum. Er wusste genau, was er sehen würde. Und er hatte sich nicht geirrt.

Eine auf ihn gerichtete Armbrust. Zwölf oder fünfzehn Schritte entfernt.

Dahinter Clancey.

Sehr wohl schien sich der Leutnant nicht in seiner Haut zu fühlen. Er hatte die Lippen zusammengekniffen und sein linkes Augenlid zuckte.

"Equester Verräter!", knirschte Trelain halblaut und spuckte nochmals aus.

"Hört, Major, es ... es tut mir leid, ich ...", stotterte der andere und senkte die Schusswaffe ein Stück. Zitterten seine Hände?

"Es tut dir leid? Warum? Ein zu geringer Preis? Oder hast du plötzlich Gewissensbisse?"

"Jetzt hört doch zu, equart! Die ganze Sache war von vorneherein zum Scheitern verurteilt. Es gibt mehr, die Bescheid wissen ..."

"Und?"

"Ich hatte zur Bedingung gemacht, dass man Euch am Leben lässt, weil ..."

Trelain lachte bitter: "Damit du jetzt mit einer geladenen Armbrust vor mir stehst, was? Wie edel! Na los!"

"Nemeb! Ihr versteht das falsch! Das war die einzige Möglichkeit, Euer Leben zu retten ..."
"Daran scheint dir equest viel zu liegen!"
Clancey zuckte resignierend die Schultern und hob die Waffe. "Ist es nicht besser, lebend in Gefangenschaft zu geraten, als tot zu sein?"
"Das kommt darauf an."
Trelain riskierte einen kurzen Blick zu Ivesnagaios hinüber. Der Herzog grinste spöttisch vor sich hin. Selbst in seinen Augen konnte er das Urteil lesen.

Der Major wandte sich wieder seinem Leutnant zu: "Es ist besser, als Sklave zu leben, als tot zu sein?"
Er wartete die Antwort nicht ab, die er wahrscheinlich sowieso nicht bekommen hätte, und fuhr fort: "Na schön. Eine andere Frage: Ist es nicht besser, tot zu sein, als ein lebender Verräter? Na?"
"Was?" Clancey brauchte nur einen Moment, um zu verstehen. "Nemeb, so nicht!"
Er brachte die Armbrust ziemlich schnell in Anschlag und schoss.

Trelain hatte bei ihrem kurzen Disput zuvor mindestens eine Zentsseg Zeit gehabt, die voraussichtliche Schussbahn des Bolzens abzuschätzen: unterhalb seiner Mitte. Und die Worte Clanceys hatten diese Schätzung bestätigt. Er sollte wirklich lebend gefangen werden. Vermutlich ein Schuss in den Oberschenkel. Damit wäre er fast augenblicklich ziemlich hilflos. Und Clancey schien den Auftrag zu haben, ihn lebend ans Messer zu liefern.
Also: Einen konnte er noch mitnehmen. Und der stand fest.
Der Aufschlag des Schusses riss ihm das rechte Bein nach hinten weg und ließ ihn eine halbe Drehung machen, bevor er zu Boden stürzte.

Aber die Maingosh war schon auf ihrem Weg gewesen.

Er spürte keinen Schmerz in seinem Oberschenkel, aber ein taubes Gefühl wie von einem harten Schlag. Ein schwerer Stiefel trat ihm den Degen aus der Hand, aber der hätte jetzt sowieso nichts mehr genützt. Kräftige Hände drückten seine Schultern auf den kalten Steinboden, und irgend jemand versuchte, seinen linken Arm zu packen.

Trelain war schneller und hatte schon das Messer aus dem linken Stiefel gezogen. Ein kurzer Hieb aufwärts, und einer der schwarzgeschuppten Männer schrie auf und presste beide Hände vor sein Gesicht.

Für einen Moment war Trelains linke Schulter frei und er wälzte sich auf die rechte Seite. Wiederum griff jemand nach seinem Arm, aber mit einem Knurren riss er sich los.

Zustoßen. Seine Klinge traf auf etwas Weiches und drang tief ein. Ein gurgelnder Schrei. Tiefer hineinstoßen. Seine Linke wurde glitschig.

Dann traf ein harter Schlag seine Schläfe. Trelain warf sich herum, um seine Rechte frei zu bekommen, aber plötzlich zerplatzte sein Blickfeld in einen farbigen Nebel.

Vor ihm huschte ein Gesicht vorbei, seltsam verzerrt, und verschwand im Hintergrund. Er konnte Clancey sehen, der auf dem Boden kniete und ihn anstarrte. Der Leutnant gab irgendwelche Worte von sich, die als rote halbdurchsichtige Blasen vor seinem Mund zerplatzten.

Die farbigen Schleier vor Trelains Augen verfärbten sich immer dunkler. Den zweiten Schlag spürte er schon nicht mehr.

41.

Heart of Darkness - Grave Digger

Es war nicht das erste Mal, dass Trelain aus einer Bewusstlosigkeit erwachte. Und es war nie sehr angenehm gewesen, auch diesmal nicht. Der Unterschied war nur: Wenn man das schon zwei-, dreimal mitgemacht hatte, dann glaubte man nicht mehr, aus einem Traum zu erwachen, in dem man furchtbare Kopfschmerzen gehabt hatte. Nemeb, dann wusste man, dass man gleich noch schlimmere Kopfschmerzen haben würde, sobald die ersten nach dem Wo, Wie und vor allem Warum forschenden Gedanken begannen, sich ihren zähen Weg durch die verkrusteten Gehirnwindungen zu schaufeln.

So auch diesmal. Trelain kannte dieses Gefühl schon von diversen schmerzhaften Erfahrungen aus der Vergangenheit. Und er kam gar nicht erst in die Versuchung, das mit einem Kater nach durchzechter Nacht zu verwechseln. Der dumpfe Druck und der trockene Geschmack im Mund ähnelten sich zwar, aber inzwischen kannte er die feinen Unterschiede. Das brachte die Routine auf beiden Gebieten eben so mit sich. Equest! Was für ein Leben!

Gleichzeitig mit diesen fast schon philosophischen Überlegungen schaltete sich die Erinnerung wieder ein. Trelains inneres Ich, das noch ziemlich losgelöst im Raum schwebte und zaghaft versuchte, die zerrissenen Fäden zu seinem Körper wieder anzuknüpfen, schüttelte seinen fiktiven Kopf.

Was war er doch für ein Humum gewesen. Ein equester Narr, der es nicht besser verdient hatte, als jetzt ...

Ay, was eigentlich? Er blinzelte mehrmals und sah genau das, was er erwartet hatte, nämlich nichts. Dunkelheit, durchzogen von farbigen Schlieren, die vor seinen Augen vorbeizogen und langsam, aber nur ganz langsam ihren Farbton von gelb und hellgrün nach rot wechselten.

Das kannte er auch: die Nachwirkungen des Schlages. Er glaubte sich dunkel zu erinnern, dass er noch einen zweiten verpasst bekommen hatte. Na, das hatte dann wohl gereicht. Die Erde mochte wissen, wie lange er bewusstlos gewesen war.

Trelain tastete nach seinem Kopf und stellte dabei fast beiläufig fest, dass er seine Hände frei bewegen konnte. Erstaunlich. Eine dicke Geschwulst an der rechten Seite seines Schädels. Der stechende Schmerz, als er die Stelle mit den Fingern berührte, ließ ihn seine Untersuchungen vorsichtiger fortsetzen.

Eine zweite noch größere Beule am Hinterkopf. Fast ein Wunder, dass sein Schädel nicht gebrochen war. Oder? Aber dann würde er jetzt wohl nicht diese Überlegungen anstellen.

Die roten Wirbel vor seinen Augen verdunkelten sich immer mehr und verblassten schließlich. Und jetzt konnte er auch endlich etwas von seiner Umgebung erkennen. Ganz finster war es nicht. Irgendwo vor und über ihm schimmerte ein hellerer Fleck. Aber wenn er versuchte, genau hinzusehen, um wenigstens die Form des Flecks zu erkennen, steigerte sich sein Kopfschmerz ins schier Unerträgliche.

Na schön, dann musste er eben noch warten. Das würde sich mit der Zeit schon geben. Und er glaubte nicht, dass er inzwischen etwas verpasste.

Nun, eine Sache konnte er noch feststellen. Er versuchte, seine Beine zu bewegen. Mit beiden hatte er wenig Erfolg. Sein rechtes Bein fühlte sich ganz und gar taub und gefühllos an, lediglich die Zehen konnte er auf und ab bewegen.

Richtig. Clanceys Schuss. Er fühlte mit der Hand hinunter. Das Hosenbein war abgetrennt. Nackte Haut. Und ... Trelain wollte pfeifen, aber sein Mund war so trocken, dass nur ein leises Zischen daraus wurde.

Man hatte ihn verbunden. Fachmännisch sogar, das fühlte er. Hoffentlich hatten sie die Wunde auch vernünftig desinfiziert. Anzunehmen. Mit einem steifen Bein würde er als Kämpfer nicht mehr viel taugen und ohne Bein wohl nicht einmal mehr zum Nachtgeschirre ausleeren. Geschweige denn als Vergnügungssklave. Trotz seiner Lage grinste er bei dieser Überlegung.

Seine Gedanken schweiften ab und verwirrten sich für einen Moment. Ein heftiger Schwindel packte ihn, sodass er kurz nicht wusste, wo oben und unten war. Aber eines hatte er noch mitbekommen: Der linke Fuß hing fest, mit einem kurzen Bewegungsspielraum. Es klirrte, als er ihn schüttelte. Also doch angekettet. Na, das war ja zu erwarten gewesen. Mit dem Fatalismus des Gefangenen lehnte sich Trelain zurück und erwartete die zweite schwarze Welle, die sich über seinen Verstand legte und alle Überlegungen auslöschte.

Nicht alle. Diesmal war es nicht nur Bewusstlosigkeit, das Abschalten aller Gedanken. In seinem Geist regte sich etwas. Ein Traum? Kann man träumen und dabei wissen, dass man nur träumt. Man kann ..., ay, man kann!

Dunkelheit. Jetzt flammten einzelne Lichter auf und er konnte die Umgebung besser erkennen. Gänge. Tunnel. Natürlich, das war vertraut. Er war hier zu Hause - und doch nicht! Nemeb, es gab noch etwas anderes.

Eine zweite Welt. Richtig. Wo hatte er diesen Satz zuletzt gehört?... Er selbst hatte das gesagt. Aber falsch, nicht so. Es gab ein zweites Reich, aber ... aber? Unterhalb. Nemeb. Ein zweites Reich? Eine zweite Welt!

Wasser. Und ... Er sah die zweite Welt vor sich. Flach. Vor allem flach, eben. Aber dafür von einer rein unglaublichen Ausdehnung. Und be... richtig: bewachsen. Und bevölkert mit Tieren. Nicht nur Insekten und Würmer. Eine fast un-

glaubliche Vielfalt aller möglichen Lebensformen. Manche konnten sogar fliegen.

Ein Phänomen war allerdings seltsam: Immer wenn er so ein Wesen näher betrachtete, dann verlor es plötzlich seine Räumlichkeit und wurde vollkommen flach. Und es war immer nur von einer Seite zu sehen.

Also nur ... was? Ein Bild! Genau: eine Abbildung aus einem ... Buch.

Bei dem Begriff 'Buch' stiegen andere Assoziationen aus seinem Unterbewusstsein hoch und er benötigte geraume Zeit - insofern 'Zeit' hier Bedeutung hat - sie so zu ordnen, dass sie einen Sinn ergaben.

Buch. Philestasis. Er selbst: Trelain-Runic. Der Fuchs.

Und alles hing zusammen mit ... mit der Geschichte, in die er gerade verwickelt war.

Lysander, der Kanzler. Polikides, der Bischof. Casnoff, der General. Der König. Die beiden Söhne des Königs. Philestasis, der Weise. Ophris, die Hohepriesterin.

Diese Charaktere huschten um ihn herum. Aber noch weitere gesellten sich dazu:

Der Skualman. Calaya. Drew-Podigbudindrew. Der Herzog aus der Unterwelt in seiner schuppigen Rüstung. Clancey ...

Clancey! Er hatte den Verräter getötet. Er hatte seinen Arm ausgestreckt, und ... Der Arm war gewachsen und länger geworden und hatte sich ausgestreckt, um den equesten Verräter an der Kehle zu packen und ...

An der Kehle packen. Die Luft wurde knapp.

" ...wachen, heh? Das Gestöhne macht einen ja ganz krank!"

Die letzten Worte hatte Trelain endlich wieder bewusst mitbekommen. Obwohl ein Teil seines Verstandes noch mit der Verarbeitung des Geträumten beschäftigt war, reagierte der andere, der sich eher um die praktischen Dinge kümmerte, sofort.

Irgend jemand drückte ihm den Hals zu.

Noch während er die Augen öffnete, schlug er schon zu.

Der Schlag war ungezielt und bestimmt nicht allzu kräftig ausgefallen, aber der Erfolg zeigte sich sofort: Die Hand an seiner Kehle ließ los.

"Gäaequester Smat!", fluchte eine rauhe Stimme neben ihm. "Willst du mir ein Auge ausschlagen, du Blasst?"

Trelain schlug die Augen auf und sah wiederum erst einmal gar nichts. Trotzdem war es schlauer, jetzt etwas zu sagen.

"Wenn ..." Er musste sich erst dreimal räuspern, um seine Stimmbänder zu einer einigermaßen artikulierten Äußerung zu bewegen. "Ay, wenn es sein muss!"

Mehr als ein heiseres Krächzen war nicht daraus geworden, aber sein unsichtbarer Nachbar hatte wohl verstanden. Er hörte das Klirren von Ketten und ein missmutiges Brummen.

"Na schön, ich wollte ja nur ... Ach egal!"

Nach geraumer Zeit hatten sich Trelains Augen entschlossen, ihren Dienst langsam wieder aufzunehmen, und er zwinkerte ins Halbdunkel.

Viel konnte er immer noch nicht erkennen, aber immerhin genug, um seine Vermutungen zu bestätigen: eine Kerkerzelle, was sonst. Bemooste feuchte Steine, eine Eisentür gegenüber. Von dort kam auch das wenige Licht, aus einem schmalen viereckigen Fenster in Kopfhöhe. Das war der helle Fleck, den er ... ja wann? ... wahrgenommen hatte. Er hatte keine Vorstellung, wie lange seine zweite Abwesenheit aus der Wirklichkeit gedauert hatte.

"Na? Nun schau nicht so blöd!", ertönte wieder die Stimme neben ihm. "Wer bist du, häh?"

Trelain zwinkerte noch mehrmals, dann konnte er die Umrisse eines Menschen erkennen, der anscheinend auf einem niedrigen Schemel hockte. Sein Mitgefangener, und nur um einen solchen handelte es sich offenbar, war von mittelgroßer, aber unglaublich dürrer Gestalt. Ebenso das Gesicht, das faltig wie der Unterrock einer Hofkurtisane war. Trelain sah genauer hin: Aus dieser lebendig gewordenen Darstellung des Elends funkelnden ihn zwei kleine dunkle Augen misstrauisch an. Der Mann kratzte sich an der Backe. Er hatte einen Bart, der bis weit auf die Brust reichte.

"Na?", machte Trelain den anderen nach. "Schon länger hier, was?"

42.

Closer to the Pain - Cemetary

Sein 'Nachbar' kicherte: "Gehört wohl nicht viel dazu, das zu erkennen, was?"
"Nemeb! In der Tat nicht."
Der andere kicherte nochmals, schob seinen Schemel zur Seite und setzte sich neben Trelain auf den Boden. Er grinste ihn an und tastete dabei seine Nase ab: "Equart noch mal, du hast mir beinahe die Nase gebrochen, Meister!"
Jetzt war es an Trelain zu grinsen: "Meister? Erst versuchst du mich zu erwürgen und dann 'Meister'?"
"Ach was! Ich wollte doch nur diese gäaequeste Stöhnerei abstellen. Ist ja wohl schlimm genug, in diesem Loch hier gefangen zu sein. In aller Ruhe zu schlafen ist schließlich der einzige Spaß, den man hier noch hat. Und mir reichen die Vavnirds als Störung. Wenn man nich wach wird, wenn sie über einen drüberkrabbeln, dann saugen sie einem das Blut aus. Ich meine, mein Blut ist nich viel wert - können sie ruhig haben. Aber der Biss von denen: kann eine böse Vergiftung geben. Und das ist kein angenehmer Tod."
Trelain sah sich unwillkürlich nach links und rechts um. In der hinteren unteren Ecke vermeinte er eine huschende Bewegung zu sehen, aber vielleicht spielte ihm seine Vorstellung auch nur einen Streich. Schräg über der Tür hing jedenfalls ein Netz von sicherlich einem Meter Durchmesser.
Er beschloss, das Thema zu wechseln. "Ich habe gestöhnt?"
"Na, das sag ich doch, Meister! In einem fort. War gar nich mehr auszuhalten!"
Obwohl Trelain die Anrede 'Meister' amüsierte - sein kurzer Schlag hatte den anderen wohl Respekt gelehrt - gefiel ihm die Vorstellung ganz und gar nicht. "Und? Habe ich sonst noch vielleicht ... hm ... etwas gesagt?"

Der andere schüttelte den Kopf und begann, mit einer bedächtigen Hingabe in der Nase zu popeln, wobei er ein Auge zusammenkniff. "Nemeb. Gesagt kann man das nich nennen. Gestöhnt eben. Ich wollte dich auch nich erwürgen. Eben nur zur Ruhe bringen."

"Na, das beruhigt mich! Wer bist du?"

Sein Nachbar reckte den Kopf in die Höhe: "Na, das ist doch mal 'ne Frage! Das wollte schon lange keiner mehr wissen: wer ich bin! Willst du das wirklich wissen?"

"Ay! Sonst hätte ich ja nicht gefragt!"

Wiederum ein Kichern. "Kaphil. Kaphil, der Schmied." Er deutete eine Verneigung an. "Angenehm, was? Das sagt man doch wohl in deinen Kreisen ..."

"Hm. Trelain. Trelain, der ... ach was, der Häftling! Was heißt denn 'in meinen Kreisen'?"

Kaphil schniefte laut. "Na, das merkt man doch gleich, dass du was Besseres bist. Ich bin doch nich blöd!"

"Freut mich zu hören! Woran merkt man denn das?"

"Pffft! Na eben ... die Sprache zum Beispiel. Außerdem wirst du hier ja wohl sehr bevorzugt behandelt. Viermal den Verband gewechselt!"

Trelain sah an seinem Bein nach unten. Es stimmte offenbar, was der andere sagte. Seine Finger tasteten über einen anscheinend frisch angelegten Verband an seinem rechten Oberschenkel.

"Und Wasser haben sie dir auch ein paar Mal eingeflößt!", ergänzte Kaphil. "Mit irgendeiner Medizin drin, ay. Also bist du wohl was Besonderes, häh?"

"Scheint so. Wie lange war ich denn weggetreten?"

Sein Zellengenosse drehte sich herum und zeigte in die Dunkelheit. "Das kann ich dir sogar genau sagen: Weil, ich sitze nich einfach hier und glotze an die Wand. Ich mache immer Striche, mit 'nem Nagel. Dort oben!"

Trelain bemühte sich, in der angedeuteten Richtung an der Wand etwas zu erkennen, aber lediglich sein Kopfschmerz meldete sich zurück. Also zuckte er nur die Schultern.

"Na dort! Sieben Hellphasen biste jetzt hier!"

Der Major schürzte die Lippen und pfiff. Diesmal klappte es.

"Sieben? Equest!" Das erklärte auch das andere Gefühl, das ihn die ganze Zeit bewegte, und das ihm bloß nicht recht bewusst gewesen war: Er hatte mörderischen Hunger. Dort, wo sich einmal sein Magen befunden hatte, schien nur noch ein Loch zu sein. Kein Wunder, wenn er nur flüssig ernährt worden war. Na, immerhin.

Und große Gedanken um seine Nahrungsversorgung brauchte er sich wohl nicht zu machen. Wenn man sich solche Mühe gemacht hatte, ihn bis jetzt am Leben zu halten ... Andere Gründe, nicht allzu optimistisch in die Zukunft zu blicken, gab es hingegen mehr als genug.

Diese miese Ratte Clancey! (Seltsam, dass er schon wieder in Gedanken ein Tier aus Philestasis' Buch zum Vergleich heranzog. Wobei er doch nicht einmal die Hälfte verstanden hatte, da seine Kenntnisse der alten Sprache mehr als dürftig waren.) Na jedenfalls: Er selbst hatte sich wohl eher als als ... als ... genau! Als ein Schaf hatte er sich gezeigt. Hereingelegt wie der letzte Dummkopf. Mit der sprichwörtlichen Schlauheit des Runic hatte das wohl nichts gemein.

(Wie kam er eigentlich jetzt darauf, dass ein Schaf angeblich dumm und ein Fuchs angeblich schlau sei? Hatte er unbewusst mehr von dem Text im Buch verstanden, als ihm selbst klar war?)

"Heh? Schläfst du wieder?", erklang neben ihm Kaphils Stimme.

"Nemeb. Ich war nur ... ach egal!"

"Nun werd nich wieder böse! Ich wollte ja nur sagen: Dort drüben bei deinem Wasserkrug liegt noch ein Kanten gebackenes Lab. Ist von gestern. Falls du ..."

"Ay, danke, danke!" Das war ein Wort. Trelain fand das gesuchte sofort und schlug gierig seine Zähne hinein. Die pappige Masse war etwas hart und er weichte sie im Mund mit einem Schluck Wasser auf. Wahrscheinlich bildete er sich das jetzt nur ein, aber auf einmal schmeckte das Zeug.

Nachdem er die ersten beiden Bissen hinuntergewürgt hatte, wandte er sich wieder an Kaphil: "Du bist Schmied?"

"Ay! Und kein schlechter. Meine Schwerter werden sogar von den Soldaten gern gekauft. Meistens mache ich natürlich Werkzeuge: Hämmer und Äxte und so."

"Und warum sitzt du hier?"

"Mord." - "Ach?"

"Tja, das war so: Ich habe meine Frau mit einem Kerl im Bett erwischt. Und als der nach seinem Schwert griff, da habe ich ihm mit einem Vorschlaghammer - eigene Herstellung, versteht sich! - den Scheitel gestreichelt. Der Schädel hat dann nicht mehr gut ausgesehen. Ich aber auch nicht, weil der Kerl ausgerechnet Leutnant bei der herzoglichen Garde war. Naja, meine Alte hatte schon immer etwas für Soldaten übrig."

Trelain lachte leise. "Ist ja eine reizende Geschichte. Und? Wie geht das jetzt hier üblicherweise weiter?"

"Tja, wohl anders als bei dir. Ich bin ein guter Schmied, trotz meiner Statur, aber zum Schaukämpfer tauge ich nicht, sagten sie. Und das bedeutet wohl Hinrichtung."

Kaphil hatte das leichthin, ohne große Gemütsbewegung, gesagt. Anscheinend hatte er sich mit seinem Schicksal abgefunden. "Und du? Wenn du nicht kämpfen solltest, dann hätten sie sich keine solche Mühe mit dir gegeben. Was hast du angestellt?", fragte der Schmied.

"Angestellt ist ein gutes Wort. Ich war wohl etwas zu dienst-
eifrig in meinem Beruf."
"Häh? Und was bist du?"
"Major der Miliz."
Jetzt staunte der Schmied.

43.

Tyrant Shadows - Tragedy Divine

Ein oder zwei Ssegs später hatten sie Trelain abgeholt: drei schwerbewaffnete Wachen in diesen typischen schwarzgeschuppten Rüstungen. Er hatte sich zunächst noch schlafend gestellt, als Schritte im Gang vor der Zelle erklangen, und dabei genau aufgepasst: Einer der Wächter hantierte kurz mit einem kleinen Schlüssel an seiner Fußschelle herum, die sich gleich darauf knirschend öffnete. Trelain tat so, als ob er in diesem Moment aufschreckte und konnte einen Blick auf den Schlüssel werfen: einfacher Bart, zwei Zacken.
Das dazugehörige Schloss konnte nicht allzu kompliziert gebaut sein. Wenn er irgendwie an ein geeignetes Stück Draht kam, musste das Ding zu knacken sein. Seinen Gürtel hatten sie ihm natürlich weggenommen.

Nach einem längeren Marsch durch dunkle Gänge mit feuchten Steinwänden, wobei er mehr geschleift worden war als gegangen, stand er vor dem Mann, an den er in den letzten Ssegs oft gedacht hatte: der Herzog der Unterwelt, wie er ihn jetzt schon nannte.
Der Weißhaarige empfing ihn in einem prächtig ausstaffierten runden Saal mit gewölbter Decke. Auch er selbst war weit weniger martialisch herausgeputzt als bei ihrem ersten Treffen. Die schwarze Rüstung hatte er mit einem leuchtend blauen weit geschnittenen Prachtornat vertauscht, was zu den weißen Haaren wiederum einen seltsamen Kontrast ergab. Von seinem Schwertgürtel hatte sich der Herzog allerdings nicht getrennt, das fiel Trelain, der auf solche Dinge stets achtete, sofort auf.
Überhaupt war festzustellen, dass hier auf Farben anscheinend sehr viel Wert gelegt wurde. Bis auf die Mauern selbst

war fast alles - Teppiche, Gobelins, Vorhänge, die Kleidung, sehr bunt zusammengemischt, manchmal auch ziemlich geschmacklos. Wahrscheinlich versuchte man ein Gegengewicht zu der allgemeinen Düsternis zu schaffen.

Am Anfang hatte Trelain noch gedacht, seine Augen hätten ihren Dienst noch nicht wieder voll aufgenommen, aber bei seinem Marsch durch diese Unterwelt war ihm klar geworden: Das Licht *war* hier noch trüber. Es schien auch in seiner Helligkeit zu schwanken und flackerte ziemlich oft.

Das konnte natürlich bedeuten, dass die Versorgung mit Quanz hier nicht so gesichert war, so viel verstand er inzwischen von der Sache. Nun, vielleicht brachte er das jetzt heraus. Der Herzog hatte ihn sicherlich nicht zu sich persönlich bestellt, um ihm irgendeine Waffe in die Hand zu drücken und ihn in den Kampf zu schicken. Nemeb, dafür war er noch nicht in der Verfassung. Und das wusste der andere.

Er hatte sich nicht getäuscht. Der Herzog lächelte ihn gewinnend an und reichte ihm ein Glas mit einer bernsteinfarbenen Flüssigkeit. Trelain nahm das Gefäß ohne zu zögern und gönnte sich einen großen Schluck. Der Weißhaarige sah ihm gespannt zu.

"Kein Misstrauen, Major? Man sagte mir, Ihr wärt ein sehr vorsichtiger Mann."

Trelain schmatzte und wischte sich einen Tropfen vom Kinn. "Anscheinend haben Eure Konfidenten Euch in dieser Hinsicht falsch unterrichtet, ... Exzellenz?" Er warf Ivesnagaios einen schnellen Blick zu: Dieser gab sein Einverständnis mit der Titulierung durch ein kurzes gnädiges Nicken zu verstehen.

"Wäre ich vorsichtig gewesen, dann stünde ich nicht hier", fuhr der Major fort und nahm noch einen Schluck. " ... und hätte keine Gelegenheit, in Eurer Gesellschaft diesen Geoph zu verköstigen."

"Und wie ist Eure Meinung über dieses Getränk? Wie mir meine ... hm, Konfidenten ebenso mitteilten, scheint Ihr ein Experte auf diesem Gebiet zu sein."

Trelain lachte. "In diesem Falle seid Ihr korrekt unterrichtet. Nun: Da ich wohl davon ausgehen darf, dass dieses hier das Beste ist, was Eure Brennereien hergeben, bin ich etwas enttäuscht, ... Exzellenz. Was man ... ähm ... weiter oben bei gekrönten Herrschaften geboten bekommt, goutiert sich doch etwas besser. Trotzdem: gehobene Mittelklasse, würde mein Urteil lauten. Wenn ich um noch ein Glas bitten dürfte ...?"

Der Herzog lachte. "Natürlich, Major, gerne. Nehmt doch Platz und lasst uns ein bisschen plaudern. Verzeiht, wenn ich mein Schwert nicht ablege, aber Euer Ruf in dieser Beziehung ist doch etwas zu schlecht ..."

"Vielen Dank!", nahm Trelain das Kompliment zur Kenntnis und setzte sich wie geheißen auf einen metallenen Stuhl neben einem niedrigen Beistelltisch. Ein Bediensteter in blassgrüner Livree eilte herbei, um sein leeres Glas gegen ein gefülltes auszutauschen.

Der Herzog beobachtete ihn gespannt. "Warum wählt Ihr keinen von den bequemen Sesseln, Major?"

"Ihr wisst das genau! Dieses Möbel hier ist zwar unbequem, aber ich bin schnell auf den Beinen. Wenn ich hier geprüft werden soll ..."

Der andere wiegte den Kopf. "Ihr habt recht. Ein wenig simpel, diese Probe. Eigentlich nicht angemessen."

"Angemessen? Sollte ich denn geprüft werden?"

"Eigentlich nicht. Die wahren Wunderdinge, die über Eure Kampfkraft berichtet werden, die sollten mir wohl genügen. Zum Wohl!"

Der Herzog hob sein Glas kurz in die Höhe und nahm einen Schluck. "Seid Ihr ein Mann von Ehre?"

Trelain verschluckte sich fast und musste zweimal husten. "Eine seltsame Frage. Ich bin Euer Gefangener. Nach der Ehre zu fragen ist hier wohl equest überflüssig!"

Der Herzog grinste und setzte sich ebenfalls. "Vielleicht nicht so ganz. Die Frage nach Eurer Ehre war eigentlich sozusagen von Mann zu Mann gedacht. Ohne Berücksichtigung Eures momentanen Status als mein Gefangener."

"Ich fürchte, ich verstehe nicht ganz ..."

Der andere seufzte. "Ich gedachte, mich hier und jetzt mit Euch etwas zu unterhalten. Das kann so geschehen, dass meine Wachen im Raum bleiben und Euch ein Eisen um den Hals legen, das mit mittels einer Kette mit einem dieser Ringe dort in der Wand verbunden wird. Eine unwürdige Vorstellung, wie ich meine."

"Und die Alternative?", fragte Trelain überflüssigerweise.

Ivesnagaios zuckte die Schultern. "Ist ganz einfach. Ihr gebt mir Euer Wort, Euch gesittet zu benehmen ..."

" ... was beinhaltet, dass ich ..."

" ... dass Ihr mich nicht angreift und keinen Fluchtversuch unternehmt, was im übrigen wirklich keinen Sinn hätte, das kann ich Euch garantieren. Der Vorteil dieses Akkords liegt für Euch klar auf der Hand: Ihr könnt Euch relativ frei bewegen und - mit mir - einige angenehme Ssegs verleben. Falls Euch der Geoph zusagt ..."

Trelain grinste. "Erstaunlich. Ihr würdet meinem Wort vertrauen?"

"Ich denke, dass ich das kann. Ay."

"Das Angebot ist nicht schlecht, das muss ich zugeben. Was versprecht *Ihr* Euch davon?"

Der Herzog wiegte den Kopf. "Um ehrlich zu sein: Ich weiß es selbst nicht so ganz genau. Ihr vermutet natürlich, dass ich mit dieser freundlichen Vorgehensweise versuche, Informationen aus Euch herauszuholen, die selbst meine Folterknechte nicht zum Vorschein bringen würden?"

"In der Tat war mir dieser Gedanke gekommen."
"Nemeb. Ich bin über mehr Dinge informiert, als Ihr mir sagen könntet."
"Na, also warum dann?"
"Hm. Das ist eine gute Frage. Lasst sie mich so beantworten: Ich habe ein gewisses Interesse an Euch als Person, Major. Ihr seid ... Ich weiß nicht recht, wie ich das ausdrücken soll ... irgendwie etwas Besonderes, das fühle ich."
"Ach? Etwas Besonderes? Ich hatte mich nie als ein außergewöhnlicher Mensch gefühlt. Könnte es sein, dass Ihr auf etwas anderes abzielt?"
"Wie darf ich das verstehen?"
Trelain streckte die Beine aus und verschränkte die Arme hinter dem Kopf. "Ich denke, darüber könnten wir uns vielleicht jetzt unterhalten. Ihr wolltet mein Wort? Ihr habt es!"

44.

Give it up - Royal Hunt

Das breite Fenster zeigte dahinter kein anderes Bild, als er es gewohnt war. Schwarze Tiefe, einige gelbliche Lichttupfer auf der anderen Seite. Er beugte sich hinaus und spürte den kalten Luftzug im Gesicht. Der Zentralschacht, anscheinend auch hier Orientierungspunkt und Zentrum allen Denkens.

Er drehte den Kopf und sah nach oben. Das gleiche Bild. Eine dunkelgraue Röhre, die irgendwo in der fernen Unendlichkeit zu einem unsichtbaren Punkt schrumpfte.

Ivesnagaios war neben ihn getreten und reichte ihm ein gefülltes Glas. "Ay, Major. Es ist ziemlich weit nach dort oben, wo Ihr herstammt."

"Wie weit sind wir hier noch unterhalb von Subgäa?"

Der andere überlegte kurz. "Nun, in Eurem Entfernungsmaßstab wohl zwanzig bis fünfundzwanzig Mal tausend Meter. Vergesst also den Gedanken an Flucht."

Trelain grunzte missmutig. "Ich frage nicht deshalb." - "Sondern?" - "Nun, aus Wissbegierde. Glaubt Ihr das nicht?"

Ivesnagaios lachte. "Nemeb. Kein Wort. Seit Ihr hier seid, drehen sich all Eure Gedanken um Flucht. Ihr wünscht Euch nichts sehnlicher, als es denen heimzuzahlen, die Euch verraten und in die Falle gelockt haben - in meine Falle. Ist es nicht so? Seid ehrlich!"

Jetzt war es an Trelain, zu lachen. "Ich gab Euch mein Wort, friedlich zu sein - nicht ehrlich!"

"Natürlich!", stimmte der Herzog zu und hob sein Glas. "Der Mensch hat seinen Verstand schließlich nicht bekommen, um immer die Wahrheit zu sagen. Und wie langweilig wäre dann die Welt!"

"Da habt Ihr nicht ganz unrecht. Trotzdem bewegt mich natürlich Wissbegierde."

"Schön. Ich habe auch nichts dagegen. Ich weiß, dass Ihr hier nicht entkommen werdet. Mit viel Glück und Geschick vielleicht aus dem Kerker, aber dann wäre es auch schon vorbei. Aufgrund Eurer Hautfarbe würde man Euch überall sofort erkennen. Denn wie Ihr selbst seht, sind wir Bewohner von Elengrad etwas ... hm ..."

"Blass!", ergänzte Trelain. "Sogar equest bleich, würde ich sagen. Verzeiht meine Ungehörigkeit, Exzellenz, aber Ihr seid bleich wie das Innere eines Skualmans."

Ivesnagaios grinste. "Ich verzeihe. Ein sehr schöner bildhafter Vergleich. Und eben darum hättet Ihr keine Aussicht, auch nur in ein anderes Niveau zu gelangen, geschweige denn aus meinem Reich zu entkommen."

"Mag sein. Nun, da Ihr offenbar bereit seid, meine Fragen zu beantworten: Wie sieht denn die Verbindung zwischen hier und Subgäa aus? Bei diesen Entfernungen ... Gibt es einen Ascator, von dem niemand etwas weiß, der diese unglaubliche Distanz überbrückt?"

Wiederum lachte der Herzog. "Wo denkt Ihr hin? Nemeb. Die Antwort auf Eure Frage ist viel profaner, als Ihr glaubt."

"Nun?"

"Nun? Man geht zu Fuß, wie es die Erde für den Menschen vorgesehen hat."

Trelain starrte sein Gegenüber abschätzend an. "Das wäre ein equest langer Weg."

"Sicher ist er das. Aber es lohnt sich. Der Handel: Sklaven für uns - Sphygs für euch wirft eine schöne Gewinnspanne ab: dreistellige Prozentzahlen. Ihr versteht doch sicher etwas von der Lehre der Mathematik?"

"Ay. Etwas. Sphygs *für* euch würde ich allerdings nicht sagen. *Gegen* trifft den Kern der Sache wohl eher."

"Das ist eine Frage der Einstellung", zuckte der Herzog die Schultern. "Für wen, gegen wen? Ich liefere etwas, das andere gerne haben wollen. Was sie damit tun, ist ihre Sache."

"Selbst wenn sie sich damit umbringen?"

"Gerade dann. Sich selbst umzubringen - ist das nicht eine höchst persönliche Angelegenheit? Ich wüsste nicht, was persönlicher sein könnte."

"Eine höchst unmoralische Einstellung, Exzellenz."

"Unmoralisch? Nun, meine Wirtschaftsberater haben kein Problem damit, und dann sollte ich auch keines haben."

Trelain zuckte die Schultern. "Hm. Wie Ihr meint. Es existiert also eine Treppe."

"Nun, nur Treppe würde ich das nicht nennen. Wart Ihr jeweils in ... wie nennt ihr das? ... in den Unterhundertniveaus eures Reiches?"

"Ay. Einmal. Ich jagte einen entflohenen Sträfling."

"Natürlich habt Ihr ihn erwischt und zurückgebracht."

Der Major grinste. "Erwischt ay - zurückgebracht nemeb!"

"Natürlich. Ich hörte, dass Ihr Euch in dieser Hinsicht nicht gerade in zarter Zurückhaltung übt - was ich durchaus als Kompliment dachte."

"Vielen Dank auch. Was ist mit den Unterhundertniveaus?"

"Nun, wie gefiel es Euch dort?"

Trelain grinste wieder. "Ziemlich unkommod, um es einmal so auszudrücken. Dunkel, nass, mindestens die Hälfte der Gänge eingestürzt oder überschwemmt, keine Nahrungsversorgung - und ab und zu sah ich Viehzeug, mit dem ich keine nähere Bekanntschaft machen wollte."

"Und was schätzet Ihr damals, wie es noch weiter unten aussieht?"

"Hm. Eigentlich habe ich mir über ein 'weiter unten' gar keine Gedanken gemacht. Erst jetzt."

"Seltsam, nicht? Nun, es geht weiter nach unten, wie Ihr selbst seht. Irgendwann in grauer Vorzeit war dies alles eine riesige durchgehende Wohnanlage. Von euch oben bis hier."

Trelain verzog das Gesicht. "Wollt Ihr damit sagen, dass auf dieser riesigen Entfernung ganz normale Niveaus existieren? Das müssen ja noch einmal Hunderte sein!"

"Existierten!", verbesserte Ivesnagaios. "Fast alle sind eingestürzt - unter den Erdmassen begraben. Wie Ihr sagtet. Und es treiben sich equest gefährliche Lebewesen dort herum, das ist richtig. Aber: Zwei Treppen sind noch benutzbar. Der Aufstieg dauert zwanzig bis dreißig Tage, wenn man Glück hat."

"Dann muss die Gewinnspanne Eures Handels ja wirklich equart hoch sein, um diese Mühen auf sich zu nehmen."

"Sie ist, Major. Seht Ihr: Eure Gesellschaft hat irgendwann in den letzten hundert oder zweihundert Jahren die Sklaverei abgeschafft, um sie durch eine indirekte Art der Abhängigkeit zu ersetzen. Das soll irgendwie mit Geldwirtschaft und Bankwesen zusammenhängen. Ich verstehe von diesen Dingen nicht viel, aber ich philosophierte einmal an einem langen Abend mit meinem Handelsberater darüber. Egal. Hier gibt es sie noch. Und Sklaven, speziell Frauen von oben, sind hier eine derart gesuchte Ware, dass der Führer eines solchen Zuges nach oben nach einem erfolgreichen Abschluss vom Erlös mindestens ein Jahr gut leben kann."

"Speziell die Frauen, hm?"

Jetzt grinste der Herzog. "Ay. Die dunklere Haut übt einen starken Reiz auf unsere Männer aus. Leider werden sie mit den Jahren ebenso blass wie wir. Wie sagtet Ihr: bleich."

"So ein Pech, was? Ich vermute, dass das mit der Beleuchtung hier unten zusammenhängt. In eurem Licht fehlt etwas. Ich dachte es mir schon, als ich vorhin hierher gebracht wurde."

"Das ist ebenso meine Vermutung. Überhaupt fehlt uns hier unten einiges, was ihr besitzt. Mir scheint, als sich das ehemals vereinte Reich trennte, haben wir den schlechteren Teil bekommen."

"Ihr glaubt, dass ..."

"Natürlich. Uralte Aufzeichnungen besagen, dass es einen Krieg gegeben hat. Einen Bürgerkrieg, bei dem furchtbare Waffen eingesetzt wurden. Feuer, Stoffe die explodieren. Auch die Kraft des Wasser. Könnt Ihr Euch vorstellen, welche gigantische Kraft Wasser haben kann?"

"Ay. Wenn genügend davon vorhanden ist."

"Daher die Zerstörungen in den Zwischenniveaus. Übrigens: Falls Ihr immer noch an Flucht denkt - und aus keinem anderen Grund wolltet Ihr das alles wissen! -: Vergesst die Sache. Ein Mann alleine hat keine Chance, durchzukommen. Glaubt mir das. Nicht einmal von den großen Expeditionen kehrten alle zurück. "

"Selbstverständlich glaube ich Euch das. Was mich erstaunt, ist die Tatsache, dass Ihr als Herrscher des Reichs persönlich an solchen ... hm, Expeditionen teilnehmt. Bekommt Ihr nicht ohnehin Euren Anteil am Erlös, oder gibt es hier keine Steuern?"

Der Herzog lachte. "Oh doch! Was mich bewegte, dieses Unternehmen persönlich zu leiten, nun, könnt Ihr Euch das nicht denken?"

"Nemeb!"

"Ihr natürlich, Major Trelain! In dieser Beziehung wollte ich sichergehen."

Trelain zog die Augenbrauen zusammen. "Sicher geht nur, wer gar nicht geht! Und ich wusste gar nicht, dass ich so gefragt bin. Ein Major der Miliz!"

Er hatte das in spöttischem Ton gesagt, aber der andere ging nicht darauf ein. "Oh, Ihr seid durchaus nicht nur ein mittlerer Offizier eurer Miliz."

"Sondern? Euer zukünftiger Champion bei Euren Kampfspielen? Habt Ihr auf mich gewettet?"

"Das werde ich tun, allerdings. Euer Ruf als einer der besten Kämpfer des Oberen Reiches ist sogar bis zu mir gedrungen."

"Mir scheint überhaupt, dass Ihr über beste Beziehungen in Subgäa verfügt."

Der Herzog lächelte und schenkte noch zwei Gläser voll. "Nemeb, darum geht es nicht. Natürlich möchte ich Euch kämpfen sehen, obwohl mich schon Eure ... ähm ... Vorstellung dort oben äußerst beeindruckt hat. Nemeb, es geht um etwas anderes."

Trelain nahm einen Schluck und sah sein Gegenüber gespannt an. "Und zwar?"

"Nun, wie gesagt, ich halte Euch für etwas Besonderes. Für jemandem, der mir sehr von Nutzen sein kann."

"Und dann wollt Ihr mich zu Eurem Vergnügen kämpfen lassen? Ist das Risiko nicht recht groß, dass ich Euch dann eben *nicht* mehr von Nutzen sein kann?"

"Eine schlaue Frage. Aber: Wenn Ihr der seid, der ich denke, dann werdet Ihr Eure Kämpfe wohl gewinnen. Und wenn nicht, nun, dann ..."

" ... dann wäre es nicht schade um mich - und der Gegenbeweis erbracht. Eine geschickte Art der Beweisführung, das muss ich zugeben - und unterhaltsam dazu."

Ivesnagaios hob sein Glas und nahm ebenfalls einen Schluck. "Das dachte ich mir auch. Auf Euer Wohl, Major."

"Wie könnte ich Euch denn von Nutzen sein, wenn die Frage erlaubt ist?"

"Ganz einfach: Schlagt Euch auf meine Seite. Werdet mein Vasall. Ihr werdet feststellen, dass ich sehr generös sein kann. Und vielleicht sogar ein Freund. Für gewisse Dienste eurerseits."

"Meine Dienste bestehen im Moment darin, einen Mörder zu finden, Exzellenz!"

"Na, na, nicht so formell. Vergesst diese Sache, sie ist von minderer Bedeutung, glaubt mir. Bei mir hättet Ihr größere Aufgaben."

"Ich verstehe immer noch nicht, was mich so einzigartig macht und dazu befähigen sollte ..."

"Ihr versteht wohl. Es geht um alleine schon das, was Ihr *seid.* Kennt Ihr die alten Prophezeiungen von Sylvanoikid?"

"Nemeb."

Der Herzog sah ihm forschend ins Gesicht. "Ich denke doch, Major. Und Ihr seid eine der entscheidenden Figuren in diesem Spiel. Eine der beiden Figuren mit besonderen Fähigkeiten. Ich denke, dass Ihr *Qarvis* seid - die Ratte!"

45.

In deepest Sympathy - *Aragon*

Etwas benebelt wurde Trelain in seine Zelle zurückgebracht; und das nicht nur wegen der verwirrenden Informationen, die er von Ivesnagaios erhalten hatte. Zum ersten Mal seit Langem hatte er wieder ziemlich viel Geoph getrunken. Er hatte sich allerdings nichts anmerken lassen, und auch der Herzog schien einiges zu vertragen.

Noch zwei Ssegs hatten sie sich mehr oder weniger 'normal' unterhalten, wobei sein Gesprächspartner sehr subtil und geschickt direkte Fragen vermied und den Eindruck zu erwecken versuchte, sich mehr für Trelains persönliche Umstände und das allgemeine Leben in Subgäa zu interessieren. Auch sprachen sie über Waffentechnik und Kampftaktiken. Ein Gespräch von Soldat zu Soldat sozusagen, wobei der Herrscher Elengrads ein profundes Wissen zeigte, das sicher nicht nur theoretisch erworben war. Der Mann schien kein degenerierter Abkömmlich eines uralten Adelsgeschlechtes zu sein, das schon so lange an der Macht war, dass es lediglich auf dem Gebiet der Inzucht ehrfurchtgebietende Leistungen zeigte. Sicher nicht. Ein Krieger erkannte einen anderen.

Und er war schlau, equest schlau. Obwohl Trelain dieses Spiel auch beherrschte, tappte er manchmal beinahe in verbale Fallen, die wohl das Ziel hatten, ihm Informationen über die militärische Organisation und innere Sicherheit Subgäas zu entlocken. Daher wohl auch die Freigiebigkeit mit Geoph.

Seltsamerweise war das andere Thema nicht mehr angeschnitten worden. Trelain hatte sich jeder Antwort auf die Unterstellung, er sei Qarvis, die Ratte, enthalten, obwohl ihm bei der Erwähnung dieses Wortes vor Verblüffung fast das Glas aus der Hand gefallen war.

So hatten sie noch wacker gezecht, bis der Herzog einen leichten Zungenschlag hatte und beim Aufstehen aus seinem Sessel einmal kurz schwankte. Es war eine gewisse Befriedigung für Trelain, dass *ihm* nichts anzumerken war - so meinte er jedenfalls - und dass er trotz aller geophunterstützter Bemühungen nichts von Bedeutung aus sich heraus hatte locken lassen.

Die kalte Luft in den Gängen bewies ihm allerdings, dass auch er ein nicht zu knappes Quantum erwischt hatte. Die drei Wachen lasteten es wohl seiner Verwundung und der Auszehrung durch die lange Bewusstlosigkeit an, dass sie ihn zweimal stützen mussten, weil er leicht taumelte.

In der Zelle wartete eine Überraschung auf ihn. Kaphil winkte ihm zu und wies auf die Ecke rechts von der Tür. "Sieh mal! Wir haben noch einen Gast bekommen!"

Trelain stützte sich an der Wand ab und wartete, bis sich seine Augen wieder an die Dunkelheit gewöhnt hatten, während einer der Soldaten die Schelle um sein linkes Fußgelenk schloss.

Als die Tür knirschend geschlossen wurde, konnte er genug erkennen und lachte lauthals.

"Na, sieh mal an! Welch hoher Besuch! Seid mir gegrüßt, ehrenwerter Calumal!"

Der Dicke kauerte in der Ecke auf dem Boden und blinzelte ihn halb ängstlich, halb trotzig an. Er sah gar nicht mehr so gut aus - wobei, 'gut aussehen' natürlich ein äußerst relativer Begriff ist, ergänzte Trelain in Gedanken.

Seine Kleidung war zwar noch die gleiche protzig ausstaffierte, so wie er ihn zum letzten Mal gesehen hatte, aber genau wie sein Gesicht schien sie etwas gelitten zu haben und starrte vor Dreck. Auf seiner Backe prangten mehrere lange Schmarren, und sein linkes Auge war halb zugeschwollen. Auch die Lippen schienen etwas abbekommen zu haben, so dass die gewohnte liebliche Ebenmäßigkeit dieses herrlich feisten Antlitzes doch etwas gestört war.

Calumal ersparte sich jede Antwort und starrte vor sich auf den Boden, aber Trelain war geophbedingt guter Laune und beschloss, sich dieser vornehmen Zurückhaltung nicht anzuschließen.

"Es freut mich wirklich, Euch hier zu sehen - und glaubt mir, diese Freude ist aufrichtig gemeint."

Nachdem immer noch keine Erwiderung kam, fuhr er fort: "Mir scheint, dass Ihr Euch die falschen Freunde herausgesucht habt. Anscheinend wart Ihr ziemlich überflüssig geworden und damit entbehrlich, was?"

"Kann sein ...", brummte es aus der Ecke.

"Kann sein? Stellt Euch doch nicht dumm. Ihr seid eine Gefahr geworden. Ihr habt zu viel verpatzt in letzter Zeit - woran ich nicht ganz unbeteiligt war, das muss ich zugeben."

"Ach? Was soll ich verpatzt haben?"

Trelain grinste, was der andere natürlich nicht sehen konnte. Zumindest hatte er ihn so weit, dass er mit ihm sprach. Wer weiß, vielleicht versprach diese Nacht noch einmal interessant zu werden. Der Geoph ließ ihm zwar seine Beine als etwas wackelig erscheinen, aber der Verstand arbeitete noch gut. Zumindest bildete er sich dies ein. Und er kannte inzwischen die Phasen der Trunkenheit. Wenn er wirklich genug hatte, dann war ihm alles egal. Und jetzt war dem nicht so. Im Gegenteil. Also ...

"Was? Genug. Die Sache mit Aram zum Beispiel ..."

Es dauerte einen Moment, bis Calumal antwortete. Vermutlich überlegte er jetzt, was er sagen sollte.

"Aram? Kenne ich nicht!"

Trelain lachte. "Mach dich nicht lächerlich. Natürlich kennst du ihn. Außerdem brauchst du mir nichts mehr vorzumachen. Wir sind beide Gefangene. Ich bin kein Milizoffizier mehr, und du ... Dein Hauptmann - oder was auch immer - Xyraisio hatte kein Vertrauen mehr zu dir, weil du dich zweimal reinlegen lassen hast, und so hat er dich an Ivesnagaios verkauft."

"Xyraisio?", fragte der andere jetzt plötzlich laut. "Woher kennst ... kennt Ihr den Namen des Skorpions?"

Trelain gab innerlich einen Jubelschrei von sich. Der erste Erfolg. Jetzt schon. Die überraschende Nennung des Namens hatte den Dicken so verblüfft, dass ihm dieser Satz herausgerutscht war. Xyraisio war also der Skorpion. Auch eine Figur im Spiel? Sicher.

Weitermachen. Aber nicht zu hastig. Nimm dir ein Beispiel an Ivesnagaios. Umwege gehen.

"Vielleicht von ihm selbst ..."

Jetzt lachte Calumal. Aber es klang nicht sehr überzeugt. "Nemeb! Das könnt ..."

"Oh, wir sollten ruhig 'du' zueinander sagen. Diese Kerkerzelle und die Ketten haben etwas Verbindendes, finde ich."

"Hm. Das kannst du mir jedenfalls nicht erzählen, dass du ihn kennst. Dann müsstest du ja ..."

Jetzt wurde es gefährlich. Wenn Calumal nach Xyraisios Aussehen fragte, dann war flog der Bluff auf. Trelain hatte zwar das Gespräch belauscht, aber den Stellvertreter des Skualmans dabei nicht zu Gesicht bekommen. Ablenken!

" ... und trotzdem bin ich hier, wolltest du sagen. Genau wie du. Nun, ganz einfach: Ich bin genauso hereingelegt worden. Er wollte mich loswerden, so wie dich. Eine schlau eingefädelte Sache, das muss ich zugeben."

Von der anderen Seite kam erst einmal nichts. Trelain vermeinte förmlich zu spüren, wie sich die Gedanken jagten. Hoffentlich war es ihm gelungen, den gefährlichen Schwachpunkt seiner Geschichte zu überspielen. Vorsichtshalber ... Genau: Warum nicht noch einen draufsetzen und dabei einen Schuss ins Dunkle loslassen, wie man so schön sagte?

"Dabei meinte ich wirklich, dass sie auf mich nicht verzichten könnten ..."

"Ihr? ... Du?", flüsterte es von drüben und eine Kette klirrte. Calumal hatte sich aufgesetzt. "Das ... das hätte ich nicht gedacht. Was ist da im Gange?"

"Eben!", setzte Trelain nach. "Was ist da im Gange? Jedenfalls sind wir beide equest reingelegt worden. Trotzdem: Ich habe nach wie vor gute Beziehungen in Subgäa. Und falls ich jemals wieder ..."

Er ließ den Rest des Satzes bewusst unausgesprochen, um seine Worte wirken zu lassen. Nur nichts überstürzen. Und noch fehlte eine Information.

Nach einer Weile meldete sich Calumal wieder. "Glaubt ... glaubst du, dass ... dass ... wenn du wieder ..."

Er schien mit dem 'du' plötzlich wieder Schwierigkeiten zu haben, stellte Trelain fest. Für wen auch immer der Dicke ihn jetzt hielt, derjenige schien wirklich über Macht zu verfügen.

"Keine Frage!", schoss er weiter ins Dunkel. "Xyraisio und der Skualman haben mich hereingelegt, aber ich bin nicht irgendwer ..."

Calumal seufzte. "Ich hätte nie gedacht, dass du der *Illvir* bist. Equest!"

"Heh! Von was quatscht ihr beiden da eigentlich die ganze Zeit?", meldete sich Kaphil zu Wort. "Kein Mensch kann da schlafen!"

"Ist schon recht!", beschwichtigte ihn Trelain. "Wir reden ein andermal weiter."

Er drehte sich auf seiner Matratze befriedigt zur Seite und schloss die Augen.

Kein schlechtes Ergebnis. An einem Tag war er zwei Mal für jemand anderes gehalten worden. Für Qarvis, die Ratte - und für Illvir, was? Er hatte das Buch Philestasis' nicht vollständig auswendig im Kopf. Was war ein Illvir? Eines war er jedenfalls sicher: der Verbindungsmann der Organisation des Skualmans zur Regierung. Ansonsten hätte ihm Calumal niemals abgekauft, ein Bekannter Xyraisios und gleichzeitig Milizoffizier zu sein.

Und noch etwas befriedigte Trelain: Er wusste, dass Herzog Ivesnagaios mindestens einmal gelogen hatte: Der Aufstieg nach Subgäa sollte zwanzig bis dreißig Tage dauern, der Abstieg unter den geschilderten Umständen sicherlich nicht viel weniger. Er war oben bewusstlos geworden und hier in dieser Zelle wieder aufgewacht. Niemand übersteht eine Bewusstlosigkeit von zwanzig oder mehr Tagen.

Also gab es einen Ascator.

Als letzte Aktion des Tages holte er den metallenen Zahnstocher, den er vom Tisch des Herzogs gestohlen hatte, aus seiner Hosentasche und steckte ihn in eine dünne Fuge zwischen zwei Mauersteinen.

46.

Night's Blood - Dissection

"Bürger von Elengrad!", schallte es mit vielfachem Echo über die versammelte Menge unter der Felsenkuppel hinweg. "Ihr dürft heute Zeuge eines besonderen Leckerbissens werden, die besondere Attraktion dieser Spiele! Begrüßt den Champion des Oberen Reiches, der sich bereitgefunden hat, mit der Waffe in der Hand gegen unsere besten Kämpfer anzutreten, zu Eurer Erbauung und zum nachhaltigen Ruhme unseres Herrschers Herzog Ivesnagaios ..."
Der unsichtbare Sprecher - vielmehr Schreier, dessen Stimme, ob vor Anstrengung oder vor Begeisterung, hin und wieder überschnappte - wartete bedeutungsvoll ab, bis das letzte " ...os ...os"-Echo verklungen war, dann brüllte er:
"Graf Trelain von Subgäa!!!"
Der solcherart Titulierte verzog das Gesicht wie im Schmerz und spuckte auf den Steinboden des Bogendurchgangs, wo er stand. Hinter ihm klappte die Gittertür scheppernd zu. Er brauchte sich gar nicht umzudrehen, um in die grinsenden Gesichter der Aufseher zu sehen, die ihn bis hierher gebracht hatten, um ihm da erst die Fußketten abzunehmen.
Die ganze Sache würde wohl nicht sehr lustig werden, aber der Gedanke, gerade zum Grafen befördert worden zu sein, hatte doch etwas Erheiterndes an sich. Und 'der Champion des Oberen Reiches, der sich bereitgefunden hat'! Bereitgefunden! Bewundernswert, diese subtile Ironie. Er hatte sich schließlich nur einen Armbrustbolzen ins Bein jagen und bewusstlos schlagen lassen, um hier vor diesem blutlüsternen Pöbel seinen großen Auftritt zu haben - und sich dabei den Schädel einschlagen zu lassen.
Zwölf Tage waren vergangen, seit er sich mit dem Herzog betrunken hatte. Dank der wirklich guten Versorgung, bei der

nur die triste Umgebung etwas störte, fühlte er sich wieder vollkommen erholt. Die Schusswunde war gut verheilt und schien keine dauerhaften Schäden hinterlassen zu haben. Überhaupt war er wahrscheinlich der einzige eingekerkerte Gefangene in der Geschichte zweier Reiche, dem eine so zuvorkommende Behandlung zuteil geworden war. Auch ein Grund, stolz zu sein.

Mit seinen beiden Mitgefangenen hatte er sich zwar nicht gerade angefreundet, aber zeitweise war er froh gewesen, Gesellschaft zu haben. Kaphil, der Schmied, schien ein ganz netter Kerl zu sein, wenn auch nicht von überragendem Intellekt. Und Calumal? Nun, der Dicke war sein Feind, aber das zählte im Moment nicht, und zuweilen ergab sich so manch interessantes Gespräch. Ganz traute er Trelain wohl nicht, aber er schien ihn wirklich für des Skualmans Verbindungsmann zur Regierung zu halten. Den ehemaligen Verbindungsmann, wohlgemerkt.

Da ließe sich noch etwas draus machen. Wenn er hier überlebte. Wenn!

Aber ganz schlecht standen die Chancen nicht. In Hinsicht auf Schnelligkeit und Geschicklichkeit hatte er keinen Gegner in Subgäa zu fürchten gehabt - wenn er nicht gerade zu viel Geoph erwischt hatte. Und Kraft und Ausdauer?

Er befühlte seine Oberarmmuskeln, dann den Brustmuskel. Unglaublich, aber es schien, als ob er in den letzten Tagen sogar muskulöser geworden war als er es von früher her kannte. Konnte es denn sein, dass irgendetwas in der Nahrung hier ...

Er brach seine Überlegungen ab, weil ihm von hinten ein Speerschaft in die Rippen gestoßen wurde, sodass er vorwärts stolperte. Die Menge war unruhig geworden, weil der so großspurig angekündigte 'Champion' keine Anstalten machte, die Arena auch nur zu betreten.

Er stand nun in einem von einer etwa vier Meter hohen Mauer umfassten Rund von vielleicht fünfzig Metern Durchmesser. Sandboden. Hie und da von dunklen Flecken verziert. Links von ihm lag eine blutverschmierte Armschiene. Er ging nicht hin, um nachzusehen, ob der Arm noch daran hing.

Also, Domino wurde hier nicht gespielt, das war klar.

Spärlicher Beifall, vereinzelte Buhrufe. Trelain drehte sich im Kreis und sah sich um. Oberhalb der Mauer schräg aufsteigende Tribünen. Er schätzte grob: An die drei- oder viertausend Leute mochten sich hier versammelt haben, um sein Blut zu sehen. Vielleicht sogar mehr. Rechts oberhalb eine gewaltige Empore, mit roten und blauen Stoffbahnen behangen, darüber ein riesiges Banner, das ein mythisches Tier zeigte: eine goldenschwarz geschuppte Schlange mit Beinen und ledrigen Flügeln. Er kannte das Tier von den Zeichnungen aus Philestasis' Buch: das war ein Drache.

Gegenüber von ihm befand sich noch ein runder Durchgang. Von dort würde sein Gegner kommen. Während der Sprecher wieder loslegte, überprüfte Trelain die Waffe, die sie ihm in die Hand gedrückt hatten: eine Art Säbel, nicht so lang wie sein gewohnter Degen, leicht gekrümmt, nur einseitig scharf, dafür mit einem kurzen spitzen Dorn auf der Rückseite. Leicht gewölbter Handschutz, der Griff massiv. Er prüfte kurz die Elastizität und die Schärfe der Schneide, dann führte er einige Scheinangriffe gegen einen fiktiven Gegner durch.

Etwas ungewohnt, die Waffe, aber nicht schlecht, vor allem gut ausbalanciert. Er würde damit zurechtkommen.

" ... Servanius, der Schwertkämpfer!" brüllte der Stadionsprecher, und die Gittertür hinter dem gegenüberliegenden Torbogen schwang auf. Es gab Beifall, aber nicht so ohrenbetäubend, wie Trelain es aus dreitausend Kehlen erwartet hatte.

Offenbar hatte man für den Anfang keinen allzu beliebten Gegner für ihn ausgewählt. Und da die Beliebtheit eines Kämpfers direkt proportional zu seiner Kampfkraft stand, also auch keinen allzu starken. Natürlich, erst einmal testen. Solange man sich nicht ganz sicher war, dass er wirklich ein Spitzenkönner war, würde er auch keine entsprechenden Gegner bekommen. Das wusste er aus eigener Erfahrung: Eine solche Menschenmenge wollte ein Spektakel sehen, etwas Sensationelles. Und nichts ist langweiliger und enttäuschender, als wenn ein alter Routinier einen schwachen Kämpfer im Handumdrehen erledigt.

Dagegen konnte ein Duell zweier mäßig talentierter Männer schon reizvoller ausfallen. Meistens zog sich die Sache dann in die Länge und wurde sehr blutig, weil im Laufe des Kampfes die Deckung vernachlässigt wurde. Und da auch die Attacken übervorsichtig ausfielen, waren viele kleine Wunden die Folge. In der Regel wurde so ein Kampf durch Erschöpfung und Blutverlust beendet. Auch der 'Sieger' überlebte selten das Wundfieber.

Als besondere Delikatesse galt auch, zwei Männer mit ihnen vollkommen ungewohnten Waffen gegeneinander antreten zu lassen. Die ungeschickte Handhabung dieser und die daraus resultierenden Fehler waren immer wieder Grund zur Heiterkeit und willkommene Gelegenheit der 'Experten' im Publikum, ihren Nachbarn ausführlich zu erklären, wie sie es besser gemacht hätten.

Nun, Trelain würde mit seiner Waffe zurechtkommen, und er gedachte nicht, sehr zum Amüsement der versammelten Menge beizutragen.

Sein Gegner war ein mittelgroßer schlanker drahtiger Mann mit einer langen Narbe im Gesicht, die von der Stirn über die rechte Wange bis zum Kinn reichte. Der Hieb hatte wohl auch die Lippen gespalten, jedenfalls waren diese wulstig und verknorpelt und irgendwie schief zusammengewachsen, sodass es schien, als machte er einen Schmollmund.

Trelain trat näher und schwang seinen Säbel noch zweimal probeweise mit einer schnellen Rückwendung durch die Luft, wobei ein leises Pfeifen erklang. Die Menge schwieg plötzlich. Man war in gespannter Erwartung.

Servanius trat ebenfalls einen Schritt näher und salutierte mit seinem Schwert in Brusthöhe. Trelain fasste ihn genau ins Auge. Der andere hatte den Kopf leicht zur Seite gedreht, als er ihn musterte.

"Ist das ein Gruß und so üblich?", fragte Trelain, und sein Gegenüber blinzelte überrascht. Offensichtlich war er es nicht gewohnt, von einem Gegner in der Arena so einfach angesprochen zu werden.

"Ay!", bestätigte er. "Es ist ein Gruß - aber nicht unbedingt üblich."

Trelain nickte kurz und erwiderte die Geste. Auf den Rängen wurde leises Murmeln hörbar, aber er kümmerte sich nicht darum.

"Ihr seid ein mutiger Mann", fuhr Trelain fort, "hier zu kämpfen - mit nur einem Auge!"

Der andere grinste schwach. "Es ist nicht ganz blind. Zumindest hell und dunkel kann ich damit noch unterscheiden. Leider ist dies für einen wirklich guten Schwertkämpfer zu wenig."

"Und ich nehme an, dass Ihr das einmal wart ..."

"Ay. Bis zu diesem Hieb. Seitdem bekam ich keine guten Kämpfe mehr. Ihr seid ein sehr aufmerksamer Beobachter, Herr! Und ein Meister mit der Waffe, wie ich jetzt schon sehen konnte."

"Ich werde Euch töten."

"Ay. Deshalb der Gruß. Würdet Ihr mir einen Gefallen erweisen?"

"Ay." Es war nicht nötig, mehr zu sagen.

Servanius schwang sein Schwert fast schneller hoch, als Trelain erwartet hatte. Er war wirklich einmal ein guter Kämpfer gewesen. Es hatte nicht viel Zweck, die längere und schwerere Waffe mit dem Säbel zu parieren. Er wich zurück und sprang auf der blinden Seite Servanius' vor. Damit hatte der andere natürlich gerechnet und seinen ersten Hieb so angesetzt, dass er mit einer kurzen Drehung einen zweiten schnellen Stich genau dorthin richtete. Keine schlechte Taktik, aber leider die einzige, die Erfolg verhieß. Das konnte sich Trelain auch ausrechnen.

Und er war noch schneller. Die Wendung des Schwertkämpfers brachte diesen genau dorthin, wo Trelain vorausgesehen hatte. Das zustoßende Schwert ging ins Leere, weil der Major seine Position sofort wieder gewechselt hatte.

Für einen Moment lang schien die Zeit stillzustehen. Servanius lächelte.

Und Trelain stieß zu. Die Klinge drang bis zu dem Dorn auf der Rückseite in das Herz ein. Er sprang sofort zurück, um zu einer letzten Parade bereit zu sein, aber das war nicht mehr nötig.

Immer noch lächelnd kippte der Schwertkämpfer nach vorne und fiel in den Sand. Um seine linke Schulter breitete sich eine Blutlache aus.

Trelain hob seine Waffe nochmals wie zum Gruß und trat einen Schritt zurück.

Die Menge schwieg. Kein Applaus. Vereinzelte Unmutsäußerungen. Er grinste. Natürlich - das war zu schnell gegangen. Kein Spektakel. Wahrscheinlich hatten die weiter hinten Sitzenden gar nichts mitbekommen.

Unverzeihlich. Er hatte einen Mann getötet, genau, was sie wollten, und sich trotzdem unbeliebt gemacht. Von den oberen Reihen erklangen Buhrufe.

Trelain lachte jetzt laut. Eines hatte er mit Sicherheit erreicht: Beim nächsten Mal würde er einen härteren Gegner

bekommen. Denn die sensationslüsterne Menge, die er um
ihr Amüsement betrogen hatte, wollte jetzt *sein* Blut sehen.

47.

La Dance macabre - Memento Mori

Er sollte sich nicht getäuscht haben.
 Nach einer Ruhepause von einer Sseg musste er erneut antreten. Sie hatten ihm etwas zu essen und sogar einen großen Becher Geoph angeboten, aber er hatte beides abgelehnt und nur um etwas Wasser gebeten. Essen machte träge und Geoph ... Einige der Kämpfer brauchten das wohl, um ihre tiefsitzende Angst zu vergessen. Nicht, dass er überhaupt keine hatte, aber gerade er kannte die Wirkung der Droge. Man wurde zu leichtsinnig.
 Während er so dasaß, hatte er ausreichend Muße, die Umgebung zu studieren. Hinter dem Bühneneingang breitete sich ein kleines Labyrinth von Gängen, Zellen und sonstigen Räumlichkeiten aus, durch die sich ein Uneingeweihter wohl nur schlecht durch fand. Es gab fast keine Fenster, und wenn, dann waren sie vergittert. Überall standen schwerbewaffnete Wachen in ihren schwarzen Schuppenrüstungen, und soweit er gesehen hatte, gab es nur einen einzigen Zugang zu dem Komplex, abgesehen von dem Weg in die Arena natürlich: einen schmalen schwer gesicherten Torbogen mit einer eisernen Tür, neben dem sich zudem noch Militärquartiere befanden.
 Nemeb, wenn er sich irgendwann davonmachen wollte, dann sicher nicht von hier aus. Zu allem Überfluss hatte jeder 'Artist', der hier eine Vorstellung gab, so nannte er die Arenakämpfer im Geiste, einen 'Begleitschutz' von zwei Wachsoldaten, die ihn auf Schritt und Tritt bewachten - bis zum nächsten Auftritt.
 Er taxierte die beiden Männer, die man ihm als Gesellschaft gegeben hatte. Die Kerle beobachteten ihn derartig genau, dass ihnen bald die Augen aus dem Kopf fallen würden.

Sicher waren sie nicht allzu böse, wenn sie mangels Notwendigkeit weiterer Bewachungsdienste, nämlich mangels seiner Person, eher nach Hause gehen durften.

Er trank noch einen Schluck Wasser und nahm seine Waffe spielerisch in die Hand. Mit ziemlicher Sicherheit konnte er die beiden erledigen - aber hier heraus war er damit nicht. Und bei dem Versuch, sich durchzukämpfen, würde er mit Sicherheit getötet oder schwer verstümmelt. Und dann hatte er für Ivesnagaios auch seinen Wert verloren - was immer dieser sein sollte.

Er vergaß den Gedanken schnell. Nemeb, im Moment musste er das Spiel mitspielen - und am besten dazu lächeln.

Sein Gegner wartete schon auf ihn, und Trelain blinzelte erst einmal überrascht. Ay, in alten Büchern über die früheren Zeiten hatte er so etwas gelesen. Der Mann vor ihm trug einen schweren Helm mit zwei dünnen Augenschlitzen, der das Gesicht vollkommen verhüllte, einen Brustpanzer und Beinschienen. Und als Waffen trug er einen kurzen Stoßspeer in der Rechten und ... Trelain musste noch einmal hinsehen: ein Netz. In der Tat: ein Netz aus dünnen, aber sicher ziemlich zähen Schnüren, und soweit er erkennen konnten, einigen metallenen Kugeln daran.

Er schnalzte mit der Zunge und ging näher, die Waffe halb erhoben. Ohrenbetäubender Applaus dröhnte durch die Halle, aber der galt sicher nicht ihm. Er konnte nicht einmal den Stadionsprecher verstehen, als dieser irgend etwas verkündete, wahrscheinlich den Namen des anderen. Offenbar war dieser beliebter als sein Vorgänger. Na, man würde sehen.

Mehreres ging Trelain durch den Kopf, als er auf seinen Gegner zuschritt. Der Vollhelm war Unfug, reiner Schreckputz. Das Ding nutzte überhaupt nichts, solange der Hals nicht ebenfalls geschützt war - und der Unterleib. Vielleicht gegen einen Kontrahenten mit Keule oder Axt, aber nicht gegen Hieb- *und* Stichwaffen wie Schwert, Säbel oder Degen.

Mit dem Speer würde er zurechtkommen. Keine schlechte Waffe, vor allem schnell - und sie konnte den Gegner auf Distanz halten, wenn der eine Waffe kürzerer Reichweite hatte. Allerdings schlecht in der Parade, wenn der andere einmal nahe genug gekommen war. Insofern nicht sein Geschmack. Und er hatte die feste Absicht, seinem Gegner nahe zu kommen.

Das Netz war der unbekannte Faktor. In den alten Büchern war zwar diese Art des Kampfes öfters erwähnt worden, aber natürlich kein Wort über Taktik - und Gegentaktik. Das musste er sich jetzt selbst zusammendenken. Und zwar schnell.

Trotzdem: Lieber gegen eine unbekannte Waffe kämpfen als selbst gezwungen sein, eine solche zu benutzen. Und seine ...

Er grinste innerlich. Aha. Da war die Sache faul. Der Dorn an seiner Klinge. Beinahe wäre er darauf hereingefallen. Der Dorn auf der Rückseite, das hatte wohl den Eindruck einer zusätzlichen Angriffsmöglichkeit vortäuschen sollen. Das Gegenteil war der Fall.

Die übliche Taktik des Netzkämpfers war vermutlich, ihn mit dem Speer auf Entfernung zu halten und im richtigen Moment, wenn er günstig dastand, vielleicht nach einer Parade, das Netz zu schleudern. Durch die schwereren Kugeln an den Enden würde sich das Geflecht um ihn herum wickeln, und wenn nicht, ihn doch zumindest einige Momente lang behindern, sodass der Speer zustoßen konnte. Dazu musste der Netzkämpfer equest schnell sein, denn er hatte nur einen Versuch. War das Netz einmal geworfen, dann war es weg. Es am Handgelenk zu befestigen, vielleicht mit einer langen Schnur ... Nemeb, das wäre Quatsch. Das würde nur gefährlich behindern, wenn der Wurf danebenging, und er beim nächsten schnellen Sprung das Ding am Arm hängen hätte.

Und es wieder einholen? Nemeb, dafür würde ihm der Gegner keine Zeit lassen.

Also *ein* Wurf. Und dazu musste man schnell und geschickt sein. Trelain grinste nochmals. Der Helm war nur Bluff. Von wegen dünne Augenschlitze. Mit Sicherheit konnte der andere alles ganz genau sehen. Er hatte von so etwas schon gehört. Ein Material, das wie silbernes Metall aussah, bei dem man aber von einer Seite durchsehen konnte. Sie hatten vorhin seine Schnelligkeit gesehen und würden ihm keinen Mann gegenüberstellen, der nur einen kleinen Ausschnitt des Blickfeldes sah.

Nicht schlecht, aber das war nur die erste Falle.

Die zweite war nicht weniger hinterhältig. Der andere würde sein Netz nicht werfen, sondern nur so tun, es aber an einem Ende festhalten. Falls Trelain so leichtsinnig wäre, eine Abwehrbewegung mit seiner Klinge zu machen, dann war er seine Waffe los. Der Dorn. Mit einem herkömmlichen Säbel konnte das kaum passieren. Ein schneller Ruck und ... Daher. Sie hatten ihm bewusst dieses Ding gegeben.

Na schön. Er war gewarnt. Jetzt wusste er, was er *nicht* tun sollte. *Was* er allerdings tun sollte, nun, das würde sich ergeben. Einfach würde er es dem Kerl nicht machen.

Trelain sparte sich diesmal sämtliche Worte und griff ohne Gruß an. Eine Finte links, ein Ausfall rechts, nach unten abgelenkt - und sofort zurück. Keinen Augenblick zu früh. Er wischte die Speerspitze vor seinem Gesicht zur Seite und spielte eine Zehntelssig mit dem Gedanken, gleich nachzusetzen, aber der andere war ebenfalls zurückgesprungen und hatte seine Waffe schon wieder in Position.

Besser, erst noch zu taxieren. Sein Gegner war equest gut, das merkte er jetzt schon. Ein erfahrener Mann, der schon oft dem Säbel oder Schwert gegenübergestanden hatte. Und schnell, wie er sich gedacht hatte.

Er hatte die beiden Scheinangriffe in einer Aktion sofort durchschaut und konsequent gehandelt. Er hatte sogar damit gerechnet, dass sein Gegenvorstoß ebenfalls abgewehrt würde und dafür Vorsorge getroffen.

Das Netz war noch nicht in Aktion getreten. Also war der andere auch noch dabei, ihn abzuschätzen. Vielleicht wäre es keine schlechte Taktik, ihm keine Zeit zu geben - ihn zu verwirren. Genau. Und vielleicht brachte das sogar einen schnellen Erfolg.

Trelain führte einen halbherzigen Angriff durch, der ihn selbst in keine große Gefahr brachte, aber seinen Gegner beschäftigte. Dieser wich leicht aus und tänzelte zur Seite. Leider konnte er sein Gesicht nicht sehen, das war natürlich auch ein Vorteil für diesen. Trelain griff weiter mit einer einfachen durchschaubaren Finte an. Er war sich sicher, wenn der andere vorhin unter seinem Helm gegrinst hatte, dann tat er das jetzt nicht mehr. Denn jetzt überlegte er fieberhaft, was dieses müde Geplänkel sollte. Wollte Trelain ihn nur erschöpfen oder bereitete er die entscheidende Attacke - vielleicht mit einer dreifach verschleierten Finte - vor?

Es war wie ein Schachspiel. Zug und Gegenzug und Gegengegenzug im Geiste vorbereiten. Vorausberechnen, was der Feind unternimmt und gleichzeitig die eigenen Absichten verdunkeln.

Der Netzkämpfer stieß mit seinem Speer zu und Trelain parierte zurückweichend - und musste sofort noch einmal parieren, als der andere einen langen Ausfallschritt nach vorne machte, dass sein Knie fast den Boden berührte, und mit dem gleichen Angriff nochmals nachsetzte. Die scharfe Spitze scharrte über Trelains rechte Schulter und hinterließ einen blutigen Kratzer. Sofort stieß er vor, um die Gelegenheit auszunutzen - und schwang seine Klinge nach unten, als ihm bewusst wurde, dass er gerade in Reichweite des Netzes sprang.

Sein Gegner ging sofort wieder auf Distanz. Er hatte das Netz nicht geworfen.

Schlau, musste der Major zugeben. Die Sache war nicht sicher gewesen. Denn eine Tatsache galt: Wenn das Netz einmal in Aktion trat und hinterher *nicht* im Sand der Arena lag, dann war der Plan, nicht ihn, sondern seine Waffe einzuwickeln, verraten. Das wusste sein Gegner. Er wusste nur nicht, dass Trelain wiederum dies wusste. Hoffentlich.

Und noch etwas war Trelain jetzt klar: Dieser Kämpfer war noch besser, als er anfangs gedacht hatte. Er hatte mit dem Speer die Technik eines Degenkämpfers angewendet, den Ausfallschritt nach vorne. Sehr unorthodox, aber beinahe hatte er ihn damit erwischt. Mit so etwas hatte selbst er nicht rechnen können, und nur seine schnellen Reflexe hatten ihn gerettet.

Zumindest wusste er jetzt, dass er bei dem Burschen wahrscheinlich auf noch mehr Überraschungen gefasst sein musste. Das war dumm, denn es machte seine eigenen Berechnungen unwahrscheinlicher. Und es schmälerte seine Chancen. Der andere war selbst nur mit dem Speer eine equest tödliche Gefahr.

Aber er hatte noch einen Trumpf. Und den musste er jetzt langsam einsetzen, bevor ihm die Sache aus der Hand glitt.

Das Publikum hatte die letzte Aktion mit stürmischem Beifall begrüßt. Wahrscheinlich sahen die Leute ihn schon im Sand liegen. Der Sprecher brüllte irgend etwas mit überschnappender Stimme, aber Trelain verstand in dem Lärm kein Wort.

Er folgte mit dem Blick seinem Gegner, der kurz zurück und wieder nach vorne tänzelte. Vielleicht bereitete dieser jetzt seinen entscheidenden Angriff vor. Und Trelain konnte zufrieden sein, wenn dieser so ausfiel, wie er erwartete. Nemeb, so nicht. Es war an der Zeit, selbst die Regeln dieses Kampfes zu bestimmen.

Gib ihm, was er will! Lauf in das Netz! Er will nicht dich, sondern deine Waffe. Also ...

Zuerst noch etwas beschäftigen, das zwingt zur Konzentration auf das Unmittelbare und lähmt die weiterführenden Gedanken. Ein komplizierter Angriff will geistig vorbereitet sein. Bestimme selbst den Zeitpunkt *seiner* Attacke.

Trelain deckte seinen Gegner mit kurzen schnellen Vorstößen ein, wobei er manchmal fintete, manchmal nicht, manchmal doppelt. Unregelmäßiges Schema. Der Speer eignete sich schlecht zum Parieren, also beschränkte sich der andere auf schnelles Ausweichen mit ebenso schnellen Gegenvorstößen, um das Tempo zu brechen, aber Trelain ließ sich nicht irritieren.

Attacke, Parade, Finte, Attacke, Ausweichen, Finte, noch eine Finte, Attacke ...

Ob er seinen Gegner erschöpfen konnte?

Im Publikum brandete vereinzelt Beifall auf. Die Leute waren verblüfft, dass die Rollen hier anscheinend vertauscht waren: Der Säbel mit seiner kürzeren Reichweite war beständig im Angriff, und der Speer wich aus. Sie wussten nicht, dass Trelain gar nichts anderes übrigblieb, um seinen Kontrahenten in der Entwicklung seines Spiels zu stören.

Und der entscheidende Zug stand noch aus.

Trelain spürte irgendwie, dass der Netzkämpfer ärgerlich wurde. Die Gelegenheit war da.

Gib ihm endlich die Möglichkeit, sein Netz einzusetzen, aber nicht zu plump. Wie viele Züge dachte dieser Mann voraus? Zwei? Drei? Vier vielleicht?

Die Zeit schien zähflüssig zu werden. Trelain sprang vor und fintete links tief, ein gerader Stich, der direkt auf den ungeschützten Unterleib zielte. Der Speer könnte zwar mit der Stange parieren, wäre dann aber in einer equest ungünstigen Position, falls das nur ein Scheinangriff wäre. Natürlich war es das, und der andere fiel auch nicht darauf herein und sprang zurück. Jetzt würde er mit einer zweiten Finte rechnen - und die sollte er bekommen! Die Speerspitze stieß nicht zu, sondern schwenkte nach rechts. Na also! Trelain verhielt sich wie erwartet und schwenkte seine Klinge dorthin.

Keine Parade. Der Netzkämpfer hatte die Position gewechselt. Auch dieser Scheinangriff war vorauszusehen gewesen. Jetzt die wirkliche Attacke! Nur musste diese danebengehen.

Ein weiter Ausfallschritt vorwärts und zustoßen! Trelains Gegner war nur den Bruchteil einer Ssig verblüfft, dass sein eigenes Manöver von vorher wiederholt wurde. Und genau wie Trelain retteten ihn seine blitzschnellen Reflexe.

Noch ein Sprung zurück und die Spitze des Säbels ging ins Leere. Trelains Ausfallschritt war zu weit gewesen und er kam mit dem Knie auf dem Boden auf. Ein Stöhnen drang aus seiner Kehle.

Das Netz flog - und traf. Die Metallkugeln wickelten das Schnurgeflecht um Trelains Kopf, rechte Schulter und seinen rechten Arm. Der Netzkämpfer stieß einen triumphierenden Schrei aus, der von der Menge tausendfach zurückgegeben wurde. Er hatte seinen Feind nach einem dreifachen Angriff mit dem Netz erwischt, als er auf ein Knie gesackt war. Und nicht nur die Waffe, wie geplant.

Er ließ das Netz los und stieß mit dem Speer ...

... nirgendwohin, denn Trelains Säbel, den dieser blitzschnell in die Linke gewechselt hatte, als er das Netz fliegen sehen hatte, durchbohrte seinen Unterleib mit der Wucht seiner eigenen Vorwärtsbewegung derartig, dass sogar der Dorn auf der Rückseite tief eindrang.

48.

Make believe - Angra

"Ich muss Euch meine ehrliche Bewunderung aussprechen, Major! Das war einer der taktisch besten Kämpfe, die ich je gesehen habe!"
"Vielen Dank!"
Er hatte hohen Besuch in seiner Zelle. Herzog Ivesnagaios, begleitet von vier Wachen. Trelain grinste, denn irgendwie war es erheiternd, dass sich so viele Leute in den engen Mauern drängten.
Seine beiden Zellengenossen hatten sich in ihre Ecken gekauert und sahen der Unterhaltung schweigend zu. Mit Sicherheit war es ein unerhörtes und bisher nicht dagewesenes Ereignis, dass ein Gefangener Besuch vom Herrscher selbst erhielt.
"Wie geht es Euch? Seid Ihr verletzt?"
"Nemeb! Nur ein Kratzer an der Schulter. Danke der Nachfrage. Ich muss für Euch ja wirklich eine bedeutende Investition darstellen, da Ihr Euch so sorgt ..."
Ivesnagaios lächelte. "Vielleicht. Das liegt an Euch. Ich sagte es schon."
"Da Ihr die Absicht hattet, auf mich zu setzen, wie viel habt Ihr gewonnen?"
Der andere lächelte noch breiter. "Oh, ein hübsches Sümmchen. Wisst Ihr, als Herrscher dieses Reiches habe ich es natürlich nicht nötig, mir auf diese Weise Geld zu verschaffen, aber das Wetten, vor allem auf Arenakämpfe, erfreut sich bei uns großer Beliebtheit - fast schon eine Leidenschaft! Das Schönste war das verkniffene Gesicht meines Militärberaters, als er zahlen musste. Alleine das hat schon den Einsatz gelohnt."
"Ah? Der hat gegen mich gesetzt?"

"Ay. Nicht im ersten Kampf, aber er war sich vollkommen sicher, dass Ihr gegen Hajimos den Kürzeren ziehen würdet. Er ist ... war einer unserer Besten. Wirklich eine außerordentliche Leistung! Ich selbst hätte es kaum besser machen können."

"Ah?", wiederholte Trelain sich selbst. "Euer Titel würde Euch nicht abhalten, in der Arena zu kämpfen? Wie wäre es, wenn Ihr versucht, es gegen *mich* besser zu machen?"

"Ay, das würde Euch gefallen, nicht wahr? Gebt Euch da keinen Illusionen hin, Major! Selbst wenn Ihr mich besiegtet, hätte das nicht Eure Freiheit zur Folge. Glaubt mir: Ein Nachfolger wäre schnell zur Stelle - und ob der eine ähnliche freundliche Zuneigung zu Euch hegte, wäre zweifelhaft."

Trelain lachte. "Oho! Ihr hegt freundliche Zuneigung zu mir? Das ist fast zu viel der Ehre, als ein einfacher Milizoffizier ertragen kann."

"Spottet ruhig. Das habt Ihr Euch verdient. Aber ruft Euch meine Worte von letzthin ins Gedächtnis: Ich würde Euch gerne an meiner Seite wissen."

"Und ich weiß immer noch nicht, warum. Ist denn jetzt wenigstens dieser ominöse Beweis erbracht durch meinen Sieg?"

Der Herzog schüttelte den Kopf. "Nemeb. Ihr habt einen harten Kampf gewonnen, das stimmt, aber durch Taktik, Schnelligkeit und Geschick."

Jetzt war Trelain verwirrt. "Ja und? Eben das doch!"

"Das galt es nicht zu beweisen. Dass Ihr über diese Eigenschaften verfügt, das wusste ich von vorneherein."

"Was zum Abis soll ich dann beweisen?"

Ivesnagaios lächelte rätselhaft. "Das wisst Ihr! Und wenn Ihr es nicht wisst, dann habe ich mich getäuscht und Ihr seid der Falsche."

"Und wenn ich der Falsche bin? Ich fürchte nämlich, dass ich es bin ..."

"Nun, das ist höchst einfach: Dann werdet Ihr in der Arena sterben!"

Als sich die Tür hinter dem hohen Besuch schloss, meldete sich sofort Kaphil zu Wort: "Also so etwas habe ich ja noch nicht erlebt! Der Kerl wird vom Herzog persönlich aufgesucht, der bietet ihm seine Freundschaft an - und du sagst, dass du der Falsche bist. Junge, die müssen doch glauben, dass du Gold und Silber scheißt! Und du ..."
Trelain lachte. "An der Sache mit dem Gold arbeite ich zurzeit noch ..."
"Aber warum zum Henker hast du ihm nich einfach erzählt, dass du der Richtige bist? Dann wärst du doch hier raus."
"Dann müsste ich auf deine erlauchte Gesellschaft verzichten! Und seine." Er wies nach hinten, wo Calumal bisher kein Wort gesagt hatte. Wenn er die Sache jetzt recht bedachte, war der kleine 'Auftritt' des Herzogs nicht einmal schlecht gewesen. Der Dicke musste ihn jetzt wirklich für etwas sagenhaft Wichtiges halten. Ironie der ganzen Geschichte, dass beide ihn für etwas Falsches ansahen: Ivesnagaios für Qarvis, die Ratte, Calumal für Illvir, was auch immer. Und er selbst war angeblich Runic, der Fuchs, aber was das bedeuten sollte, davon hatte er keine Ahnung. Zwei Menschen mit besonderen Fähigkeiten. Welche besondere Fähigkeit mochte die Ratte haben, die Ivesnagaios sehen wollte? Vielleicht doch Gold scheißen? Er grinste.
"Quatsch!", kam es von Kaphil. "Meine Gesellschaft! Ich weiß nich, wie du's geschafft hast, den Tag heute zu überleben - aber jetzt wirst du noch mal antreten dürfen, das kannst du mir glauben!"
"Vermutlich, ay."
"Ts, ts." Trotz des Halbdunkels konnte Trelain sehen, wie der Schmied den Kopf schüttelte. "Versteh ich nich! Was sollst du denn sein?"

"Er ist der Illvir, du Schwätzer!", erklang es jetzt ärgerlich aus Calumals Ecke. Er soll es nicht sein - er ist es! Und jetzt halt dein Maul!"

"Halt dein Maul? Hör mal, Fettsack, von Kerlen wie dir, die aussehen, als hätten sie ein Fass verschluckt, lass ich mir das Reden nich verbieten, verstehs du? Was soll'n das sein, ein Illvir, häh?"

Trelain spitzte die Ohren. Auf diese Antwort war er auch höchst gespannt. Da spielte ihm der kleine Schmied eine Karte zu, die er gut gebrauchen konnte. Schließlich konnte er ja schlecht selbst fragen, was ein Illvir ist.

Leider wurde er enttäuscht, denn Calumal murmelte nur etwas Unverständliches. Seine Kette klirrte. Also hatte er sich zum Schlafen herumgedreht.

"So ein Blasst!", knurrte Kaphil. "Was ist denn nun ein Illvir?"

"Keine Ahnung!", gab Trelain zurück. "Wir sollten auch schlafen. Mein Tag zumindest war etwas anstrengend."

Er streckte sich bequem, soweit es ging, aus, und dachte noch etwas nach.

Wenn er fliehen wollte, dann musste das von hier aus geschehen. Von der Kette würde er sich befreien können, und die Tür ... Oder die Wache, die das Essen und Wasser brachte, überwältigen. Könnte gelingen, ay. Dann musste er den Ascator finden. Das könnte heikel werden.

Das Problem waren seine Mitgefangenen. Einfach so zum Spaß hatten sie nicht Calumal gerade in seine Zelle gelegt. Als ob es keine anderen gäbe. Der Dicke sollte ihn überwachen, denn Ivesnagaios war nicht so dumm zu glauben, dass er nicht versuchen würde, zu fliehen. Und die beste Bewachung war immer noch ein anderer Gefangener. Calumal würde ihn schon aus Feigheit verraten, um nicht irgendwann selbst in der Arena kämpfen zu müssen.

Also würde er ihn zum Schweigen bringen müssen.

Oder ...? Oder mitnehmen. Der Dicke wusste mit Sicherheit, wo der Ascator zu finden war. Wenn er ihm versprach, sich in Subgäa bei Kanzler Lysander für eine Amnestie für seine Verbrechen einzusetzen? Hier herauskommen wollte Calumal sicherlich mehr als alles andere. Kam darauf an, wie weit er Trelain zutraute, sie hier wirklich herauszubringen. Und auf der Flucht wären sie Gefährten auf Gedeih und Verderb, das bedeutete eine einmalige Gelegenheit, alles von dem Dicken zu erfahren, was er über die Organisation des Skualmans und seine Verbindungen zur Regierung Subgäas wusste.

Eine verlockende Vorstellung, aber mit Vorsicht zu genießen.

Trelain, denk noch einen Schritt weiter!

Calumal war sein Feind und zudem ein Feigling und opportunistischer Heuchler. Und warum wohl hatte man ihn ausgerechnet in seine Zelle verlegt? Eben damit er einen Fluchtplan rechtzeitig beobachten konnte. Und um Trelain zu beobachten und, wenn möglich, auszuhorchen. Er hatte ihm den Brocken 'Illvir' allzu bereitwillig hingeschmissen. Aushorchen. Im Auftrag Ivesnagaios. Eine glatte Rechnung. Sehr glatt.

Aber: Daraus ließ sich ein interessanter Schluss ziehen: Der Herzog war sich wohl gar nicht so sicher, ob er wirklich die Ratte sei. Und: Womöglich hatte er keine Ahnung, über welche besonderen Fähigkeiten die Ratte verfügte. Trelain grinste. Das warf ein etwas anderes Licht auf die ganze Sache.

Und bei all diesen Unwägbarkeiten, was hatte sich der Herzog da ausgedacht, um sicher zu gehen? Bestimmt war ihm auch der Einfall gekommen, dass Trelain den Dicken zur Flucht überredete und mitnahm.

Also?

Die letzte Schlussfolgerung: Kaphil, der Schmied, war ebenfalls ein Spitzel!

49.

A Symphony of Steele - Virgin Steele

Frenetischer Beifall brandete auf, als sein Gegner in den Sand der Arena stürzte. Vijarus, der Degenkämpfer. Nachdem Trelain einen Morgenstern ohne große Schwierigkeiten erledigt hatte - eine gefährliche Waffe, aber viel zu plump und zum Parieren gänzlich ungeeignet - hatte man ihm etwas Gleichartiges gegenübergestellt.

Dieser Vijarus war nicht schlecht gewesen, vor allem sehr schnell, aber auch er hatte nicht mit Trelains lange vorausdenkender Strategie gerechnet. Nachdem dem Major klar geworden war, dass es bei annähernd gleichen Fähigkeiten auf einen Ermüdungskampf hinauslaufen würde - und dass der andere das auch wusste -, hatte er seine Taktik wieder einmal geändert.

Er wechselte seine Klinge - immer noch den Säbel mit dem kurzen Dorn auf der Rückseite - in die Linke. Natürlich war dieser Trick jetzt keine Überraschung mehr, und Vijarus stellte sich schnell darauf ein, aber für einen Moment musste er umdenken. In einem Kampf, bei dem es vor allem auf Geschicklichkeit und gutes Augenmaß ankommt, zum Beispiel Säbel, Degen oder auch zwei Dolche, kann es entscheidend sein, das Schema des Gegners durcheinander zu bringen. Und nicht umsonst scheuen die meisten Kämpfer eine Konfrontation mit einem Linkshänder, selbst Linkshänder selbst. Es gab zu wenig Übungspartner. Und Trelain hatte den unschätzbaren Vorteil, dass er beidhändig war.

Vijarus war ein zu geübter Degenkämpfer, um sein Konzept lange stören zu lassen, und er hatte auch schon mit Linkshändern zu tun gehabt. Und natürlich rechnete er damit, dass Trelain wieder zurück wechseln würde, um sich den kurzen Vorteil ein zweites Mal zu verschaffen.

Also etwas ganz anderes.
Er parierte einen halbhohen Hieb und wechselte die Klinge zurück in die Rechte. Den kurzen Moment nutzte Vijarus, um in seiner Attacke nachzusetzen. Trelain parierte den zweiten Angriff nicht, obwohl ihm das gelungen wäre, sondern setzte zurück und warf seinen Säbel wie ein Messer.
Kein leichtes Manöver mit der gekrümmten Klinge - ein gerader Degen eignete sich für so etwas besser. Und equest riskant. Wenn die Sache misslang, dann stand er so da, wie es der Netzkämpfer vor einigen Tagen geplant hatte, nämlich waffenlos. Aber Vijarus war nahe genug, und mit so etwas würde er kaum rechnen.

Um ihn breitete sich eine Blutlache aus, die langsam im Sand versickerte. Trelain ließ den Säbel stecken, im Bauch seine Gegners, wo er bis zum Dorn eingedrungen war, und hob den Degen auf.
Eine bessere Waffe: dünner, eleganter, mehr nach seinem Geschmack. Er hob sie, sozusagen als Kriegsbeute, in die Höhe und drehte sich salutierend im Kreis. Das Publikum klatschte begeistert Beifall. Er grinste: Derartige Szenen lagen ihm nicht, aber das kleine Schauspiel würde ihm zugute kommen. Jetzt würden die 'Veranstalter' sich genötigt sehen, ihm diese Klinge zu lassen. Und das war wirklich einer der besten Degen, den er jemals in der Hand gehabt hatte.
Als er, begleitet von Hochrufen und Füßestampfen, durch den Torbogen trat, wurde ihm bewusst, dass er es anscheinend geschafft hatte, eine Art Publikumsliebling zu werden. Seine überlegene Taktik imponierte. Ein Champion, so sehr ihn das Wort auch amüsierte.
Vielleicht sollte er wirklich auf Subgäa, Kanzler Lysander und den Geonogon pfeifen und das Angebot Herzog Ivesnagaios' annehmen. Aber dieser Gedanke spukte nur kurz durch seinen Kopf. Nemeb, er fand den Herzog nicht einmal

unsympathisch, und bestimmt war er aufrichtiger als so mancher Würdenträger Subgäas, wo die Lüge gedieh wie Schimmelpilze in den Neunundniveaus, aber er würde sich *nicht* zu dessen Werkzeug machen lassen.

Wenn er nur wüsste, was er hier unter Beweis stellen sollte! Nicht Stärke, Geschicklichkeit, Überlegung - was zum Abis? Was erwartete Ivesnagaios von der Ratte? Sicherlich nicht einen Kampf zu verlieren - was ja wohl meistens sowieso mit dem Tod endete. Nemeb - er sollte schon siegen. Aber anders.

Und dazu würde man die Sache für ihn immer schwieriger machen.

Eine prophetische Überlegung, dachte er sich sofort, als er drei Ssegs später zum zweiten Mal an diesem Tag das Stadion betrat. Drei Mann standen dort und schauten ihm erwartungsvoll entgegen.

" ... den vierten Mann der braunen Partei! Den Champion des Oberen Reiches! Trelain von Subgäa!", schrie die unsichtbare Stimme, und tosender Beifall von den Rängen empfing ihn.

Trelain verstand. Das dort waren nicht seine Gegner, obwohl ihn das auch nicht überrascht hätte, gegen mehrere Männer antreten zu müssen. Das waren seine Partner.

Ein Kampf zweier Mannschaften.

Equart! Nicht schlecht ausgedacht. Anscheinend war er wirklich zu gut gewesen. Mit drei Partnern an seiner Seite, die er nicht kannte, und von denen er nicht wusste, ob er sich auf sie verlassen konnte, kam plötzlich der Zufallsfaktor ins Spiel - und die Wahrscheinlichkeit, dass er etwas abbekam, stieg rapide.

Hoffentlich hatte Ivesnagaios wenigstens so viel Abstand, ihm nicht gerade die unfähigsten Humums von allen Arenakämpfern zur Seite zu stellen, selbst wenn er sein Blut sehen wollte. Trelain schaute zur Empore hoch, aber er konnte in dem Halbdunkel dort nichts erkennen.

Na schön. Er spuckte in den Sand und ging auf seine Mannschaft zu.

Die Überraschung ließ ihn abrupt halten. Der junge Mann mit dem schmalen Schnauzbart, der dort stand und ihn erwartungsvoll angrinste, den kannte er: Divon, der Sergeant, der bei seiner kleinen Truppe gewesen war, als sie Calumals Sklaventransport überfielen.

"Ihr? Ihr hier?", fragte er ungläubig. "Wie kommt das? Strebt Ihr ebenfalls eine Karriere in dieser Arena an - so wie ich?"

Der andere lachte und streckte ihm die Hand hin. "Ay, Major. Man sagt, die Aufstiegsmöglichkeiten sind grandios. Die Möglichkeiten, auf die Nase zu fallen, allerdings auch!"

Er wies auf einen blutbeschmierten eisernen Helm, der einige Meter entfernt im Sand lag. "Tja, mir erging es ähnlich wie Euch: Ich bekam einen Hieb mit irgendetwas über den Schädel, und als ich wieder aufwachte, war ich sozusagen Teil dieser Veranstaltung. Ein netter Zug des Herzogs, dass wir wenigstens auf derselben Seite kämpfen dürfen."

Trelain zog die Augenbrauen zusammen. "Vermutlich, damit Ihr nicht noch gezwungen seid, *mir* den Schädel einzuschlagen ..."

"Würde ich wirklich nur ungern tun, Major. Immerhin seid Ihr mein direkter Vorgesetzter." Divon grinste breit.

"Wer weiß? Vielleicht würdet Ihr das wirklich gerne. Aber es freut mich zu hören, dass Ihr Euren Sinn für Humor nicht verloren habt. Und Euer Selbstvertrauen. Woher wisst Ihr, dass *ich* bewusstlos geschlagen wurde? Soweit ich sehen konnte, war ich der letzte von unserer Truppe, der noch aufrecht stand."

Der Sergeant schüttelte missbilligend den Kopf. "Na, na! Man sagte mir, dass Ihr eine misstrauische Natur seid, aber jetzt übertreibt Ihr schon! Natürlich konnte ich das nicht sehen, aber die Geschichte Eurer Gefangennahme ist hier allgemein bekannt. Immerhin war dieser Herzog Ivesnagaios selbst daran beteiligt. Falls Ihr das noch nicht wisst: Ihr seid das Tagesgespräch - zumindest bei den Gefangenen und Wärtern. Anscheinend habt Ihr Euch in der kurzen Zeit einigen Ruhm erworben. Die Ausbildung bei der Miliz ist wohl doch nicht so schlecht ..."

Jetzt grinste Trelain auch. "Ich kann nur hoffen, dass das auch auf Euch zutrifft. Ich kämpfe nur ungern mit Leuten zusammen, auf die ich mich nicht verlassen kann."

Der andere warf sich in die Brust: "Ich werde mein Bestes tun, Major!"

Trelain zog die Augenbrauen nochmals zusammen. Er freute sich, Divon auf seiner Seite zu haben, aber er fragte sich, ob der Sergeant die ganze Sache nicht etwas zu leicht nahm. Dessen respektlose Art war zwar recht erfrischend, und das konnte er jetzt auch gebrauchen, aber ...

Aber. Viele 'abers'.

"Wer sind die anderen? Und vor allem: *Wie* sind sie?"

Divon drehte sich halb herum. "Eine einfache Frage - eine einfache Antwort: Ich habe keine Ahnung! Ich kenne nur die Namen: Der hier nennt sich Zyphas ..."

Er deutete auf einen großen massigen Mann mit einem gewaltigen Hammer in beiden Händen, der leicht schielte. Dieser kam jetzt näher und lachte ihn schief an, wobei er ein Gebiss offenbarte, das nur noch aus einigen wenigen nach dem Zufallsprinzip verteilten fauligen Zähnen bestand.

Trelain gab das Lächeln säuerlich zurück und taxierte den anderen gründlich. Nach der Waffe und den Muskelbergen zu schließen, die sich an Oberarmen, Brust, Schultern und Nacken des Mannes hervorwölbten, ein gefährlicher Gegner.

Mit einem Schlag würde dieser Zyphas ein Stahltür nicht nur aufbrechen, sondern zertrümmern können. Wunderbar. Nimm noch den Gesichtausdruck dazu, der alle Weisheit dieser Welt offenbarte, und ziehe die Konsequenz. Trelain beschloss, möglichst außerhalb der unmittelbaren Reichweite dieses Mannes zu bleiben. Trotz seiner offensichtlichen Kraft hätte Zyphas keinerlei Chance gegen einen einigermaßen geübten Feind mit einer schnellen Waffe. Nicht umsonst wurde nicht mehr mit Keulen und Streitkolben gekämpft, sondern mit Degen und Säbeln. Und mit diesem Monstrum von Schlagwaffe wurde er seinen eigenen Leuten gefährlicher werden als dem Feind, wenn er ausholte.

Der Major seufzte und sah sich den vierten Mann an, auf den Divon jetzt zeigte.

" ... und das ist Selim. Seines Zeichens Dieb."

Der Angesprochene verneigte sich leicht und musterte Trelain aus kleinen tückischen Augen. Ein professioneller Dieb? Konnte sein. Der Mann hatte die Statur dazu: schlank, drahtig, nicht zu groß. Eine unauffällige Erscheinung, wenn man nicht genauer hinsah. Und bei seinem 'Beruf' sicherlich schnell, flink und geschickt. Er trug ein Kurzschwert in der Hand und hatte einen schmalen Dolch im Gürtel stecken. Womöglich würde ihm dieser Selim mehr nutzen als Zyphas - oder wenigstens nicht soviel schaden.

Er nickte zurück und betrachtete seine 'Mannschaft' noch einmal im Ganzen. Auf Divon würde er sich verlassen können, aber der Rest ..."

Der Sergeant tippte ihn an. "Ihr solltet etwas sagen, Major!"

"Was? Ich? Warum? Ich glaube nicht, dass es viel zu sagen gibt."

"Entschuldigt bitte!", mischte sich Selim ein und grinste ihn an. Auch ihm fehlte ein Schneidezahn im Oberkiefer. "Wir dachten nur, Ihr als unser Anführer ..."

"Als was? Wer hat mich dazu gemacht?"

Der andere grinste noch breiter. "Wir. Mehr oder weniger. Auf Anraten von Divon. Als bester Kämpfer der letzten Jahre ... äh ... Ihr habt doch nicht dagegen einzuwenden, oder?"

Trelain spuckte aus. "Das ist egal. Ob ich der Anführer bin oder nicht, wir werden keine Zeit haben, eine gemeinschaftliche Strategie auszuarbeiten."

Er seufzte nochmals innerlich. Seine Worte waren noch untertrieben. Mit diesem zufällig oder sogar bewusst hinterhältig zusammengewürfelten Haufen war an einen geplanten und organisierten Kampf überhaupt nicht zu denken.

"Jeder muss sehen, wo er bleibt!", fasste er seine Gedanken zusammen. "Es hängt alles vom Gegner ab. Wenn sie uns eine eingespielte Mannschaft gegenüberstellen, dann ..."

Er schüttelte den Kopf.

"Dann was? Was sollen wir dann machen?", fragte Selim. Er schien nicht mehr so selbstsicher wie vorhin, und seine Augen flackerten. Zyphas starrte vor sich hin und streichelte gedankenverloren über seinen Hammer.

"Dann werden wir ziemlich schlecht aussehen!", beendete Trelain seinen Satz. "Ich kann Euch nur raten: Bleibt aus meiner Reichweite und steht mir nicht im Weg. Ich bin alleine am besten. Divon?"

Der Sergeant nickte. "Das gilt für mich ebenso."

"Schön. Dann werden wir beide versuchen, schnell zuzuschlagen und ebenso schnell wieder wegzukommen. Wenn wir auf diese Weise einen oder zwei ausschalten können, haben wir schon fast gewonnen. Und dazu müsst ihr beide ..."

Er wies auf Zyphas und Selim. " ... sozusagen eine Festung bilden, um die Divon und ich uns bewegen."

Der Dieb nickte. Offenbar hatte er verstanden.

"Und was soll ich tun?", fragte Zyphas und starrte ihn an, als wurde ihm soeben das Schachspiel erklärt. "Ich kann gut zuschlagen ..." Er schwang seinen Hammer mit einer Hand spielerisch durch die Luft.

"Ay. Das glaube ich!", verzog Trelain das Gesicht. "Und deswegen werden sie vorsichtig sein, dir nahe zu kommen. Aber du sollst nicht angreifen, sondern nur verteidigen. Und Selim deckt dir den Rücken und die Seiten. Ist das klar?"

Selim grinste wieder. "Ay. Ich bin ganz gut mit dem Kurzschwert."

"Gut. Verlier nicht den Kontakt zu Zyphas, wenn er doch angreift. Wenn man euch beide trennt - und das wird man wohl versuchen -, dann seid ihr verloren. Ihr müsst lange genug durchhalten, bis Divon oder ich die Lage geklärt haben."

Er sah dem Sergeant ins Gesicht, und vermutlich konnte dieser seine Gedanken erraten: ein notdürftig improvisierter Plan. Mit zu vielen Unsicherheitsfaktoren. Und einem entschlossenen und durchdachten Angriff von aufeinander eingespielten Männern würde diese 'Festung' keine drei Zentssegs standhalten, selbst wenn sie Rücken an Rücken kämpften. Genauso gut konnte der Gegner auf die Idee kommen, zuerst massiert *ihn* anzugehen. Hilfe konnte er dann allenfalls von Divon erwarten.

Ein furchtbar disharmonisches Trompetensignal unterbrach seine Überlegungen.

Fünf Männer standen ihnen gegenüber. Fünf. Trelain fluchte innerlich. Herzog Ivesnagaios schien ganz sicher gehen zu wollen, dass er diesmal etwas abbekam. Natürlich hätte er auch zehn oder fünfzehn Gegner schicken können, aber ein bisschen Spannung und Dramatik wollte er wohl genießen.

Die Kerle waren ausnahmslos groß und kräftig, und sie trugen Helme, die das Gesicht freiließen und Brustpanzer im gleichen schimmernden Blauton. Die Art, wie sie sich aufstellten und fast synchron ihre langen Klingen zogen, ließ sie wie Brüder erscheinen. Nun, vielleicht waren sie das auch. Eines war jedenfalls sicher: Das war eine eingespielte Mannschaft. Genau, was er erwartet hatte.

Der Stadionsprecher brüllte noch irgend etwas, aber der aufbrausende Beifall verschluckte seine Worte. Trelain sah sich kurz nach seinen Leuten um, dann ging er langsam vorwärts.

Die Gegner formierten ein umgekehrtes "V" mit den beiden äußeren Spitzen nach vorne und etwas weiter zurückhängender Mitte. Kein Zweifel: Die verstanden ihr Handwerk.

Divon nickte ihm zu und ging auf der rechten Seite vor. Trelain erwiderte die Geste und wich weit nach links aus. Er wusste nicht, ob der Feind mit einem Angriff von ihnen rechnete, aber die umgekehrte V-Aufstellung schien darauf hinzudeuten. Sie ermöglichte, dass jeder Flügelmann einen Partner, der ihn decken konnte, schräg hinter sich hatte. Wenn dieser seine Position so wechselte, dass der Angreifer in die Mitte abgedrängt wurde, dann konnte der zurückgebliebene fünfte Mann eingreifen - und zwar rechts oder links. Eine schöne Falle. Gefährlich für einen geraden Durchbruch mit allen Kräften, tödlich für einen Einzelkämpfer.

Zusätzlich konnte bei einem Angriff auf einen Flügel der andere herumschwenken und von der Seite in den Kampf eingreifen - wenn man es nicht schaffte, das "V" auseinanderzureißen. Trelain sah nochmals zu Divon hinüber. Der hatte sich offenbar das Gleiche überlegt und ging weiter nach rechts hinüber. Die Formation des Gegners zog sich etwas in die Breite. Noch hatte niemand angegriffen.

Die Feinde beobachteten Divon und Trelain scharf. Auf Zyphas und Selim schienen sie nicht sehr zu achten. Diese beiden rückten zaghaft vor, um den Kontakt nicht ganz zu verlieren. Gleich musste etwas geschehen. Die Blaugerüsteten konnten ihre Stellung nicht weiter auseinanderziehen, sonst war sie nutzlos. Und Divon war auf dem besten Weg, sie zu umgehen.

Trelain war etwa drei Meter vor dem linken Flügelmann stehengeblieben. Der sah ihn mit zusammengekniffenen Augen an, wobei er ab und zu schnelle Blicke nach rechts hinüberwarf.

Der Major grinste. Wenigstens für den Moment hatten sie den anderen ihre Taktik - wenn man überhaupt von so etwas sprechen konnte - aufgedrängt und sie in Zugzwang gebracht. Und dieser Zug war vorausberechenbar: Ein Angriff auf Divon würde das "V" auseinanderreißen. Also er.

Leider hatten solche Überlegungen einen gravierenden Nachteil: Der Gegner konnte sie nachvollziehen und dann genau das Gegenteil tun, selbst wenn er sich damit einen kurzen Nachteil einhandelte. Eine Sache der Abwägung.

Trelain hatte keine Zeit zum weiteren Vorausplanen. Der hinterste Mann der Blauen stieß zwei kurze Zischlaute aus, und dann ging es sehr schnell:

Der Gegner vor ihm schwang seine Waffe hoch und sprang vor. Sehr schnell. Trelain wich zur linken Seite aus und stieß gerade zu, um eine nachsetzende Attacke zu verhindern. Das gelang. Der Flügelmann parierte leicht, aber das brachte eine, zwei Ssigs. Orientieren! Er hatte richtig gedacht. Der zweite Mann war auf seiner Seite vorgesprungen. Trelain lenkte die vorzuckende Schwertspitze zur Seite und richtete seinen Konterhieb gegen den ersten Gegner, der damit vielleicht nicht rechnete.

Violette Funken spritzten durch die Luft, als die Klingen gegeneinander klirrten, und die Wucht des Aufschlags pflanzte sich bis in sein Handgelenk fort. Trelain duckte ab, wich schnell zurück - und schon zischte die andere Schwertschneide kurz vor seinem Gesicht vorbei. Noch ein Satz zurück - und in Bewegung bleiben.

Von der anderen Seite ertönte ebenfalls das Klingeln von Metall, aber er hatte keine Zeit, darauf zu achten, wie es Divon erging. Seine beiden Gegner setzten nicht so schnell nach, wie er zurückwich, sondern formierten sich erst wieder.

Equest! Das war beinahe schiefgegangen. Die beiden spielten gut zusammen, und zu zweit machten sie selbst seine Schnelligkeit wett. Und er musste mit seinen Paraden aufpassen. Sein schlanker Degen war eine exquisite Waffe, aber dem direkten Aufprall eines Schwerts mochte er nicht oft standhalten.

Eine Ssig Atempause. Denke! Der fünfte Mann hatte das Kommando gegeben. Er war der Befehlshaber der Blauen. Wenn er ihn ausschalten konnte ...

Divon war ebenfalls von zwei Gegnern angriffen und bis zu Zyphas und Selim zurückgedrängt worden. Oder hatte er sich absichtlich dorthin zurückgezogen? Wenn Zyphas wenigstens einen Hieb mit seinem Hammer anbrächte ...

Eines war jedenfalls klar: So ging es nicht. Die Feinde waren zu gut und würden ihre Zweierformationen nicht aufgeben.

Trelain griff wieder an, aber er merkte sofort, dass die beiden Blauen ihre Taktik jetzt ausbauten: Einer verwickelte ihn in ein Gefecht, während der andere versuchte, von der Seite an ihn heranzukommen. Und dann tauschten sie die Positionen. Er kam kaum noch zu einer Attacke, weil er ständig einer der beiden Klingen ausweichen musste. Und die beiden Männer hatten jetzt ihren Rhythmus gefunden. Lange würde er das nicht durchhalten können.

Zurückweichen und orientieren. Er wischte sich den Schweiß von der Stirn und sah schnell nach rechts. Dort hatte sich der geordnete Kampf in ein wüstes Gemetzel verwandelt. Zyphas hieb wild mit seinem Kriegshammer um sich, er blutete aus vielen kleinen Wunden und schrie wie ein Verurteilter auf dem Scheiterhaufen. Divon blutete ebenfalls am Arm und versuchte, die angreifenden Schwertspitzen von sich abzuhalten und gleichzeitig aus der Reichweite des Hammers zu bleiben. Wo war Selim?

Trelain konnte keine Einzelheiten weiter feststellen, denn die beiden Blauen gingen zum Angriff über. Er lenkte eine Klinge ab, wich der anderen aus und versuchte gar nicht erst, zuzustoßen, sondern wich weiter zurück. Es hätte keinen Sinn gehabt. Das Gleiche nochmals. Der zweite Hieb kam diesmal schneller und zog einen blutigen Streifen über seine Brust. Equest!

Er wechselte seinen Degen in die Linke. Vielleicht würde ihm dies einen kurzen Aufschub verschaffen. Nemeb. Sein Manöver beeindruckte seine beiden Gegner überhaupt nicht. Er konnte gerade noch den Kopf zur Seite reißen, als wieder eine blitzende Klinge direkt vor seinen Augen vorbei zischte.

Als er einen Schritt zurückging, wäre er beinahe gestolpert. Der vordere Blaue nutzte sofort die Chance und sprang vor. Diesem plötzlichen Angriff konnte sein Partner nicht schnell genug folgen. Das war die Gelegenheit. Trelain parierte, ließ seine Klinge an der des anderen nach unten rutschen und stieß zu. Der Mann stöhnte laut auf, als die scharfe Spitze in seine rechte Schulter eindrang, aber er ließ seine Waffe nicht fallen. Sofort wechselten die beiden Männer ihre Positionen.

Das hatte nicht viel gebracht. Trelain sah kurz zur Seite. Das, über das er beinahe gestürzt war, war der blutüberströmte Leichnam Selims gewesen. Ein Hieb hatte ihm den Schädel bis zu den Zähnen gespalten. Einer weniger.

Ein lautes Brüllen hinter ihm warnte Trelain, und er sprang weiter zur Seite. Zyphas, der offenbar vollends den Verstand verloren hatte, stürmte neben ihm vor und schwang seine schwere Waffe im Kreis. Seine blutunterlaufenen Augen zeigten die wahnsinnige Wut, die von ihm Besitz ergriffen hatte. Einen schnellen Stich in seine Seite schien er gar nicht wahrzunehmen.

Das war verrückt, aber vielleicht konnte man es ausnutzen. Trelain ging wieder zum Angriff über und schaffte es, einen der Blauen in die Richtung Zyphas' abzudrängen. Er musste für einen Moment seine Deckung vernachlässigen und das rächte sich auf der Stelle: Der zweite Blaue nutzte sofort seine Chance und schlug zu. Trelain bekam seine Parade nicht schnell genug hoch. Jetzt wischte die gegnerische Klinge an seiner herunter und ...

Ein kurzer scharfer Schmerz in seiner linken Hand. Er hatte keine Zeit, darauf zu achten und wechselte den Degen in die Rechte zurück.

Die Ereignisse überstürzten sich: Der Blaue, den er zurückgetrieben hatte, sah die Gefahr, die ihm drohte, zu spät. Und Zyphas machte einmal etwas richtig. Zum letzten Mal. Der Hammerkopf schwang mit einer Wucht herum, die einen Felsen gespalten hätte, und zertrümmerte den Schädel des Mannes mitsamt Helm in einer aufspritzenden Fontäne von Blut, Hirnmasse, Metall- und Knochensplittern. Die kopflose Leiche wurde zwei Meter weit geschleudert und klatschte gegen den anderen Blauen, der von dem Aufprall beinahe umgeworfen wurde und wild mit dem linken Arm ruderte, um das Gleichgewicht nicht zu verlieren. Das herumspritzende Blut machte ihn für einen Augenblick blind - und Trelain sah seine Chance.

Das Johlen des Publikums erreichte die Schmerzgrenze, als er vorsprang und zuschlug. Die scharfe Klinge trennte den Schwertarm seines Gegners kurz unter dem Schultergelenk ab. Als dieser nur entsetzt auf seine Klinge starrte, die in einer Blutlache im Sand vor ihm lag, stieß ihm Trelain die Degenspitze durch die Kehle.

Sein Atem ging jetzt rasselnd und der Herzschlag schien die Brust sprengen zu wollen, aber für eine Verschnaufpause war keine Zeit. Was war mit den anderen?

Herumdrehend gewahrte Trelain, dass der fünfte Mann der Blauen gerade seine lange Klinge aus den Bauch Zyphas' zog, der vor ihm, immer noch brüllend, in die Knie gebrochen war. Der Riese spuckte einen Schwall von Blut vor sich in den Sand und kippte langsam zur Seite, seinen Hammer immer noch umklammernd. Seine Schreie waren in ein ersticktes Blubbern übergegangen.

Der Blaue grinste triumphierend, aber er hatte offenbar Schwierigkeiten, seine Waffe freizubekommen. Trelain setzte über die kopflose Leiche hinweg und stach sofort zu. Die gegnerische Klinge kam zu spät hoch. Wieder ging ein Johlen durch die Menge, als er seinen Degen tief unterhalb des Brustbeins in den Bauch des Mannes stieß. Der eigene Schwung ließ ihn noch einen Schritt vorwärts stolpern, sodass seine Waffe bis zum Handschutz eindrang.

Für einen Moment konnte er in die Augen des anderen blicken, die sich mit einem milchigen Schleier überzogen. Ein Blutfaden rann aus einem Mundwinkel. Trelain spürte die Bewegung mehr als er sie sah, als das Schwert seines Gegners noch einmal hochkam. Er drückte dessen Arm mit der Linken zur Seite. Der rasende Schmerz, der seinen linken Arm bis zur Schulter hoch lief, lähmte ihn fast, und erstaunt stellte er fest, dass es offenbar *sein* Blut war, das er auf der Schulter des anderen verschmierte. Dann brach der Blaue röchelnd zusammen.

Trelain taumelte nochmals vorwärts, als er plötzlich einen Stich über dem rechten Schulterblatt erhielt. Er musste den Griff seiner Klinge loslassen und fiel über den Toten vor seinen Füßen. Aus. Oder?

Sein ganzer Körper schien ein einziger Schmerz zu sein, aber er schaffte es noch, sich noch im Stürzen herumzudrehen, und ...?

Der anscheinend letzte übriggebliebene Blaue schlug nochmals zu, aber Trelain rollte zur Seite und schleuderte ihm eine Handvoll Sand ins Gesicht. Der Mann zuckte zurück, stieß einen lauten Fluch aus und wischte sich mit der Linken die Augen.

Die Hand flog mit davon, als Divons schimmernde Klinge wie ein silberner Lichtstrahl seinen Kopf von den Schultern trennte.

Sie hatten gesiegt. Das wurde Trelain erst nach wenigen Augenblicken klar, als sein fliegender Atem sich etwas beruhigt hatte. Von den Blauen stand keiner mehr.

Von seiner Mannschaft nur noch Divon. Er schaffte es, dem Sergeant zuzunicken, und brachte keuchend ein "Vielen Dank! Das war equest knapp!" hervor.

Dann setzte er sich auf und sah an sich herab. An seiner rechten Seite lief das Blut herunter und bildete neben dem Oberschenkel eine dunkelrote Lache im Sand.

Sein linker Unterarm sah nicht viel besser aus. Von der Hand war nur ein zerfetztes Stück Fleisch mit Daumen und Zeigefinger übriggeblieben.

50.

Midas Vision - Arena

Podigbudindrew strich sich eine Haarsträhne aus dem Gesicht und schniefte laut. Dann setzte er sein gewohntes Grinsen auf und verschränkte die Arme. Aber die betont zur Schau getragene Lässigkeit täuschte. Er hatte mit den Fingern den Schweiß auf seiner Stirn gefühlt und sein Herz klopfte so heftig, dass die anderen das eigentlich hören mussten.

Er befand sich in einem verschwenderisch ausgestatteten und hell erleuchteten Saal im zweiundvierzigsten Niveau - eine noble Gegend. In den Gängen rund um den Zentralschacht türmte sich kein Unrat, keine Vavnirds huschten umher, und aus keinen verrotteten Abwasserrohren tropfte braune Brühe, die stinkende Pfützen auf dem Steinboden bildete.

Nemeb, hier war die Welt in Ordnung - auch in finanzieller Hinsicht. Und genau darum ging es: blanke Tersas. Selbst ein - oder: gerade ein - Lebenskünstler wie er benötigte Geld. Um der allgemein verbreiteten Mühsal des Geldverdienens zu entgehen, war es immer noch am besten, möglichst viel davon schon zu haben.

Was sich manchmal nicht so leicht gestaltete, wenn man ernsthafte Arbeit vermeiden wollte. Das war nicht ganz richtig, denn er betrachtete das, was er tat, eigentlich auch als Arbeit, nur waren andere Leute da ganz anderer Ansicht. Aber reiche Verwandte anzupumpen konnte sich als equest anstrengend herausstellen, vor allem, wenn man innerhalb weniger Zehntage schon zum zweiten oder dritten Mal ankam. Ganz zu schweigen von den unweigerlich folgenden 'ernsthaften Worten' und dem Besserung-geloben-Geheuchel. Das war harte Arbeit.

Er sah das so: Es gab Leute, die hatten Talent zum Musizieren, zum Bildhauern oder zum Schriftstellern. Und es gab Leute, viele sogar, die hatten eben keines. *Er* hatte kein Talent zum ernsthaften Arbeiten. Und wie das mit Sachen so ist, zu denen man kein Talent hat: nach zwei, drei Fehlversuchen hat man auch keine Lust mehr dazu. So ist das nun mal.

Und wenn man merkt, dass die sich häufende Frequentierung der reichen Verwandten eine langsam wachsende Antipathie zur Folge hat, muss man sich nach anderen Einkommensquellen umsehen. Schließlich konnte er es nicht verantworten, zum Beispiel dem Legat Asmodeus, einem Großonkel dritten Grades oder so, Veranlassung zu geben, ihn zu enterben. Das würde den alten Herrn sicherlich in ärgste Gewissenskonflikte stürzen und sein Leben um einige Jahre verkürzen - den senilen, rechthaberischen, unausstehlichen alten Herrn, der sich die Schuhe nicht mehr alleine zubinden konnte und in seine Suppe sabberte, aber noch genau wusste, wie viel Geld er ihm das letzte Mal vorgestreckt hatte.

Nun, eine andere Einkommensquelle war zum Beispiel das Glücksspiel. Wobei das Wort 'Glücks'spiel eigentlich irreführend oder zumindest beschönigend ist. Mit Glück hatte das, zumindest was Drew anbelangte, wenig zu tun. Oder doch, wenn man genau überlegte: Ein Fehler, und man brauchte viel Glück, um nicht erwischt zu werden.

Bis jetzt hatte er das gehabt - beziehungsweise keinen Fehler gemacht. Er hatte den Einsatz langsam in die Höhe getrieben, bis alle Mitspieler aufgegeben hatten. Alle - bis auf einen. Dabei hatte er seine präparierten Würfel geschickt ins Spiel gebracht, und, um einen möglichen Verdacht von sich abzulenken, den anderen mehr gewinnen lassen als sich selbst.

Das Prinzip des Spiels war ganz einfach: Es gewann, wer mit zwei Würfeln die höchste Summe der Augen erzielte. Zwei Mann spielten gegeneinander um den Einsatz, alle anderen konnten auf einen der beiden setzen. Das klingt ziemlich simpel, aber es gab Dutzende von Möglichkeiten, seine Einsätze mit verschiedenen Gewinnwahrscheinlichkeiten zu platzieren, zusätzlich auf die Option 'Unentschieden' zu setzen oder darauf zu wetten, dass einer der Kontrahenten oder beide einen 'Ekal' hatten - gleiche Augenzahl auf beiden Würfeln. Die sich daraus ergebende Verteilung der Einsätze war derart kompliziert, dass an jedem Tisch ein Neutraler saß, der sogenannte 'Distributor', der das Geld verwaltete und die Gewinne ausrechnete, von denen wiederum der glückliche Spieler seine Prozente erhielt - gestaffelt nach der Wahrscheinlichkeit, den anderen zu überbieten.

Dieser sah ihn jetzt prüfend an, und alle Augen richteten sich auf Drew. Selbst die kleine Kapelle im Hintergrund des Raumes - zwei Zupfinstrumente und eine Flöte - schien plötzlich leiser zu spielen, so still war es geworden. Er spürte, wie er am Rücken zu schwitzen begann. Das war jetzt der knifflige Moment. Er würde mit seinen präparierten Würfeln gleichziehen und damit die endgültige Entscheidung dem anderen überlassen. Ein Gleichstand in der vorletzten Runde würde die Einsätze noch einmal gewaltig hochtreiben. Und der Trick bestand darin, dass nicht er gewann, sondern sein Gegner verlor - und zwar selbst. Das ließ keinen Verdacht aufkommen. Drew würde nicht an dem gewaltig verdienen, was er seinem Kontrahenten abnahm, sondern an seinen Prozenten an dem, was gegen ihn gesetzt wurde.

Er ließ die Würfel in seiner Hand mehrmals gegeneinander klackern und warf dann einen. Eine Fünf. Sein Gegner hatte zwei und vier Augen erzielt. Ein Raunen ging durch den Raum. Etwa zwanzig Leute standen um den Tisch herum und starrten ihn an. Er lächelte überlegen, um Siegessicherheit zu demonstrieren. Es stand ja nun eins zu fünf, dass er eine höhere Zahl schaffte.

Drew rollte den zweiten Würfel mehrmals in seiner Handfläche hin und her und fühlte die leichte Rundung auf drei Seiten. Es war nicht ganz einfach, aber er hatte lange geübt. Eine leichte Drehung beim Werfen, und ...

Mehrere Zuschauer schrien auf, als die Eins oben liegenblieb. Unentschieden. So ein Pech für den jungen Mann mit dem Zopf im Rücken. Nun konnte sein Gegner das Spiel doch noch zu seinen Gunsten entscheiden, dazu musste er nur sechs Augen überbieten.

Drew grinste nochmals, doch diesmal innerlich, als die Umstehenden drängten und schoben, um ihre Einsätze zu platzieren. Wie bei einem Markttag in den Siebziger-Niveaus, wenn der Zahnausreißer öffentlich 'behandelte'.

Ihm wurde beinahe schwindlig, als er die Summen, die sich vor dem Distributor stapelten, im Geiste zusammenrechnete. Von seinem Anteil daran würde er drei oder vier Hunderttage gut leben können.

Das allgemeine Geschiebe lenkte die Aufmerksamkeit einige Momente von ihm ab. Er angelte die Würfel vom Tisch und reichte sie mit großer Geste seinem Kontrahenten. Dieser, ein Baronet mittleren Alters, bekleidet mit einem rüschenverzierten leuchtendroten Frack und einem Monstrum von protzigen Hut auf dem perückenbedeckten Schädel, dankte mit säuerlichem Lächeln und nestelte nervös an seinem Hemdkragen. Auch auf seiner Stirn konnte Drew einen dünnen Schweißfilm erkennen.

Plötzlich kehrte wieder Schweigen ein. Alle Augen richteten sich auf die rechte Hand des Baronets, der zögernd ausholte.

Nur hatte er jetzt nicht mehr die alten Würfel in der Hand, sondern ein anderes Paar, aber das wusste nur Drew.

Drei und ... zwei!

Der Aufschrei der inzwischen versammelten Menge schien das Gewölbe sprengen zu wollen. Der Baronet war leichenblass geworden und stützte sich schwer auf die Tischkante. Seine beiden Begleiterinnen redeten auf ihn ein, aber in dem Lärm konnte Drew kein Wort verstehen. Der Distributor war aufgesprungen und schrie nach irgendjemandem. Aus dem Hintergrund des Saals eilten fünf, sechs livrierte Diener herbei und schoben die Leute zur Seite. Zwischen zwei Zuschauern brach ein heftiger Streit aus. Niemand achtete auf Drew, im Moment waren nur die Einsätze wichtig. Er drängelte sich bis zum Distributor vor und hielt ihm wie triumphierend die beiden Würfel unter die Nase: "Seht! Fünf! *Ich habe gewonnen!*"

Der momentan vollkommen überforderte Mann winkte nickend ab und schrie nach mehr Unterstützung. Und Podigbudindrew vertauschte die Würfel nochmals mit einem ganz normalen Paar. Nun lächelte er wirklich. Nichts und niemand würde jetzt noch beweisen können, dass ...

Eine schwere Hand legte sich auf seine Schulter und zog ihn halb herum. Eine Hand mit metallenen Fingern. Vier Soldaten in Rüstungen standen hinter ihm. Und ein Offizier der Miliz, der ihn angrinste. "Ihr seid festgenommen."

"Was?" Drew war im ersten Moment so verblüfft, dass ihm die Worte fehlten. "Ich? Was? Warum?"

Der Offizier grinste noch breiter. "Wegen Falschspiels."

"Falschspiel? Das ist doch ... das ist doch lächerlich. Wie kommt Ihr dazu ...?"

Der andere strich sich über seinen Schnauzbart. "Die Beweise, die beiden präparierten Würfel, befinden sich in Eurer rechten Hosentasche."

51.

In Isolation - Jadis

Podigbudindrews Magen schien nur noch aus einem Loch zu bestehen. Sogar das Knurren hatte aufgehört. Wenn er zu schnell aufstand, wurde ihm für einen Moment schwindlig. Allerdings hatte er keinerlei Veranlassung, schnell aufzustehen, denn man schien ihn vergessen zu haben, oder niemand schien sich für ihn zu interessieren.

Nach dem Wechsel der Hell- und Dunkelphasen saß er jetzt zwei Tage in diesem Loch, ohne dass sich jemand um ihn gekümmert hatte. Er kratzte sich an der Backe und fühlte die Stoppeln. Es sollte schon vorgekommen sein, dass Gefangene der Miliz oder der Pursuition in ihren Kerkern einfach verhungert oder verdurstet waren, weil man sie vergessen hatte. Bei der katastrophal schlampigen Verwaltung der Justizbehörden und der zynischen Gleichgültigkeit mancher Milizstellen kein Wunder.

Nun, man verhungerte nicht so schnell, und über Durst brauchte er sich keine Gedanken zu machen: Die kleine Zelle war derartig feucht, dass sich das trübe Wasser von den Wänden in den Bodenvertiefungen zu Pfützen sammelte. Auch an Leben mangelte es nicht. Kleine Vavnirds und sonstiges vielfüßiges Getier ging hier ein und aus, als gäbe es Geoph umsonst. Er hoffte inständig, dass seine Mitbewohner nicht giftig waren oder giftige Ausscheidungen produzierten. Schließlich war er auf das Wasser am Boden angewiesen. Und in der letzten Nacht war er mehrmals von irgendetwas gebissen worden, davon zeugten einige rote und angeschwollene Male auf seinen Armen und im Gesicht.

Wie hatte *ihm* das nur passieren können? Er war sich vollkommen sicher, keinen Fehler gemacht zu haben. Den Austausch der Würfel hatte er tausend Mal geübt und schon oft genug erfolgreich praktiziert, allerdings nie bei einem Spiel um solche Summen. Er seufzte laut. Ein schöner Batzen Bares. Und nun? Falschspiel wurde nicht mit dem Tode bestraft, aber wenn dieser Humum von Baronet seinen Einfluss geltend machte, dann standen ihm ein bis zwei Jahre Zwangsarbeit bevor. Mit zehn oder fünfzehn anderen Verbrechern an einer Kette in einer Mine in den Außenbezirken. Er schauderte bei dem Gedanken. Mit der Spitzhacke Eisenerz, Kohle oder Silber aus den Felsen heraushauen oder während der gesamten Hellphase schwere Eimer schleppen. Wassereinbrüche, Geonogons - und die Aufseher mit ihren Peitschen.

Zwei Jahre waren da eine equest lange Zeit - und nicht jeder überlebte das.

Wenn Trelain wenigstens ... Als Major der Miliz hätte er sicherlich etwas machen können. Aber Trelain war tot. So hieß es wenigstens. Getötet bei einem Kampf gegen Sphygs-Schmuggler, irgendwo weit unten.

Seltsam. Soweit Drew wusste, befand sich Trelain auf der Spur dieses Mörders, der Hataii aufschlitzte. Den Geonogon nannten sie ihn. Auf was hatte sich sein Freund da eingelassen, das ihn im Kampf gegen Drogenhändler in den Neunundniveaus das Leben kostete? Schon bei ihrer letzten Unterhaltung schien Trelain zu ahnen, dass da mehr dahintersteckte als 'nur' ein Mörder. Die Sache mit dem invaisen Oberst Hachton, den der Geonogon ebenfalls ermordet hatte. Als Nebeneffekt sozusagen. Die Angelegenheit stank wie ein verstopfter Abtritt in einer Orkard-Kneipe.

Irgendwie konnte sich Podigbudindrew gar nicht recht vorstellen, dass Trelain, den er immer wie einen großen Bruder betrachtet hatte, nicht mehr lebte. Vielleicht, er könnte ja ...

Seine Gedanken schweiften ab und kehrten wieder zum Spieltisch zurück. Wie? Wie hatten sie ihn erwischen können? Wenn nicht ...?

Jemand hatte ihn die ganze Zeit beobachtet. Jemand, der von vorneherein darauf gewartet hatte, dass er betrog, der gewusst hatte, dass er so etwas versuchen würde. War das Ganze eine Falle gewesen? Aber wer sollte Interesse daran haben, ihn aus dem Verkehr zu ziehen? Nun ja, da gab es genug Leute, die aufgrund ähnlicher Angelegenheiten in der Vergangenheit noch eine Rechnung mit ihm offen hatten. Aber hatte einer von denen den Einfluss, gleich die Miliz aufmarschieren zu lassen?

Die Antwort wurde Drew zwei Ssegs später zuteil.

Nach mehrmaligem Knirschen im Schloss öffnete sich die Tür seiner Zelle und ein Mann trat herein. Er raunte noch einige Worte nach draußen und schob dann die Tür wieder zu.

Drew setzte sich auf seiner Pritsche auf und musterte den Offizier, so vermutete er jedenfalls. Ein mittelgroßer Mann, etwas über die besten Jahre hinaus, mit wässrigblauen Augen, breiter Nase und einem energischen Kinn mit Spitzbart. Seine Körperhaltung hatte etwas Militärisches an sich, so wie seine dünnen Haare, die in einem kurzen Zopf im Nacken endeten und nicht von einer weißen Allongperücke bedeckt waren. Auch der lange Degen an seiner rechten Seite, auf dessen Griff er seine Hand lässig stützte, war vermutlich nicht nur Zierrat. Ein Offizier.

Und er hatte das Gesicht schon einmal gesehen. Erst kürzlich. Wo? Drew hatte ein gutes Gedächtnis für Namen, Zahlen und Gesichter. Das war unabdingbare Voraussetzung in seinem 'Gewerbe'. Wo hatte er diesen Menschen schon gesehen?

Richtig: am Spieltisch. Dieser Offizier war einer der Umstehenden gewesen. Mal auf seiner Seite, mal auf der anderen. Und er hatte selbst nie einen Einsatz gewagt, nur zugesehen. Ihn beobachtet.

Damit war diese Frage geklärt. Eine andere allerdings nicht: Was bewegte einen Milizoffizier dazu, ihn zu überwachen? Falschspiel war sicherlich ein Verbrechen, aber so tragisch nun auch nicht.

Der andere hatte die Musterung schweigend über sich ergehen lassen, nun lächelte er und ergriff das Wort: "Wie ich sehe, kennst du mich. Erstaunt?"
Drew zuckte die Achseln. "Nun nicht mehr. Ihr habt mich den ganzen Abend beobachtet. Hattet Ihr nichts Besseres zu tun?"
"Das mag dich wundern, aber: Nemeb! Es war höchst interessant, das muss ich zugeben. Du bist wirklich sehr geschickt."
"Verbindlichsten Dank! Dürfte ich Euren Namen erfahren? Es erleichtert die Unterhaltung, wenn man sein Gegenüber kennt."
Der Offizier lehnte sich an die Wand zurück. "Oh natürlich. Ich bin Urquart, Oberst der Miliz."
"Oberst? Mir scheint, die Miliz ist etwas unterfordert, wenn sich ein Stabsoffizier persönlich um jemanden kümmert, den man beim Falschspiel erwischt hat. Oder Subgäa ist glücklich zu schätzen, dass es keine schwerwiegenderen Probleme gibt."
Urquart lachte leise. "Deine innige Bekanntschaft mit Major Trelain ist nicht zu überhören. Man erzählt sich sogar, dass ihr verwandt wärt. Ist das richtig?"
Drew hatte plötzlich das Gefühl, dass er ab jetzt equest aufpassen musste, was er sagte.
"Hm. Weitläufig." Er winkte ab.
"Soso. Weitläufig. Ich hörte etwas von Halbbrüdern ..."
"Wenn man das Ohr lange genug an die Mauer legt, dann hört man die Steine sich unterhalten, oder?"

"Ein alter Spruch, Podigbudindrew, ein sehr alter Spruch! Aber egal. Darum geht es mir auch nicht."

"So? Und ich hatte gerade den Eindruck, dass Ihr sehr daran interessiert wärt."

"Egal, wie ich sagte. Jedenfalls bist du ja wohl mit Major Trelain mehr als nur bekannt, oder?"

Drew zuckte die Schultern. "Ay. Ich *war* es. Warum ...?"

Urquart stieß sich von der Wand ab und trat einen Schritt auf ihn zu. "Damit eines klar ist: *Ich* stelle hier die Fragen!"

"Bitte sehr! Es sind nicht die Fragen, sondern die Antworten, vor denen man sich fürchten sollte, so lautet eine andere alte Weisheit. Ich schätze allerdings, dass Euch meine Antworten nicht sehr von Nutzen sein werden."

Der Oberst schüttelte den Kopf. "Noch so ein Meister des spitzen Wortes. Na egal. Hör zu: Du weißt sicher, was dir bevorstehen kann. Unsere Justiz ist nicht sehr gnädig mit Verbrechern, das dürfte bekannt sein, oder?"

Drew kratzte sich an der Nase. "Hm. Habe ich mich verhört, oder betontet Ihr das 'kann'?"

"Du hast dich nicht verhört. Was heißen soll, dass ich gerne bereit wäre, mich für dich zu verwenden ..."

"Und das tut Ihr natürlich nur aus alter Freundschaft. Oder weil ich ein so netter Kerl bin ..."

"Sicherlich!", lachte Urquart. "Also: Du wirst mir ein wenig gefällig sein, verstehst du! Zum Beispiel bin ich an allem interessiert, was Major Trelain betrifft. Bestimmt hast du dich in letzter Zeit einmal mit ihm unterhalten ..."

"Warum das Ganze? Trelain ist tot."

Der Oberst beobachtete ihn genau, und da regte sich ein Gedanke in Drews Kopf: Konnte es sein, dass Trelain doch noch am Leben war? Und dass die Miliz nur nicht wusste, wo er steckte? Er kam nicht dazu, in dieser Richtung weiter zu überlegen, denn die Rechte Urquarts packte plötzlich seinen Hals und drückte ihn rückwärts an die Zellenwand. Podigbudindrew war nicht sehr kräftig, und er hatte diesem Griff nichts entgegenzusetzen.

"Heh, was soll das?", gurgelte er hervor und schnappte nach Luft.

Die Augen des Oberst waren jetzt direkt vor seinen und blitzten ihn an. "Ich wiederhole es noch einmal, Bursche: *Ich stelle die Fragen!* Was weißt du über Trelains Pläne? Was genau hatte er vor? Und wie weit hatte er die Sache schon durchschaut?"

"Equest!", keuchte Drew, als der andere seinen Hals losließ. "Ich weiß nichts über Trelains Pläne! Und welche 'Sache', zum Abis?!"

Urquart grinste und wischte sich ein imaginäres Stäubchen vom Ärmel. "Verzeiht, mein Herr! Dieser Ausbruch tut mir wirklich leid."

Er ging zur Tür und drehte sich dort noch einmal um. "Du weißt nichts. Das ist schade, wirklich schade ..."

"Finde ich auch!", knurrte Drew und rieb sich den Hals.

"Wirklich schade!", wiederholte der Oberst. "Weißt du, dies sind sehr wichtige Fragen, und wir erwarten ein Antwort darauf. So oder so. *Ich* war der freundliche Frager. Bedauerlich für dich, dass du nicht zur Kooperation bereit warst. Nun, wie auch immer: In einer Sseg wirst du zu einer weiteren Befragung abgeholt - und dann wirst du den unfreundlichen Frager kennenlernen!"

"Aber ich weiß wirklich nichts!" stieß Drew betroffen hervor, doch die Tür hatte sich schon geschlossen.

52.

Burn Fire Burn - Lake of Tears

Podigbudindrew musste mehrmals husten, als Rauch in seine Nase drang. Blutspritzer befleckten seine nackte Brust. Dann kam der Schmerz. Für einen Moment schien er alles Denken auszulöschen, nur seinen Verstand in einer rotglühenden Feuerhölle schweben lassen, in der er sich wand und krümmte wie eine Vavnird auf einer heißen Herdplatte.

Der Folterknecht vor ihm wischte sich den Schweiß von der Stirn und betrachtete sein Werk mit dem Auge des Fachmanns: Die glühenden Backen der Zange waren links und rechts des Brustmuskels eingedrungen und hatten das Fleisch bis auf die Rippen verbrannt, ohne eine lebensgefährliche Blutung hervorzurufen. Sehr gut. Zwar würde der Kerl vor ihm, der in Ketten an der Wand hing, früher oder später an seinen Verbrennungen eingehen - es gab kaum eine Stelle an dessen Körper, die noch nicht mit dem Eisen in Berührung gekommen war - aber eben jetzt noch nicht.

Er grinste und pfiff anerkennend, als Drew nochmals hustete und ihn aus fieberglühenden, tief eingesunkenen Augen anstarrte. Nicht schlecht. Diesmal war er nicht ohnmächtig geworden.

"Meister!", rief er nach hinten. "Er ist wach!"

Yquemedos, der Foltermeister seiner Majestät, nickte zufrieden und stellte das Glas mit Pilzsud zur Seite. Dann steckte er sich ein Geoph-Stäbchen an und schlenderte gemächlich näher. Er hatte es nie eilig. Das war das Schöne an seiner Profession: Sein Dienstherr, die Pursuition, wollte zwar Ergebnisse sehen, aber Grund zur überhasteten Eile bestand eigentlich nicht mehr, wenn ein Delinquent erst einmal in seine Obhut übergeben worden war. Und Ergebnisse konnte er jederzeit vorweisen: Wen er mehrere Ssegs in Behandlung gehabt hatte, der gestand alles. Alles. Und wenn es die persönliche Schuld an einer luetischen Epidemie oder an Kanalbrüchen in den Achtundniveaus war.

Oder an seinem verkrüppelten Bein. Der kleingewachsene Mann mit dem schütteren roten Haar, das ihm im Augenblick am Kopf klebte, da es naturgemäß in dem Gewölbe recht heiß war, schlurfte näher und baute sich vor dem Gefangenen auf. Drew keuchte schwer und fuhr sich mit der Zunge über die schartigen Reste seiner Vorderzähne.

"Möchtest du vielleicht sprechen?", fragte Yquemedos zuckersüß und zog an seinem Stäbchen. "Es würde deine Schwierigkeiten beträchtlich verkürzen, mein Freund. Also: Was war Major Trelain über die Verschwörung bekannt?"

Drew schüttelte - zum wievielten Male, das wusste er selbst nicht mehr, und das spielte auch keine Rolle - den Kopf. "Ich weiß nichts von einer ... von einer Verschwörung!", gurgelte er hervor. "Und wenn ihr mich umbringt!"

"Oh, das werden wir, das werden wir! Und das steht auch nicht zur Debatte. Das Problem für dich ist nur, wie das vonstatten gehen wird - und wie lange es dauert. Weißt du, mein Freund, verstehe mein Insistieren nicht falsch: Wenn du lange schweigst, dann beweist das erstens deinen Heldenmut, und zweitens tust du mir einen großen Gefallen. Wirklich!"

"Equest! Ich schwöre ... dass ich nichts von einer Verschwörung weiß!"

"Schwöre nur! Übrigens: Diejenigen, die wirklich nichts wissen, waren mir immer die Liebsten. Da hat man lange Freude daran. Ich habe mir einmal ein Zwanzig-Tage-Programm von sich langsam steigernden Unannehmlichkeiten ausgedacht. Leider konnte ich es noch nie in der Praxis bis zum Ende durchführen. Wie schade!"

Drew starrte den kleinen Mann aus trüben Augen an. In diesem Moment hatte er mit seinem Leben abgeschlossen und wollte nur noch die Qualen verkürzen. "Trelain - er besaß ein

Buch ... vielleicht meint Ihr das ... ein Buch mit Bildern ... und Geschichten ... von Tieren ... nicht aus dieser Welt ... alte Geschichten ... ich weiß nicht, ob ..."

Yquemedos hob seinem Gefangenen das Kinn in die Höhe, obwohl er sich dabei mit Blut vollschmierte, und sah ihm prüfend in die Augen. Der Blick war verschleiert und flackerte.

Hatte er ihn so weit? War es das, was Polikides wissen wollte?

"Holt den Bischof!", befahl er. "Ich glaube, das sollte er hören!"

53.

The Divinity of Wisdom - In the Woods

"Was sitzt du da und starrst nur andauernd auf deine Hand?", fragte Kaphil. "Davon wird sie auch nich wieder. Ich hab's dir ja gesagt!"
"Gesagt? Was?", murmelte Trelain geistesabwesend.
"Dass du besser dran wärst, wenn du dich mit dem Herzog arrangieren würdest! Aber du wolltest ja lieber in der Arena kämpfen ... Das hast du jetzt davon!"
Die Andeutung von Spott in Kaphils Stimme weckte Trelain aus seiner Versenkung.
"Dir scheint ja viel daran zu liegen, mein Freund ...", stellte er fest und beobachtete den anderen unter halb geschlossenen Augenlidern genau.
Der Schmied winkte sofort ab. "Ach was! Kann mir ja eigentlich egal sein, was aus dir wird. Ich dachte nur ..."
Er kam nicht dazu, den Satz zu vollenden, denn Calumal stieß in seiner Ecke einen lauten Fluch aus und fügte hinzu: "Halt doch endlich dein dummes Maul! Es interessiert wirklich niemanden, was du denkst!"
Kaphil gab die Verwünschung zurück und drehte sich zur Seite. Seine Kette klirrte zweimal leise.
Und Trelain versenkte sich wieder in sich selbst.

Er hatte von alten Soldaten, die ein Glied verloren hatten, davon gehört, dass es das geben sollte: Sie fühlten ein beständiges Jucken oder sogar Schmerzen dort, wo nichts mehr war. Fiktivschmerz wurde dieses seltsame Phänomen von den Ärzten - oder von denen, die sich dafür hielten, und deshalb besonders oft mit wissenschaftlichen Fachausdrücken um sich warfen - genannt.

Und genau so erging es ihm jetzt. Also eigentlich kein Grund zur Beunruhigung - wenn so eine Kleinigkeit wie der Verlust der halben Hand in seiner Lage überhaupt einen ernsthaften Verlust darstellte. Wenn man nicht so an seinen Greifwerkzeugen hängen würde (und die an einem, bildlich betrachtet) ...
Jedenfalls hatte er sich in den letzten Jahrzehnten irgendwie an den Zustand gewöhnt, beidhändig zu agieren.
Als Schaukämpfer in der Arena war er erledigt. Falls der Herzog nicht auf den sadistischen Gedanken verfiel, ihn trotzdem nochmals antreten zu lassen. Vielleicht gegen einen anderen Krüppel ... Etwas für die Feinschmecker unter den Zuschauern: zum Beispiel zwei Einarmige mit Beidhänderschwertern ...
Kaphil murmelte etwas vor sich hin, als Trelain leise kicherte. Den Sinn konnte er sich denken.
Vielleicht hatte der Schmied ja recht, und er wurde jetzt langsam verrückt. Konnte sein. Gewisse Anzeichen konnte er selbst feststellen. Oder? Gab es das überhaupt? War ein Wahnsinniger imstande zu bemerken, dass er wahnsinnig war oder wurde? Oder stellte eben diese Einsicht einen Gegenbeweis dar, dass es eben nicht so war?
Nemeh. Wohl kaum. Er hatte einmal gezwungenermaßen einen Verwahrungstrakt für Irre im dreiundsechzigsten Niveau aufgesucht. Und da hatte es Leute gegeben, die sich ihres Wahnsinns durchaus bewusst waren - und ihn sogar genossen. Nur eben die Gefangenschaft nicht.
Trelains Gedanken hatten sich über Umwege zielstrebig auf den Geonogon zubewegt.
Der Geonogon. Er war einer von jenen. Er fand eine Art von Befriedigung in seinem Handeln, die normalen Menschen wahrscheinlich lebenslang unzugänglich war. Nur ein Künstler - so abartig der Gedanke erschien - mochte nach Vollendung und Würdigung seines Werkes die gleiche Erfül-

lung erfahren. Ein Status der Bestätigung der Wichtigkeit der eigenen Existenz, den ein gewöhnlicher Mensch mit seinem auf Versorgung und Sicherung seiner kleinen Bedürfnisse gerichteten Sinnen und Trachten niemals erreichen würde. Viele versuchten das in ihnen tief verwurzelte Wissen um die eigene Nichtigkeit zu überspielen - durch Streben nach Macht, nach Reichtum, nach Erfolg. Aber sie betrogen sich nur selbst. Sich an die Spitze einer Pyramide von Nichtigkeiten emporgearbeitet zu haben, ist zwar eine Leistung, aber es hat keinen Funken von Genie - nicht einmal von überragendem Verstand.

Trelain schüttelte den Kopf, verwirrt über seine eigenen Gedanken. Der Schmerz in seinen Fingern - seinen nicht mehr vorhandenen Fingern - war von dumpfem Ziehen in ein quälendes Pulsieren übergegangen. Und diesen equesten Durst verspürte er wieder. Er nahm einen großen Schluck aus der Karaffe und lehnte sich zurück.

Er hatte es nie glauben wollen, aber die Ärzte hatten wohl recht gehabt: als ob die Finger noch vorhanden wären.

Er vermeinte sogar, sie bewegen zu können, und spürte den Widerstand der dicken Bandage. Und es tat weh, equart weh.

An was erinnerte ihn dieses Gefühl? Es war lange her, und er war ein junger Kadett der Miliz gewesen:

Neue Stiefel, steifes Leder, noch nicht eingelaufen. Die Treppe zwischen dem einundsechzigsten und dem zweiundsechzigsten Niveau. Zwanzig Mal. Nach dem siebten Mal spürte er schon den Schmerz. Nicht dass er sich eine Blase gelaufen hatte, sondern die Fußnägel waren nicht geschnitten. Und rieben an der Haut der nächsten Zehe. Und rieben sich durch bis aufs Fleisch. Anfängerfehler.

So fühlten sich seine Fiktivschmerzen an.

Trelain starrte auf seine verbundene Linke, so wie Kaphil ihm vorgeworfen hatte, und überlegte.

Warum riss er den Verband nicht herunter? Und wenn? Was empfindet man, wenn man etwas spürt, das man nicht mehr sieht? Wie behilft sich der Verstand bei einem solchen offenkundigen Widerspruch? Wurde man dann wirklich wahnsinnig? Und wenn? Konnte das noch etwas schaden?

54.

Sender of Thoughts - Tad Morose

Die Kraft fühlte, dass sich irgendwo ein Weg geöffnet hatte, der bis jetzt versperrt gewesen war. Sie konnte diesem Gefühl noch keine Richtung zuweisen, keine räumliche jedenfalls. Sie war noch nicht so weit gewachsen, dass diese Begriffe überhaupt eine Bedeutung hatten. Sie verfügte auch über keinerlei Bewusstsein, das überlegte und analysierte; sie lebte nur, wuchs - und suchte einen Weg.

Bis jetzt hatte sie nur Nahrung aufgenommen und ihre Fühler zaghaft nach dem Bewusstsein des Trägers ausgestreckt, um Kontakt aufzunehmen. Das war wider Erwarten schwierig geworden. Nicht, dass der Weg versperrt gewesen wäre, aber das Ich des neuen Trägers hatte sich als derartig stark und gefestigt erwiesen, dass die mentalen Fühler nur äußerst langsam vorankamen.

Aber die Kraft gab nicht auf. In ihrem Konzept gab es auch keine Entsprechung für diesen Begriff, der substantielles Sein voraussetzte. Energie resignierte nicht, wenn ein Weg ungangbar war, sie blieb potenziell - bis sich ein anderer Weg auftat. Sie wartete und wuchs.

Und diese andere Pforte hatte sich jetzt geöffnet. Eine Möglichkeit, direkt zu wirken, ohne den Umweg über das Ich des Trägers.

Würde die Macht über Verstand verfügen - oder wenigstens über Bewusstsein - dann hätte sie sich jetzt die imaginären Hände gerieben. Eine einmalige Gelegenheit. (Als ob man auf Geheiß des Generaldirektors an die Arbeit gehen konnte, ohne erst beim Personalchef vorstellig zu werden.)

Sie tastete sich in der neuen Richtung vor und begann zu wirken, lenkte Energien um und forderte gleichzeitig auf dem einzigen Verbindungsweg zum Träger, der intakt war, weitere Versorgung an.

Trelains Kehle war wie ausgedörrt, obwohl er erst vor wenigen Zentssegs, wie ihm schien, mehrere große Schlucke aus der Kanne genommen hatte. Dieser equeste Durst! Vielleicht hatte er sich schon vor einigen Zehntagen eine schleichende Krankheit eingefangen, die sich jetzt erst langsam entwickelte.

Es wäre zum Lachen, wenn ihm danach zumute wäre. Jetzt auch noch eine Infektion. Als ob das Fass seiner Schwierigkeiten nicht schon voll genug wäre. Was würde jetzt noch kommen? Vielleicht, dass ihm ein Auge ausfiel? Unwillkürlich begann er zu blinzeln.

"Man könnte glauben, dass du Geoph oder Pilzsud in deinem Krug hast", knurrte Kaphil und warf ihm einen undefinierbaren Blick zu. "Ich kannte mal einen, der hat auch ständig so viel Wasser gesoffen."

"Und?", knurrte Trelain zurück und stellte die Kanne krachend auf dem Steinfußboden ab. Das anfangs fast freundschaftliche Verhältnis zu dem Schmied hatte sich in den letzten Tagen rapide verschlechtert. Kaphil legte eine Gereiztheit an den Tag, die wohl nicht nur seiner Gefangenschaft zuzuschreiben war. Schließlich saß er ja schon länger in diesem Loch.

Nemeb. Trelain wusste den Grund: Er hatte mit seinem Verdacht, dass der Schmied ein Spitzel war, recht gehabt. Entweder er stand in den Diensten des Herzogs oder ihm war Begnadigung oder Verminderung seiner Strafe in Aussicht gestellt worden - falls er etwas in Erfahrung brachte, das für Ivesnagaios von Wichtigkeit war.

Was immer das sein mochte.

Und es sah nicht danach aus, als ob er diesen Auftrag erfüllen konnte. Auch der dicke Calumal hatte sich in den letzten

Tagen immer mehr in Schweigen gehüllt. Also wurde es wohl nichts mit der Begnadigung. Fast tat der Schmied Trelain leid. Aber nur fast. Für Verräter hatte er begreiflicherweise nichts mehr übrig.

"Und?", äffte Kaphil ihn nach. "Verreckt ist er. Hat gar nicht lange gedauert. Irgendeine Krankheit, bei der man ausdörrt wie ein abgeschnittener Skualman-Tentakel. Das ständige Trinken hat ihm gar nichts genutzt. Am Schluss war er so dürr und eingefallen, dass kein einziger Erdwurm mehr an ihm satt geworden wäre."

Er musterte Trelain prüfend und zog dann geräuschvoll Rotz hoch. Da die Prüfung wohl keine erkennenswerte Abmagerung ergeben hatte, spuckte er ärgerlich in weitem Bogen in die Ecke. Eine handgroße Vavnird huschte klickend davon und verschwand in einem Loch in der Mauer.

Der Kerl wurde Trelain immer unsympathischer.

Falls er jetzt begann, irgend etwas Wichtiges zu erzählen, zum Beispiel einen Fluchtplan, wie würde eigentlich Kaphil eine Nachricht weiterleiten? Eine gute Frage. Die einfachste Lösung: Mit der Wache, die jeden Tag einmal Essen und Wasser brachte, war ein geheimes Zeichen verabredet, dass er etwas zu melden hatte. Ein Kratzen an der Nase, ein bestimmtes Wort, ein Husten oder was auch immer. Das nächste wäre dann, dass er 'zum Verhör' abgeholt wurde. Oder die anderen. Beides war noch nicht vorgekommen. An der Person des Schmieds schien überhaupt kein Interesse zu bestehen. Nicht ohne Grund: Er hatte bis jetzt nichts von Bedeutung in Erfahrung gebracht.

Also: Einmal am Tag hatte der Schmied Gelegenheit zu signalisieren, dass etwas im Gange war. Aber: Was war, wenn es eilte? Wenn er Calumal zum Beispiel eröffnen würde, dass er ... na zum Beispiel im Besitz des Zellenschlüssels wäre? Und dass sie jetzt auf der Stelle einen Fluchtversuch unternehmen wollten. Was würde Kaphil dann tun? Laut um Hilfe rufen? Wohl kaum. Dieses Unternehmen war dann zwar gescheitert, aber seine Rolle verraten. Das hätte nichts gebracht. Der Herzog war auf Informationen aus.

Gesetzt den Fall, der Schmied würde an der Flucht teilnehmen. Was dann? Unterwegs irgendein Zeichen geben? Sehr gefährlich. Er musste damit rechnen, sofort getötet zu werden, falls er die Flucht gefährdete. Nemeb.

Ein Lauscher an der Tür? Gleichfalls Nemeb. Das hätte Trelain gespürt. Er hatte einen untrüglichen Instinkt für so etwas. Und die Wände? Die schienen äußerst massiv.

Apropos: Es war durchaus möglich, dass Ivesnagaios gar nichts gegen eine Flucht einzuwenden hatte. Entweder konnte er Trelain dann verfolgen, wenn Methode und Weg bekannt waren, und daraus wieder Informationen gewinnen, auf die er ja anscheinend so erpicht war. Ihn sozusagen an der langen Kette führen. Oder er ließ die ganze Flucht kurz vor dem Ascator nach oben scheitern, zeigte Trelain damit die Aussichtslosigkeit eines solchen Unterfangens in aller Deutlichkeit und mochte ihn damit geneigter machen, sich ihm doch anzuschließen. Konnte sein.

Und vielleicht erbrachte Trelain bei der ganzen Sache endlich den Beweis, *dass* er Qarvis, die Ratte, sei. Oder eben nicht. So oder so: Dass gar nichts geschah, konnte jedenfalls nicht im Interesse des Herzogs liegen. Es musste also etwas geschehen, und es war klar, dass etwas geschehen würde.

Eine Flucht unter Aufsicht und mit freundlicher Genehmigung des Herzogs. Fein. Also war es von entscheidender Bedeutung, dass der Zeitpunkt bekannt war. Trelain konnte hin und her überlegen: Es lief auf den Schmied hinaus. Calumal? Unwahrscheinlich. Er würde den Dicken mitnehmen müssen, um den Ascator zu finden, und er hätte unterwegs hundert Möglichkeiten, ihn zu töten, wenn er der Verräter wäre. Sie wussten alle, dass man Trelain auch mit einer Hand nicht unterschätzen durfte. Und Calumal war einfach *zu* verdächtig. Das konnte natürlich gerade die Finte sein, aber ...

Nemeb. Diese Überlegungen waren wie das alte Spiel: In welcher Hand ist die Münze? Was glaubt der andere, in welcher Hand? Was glaubt der andere, was ich glaube, in welcher Hand? Und so weiter. Das führte letztendlich zu nichts.

Er hatte beschlossen, Kaphil zu verdächtigen, und dabei blieb es.

Also blieb eine Frage: Wie würde der Schmied eine Nachricht übermitteln, dass es jetzt so weit wäre? Trelain versuchte sich in die Problematik hineinzudenken. Wie würde er das machen?

Die Macht ging möglichst behutsam zu Werke. Es fiel ihr leicht, die Energien, die ihr zur Verfügung standen, umzuleiten, zu verändern und zu formen. Ein Anpassungsprozess, um die materiellen Strukturen anzugleichen, war diesmal nur in den Details erforderlich, nicht im Grundkonzept. Der Träger unterschied sich von dem vorhergehenden kaum.

Die Analyseeinheit hatte sich auf den Weg durch die organische Struktur gemacht und kurz darauf vermeldet, dass die Grobeinteilung, die diese Art von Trägern in zwei unterschiedliche Gruppen teilte, diesmal die gleiche wäre. Das vereinfachte die Sache zusätzlich. Nicht, dass es sehr kompliziert gewesen wäre, sich auf die andere Subgruppe einzustellen: Die Macht hätte sich auch auf ein vollkommen anderes biologisches Konzept einrichten können. Und so sehr unterschieden sich die beiden Gruppen gar nicht. Bewegungsapparat, Energieversorgung, Rezeption und Nachrichtenübermittlung - kein Unterschied. Desgleichen die primären Funktionen der Steuerung.

In den sekundären und tertiären Steuerungsfunktionen gab es es geringfügige Abweichungen. Vor allem die Vernetzung des tertiären Bereichs mit dem sekundären zeigte hier Unter-

schiede, die mit der äußeren biologischen Funktionalität korrelierten. Das hing wohl mit der Reproduzierbarkeit zusammen.

Die Macht kontrollierte nochmals die Ergebnisse der Analyseeinheit und kam zu dem 'befriedigenden' Ergebnis, dass alles mit den gespeicherten Mustern übereinstimmte. Das nur zur Sicherheit, denn für die vorliegende Restrukturierung spielte das keine Rolle.

Sie hatte kein bewusstes Zeitgefühl, aber die temporäre Koordinationseinheit gab zu bedenken, dass der Zugang zur primären Steuerung des Trägers immer noch erschwert sei. Hier schaltete sich wiederum die Analyseeinheit ein und bot einen anderen Weg zur Kontaktaufnahme an. Die sekundäre Steuerung hatte ein gewisses Energiepotenzial aufgebaut, das man ausnutzen konnte.

Es wäre im Prinzip ein Umweg, aber gangbar - und temporär kürzer.

Die Zentraleinheit stimmte zu und lenkte alle frei verfügbaren Energien in die Restrukturierung. Die sekundäre Steuerung des Trägers beinhaltete leicht variierte Strukturmatrizen, aber das stellte kein Problem dar.

Trelain stöhnte im Schlaf, als er wieder diese Fiktivschmerzen verspürte.

55.

Never surrender - Saxon

Drei Tage später fühlte sich Trelain - bis auf die Hand natürlich - vollkommen wiederhergestellt und bei besten Kräften. Es war wirklich erstaunlich. Vielleicht mischten die hier tatsächlich irgend ein Stärkungsmittel ins Essen.

Das bedeutete natürlich wiederum, dass er trotzdem noch einmal antreten durfte. Oder warum sonst sollte man ihn päppeln? Also auch wieder nicht so gut. War der Herzog wirklich so sadistisch, einen Krüppel in die Arena zu schicken? Es kam natürlich auf den Gegner an, aber mit nur einer Hand würde er beim nächsten Mal höchstwahrscheinlich mehr Blut lassen.

War das der Sinn des grausamen Spiels? Immer ein bisschen mehr, bis ... Bis was?

Nemeb, er musste etwas tun. Jetzt. Erstens hatte er keine Lust zu sterben, und zweitens bestimmt nicht zur Erheiterung des Pöbels von Elengrad.

Trelain betrachtete sinnend den dicken Verband um seinen Stumpf und überlegte, ob er ihn abwickeln sollte. Einmal bis jetzt waren die Binden gewechselt worden. Ein kleiner glatzköpfiger Kerl mit einer riesigen Umhängetasche hatte sich als Arzt vorgestellt und nuschelnd irgend etwas erklärt, von dem er kaum die Hälfte verstanden hatte, nur soviel, dass der Verbandsstoff in eine entzündungshemmende und heilungsbeschleunigende Flüssigkeit eingeweicht war, und dass er ihn unbedingt mehrere Tage anbehalten musste, auch wenn es juckte, und dass es am Anfang wohl etwas weh tun könnte.

Vor allem Letzteres war nicht übertrieben. Wenn Trelain nicht mit seiner Kette an der Wand festgehangen wäre, dann wäre er wohl wie eine der vielen Vavnirds an der Decke der

Zelle entlanggekrabbelt oder zumindest diesem Doktor ins Gesicht gesprungen.

Es hatte auch nicht gut ausgesehen, was er da als Überreste seiner Linken zu Gesicht bekommen hatte. Eben ein Klumpen schorfiges Fleisch, von der 'Heilflüssigkeit' dunkelgelb verfärbt, mit zwei Fingern daran. Er hatte sie probeweise bewegt, bevor sie wieder eingewickelt wurden. Ein wenig steif, aber anscheinend voll funktionsfähig. Wenigstens etwas. Er würde damit kaum eine Maingosh führen können, aber vielleicht wenigstens sich an der Nase kratzen oder einen Schlüssel drehen.

Das hätte wahrlich schlimmer kommen können, überlegte er sarkastisch. Mit einem eisernen Haken am Armstumpf konnte das Nasekratzen zu einer gefährlichen Angelegenheit für den Liebreiz seines Gesichts werden. Und seine Augen würde er noch brauchen. Vor allem jetzt.

Wieder spielte er mit dem Gedanken, die Binden abzureißen.

Kaphil hatte ihn wohl die ganze Zeit beobachtet, denn nun knurrte er: "Sieh ihn dir an, Calumal! Tut nichts anderes, als auf seinen Stumpf zu glotzen, unser Held! Hab ich nich gesagt, dass er sich mit dem Herzog arrangieren sollte?"

"Ay. Ungefähr hundert Mal!", gab der Angesprochene gleichgültig zurück. "Und es wird langsam langweilig."

Trelain horchte auf. Na, na! Hatte sein dicker Mitgefangener da etwa gerade, wenn auch in ziemlich milder Form, für ihn Partei ergriffen?

Er überlegte kurz. Warum eigentlich nicht jetzt? Jeder Zeitpunkt war gleich gut.

Mit gesenktem Kopf, als ob er vor sich hin starrte, beobachtete er den Schmied genau. Wie würde er ein Signal geben? Kaphil war mit einer Kette an seinem linken Fußgelenk an der Wand festgemacht. Er lag genau wie er auf einer Pritsche, einem Sack, gefüllt mit alten Lumpen. Ein Krug mit

Wasser neben ihm, eine Schüssel mit eingeweichtem Lab. Das war alles, was es zu sehen gab.

Trelain konnte nur raten. Wie würde er das machen? Das Einfachste wäre ... hm ... der Ring. Der Ring, mit dem die Fußkette an der Wand angeschmiedet war. Auf Kniehöhe, auch im Liegen gut zu erreichen. Und wie? Durch Ziehen? Kaum. Wenn man sich zum Beispiel im Schlaf herum wälzte und dabei an der Kette zog, konnte das Zeichen ausgelöst werden. Zu riskant. Na, riskant eigentlich nicht, denn natürlich wäre ja nichts zu hören, und da man sie nicht an der Flucht hindern wollte, würde auch kaum eine Abteilung Soldaten hereingestürmt kommen. Aber zu unsicher.

Also Drehen. Man konnte den Ring drehen.

Ein weiterer ziehender Schmerz in seiner Hand ließ Trelain die Zähne zusammenbeißen. Equest, was er hier alles zusammenüberlegte, war ein ganz wackliges Konstrukt aus Vermutungen, Ahnungen und darauf aufbauenden Schlussfolgerungen, denen eigentlich jegliches Fundament abging.

Es war reine Mutmaßung, dass man eine Flucht - kontrolliert natürlich - zulassen würde. Und diese fußte darauf, dass Ivesnagaios sich davon irgend etwas erwartete. Und was, das wusste er noch nicht einmal. Das war equest wenig. Und die Überlegung mit dem Ring in der Wand stand auf nicht viel stabileren Füßen.

Also die besten Voraussetzungen, dass alles schiefging. Na dann.

Kaphil lag so auf seiner Pritsche, dass er den Ring nicht sofort erreichen konnte. Er würde aufstehen oder hinüberrutschen müssen. Trelain maß die Ketten mit den Augen. Seine war kürzer als die des Schmieds, aber er würde diesen mit den Händen erreichen können. Mit einer Hand! verbesserte er im Geiste. Aber vielleicht schaffte er es, den Stumpf zu Hilfe zu nehmen. Wenn er Kaphil zu sich herüberzog, dann konnte dieser nichts mehr machen. Die Verbindung war unterbrochen.

Eine Frage der Schnelligkeit. Vielleicht sollte er versuchen, Kaphil dazu zu bewegen, etwas näher zu kommen. Wie weit würde dieser ihm noch trauen?

Trelains Blick ging unwillkürlich zu der Mauerritze, wo er den Metallzahnstocher versteckt hatte. Er hatte ihn so gebogen, dass er damit ein einfaches Schloss aufbekommen würde. Aber wenn er jetzt seine Kette löste, dann würde der Schmied das merken und wahrscheinlich sofort Alarm geben. Nemeb.

Er rutschte auf seiner Pritsche möglichst weit hinüber und stützte den Kopf in die Rechte. "Eines würde mich interessieren, Kaphil ..."

"So? Was denn?"

"Nun, warum du mir die ganze Zeit vorwirfst, dass ich mich *nicht* mit dem Herzog arrangiert habe. *Dir* kann das doch eigentlich egal sein, nemeb?"

Der andere beäugte ihn misstrauisch. "Was willst du damit sagen? Ich finde es nur ziemlich blöd, so ein Angebot abzulehnen. Und was du davon hast, das siehst du ja!"

Trelain hob die Hand mit der Bandage vor die Augen und nickte. "Schon. Aber das kann dir doch auch gleichgültig sein. Deine Hand war es ja wohl nicht."

"Hm, nemeb, natürlich!", gab der Schmied zu und rutschte etwas näher. Seine Kette klirrte leise. "Trotzdem war das unvernünftig von dir. Und es hätte uns allen hier vielleicht etwas gebracht."

"Ay? Was denn?"

"Nun ..." Kaphil räusperte sich umständlich und kratzte sich an der Nase, um Zeit zum Überlegen zu gewinnen. "Der Herzog kann sehr großzügig sein, wenn man ... hm ... wenn man ihm einen Gefallen erweist, und ..."

"Und?", hakte Trelain nach, als der andere innehielt.

"Na eben ...", fuhr Kaphil fort, und seine Stimme klang ärgerlich. "Es ... vielleicht wäre ja auch für uns etwas abgefallen, wenn der Herzog freundlich gestimmt wäre, nemeb?"

Trelain rutschte noch etwas näher. Es war zwar halbdunkel in der Zelle, aber seine Augen hatten sich längst daran gewöhnt, und er konnte das erleichterte Aufatmen seines Nachbarn nicht nur hören, sondern sehen. Da war diesem Schlaukopf endlich etwas eingefallen.

Aber der Major dachte nicht daran, sich damit zufrieden zu geben. Nemeb, er hatte diesen Weg einmal eingeschlagen, und jetzt würde er ihn weitergehen. Mochte die Erde wissen, wie die Geschichte nun weiterging - aber jedenfalls würde sie jetzt weitergehen.

Calumal richtete sich in seiner Ecke sitzend auf und beobachtete seine beiden Zellengenossen genau. Ahnte er etwas?

56.

My Demon - Mercyful Fate

"Ach so?", brummte Trelain und runzelte in gespielter Überlegung die Stirn. Er konnte die Blicke Kaphils förmlich spüren. "Also hattest du dir auch einen Vorteil versprochen, wenn ich ..."
"Na sicher ... oder? Der Herzog ..."
" ... kann sehr generös sein, wenn man ihn gnädig stimmt, ich weiß, ich weiß!"
Calumals Kette klirrte. Er hatte sich so zurechtgesetzt, dass ihm kein Detail entging.
Trelain ließ eine kurze Pause verstreichen. "Du scheinst recht viel von ihm zu halten, was?"
Der Schmied zuckte die Achseln. "Ich weiß nicht, was du damit sagen willst ..."
"Nun, schließlich bist du zum Tode verurteilt, oder?" Er wartete die Antwort nicht ab, sondern sprach weiter. "Und was für eine Vergünstigung sollte wohl ein zum Tode Verurteilter erwarten? Eine neue Füllung in seiner Matratze? Eine vergoldete Kette?"
"Ich ... ich ...", stotterte Kaphil, aber Trelain winkte ab.
"Er erwartet, begnadigt zu werden, was sonst, oder? Also, damit wir nicht zu weit vom Thema abkommen: Du glaubst also, begnadigt zu werden, wenn *ich* mich auf die Seite des Herzogs schlage? Du scheinst wirklich eine hohe Meinung von der Großzügigkeit deines Herrschers zu haben!"
Calumal lachte leise in seiner Ecke. Kaphil sagte gar nichts. Er kratzte sich nur an der Nase und starrte Trelain an.

Die Macht hatte die notwendige Matrix erstellt und alle Vorbereitungen abgeschlossen. Was nach wie vor ein Problem darstellte, war die unmittelbare Vernetzung mit der pri-

mären Steuerungseinheit des Trägers. Der Kontakt zu der sekundären Steuerung jedenfalls war hergestellt und funktionierte in beiden Richtungen ausgezeichnet. Dort hatte sich auch ein Energiepotenzial aufgebaut, das der Macht sehr zugute kam. Wenn sie die emotionale Ausdrucksform 'Zufriedenheit' gekannt hätte, dann hätte sie diese jetzt empfunden. Der Rest würde sich von selbst ergeben. Die angespeicherte Energie im sekundären Bereich würde die Barriere 'bald' niederreißen.

Trelains linke Hand juckte.
"Was soll die dumme Fragerei?", flüchtete sich Kaphil in gespielten - oder nicht gespielten - Ärger. "Könnte ja sein, dass ich begnadigt werde, oder? Außerdem geht dich das gar nichts an!"
"Oho!", höhnte Trelain. "Das geht mich nichts an? Na, immerhin geht es ja um mich, oder? Aber egal jetzt! Eine andere Frage: Calumal, was würdest du davon halten, wenn wir uns hier empfehlen?"
"Was???", ertönte es beinahe zeitgleich aus zwei verschiedenen Ecken. Der Dicke saß da mit offenem Mund und starrte ihn an, und auch Kaphil machte keinen geistreicheren Eindruck.
Trelain lachte. "Nun guckt nicht so! Ich kann uns hier herausbringen, glaube ich."
"Das *glaubt* Ihr ... du?", stotterte Calumal. "Wie ... also ...?"
"Pass auf, mein dicker Freund! Wir werden ein Geschäft machen, wir beide. *Ich* bringe uns aus dieser Zelle heraus, und *du* bringst uns zum Ascator, der nach oben führt. Oder willst du mir auch erzählen, dass es keinen gibt?"
"He! Wartet mal!", mischte sich Kaphil ein. "Was ...?"
"Du hältst jetzt die Schnauze!", schnitt Trelain ihm das Wort ab. "Was ist, Calumal? Entscheide dich! Jetzt!"

"Ay, es gibt einen Ascator. Und ich weiß, wo!", antwortete der Dicke schneller, als Trelain erwartet hatte.

"Hey!", begehrte der Schmied auf. "Ihr beide wollt abhauen? Was ist mit mir, häh?"

Trelain wälzte sich auf die Seite. Jetzt war er in der richtigen Lage. Der Fuß Kaphils war zum Greifen nahe. Er zog probehalber an seiner Fußkette. Kein Zentimeter mehr Spielraum.

"Was soll mit dir sein, häh?", äffte er den anderen nach. "Du glaubst doch wohl selbst nicht, dass ich einen Spion mitnehme! Das wäre doch schön blöd, was?"

Kaphil war für einen Augenblick zu verblüfft, um etwas zu unternehmen. "Was ... ich ... ein Spion ... wie ...?", stammelte er.

"Genau, mein 'Freund'! Ich weiß alles - und zwar vom Herzog persönlich! Du hast dir den falschen Verbündeten ausgesucht!"

Jetzt erwachte der Schmied aus seiner Erstarrung. "Das ist eine equeste Lüge, du Blasst!", schrie er und rollte sich herum.

Dieses Manöver hatte Trelain vorausgesehen. Kaphil versuchte, mit den Händen an die Kette heranzukommen. Das brachte seinen rechten Fuß in Trelains Reichweite. Er griff zu, erwischte sein Ziel und zog. Der Schmied quiekte überrascht, als er plötzlich nach hinten gezogen wurde. Er griff mit beiden Händen nach der Kette und versuchte, sich in die andere Richtung zu ziehen, aber Trelain war selbst mit einer Hand stärker.

"Du equester Sphyglyt!", keuchte er, als erst seine Linke, dann seine Rechte langsam, aber sicher den Griff lösten. Es gab einen kurzen Ruck, und Trelain wollte nach weiter nach vorne greifen, aber die Kette an seinem Fuß hielt ihn unnachgiebig fest.

Kaphil sah die Aussichtslosigkeit seiner Bemühungen ein und trat mit dem Fuß zu.

Trelain wurde an der Wange getroffen. Der Tritt des kleinen Schmieds hatte mehr Wucht gehabt, als er erwartet hatte. Equart! Beinahe hätte er losgelassen. Wenn er nur die andere Hand gebrauchen könnte! Kaphil strampelte wie ein Neugeborener, und Trelain konnte nichts anderes tun, als ihn weiter zu sich heranzuziehen. Er zog den Kopf tief zwischen die Schultern, konnte dabei aber nicht verhindern, dass ihn ein weiterer heftiger Tritt traf. Er hatte ihn nahe genug heran; wenn er jetzt nur mit der Linken ...

Die Meldung der analytischen Einheit kam erwartet. Die Verbindung war hergestellt. Das primäre Steuerungssystem des Trägers hatte sie selbst von der anderen Seite her geschaffen. Die Macht verzögerte ihre Reaktion keinen Moment lang durch emotionale Handlungen wie Genugtuung - sie ließ die Energie in die soeben geschaffenen Wege fließen.

Kaphil rollte sich herum und griff mit der Rechten unter seine Matratze. Er keuchte verbissen. Während Trelain unter Anspannung aller Kräfte versuchte, ihn so weit heranzuziehen, dass er ihm den Ellbogen ins Gesicht schlagen konnte, fiel ihm auf, dass der Schmied nicht nach Hilfe rief. Weil sein Auftrag dann keinen Sinn mehr hatte, wenn er die geplante Flucht schon vorher verriet?
"Lass mich los, du equester ...", stieß Kaphil hervor. Sein Gesicht war vor Anstrengung rot angelaufen. "Ich bin kein Spion. Lass mich los, oder ich schreie! Dann ist eure Flucht im Abis!"
Mit einem gewaltigen Ruck schaffte es Trelain, ihn so weit heranzuziehen, dass er sich auf ihn wälzen konnte. Der Schmied knurrte einen Fluch und drehte sich auf den Bauch. "Ich schreie, wenn du nicht ..."
Trelain hielt ihn mit seinem ganzen Körpergewicht am Boden fest und griff nach oben. Er bekam die Haare zu fassen

und packte zu. Zweimal schlug er die Stirn Kaphils auf den Fels, dann hielt er ihm den Mund zu. Der Schmied strampelte mit den Füßen und gurgelte erstickt. Erstaunlich, dass er noch nicht betäubt war.

Sein Instinkt warnte Trelain. Was war mit den Händen? Die Rechte hatte sich in die Kette gekrallt. Und die Linke? Kaphil hatte unter seiner Matratze ein Messer hervorgezogen. Nur seine Bauchlage hinderte ihn daran, sofort zuzustechen. Er keuchte heftig und wechselte den Griff um das Messer, um blind nach hinten stoßen zu können.

Trelain fluchte. Er konnte mit seiner gesunden Hand nicht loslassen, ohne dass der andere sofort um Hilfe geschrien hätte.

Kaphils Stich hätte seine linke Hüfte oder seinen Oberschenkel getroffen, aber Trelain schaffte es, den ersten ungeschickten Stoß mit seinem bandagierten Unterarm abzuwehren. Ein brennender Schmerz durchlief seinen linken Arm. War die Klinge durch den dicken Verband gedrungen? Wenn er nur ...

Die Macht registrierte, dass die Verbindung zum erwarteten Zeitpunkt hergestellt war und lenkte sofort alle verfügbaren Energien um.

Der Schmied versuchte, ihn in die Rechte zu beißen, und Trelain lockerte für einen Moment seinen Griff, packte aber sofort wieder zu, als der andere tief Luft holte. Seine Hand war glitschig, aber nicht von seinem Blut. Der Schrei erstickte in einem Röcheln, und Kaphil sah ein, dass hier nichts zu machen war. Er stach ein zweites Mal mit seiner Klinge nach hinten.

Trelain reagierte schnell genug, konnte den Stich aber nur wieder mit seiner verletzten Hand abwehren. Wenn er

Kaphils Arm nur zu fassen bekommen würde! Der brennende Schmerz in seiner Linken machte ihn fast wahnsinnig.
Kaphil stieß zum dritten Mal zu und ...
Der Verband um Trelains Linke platzte auf, als wäre er weggesprengt worden.

Die Macht hatte die Daten aus der gerade hergestellten Verbindung zum primären Steuersystem des Trägers analysiert und dabei festgestellt, dass offenbar momentan keine Zeit war, sich genügend zu koordinieren. Wenn sie nicht riskieren wollte, dass der neue Träger Schaden nahm, dann musste sie selbst handeln. Das Weitere würde sich dann später ergeben.

Das Weitere erschien Trelain selbst wie eine Horrorvorstellung nach dem Genuss verdorbenen Sphygs: Er griff zu, mit der Albtraumvision einer Hand, einem Gebilde wie eine hautfarbene Erdspinne von Tellergröße. Die 'Finger' waren eineinhalbfach so lang wie seine eigenen, sehr dünn, aber anscheinend ungemein kräftig und endeten in scharfen, metallisch schimmernden Nägeln.
Kaphil stöhnte auf, als er sah, wie diese Klaue sein Handgelenk packte und zudrückte. Er ließ in namenlosem Entsetzen sein Messer los und versuchte, sein Gesicht zu schützen.
Trelain konnte selbst nur zusehen, als seine linke Hand den ausgestreckten Zeigefinger mit der stahlharten Spitze ins Auge des Schmieds trieb.

57.

The Haunting - Symphony X

Calumal hatte sich die ganze Zeit nicht aus seiner Ecke gerührt und starrte nun fassungslos Trelain an, der seinerseits nur auf seine Linke starrte.
 Um den Kopf des Schmieds breitete sich eine Blutlache aus. Sein rechter Fuß zuckte noch einmal.

Die Verbindung war erfolgreich hergestellt. Die Macht würde nun passiv werden und die weitere Koordination dem primären - und teilweise dem sekundären - Steuerungssystem des Trägers überlassen.

Was war hier geschehen, equest noch mal? Eines zumindest war geschehen: Kaphil lag tot auf dem Fels. Trelain richtete sich auf die Knie auf und wischte sich mit der Rechten über die Augen, aber er erwachte nicht aus diesem Traum. Er hatte den Schmied getötet.
 Nemeb, nicht er! Er hatte es gewollt, aber getan hatte es jemand - etwas - anderes. Seine linke Hand hatte es getan. Wieder nemeb. Nicht *seine.*
 Ein monströses Gebilde, das entfernte Ähnlichkeit mit einer menschlichen Hand hatte, war ... war aus ihm heraus*gewachsen* und hatte selbstständig gehandelt!
 Er setzte sich in seine Ecke und betrachtete das Ding. Calumal schwieg noch immer, und das war gut so. Worte würden jetzt nichts helfen. Er musste denken. Falls das nicht doch ein Traum war.
 Philestasis Worte kamen ihm in den Sinn. Und seine Gedanken hetzten weiter. Ivesnagaios. Besondere Fähigkeiten. Besonders? Was sich hier offenbart hatte, das war nicht nur eine

besondere Fähigkeit, das war ... Hexenkraft? Magie? Ein anderes Wort fiel ihm jetzt nicht ein.

War es das, was Ivesnagaios gewollt hatte? Es ergab einen teuflischen Sinn: Er hatte verstümmelt werden *müssen*.

Aber hatte der Herzog auf *so etwas* gewartet? Qarvis, die Ratte: Besaß sie diese Fähigkeit? Und hieß das nicht, dass *er* dann Qarvis wäre?

Equest! Hatte er die ganze Zeit falsch gedacht? Möglich. Runic, der Fuchs?

Trelain dachte angestrengt nach, wie wahrscheinlich noch nie ein Mensch verzweifelt versucht hatte, sich zu erinnern. In alter Gewohnheit hatte er den Kopf in die Linke gestützt und zuckte vor sich selbst zurück, als er seine eigenen Klauenfinger plötzlich vor seinen Augen sah.

Aber seine 'neue' Hand reagierte vollkommen normal: Er konnte die 'Finger' einziehen, ausstrecken - und sie bewegten sich sehr flink. Er schloss die Augen und machte einige Koordinationsübungen: Daumenspitze gegen Mittelfingerspitze, Daumenspitze gegen die Spitze des kleinen Fingers, Zeigefinger und Mittelfinger überkreuzen.

Funktionierte alles wunderbar. Nur die klauenartigen Nägel störten. Seltsamerweise kam ihm sofort die Überlegung in den Sinn, ob man mit dieser Hand eine Waffe führen konnte. Aber brauchte er das überhaupt? Das 'Ding' an seinem Arm war doch eine!

Trelain ließ diese Gedanken momentan beiseite und konzentrierte sich wieder: Wie hatte Philestasis sich ausgedrückt?

Du und noch jemand! Zwei Transfers. Und du suchst den anderen!

Das Wort 'Transfers' war ihm damals schon reichlich merkwürdig in diesem Zusammenhang vorgekommen, aber er hatte es bewusst nicht hinterfragt, weil er genau gewusst hatte, dass Philestasis in seiner eigenen Welt samt Sprache lebte. Hätte er es nur getan!

War das, was er jetzt vor sich sah, ein 'Transfer'? Und es gab noch jemanden? Zwei Transfers. Runic, der Fuchs, - und Qarvis, die Ratte!

"Um der Erde willen!", presste Calumal jetzt heraus. "Was ... wie ... was seid Ihr? Ein *Daemon* aus dem Abis? Das ist ... Ihr seid der Teufel!"

"Vielleicht!", knurrte Trelain. "Und deshalb solltest du versuchen, mich nicht zu verärgern! Jetzt lass mich noch etwas nachdenken!"

Der Dicke nickte ergeben und starrte ihn nur weiterhin ängstlich an, während Trelain sich zurücklehnte und seinen 'neuen' Körperteil begutachtete.

Er hatte sich von seinem ersten Entsetzen erholt und begann nun, wieder pragmatisch zu denken, obwohl es ihm immer noch wie ein übler Traum nach zu viel Geoph erschien, dass dieses Ding nun Teil von ihm war.

Immerhin hatte es gute Arbeit geleistet, meldete sich der Krieger in ihm. Und - er bewegte nochmals probehalber die Finger - es würde es wieder tun, dessen war er sicher. In Sachen Beweglichkeit und Kraft ließ das Ding nichts zu wünschen übrig. Er tastete damit über sein Gesicht und konnte mit den Fingerkuppen deutlich seine Narbe auf der Wange und einzelne Barthaare spüren. Also stimmte auch die Sensibilität.

Was wollte ein Kämpfer eigentlich mehr?

Trelain lachte leise über seine eigenen Gedanken. Da war so ein Ding - er beschloss in diesem Moment, es nicht mehr Ding, sondern Hand zu nennen - an ihm gewachsen, und kaum hatte er damit jemandem das Gehirn angebohrt und sich vom ersten Schreck erholt, da sah er schon die praktische Seite. Wenn das nicht pervers war!

Calumal zog den Kopf ein und wagte kaum, den Blick zu heben. Er musste ihn jetzt wahrlich für einen Daemon halten, als er auch noch kicherte. Die Vorstellung erheiterte Trelain derart, dass er laut lachte. Vielleicht war er wirklich ein Daemon, wer weiß. Wie fühlte sich denn so ein Teufel aus dem Abis, und was tat er? Kleine Kinder erschrecken? Nun, mit dieser Hand konnte er das jetzt!
Er lachte noch lauter, als er sich vorstellte, wie er hinter einer dunklen Ecke lauerte, und wenn ein kleines Mädchen vorbeikam, hervorsprang, mit seiner Linken in der Luft herumfuchtelte - und "Buh!" rief.
Calumal starrte ihn nur entsetzt an, aber das war Trelain jetzt egal. Er wusste auch, dass diese Heiterkeit teilweise Hysterie war, aber trotzdem. So gelacht hatte er seit Jahren nicht mehr.

Zum Glück stand anscheinend keine Wache im Gang draußen, denn auf dieses Gelächter hin hätte bestimmt jemand hereingeschaut - und die Bescherung entdeckt. Nach einigen Zentssegs beruhigte Trelain sich wieder, als sich seine Vernunft zurückmeldete.
Mit der Leiche musste etwas geschehen, falls doch jemand auf die Idee kam, einen Blick in die Zelle zu werfen. Und zwar schnell.
Es dauerte keine zwei Zentssegs, bis er mit dem Zahnstocher das Schloss an seiner Kette geöffnet hatte. Dann zerrte er Kaphil in seine Ecke und drapierte ihn so auf seiner Matratze, als ob er schliefe, einen Arm über dem Kopf. Die Blutlache auf dem Boden war problematischer: Er wischte mit seiner Matratze darüber, bis nichts mehr zu sehen war - wenigstens auf einen flüchtigen Blick.
Mit seinem Werk wenigstens momentan zufrieden, setzte sich Trelain wieder und dachte weiter nach.

Die Entscheidung war gefallen. Wenn man entdeckte, was mit seiner Hand geschehen war - und das ließ sich schlecht verbergen, selbst wenn er den Verband wieder darum wickelte - dann würde Ivesnagaios ihn nicht eine Ssig mehr aus den Augen lassen. Trelain wusste nicht, ob es *das* war, was der Herzog erwartet hatte. Er hatte vielmehr bei den Unterredungen den Eindruck gewonnen, dass der Herrscher Elengrads selbst nicht so genau wusste, auf was er wartete.

Nichtsdestotrotz: Es *war* etwas geschehen. Die Zukunft würde zeigen, ob zum Guten oder zum Schlechten - für ihn. Eines war jedenfalls sicher: Zum Werkzeug in den Händen Ivesnagaios' würde er sich nicht machen lassen.

Calumal sah ängstlich hoch, als Trelain zu ihm hinüberging und sich bückte, um das Schloss an der Kette zu öffnen. Seine Augen flackerten.

"Equest, Mann, ich bin kein Daemon!", versicherte er und legte dem anderen bewusst seine Linke auf die Schulter. Er lächelte, als er das Zusammenschaudern spürte. Nun, ein bisschen Spaß musste schon sein.

War er sich eigentlich dessen sicher, was er da sagte? Er war kein Daemon - oder? Trotz dieser Hand dachte und fühlte er wie immer - oder? Trotzdem: Man konnte es nicht anders bezeichnen: Hier war Übernatürliches am Werk. Irgend etwas war in ihn gefahren und hatte ihn verändert. Körperlich. Momentan. Eine Kraft, die so etwas bewirkte - konnte sie seinen Geist, seinen Verstand beeinflussen, unterwerfen?
Sicher.
Und er musste mit diesem Etwas in seinem Körper leben. Jetzt fühlte er auch ein leichtes Schaudern, als ob ein eiskalter Luftzug um seine nackten Schultern strich.

58.

Gone ... - Phlebotomized

Der Gang, soweit er ihn durch die Gitterstäbe sehen konnte, war dunkel und kahl, wie er erwartet hatte. Zwei gelblich leuchtende Glühsteine irgendwo in der Ferne. Eine Zellentür weiter vorne, sonst nichts. Vor allem keine Wache. Glück gehabt.
Das Schloss an der Tür erwies sich als etwas hartnäckiger als die beiden anderen. Mit dem Zahnstocher war da nichts zu machen, da die Mechanik zu groß und zu schwergängig war. Aber er besaß jetzt Kaphils Messer, eine dünne halblange Waffe, die sich für so etwas bestens eignete.
Als er den entscheidenden Punkt ertastet hatte, hoffte er nur, dass die Klinge nicht brach. Es knirschte leicht im Schloss, dann noch einmal. Er versuchte, die Tür aufzuschieben, und sie bewegte sich.
"Na also!", stellte Trelain befriedigt fest. "Es hat wirklich seine Vorteile, wenn man ständig mit Verbrechern zu tun hat. Man lernt."
Calumal sah ihn mit einem undefinierbaren Blick an. Er hatte wohl nicht erwartet, aus dem Mund eines Daemon ironische Worte zu hören.
"Nun guck nicht so!", grinste Trelain. "Ay - du warst gemeint!"
"Herr, ich hätte nie ..." stammelte Calumal, aber Trelain winkte ab. "Spar dir den Rest. Und 'Herr' brauchst du mich nicht zu nennen. Pass auf: ..."
Er seufzte und lehnte sich gegen die Wand.
"Pass auf: Erstens: Ich bin *kein* Daemon! Das sollte klar sein." Er hielt seine Linke dem Dicken vors Gesicht. "Und das hier: Ich weiß weder, was das zu bedeuten hat, noch wie es passiert ist. Akzeptiere es einfach - so wie ich! Und es hat

nichts an meinen ... unseren Plänen geändert. Wir beide werden hier jetzt verschwinden! Und du wirst mir helfen, den Ascator zu finden, der nach oben führt! Dafür werde ich versuchen, dich hier mit herauszubringen. Das ist ein Versprechen. Und ich pflege meine Versprechen zu halten! Klar?"

Calumal starrte zwar immer noch mit misstrauischem Blick auf Trelains Hand, aber er nickte. "Ay. Ich will hier heraus."

"Gut. Dann wirst du mir vertrauen müssen! Und versuche bitte, dein Zähneklappern etwas unter Kontrolle zu halten!"

Harold spielte den Münzen-Bube aus und beobachtete sein Gegenüber genau. Ovid kratzte sich an der Nase. Ein gutes Zeichen. Er hatte schon viele hundert Spiele mit seinem Kameraden gemacht, aber dieser hatte bis jetzt noch nicht gemerkt, dass er sich selbst an der Nase kratzte, wenn die Sache nicht so lief, wie er sich das gedacht hatte. Und Harold dachte nicht daran, ihm das zu sagen.

Was würde er jetzt wohl tun? Das Nasekratzen war ein untrügliches Anzeichen dafür, dass er die Dame *nicht* hatte. Und den König dann natürlich auch nicht. Und da beide Karten bis jetzt noch nicht gespielt worden waren, mussten sie noch in dem Packen auf dem Tisch liegen. Gute Aussichten.

Ovid stieß ein missmutiges Grunzen aus und legte die Schwerter-Zehn ab. Harold triumphierte innerlich. Es lief noch besser, als er gedacht hatte. Der andere konnte nicht überstechen und hatte nur noch hohe Karten auf der Hand. Und er selbst brauchte nur noch einen guten Stich, um zu gewinnen. Der nächste Abend im Hurenviertel war so gut wie gesichert. Nur noch einen guten Stich ...

Er ging im Geist die gespielten Karten durch. Bei den Schwertern war nichts mehr zu machen. Die Münzen? Er selbst hielt noch die Münzen-Neun. Wenn Ovid die Schwerter-Zehn abgeworfen hatte, dann hieß das, dass seine anderen Karten mindestens ebenso viel wert sein müssten.

Also durchaus möglich, dass er die Münzen-Zehn hatte. Was nun?

Ovid hob plötzlich den Kopf und schien zu lauschen.

"Was ist?", fragte Harold spöttisch. "Willst du aufgeben?"

"Nemeb!", schüttelte der andere den Kopf. "Hast du eben nichts gehört?"

"Doch! Das Klappern von deinem Geld auf dem Tisch habe ich schon gehört!"

Ovid sah ihn verärgert an und legte seine Karten beiseite. "Und ich sage dir, ich habe draußen ein Geräusch gehört - ein Scharren oder Schleifen!"

Harold hatte schon eine weitere spöttische Bemerkung auf den Lippen, aber er verkniff sie sich. Schließlich waren sie hier, um den Zugang zum Zellentrakt zu bewachen, und nicht zum Kartenspielen. Ein Ausbruch erschien zwar äußerst unwahrscheinlich, aber es war schon vorgekommen. Oder ein Offizier machte eine Kontrollrunde. Und er hatte keine Lust, die nächsten fünf Zehntage einen Kanalinstandsetzungstrupp zu beaufsichtigen.

In wortlosem Einverständnis schoben die beiden Soldaten ihre Karten und den Packen in die Schublade unter dem Tisch und griffen nach ihren Kurzschwertern. Dann ließen sie die halbleere Flasche Geoph hinter dem Schränkchen verschwinden und sahen sich an. Ovid zuckte nur die Schultern und wies mit dem Kopf auf die offene Tür.

Eigentlich konnte nicht viel geschehen. Nach links war der Gang zum Zellentrakt, rechts das große Tor, dahinter der Kasernenbereich. Das Tor ließ sich nur vom Wachraum aus öffnen, und wer von draußen hereinwollte, der musste klopfen oder durch das kleine vergitterte Fenster rufen.

Es bedurfte keiner weiteren Worte mehr. Die beiden waren gut eingespielte Partner. Harold würde draußen im Gang nachsehen, während Ovid neben der Kette zur Alarmglocke stehenblieb - für alle Fälle.

Harold hob sein Schwert, ging zur Tür und sah hinaus. Dort halblinks stand ein kahlköpfiger dicker Mann, lächelte ihn zaghaft an - und wandte sich sofort zur Flucht. Für einen Moment war Harold - nicht vor Schreck, aber vor Verblüffung - wie erstarrt. Der Dicke, den der Herzog selbst von seinem Erkundungszug als Gefangenen mitgebracht hatte. Wie hatte der aus seiner Zelle herauskommen können?

Aber Harold war ein zu erfahrener Soldat, um nicht sofort zu reagieren: Er sprang los und ...

... und sah nicht den Schatten, der an ihm vorbeihuschte.

Ovid war ebenfalls ein routinierter Soldat, aber bei Weitem nicht schnell genug, um gegen Trelains plötzlichen Angriff eine Chance zu haben. Er sah einen kräftigen Mann mit gefletschten Zähnen, der wie ein Geist in der Tür aufgetaucht war, auf sich zuspringen und hob im Reflex noch sein Schwert zur Abwehr, aber zu spät.

Trelain hatte zwar nur Kaphils Messer, aber das genügte. Sein Angriff kam so ungestüm, dass er Ovid rückwärts gegen die Wand rammte, dessen Waffenarm mit dem Ellbogen zur Seite ablenkte und sofort in die Kehle zustieß. Der Soldat brachte nur noch ein ersterbendes Röcheln hervor und sank in die Knie. Trelain ließ ihn langsam zu Boden gleiten und griff sich das Schwert. Jetzt der andere!

Calumal hatte den Erfolg seines Ablenkungsmanövers nicht abgewartet. Wenn bei Trelain alles gut gegangen war, dann stellte die Alarmglocke jetzt kein Problem mehr dar. Kein Problem mehr! Equest! *Er* hatte jetzt ein Problem, nämlich dass ein Wachsoldat mit gezogenem Schwert hinter ihm her war. Und es war durchaus möglich, dass der gar nicht erst irgendwelche Fragen stellte, sondern sofort ... er dachte den Gedanken lieber nicht zu Ende.

Der Dicke rannte, wie er noch nie im Leben gerannt war. Wenn es jemals einen Grund gegeben hatte, Fettleibigkeit als

Nachteil anzusehen, dann jetzt. Er wagte nicht, sich umzusehen, und außer seinem eigenen Schnaufen konnte er auch nichts hören.

Zwanzig Meter bis zur nächsten Gangkreuzung, dann rechts und - falls er überhaupt so weit kam - dann wieder links. Das war mit Trelain so besprochen, der ja hinterherkommen musste. Hoffentlich.

Trelain pflegte seine Versprechen zu halten. Er hielt sich keine Ssig auf, sondern rannte aus der Tür der Wachstube hinaus. Von den beiden anderen war nichts zu sehen. Na schön. Hoffentlich kam dieser Wachsoldat nicht auf die Idee, Calumal einfach das Schwert in den Wanst zu jagen, wenn er ihn erwischt hatte.

Die erste rechts, die nächste wieder links.

Harold war dem Dicken so nahe gekommen, dass er ihn fast greifen konnte. Oder einfach mit dem Schwert zustoßen. Er holte aus ...

... als ihn eine Hand an der Schulter packte und so kräftig zur Seite stieß, dass er in vollem Lauf an die Wand prallte. Der Schlag gegen seine linke Seite lähmte in für einen Moment, und beinahe wäre er gestürzt.

Vor ihm stand ein junger Mann und grinste ihn an. Harold wischte sich über die Augen, dann stellte er fest, dass er sein Schwert fallengelassen hatte. Der andere grinste noch breiter und hielt ihm seine eigene Waffe vor das Gesicht.

"Hier ist es. Falls du das gesucht hast!"

Trelain bog in vollem Lauf um die Gangecke und stoppte abrupt. Sein Eingreifen war hier nicht mehr nötig. Der andere Wachsoldat lag in seinem Blut auf dem Boden. Allerdings ...

"Wenn du deinen dicken Kumpan noch erwischen willst, dann würde ich mich beeilen", schlug Divon lächelnd vor und deutete einen militärischen Gruß mit seinem Schwert an. "Wenn der so weiter rennt, dann hat er in einer halben Sseg den Zentralschacht umrundet ..."

59.

Every Minute counts - Hundred Years

"Dort vorne!", flüsterte Calumal. "Dort sind wir herausgekommen."
"Hm", brummte Trelain. "Ich weiß wirklich nicht recht ... Vielleicht könnte es ja gelingen, aber ..." Er ließ den Rest offen und zuckte mit den Schultern.
Alles sah recht friedlich aus. Ein Außenbezirk in einem Arbeiterviertel. Viele Leute waren auf den Straßen und Plätzen unterwegs, tätigten ihre Besorgungen in den Geschäften und an den offenen Ständen der Marktverkäufer. In der Mitte eines offenen Platzes konnte er eine etwa zehn Meter dicke Steinsäule sehen - und das Stahltor eines Ascators.
Fast konnte man meinen, in Subgäa zu sein, in einem der Fünfziger- oder besseren Sechzigerniveaus. Nur die Leute waren blasser. Trelain und Divon hatten die Uniformen der beiden toten Wachsoldaten angezogen und sich auch die konischen Helme mit den an den Seiten herabhängenden Metallschuppen aufgesetzt. So war vom Gesicht nicht mehr viel zu sehen, und keinem der vielen Passanten war bisher die dunklere Färbung der Haut aufgefallen. Sinnigerweise führten sie Calumal an einer dünnen Kette als 'Gefangenen' mit sich. Bei seiner ganzen Erscheinung war mit Verkleidung nichts zu machen.
Trelain schätzte die Zeit ab, die vergangen war, seit sie den Gefängnisbereich verlassen hatten, dieses Niveau halb umrundet, einmal einen anderen Ascator benutzt, um drei Stockwerke höher zu gelangen, und jetzt bis hierher: eine knappe Sseg.
Das wurde jetzt equest knapp, wenn sie sich noch länger aufhielten. Jeden Moment konnte weiter unten die Flucht bemerkt werden - wenn das nicht schon geschehen war. Er

wusste nicht, wie schnell die Nachrichtenübermittlung hier in Elengrad funktionierte. Für solche wirklich dringenden Fälle gab es in Subgäa transgeotische Röhrensprechverbindungen, die erstaunlich weit trugen, und von Niveau zu Niveau Glockenverbindungen: Seilzüge, die im darunter- oder darüberliegenden Stockwerk eine Glocke betätigten, mit einem speziellen Code für Warn- oder sonstige Signale. Natürlich nur in den oberen Niveaus, wo man die Luft-, Abfall- oder Wartungsschächte für so etwas benutzen konnte. Und selbst dort war das System äußerst störungsanfällig, da die Seile ziemlich schnell verfaulten oder verrotteten.

Immerhin: Falls ihre Flucht jetzt schon entdeckt war, dann wäre ein Bote mit dieser Nachricht genauso schnell hier wie sie selbst. Bis die Miliz eine großangelegte Suche startete, dauerte es dann keine zehn Zentssegs mehr. Und vor allem würde man sofort alle Ascatoren sperren - oder ganz außer Betrieb setzen.

Die Zeit drängte also.

Er sah Divon an. Dieser beobachte die Umgebung. Bis jetzt war alles gutgegangen, und ziemlich schnell, und nun wurde die Zeit knapp. Genau das war Trelains Problem: keine Zeit zum Nachdenken.

"Kommt!", murmelte er und zog Calumal mit sich. "Wir verschwinden hier - und zwar schnell!"

"Was?", protestierte der Dicke, aber er hatte Trelains Griff nichts entgegenzusetzen. "Wieso ver ...?"

"Halt die Schnauze!", gab Trelain ziemlich unfreundlich zurück. "Wir müssen hier weg!"

Divon sah ihn skeptisch an, widersprach aber nicht und folgte.

Fünfzehn Zentssegs später waren sie in einen Seitengang abgebogen, hatten an dessen Ende wieder einen konzentrischen Hauptgang erreicht, einen weiteren dichtbevölkerten Marktplatz überquert, und nun standen sie in einer schmalen Toreinfahrt in der Nähe eines öffentlichen Brunnens.

Calumal schnaufte heftig, und Schweiß stand auf seiner Stirn. "Ich verstehe immer noch nicht, was ...", begann er, aber Trelain winkte ab. "Du wirst gleich!"

Er tastete nach dem Schwertgriff und sah Divon in die Augen. Diesem war das nicht entgangen, und er lächelte wieder.

"Wie ist es dir eigentlich gelungen, mein Freund, aus deiner Zelle herauszukommen - und das auch noch just zum gleichen Zeitpunkt, als wir beide hier beschlossen, diesem gastlichen Ort Lebewohl zu sagen? Das ist eine Frage, die ich gerne beantwortet haben möchte - und zwar bevor ich mich mit euch beiden auf den Weg nach oben mache!"

Divon erwiderte den Blick. "Höre ich da vielleicht Misstrauen heraus, Major? Kann das sein?"

"Ay. Das kann sein. Derartige Zufälle haben sich gehäuft, seit ich diese Sache angefangen habe. Und das gefällt mir langsam nicht mehr."

"Zufälle?" Divon lachte leise und strich sich mit den Fingern über den Schnauzbart. "Die neue Hand da vielleicht? Wie ein Zufall sieht das aber equest nicht aus ..."

"Lenk nicht ab! Warum stehst du jetzt mit hier?"

"Nun, das ist eigentlich ganz einfach erklärt", begann Divon und lehnte sich zurück an die Mauer. "Dass ich hier nicht lange bleiben würde, das war mir klar. Und wie es Euch ... dir in der Arena ergangen ist ... Früher oder später würde es mich auch erwischen, und das beschloss ich nicht abzuwarten - aus verständlichen Gründen. Nicht dass ich dich beleidigen möchte - aber mir liegt etwas an der Unversehrtheit meiner Person. Selbst wenn man hier so netten Ersatz bekommt ..."

Trelain grunzte missmutig. "Komm zur Sache! Bitte!"

"Bitte! Ich war mit vier anderen Kerlen zusammen eingekerkert. Und einer von ihnen, der saß, weil er zusammen mit ein paar Freunden einen Besoffenen ausgeplündert hatte, der sich leider später als Schwager eines Bezirksgouverneurs herausstellte ... Außerdem hatte er sich natürlich dummerweise erwischen lassen ..."

Trelain stöhnte auf. "Wird die Geschichte vielleicht noch komplizierter?"

"Etwas. Also: Der hatte einen Vetter bei der Gefängniswache. Nicht der Schwager des Bezirksgouverneurs ..."

" ... sondern der Kerl in deiner Zelle, ay!"

"Genau. Jeden dritten Tag kam dieser Vetter, um Wasser und Lab zu bringen. Und natürlich haben die beiden einen Fluchtplan verabredet ... Also, *ich* wüsste nicht, ob ich mein Leben für meinen Vetter riskieren würde, wenn der im Kerker der Pursuition säße. Ich glaube, dort wäre er ganz gut aufgehoben ..."

"Ay!", stöhnte Trelain nochmals. "Und du hast diesen Fluchtplan natürlich mitbekommen ..."

"Richtig. Ich habe ein sehr gutes Gehör. Die beiden Ssegs, wenn sich kein Offizier blicken lässt, und die beiden Wachen vorne am Tor in ihrer Kammer Karten spielen. Das tun nur ... taten nur diese beiden. Die anderen nehmen ihre Pflichten etwas ernster. Und genau heute hatten meine anderen drei Zellengenossen einen ... hm ... Auftritt. Zwei in der Arena - einer beim Henker. Nun fehlten also nur noch die Schlüssel: ein kleiner für die Kette, ein größerer für die Tür. Und die hatten wir ..."

" ... von dem Vetter. Vermutlich schon einen oder zwei Tage vorher, damit kein Verdacht auf ihn fällt, oder?"

"So ist es!", grinste Divon breit. "Eine ganz simple Angelegenheit. Also überhaupt kein Grund zum Misstrauen!"

Trelains Gedanken jagten. Wenn dem so wäre ... Die ganze Geschichte klang so equest nach zusammengelogen - die konnte wirklich stimmen. Und außerdem ...

"Dann wäre es ja eher Zufall, dass *ich* genau den Zeitpunkt erwischt habe, an dem das alles gelingen kann!"

"Eben!", nickte Divon. "Du hattest schließlich keinen ..."

" ... keinen Vetter, oder was auch immer. Equest! Und was ist aus deinem Zellengenossen geworden? Wo ist der?"

Divon zuckte die Achseln. "Der schläft vermutlich jetzt noch den Schlaf des Auf-den-Kopf-Geschlagenen. Nach reiflicher Überlegung hatte ich beschlossen, meine Flucht alleine ins Werk zu setzen. Ehrlich gesagt war mir der Kerl auch nicht sehr sympathisch. Und?"

"Was und?"

"Ich dachte, ich höre jetzt vielleicht eine Begründung für dieses ehrenrührige Misstrauen. Immerhin war bei dir mehr Zufall im Spiel ..."

Trelain verzog das Gesicht. "Man wird eben misstrauisch, equest! Eine Entschuldigung mit Kniefall und Schluchzen bekommst du, wenn wir heil in Subgäa zurück sind!" Er nahm die Hand vom Schwertgriff und entspannte sich. "Trotzdem: Wir sind nun zu dritt, und bis jetzt ist alles gut gegangen - equart gut! Zu gut!"

"Was meinst du?"

"Was du nicht weißt: Dass ich verstümmelt worden bin, das war geplant. Dass mir dieses Ding hier", er hob die Linke, aber Divon zog nur die Augenbrauen zusammen, "gewachsen ist, vielleicht auch. Und wir hatten einen Spitzel in unserer Zelle. Was der schon alles weitergemeldet hatte, das weiß ich nicht. Selbst diese Flucht könnte also geplant sein. Deshalb hat bis jetzt auch alles geklappt."

Divon pfiff leise. "Und was ist das für ein Plan?"

"Das weiß ich eben auch nicht. Nur eines ist mir klar: Herzog Ivesnagaios kann mich nicht einfach hier herausspazieren lassen. Entweder ist ihm meine Flucht ganz recht, dann muss er mir auf den Fersen bleiben - und hat seine Vorkehrungen getroffen. Oder ich bin inzwischen eine Gefahr für ihn. Dann muss er mich erst recht erwischen."

"Und diese Vorkehrungen?"

"Nun, ich würde alle Ascatoren genau überwachen lassen. Zumindest diesen einen, der bis nach Subgäa führt. Und ... "

Hier mischte sich zum ersten Mal Calumal ein. "Er führt nicht bis ganz nach oben. Der Einstieg ist in den Unterhundertniveaus. So etwa sieben Stockwerke tiefer."

"Na also! Dieser eine Ascator ist das Nadelöhr, durch das wir *müssen*. Der Eingang ist bewacht, darauf wette ich, vermutlich kann er ihn unterwegs stoppen und zurückholen, falls wir es schaffen, und oben am Ausgang wartet wahrscheinlich auch noch eine Empfangsdelegation."

Divon sah ihn an und kaute auf seiner Unterlippe. "Ich glaube, ich weiß, was du vorhast. Und der Gedanke gefällt mir gar nicht!"

Jetzt grinste Trelain. "Doch, doch! Wie gesagt, ich fühle mich wie eine Marionette am Faden. Und nur der Spieler wechselt. Um da herauszukommen, gibt es nur eines: Das Schema muss mindestens einmal durchbrochen werden. Also sollten wir etwas tun, mit dem niemand rechnet."

Er machte eine Pause. "Wir steigen über die Treppe nach oben!"

Calumal wurde blass.

60.

Journey into the Unknown - Orphanage

Noch am selben Tag hatten sie dreißig Stockwerke höher ein Gebiet erreicht, das nur noch dünn bewohnt war, und wo es keine Yllumi-Röhren mehr gab, nur noch Glühsteine. Vor allem zu Calumals Erleichterung hatten sie einen Ascator in einem Außenbezirk gefunden, der sie siebenundzwanzig Stockwerke höher beförderte. Dann ruckte er heftig und blieb einfach stehen. Trelain war das nicht unbekannt. Genauso war es mit den Ascatoren in Subgäa, wenn man versuchte, über die Achtundniveaus weiter nach unten zu fahren.

Ein solches Unterfangen war auch nicht ganz ungefährlich, wenn es dem 'Geist' des Fahrstuhls einfiel, seinen Dienst auf halber Höhe zwischen zwei Stockwerken zu quittieren. Wenn er sich dann mit Fluchen, Betteln oder Beten nicht überreden ließ, irgendwann einmal weiter- oder zurückzufahren, dann war das die letzte Ascatorfahrt des armen Unglücklichen. Und bis jetzt hatte es noch niemand geschafft, an dem öligen Führungsseil nach oben zu klettern.

Wenn es mehrere Zehntage später der Maschine beliebte, ihre Arbeit wieder aufzunehmen, dann erwartete den nächsten Benutzer eine delikate Überraschung, wenn die Türen sich öffneten.

Zum Glück hatte dieser Ascator ein Einsehen gehabt und war genau auf der Höhe des Niveaus stehengeblieben.
Von da an hatten sie sich auf den beschwerlichen Fußmarsch weiter nach oben machen müssen. Schon nach einem Stockwerk keuchte Calumal wie ein verendender Geonogon und hatte sich eine Gesichtsfarbe zugelegt, die man nur als Steigerung des Wortes 'rot' bezeichnen konnte. Sie mussten öfter

eine Pause einlegen, was natürlich zwischen den Niveaus geschah.

Trelain musste den Tatsachen ins Auge sehen. Wenn er den Dicken mitnehmen wollte, dann würde der Aufstieg bis nach Subgäa - immerhin eine Höhendistanz von ungefähr hundert Stockwerken - wesentlich längere Zeit in Anspruch nehmen, als er eingeplant hatte. Aber was bedeutete schon Planung in diesem Spiel? Mehr und mehr kam er sich wie eine Schachfigur vor, die ein oder mehrere Spieler nach Belieben und ohne Rücksicht auf Verluste herum schoben.

Und abgesehen von der Tatsache, dass Calumal ihm sehr von Nutzen sein konnte, *wenn* sie es schafften, zurückzukommen: Er hatte ihm sein Wort gegeben. Und daran gab es nichts zu drehen und zu deuten.

Nach kurzer Suche hatten sie in der Nähe des Zentralschachts eine Lab-Ausgabestelle gefunden, die funktionierte. Relativ wenig Menschen waren hier versammelt, um sich ihre Rationen zu holen, lauter ziemlich heruntergekommene Gestalten mit eingefallenen bleichen Gesichtern, die die beiden Soldaten zwar kurz misstrauisch musterten, aber nichts weiter unternahmen. Einige spuckten verächtlich aus.

Trelain kannte das von Subgäa: Je tiefer man kam, um so weniger gern war die Staatsmacht gesehen. Hier war das eben umgekehrt. Dabei kam ihm ein Gedanke.

Er ging bis zum Fenster des Zentralschachts, bog zwei verrostete Gitterstäbe mit Leichtigkeit zur Seite und lehnte sich über die Brüstung. Ein kalter Wind schlug ihm ins Gesicht, und er blinzelte.

Was immer er unten zu sehen erwartet hatte, er sah es nicht. Kein Boden, kein rotglühendes Höllenfeuer, auch keine Millionen von verwesenden Leichen, die sich hier stapelten. Nur ein schwarzes Loch, das bis in die Unendlichkeit zu reichen schien.

"Was ist?", fragte Divon, während er einen großen Packen getrocknetes Lab an die Wand stapelte. "Irgend etwas Interessantes dort unten?"

Trelain lachte leise. "Nemeb. Der gleiche Anblick wie von oben. Ich glaube, der Abis reicht wirklich bis in die Hölle. Allerdings scheint diese weiter weg zu sein, als so manche Philosophen bei uns glauben."

Divon lehnte sich neben ihm über die Mauer und schnalzte mit der Zunge. "Die Hölle ist von Menschen selbstgemacht, zumindest ihre persönliche."

"Nanu? Entwickelst du plötzlich philosophische Ambitionen?"

Der Sergeant lacht leise. "Wer tut das nicht? Wahrscheinlich philosophieren selbst die Götter."

"Die Götter? Die? Wer sollte das sein, außer Gäa?"

"Nemeb!", schüttelte Divon den Kopf. "Das war doch nur ein Vergleich. Wenn es Götter gäbe, dann müssten sich diese doch auch fragen, wer sie geschaffen hat, und welchen Sinn ihr Dasein hat, oder?"

"Hm. Ist Gottsein nicht Selbstzweck?"

"Hm. Selbstzweck? Interessant. So wie Kunst?"

"Auch ein interessanter Gedanke. Wenn das alles hier vorbei ist, werde ich mir die Zeit nehmen, mal darüber nachzudenken. Haben wir genug Lab?"

"Ay. Das reicht lange."

Trelain nickte. Die getrocknete konzentrierte Nahrung - aus was auch immer - schmeckte zwar nach einer Mischung aus fad und scheußlich, hatte aber den unschlagbaren Vorteil, dass sie lange vorhielt. Er selbst bevorzugte natürlich auch die in Subgäa equest teure frische Nahrung aus Skualman- oder Geonogonfleisch oder aus Pilzen, aber wenn man mit zwei Plätzchen über den Tag kommt, dann war das genau das, was sie jetzt dringend brauchten. Um Wasser mussten sie sich voraussichtlich keine Sorgen machen: Schon hier waren die Wände so feucht, dass man sie ablecken konnte.

Mit Blick auf die Bewohner dieses Niveaus, von denen noch einige herumlungerten, schlug Divon vor: "Ich denke, wir sollten uns hier irgendwo einen Platz suchen, wo wir ein paar Ssegs schlafen können. Morgen werden wir unsere Kraft brauchen."

Trelain nickte. "Ay. Du und ich - wir werden abwechselnd wachen." Er zog sein Schwert aus der Scheide und fuhr vorsichtig mit dem 'Zeigefinger' seiner neuen Hand über die Schneide.

Drei der abgerissenen Kerle, die es sich in einer Tornische gemütlich gemacht hatten, begannen lautstark um eine Flasche Geoph zu streiten.

61.

The Spiral Starecase - Skyclad

"Equest!", fluchte Divon. "Da vorne geht's nicht weiter!"
Trelain musste ihm recht geben. Zehn Meter weiter vorne war der Gang auf der ganzen Breite eingebrochen. Ein riesiger Felsbrocken war von der Decke heruntergestürzt und ließ gerade so viel Raum zwischen sich und der Wand, dass das schmale Bächlein, das sie schon seit einigen Zentssegs begleitet hatte, einen Durchfluss fand.
"Und was nun?", fragte Divon. "Den ganzen Gang zurück und es auf der anderen Seite versuchen?"
"Da wird uns nichts anderes übrigbleiben, oder?"
Calumal stieß einen tiefen Schnaufer aus und setzte sich auf den Boden. "Lasst uns erst einmal eine Pause machen! Ich fühle meine Füße schon gar nicht mehr."
"Dann sei doch froh!", stichelte Divon. "Gestern hast du den ganzen Tag nichts anderes gemacht, als über die Schmerzen zu jammern!"
Trelain grinste. Irgendwie tat ihm der Dicke aber doch leid. Für ihn mit seiner Körperfülle musste das alles doppelt und dreifach anstrengend sein. Und trotzdem hatte er sich bis jetzt relativ gut gehalten
"Calumal, mein Freund", dozierte er, "ich verspreche dir: Wenn wir das alles geschafft haben, dann wirst du dich selbst im Spiegel nicht mehr wiedererkennen. Du wirst schlank ... naja: schlanker als jetzt und durchtrainiert sein, und die Frauen werden sich um dich reißen."
Der andere wischte sich über die trotz der Kälte schweißnasse Stirn und verzog das Gesicht: "Quatsch! *Wenn* wir das hier schaffen. Wenn! Ich glaube immer weniger daran!"
Trelain musste ihm fast recht geben mit seiner Skepsis. Sie waren jetzt fünf Tage unterwegs. Nach seiner Rechnung hat-

ten sie dreißig Stockwerke geschafft. Die ersten zwanzig hatten keine großen Schwierigkeiten bereitet, außer der ungewohnten Anstrengung. Aber selbst ihm war es schwer gefallen, stundenlang nur Treppen zu steigen. Und manchmal war er sogar froh gewesen, wenn Calumal nach einer Pause verlangt hatte. Nur Divon zeigte sich guten Mutes - und der Bursche schien keine Erschöpfung zu kennen, was Trelain wiederum manchmal ärgerte.

Auf Menschen waren sie nicht mehr gestoßen, obwohl die ersten zehn Niveaus über Elengrad auch nicht schlimmer ausgesehen hatten, als die obersten bewohnten. Er hatte sich dann den Luxus erlaubt, sich einmal kurz genauer umzusehen, bevor sie ihren Aufstieg fortsetzten.

Es gab keine Brunnen und vor allem keine Wasserleitungen mehr. Und natürlich schon gar keine Abfallschächte und Abwasserkanäle. Die Gänge um den Zentralschacht waren zwar gut ausgebaut, aber weiter draußen hörte das schnell auf. Das waren einfach Höhlen, die jemand in den Fels getrieben hatte. Und natürlich waren sie stockdunkel.

Um den Zentralschacht herum gab es zum Glück vereinzelte Glühsteine, die ihren Dienst taten. Trelain hätte auch nicht gewusst, wie sie den Weg nach oben in vollkommener Finsternis bewältigen sollten. Seltsam, dass ihm dieser Gedanke erst jetzt gekommen war. Licht. Natürlich brauchte man Licht am nötigsten, aber daran hatte er nicht gedacht. Vielleicht, weil er die Existenz von Glühsteinen selbst in den entlegensten Außenbezirken Subgäas als etwas Selbstverständliches empfand.

Aber was taten eigentlich diejenigen, die Minen in den Fels gruben, um Kupfer oder Silber abzubauen? Auch darüber hatte er sich noch nie Gedanken gemacht.

Fackeln? Es gab einige Chemikalien, das wusste er, die ziemlich lange brannten. Aber so lange nun auch wieder nicht, und die meisten von ihnen verbreiteten einen stechenden Geruch, den man nicht lange aushielt. Vermutlich war das Zeug auch giftig.

Und bei diesem Gedanken war ihm eine Eingebung gekommen. Beim nächsten Glühstein war er auf Divons Schultern gestiegen und ... Die faustgroße gelb schimmernde Kugel, die sich wie eiskaltes Glas anfühlte, ließ sich herausschrauben - und leuchtete weiter!

Beinahe hätte er laut aufgejubelt. Dann wurde er wieder nachdenklich. Warum hatte er das bis jetzt nicht versucht? Warum hatte das keiner versucht?

Die Erklärung war eigentlich höchst simpel: Weil es nicht nötig war. In Subgäa gab es überall Glühsteine, nirgendwo war es wirklich vollkommen finster. Und die Dinger schienen un ... Hier fehlte ihm das Wort. ... Un*sterblich*? Oder doch? Er hatte schon erloschene Glühsteine gesehen, aber nicht darauf geachtet, ob sie später wieder leuchteten. Gab es vielleicht jemanden, der die Dinger auswechselte oder wieder zum Leuchten brachte?

Der herausgeschraubte Stein hatte ihnen gute Dienste beim Ersteigen des nächsten Stockwerks geleistet, denn im Treppenschacht war die Beleuchtung äußerst spärlich. Trelains Begeisterung über diese Entdeckung hatte allerdings einen Dämpfer erlitten, als der Glühstein etwa eine halbe Sseg später immer dunkler wurde und schließlich ganz erlosch.

Immerhin hatte er etwas gelernt: Licht war transportabel, aber nicht für immer. Der 'Geist' - er nannte ihn so, weil ihm momentan kein besseres Wort einfiel - des Glühsteins überlebte also nicht lange, wenn er ihn von seiner Quelle trennte. Eine Yllumi-Röhre erlosch sofort, wenn man sie aus ihrer Fassung herausnahm. Eigentlich der gleiche Effekt, nur schneller. Dafür spendete eine Yllumi-Röhre auch wesentlich mehr Licht. Also: Vermutlich war die Quanz, diese mystische unerklärliche Kraft, die aus Metalldrähten herauskam,

auch für das Leuchten der Glühsteine verantwortlich. Und der Stein konnte sie eine gewisse Zeit bei sich behalten.
 War das logisch?

 Einige Niveaus höher begannen dann die Schwierigkeiten, obwohl es Licht gab: Mitten über die ganze Breite der Treppe klaffte ein Spalt, als ob ein Riese mit einer schartigen Axt hineingeschlagen hätte. Etwa zehn Meter tief. Es blieb ihnen nichts anderes übrig, als mühsam hinunter- und auf der anderen Seite wieder hinaufzuklettern. Trelains und Divons vereinte Kräfte waren notwendig, um Calumal an schwierigen Stellen hinaufzuhieven. Ihnen war zwar inzwischen jedes Zeitgefühl, das ja ansonsten vom Wechsel der Hell- und Dunkelphasen bestimmt wurde, abhanden gekommen, aber als alle drei keuchend die gegenüberliegende Seite erreicht hatten, schätzten sie, dass sie bestimmt drei oder vier Ssegs gebraucht hatten.
 Der nächste Tag brachte weitere Komplikationen. Der Treppenschacht war zwar in Ordnung, aber vollkommen finster, und zudem floss ihnen Wasser entgegen, das irgendwo weiter unten in eine Felsspalte strömte. Sie verbrachten zwei Ssegs damit, in diesem Niveau nach einem anderen Treppenaufgang zu suchen, aber es gab keinen in der Nähe des Zentralschachts, und die schmalen Gänge, die in die - wenn vorhanden - Außenbezirke führten, waren stockfinster und wenig vertrauenerweckend. In der schwarzen Ferne hörten sie gurgelnde Geräusche, als ob ein riesiges Lebewesen Verdauungsstörungen hatte.
 Es blieb ihnen nichts anderes übrig, als den Aufstieg zu wagen. Sie schraubten zwei Glühsteine heraus und begannen das Wagnis. Die Stufen waren von dem Wasser, das wahrscheinlich schon seit Urzeiten dort floss, abgeschliffen und glitschig. Zum Glück hatte die Strömung nicht viel Kraft. Es

war Trelain, der ausrutschte, stürzte und sich den rechten Ellbogen aufschrammte.

Als die Glühsteine langsam dunkler wurden und ihnen allen schon die Schreckensvision, sich hier in vollkommener Finsternis weitertasten zu müssen, vorschwebte, erreichten sie das nächste Niveau. Das Wasser schien von hier zu stammen, denn weiter oben war die Treppe trocken. Trotz ihrer Erschöpfung verschwendeten sie keine Zeit damit, sich dort näher umzusehen und stiegen noch etwas höher, wo sie dann Pause machten. Jetzt hätte sich jeder ein nettes kleines Feuerchen gewünscht, um die nassen Hosen und Stiefel zu trocknen, aber es gab keine Möglichkeit.

Auch der nächste Tag brachte nicht viel Erfreuliches. Im ganzen Treppenschacht waren herausgebrochene Felsbrocken aus der verwitterten Wand verstreut, so dass sie mehr klettern als steigen mussten. Kein Wunder, dachte sich Trelain, dass hier keine Menschen mehr lebten. Es schien, als ob das alles hier angefangen worden war, aber niemals zu Ende gebaut, und die allmächtige Erde mit ihren Kräften hatte sich in den letzten - wievielhundert? - Jahren gewaltsam wieder Einlass verschafft. Sie zerstörte das, was der Mensch in widernatürlicher Weise geschaffen hatte. Würde dieses Schicksal auch seine Welt Subgäa treffen? Möglich.

Und jetzt saßen sie hier und konnten nicht weiter. Trelain biss von einem Plätzchen Lab ab und untersuchte seinen Ellbogen. Er schmerzte nicht mehr und ... die schorfige Wunde war verschwunden. Seltsam. Vor wenigen Ssegs noch hatte er befürchtet, dass sie sich entzünden konnte und er eine üble Blutvergiftung davontrug, und jetzt ...

Er tastete über die Haut. Sie war vollkommen wiederhergestellt, fühlte sich aber anders an als sonst, rauher.

Divon sah ihn prüfend an, aber Trelain sagte nichts weiter.

"Und jetzt?", fragte der Sergeant und nahm sich ebenfalls ein Lab-Plätzchen. "Wenn wir in diesem Tempo weiterkommen, dann gehen uns doch die Vorräte aus."

Trelain nickte. "Ich weiß, Aber was bleibt uns anderes übrig? Willst du wieder hinuntersteigen, und unseren Freund Herzog Ivesnagaios um Asyl bitten? Wahrscheinlich hättest du eine große Karriere in der Arena vor dir ..."

Der andere lachte. "Ay. Vor allem: Dich hat er gebraucht, irgendwie. Auf meine Person könnte er wohl eher verzichten."

"Eben. Also los! Wir gehen weiter und versuchen es auf der anderen Seite!"

Diesmal hatten sie mehr Glück, wenn man es so nennen wollte: Nachdem sie den Zentralschacht zu drei Vierteln umrundet hatten, fanden sie einen anderen Treppenschacht, der nach oben führte. Dieser war zwar ziemlich schmal und eng gewendelt, aber trocken und schien gangbar.

Eine Sseg später hatten sie das nächste Niveau erreicht. Nach Trelains grober Rechnung trennten sie also nur noch sechzig oder fünfundsechzig Niveaus von ihrem Ziel. Wenn das nicht ermutigend war!

62.

The crawling Chaos - Rage

"Oh mein Gott!", stöhnte Calumal.
"Gott?", fragte Trelain zurück. "Ich glaube, wenn es so etwas gibt, dann solltest du lieber die Gegenseite bemühen."
Vier Niveaus höher war wieder das geschehen, was sie die ganze Zeit befürchtet hatten: Der Treppenschacht war unpassierbar. Auf der ganzen Breite und auf einer Länge von mehr als zwanzig Metern existierten keine Stufen mehr. Nur ein gewaltiges Loch, dessen Grund sie in dem trüben Licht nicht einmal erahnen konnten, gähnte ihnen entgegen. Rechts weiter oben war die Wand eingebrochen, und ein Wasserfall ergoss sich in die schwarze Tiefe. Das war das Rauschen gewesen, das sie schon seit einer halben Sseg gehört hatten.
Divon beugte sich vorsichtig, um nicht auszurutschen, über die Kante. Von der Feuchtigkeit war alles mit einem dünnen Wasserfilm überzogen, der die Steine equest glitschig machte.
"Nemeb!", vermeldete er. "Wenn wir da hinuntersteigen wollen, können wir gleich in den Abis springen. Da geht es senkrecht hinunter - und wer weiß wie tief!" Er musste laut schreien, um das Tosen zu übertönen.
"Dann bleibt uns nichts anderes übrig!", brüllte Trelain zurück. "Wir müssen zurück und dort einen anderen Aufgang suchen!"
"Wenn es einen gibt!"
"Equart! Es muss! Wer immer das hier einstmals gebaut hat: Er war nicht so dumm, nur eine einzige Verbindung zwischen zwei Stockwerken herzustellen. Bis jetzt war es immer so. Wir müssen nur suchen!"
"Und wenn die auch ...", stöhnte Calumal nochmals, " ... eingestürzt oder verschüttet oder ... ich weiß nicht ..." Der Dicke

lehnte sich erschöpft an die Wand und biss sich auf die Lippen. Er schien am Ende seiner Kräfte. "Hat das alles einen Sinn?"

Er tat Trelain leid, aber das nutzte jetzt nichts. "Wenn es keinen Sinn hat, dann können wir immer noch in den Abis springen!", gab er ziemlich rüde zurück.

Calumal brachte ein schwaches Grinsen zustande. "Glaubst du, dass das der richtige Weg ist, um mich aufzumuntern?"

"Na, halb hat es doch funktioniert, nemeb?"

Der andere nickte ergeben und folgte ihnen.

Der Tunnel war niedriger als normal und vollkommen dunkel. In der Ferne war ab und zu ein Blubbern zu hören. Der Boden schien sich leicht zu senken.

Divon fluchte. "Könnte sein, dass er unter Wasser steht."

"Ay!", knurrte Trelain. "Könnte sein."

"Möchtest du vielleicht in die Dunkelheit *tauchen*?"

Trotz des trüben Lichts zweier einsamer Glühsteine in der Gangkreuzung konnte Trelain sehen, wie Calumal erbleichte.

"Keine Angst!", beruhigte er ihn. "Ich habe mein Wort gegeben, und wir werden dich nicht zurücklassen."

Der Dicke schüttelte den Kopf. "Glaubst du, dass ich es überhaupt schaffen kann? Ich habe euch bis jetzt nur aufgehalten ..."

"Ich weiß nicht. Aber ein Wort ist ein Wort. Du hast mich zum Ascator gebracht. Dass ich mich anders entschieden habe, ist mein Problem. Und vom Jammern wird es nicht besser."

"Also?", fragte Divon.

"Also? Wir haben auf diesem Niveau bis jetzt drei Aufgänge gefunden. Bei einem war die Treppe nicht mehr vorhanden, und zwei waren verschüttet. Das hier ist der einzige Gang, der noch übrigbleibt. Und wenn mich mein Orientierungssinn nicht ganz verlassen hat, dann sind wir immer noch in der

Nähe des Zentralschachts. Es besteht also eine gewisse Wahrscheinlichkeit, dass noch ein Aufgang existiert - irgendwo dort!"

Er deutete auf die Dunkelheit vor ihnen, und "dort" kam dreimal von den Felswänden zurück.

Eine halbe Sseg später, in der sie nur langsam vorangekommen waren, wurde der Gang noch niedriger. Sie hatten die beiden Glühsteine von der Kreuzung herausgeschraubt, so dass sie wenigstens ein paar Meter weit sehen konnten. Trelain ging voran und musste sich jetzt bücken, um nicht mit dem Kopf an die Decke zu stoßen. Aber immerhin bestand diese aus gefügten Steinen und nicht aus blankem Fels, also war dieser Gang künstlichen Ursprungs und hatte somit einmal einem bestimmten Zweck gedient. Wäre diese Höhle eine natürliche, dann schwänden ihre Chancen, hier irgendwo noch eine Treppe nach oben zu finden. Also konnte er eigentlich relativ beruhigt sein.

Trotzdem: Selbst Trelains abgehärtetes Gemüt wurde langsam von einer gewissen Resignation heimgesucht. Hier stiegen drei Männer, drei unbedeutende Würmer, im Leib der unendlichen Erde herum, mit Milliarden von Kubikmetern Fels zwischen sich und der bewohnten Welt. Und sie wussten nicht einmal, ob sie überhaupt auf dem richtigen Weg waren. Er konnte Calumal langsam verstehen, der hinter ihm herschnaufte.

Was Trelain aber nach wie vor aufrecht hielt, das war der unbändige Wille, nach Subgäa zurückzukehren. Er wusste eigentlich noch nicht genau, was er dort dann tun würde, aber eine Schachfigur würde er nicht mehr sein. Von nun an würde er mitspielen.

Der Gang schien noch niedriger zu werden, und das Wasser, in dem er bis zur Hüfte watete, soviel konnte er sogar in dem schwachen gelben Licht sehen, war nicht mehr klar, sondern schmutzig braun. Auch der Boden bestand anscheinend nicht mehr aus blankem Stein. Er hatte den Eindruck, als würden seine Füße bei jedem Schritt leicht einsinken, bis sie auf Widerstand stießen.

"Wartet!", befahl er. Die Worte klangen, als würde jemand in einen großen leeren Eimer sprechen.

Er hielt den Glühstein in die Höhe und tauchte mit dem Kopf unter Wasser, um mit der Hand den Grund zu ertasten. Richtig. Das war kein Stein, sondern Erde. Nicht sehr schlammig, sondern eher fest, aber Erde, die unter den Füssen leicht nachgab.

Er tauchte auf und spuckte aus, während er seine langen Haare ausschüttelte. Die braune Brühe war ziemlich kalt.

"Jetzt weiß ich, was hier los ist: Nicht die Decke wird niedriger, sondern der Boden steigt an. Der ganze Gang geht leicht schräg nach unten, und das Wasser hat im Lauf der Zeit Erde herein gespült, die sich abgesetzt hat."

Divon hielt seinen Glühstein so, dass er ihn ansehen konnte. "Wenn ich dich richtig verstanden habe, dann bedeutet das wohl, dass wir damit rechnen können, dass das hier noch niedriger wird?"

"Und wenn der Wasserspiegel so weit steigt, bis er ..." Calumal sprach nicht weiter, aber alle wussten, was gemeint war.

Noch eine halbe Sseg später war es so weit: Trelain watete bis zum Hals im Wasser, und die Decke war nur noch wenige Zentimeter über seinem Kopf. Der Boden unter seinen Füssen wurde immer schlammiger, und das Fortkommen immer schwieriger. Er hielt den Glühstein über die Oberfläche, obwohl er auch unter Wasser sein Licht abgab, aber das nutzte in der trüben Brühe nicht viel. So konnte er wenigstens die nächsten paar Meter weit sehen.

Das gelbe Licht direkt vor seinen Augen brach sich in den Wellen, die er selbst erzeugte und sandte schimmernde Reflexe an die Wände, die dadurch wie in Bewegung wirkten. Auch die Farbe des Steins schien anders, heller.

Oder? Er ging näher und fühlte mit der Hand über den Fels. Er hatte sich nicht getäuscht: Das fühlte sich nicht wie Stein an, mehr wie ... wie ein Schwamm. Elastisch, leicht porös. Er versuchte es und konnte mit einiger Anstrengung mit dem Zeigefinger ein Loch in die Oberfläche bohren. Das bröckelige Zeug unter seinen Fingernägeln roch wie ... entfernt wie Schimmel, gemischt mit etwas anderem, das er nicht einordnen konnte. Jedenfalls nicht mineralisch, sondern organisch.

Ein Pilz? So ähnlich rochen die essbaren Pilze, die in Subgäa in den Außenbezirken an manchen Stellen wuchsen. Nur schienen das hier keine einzelnen Exemplare zu sein, sondern eine einheitliche Schicht. Ob man das essen konnte? Die meisten Pilze waren essbar. Trotzdem versuchte er es lieber nicht. Solange sie noch Lab, wenn auch aufgeweichtes, hatten ...

Jetzt, so dicht vor der Wand, konnte er auch einige dunkelgrüne Stellen entdecken und befühlte diese. Das waren auch Pflanzen - eine Art Moos. So etwas wuchs in Subgäa nur selten, war aber nicht ganz unbekannt.

Und noch etwas fiel ihm jetzt auf: Der Pilz gab ein schwaches grünliches Leuchten von sich; eigentlich kein Leuchten, mehr ein Schimmern. Ob ...?

Er hielt den Glühstein unter Wasser, und sofort wurde es merklich dunkler. Trotzdem: nach mehrmaligem Blinzeln konnte er den Gang vor sich sehen, wesentlich dunkler und die Wände nun nicht mehr gelb, sondern grün - aber er konnte etwas erkennen.

Calumal und Divon waren herangekommen und hatten ihm schweigend zugesehen.

"Ts,ts, wer hätte das gedacht?", stellte Divon fest, nachdem er seinen Glühstein ebenfalls ins Wasser getaucht hatte. "Wenn ab hier dieses Zeug wächst, dann haben wir ein Problem weniger."

"Genau!", stimmte Calumal säuerlich zu. "Nur dass wir hier bis zum Hals im Dreckwasser stehen und nicht wissen, wie es weitergeht!"

"Nun werd nicht sarkastisch!", gab Divon zurück. "Das ist doch immerhin etwas! Falls nämlich unsere Glühsteine ausgehen, bevor wir einen ausgebauten Tunnel gefunden haben, dann ..." Er sprach nicht weiter und zuckte nur vielsagend mit den Achseln.

"Aber eines gibt mir zu denken", warf Trelain ein. "Wo Pflanzen wachsen ..."

Divon sah ihn an und beendete den Satz: " ... da könnte es auch anderes Leben geben!"

Die Decke senkte sich nicht weiter herunter, aber der Boden wurde immer schlammiger, dass Trelain bei jedem Schritt befürchtete, sein Stiefel könnte steckenbleiben. Und im Wasser schwammen grünliche Schlieren, die einen fauligen Geruch verbreiteten. Er zog eine heraus: anscheinend ein abgerissener oder abgefallener Teil einer Pflanze, wie er noch keine gesehen hatte. Das ganze Ding war weich und glitschig und hatte unzählige dünne Fäden an sich hängen, die sich mehrfach verzweigten.

Er warf es zurück, und Calumal stieß einen Schreckt aus. Trelain drehte sich herum und hielt den Glühstein höher. Der Dicke starrte mit weit aufgerissenen Augen ins Wasser vor sich.

"Das war nur ... na, vermutlich eine Pflanze!", erklärte Trelain. "Kein Grund zum Erschrecken!"

Calumal schüttelte den Kopf. "Irgend etwas hat mich am Bein berührt!" Er stampfte mit den Füßen auf und ab schien kurz vor einer Panik.

"Nun hör schon auf!", knurrte Trelain. "Hier schwimmt einiges von diesem Zeug herum."

Divon tauchte plötzlich unter und kam zwei Ssigs später mit triefenden Haaren wieder an die Oberfläche. "Und was ist das?", fragte er. In seiner Hand hielt er etwas, das sich bewegte: ein etwa zwanzig Zentimeter langer Sphyglozyt, ein Tausendfüßler, der wild hin und her zuckte. Rotbrauner Schleim quoll hervor, als er das Vieh in seiner Hand zerquetschte.

Sie waren vielleicht hundert Meter weiter vorangekommen, als Calumal wieder aufschrie und auf die Wasseroberfläche einschlug. Er wischte wild mit der Rechten auf seiner linken Schulter herum. Trelain watete näher.

"Da war wieder so ein Vieh!", keuchte der Dicke. "Am Arm."

Trelain betrachtete die Stelle. Das durchlöcherte Hemd Calumals ließ viel Haut sehen. Und einen Blutstropfen. Er wischte das Blut weg und sah genauer hin. Drei winzige Löcher, in einem gleichseitigen Dreieck angeordnet. Ein weiterer Blutstropfen quoll daraus hervor, als er ein bisschen drückte.

"Equester Smat! Die Viecher beißen!"

Calumal sah ihn nur entsetzt an und begann zu zittern. Dann spürte Trelain die Berührung an seinem Oberschenkel. Er griff nach unten. Seine Rechte, die er - natürlich - immer noch bevorzugt verwendete, ertastete den Sphyglozyten, dessen fingernagelähnlich harte Haut mit den zuckenden Beinen, und riss ihn ab. Er zerquetschte ihn unter Wasser und wandte sich wieder Calumal zu, auf dessen Rücken ein weiterer Tausendfüßler nach oben krabbelte. Er wechselte den Glühstein in die Rechte und kniff das Tier mit den Krallen seines linken Zeigefingers und Daumens in der Mitte durch. Die beiden Hälften krümmten sich zusammen und fielen ab.

Auch Divon griff nach seiner Schulter.

"Immer in Bewegung bleiben!", befahl Trelain, der wieder vorne ging. Er hielt den Glühstein in die Höhe und wischte sich mit der Rechten einen Tausendfüßler von der Hüfte, einen weiteren vom linken Unterarm. Der Gang schien weiter vorne breiter und höher zu werden. Wenn nur der Boden nicht so schlammig wäre. Etwas Glitschiges ringelte sich um seinen Hals, aber es war nur eine von diesen Wasserpflanzen.

Calumal hinter ihm keuchte und stieß dann einen Fluch aus, der abrupt abbrach. Trelain leuchtete nach hinten und sah ihn gerade untertauchen. Wahrscheinlich war er in ein Loch im Boden getreten. Als der Dicke nach drei Ssigs prustend wieder hochkam, hatte er einen Sphyglozyten an der Backe hängen. In Panik schlug er mit der Hand zu und spuckte angeekelt aus, als die zerquetschten Überreste von seiner Wange und Nase tropften.

Tatsächlich: Nach dreißig Metern öffnete sich der schmale Gang in eine große Höhle. Das grüne Leuchten schien allgegenwärtig und offenbarte einen runden Raum mit gewölbter Decke, der vollkommen unter Wasser stand. Die beiden anderen kamen heran, und Divon hielt seinen Glühstein ebenfalls hoch.

"Dort drüben!", stellte er fest und pfiff leise durch die Zähne. "Ich hätte es fast nicht geglaubt!"

Trelain grinste erleichtert. Auf der anderen Seite, vielleicht hundert Meter entfernt, stieg eine breite Treppe aus dem trüben Wasser empor. Und sie führte zu einem halbrunden Tunnel, der einige Meter über der Oberfläche lag.

"Na, zumindest geht es dort irgendwie weiter!", stellte er optimistisch fest.

Der Raum war auf jeden Fall künstlichen Ursprungs, auch wenn sich die Natur hier inzwischen Einlass verschafft hatte. Allerdings konnte man die gemauerten Wände unter dem dichten Bewuchs kaum noch erkennen. So etwas hatte Trelain noch nie gesehen: meterlange fadenartige Pflanzen, die zwischen den Steinen irgendwie Halt gefunden hatten und bis zur Wasseroberfläche herabhingen, wo sich große Fächer ausbreiteten. Alles schimmerte in dem grünen Licht seltsam unwirklich. An Dutzenden von Stellen sickerte aus Spalten im Stein Wasser hervor und lief in dünnen Rinnsalen in den See.

See? Wie kam er auf dieses Wort? Aber dieses Wort gab es.

Er ging zwei Schritte vorwärts, verlor sofort den Grund unter den Füßen und tauchte unter. Fluchend kam er wieder hoch und wischte sich eine Pflanze aus dem Gesicht. Dann spuckte er erst mehrmals aus. Das Wasser schmeckte brackig und abgestanden, wie ein verfaultes Pilzgericht.

"Da ist auch eine Treppe, hier! Wahrscheinlich ist der Boden von diesem Saal tiefer."

Divon nickte. "Dann werden wir wohl schwimmen müssen. Wo ist dein Glühstein?"

Trelain fluchte nochmals: "Smat! Verloren! Irgendwo dort unten!"

Er versuchte, das trübe Wasser mit seinen Blicken bis auf den Grund zu erforschen, aber das führte zu nichts.

"Der ist weg. Aber lange hätte er es wohl sowieso nicht mehr getan. Egal. Kannst du überhaupt schwimmen?"

Er hatte Calumal gefragt, der zögernd nickte. "Nicht besonders gut, aber es wird schon gehen."

"Na schön. Hundert Meter wirst du schon schaffen. Und wenn nicht, dann gib Bescheid. Irgendwie bekommen wir dich schon hinüber."

Calumal nickte nochmals "Äh ... Trelain?"

"Ay?"

"Ich ... hm ... Danke!"
"Schon gut."

Das Wasser war nicht ganz so kalt wie im Gang, und es hatte eine leichte Strömung. Trelain war lange nicht mehr geschwommen - in Subgäa gab es außer den Badebecken in den Prowenvierteln auch kaum Gelegenheiten dazu -, und mit seiner ihm selbst noch fremden neuen Hand wurde die Sache nicht leichter, aber er konnte sich über Wasser halten. Schon bald merkte er, dass es besser war, wenn er die Schwimmarbeit mit den Beinen machte, und mit den Armen die Wasserpflanzen beiseite schob.

Etwas wickelte sich um sein linkes Bein, und er strampelte sich frei. Sofort tauchte er unter. Der Boden einige Meter unter ihm irisierte schwach grün. Seine Augen hatten sich inzwischen derart an die Dunkelheit gewöhnt, dass er selbst in dem trüben Wasser ein Stück weit sehen konnte. Der Schlamm auf dem Grund schien sich zu bewegen. Die Strömung schien dort stärker zu sein und Wirbel zu erzeugen.

Oder? Das war kein aufgewirbelter Schlamm! Der Boden schien auf ihn zuzukommen. Er spürte die Berührung an seinen Beinen, seinen Armen und seinem Rücken. Ein stechender Schmerz an der linken Hüfte.

Trelain tauchte prustend auf und musste sich sofort einen dreißig Zentimeter langen Sphyglozyten vom Kopf wischen. Ein oder zwei weitere hatten sich in seinen Haaren verfangen.

"Equest!", schrie er. "Da unten müssen Tausende von diesem Viechern sein!" Als er zwei von ihnen direkt vor seinem Gesicht zur Seite fegte, tauchte er wieder unter und schluckte Wasser. Die Berührung von stacheligen Beinen an seinen Lippen ließ ihn noch unter der Oberfläche ausspucken.

Wild mit dem Kopf schüttelnd kam er wieder hoch und pflückte drei, vier, fünf von den Tausendfüßlern von seinen

Schultern. Er ignorierte die stichartigen Schmerzen an den Beinen und sah sich wassertretend nach den anderen um.

Um Divon und Calumal herum schäumte das Wasser. Der Dicke schrie, als ob er bei lebendigem Leib geröstet wurde, und tauchte ebenfalls unter. Divon machte einige schnelle Schwimmstöße und kam gerade zurecht, als Calumal wieder auftauchte, das ganze Gesicht voller Sphyglozyten.

Mit drei Zügen war Trelain ebenfalls dort, wischte sich zwei von den Tausendfüßlern von den Wangen und griff nach dem Arm Calumals. Dieser strampelte wie wild und schlug blind um sich.

"Hör auf zu treten!", brüllte Divon und packte seinen anderen Arm. Er schüttelte den Kopf, um eines von den Tieren loszuwerden, das sich an seiner Backe festgebissen hatte, und als das nicht gelang, riss er es ab. Ein dicker Blutstropfen erschien und verwischte sofort.

"Los! Wir müssen ihn ziehen!", schrie Trelain. Zwei Stiche am Rücken ließen ihn die Zähne zusammenbeißen, aber darum konnte er sich jetzt nicht kümmern. Sollten sie an seinem Blut verrecken! Auch im Schritt spürte er jetzt eine Berührung.

"Was glaubst du, was ich hier tue?", brüllte Divon zurück. "Ah! Equart!" Beinahe hätte Trelain gelacht. Der Sergeant schaffte es auch jetzt noch witzig zu sein, obwohl er auch gerade gebissen worden war.

Calumal kreischte immer noch und wischte sich fahrig über sein Gesicht und über seinen Oberkörper, aber sein Strampeln verlieh ihm Auftrieb, und so konnten Trelain und Divon ihn mit Anstrengung aller ihrer Kräfte mit sich ziehen. Trelain achtete nicht mehr auf die Dutzende von Sphyglozyten, die an ihm hingen und ignorierte die Schmerzen. Nur noch wenige Meter bis zur Treppe, das waren seine einzigen Gedanken. Und nicht loslassen!

Wie lange er sich durch den krabbelnden, wimmelnden und sich windenden Strudel kämpfte, das wusste er später nicht mehr. Vermutlich nur eine oder zwei Zentssegs, aber es erschien ihm wie eine Sseg in der Hölle. Ein Sphyglozyt hatte sich an seiner Stirn festgebissen, und er zermatschte ihn mit einem schnellen Schlag der flachen Hand. Als die Brühe ihm in die Augen lief, tauchte er kurz unter.

Schließlich fühlte er Grund unter den Füßen, festen Grund. Eine letzte gewaltige Kraftanstrengung, und sie hatten Calumal sechs, sieben Stufen hinaufgezogen. Das Schreien des Dicken war in ein Wimmern übergegangen.

Die Woge der Tausendfüßler flutete zurück. Nur wenige von ihnen folgten ihnen die Stufen hinauf. Trelain sprang zwei Stufen hinunter und fegte sie mit den Füßen von der Treppe. Dann schleiften sie Calumal weiter hoch, bis sie den Eingang des Tunnels erreicht hatten.

Trelain schnaufte schwer, aber es war noch zu früh, um aufzuatmen. Er sah Divon an. Dieser begann sofort, sich die Sphyglozyten, die sich festgebissen hatten, von der Haut zu pflücken. Es mussten mehr als zwanzig sein, und er sah aus wie ein großes Stück Skualmanfleisch, das zu lange herumgelegen hatte und von Geonvirs befallen worden war.

Calumal wimmerte immer noch vor sich hin, begann aber ebenfalls mechanisch, sich die Tiere von der Haut zu pflücken. Seine Augen glänzten irre.

Trelain zuckte zusammen, als er einen weiteren Stich an der Innenseite seines Oberschenkels verspürte. Er sah nach unten. Seine lederne Hose hatte ein großes Loch am Knie. Und eines von diesen Smatviechern war hineingekrabbelt.

Er hatte momentan keine Energie mehr, um sich aus der Hose zu pellen. Also ertastete er den Wulst unter dem Leder und zerquetschte das Tier.

Dann begann er gleichfalls damit, die Blutsauger abzureißen. Er selbst sah nicht besser aus als die beiden anderen.

63.

Bloodred Nights - Eminenz

Calumal setzte sich hin und grinste. Dann kicherte er leise.
Divon legte ihm die Hand auf die Stirn. "Er hat Fieber!", stellte er fest, und Trelain nickte. Die Augen des Dicken glänzten immer noch und sein Blick war starr, aber sie hatten die beiden nächsten Stockwerke ohne Schwierigkeiten geschafft. Tatsächlich hatten sie wenige hundert Meter hinter dem Sphyglozyten-See noch einen intakten Aufgang gefunden. Calumal war stoisch ergeben mitgegangen und hatte kein Wort von sich gegeben. Auf halber Höhe des nächsten Stockwerks hatte er sich einfach wortlos auf die Stufen gesetzt und war sofort eingeschlafen.
Trelain ließ ihn in Ruhe und war froh, auch einmal kurz die Augen schließen zu können, während Divon wachte. Nach zwei Ssegs wechselten sie sich ab.

Dann ging es weiter. Calumal folgte den Anweisungen, aber er antwortete nicht einmal auf Fragen und starrte nur vor sich hin.
"Sicher noch fünfzig Stockwerke - mindestens!", stellte Trelain fest. "Ich glaube nicht, dass er es schafft."
Divon nickte. "Ich glaube auch nicht. Wenn *wir* beide es überhaupt schaffen!"
"Dieses Fieber - von den Bissen?"
"Möglich. Aber vermutlich hat er auch einen Schaden davongetragen - hier!" Er zeigte mit dem Finger auf seine Stirn. "Das war einfach zu viel."
Trelain grinste. "Oben war er ein Drogenhändler. Hat für den Skualman Sphygs verkauft. Ich hätte nicht gedacht, dass auf ihrem Gebiet skrupellose Verbrecher so schwache Nerven haben!"

"Na, na! Höre ich da einen gewissen Zynismus heraus?"
"Ich hatte mir einiges von ihm versprochen, wenn ich ihn lebend zurückbringe. Wahrscheinlich hätte ich die ganze Organisation des Skualmans mit seiner Hilfe knacken können. Außerdem hatte ich mein Wort verpfändet, ihn nach oben zurückzubringen. Aber lieben muss ich ihn deswegen nicht, nemeb?"

Divon zuckte die Achseln. Und Calumal starrte nur blicklos in die Ferne. Wahrscheinlich hatte er gar nicht mitbekommen, dass von ihm die Rede war.

"Im Übrigen", fügte Trelain mit grimmigem Lächeln hinzu, "entbehrt es nicht einer gewissen ausgleichenden Gerechtigkeit: Der, der andere Menschen mit dem Gift von Sphyglyten zugrunde gerichtet hat, geht selbst an den Bissen ihrer größeren Verwandten ein. Wer da nicht an den Gerechtigkeitssinn der Götter glaubt ..."

"Na, du bestimmt nicht!", stellte Divon fest und kratzte sich am Oberarm, wo drei geschwollene Pusteln davon zeugten, dass er auch nicht ungeschoren davongekommen war. "Was glaubst du, warum uns das Fieber nicht erwischt hat? Ich habe bestimmt zwanzig Bisse."

"Ich weiß nicht. Wir sind stärker, vielleicht. Oder irgend jemand findet uns sympathischer ..." *Oder braucht uns noch,* fügte er im Geiste hinzu.

Zwei Tage später und sieben Stockwerke höher fanden sie die Treppe wiederum verschüttet und mussten sich nochmals auf den Weg machen, das Niveau nach einem anderen gangbaren Aufgang abzusuchen.

Wie viel Zeit war inzwischen vergangen, seit sie den Aufstieg begonnen hatten? Fünfzehn Tage? Oder zwanzig? Trelain wusste es nicht. Sein Wille, nach Subgäa zurückzukehren und dort ... Was zu tun? ... trieb ihn vorwärts.

Calumal brabbelte immer öfter sinnloses Zeug vor sich hin und stolperte mehr, als er lief, sodass einer der beiden anderen ihn ständig an der Hand führen musste, aber er hielt sich irgendwie aufrecht.

Es war fast ein Wunder. Seine Stirn glühte, und seine Augen starrten aus tief eingefallenen Höhlen wie bei einem Toten irrlichternd in die Ferne, und er hatte derartig viel Gewicht verloren, dass seine eigene Haut faltig und runzelig an ihm hing wie ein nasses Gewand - aber er war bis jetzt noch nicht zusammengebrochen und ließ sich mitführen wie ein Kind.

Trotzdem machte Trelain sich nichts vor: Calumal würde Subgäa nicht mehr wiedersehen. Eine Frage der Zeit - und die lief, zumindest für ihn, ab.

Der Raum vor ihnen war der größte, den Trelain jemals gesehen hatte: ein riesiger runder Saal mit kuppelförmiger Decke, so groß, dass in dem düsteren grünen Licht die gegenüberliegende Seite kaum zu erahnen war, geschweige denn zu sehen. Zu welchem Zweck wohl hatten die unbekannten Erbauer Millionen von Tonnen Gestein ausgehöhlt? Eine Versammlungshalle? Oder eine Kampfarena wie in Elengrad?

Unwahrscheinlich, dass man es jemals erfahren würde.

Sie mussten etwa fünf Meter Treppe hinuntersteigen, dann standen sie auf dem Grund der Halle. Der Boden war mit unzähligen Felsbrocken, die wahrscheinlich im Lauf der Zeit aus der Decke herausgebrochen waren, übersät. Manche waren so groß, dass sich eine richtige felsige Landschaft herausgebildet hatte. Direkt vor ihnen ragte ein monolytischer Steinblock von bestimmt zehn Metern Höhe auf. Seine Oberfläche war mit Moos und Flechten bewachsen. Eine handtellergroße Spinne huschte mit klickenden Beinen davon, als er näher kam, und verschwand in einer Spalte im Boden.

"Täusche ich mich", fragte Divon und runzelte die Stirn, "oder neigt sich der Boden? Dort zum Zentrum hin."

Trelain musste ihm recht geben. "Seltsam. Eine riesige Halle mit zur Mitte abfallendem Boden? Für was sollte das gut sein? Denkst du jetzt das gleiche wie ich?"

Der Sergeant überlegte nicht lange. "Eine Art flacher Trichter, nemeb? Wenn man sich das ohne die Felsbrocken hier vorstellt, dazu die umlaufende Galerie dort oben, und ..." Er zeigte nach links, wo man die Überreste einer metallenen, jetzt allerdings vollkommen verrosteten Steigleiter erkennen konnte, die in den Stein eingelassen war. "Ein Schwimmbad!"

"Genau! Mit einem Abfluss in der Mitte. Wer auch immer das gebaut hat - ein gewisser Sinn für Amüsement und Luxus ging ihm nicht ab!"

Divon lachte. "Die Götter zeigen ihre menschlichen Seiten, sieh an!"

Er klopfte Calumal auf die Schulter, aber dieser reagierte nicht auf die Berührung, sondern starrte nur auf einen Haufen von kleineren Felsbrocken vor sich, wo eine Vavnird sich langsam und bedächtig über den Stein tastete. Plötzlich schoss der Kopf eines arm-dicken gelblichen Wurms aus einer Spalte hervor, ein schleimiger Rachen öffnete sich und packte die Spinne in der Mitte. Ein leises Knirschen erklang, als die Kiefer sich schlossen, und während die Beine des Insekts, die aus dem Maul heraus sahen, noch wild zuckten, verschwand die Erscheinung wieder. Ein kleines Steinchen kollerte herunter und schlug mehrmals klackend auf.

Calumal schlug die Hände vor das Gesicht und begann zu schluchzen.

Je mehr sie sich der Mitte des Saals näherten, um so höher schienen die Felsbrocken zu werden, die ihnen den Weg versperrten. Ein richtiges Labyrinth, in dem man sich verlaufen konnte. Und der Boden schien sich immer mehr zu neigen; zudem wurde der Bewuchs mit Moos hier so stark, dass sie in der grünen Schicht bei jedem Schritt etwas einsanken.

"Equest!", fluchte Divon. "Das Zeug ist dermaßen glitschig ..." Er war ausgerutscht und konnte sich gerade noch mit einer Hand an einer Felsnase festhalten. Er stieß noch einen Fluch aus und wischte seine aufgeschrammte Handfläche an der Hose ab.

Auch Trelain, der Calumal an der Hand führte, hatte seine Schwierigkeiten mit dem rutschigen Grund. Er tastete sich mit der freien Linken an den Felsen entlang und lotste den anderen vorsichtig über die schwierigsten Stellen, wo das Moos feucht und verfault war - glatt wie Eis und dazu abschüssig.

Und die ganze Zeit ging ihm ein Gedanke nicht aus dem Kopf: Wenn die Vavnirds von zentimeterdicken und sicher mindestens einen Meter langen Würmern - vermutlich entfernte Verwandtschaft der Geonogons, die bis zu drei Meter lang werden konnten - gefressen wurden - wer fraß diese?

Calumal rutschte mit einem Fuß weg und kam aus dem Gleichgewicht. Trelain hatte keinen guten Stand, und als der andere fiel, schlitterte er mit und stürzte über diesen. Irgend etwas ockergelbes Schlauchartiges schlängelte sich vor seinem Gesicht vorbei und verschwand zwischen zwei Felsen. Er hatte mit der Rechten nicht losgelassen, und das Gewicht daran wollte ihn weiterziehen, aber Trelain schaffte es, mit der Linken einen Felszacken zu packen. Die Nägel seiner neuen Hand krallten sich fest - und hielten dem Zug stand. Dann war Divon da.

"Dort! Schaut nur!", sagte er, als er Calumal hochzog. Trelain rappelte sich hoch und spuckte aus, als er in die gewiesene Richtung sah.

Zwischen zwei großen Steinbrocken konnte er das Zentrum des riesigen Saals sehen. Dort lagen seltsamerweise in einem kreisrunden Areal von etwa fünfzig Metern Durchmesser keine verstreuten Felsen. Warum, das wurde ihm sofort klar, als er nach oben blickte. Dort war keine Decke, die einstürzen konnte. Ein Schacht von genau diesen Abmessungen schien bis ins nächste Stockwerk zu reichen. Vielleicht war das einmal als Abzug gedacht gewesen. Nur: für was? Für Dampf? Ein Warmwasserbecken? Von diesen Ausmaßen? Die Schöpfer dieses Monumentalbaus mussten wirklich einen ausgeprägten Sinn für Luxus - und Verschwendung - gehabt haben. Er konnte nur den Kopf schütteln.

Dann kehrte er geistig wieder in die Gegenwart zurück. Das sah alles nicht sehr vertrauenerweckend aus. Der Boden senkte sich zum Zentrum hin jetzt stärker ab und war von einer dicken Schicht des feuchten glitschigen Mooses bewachsen. Es war zu erwarten, dass es in der Mitte einen Abfluss gab, auch wenn er ihn unter der grünen Oberfläche nicht sehen konnte. Und ob dieser verschlossen war ...?

Wer dort hinunterrutschte, der verschwand wahrscheinlich in irgend einem Kanal, der wiederum irgendwo weiter unten im Zentralschacht endete. Mit höchster Geschwindigkeit ab in die Hölle!

Es wäre besser, lieber noch eine oder zwei Ssegs einen Weg durch dieses Labyrinth zu suchen, um auf die andere Seite zu gelangen. Der gegenüberliegende Treppenaufgang war von hier aus gut zu erkennen, aber diesen Trichter zu durchqueren, das war einfach zu riskant. Und zudem ...

Er kam nicht dazu, den Gedanken zu Ende zu führen, denn Calumal, der sich bückte, um in plötzlicher völlig blödsinniger Sorge um sein Äußeres Moos und Flechten von seinen Hosen zu wischen, glitt aus und rutschte davon.

Er stieß einen gellenden Schrei aus und strampelte verzweifelt mit den Beinen, was ihm nur noch höhere Geschwindigkeit verlieh. Er schaffte es, sich auf den Bauch zu drehen und versuchte, sich in den Flechten festzukrallen, aber die Pflanzen rissen nur ab.

Trelain wollte ... was wollte er? ..., aber Divon packte ihn mit eisernem Griff an der Schulter und hielt ihn zurück. So konnte er nur zusehen, wie Calumal schreiend immer weiter rutschte.

Kurz vor dem tiefsten Punkt bremste irgend etwas seine Bewegung. Trelain musste seine Augen gewaltig anstrengen, um Genaueres zu erkennen. Was er sah, ließ ihm fast das Blut in den Adern gefrieren.

Der 'Dicke' war nicht einfach gebremst worden - er schien einen Meter über dem Boden hin und her zu schwingen. Anscheinend hatte er sich in irgend etwas Elastischem verfangen.

Was immer dafür verantwortlich war: Kurz vor seinem Tod erlangte Calumal seinen Verstand zurück. Er stellte fest, dass seine Arme und Beine zwar nicht vollkommen unbeweglich waren, aber von etwas äußerst Zähem festgehalten wurden. Und dass sein Gesicht ebenfalls von einer klebrigen Masse verschmiert war. Er bot alle Kraft auf, die er zur Verfügung hatte, und konnte seinen linken Arm losreißen.

Das nutzte jedoch nicht viel, denn die hektische Bewegung führte dazu, dass er mit dem Ellbogen sofort wieder festhing - an einem beindicken schmutzigweißen Seil, das in Klebstoff getaucht schien. Er drehte den Kopf und stellte fest, dass er knapp über dem Grund hing. Diese Seile, an denen auch seine Beine und sein Oberkörper klebten, zeigten ein regelmäßiges sich überkreuzendes Muster, wie ein ...

Er schrie in Panik auf, als er die furchtbare Wahrheit erfasste. Das Netz begann plötzlich zu schwingen, als die Erbauerin sich auf den Weg machte, um ihre Beute zu holen.

Trelain wandte sich nicht ab. Ein Teil seines Ichs war fasziniert. Die größte Spinne, die er jemals gesehen hatte, eine

Vavjard von sicher eineinhalb Metern Durchmesser, mit vier Meter langen stämmigen behaarten Beinen, kletterte geschickt über ihr eigenes Netz auf Calumal zu, der wie ein Sphyglozyt zappelte und in allen Tonarten kreischte. Die Herrscherin dieser Unterwelt holte sich ihren Tribut von den Menschlein, die es gewagt hatten, in ihr Reich einzudringen.

Calumal schrie noch lauter, als die gewaltigen Greifzangen vor seinen Augen auftauchten. Aber die Vavjard biss ihm nicht den Kopf ab. Sie wand immer mehr klebrige Fäden um seinen ganzen Körper, bis er vollkommen eingesponnen war und keinen Finger mehr rühren konnte. Nur das Gesicht blieb frei, so dass er noch atmen konnte - und weiter schreien. Dann bohrte sich etwas in seinen Unterleib, als wäre er von einem Speer durchstoßen worden.
Der Schmerz schien seine Eingeweide zu zerreißen, aber er ließ sofort nach und wurde von einem tauben Gefühl abgelöst, das seinen ganzen Körper ergriff und nur den Kopf verschonte. Und seinen Verstand, der wie losgelöst von der Welt vollkommen klar funktionierte.
Die Vavjard hatte ihren Nachkommen ein komfortables Nest verschafft.
"Trelain!!!" Der Schrei gellte zu ihm hinauf, dann verstummte er in einem erstickten Gurgeln.
"Man sollte ihn wenigstens erstechen!", meinte Divon.
"Willst du vielleicht dort hinuntersteigen?", gab Trelain zurück.
Der Sergeant schüttelte den Kopf. "Nemeb!"
"Siehst du - ich auch nicht!"

Ende des zweiten Teils

Dritter Teil

64.

I'd like to know - Hanker

Der Skualman runzelte die Stirn, aber das konnte sein Gegenüber unter der schwarzen Kapuze natürlich nicht sehen. Das war einer der Vorteile dieses Habits. Der zweite war, dass diese schlichte Kluft trotz oder wegen ihrer Düsterheit Respekt einflößte. Es war immer gut, wenn schon das Äußere Autorität ausstrahlte - in diesem Fall die eines höheren Priesters der Pursuition.

Allerdings beeindruckte das gerade diesen Besucher überhaupt nicht. Skwawk war zu sehr Kenner der menschlichen Eitelkeiten, als dass ihm diese Maskerade Ehrfurcht abnötigte. Und er war aus einem sehr profanen Grund gekommen: des Geldes wegen.

"Nun, ich denke - und mit einer gewissen Berechtigung - dass Ihr zumindest die Hälfte Eurer Schuld mir gegenüber einlösen solltet!", knüpfte er den unterbrochenen Faden des Gesprächs wieder an. "Und zwar ..."

Die schwarze Kapuze hinter dem breiten Tisch vor ihm schüttelte den Kopf. "Ich sehe wahrhaftig keinen Grund dafür - Attentäter!" Hörte er da einen leichten Anflug von Spott aus dem letzten Wort heraus? "Geld gegen Ware - das ist eine uralte Weisheit. In diesem Falle: Geld gegen Leistung. Ich hätte Euch dafür bezahlt, wenn Ihr Trelain getötet hättet. Und zwar gut. Habt Ihr das etwa getan?"

"Nemeb!", musste Skwawk zugeben. "Ich habe einen Versuch unternommen, aber ..."

"Eben!", wischte der Skualman seinen Einwand mit einer Handbewegung zur Seite. Für einen Moment konnte Skwawk zwei blitzende Augen unter der Kapuze sehen. "Ich zahle nicht für Versuche, sondern für Erfolge! Ich denke, Ihr betreibt das Töten von Menschen im Auftrag als Geschäft? Dann dürfte Euch diese Praxis ja wohl nicht fremd sein!"

"Natürlich!", stimmte Skwawk zu. "Und dann dürfte *Euch* nicht fremd sein, dass es kein seriöses Geschäftsgebaren ist, wenn der Auftraggeber selbst die Ausführung seines Auftrages verhindert."

Der Skualman gluckste leise. "In diesem Sinne von 'seriös' zu sprechen, das entbehrt nicht eines gewissen Witzes. Hört zu, mein Freund ..."

Skwawk hob den Zeigefinger. "Man kann mir alles vorwerfen, aber Euer Freund bin ich bestimmt nicht!"

"Bitte sehr! Wie kommt Ihr auf die abwegige Idee, dass *ich* dafür verantwortlich wäre, dass Major Trelain nicht mehr unter uns weilt? Soweit mir bekannt ist, wurde er in einem Gefecht mit Briganten in den Neunzigundniveaus getötet. Gefallen im Dienst der Regierung. Jedenfalls ohne *Euer* Zutun! Und ohne meines."

Skwawk war ein bis zur scheinbaren Gleichgültigkeit beherrschter Mensch, aber jetzt stieg eine Woge Ärger in ihm hoch. "Es ist nicht sicher, dass er tot ist. Und er wurde verraten. Ihr werdet mir nicht erzählen wollen, dass Ihr da nicht Eure Finger im Spiel hattet ..."

Der Skualman stieß ein missmutiges Räuspern aus. "Ich habe es nicht nötig, Euch irgend etwas zu erzählen!"

"Ay? Nichts von Euren Beziehungen zum Generalstab der Miliz? Die es Euch bis jetzt ermöglichten, Euren Geschäften relativ ungestört nachzugehen? Und dass Ihr nichts davon gewusst habt, dass Major Trelain dort unten in eine Falle läuft?"

"Ich bin Euch keine Rechenschaft schuldig!" Zodiar stützte das Kinn in die Hand und überlegte kurz. Natürlich war er im 'Recht', wenn man das so nennen konnte. Sein Mordauftrag damals war etwas überhastet gewesen. Wenn er sich gleich mit seinen Verbindungsleuten in der Miliz abgesprochen hätte ... Urquart hatte gleich gesagt, dass er einen eleganteren Weg wüsste, um Trelain loszuwerden. Aber die Verhaftung Arams war zu gefährlich gewesen. Wenn der unter der Folter geredet hatte ... Die Verbindung Aram - Calumal - Xyraisio! Wer weiß, wie nahe ihm Trelain schon gekommen wäre! Deswegen hatte auch Calumal dran glauben müssen.

"Übrigens", fuhr Skwawk fort, "es gibt einige Stimmen, die behaupten, dass Trelain *nicht* tot ist ..."

"Egal!", wischte der Skualman den Einwand fort. "Wenn nicht, dann ist er fort - weit fort. Und wie sagt der Dichter: 'Niemals kehrt er wieder!'"

"Ay. Das sagt der Dichter. Die Sage von Iowulf, der selbstlos die Prinzessin Tandaradei aus den Klauen des bösen Zauberers Zyophas befreit und dabei den Heldentod stirbt. In der langen Fassung von Plitatius. Ein beeindruckendes Werk. Für meinen Geschmack etwas schwülstig."

Zodiar lächelte, was der andere natürlich auch nicht sehen konnte. "Für einen Mann Eurer Profession seid Ihr erstaunlich gebildet. Meinen Respekt. Aber kommen wir zum Thema zurück ..."

Er zündete sich ein Geoph-Stäbchen an und nutzte die Zeit, um nochmals kurz nachzudenken. Selbstverständlich würde er keine halbe Tersa zahlen. Andererseits ...

Skwawk war nicht zu unterschätzen. Und nun stand er hier vor ihm. Wenn er kategorisch ablehnte, dann ... Sicher hatte der Attentäter mindestens eine versteckte Waffe bei sich. Und wenn er jetzt die Wachen rief, die hinter den Vorhängen warteten ...

Die Schnelligkeit Skwawks war in informierten Kreisen sprichwörtlich. Nemeb, das war zu riskant. Also?

Sein Gegenüber bewegten die gleichen Gedanken, nur mit umgekehrten Vorzeichen. Eine Klinge vorne im linken Ärmel, eine weitere weiter oben im Futter. Fast niemand kam auf die Idee, in *einem* Jackenärmel zweimal nachzusuchen. Außerdem wäre er durchaus imstande, dieses vermummte Blasst vor sich auch jederzeit mit bloßen Händen zu seinen Ahnen zu versammeln. Und zwar noch bevor die Wachen, die zweifelsohne dort hinter den bodenlangen Vorhängen bereitstanden, eingreifen konnten.

Nur: Das würde ihn selbst das Leben kosten. Nicht, dass er dem Leben, auch seinem eigenen, allzu viel Wert beimaß. Das - zumindest körperliche - Leben war eine Art Prüfungs- oder Hindernisstrecke zwischen Noch-nicht-geboren-Sein und Schon-wieder-weg-Sein, gespickt mit den mannigfaltigsten Schwierigkeiten, die wahrscheinlich dazu dienten, den Grad des Durchhaltevermögens festzustellen. Zu welchem Zweck, das war ihm momentan ziemlich egal. Das würde sich hinterher schon zeigen. Wobei es ihn erfreulich überraschen würde, wenn es tatsächlich einen Sinn hätte.

Er hatte sich oft genug überlegt, dass er seinen 'Kunden' vielleicht sogar einen Gefallen erwies, wenn er den mühsamen Weg von Hier nach Dort etwas verkürzte. (Hatten nicht sogar manche Mathematiker die Theorie aufgestellt, dass die positiven und die negativen Zahlen sich in der Unendlichkeit wieder träfen, also eine Art Kreis bildeten? Oder mit anderen Worten: Das Leben war nur eine unangenehme Episode zwischen zwei friedlichen. Und der Ärger begann mit der Geburt.) Wenn er damit richtig lag, dann brauchte ihm selbst vor dem Tod nicht bange zu sein: Gesetzt den Fall, dass drüben noch so etwas wie Bewusstsein existierte, dann würde ihn eine dankbare Gemeinde, der er einiges an Unannehmlichkeiten erspart hatte, begeistert als ihren Wohltäter willkommen heißen.

Trotzdem: Es widerstrebte ihm im Innersten, sinnlos zu sterben. Nichts war es wert, dafür zu sterben, aus dem einfachen und logischen Grund, dass man nichts mehr davon hatte, wenn man tot war. Er beschloss, davon abzusehen, diesem Bastard ein zweites Grinsen in den Hals zu schneiden. Deswegen würde er auch kein Geld sehen, ganz zu schweigen davon, dass er als Leiche keine Verwendung mehr dafür hätte.

Der Skualman stieß eine weiße Rauchwolke aus und schnippte die Asche seines Stäbchens achtlos auf den Boden. Dann räusperte er sich umständlich. Er glaubte, einen Weg gefunden zu haben.
"Ihr glaubt, dass Trelain vielleicht noch lebt?"
Skwawk kniff die Brauen zusammen, so dass seine unergründlich dunklen Augen noch bedrohlicher wirkten, was man allerdings nur sah, wenn man dicht vor ihm stand. Auf was wollte der andere jetzt hinaus?
"Ich halte es für möglich. Auch ich bin nicht ganz ohne Beziehungen. Er wurde ... nach *unten* verschleppt. Ihr wisst, was ich damit meine!"
Zodiar verzog unter seiner Kapuze das Gesicht. Equest! Dass ein zweites Reich existierte, das sollte eigentlich außer einigen Eingeweihten, zu denen er selbst natürlich zählte, niemand wissen. Aus solchen Informationen konnte man nur Kapital schlagen, wenn eben *nicht* jeder Bescheid wusste.
Skwawk grinste breit, was man bei seinem ausdruckslosen Gesicht selten sah. "Das verschlägt Euch die Sprache, nemeb? Nun, ich kann Euch beruhigen: Dieses Wissen behalte ich für mich. Mir ist es egal, was Ihr für Geschäfte mit dem Herzog treibt. Vermutlich sind es ja wohl diese Machenschaften, die das Geld einbringen ..." Er ließ bewusst eine Pause " ... von dem auch meine Dienste bezahlt werden. Oder?"

Der Skualman hatte die versteckte Drohung sehr gut verstanden. "Wollt Ihr mich erpressen?"

"Nemeb!", schüttelte Skwawk entrüstet den Kopf. "Ich glaube nur, dass dies der Punkt ist, wo unsere abgebrochene Geschäftsbeziehung wieder anknüpfen könnte. Ich traue Major Trelain zu, dass er noch lebt. Und wenn, dann wird er alles daransetzen, um zurückzukommen. Und was glaubt Ihr, was sein vornehmliches Ziel sein wird, wenn er das schafft?"

Zodiar drückte sein Stäbchen aus und meinte leichthin: "Sagt es mir!"

"Ihr! Und diesmal wird er sich nicht damit aufhalten, mit offizieller Genehmigung und als Angehöriger der Miliz gegen Euch vorzugehen. Nemeb, er wird Euch einen sozusagen privaten Besuch abstatten. Was das bedeutet, das wisst Ihr!"

Sich ein neues Stäbchen anzündend, überlegte der Skualman. Wenn der andere nur nicht so equest recht hatte! Die Nachrichten seiner Konfidenten in Elengrad, die allerdings nur spärlich und meistens mit ziemlicher Verspätung ankamen, hatten Ähnliches besagt. Trelain lebte noch. Er hatte drei Kämpfe erfolgreich bestanden und schien sich inzwischen sogar einer gewissen Beliebtheit beim Volk zu erfreuen. Herzog Ivesnagaios dachte anscheinend gar nicht daran, ihn hinrichten zu lassen. Das war ein glatter Wortbruch, denn er hatte zugesagt, den Major zu töten. Was zum Abis versprach er sich denn eigentlich von Trelain? Ihn kämpfen zu sehen? Und? Zodiar kroch ein unangenehmes Kribbeln den Rücken hoch, wenn er an Ivesnagaios dachte. Dieser undurchschaubare Mensch war seinen Interessen bis jetzt sehr nützlich gewesen - aber er grub seinen eigenen Tunnel, wie man so sagte.

Jedenfalls konnte Skwawk mit seiner Prophezeiung durchaus recht haben. Genau an diesem Punkt setzte sich Zodiars pragmatischer Verstand wieder durch. Er sah einen Weg, wie er aus dieser momentan selbst für ihn gefährlichen Situation

herauskommen konnte - und dabei vielleicht sogar zwei Schwierigkeiten auf einmal beseitigte.
"Gut!", lenkte er ein. "Ich mache Euch einen Vorschlag: Ein Viertel des vereinbarten Kopfpreises jetzt, mit der Option, dass Ihr quasi in meinen Diensten verbleibt; die restlichen drei Viertel, wenn Trelain es wirklich schafft, zurückzukehren. Aber dann will ich seinen Kopf sehen!"
Skwawk zuckte die Achseln. "Mit einem Viertel für meine bisherigen Bemühungen bin ich einverstanden. Jedoch sollte Ihr Euch vergegenwärtigen, dass es ungleich schwieriger sein wird, Trelain zu töten. Er wird sich hüten, offen aufzutreten, und versteckt agieren. Immerhin dürfte ihm jetzt klar sein, dass er in der Miliz keinen Rückhalt mehr hat."
"Na schön! Also zusätzlich eine Gratifikation - bei erfolgreichem Geschäftsabschluss!"
Skwawk stützte sich auf den Tisch und beugte sich vor. "Nur keine Sorge! Bei nicht erfolgreichem Geschäftsabschluss werde ich nicht mehr in der Lage sein, irgend etwas von Euch einzufordern. Und vermutlich werdet auch Ihr dann für Tersas keine große Verwendung mehr haben!"

Als Skwawk den nächsten Marktplatz erreicht hatte, setzte er sich erst einmal in eine Schenke und bestellte sich ein Glas aromatisiertes Wasser.
Er lebte ständig mit dem Risiko, aber er fragte sich, ob er diesmal nicht zu weit gegangen war. Beinahe hatte er den Bogen überspannt, als er sein Wissen um das untere Reich preisgab. Aber andererseits hätte er sonst nicht begründen können, warum er mit Trelain noch rechnete - und das war der entscheidende Moment.
Jedenfalls hatte er jetzt ein Viertel seines Salärs - und er war noch beziehungsweise wieder im Geschäft. Noch vor zwei Ssegs hatte er gar nichts gehabt. Und es widerstrebte ihm im Innersten, für Nullitäten Zeit und Arbeit zu opfern. Also ein

Erfolg? Womöglich hatte er auch gerade sein eigenes Todesurteil unterzeichnet.
 Ausnahmsweise erlaubte er sich noch ein Grinsen.

65.

The Ripper - Judas Priest

Victor beschleunigte seinen Schritt, als er den schlecht beleuchteten Gang erreichte. Nicht direkt, dass er Furcht verspürte, aber die Gegend war alles andere als vertrauenerweckend. Zweiundsechzigstes Niveau, eigentlich kein übles Stockwerk, eher gutbürgerlich, aber ziemlich weit draußen in den Außenbezirken.

Zudem war vor zwei Ssegs die Dunkelphase angebrochen, und das gelblich-fahle Licht ließ die Umgebung noch ungemütlicher erscheinen als sie ohnehin schon war. Als Kind dieser unterirdischen Welt fand er natürlich nichts dabei, auch in den besseren Gegenden die typischen Merkmale vorzufinden, die das Leben hier auszeichneten: feuchte Wände, tropfende Rohre an den Decken und die obligatorischen stinkenden Pfützen auf dem Boden. Jedoch hier trieben sich trotz der späten Sseg noch ziemlich viele Menschen herum, denen man zu viel der Ehre antat, wenn man sie als Galgengesichter bezeichnete.

Er selbst verkehrte meistens oberhalb der Vierzigerniveaus im Regierungsbezirk, wo man solche zwielichtigen Gestalten selbstverständlich nicht duldete. Und wo nachts die Gänge fast ausgestorben waren und eine friedliche Ruhe ausstrahlten, die andere als langweilig oder sogar als bedrückend empfanden. Er nicht. Er genoss das, wenn er zu sehr später Stunde die zwei Stockwerke zu seinem Niveau hinunterfuhr und alleine durch die filzbelegten Gänge zu seiner Wohnung ging. Dann fühlte er sich manchmal wie ein Minister oder hoher Regierungsbeamter bei einem Inspektionsrundgang durch 'sein' Reich. Nicht nur wie das, was er war: ein Schreiber des Sekretärs des Ministers für Bergwerkswesen und Erzabbau.

Seine Hand glitt in die Manteltasche und fühlte zum hundertsten Mal nach der Geophflasche. Natürlich, sie war noch da. Guter oranger Geoph aus dem Privatvorrat des Sekretärs, nicht so ein billiges grob aromatisiertes Zeug, wie es die Leute hier unten tranken. Die kleine Unterschlagung hatte er sich ausnahmsweise gegönnt, und sein Vorgesetzter würde es kaum bemerken, wenn eine von seinen Flaschen fehlte. Meistens war der auch spätestens zwei, drei Ssegs vor Einbruch der Dunkelphase schon so betrunken, dass er am nächsten Tag nicht mehr wusste, wie viel er eigentlich gesoffen hatte. Unglaublich, dass so jemand ein solchen Posten innehatte, aber er hatte es schon immer gesagt - natürlich nicht laut und öffentlich -, dass die ganze Verwaltung nur funktionierte, weil es Leute wie ihn gab: kleine aufrechte und ehrliche Beamte, die ihren Dienst noch ernst und sorgfältig taten.

Da fiel der Diebstahl - innerlich zuckte er fast vor diesem schlimmen Wort zurück - einer Flasche Geoph ja wohl kaum ins Gewicht.

Trotz dieser Versicherung, die er sich selbst gegeben hatte, zog er unwillkürlich den Kopf ein, als ihm eine Milizstreife entgegenkam. Die vier Männer mit den Hellebarden schlenderten gemächlich vorbei, ohne weiter auf ihn zu achten. Er atmete auf, als er zwanzig Meter weiter in den Quergang einbog. Immerhin gut zu wissen, dass auch in dieser üblen Gegend die Ordnung aufrecht erhalten wurde.

Er hatte sich die Geophflasche nicht etwa angeeignet, weil er zu den Leuten gehörte, die ohne das Zeug nicht mehr auskamen. Von denen gab es im Regierungsbezirk genug. Manche hohe Beamte schütteten schon bei Einbruch der Hellphase so viel in sich hinein, dass sie zur siebten Sseg kaum noch gerade gehen konnten. Und sein Vater, der ebenfalls Amtsdiener gewesen war, allerdings in der Militärverwaltung, hatte ihm erzählt, dass der letzte König, Szhan Kawain, sogar einmal eine Vorschrift erlassen hatte, dass Generäle und Obristen der Militärgerichte Todesurteile nur bis zur fünften Sseg verhängen durften. Der Grund hierfür war einleuchtend. Diese Regelung gab es jetzt nicht mehr, und wie man so munkelte, war König Gorodon Szhan dem Geoph auch nicht ganz abhold.

Nun, das war nicht der Grund für seine Gesetzesübertretung. Er hatte einen besseren: eine Frau. Und was für eine! Vor fünf Ssegs hatte er sie auf dem Empfang des Ministers kennengelernt. Empfang war wohl nicht ganz das richtige Wort, aber es klang besser. Eine Besprechung irgendwelcher Bagatellvorgänge, die man nutzte, um nach der Erledigung der Dienstgeschäfte, die hier erstaunlicherweise ziemlich zügig vonstatten ging, zum angenehmen Teil der Pflichten überzugehen. Im kleinen Kreise, versteht sich: etwa fünfzehn bis zwanzig höhere Beamte, ein paar Milizoffiziere, einige ausgesuchte Lakaien, zwei oder drei Musikanten - und Damen.

Und: Dieses Mal hatte er wirklich den Mut aufgebracht, eine der Damen anzusprechen. Sein Vorgesetzter war wie üblich schon zu Beginn der Feierlichkeit so betrunken gewesen, dass er seiner Dienste nicht mehr bedurft hatte. Normalerweise zog Victor sich dann diskret zurück, aber diese Frau hatte es ihm angetan: blonde lange Haare, und trotz der Tatsache, dass ihre besten Tage schon etwas zurücklagen, ein Gesicht, das noch etwas Kindliches ausstrahlte. Mit einer Spur von Laszivität, die hier besonders aufreizend wirkte. Zudem war sie, im Gegensatz zu ihren 'Kolleginnen', die mit ihren üppigen Formen wohl eher dem Schönheitsideal höherer in allen Belangen saturierter Beamter entsprachen, schlank. Das gefiel ihm sehr. Sie hieß Edwiga.

Und dieses engelhafte Geschöpf hatte sich herabgelassen, mit *ihm* zu sprechen. Sie hatten zwei Gläser miteinander getrunken, und sie hatte wie beiläufig bemerkt, dass er ihr auch gefallen könnte. Ab diesem Moment schwebte er schon in höheren Gefilden, und zwar nicht wegen des Geophs.

Er hatte nur in ihre Augen gestarrt und kaum die Geschichte zur Kenntnis genommen, die sie erzählt hatte: dass sie eigentlich gar nicht hierher gehörte, zu diesen Leuten, die sie anekelten; dass sie aber gezwungen war, Geld zu verdienen, um ... Die Worte schwebten um in herum, berührten ihn, aber sie drangen nicht bis in sein Bewusstsein vor.

... eine bettlägerige Mutter? ...

Und jetzt stand er hier, vor ihrer Tür, wie sie es beschrieben hatte. Er sollte sie besuchen, noch in dieser Nacht. In ihrer Wohnung würden sie sich besser unterhalten können. Und nicht dass er dachte ... Nemeb, von ihm würde sie keine einzige Tersa annehmen. Er war einer der wenigen anständigen Menschen, die sie in dem ihr aufgezwungenen Leben kennengelernt hatte. Jemand, dem man vertrauen konnte.

Natürlich hatte er Geld dabei. Aber das war etwas anderes. Nicht bezahlen, nemeb, schenken würde er es ihr. Dieser Frau, die es verdiente, dass man ihr aus der Not heraushalf. Er war nicht gerade arm zu nennen, weil er wenig ausgab. Wofür auch? Jetzt wusste er endlich, wie er mit seinem kleinen Vermögen etwas wirklich Gutes tun konnte. Und wenn sie ihn ...

Nemeb, an dieser Stelle wollte er noch nicht weiterdenken. Trotzdem malte er sich schon im Geiste aus, wie sich ihre Beziehung langsam weiterentwickeln und vertiefen würde. Bis jetzt kannte sie ihn nur als verständnisvollen Menschen, als jemanden, der gut zuhören konnte und Verständnis zeigte. Anständig, ay.

Aber würde sie nicht noch angenehmer überrascht sein, wenn sie ihn genauer kannte? Sicher. Er war treu, zuverlässig, gründlich. Und nicht dumm. Einmal hatte er eine inoffizielle Belobigung, zwar nicht vom Minister, aber von dessen

Vertreter, bekommen, weil er einen Fehler in der Berechnung eines Durchstichtunnels gefunden hatte. Wer weiß, wie viel Schaden er damit verhindert hatte.
Seine Hand zitterte ein wenig, als er anklopfte.

Niemand antwortete und die Tür blieb verschlossen. Victor zögerte einen Moment. Er langte in seine andere Jackentasche und fühlte den Schlüssel. Sollte er einfach aufsperren und eintreten? Immerhin hatte Edwiga ihm ihren Zweitschlüssel überreicht, und er konnte sich noch deutlich an ihre Worte erinnern, sogar an den Klang ihrer Stimme und jede einzelne Betonung: "Komm einfach herein. Es kann sein, dass ich gerade ein Bad nehme ..."
Die Vorstellung, sie nackt im Wasser zu sehen, hatte ihm einen wohligen Schauer beschert, und auch jetzt spürte er ein seltsames aber nichts weniger als unangenehmes Gefühl der Anspannung in der Gegend seines Körpers, die sonst eher recht profane Tätigkeiten erledigte.
Und sie hatte, als sie ihm den Schlüssel gab, sanft seine Hand in die ihre genommen. Fast war es ihm peinlich gewesen. Sie hatte bestimmt gemerkt, dass sich die Haare auf seinem Handrücken aufgestellt hatten, als ob er frieren würde. Und nicht nur die.
Victor nahm all seinen Mut zusammen und sperrte auf. Die Tür knirschte leise in den Angeln.
Zwei Glühsteine beleuchteten einen gemütlich, unverkennbar weiblich eingerichteten Raum. Ein niedriger Tisch, auf dem eine dicke Kerze brannte, drei bequeme Sessel, ein Chaiselongue, Schränke, eine Kommode, ein Bücherregal. Er hätte nicht gedacht, dass es hier in den Außenbezirken so komfortable Wohnungen gab. Aber Edwiga hatte eben Geschmack. Es roch nach Kerzenwachs und Parfüm.
"Hallo!", wollte er sagen, aber seine Stimme versagte den Dienst, und so musste er erst kurz husten. "Hallo? Edwiga?"

Beinahe wäre er ausgerutscht, als er zwei Schritte vorwärts ging. Eine dunkle Lache am Boden. Er sah genauer hin. Tropfte es hier von der Decke? Das konnte in den weiter unten gelegenen Niveaus schon vorkommen.

Aber das war kein Wasser.

Und das war auch kein Wegweiser, der da lag und auf die angrenzende Tür zeigte.

Victors Magen drehte sich um, noch bevor sein Verstand richtig begriffen hatte. Das Abendessen und die zwei Gläser Geoph ergossen sich schwallartig über das, was seine Augen immer noch anstarrten.

Ein menschlicher Arm, die Hand zu einer Faust geballt; und der Zeigefinger ausgestreckt. Eine Blutlache, wo er kurz vor der Schulter abgetrennt war.

Der andere Arm lag in der Tür, auch er ein Wegweiser. Victor wusste später nicht, was er genau getan hatte. Wie gebannt befolgte er die stumme Aufforderung.

Edwiga hatte wirklich ein Bad genommen. Aus dem Wasserhahn quoll alle paar Ssigs ein Tropfen hervor und erzeugte ein leises 'Blip'.

Wie lange stand er so da und betrachtete die grausige Szenerie? Der Kopf Edwigas war unter Wasser kaum zu erkennen, so trüb war die Flüssigkeit. Blut, Eingeweide - und dunklere Schlieren. Nur die Augen schienen ihn anzustarren.

Lange, lange war Victor zu keiner Bewegung fähig. Was ihm durch den Kopf ging? Merkwürdigerweise konnte er sich später nur an den einen Gedanken erinnern:

Die Tür war doch verschlossen gewesen!

66.

Don't talk to Strangers - Dio

Es ging auf die zwölfte Sseg zu, und Calaya schlenderte über den Marktplatz. Sie mochte das dichte Gedrängel in den frühen Ssegs nicht besonders, deshalb wählte sie für ihre Besorgungen zumeist einen späteren Zeitpunkt, wenn sich die Menschenmassen schon etwas verlaufen hatten. Heute hatte sie eigentlich gar keinen Grund, sich hier aufzuhalten, aber irgend etwas hatte sie dazu getrieben, ihre selbstgewählte Abgeschiedenheit einmal aufzugeben.

Seit der Trennung von Trelain hatte sie ziemlich zurückgezogen gelebt und nur ab und zu Verwandtschaft besucht, wenn dies aus irgendwelchen repräsentativen Anlässen unumgänglich war: Geburtstage, Jubiläen und so weiter. Warum eigentlich? Es gab nichts, dem sie nachtrauern musste, und sie selbst hatte die Scheidung mehr oder weniger initiiert. Kein Grund also für selbstauferlegtes Exil.

Trotzdem: Ihr war einfach nicht danach zumute gewesen, auszugehen oder Theater oder Musikvorführungen zu besuchen. Die Trennung hatte sie doch irgendwie einen Teil ihres Lebens gekostet. Obwohl dies nicht der bessere war. Es war unmöglich, mit Trelain zusammenzuleben.

Lediglich mit ihrer Freundin, der Hohepriesterin Ophris, pflegte sie noch engen Kontakt.

Und nun? Sie setzte sich in ein Straßenlokal und orderte ein Glas gezuckerten Sud. Dann steckte sie sich ein Geoph-Stäbchen an, ignorierte die vorwurfsvollen Blicke vorbeigehender Frauen, die wohl immer noch den Standpunkt vertraten, es gehöre sich nicht für Damen, in der Öffentlichkeit zu rauchen, und sah versonnen dem dünnen Rauchfaden nach.

Zwei Dinge hatten sich in den letzten paar Zehntagen geändert. Zwei entscheidende? Das würde sich zeigen. Trelain lebte nicht mehr. Getötet bei einem Kampf gegen Banditen. Der Schmerz darüber ließ sich nicht weg leugnen. Equest! Sie wünschte, es würde ihr nichts ausmachen, aber dem war nicht so. So flüchtete sie sich in Vorwürfe gegen ihren geliebten und gehassten ehemaligen Gefährten: Sie hatte ihn gewarnt. Er hatte sich in dieses Spiel, in diese undurchschaubaren Machenschaften von Autoritäten, denen man besser nicht in die Quere kam, verwickeln lassen - gegen ihren Rat. Und das hatte er jetzt davon.

Calayas selbst gemachte Verärgerung drohte in Melancholie umzuschlagen, sie nippte an ihrem Glas, zündete sich noch ein Stäbchen an und verdrängte die trüben Gedanken.

Schließlich hatte sie sich nicht ohne Grund aus ihrer Abgeschiedenheit herausbegeben. Sie musste einfach wieder einmal unter Menschen - und wenn es nur ein schäbiges Straßenlokal war. Es war fast wie ein Wiedererwachen aus jahrelangem Schlaf. Und es gab einen Anlass dafür.

Beim dreißigjährigen Dienstjubiläum ihres Großonkels, des Grafen Mytrasil, der die Stelle eines Kämmerers bei seiner Majestät innehatte, hatte sie einen Mann kennengelernt. Das hatte sich zufällig so ergeben, weil er ihr aus Versehen ein Glas roten Geoph über ihr weißes Kleid geschüttet hatte.

Marcos, so hatte er sich unter tausend Entschuldigungen vorgestellt, war ein relativ gutaussehender Mann mittleren Alters, etwas schüchtern und anscheinend auch etwas ungeschickt. Aber er war gescheit, geistreich und auf eine gewisse unbeholfene Art sogar witzig. Sie hatte später erstaunt festgestellt, dass sie sich mit ihm fast zwei Ssegs ganz normal unterhalten hatte: nichts tiefsinniges, aber frei von dem Misstrauen, das sie sonst Fremden gegenüber an den Tag legte. Zweimal hatte sie bei seinen etwas konstruierten Bonmots sogar gelacht. Und über dem Gespräch die Zeit vergessen.

Das war in den letzten Jahren so selten vorgekommen, dass es ihr nachträglich wie ein Wunder erschien. War das wirklich *sie* gewesen, die sich da ungezwungen, unbeschwert und manchmal sogar etwas albern wie ein junges Mädchen mit einem ihr völlig unbekannten Mann unterhalten hatte? Aber es hatte ihr gutgetan.

Zu mehr war es an diesem Abend nicht gekommen, und das hätte sie auch nicht zugelassen. Aber ein Lakai ihres Großonkels hatte ihr am nächsten Tag ein Billet überreicht - von Marcos. Darin entschuldigte er sich noch einmal für seine Ungeschicklichkeit und äußerte den Wunsch, sie einmal wiederzusehen.

Es war wie ein Lichtstrahl in einem dunklen Tunnel - und erinnerte sie in der leicht hölzernen Sprache an Trelain, als er ihr damals den Hof gemacht hatte. Diese verbale Unbeholfenheit eines Mannes, der sonst genau wusste, was er tat, das hatte etwas entzückend Kindliches an sich, dem sie kaum widerstehen konnte. Leider war das bei Trelain nicht so geblieben. Und daran trug sie selbst eine nicht geringe Schuld. Sie hatte darauf bestanden, ihn in die sogenannte 'Gesellschaft' einzuführen, und die Früchte ihrer Bemühungen geerntet: Trelain war zu intelligent gewesen, als dass es allzu lange bei der rhetorischen Unbeholfenheit geblieben wäre. Er hatte die subtilen anfänglichen Demütigungen der feinen Gesellschaft nicht vergessen, und einen verletzenden Zynismus entwickelt, der vor nichts zurückschreckte. Als ein Superintendent des Ministeriums für Orakeldeutung ihn nach einer groben Beleidigung zum Duell forderte, hatte er sich von keiner Fürsprache davon abhalten lassen und dem Mann den Bauch aufgeschlitzt. Calaya selbst war erst da klargeworden, dass Trelain die ganze Angelegenheit von Anfang bis Schluss geplant hatte: sein Benehmen, das Sticheleien herausforderte, sein gespielter Ärger, ein Wort gibt das andere, der Affront - und schließlich der Kampf. Der andere hatte keine Chance gehabt.

Trelains Aggressivität hatte sich mit der Zeit etwas abgeschliffen - dafür hatte er zu trinken begonnen.

Calaya stellte ihr leeres Glas ab und beobachtete ohne rechtes Interesse die Leute, die vorbeigingen. Ihre Gedanken kehrten zu Trelain zurück.

Ironie, dass er anscheinend in der Suche nach diesem Mörder eine Aufgabe zu finden geglaubt hatte, die es wert war. Was wert? Zu sterben? War es das? Er hatte nichts erreicht. Jedenfalls nichts, von dem sie wusste.

Zwei Tische weiter saß ein junger Mann und lächelte sie offen an. Calaya erschrak fast. Hatte sie vielleicht, in Gedanken versunken, wie sie war, in diese Richtung gestarrt? Das wäre zu peinlich. Und sich von einem Fremden in Verkennung der Situation ein Gespräch aufdrängen zu lasse, dazu hatte sie jetzt überhaupt keine Lust.

Sie bezahlte ihr Getränk fast hastig und verließ das Lokal. Plötzlich fühlte sie sich in der Öffentlichkeit wieder unwohl. So als ob sie beobachtet würde. Das war natürlich nur Einbildung und auf ihre überreizten Nerven zurückzuführen, aber trotzdem war sie froh, als sie den großen Platz erreichte, wo ihre Wohnung lag. In diesem Viertel residierten die Reichen, die Nobilität. Ein Milizrevier war gleich gegenüber, und die zahlreichen Streifen der staatlichen oder privaten Wachmänner schreckten jeden Einbrecher oder Taschendieb schon von vorneherein ab. Calaya verfügte über genügend Geldmittel, um hier leben zu können, und sie genoss das Gefühl von Sicherheit.

Das Wenige, was Trelain von den Zuständen in den Siebziger- und Achtziger-Niveaus erzählt hatte ... Alleine schon der Dreck: geborstene Kanalrohre, Abfall, der nicht weggeschafft wurde, manchmal verirrte sich sogar ein großer Geonogon auf der Suche nach Nahrung bis in die Unterkünfte der

Menschen. Nemeb! Gäa segne ihre Vorfahren selig, die ihr genug Tersas hinterlassen hatten!

Sie ging um eine Gruppe von vielleicht zehn Leuten, die sich unterhielten und ab und zu lachten, herum und stand vor der Tür zu ihrer Wohnung. Als sie den Schlüssel ins Schloss steckte, stand plötzlich der junge Mann von vorhin neben ihr.

"Gesegneten Tag!", grüßte er betont formell und lüftete seinen breitkrempigen Hut. Dann lächelte er sie wieder an.

Calaya war im ersten Moment vor Schreck wie gelähmt. Der Schlüssel klirrte zu Boden, und der Mann bückte sich, hob ihn auf und hielt ihn ihr hin. Dabei lächelte er noch breiter.

"Ihr habt etwas verloren, Madame. Verzeiht, wenn meine Erscheinung Euch erschreckt haben sollte ..."

Sie war sich gar nicht bewusst, dass sie den Schlüssel aus seiner Hand nahm, aber zumindest ihre Stimme erwachte wieder zum Leben: "'Erscheinung' erscheint mir das richtige Wort, mein Herr! In der Tat bin ich etwas erschrocken. Das ist eine ziemlich ungehörige Art, sich einer Dame zu ... zu nähern." Sie überlegte sich ihre nächsten Worte, aber ihr Gegenüber machte eigentlich keinen unfreundlichen oder gar gefährlichen Eindruck. "Ihr seid mir gefolgt, mein Herr!"

"In der Tat, Madame! Aber nicht ohne Grund, wie ich Euch versichere!" Calaya lachte leise. Aus unerfindlichem Grund fiel die Anspannung von ihr ab. Sie glaubte nicht, dass sie von diesem Menschen etwas zu befürchten hatte. Er machte einen freundlichen Eindruck. Außerdem sah er gut aus: großgewachsen, schlank, dunkle Augen und ein dünner Schnauzer über der Lippe. Und die treuherzig vorgebrachte Versicherung, ihr nicht ohne Grund gefolgt zu sein, offenbarte eine gewisse witzige Frechheit, die sie amüsierte.

"Natürlich nicht! Es gibt sicher immer einen Grund, warum man jemandem nachgeht. Nur, ob ich mich mit diesem Grund anfreunden kann ...? Was wünscht Ihr?"

"Einige Zentssegs Eurer Zeit, mehr nicht! Aber es wäre vielleicht besser, wenn wir ..." Er deutete auf die verschlossene Tür. "Es spricht sich besser unter vier Augen."
Jetzt lächelte Calaya. "Das klingt recht geheimnisvoll. Aber ich muss Euch enttäuschen: Auch dort werden wir nicht unter vier Augen sein. Ich habe zwei Diener ..."
Divon zog in übertriebener Gebärde nochmals seinen Hut. "Euer - wenn auch ungerechtfertigtes - Misstrauen schmeichelt mir. Wollen wir eintreten?"

"Trelain lebt?" Calaya setzte sich in einen ihrer Sessel und zündete sich fahrig ein Stäbchen an.
"Ay. Ihr werdet verstehen, dass er sich wohl schlecht selbst herbemühen konnte, und statt dessen mich schickt. Es wäre zu gefährlich."
Sie inhalierte den Rauch und sah Divon nachdenklich an. "Das klingt einleuchtend. Er glaubt also, dass er ... dass es gewisse Leute gibt, die ihn immer noch umbringen wollen?"
"Und die vermutlich inzwischen wissen, dass er entkommen ist. Allerdings nicht, dass er den Aufstieg wirklich geschafft hat."
Calaya schüttelte den Kopf. "Das alles ist unglaublich, ... Divon. Ein zweites Reich! Und dieser Aufstieg über Hunderte von Niveaus ..."
Der Sergeant nahm einen großen Schluck aus seinem Glas. "Ay. Es ist eine lange Geschichte ... Aber das soll er Euch selbst erzählen. Ich bin hier, weil es höchst unwahrscheinlich ist, dass irgend jemand mein Gesicht kennt. Ihr solltet nur wissen, dass er noch am Leben ist. Und dass er Euch braucht."
"Mich? Und weil niemand Euch kennt? Glaubt Ihr, dass ich überwacht werde?"

"Trelain ist sich dessen sicher. Wir müssen einen Weg finden, wie eine Zusammenkunft stattfinden kann. Ohne Mitwisser, versteht sich!"

"Aber ... versteht mich nicht falsch ... Ich freue mich von Herzen, dass er lebt und wohlauf ist, aber ... Was kann ich ihm nutzen? Und es ist gefährlich, sehr gefährlich. Wenn ich wirklich unter Beobachtung stehe ..."

Divon hatte sein Glas abgesetzt und sah sie prüfend an. In diesem Moment hatte er nichts Jugendlich-Unbekümmertes an sich. Calaya zog an ihrem Stäbchen, aber es war ausgegangen. "Ich will Euch nichts vorspielen. Wie soll ich das sagen, ohne dass ...? Ich hatte mit diesem Kapitel meines Lebens abgeschlossen. Das dachte ich jedenfalls ..."

"Trelains Tod war Euch willkommen? Dann hätte ich Euch wohl falsch eingeschätzt."

"Nemeb!" Sie schüttelte energisch den Kopf. "Sagt ihm, dass er auf mich zählen kann. Ich werde ihm helfen - soweit ich vermag. Irgendwie bin ich ihm das wohl schuldig ..."

Der Sergeant neigte den Kopf. "Ich danke Euch. Es ist vielleicht nicht ganz ungefährlich, das sollte ich noch ausrichten."

Calaya schmunzelte. "Das hätte mich auch gewundert!"

Sie begleitete ihren Besucher bis zur Tür. "Seid bitte vorsichtig! Wenn man mich beobachtet, dann hat man auch Euch gesehen. Und ich habe nicht oft Gäste." Sie öffnete die Tür, und er nahm ihre Hand in seine und hauchte einen Kuss darauf.

"Habt keine Angst: Ich werde darauf achten, dass mir niemand folgt. Es war mir ein Vergnügen, Euch kennenzulernen, Madame. Genau so habe ich mir Euch vorgestellt!"

"Hat Trelain von mir erzählt?"

Statt einer Antwort lüftete Divon nochmals seinen Hut und wandte sich zum Gehen. Calaya hielt ihn am Arm zurück. "Seid Ihr sein Freund, Divon?"

Er lächelte geheimnisvoll: "Ich denke schon!"

Gerade als sie den Schlüssel im Schloss drehen wollte, klopfte es nochmals an der Tür. Sie öffnete schnell wieder. "Was ist noch ...?"

Marcos sah sie erstaunt an. "Hast du mich nicht gesehen? Ich habe vom Platz dort drüben aus gewinkt."

"Nemeb ... tut mir leid!" Sie sah an ihm vorbei, aber sie konnte Divon nicht mehr erblicken. Er war wohl in einem Seitengang verschwunden.

"Was ist denn?", fragte Marcos. "Du siehst irgendwie verwirrt aus. Hatte dein Besuch schlechte Nachrichten? Ich habe ihn gerade noch gesehen."

Sie schüttelte schnell den Kopf. "Nemeb. Äh ... ein alter Bekannter von früher. Ich hatte ihn nur lange nicht mehr gesehen. Wir haben uns etwas unterhalten. Nichts Besonderes."

"Na dann ..." Er hakte ihren Arm unter und zog sie fast hinein. "Komm, du kannst dich jetzt mit mir unterhalten. Ich könnte ein Gläschen Geoph vertragen."

Als Calaya ein neues Glas aus dem Schrank nahm, versuchte sie, ihre Gedanken, die ganz woanders waren, in geordnete Bahnen zu lenken.

Skwawk ließ sich in die Polster der Chaiselongue sinken und trommelte mit den Fingerspitzen einen Marschrhythmus auf seine Knie.

67.

The last Time - Paradise Lost

Der Foltermeister seiner Majestät, Yquemedos, legte das Buch mit den Aufzeichnungen der letzten Verhöre zur Seite, kratzte sich ausgiebig am Kinn und verzog missmutig das Gesicht, was ihn noch hässlicher erscheinen ließ.
"Das war equest schlechte Arbeit! Absolut schlecht!"
Thurf, sein Gehilfe, erbleichte. Wenn sein Herr in dieser schlechten Stimmung war, dann konnte man nie wissen ... Vielleicht kam er auf die Idee, ihn selbst auf die Streckbank zu spannen. Es sollte schon vorgekommen sein, dass er eine Küchenmagd, der leichtsinnigerweise ein Scherz über verkrüppelte Menschen herausgerutscht war, persönlich langsam vom Leben zum Tode befördert hatte. Angeblich auf eine Art und Weise, die seine Art der Verkrüppelung, ein lahmes Bein, geradezu als nicht der Rede wert erscheinen ließ. Richtig: Sein Vorgänger Rakhir hatte fast wörtlich gesagt: "Er hat ihr die Arme und Beine abgeschnitten, aber nicht auf einmal, sondern Stück für Stück - und die Wunden jedesmal sauber desinfiziert und verbunden."
Eines Tages war auch Rakhir dann plötzlich verschwunden, und Thurf hatte seine Stelle eingenommen. Anfangs war er sehr erfreut gewesen über diese Beförderung, denn die Entlohnung konnte sich sehen lassen, und sehr anstrengend war die Arbeit nicht. Naja - manchmal schon. Bei schwierigen Fällen. Er grinste.
Aber wenn Meister Yquemedos diese üble Laune hatte, dann wurde selbst ihm ziemlich unheimlich zumute. Und er kannte sich in allen Techniken, die dazu dienten, Menschen zum Sprechen zu bringen, oder ihnen den Abschied vom irdischen Leben nicht zu leicht zu gestalten, inzwischen gut genug aus, um zu wissen, dass die Hölle nicht am Grund des Abis war.

Entsprechend kleinlaut fragte er also: "Warum schlecht, Meister?"

Yquemedos klatschte mit der flachen Hand auf den Tisch. "Das fragst du noch? Dieses Protokoll über die Befragung der Hure sagt doch alles! Im Gegensatz zu ihr!"

"Wie? Ich ... ich verstehe nicht ..."

"Oh Gäa!" Der Foltermeister stöhnte laut auf und fasste sich in gespielter Verzweiflung an den Kopf. "Bin ich nur von Humums umgeben?" Er drehte das Buch um, sodass es nun vor Thurf lag, und deutete mit spitzem Finger auf eine Passage. "Hier!"

Dieser versuchte ein entschuldigendes Lächeln und zuckte die Achseln. "Äh ... ich ..."

"Ach ay, du kannst nicht lesen!", stellte Yquemedos mit leichter Resignation in der Stimme fest. "Das hat Etienne geschrieben. Hier steht, was diese Marcia ausgesagt hat: 'Ich habe Major Trelain gesagt, dass meine Freundin Elaine abgeholt worden ist.' Und hier: 'Von der Miliz oder der Pursuition.'"

"Ay", nickte Thurf eifrig. "Was ist daran so schlimm?"

"Daran ist gar nichts schlimm!", flüsterte Yquemedos, sich mühsam beherrschend, um nicht loszubrüllen. "Aber wie ging die Befragung denn weiter?"

"Nun, sie ist ... äh ... weggeblieben. Als wir die Stacheleisen an ihrem Oberschenkel weiter zudrehten, da haben wir wohl eine Ader erwischt ... Auf einmal war alles voll Blut, das lief nur so, und ..."

" ... und aus war es mit der Befragung! Genau! Das ist es, was ich unter schlechter Arbeit verstehe! Pfusch! Hättest du dir nicht denken können, dass gerade dieser Punkt von äußerstem Interesse sein könnte? Was hat sie Trelain weiter erzählt? Es würde uns schon weiterhelfen, wenn wir wenigstens wüssten, was Trelain überhaupt noch gefragt hat! Gerade die Erwähnung der Pursuition hätte ihn doch aufhorchen lassen müssen!"

Thurf verstand gar nichts mehr. "Ich hätte fragen sollen, was ... was Major Trelain gefragt hätte? Über die Pursuition?"

Yquemedos seufzte ergeben und klappte das Buch zu. "Ist schon gut! Das hat man eben davon, wenn man sich nicht um alles selbst kümmert! Geh! Ich bleibe noch etwas hier. Ich muss nachdenken."

Sein Gehilfe versuchte ein dankbares Lächeln, was furchtbar misslang, und schlich sich mit unwillkürlich eingezogenem Kopf davon.

Der Foltermeister zündete sich ein Stäbchen an und rauchte zwei Zentssegs lang schweigend konzentriert. Der Qualm stieg im gelben Licht der Glühsteine bis fast an die Decke des Gewölbes und bildete dort einen dünnen Nebelschleier.

Thurf wagte erst wieder, den Kopf zu heben, als er die Treppe zum oberen Gang erreicht hatte und die Tür hinter sich zuzog. Der Abis sollte Yquemedos holen! Er hatte seine Arbeit getan wie immer, und jetzt hieß es auf einmal, dass er bei der Hataii besser aufpassen sollen hätte. Equart, woher hätte er das denn wissen können?

Er war kein sonderlich heller Kopf, aber so viel hatte er jetzt verstanden: Seine Arbeit war equest gefährlich - auch und gerade für ihn selbst. Wenn er noch einmal das Missfallen von Yquemedos erregte, dann konnte die Sache übel ausgehen.

Er würde sich in Acht nehmen müssen. "Equest aufpassen ...", murmelte er vor sich hin.

"Vollkommen richtig!", sagte eine leise Stimme neben ihm, und Thurf fühlte sich plötzlich gepackt und mit unwiderstehlicher Kraft gegen die Felswand gedrückt. Eine Hand legte sich über seinen Mund, und zwischen den Fingern hindurch ... Er wollte aufschreien, aber es ging nicht. Das waren keine Finger vor seinen Augen. Das waren schorfige Krallen mit spitzen Nägeln. Zwei blitzende Augen schienen sich in ihn hineinbohren zu wollen.

"Du hast völlig recht, mein Freund!", zischte die Stimme vor ihm. "Man sollte immer equest aufpassen - sonst könnte einem etwas zustoßen! Wenn du schreist oder sonst einen Laut von dir gibst, dann bist du tot! Also nur nicken oder den Kopf schütteln! Ist das klar?"

Die Hand vor seinem Gesicht lockerte ihren Griff etwas, und er beeilte sich zu nicken.

"Gut! Ich habe einige Fragen an dich: Du bist Thurf?" Er nickte nochmals, und der Mann vor ihm verzog das Gesicht zur Andeutung eines Lächelns. "Fein! Es vereinfacht den Umgang mit Behörden beträchtlich, wenn man gleich richtig an die zuständigen Stellen gerät."

Der Gehilfe des Foltermeisters zuckte zum Zeichen, dass er nicht verstand, was der andere wollte, mit den Schultern. Die Hand vor seinen Augen verschwand, aber der Mann vor ihm warnte ihn nochmals mit erhobenem Zeigefinger: "Kein lautes Wort!" Er trug ein langes Rapier an der Seite und hielt einen schmalen Dolch in der Rechten. Aber das wäre gar nicht nötig gewesen, um seinen Worten Nachdruck zu verleihen. Thurf war von dem plötzlichen Erscheinen des Mannes mit der Narbe auf der Wange und den blitzenden Augen so erschrocken, dass er gar nicht erst auf die Idee kam, um Hilfe zu rufen - oder gar Widerstand zu leisten. Und dazu noch diese Klauenhand ...

"Ist dein Meister noch da drinnen?" Thurf nickte. "Und ist er jetzt allein?" Nicken.

"Gut!" Der unheimliche Mann kniff die Lippen zusammen. Er schien nachzudenken. "Gut. Ach: Noch eine Frage. Mit der richtigen Antwort kannst du dein Leben retten. Ein junger Mann namens Podigbudindrew: Was hat er bei eurer Befragung ausgesagt? Das wäre sehr wichtig für mich zu erfahren."

Das Gesicht vor ihm näherte sich dem seinen, bis er den Atem des anderen spüren konnte. Seine Gedanken überschlugen sich fast. Equest, was hatte dieser Kerl damals ausgesagt? Thurfs Gedächtnis war nicht das beste, und er spürte, wie er in Schweiß geriet, als er all seine Geisteskraft zusammennahm, um sich zu entsinnen.

"Na? Fällt es dir nicht mehr ein?", zischte die Stimme vor ihm, und er spürte wieder die Klauenfinger an seinem Hals. "Das ist wirklich sehr schade!"

"Doch, doch!", beeilte er sich zu flüstern. "Doch! Ich kann ... ich kann mich erinnern, wirklich! Es ging um diesen Major ... äh ... Trelain. Und ein Buch! Ein Buch, das der gelesen haben soll ..."

Der dunkle Mann löste seinen Griff und ließ die Arme sinken. Seine Gesichtszüge entspannten sich. Trotzdem wirkte er in dem gelben Schummerlicht, das von hinten auf ihn fiel, immer noch wie ein Daemon aus dem Abis. Thurf spürte, dass sein linkes Hosenbein klatschnass war.

"So!", stellte der Daemon fast teilnahmslos fest und senkte für einen Moment den Kopf. Dann sah er Thurf wieder direkt ins Gesicht. "Ich kann nicht glauben, mein Freund, dass dein Meister mit dir hinterher die Einzelheiten eines Verhörs bespricht, oder?"

"Nemeb, warum auch ... ich ... ich ..." Er begann zu stottern, als die Ahnung in ihm heraufdämmerte, dass er gerade einen furchtbaren Fehler gegangen hatte.

"Das bedeutet, dass du dabei warst, nemeb? Was hast du gemacht? Die Brandeisen glühend gehalten? Am großen Rad der Streckbank gedreht? Wasser in den Trichter nachgefüllt? Oder nur Geoph und Labplätzchen serviert? Was?"

Thurf begann am ganzen Körper zu zittern. "Ich ... ich konnte doch nichts dagegen tun! Ich bin doch der ... der Gehilfe des Foltermeisters ..."

"Eben!" nickte der Mann vor ihm. "Und du und dein Meister, ihr habt meinen Freund zu Tode gefoltert." Er hielt den Dolch vor Thurfs Augen.

"Ihr sagtet doch, dass ich mein Leben retten kann, wenn ich mich erinnere!", würgte der Gehilfe hervor, als sich die Krallen um seinen Hals schlossen.

"Die Götter werden mir diese Lüge verzeihen!", zischte Trelain und stieß die Klinge tief in Thurfs Unterleib. Er hielt den Folterknecht mit der Linken so lange aufrecht an der Wand, bis er sein Leben ausgespuckt hatte, dann ließ er ihn langsam zu Boden sinken.

Yquemedos öffnete das Geheimfach seines Schreibtischs und holte den leicht zerknitterten Zettel hervor, der dort schon seit einigen Zehntagen lag. Genauer gesagt, seit dem Tag nach dem Abend, an dem er mit Oberst Urquart eine Zechtour durch das Hataiiviertel im vierundsiebzigsten Niveau gemacht hatte.

Er selbst machte sich eigentlich nichts aus dergleichen, und wenn er eine Nutte haben wollte - oder auch einmal einen gutgebauten Knaben -, was nicht allzu oft vorkam, dann ließ er einfach eine - oder einen - kommen. Hier, in dieser Umgebung, empfand er die körperliche Lust einfach viel intensiver. Aber, wie gesagt, er brauchte das nicht sehr oft. Seine Arbeit verschaffte ihm üblicherweise ausreichend Befriedigung. Und ist nicht derjenige wirklich glücklich zu schätzen, der in seiner Arbeit auch seine Berufung gefunden hat? Der gerne tut, was er tun muss? Das, oder so ähnlich, waren sogar die Worte eines Philosophen. Allerdings wusste er nicht mehr, welcher.

Urquart dagegen schien von der lasterhaften Atmosphäre in den Hataiibezirken regelrecht trunken zu werden. Natürlich nicht nur davon. An diesem Abend hatte er so viel Geoph in sich hineingeschüttet, dass zwei Leute davon besoffen gewesen wären. Und bevor er mit der blonden Nutte abgezogen war, hatte er ziemlich viel geredet.

Yquemedos war anfangs nur zögernd und etwas unwillig mitgegangen, aber man konnte schlecht ablehnen, wenn ein Oberst der Miliz - und noch dazu einer der Vertrauten - auf einer gemeinsamen Zechtour bestand.

Natürlich hatte Urquart, dieses Blasst, sich einen Spaß davon versprochen, den hässlichen, verkrüppelten kleinen Mann als besondere Attraktion unter seinem Gefolge in der Öffentlichkeit vorzuführen, und Yquemedos hatte zunächst gute Miene zum bösen Spiel machen müssen. Aber dann war die Sache interessant geworden. Der Oberst hatte in seinem Rausch ziemlich viel ungereimtes Zeug von sich gegeben, was aber für Yquemedos, der sich beim Geoph klug zurückhielt, doch einigen Sinn ergeben hatte.

Und am nächsten Tag hatte er das, was er behalten hatte, aufgeschrieben.

Er strich den Zettel, den er sicher schon einige hundert Male aus der Schublade geholt hatte, glatt, und betrachtete die Stichworte. Und wie üblich versuchte er, ihr Geheimnis zu enträtseln.

Illvir - der Bär. Das war Oberst Hachton gewesen. Ein seltsamer Name, der irgend etwas mit einer alten Geschichte auf sich hatte. Ein Illvir, ein Tier aus der Mythologie. Mehr hatte Urquart auch nicht darüber gewusst. Und einer der Vertrauten. Der sich allerdings als Verräter herausgestellt hatte. Wie hatte Urquart gesagt: 'Ein Spion der ...'

Yquemedos sah bei seinen Stichworten nach. *' ... der Verschworenen.' Er selbst hatte sich nichts darunter vorstellen können, und aus den verworrenen Äußerungen des Obersten war er auch nicht viel klüger geworden. Jedenfalls war dieser Illvir dem Geonogon zum Opfer gefallen, ein Glücksfall für die Vertrauten.* Urquart hatte damals laut gelacht, als er das erzählt hatte, und im Überschwang der Begeisterung eine neue Flasche Geoph geordert. Ab hier war Yquemedos sehr aufmerksam geworden. Er hatte so getan, als ob er beim Trinken eifrig mithielt, und sogar einen Zungenschlag vorgetäuscht. *Es konnte nie schaden, wenn man etwas mehr wusste, als die anderen wussten, dass man wusste.*

Der Foltermeister grinste über die die sinngemäß richtige, aber trotzdem unmögliche Konstruktion dieses Satzes und zündete sich noch ein Stäbchen an.

Lesistrap - der Stier. Noch so ein mythologisches Geschöpf. Ein mit Bleistift gezogener Pfeil von Yquemedos selbst wies auf eine mögliche Verbindung hin: Graf Bajan, ein Vertrauter des Kanzlers und einflussreicher Mann in der Verwaltung. Auch er lebte nicht mehr. Von seinem Tod kursierten widersprüchliche Gerüchte. Angeblich war er von einer Hataii umgebracht worden. Andere besagten, auch er wäre dem Geonogon zum Opfer gefallen.

Yquemedos kratzte sich am Kinn. *Eine merkwürdige Sache war das schon. Etwas viel Zufall.* Er hatte sich nicht sehr für diesen wahnsinnigen Mörder interessiert, obwohl ihn die Art, wie er seine Opfer zurichtete, doch irgendwie faszinierte. *Eine gewisse geistige Verwandtschaft war da schon ...* Er lachte leise vor sich hin. *Aber er konnte seinem Handwerk mit Genehmigung und Segen der höchsten Stellen nachgehen, während dieser Irre im Falle, dass sie ihn erwischten, einen equest schmerzhaften und langwierigen Tod vor sich hatte. Nun, vielleicht lernte man sich da noch kennen!*

Und obwohl der Geonogon Frauen bevorzugte, hatte er hier in mindestens einem Fall den Vertrauten einen großen Gefallen erwiesen. So einen Zufall konnte es doch nicht geben! Womöglich wusste Urquart, wer der Geonogon war - und hatte ihn diesbezüglich um einen Gefallen gebeten. Zuzutrauen wäre es dem Oberst: ein skrupelloser Emporkömmling, der zur Erreichung seiner Ziele über Leichen ging - auch über die seiner 'Freunde'. Yquemedos traute ihm keine zwei Meter weit. Und um so wichtiger war es, möglichst viel über die Machenschaften der Vertrauten zu wissen - es konnte ihm selbst einmal das Leben retten.

Viel war es ja nicht, was er bis jetzt wusste. Vor ungefähr zwei Jahren war Urquart an ihn herangetreten und hatte ihn angeworben. Das Geschäft hatte sich nicht schlecht angehört: Er sollte dafür sorgen, dass bestimmte Personen, die zum Verhör bestimmt waren, das Zeitliche segneten, noch bevor die Miliz oder das Judikativministerium ihren Anspruch auf den Gefangenen anmelden konnten. Zudem sollte er alle Informationen, die diese preisgaben, nur ihm zugängig machen - oder dem Bischof Polikides. Bei der Erwähnung dieses Namens hatte Yquemedos schnell zugestimmt. Wenn der Bischof, einer der mächtigsten Männer des Reiches, wenn nicht der mächtigste, an der Angelegenheit beteiligt war, dann tat man besser daran, mitzumachen und keine großen Fragen zu stellen. Zudem wurden seine Dienste gut bezahlt. Ein leiser Verdacht keimte allerdings schon seit Langem in ihm, nämlich dass eine derartige Heimlichtuerei der Mächtigen vielleicht - aber auch nur vielleicht! - gegen König und Reich gerichtet war. Aber was tat man nicht alles gerne für die Heilige Pursuition! Vor allem, wenn die Finanzen stimmten.

Der Foltermeister lachte leise und drückte die Kippe im Aschenbecher aus.

Dann waren da noch weitere Namen, mit denen er nicht viel anfangen konnte: Augkui - die Eule. Angeblich wichtig, und zwar wegen dieses equesten Buches, um das sich alles zu drehen schien. Er war damals aus Urquarts Gelalle nicht recht klug geworden, aber anscheinend lebte der oder die auch nicht mehr. Um so wichtiger war das Buch.

Er rümpfte die Nase. *Auf den Rest seiner Notizen, die mit hingeschmierten und wieder durchgestrichenen Querverweisen versehen waren, konnte er sich nun gar keinen Reim mehr machen: Imoset - die Taube. Ein Bleistiftstrich mit einem Pfeil zeigte von diesem Namen zu dem Wort 'Buch'. Weiter: Kjell - der Hund. Ohne Kommentar einfach an den Rand der Seite geschrieben. Und Kia - die Katze. Dreimal unterstrichen. Einmal hatte ihn Urquart mit diesem Namen angesprochen, ohne es zu merken. War das nur eine Verwechslung der Wörter im Rausch? Oder war er die Katze? Was war eine Katze? Und welche Rolle spielte er dann selbst in dieser verworrenen Charade?*

Ein Name stand noch da, mit Bleistift umringelt: Runic - der Fuchs. Und er selbst hatte daneben geschrieben: Trelain???

Yquemedos starrte auf das Wort, als sich eine schuppige Hand mit ausgestrecktem Zeigefinger in sein Blickfeld schob und dreimal darauf tippte.

"Das ist richtig!"

68.

Lame Excuses - Everon

Der Bischof rückte sich mühsam in seinem Stuhl gerade und kratzte sich nachdenklich an der Backe. Und, anscheinend vom Erfolg dieser Aktion befriedigt, setzte er seine Bemühungen ausgiebig am Ohr und Nackenansatz fort. Wenn man auch kaum von Ansatz sprechen konnte, dachte sich Xyraisio.

Die schwammigen Fettwülste von Polikides machten die Unterscheidung, wo der Kopf aufhörte und die Schultern anfingen, schlechterdings unmöglich. Zudem hatte der oberste Herr der Pursuition wie üblich eine derartig dicke Schicht Schminke aufgelegt - oder auflegen lassen -, dass er froh sein konnte, wenn die Ohren noch herausschauten und als solche erkennbar waren.

Freilich hütete sich Xyraisio, sich auch nur ein Grinsen zu erlauben. Mit Polikides war nicht zu spaßen, das hatten schon einige Leute einsehen müssen, die schneller auf dem Schafott oder in Yquemedos' Folterkammer gelandet waren, als es dauerte, sich für eine verbale Entgleisung zu entschuldigen.

"Ihr seid ein Humum!", stellte der Bischof kopfschüttelnd fest. "Ein Dummkopf! Gerade in dieser Situation können wir uns keine weiteren Risiken leisten! Es ist schon schlimm genug, dass sich Ivesnagaios nicht an sein Wort gehalten hat ..."

"Na eben deswegen!", beeilte sich Xyraisio, einzuwerfen. "Wenn Trelain wirklich wieder hier ist, dann war meine Maßnahme doch durchaus gerechtfertigt!"

Polikides stieß einen gotteslästerlichen Fluch aus, der eine Straßenhure aus den Achtziger-Niveaus erröten lassen hätte. "Quatsch! Gerechtfertigt! Wenn ich das schon höre! Dieser

Skwawk weiß von Euren Verbindungen zur Führung der Miliz - womöglich zu mir -, und Ihr seid so naiv und lasst ihn einfach von dannen gehen? Mit diesem Wissen? Das ist doch wohl der gröbste Fall von Leichtsinn - und Blödheit -, der mir in den letzten Jahren untergekommen ist. Und noch dazu gerade von Euch, der sich immer seiner Schlauheit gerühmt hat!"

Xyraisio biss sich auf die Lippen. "Aber wenn Trelain nun wirklich noch am Leben und hier in Subgäa ist, dann ..."

Polikides unterbrach ihn mit einer herrischen Handbewegung. "Daran besteht kein Zweifel. Vor zwei Ssegs wurde mir gemeldet, dass man Yquemedos gefunden hat."

"Wie ... gefunden?"

"Gefunden in seiner Folterkammer. Irgend jemand hat wohl so ziemlich alle seine Geräte an ihm selbst ausprobiert. Viel war ja nicht von ihm übrig ... außer dem verkrüppelten Bein. Und da man keine Spuren gefunden hat, außer seinem Gehilfen, der aufgeschlitzt vor der Tür lag ... Eine ziemlich außergewöhnliche Form von Selbstmord, würde ich sagen!"

Xyraisio wurde blass. "Trelain?"

"Nemeb! Natürlich *nicht*! Er hatte sich nur beim Rasieren geschnitten! Was glaubt Ihr denn?! Da braucht Ihr gar nicht mit Eurer equesten Kapuze herumzuspielen, die Ihr ja sonst wohl immer tragt, Xyraisio-Zodiar!"

Der Skualman schluckte und steckte die Hände in die Manteltaschen. "Aber ist es da nicht sogar gut, wenn Skwawk ... ich meine ..."

"Einen Dreck!", schrie der Bischof fast, und fuhr dann bemüht ruhig fort: "Ja glaubt Ihr denn, dass Trelain einfach so als Ankläger, oder als was auch immer, in der Öffentlichkeit auftreten wird? Ein gedungener Attentäter hat doch nur eine Chance, wenn er weiß, was überhaupt sein Ziel ist!"

Zodiar-Xyraisio schluckte nochmals. Genau das hatte ihm Skwawk auch gesagt. Dieses Argument war ihm willkom-

men gewesen, weil er nicht gewagt hatte, den Kerl gleich von seinen Wachen töten zu lassen. Und weil er geglaubt hatte, mit einem Viertel des Kopfgelds günstig wegzukommen.
"Und was soll ich jetzt tun?"
Polikides beugte sich hinter seinem Schreibtisch nach vorne. "Das werde ich Euch sagen, Skualman!" Er hatte das letzte Wort langsam und spöttisch ausgesprochen. "Um Major Trelain werde ich mich persönlich kümmern. Ich weiß nicht, was Yquemedos ausgeplaudert hat; vermutlich alles, was er wusste. Allerdings weiß ich nicht, *wie viel* er wusste. Diesbezüglich werde ich mich noch einmal mit ... mit jemandem ins Einvernehmen setzen. Falls Trelain es auf mich abgesehen haben sollte, dann wird er einsehen müssen, dass er sich zu viel vorgenommen hat."
Der Bischof lehnte sich noch weiter vor und richtete seinen Zeigefinger mit dem von der Schminke schmutzigen Nagel auf Xyraisio: "Und Ihr sorgt dafür, dass dieser Skwawk verschwindet! Noch einen Mitwisser um unsere Verbindung können wir uns nicht leisten!"

69.

...Of Dream and Drama - Moonspell

Skwawk drehte sich auf seine Seite des Bettes, drückte sich das Kopfkissen zurecht und verschränkte die Arme hinter dem Kopf. Befriedigt. In jeder Beziehung. Calaya hatte ihn geliebt, wie ein Verdurstender nach einem Schluck Wasser gierte. Und er hatte es genossen, den passiven Part bei ihrer Vereinigung zu spielen. Das hatte seinen ganz besonderen Reiz.

Nach einigen Zentssegs zeigte ihr regelmäßiges flaches Atmen an, dass sie eingeschlafen war. Er gedachte, noch etwas wach zu bleiben und nachzudenken. Das war jetzt die beste Zeit dafür, und er war in der besten Stimmung dazu: entspannt, aber nicht sehr erschöpft.

Die erste - und wahrscheinlich sogar die zweite - Hürde war geschafft. Er war der neue Liebhaber von Trelains ehemaliger Frau. Und sie traute ihm. Dessen war er sich jetzt sicher. Und er hätte sein ganzes Kopfgeld darauf verwettet, dass Trelain sich mit Calaya irgendwann in Verbindung setzen würde. Skwawk war ein guter Menschenkenner; das musste er in seinem Beruf sein, oder er lebte nicht lange. Er hatte gewusst, dass der Skualman ihn nicht von seinen Wachen angreifen lassen würde, denn dieser großspurige Angeber mit seiner schwarzen Kapuze hatte Angst vor ihm. Diese Form von feiger Skrupellosigkeit, die sich nichts daraus machte, Dutzende oder Hunderte von Menschen ermorden zu *lassen*, die aber plötzlich auf die Größe eines Labplätzchens zusammenschrumpft, wenn es *persönliches* Risiko einzugehen galt. Natürlich hatte er mit seinem Begehren nach einer Audienz bei dem mächtigen Fürsten des organisierten Verbrechens equest hoch gespielt, und noch höher mit seiner versteckten Erpressung, aber erstens: Was war das Leben ohne

Risiko? Und zweitens: Anscheinend hatte er Erfolg gehabt. Die Belohnung des Mutigen.

Allerdings war Skwawk kein Träumer, der sich größenwahnsinnigen Selbsttäuschungen hingab. Er hatte es geschafft, den Skualman unter Druck zu setzen, und das befriedigte ihn auf eine gewisse morbide Art ungeheuer, denn ab jetzt zählte auch sein eigenes Leben mehr denn je zum Spieleinsatz. Und wenn er in dieser Partie reüssieren wollte, dann galt es, *zwei* vielleicht tödliche Hindernisse zu bezwingen: Trelain auszuschalten und vom Skualman das Geld zu bekommen. Geschweige denn, dass dieser ihm den Erpressungsversuch wahrscheinlich nicht vergessen würde.

Die besten Voraussetzungen also für ein interessantes Spiel. Er fühlte die Erregung kommender Gefahren und genoss dieses Gefühl. Denn Skwawk hasste nichts so sehr wie Langeweile und Routine. Selbst die meisten seiner Aufträge verschafften ihm nicht dieses prickelnde Gefühl, mit dem Leben - gerade dem eigenen - zu spielen. Denn erst im Augenblick der größten Todesgefahr, da spürte er, dass er lebte.

In dieser Beziehung hatte ihm auch der erste Mordanschlag auf Trelain nicht sehr viel Spaß gemacht. Es war zwar ein gut durchdachter Plan gewesen, einen Menschen mithilfe der Quanz zu töten - er wusste nicht, ob schon jemals vorher jemand auf diese Idee gekommen war - aber sie ließ den gewissen Reiz vermissen, selbst der auslösende Moment zu sein. Außerdem hatte der Plan noch einen entscheidenden Fehler gehabt: er war fehlgeschlagen. Der Major musste über einen ausgezeichneten Instinkt verfügen, diese Falle erkannt zu haben.

Nun ja. Es kam selten vor, dass eines von Skwawks Attentaten fehlschlug - und darauf war er stolz -, aber das entmutigte ihn nicht. Im Gegenteil. Es spornte ihn an. Und die Aussicht, es dieses Mal mit einem womöglich gleichwertigen Gegner zu tun zu haben, beflügelte ihn fast.

Wenn er es sich selbst eingestand, dann war das der Beweggrund gewesen, den Skualman aufzusuchen. Nicht das Geld. Nemeb - er hatte das Spiel weiterspielen wollen.

Seine Eröffnung hatte sich gut angelassen. Und die Partie trat schneller in die fortgeschrittene Phase, als er gedacht hatte. Dieser schnauzbärtige junge Mann, der Calaya gestern aufgesucht hatte ...
Sie hatte seltsam geistesabwesend gewirkt, als sie sich später unterhielten. So, als dächte sie an etwas ganz anderes. Zweimal hatte sie beinahe ihr Glas vom Tisch gestoßen. Dazu noch die fast animalische Heftigkeit des Aktes vorhin: als ob sie mit Gewalt irgend etwas vergessen oder verdrängen wollte.
Nemeb, er war sich fast sicher: Dieser junge Beau war ein Bote Trelains gewesen. Das war die zweite Hürde, die Kontaktaufnahme. Das Spiel lief jetzt. Und - was eben niemand wusste - er war dabei.
Ab jetzt galt es, Augen und Ohren offen zu halten. Dass er dabei zunächst in die Rolle des passiven Beobachters schlüpfen musste, das störte ihn nicht.
Schließlich hatte das auch seine angenehmen Seiten.

70.

In the Cathedral - Dark Reality

Die Hohepriesterin hielt sich ihre aus zwei geschliffenen Gläsern gebaute Sehhilfe vor die Augen und starrte auf die aufgeschlagenen Seiten vor ihr. Dann hob sie ihren Blick und sah auf Calaya, die ein leichtes Schaudern nicht unterdrücken konnte.

"Was hat das alles damit zu tun?", fragte Calaya und nippte zaghaft an ihrem Glas aromatisiertem Wasser, das ihr Ophris bringen lassen hatte. Ihr wäre jetzt eher nach einem Schluck Geoph zumute gewesen, aber die ganze Szenerie flößte ihr eine gewisse Ehrfurcht ein, so dass sie nicht danach zu fragen wagte.

Sie kannte die Hohepriesterin schon lange. Ihr Onkel mütterlicherseits war sehr gläubig gewesen und hatte sein kleine Nichte oft zu religiösen Seminaren mitgenommen. Ihre Eltern hatten dagegen keine Einwände erhoben. Warum auch? Es stand jedem, der in der Hierarchie Subgäas eine gewisse Stellung einnahm, gut zu Gesichte, wenn er seine Kinder im wahren Glauben erzog - oder erziehen ließ. Auch wenn er sich selbst einen Dreck um die Maximen der Religion scherte, so wie die meisten.

Calaya war zwar damals der Sinn des Ganzen nicht recht klar geworden - so wie ihr auch jetzt das Verständnis noch etwas abging -, aber die Atmosphäre von Düsternis und Geheimnis hatte sie sehr fasziniert. Und die Person, die jetzt vor ihr saß, die seitdem kaum gealtert zu sein schien, und die eine fast greifbare Aura von Weisheit, Einsicht und Erhabenheit ausstrahlte: Ophris, die Hohepriesterin.

Die Frau in dem schlichten schwarzen Gewand legte die Sehhilfe beiseite und fasste Calaya scharf ins Auge. "Und du bist sicher, dass man diesem Mann, wie ...? Divon? Dass man ihm trauen kann?"

Calaya hatte sich diese Frage selbst in letzter Zeit immer wieder mit 'Ja' beantwortet, aber unter dem Blick der Hohepriesterin wurde sie plötzlich unsicher und rutschte nervös auf ihrem Stuhl herum. "Ich ... ich glaube schon."

"Hm. Dann zunächst eine persönliche Frage, mein Kind."

Calaya lächelte angesichts dieses Ausdrucks, aber seit sie sich kannten, hatte Ophris sie 'mein Kind' genannt. Daran änderte auch die Tatsache, dass sie längst eine erwachsene Frau war, nichts. Irgendwie empfand sie das sogar als Kosewort, als eine Bestätigung ihrer Vertrautheit.

"Was bedeutet es für dich, wenn Trelain noch lebt?"

Calaya seufzte. Mit dieser Frage hatte sie gerechnet. Und wusste doch keine rechte Antwort darauf. "Das ist ... das ist nicht so einfach zu sagen. Ich dachte, dass dieser Abschnitt meines Lebens nun endgültig abgeschlossen wäre, und ..." Sie überlegte kurz. Nemeb, dass sie einen neuen Liebhaber gefunden hatte, das gehörte eigentlich nicht hierher. Vor allem, weil die Beziehung eigentlich noch nicht so richtig gefestigt war. Sie hatte mit Marcos geschlafen, aber ... Nicht, dass sie ihm nicht traute - er schien ein ehrlicher und aufrichtiger Mensch -, aber sie traute ihren eigenen Gefühlen noch nicht recht.

"Und?", lächelte Ophris. "Hör zu: Es gibt keinen Grund, sich schuldig zu fühlen, wenn du bei der Nachricht vom Tod Trelains eine ... na sagen wir: eine Art Befreiung wie von einer Last gespürt hast. Das bedeutet keineswegs, dass du irgendwie mitschuldig bist. Nicht einmal indirekt durch Billigung."

"Ay, aber er lebt!"

"Und sofort nach dieser Nachricht hast du gespürt, dass die alte Bindung eben noch nicht zerrissen war, nemeb? Und dazu das schlechte Gewissen ..."

Calaya senkte den Kopf. "So ist es. Ich weiß nicht, was ich jetzt tun soll ..."

Die Hohepriesterin kniff die Augenbrauen zusammen. "Du hast dein Wort gegeben, dass du ihm helfen willst?" - "Ay!" "Dann hast du dazu zu stehen!"

Diese Worte standen wie ein Fels im Raum. Calaya war fast verstört. Selten hatte ihre mütterliche Freundin so knapp und streng mit ihr gesprochen. Sie schluckte und spürte, wie trocken ihre Kehle war. "Ich ... Könnte ich vielleicht ein Glas Geoph haben?"

Ophris lächelte wieder. "Natürlich, mein Kind!" Sie winkte, und hinter einer Mauernische tauchte ein Diener auf, der auf eine weitere Handbewegung hin los eilte, um das Gewünschte zu beschaffen.

Calaya zündete sich währenddessen ein Stäbchen an und lehnte sich zurück. Verrückt, das Ganze. Sie saß hier in einer Art düsterer Kathedrale aus schwarzem Stein, indirekt beleuchtet von wenigen Fenstern aus buntem Glas, das mythologische Motive zeigte, und unterhielt sich mit einer Frau undefinierbaren Alters über ihren verstorbenen und wiederauferstandenen Mann. Morbid, fürwahr.

"Was glaubst du, was Trelain von dir will? Inwieweit kannst du ihm von Nutzen sein?", nahm Ophris den Faden wieder auf. "Das ist ja wohl auch eine wichtige Frage."

"Ich weiß es nicht. Unter Umständen könnte es mit Gefahr verbunden sein, das ließ er mir ausrichten. Vielleicht braucht er einen Unterschlupf. In seiner Wohnung kann er sich ja wohl kaum sehen lassen ..."

"Nemeb!", stimmte die Hohepriesterin zu. "Dort dürfte die Pursuition auf ihn warten!"

"Die Pursuition? Was hat die damit zu schaffen? Ich dachte, er wäre von seinen eigenen Leuten, von der Miliz, verraten worden. Damit hat doch die Pursuition nichts zu tun!"

Ophris stieß die Luft zischend durch die Nase aus und wartete, bis der Diener, der zwei gut gefüllte Gläser grünen Geoph vor sie hinstellte, wieder gegangen war. Dann nahm sie einen Schluck und fuhr fort: "Bischof Polikides hat leider etwas andere Vorstellungen von Religion als ich. Ich denke, dass der Glauben an die Urmutter Gäa, die uns alle geschaffen hat und am Leben hält, eine persönliche Sache des Menschen ist, die keine von einer Institution geschaffenen Richtlinien braucht. Wer an Gäa glaubt, der tut das aus dem Herzen heraus, und nicht, weil er dazu gezwungen wird. Und wer nicht an sie glaubt, der kann ja trotzdem auf seine Art ein ihr gefälliges Leben führen. Er wird deswegen nicht verurteilt."

Calaya sagte nichts, also erklärte Ophris weiter: "Polikides ist da anderer - ganz anderer - Ansicht. Ihm gilt die Unterwerfung - und wenn es nur als Lippenbekenntnis ist - unter die Autorität der Kirche als das wichtigste Ziel."

"Aber genau das verstehe ich nicht!", warf Calaya ein. "Der Glaube an Gäa verlangt doch eigentlich nichts - außer dem Glauben eben!"

"Du verstehst die Mechanismen der Macht nicht, mein Kind! Polikides verlangt Unterwerfung. Denn das bedeutet Macht für ihn. Und wenn die Religion selbst eigentlich nachsichtig und tolerant ist und keine Forderungen stellt, dann wird eben ein künstliches, von Menschen geschaffenes System aus Restriktionen aufgebaut. Wobei die Art der Restriktionen eigentlich egal ist, Hauptsache, sie ermöglichen, dagegen zu verstoßen."

"Aber was hat das damit zu tun, dass ..."

"Lass mich aussprechen, und du wirst verstehen! Der einfachste Weg für eine religiöse Institution, sich weltliche Macht zu verschaffen, ist eben, die Regierenden zu unterstützen und im Laufe der Zeit so von sich abhängig zu machen, dass irgendwann einmal ohne die Kirche nichts mehr geht.

Damit ist man auch des Problems ledig, selbst ein System von Einschränkungen und Verboten schaffen zu müssen. Man übernimmt einfach das des Herrschers und fügt nach und nach eigene Vorstellungen hinzu, ohne dass dieser das merkt. Die Kirche hat Zeit und wirkt im Verborgenen. Und man hat allzeit einen Humum, dem man die grundsätzliche Schuld zuschieben kann, wenn das Volk revoltiert. So entsteht eine sogenannte Staatsreligion."

Calaya dachte kurz nach. "Und das bedeutet ...? Der Gedanke ist erschreckend!"

"Ay, das ist er. Er besagt nicht mehr und nicht weniger, als dass Bischof Polikides als Oberhaupt der Kirche vermutlich bei *allem* seine Finger mit im Spiel hat. Entweder lässt er es zu, oder er unterstützt es, oder er hat es selbst veranlasst! Deswegen meine Vermutung, dass die Pursuition auf Trelain wartet!"

"Aber der Auftrag, diesen Geonogon zu suchen, ging mit von dem Bischof aus!"

Ophris lächelte milde. "Wenn Kanzler Lysander, der - pro forma - zweithöchste Mann im Reich, beschließt, seinen besten Mann abzustellen, um einen gemeingefährlichen Mörder zu finden, dann kann der Führer der Kirche, dem ja vor allem das Wohl der Menschen am Herzen liegen sollte, kaum seine Zustimmung und Unterstützung verweigern, nicht wahr?"

"Aber warum sollte er etwas dagegen haben?", fragte Calaya. Das Gespräch bereitete ihr langsam Kopfschmerzen. "Einen Mörder zur Stecke zu bringen, das ... das ist doch in jedermanns Interesse."

Die Hohepriesterin schüttelte grimmig den Kopf. "Nicht in jedermanns. Im Interesse des Mörders selbst zum Beispiel nicht!"

"Was?"

"Oder wer einen Vorteil davon hat!" Ophris trank ihr Glas leer und stellte es klirrend ab. "Ich könnte mir vorstellen, was Trelain von dir will ..."
Calaya verstand immer weniger. "Und was?"
"Ein Gespräch mit mir zu vermitteln. Und zwar wegen dieses Buches hier."

71.

Missionary Man - Conception

General Baldur hatte sich eigens für diesen besonderen Anlass in seine Galauniform gekleidet, was er nicht oft tat. Eigentlich nur zu repräsentativen Anlässen, bei Paraden an Staatsfeiertagen, oder bei Verabschiedungen hochdekorierter Offiziere. Beides war jetzt nicht der Fall. Die Sache war eher äußerst inoffiziell. Er hatte nur so ein Gefühl gehabt, der Aufzug wäre angemessen, wenn ihn der Herzog zu einer persönlichen Besprechung lud.

Das war eine falsche Einschätzung gewesen, und die Quittung bekam er sofort, in Form eines amüsierten Lächelns. Er lief rot an, aber Ivesnagaios war zu sehr Diplomat, um das zu bemerken.

"Setzt Euch, General! Geoph? Natürlich." Der Herzog tat ihm die Ehre an, persönlich einzuschenken, was seine Verlegenheit nur noch steigerte. "Ihr wünschtet mich zu sprechen, Mylord?", rettete er sich in die Gefilde steifer Formalität.

"Na, na!", rügte Ivesnagaios. "Eure Gewandung hat mich schon genügend beeindruckt. Mehr ist nicht nötig!"

Baldur registrierte den versteckten Spott. Ein leichter Ärger stieg in ihm hoch. Der Herzog grinste und stieß mit ihm an. "Nichts für ungut! In der Tat: Ich habe Euch kommen lassen, um ernste Dinge zu besprechen."

Er setzte sich auf den Stuhl gegenüber und stützte den Kopf in die Hände. "Sehr ernste Dinge!"

"Ist es so weit, Mylord?" Baldurs Reserviertheit war auf einmal wie weggewischt. "Wir greifen an?"

"Ay. Wir greifen an. Ich habe mich zu lange von ... nun, von gewissen Bedenken zurückhalten lassen. Ihr wisst, was ich meine ..."

Der General nahm einen großen Schluck aus dem verzierten Pokal und spürte, wie die Flüssigkeit seine Kehle und dann seinen Magen angenehm anwärmte. Sofort fühlte er sich besser und hatte keine Bedenken mehr, offen zu sein. "Mit Verlaub, Mylord: Ich war nicht sehr überzeugt von Eurem Plan, sich der Hilfe dieses ... ähm ... dieses Trelain zu versichern. Ein guter Kämpfer, fürwahr, der beste mit der Klinge, den ich je gesehen habe, aber ... Was Ihr ihm zugeschrieben habt, das erschien mir zu phantastisch. Verzeiht!"

Ivesnagaios legte die Stirn in Falten. "Da gibt es nichts zu verzeihen, General! Ihr seid der Oberbefehlshaber meiner Truppen - Ihr sollt sprechen, wenn Ihr Bedenken hegt! Das erwarte ich sogar!"

Baldur neigte kurz den Kopf. "Natürlich. Dann werdet Ihr Euch sicherlich entsinnen, dass ich schon damals ..."

"Ich weiß, ich weiß!", unterbrach ihn der Herzog. "Es musste auch phantastisch erscheinen. Aber die Unterstützung Trelains hätte einen unschätzbaren Vorteil bedeutet. Stellt Euch nur vor: Ein Drudner auf unserer Seite! Er hätte für uns die wichtigsten Männer der Generalität Subgäas ausschalten können. Und ohne erfahrene Führung des Gegners wären unsere Truppen praktisch unbesiegbar gewesen ..."

Baldur verzog missmutig den Mund. "Das sind sie auch so! Wir haben die zahlenmäßige Übermacht und den Vorteil der Überraschung. Und meine Männer sind Kämpfer, die ihresgleichen suchen."

"Natürlich! Aber Ihr - gerade Ihr! - werdet zugeben, dass es allemal besser ist, eine reine Materialschlacht zu vermeiden, wenn man auf anderem Weg auch ans Ziel kommt. Zumal Euch das Wohl Eurer Soldaten nicht gleichgültig sein kann. Wie mir auch!"

Der General nickte. "Sicher. Trotzdem gefiel mir der Gedanke nicht. Ich weiß, was meine Männer zu leisten vermögen - und ich habe sie unter Kontrolle. Ich rechne nicht gerne mit

unbekannten Faktoren, auch wenn der Vorteil noch so verlockend erscheint! Darf ich noch eine Frage stellen?"
"Aber sicher!"
"Wie hätte dieser Trelain das bewerkstelligen sollen, und ..."
"Langsam, General! Eines nach dem anderen. Also: Ein Verbindungsmann von mir in Subgäa ließ mir diese Information zukommen. Kennt Ihr die Prophezeiungen des Sylvanoikid?"
"Hm. Flüchtig. Ich halte das für ein Märchen, oder eine Sage, so wie 'Arminius und Eleanore'. Entstanden aus einer alten Fabel, oder selbst nur eine Fabel."
"Das dachte ich auch. Bis ich die Kunde erhielt, dass in Subgäa ein Adept der alten Wissenschaften existiert, der dieses Werk entweder im Original oder zumindest in einer exakten Abschrift besitzt, und der es wirklich für eine Prophezeiung hält. Philestasis heißt der Mann."
Baldur musste sich zusammennehmen, um nicht mit dem Kopf zu schütteln. "Aber Prophezeiungen jeder Art hat es immer gegeben. Denkt an diesen Scharlatan vor zwanzig Jahren, der sich 'Bote des Abis' nannte und verkündete, dass die Toten aus der Tiefe aufsteigen würden, um die verlorengegangene Gerechtigkeit in der Welt wieder herzustellen. Und dass er mit ihnen jetzt schon Kontakt aufnehmen könnte, um die Menschen auf das Zeitalter der Rückkehr vorzubereiten. Es hatten sich bestimmt an die zweitausend Leute eingefunden, um zuzusehen, wie er sprang. Und weder er ist wiedergekommen, noch sonst irgendein Toter."
Ivesnagaios wiegte den Kopf. "Ay. Mein Vater hat damals herzlich darüber gelacht. Aber hier liegt sie Sache etwas anders: Ein Teil der Prophezeiungen ist bereits eingetroffen. In Subgäa."
"Was?"

"Ay. Es ist die Rede von einem wahnsinnigen Mörder. Und genau den gibt es! Er verfügt über die Macht des Steins - ein Drudner!"

Baldur räusperte sich umständlich und wählte seine Worte mit Bedacht: "Ein Drudner, also ein Zauberkundiger laut den alten Sagen? Verzeiht, aber an dergleichen kann ich nicht glauben! In welcher Form sollte sich denn diese ... hm ... Zauberei äußern?"

Der Herzog gönnte sich ebenfalls einen Schluck aus dem Pokal und sah ihn durchdringend an. "Ihr haltet mich jetzt wohl für ebenfalls wahnsinnig geworden? Nemeb, erspart Euch die Suche nach einer Antwort! Dieser Geonogon, wie sie ihn nennen, ist in mehr als einem Fall in von innen verschlossene Räume eingedrungen und hat dort eine Hataii ermordet - sowie einen Grafen und einen Oberst der Miliz. Ohne dass sich jemand erklären konnte, wie er das gemacht hat ..."

"Und dieser ... Geonogon wird in den Prophezeiungen erwähnt?"

"Laut meinem Gewährsmann ay. Dort wird er Qarvis, die Ratte, genannt. Und er verfügt über die Macht des Steins ... Versteht Ihr?"

Der General versuchte ein hilfloses Lächeln. "Ich fürchte: nemeb! Was ist die 'Macht des Steins'?"

"Das kann man nur vermuten. Und nach Trelains Flucht fehlt mir natürlich jeder Beweis ..."

"Verzeiht bitte, Mylord: Ich habe eines noch nicht verstanden: Warum jener Trelain?"

"Dieser Seher Philestasis: Er scheint nicht immer ganz Herr seiner Sinne gewesen zu sein, aber er hatte in diesem Zusammenhang ständig den Namen 'Trelain' im Mund. Mein Konfident betonte dies ausdrücklich. Er war sich da ganz sicher."

"Hm." Baldur gewann langsam wirklich den Eindruck, dass sein Herr nicht mehr ganz richtig im Kopf war, aber natürlich sagte er das nicht. "Nun, selbst wenn dieser Major der Miliz dieser ... ähm ... Drudner wäre, wie könnte er ..."

"General, Ihr versteht nicht! Die Macht des Steins! Wir sind von Stein umgeben! Die Macht darüber macht einen Menschen zum Gott!"

Als der Herzog Baldurs skeptischen Gesichtsausdruck sah, winkte er ab und sprach ruhig weiter: "Das klingt ziemlich ... hm ... pathetisch, ich weiß!" (Irre! verbesserte Baldur in Gedanken.) "Aber es gibt noch ein Zeichen, dass die Prophezeiungen des Sylvanoikid eintreffen - und zwar jetzt! Es heißt dort: 'Die Armeen des Smajabdon überrennen das Erdreich.' Und Smajabdon, der *Drache* - das bin ich! Der Drache ist seit Jahrhunderten das Wappen meiner Familie!"

Baldur trank seinen Pokal aus und stellte ihn auf dem Tisch ab. Was hätte er noch sagen sollen? Dass das ganze Gedankengebäude seines Herren auf Vermutungen, dutzendfach verfälschten alten Überlieferungen und den Aussagen eines zweifelhaften Gewährsmannes, der sich wiederum auf einen halb verrückten sogenannten Weisen bezog, beruhte? Eines war ihm jetzt klar geworden: Der Herzog hatte Trelain in der Arena unter equest schwierigen Bedingungen kämpfen lassen, um ihn dazu zu verleiten, seine 'gottgleichen' Fähigkeiten zu offenbaren. Equester Schwachsinn! Wenn dieser Trelain wirklich das gewesen war ... und noch dazu ein wahnsinniger Mörder ... Dann hätte er den Abis getan, auf der Seite des Herzogs zu kämpfen.

Der General lehnte sich in seinem Stuhl zurück. Nemeb, gut, dass der Kerl verschwunden war! Wie immer er das auch gemacht hatte, Magie war da bestimmt nicht im Spiel gewesen, vermutlich Bestechung.

Aber das war nicht sein Problem. Er hatte jetzt den Angriff auf Subgäa zu organisieren. Und das war eine Sache, von der er etwas verstand.

72.

Superunknown - Soundgarden

"Zum Wohle!"
Ormilian wiederholte den Wunsch ohne rechte Begeisterung und hob sein Glas. Es klirrte leise, als seine beiden Zechkumpane anstießen. Er nahm einen Schluck. Kein besonderer Geoph. Außerdem begann jetzt auch die Musik auf der kleinen Bühne wieder zu spielen. Eine Violine, eine Bratsche und ein Cello. Und mindestens zwei der drei Instrumente waren verstimmt. Das anwesende Volk schien das nicht zu stören. Ein paar Betrunkene grölten lauthals die kaum erkennbare Melodie mit, wenn eine bekannte Nummer gespielt wurde. Drei Mädchen wiegten ihre Körper lustlos im Takt. Die eine war noch ziemlich jung und sah nicht einmal schlecht aus.
  Sonst sah er gerne bei diesen 'künstlerischen Darbietungen' zu, wenn auch mehr aus Belustigung, aber heute machte ihm das keinen Spaß. Seltsam. Üblicherweise wirkte diese Atmosphäre aus Trunkenheit, Fröhlichkeit, Halbwelt und Erotik recht anregend auf ihn. Seit seiner Volljährigkeit verkehrte er gerne in den Hataii-Vierteln. Nicht unbedingt in den völlig heruntergewirtschafteten Kneipen in den unteren Niveaus, aber ein bisschen Verkommenheit durfte es schon sein.
  Der Sohn des Königs trank noch einen Schluck und seufzte.
  Manchmal - aber auch nur manchmal - beneidete er seinen Bruder Quermilian. Beneiden, nicht bewundern! Der schien wirklich Gefallen an diesen Dingen zu finden: Staatsgeschäfte, Repräsentation, Macht und Einfluss ... Allerdings auch an den negativen Seiten: Intrigen, Verschwörungen, Konspirationen und dergleichen ...
  Ormilian rümpfte die Nase. Nemeb. Obwohl er nur wenige Minuten jünger war als sein Bruder, hatte er ihm die Position als nächster Anwärter auf den Thron Subgäas niemals streitig

gemacht. Er macht sich nichts aus dergleichen. Oder, um es deutlicher zu sagen: Diese Staats- und Regierungsangelegenheiten langweilten ihn maßlos. Und waren bei Kanzler Lysander und Bischof Polikides vermutlich in den besten Händen. Und wenn sein Bruder sich da einmischen wollte ... Bitte!

Ein Mann sollte wissen, was er für Interessen hat. Er bevorzugte die schönen Künste: Malerei, Bildhauerei - und vor allem Musik. Er selbst spielte die Querflöte und hatte auch schon einige kleinere Kompositionen verfasst. Sein Lehrer, der Regierungsmusikintendant Ovier, hatte diese in den höchsten Tönen gelobt, aber er machte sich da nichts vor: Natürlich konnte man dem Sohn von König Gorodon nicht ins Gesicht sagen, dass seine Werke nichts taugten. Das ist wohl das Schicksal aller talentierten Menschen, die außerdem noch eine hohe Position bekleiden: Man bekommt nie eine ehrliche Kritik zu hören.

Noch eine andere Leidenschaft hatte Ormilian: Die Kunst des Fechtens mit dem Degen. Auch sie hatte etwas Kreatives: Aus den rein handwerklichen Fähigkeiten, die natürlich die Grundvoraussetzung bildeten, bildete sich im Laufe der Zeit eine eigene Kunst heraus. Ein spielerischer und doch vollkommen ernsthafter Umgang mit dem Instrument, der bei ihm schon als Kind, wenn er bei Duellen zusah, Bewunderung für einen Meister der Waffe hervorgerufen hatte.

Sein Vater, der bei ihm schon früh erkannt hatte, dass ihm die Macht in Subgäa nichts bedeutete, hatte ihm die besten Fechtlehrer zur Verfügung gestellt, und Ormilian schätzte selbst, dass er dieses Instrument besser beherrschte als die Flöte.

Leider fehlte es auch hier an objektiver Bestätigung. Ormilian hatte bald bemerkt, dass selbst meisterhafte Fechter in einem Übungskampf auffallend oft gegen ihn verloren. Er lächelte schwach. Sein Vater liebte ihn wirklich, mehr als

Quermilian, der in seiner kalten herrischen und machtlüsternen Art zwar dem Ideal eines zukünftigen Potentaten entsprach, der das Herz seines Vaters aber nie gewonnen hatte. Der Vater! Der König! Ormilian verzog den Mund, als er an ihn dachte. In den letzten Jahren war er immer wunderlicher geworden - fast bis zum Schwachsinn. Es schien manchmal, als ob er gar nicht mehr wusste, was er sagte oder tat. Günstigerweise beeinflusste das die sogenannten Regierungsgeschäfte überhaupt nicht. Die wurden von anderen Leuten erledigt.

Na schön. Auch das war Ormilian egal. Er war natürlich nicht so dumm zu glauben, dass eine Absetzung seines Vaters ihn selbst nicht auch betroffen hätte: Im Falle eines Staatsstreichs wäre sein Leben keine halbe Tersa mehr wert, aber trotzdem ...

Was war das Leben ohne Risiko? Vor allem, wenn es ansonsten nicht zu verleugnende Annehmlichkeiten bot?

Er hatte wohl in Gedanken zu lange in dieselbe Richtung gestarrt, denn am Tresen schräg gegenüber grinste ihn ein Mann an, und, als er sich dessen gewahr wurde, hob dieser sein Glas, um ihm zuzuprosten.

Ormilian war einen Moment lang verwirrt. Er kannte den Kerl nicht, einen großen kräftigen Mann mit einem vernarbten Gesicht, der jetzt noch breiter lächelte und einen auffordernden Schluck aus seinem Glas nahm.

Der Sohn des Königs achtete die Normen der Höflichkeit, auch wenn es sich hier offenbar um jemanden handelte, der ihn kannte oder auch nur freundlich sein wollte. Er erwiderte das Lächeln und trank. Vermutlich irgend ein Regierungsknecht, der ihn schon einmal gesehen hatte. Oder ein niederer Offizier der Miliz. Es war beileibe kein Geheimnis, dass er sich gerne in den Hataii-Bezirken der Fünfziger- und Sechziger-Niveaus aufhielt.

Balard neben ihm hatte gerade einen Witz zum Besten gegeben und die Leute auf dieser Seite des Tresens lachten. Manche wirklich, andere nur aus Höflichkeit. Ormilian quälte sich einen kurzen Lacher ab, obwohl er gar nicht zugehört hatte. Nemeb, an diesem Abend langweilte ihn die Gesellschaft seiner Freunde über alle Maßen. Und zu diesem Eindruck gesellte sich nun auch noch ein irgendwie beunruhigendes Gefühl. So, als würde man beobachtet.

Das war etwas Neues. Dass er seine Zechkumpane, eine zusammengewürfelte Bande aus verzogenen Söhnchen höherer Regierungsbeamter, reichen Emporkömmlingen und sonstigen Schmarotzern der Gesellschaft manchmal am liebsten im Abis gesehen hätte, das kannte er.

Aber diesmal hatte er ein wirklich unangenehmes Gefühl. Und ausgelöst hatte es dieser hässliche Mensch dort drüben am Tresen. Ormilian blickte nochmals hinüber. Der Mann saß nach wie vor dort und widmete sich offenbar nur seinem Getränk, aber die langen schwarzen Haare, die ihm in die Stirn hingen, ließen nicht darauf schließen, wohin er sah.

Warum also glaubte er, dass der Kerl ihn beobachtete? Verfolgungswahn? Quatsch!

Trotzdem: Je länger er dort hinüberschaute, um so mehr hatte er das Gefühl, dass es mit diesem Mann etwas Besonderes auf sich hatte. Er kam ihm auch irgendwie bekannt vor. Doch wo nur hatte er ihn gesehen?

Ormilian stand von seinem Hocker auf, ignorierte Balard, der ihm irgend eine Geschichte erzählen wollte, und ging hinüber.

Der Mann mit dem vernarbten Gesicht lächelte ihn an, als er neben ihn trat: "Seid gegrüßt, Lord Ormilian! Meine Verehrung!"

"Vielen Dank für die Verehrung! Ist es erlaubt ...?"

"Aber natürlich!" Der andere deutete eine Verbeugung an und rutschte seinen Hocker zur Seite. "Es ist mir eine Ehre, den ..."

Ormilian gebot mit einer Handbewegung Einhalt. "Es wäre mir lieb, wenn Ihr das nicht allzu publik machen würdet! Es reicht mir, wenn Ihr mich kennt!"

Der andere senkte kurz den Kopf. "Natürlich! Verzeiht! Geoph?"

"Warum nicht?"

Er fühlte sich seltsam angeregt in der Gesellschaft des Fremden. Und das, obwohl ihn die Blicke des Mannes, die er manchmal unter dem Vorhang der schwarzen Haare erhaschen konnte, zu durchbohren schienen. Jedenfalls endlich einmal ein interessanter Mensch. Und jetzt hatte er auch herausgefunden, an wen ihn dieser Budin, wie er sich nannte, erinnerte: an seinen Bruder. Der Fremde trug sein Haar noch länger als er und Quermilian, und die Fransen hingen ihm bis ins Gesicht, aber das Gesicht zeigte zweifellos eine gewisse Ähnlichkeit mit dem seines Bruders. *Und dann natürlich auch mit seinem*, ergänzte Ormilian im Geiste. Die Züge waren etwas grober, aber der Mund mit den geschwungenen Lippen und die Nase ... Nur die Augen stimmten nicht.

Wer weiß, womöglich saß er hier einem Halbbruder gegenüber. Sein Vater war in dieser Beziehung zwar, im Gegensatz zu den allgemein üblichen Gepflogenheiten am Königshof, äußerst zurückhaltend, aber ausgeschlossen war sein Verdacht keineswegs. Der Mann schien ungefähr in seinem Alter zu sein, und was der König damals so getrieben hatte ... Möglich war das schon, dass er einen Bastard mit einer Maitresse oder einem Dienstmädchen gezeugt hatte. Wahrscheinlich wusste er selbst gar nichts davon - oder es hatte ihn nicht interessiert. Seinen Vater schien eigentlich überhaupt nichts richtig zu interessieren. In den letzten Jahren war er immer wunderlicher geworden, in sich gekehrt und verschlossen. Das Einzige, das ihn noch für kurze Zeit aus seiner Apathie wecken konnte, das war Geoph - und er selbst. Ormilian wusste, dass sein Vater ihn über alles liebte und deshalb um so mehr enttäuscht war, dass er keinerlei Ambitionen zeigte, die Thronfolge anzustreben.

"Schlaft Ihr gleich ein?", fragte der Fremde und sah ihn halb besorgt, halb belustigt an.

Ormilian schüttelte den Kopf. "Nemeb! Verzeiht! Ich war gerade in Gedanken ... Hattet ihr mich etwas gefragt?"

"Nemeb! Eigentlich nicht. Ihr starrtet nur so in die Ferne, dass ich langsam befürchtete, dass Ihr vom Schlag gerührt worden seid."

Der Prinz lachte. Die Vorstellung belustigte ihn, dass er hier womöglich einen illegitimen Halbbruder getroffen hatte. "Danke für die Besorgnis, Herr Budin. Nemeb, ich hatte nur überlegt, wo ich Euch wohl gesehen haben könnte."

Der andere nahm einen Schluck aus seinem Glas und zündete sich ein Stäbchen an. "Daran werdet Ihr Euch wohl kaum entsinnen. Es ist auch schon mehrere Jahre her. Die Ernennung des damaligen Oberst Casnoff zum General und Befehlshaber der Miliz. Euer Bruder nahm die Ehrung vor ..."

Ormilian nickte. "Ay, ich erinnere mich vage. Eine furchtbar langweilige Veranstaltung. Mir liegt so etwas nicht."

Budin nickte. "Kann ich verstehen. Ich mag diesen Pomp auch nicht besonders." Er hob den Blick. "Oh, verzeiht! Ich wollte keineswegs ..."

"Lasst nur!", winkte Ormilian lächelnd ab. "Ich finde Euch recht erfrischend, in der Tat! Kaum jemand hätte es gewagt, mich einfach so anzusprechen und zum Trinken einzuladen. Wenn ich dann die nächste Runde übernehmen dürfte ...?"

"Das ist ein Wort!", stimmte Budin zu und leerte sein Glas. "Jedenfalls, ich war damals Hilfskraft bei der Speisenzubereitung und konnte ab und zu einen Blick auf Euch erhaschen, wenn Ihr Euch beim Buffet aufhieltet."

Der Prinz ging im Geiste eine lange Liste ähnlicher Buffets durch und gab nach dem zweiten Dutzend auf. Zu viele Empfänge, zu viele Paraden, zu viel hohler Bombast. Es war unmöglich, sich an einen bestimmten Menschen zu erinnern, selbst wenn er ihm selbst so ähnlich sah.

Trelain prostete seinem Gegenüber zu und studierte die Gesichtszüge noch genauer.

73.

My Requiem - Orphaned Land

Der Oberst der Miliz Urquart schlug die Bettdecke zurück und setzte sich auf. Das Dienstmädchen neben ihm seufzte leise im Schlaf. Er überlegte kurz. *Nemeb.* Es ging auf die dritte Stunde der Dunkelphase. General Casnoff hatte verlauten lassen, dass er ihn zu sprechen wünschte - gleich als Ersten morgen. Das bedeutete, dass er sehr früh aufstehen musste. Und weiterhin, dass er für eine weitere Vereinigung nach dem Aufstehen sowieso keine Zeit mehr haben würde. Dumm, aber kein großer Schaden. So gut war das Mädchen ohnehin nicht gewesen, als dass man die Sache unbedingt wiederholen müsste. Jetzt verspürte er keinen Drang dazu.

Er stand auf, warf sich einen Nachtmantel über und verließ das Schlafgemach. Die zwei Wachen im Wohnquartier salutierten. Er nickte wortlos und schlurfte in den Abtritt, wo er erst einmal pisste.

Er wusch sich das Gesicht und die Hände, ging in den luxuriös ausgestatteten Wohnraum zurück und ließ sich in die Polster einer Chaiselongue sinken. Auf dem Tisch vor ihm stand ein silberner Pokal mit Geoph-Stäbchen. Er nahm eines heraus und zündete es an.

"Wünscht Ihr etwas, Oberst?", fragte sein Diener, der in der Tür zur Küche erschien. Er sah verschlafen aus, aber seine Livree war tadellos in Ordnung. "Ich kann den Koch ... hm ... wecken ..."

Urquart grinste und zog erst einmal an seinem Stäbchen. Das war schon etwas: eine Wohnung im siebenunddreißigsten Niveau, und nicht etwa in der Milizkaserne, ein Diener *und* ein Koch, Dienstmägde und persönliche Wachen.

Vorzüge, wie sie sonst allenfalls einem kommandierenden General zustanden. Nun, *er* hatte sie. Es zahlte sich eben aus,

wenn man gute Beziehungen aufweisen konnte. Die Vertrauten waren da recht generös.
"Nemeb!", winkte er ab. "Nur ein Glas Geoph noch! Weck mich zur ersten Stunde! Die korrekte Uniform! Und wirf die Nutte raus!"
Der Diener machte eine tiefe Verbeugung und verschwand im Nebenraum.

Urquart drückte sein Stäbchen aus und nahm sich ein neues. Was konnte Casnoff so Wichtiges mit ihm zu besprechen haben?
Natürlich Trelain. Aber war die Rückkehr dieses Blassts denn gar so dramatisch, wie alle auf einmal taten? Eine unglaubliche Leistung, schon, aber ... Er hatte Casnoff schon lange gewarnt, diesem Herzog Ivesnagaios nicht zu viel zuzutrauen. Schön, die Geschäfte mit ihm hatten viel Geld eingebracht, aber auf die Bedingung einzugehen, dass er Trelain bekam, das war equester Schwachsinn gewesen. Diesen gäaequarten Major in die Falle laufen zu lassen - gut! Und er selbst hatte vorgeschlagen, dazu Clancey zu verwenden. Ein guter Mann - in dieser Hinsicht. Durch und durch korrupt, und dabei machte er einen vertrauenerweckenden Eindruck. Casnoffs Zugeständnis, Trelain Ivesnagaios zu überlassen - glatter Wahnsinn! Jetzt war dieser Bastard plötzlich wieder da und machte Schwierigkeiten.
Nichts Großartiges. Vermutlich war er es gewesen, der die Katze umgebracht hatte. Aber das konnte nicht allzu schwierig gewesen sein. Urquart grinste. Irgendwie eine erheiternde Vorstellung, dass Yquemedos seine eigenen Instrumente zu schmecken bekommen hatte. Er hatte den Kerl nie gemocht, auch wenn er zu ihnen gehört hatte. Jemand, der sich nichts aus Frauen und Geoph machte, und stattdessen lieber seine Tage in verrauchten stinkenden Gewölben verbrachte, der konnte nicht ganz richtig im Kopf sein. Wahrscheinlich hatte

Trelain ihnen einen Gefallen erwiesen, dass er diesen Humum weggeräumt hatte.

Urquart wurde abrupt aus seinen Überlegungen gerissen, als ihm einer der beiden Wachsoldaten zaghaft auf die Schulter tippte. "Verzeiht, Oberst!" - "Was?" - "Man wünscht Euch zu sprechen!" - "Was!?"
Er starrte den Soldaten für einen Moment an, als hätte dieser den Verstand verloren. *Man* wünschte ihn zu sprechen? Das war unglaublich. Wer ...
Die Wache beugte sich herunter und flüsterte: "Prinz Quermilian! Mit einer kleinen Eskorte. Es ist keine offizielle Unterredung."
"Equest nochmal!", fluchte Urquart laut und sprang auf. Das hatte gerade noch gefehlt! Als ob alles nicht schon kompliziert genug wäre! "Hat er gesagt, was er will?"
"Nemeb, Oberst! Nur, dass es gut wäre, wenn er Euch unter vier Augen sprechen könnte."
"Hm. Na schön. Bittet ihn herein!" Urquart überlegte schnell. Wenn dies eine inoffizielle Unterredung sein sollte, dann hatte es sowieso keinen Zweck, sich formell zu kleiden. Außerdem konnte Quermilian froh sein, wenn er ihn überhaupt noch wach antraf. In der Hierarchie des Reichs stand der Prinz zwar weit über ihm, aber niemand konnte um diese Zeit erwarten, formvollendet empfangen zu werden. Auch der Sohn des Königs nicht, wenn er sich nicht vorher angekündigt hatte.
Der Oberst setzte sich bequem zurecht und wartete. Trotz seiner ruhigen äußeren Haltung rasten seine Gedanken.
Aus irgend einem nebensächlichen Grund würde ihn Quermilian kaum mitten in der Nacht aufsuchen. Und vor allem: Was war mit General Casnoff? Er stand über ihm - auch in der Rangfolge der Vertrauten. Wenn der Prinz jetzt direkt mit

ihm sprechen wollte ... Konnte es sein, dass der General selbst langsam gefährlich wurde? Oder überflüssig?

Urquart ging im Geiste die möglichen Konsequenzen durch, dann schnalzte er mit der Zunge. Was immer Quermilian von ihm wollte - er würde sehr gut zuhören.

Der Prinz nickte ihm grüßend zu und bedeutete seinen Wachen, nach draußen zu verschwinden. Der Oberst schickte seine beiden Leute ebenfalls hinaus und wies auf einen Sessel. "Nehmt bitte Platz, Mylord! Verzeiht die Bescheidenheit meines Haushalts ..."

"Schon gut, Oberst! Es handelt sich ja sozusagen um eine ... hm ... private Unterredung. Ihr versteht?"

Urquart grinste. "Sehr gut! Aber ein Glas Geoph darf ich offerieren?"

Quermilian setzte sich und sah sich gründlich im Raum um. Dann nickte er befriedigt. "Natürlich."

Er wartete, bis der Diener das Gewünschte serviert hatte und wieder in der Küche verschwunden war. "Nicht schlecht!" stellte er nach einem Schluck fest. "Ihr habt Stil."

"Vielen Dank, Mylord!" Urquart war etwas verunsichert. Der Prinz war dafür bekannt, dass er nicht viele Worte machte und sofort zur Sache kam. Wenn er sich jetzt derart Zeit ließ, dann musste es sich um etwa equest Wichtiges handeln. General Casnoff?

Quermilian trank das halbe Glas leer und stellte es auf dem Tisch ab. "Ihr werdet Euch denken können, dass ich Euch nicht zum Spaß zu dieser Nachtzeit inkommodiere ..."

Der Oberst wusste nicht, ob er lachen oder den Kopf schütteln sollte. Auf was wollte der Prinz hinaus? "Natürlich nicht. Ich ..."

"Ich komme sofort zur Sache!", unterbrach ihn Quermilian. "Habt Ihr ein Fenster zum Zentralschacht?"

"Ay." Urquart verstand gar nichts mehr. War der Prinz betrunken?

Der andere lachte. "Lasst uns dorthin gehen! Wir müssen befürchten, dass wir hier belauscht werden."

"Aber das ist ... Ich versichere Euch, dass das unmöglich ist!"

Quermilian zog die Augenbrauen zusammen. "Und ich versichere Euch, dass erstens nichts unmöglich ist - und dass man zweitens nicht vorsichtig genug sein kann. Ihr versteht?"

"Ay, Mylord!", stimmte der Oberst zu, aber er hatte nichts verstanden.

Quermilian beugte sich weit über die Brüstung und zog die kalte Luft aus dem Abis tief ein. Dann lehnte er sich an die Wand und fixierte Urquart, der sich seltsam hilflos vorkam. Was wollte der Prinz von ihm?

"Habt Ihr Euch einmal Gedanken gemacht, was dort unten ist, Oberst?", fragte der Prinz unvermittelt und sah ihn noch genauer an.

Urquart wurde immer unbehaglicher. "Nemeb! ... Doch, schon! ... Ich ... man weiß es eben nicht, nemeb?"

"Ay. Aber wie könnte man es feststellen?"

"Äh ... Ich fürchte, ich verstehe nicht, Mylord! Ich dachte, Ihr wolltet mich wegen eines wichtigen ... ähm ... Problems sprechen ..."

Quermilian lächelte unergründlich. "Eben, Oberst. Eben. Ist es denn nicht das wichtigste Problem jedes Menschen, was dort unten ist? Was ihn nach seinem Ableben erwartet?"

Urquart kratzte sich nervös am Kinn. "Sicher. Aber ... Ich verstehe immer noch nicht."

"Ihr werdet! Im Prinzip geht es um einen Gefangenen der Pursuition. Vor wenigen Zehntagen. Podigbudindrew war sein Name ..."

"Ay, ich erinnere mich! So ein mieser kleiner Betrüger. Festgenommen auf meinen Befehl."

"Genau!", stimmte Quermilian zu. "Und wenn mich meine Informationen nicht trügen, dann hat er das Verhör nicht überlebt."

"Nemeb!", lachte Urquart. Endlich redete der Prinz über etwas Konkretes. "Der Kerl war für seine Statur erstaunlich zäh. Hat ziemlich lange durchgehalten."

Der Prinz nickte. "Er ist nur gestorben, bevor er etwas verraten konnte, nemeb?"

"Schon. Aber ich glaube, er wusste gar nichts. Jedenfalls nichts, das uns weitergeholfen hätte ..." Quermilian sah ihn fragend an, und Urquart beeilte sich, fortzufahren: "Über das Buch. Und was Trelain davon wusste."

"Ay. Das Buch. Damit wären wir beim richtigen Thema. Es gibt da noch einige Unklarheiten ..."

Urquart seufzte laut. "Wem sagt Ihr das? Selbst der Bischof versteht nicht alles."

Quermilian grinste. "Der Bischof sollte vielleicht auch nicht alles verstehen. Es wäre besser, wenn wir beide ..." Er wiegte den Kopf.

Der Oberst nickte geschmeichelt. "Stets zu Euren Diensten, Mylord!"

"Es wäre eine gute Kombination: Kjell - der Hund ..."

" ... und Qarvis, die Ratte!", ergänzte Urquart. "Wahrhaft eine gute Allianz. Wenn ..."

" ... wenn General Casnoff zum Beispiel ... hm ..."

Der Oberst deutete eine Verbeugung an. "Ay, Mylord. Wenn General Casnoff etwas zustoßen würde, dann ..." Er zuckte mit den Achseln. "Es ließe sich sicherlich etwas arrangieren ..."

Quermilian lachte laut und legte ihm die Hände auf die Schultern. "Ihr seid ein Mann nach meinem Geschmack,

Oberst! Natürlich lässt sich etwas arrangieren! Und damit kommen wir wieder zu dem Thema von vorhin."

"Von vorhin? Was ...?"

"Der Abis und das Ende des Lebens, Oberst!", erklärte Quermilian. Seine Augen fixierten Urquart. Sie schienen plötzlich zu glühen. Und die Gesichtszüge veränderten sich.

" Um auf das Problem von vorhin zurückzukommen", sagte Trelain, "du equester Bastard wirst die Ehre haben, jetzt festzustellen, ob es ein Leben nach dem Tode gibt!"

Urquart schrie in namenlosem Entsetzen auf, als ihn zwei kräftige Hände an den Hüften packten und über die Brüstung schleuderten.

Sein Schrei verhallte nach wenigen Ssigs in der schwarzen Tiefe.

74.

Vengeance is mine - Iced Earth

Die Macht empfing den Befehl des primären Steuerungssystems und rief die Ur-Matrix auf. Nach wenigen Ssegs waren die Umbildungen abgeschlossen. Die alternative Matrix wurde abgespeichert, allerdings musste die Macht dazu auf die Speichereinheit des Trägers zugreifen. Das barg immer ein gewisses Risiko, da diese Einheiten ziemlich ungenau arbeiteten und sogar manche Information ganz und gar verschwanden - oder im sekundären oder tertiären Kontrollsystem hinterlegt wurden, was den schnellen Zugriff erschwerte.
Es hatte allerdings den Vorteil, dass die Speicherkapazität des Trägers fast unbegrenzt war. Die Analyseeinheit hatte vermeldet, dass es möglich sein müsste, Tausende von - wenn auch unvollständigen - Matrizen zu speichern. Und dass das primäre Steuerungssystem des Trägers sogar imstande wäre, eigene Matrizen zu generieren.
Wäre die Macht imstande gewesen, zu staunen, dann hätte sie jetzt getan. Das ermöglichte sogar Hybridformen aus gespeicherten und selbst geschaffenen Matrizen. Über die nötigen Fähigkeiten verfügte die Macht.

"Es ist unglaublich!", staunte Divon. "Gespenstisch!"
Trelain trat einen Schritt vom Spiegel zurück und zupfte sich an der Nase. Zweifelsohne sein Gesicht. Sogar die Narbe auf der Wange war da, obwohl er ... wie sollte er das ausdrücken? ... den Befehl dazu gar nicht gedacht hatte. Gespenstisch, in der Tat.
Er ging wieder näher an den Spiegel heran und fixierte die Narbe. *Stell dir dein Gesicht ohne sie vor ... glatte Haut ... halt, nicht vollkommen glatt! So wie die Umgebung, mit den einen Tag alten Bartstoppeln.*

Nach einer halben Zentsseg trat der Erfolg langsam ein. Die Narbe wurde dünner und blasser und verschwand wie ein Wasserfleck auf einer Kochplatte, die man allmählich erwärmte.

Trelain wischte sich über die Augen und zwang sich, an irgend etwas ganz anderes zu denken. Hauptsache, nicht an sein Gesicht. *Der Kampf in der Arena in Elengrad. Gegen den Mann mit dem Netz. Er hatte sich überlegt, wie man am besten ...*

Er hob den Blick und sah sein anderes Ich im Spiegel an. Die Narbe war wieder da.

"Na bitte!" Er drehte sich zu Divon um und grinste.

"Unglaublich!", wiederholte der Sergeant. "Und das hast du jetzt bewusst getan?"

Trelain setzte sich und steckte sich ein Stäbchen an. "Bewusst? Ay. Sozusagen. Wenn du damit meinst, dass ich es wollte ..."

"Aber wie ... wie machst du das? Das ist Hexerei! Anders kann ich das nicht nennen!"

"Nenn es, wie du willst! Und frag mich nicht, *wie* ich das mache! Ich weiß es nicht! Wenn du allerdings mit dem Wort 'Hexerei' andeuten wolltest, dass die Pursuition mich auf dem nächsten Scheiterhaufen verbrennt, wenn sie das sieht - dann wirst du wohl recht haben." Er stieß eine weiße Rauchwolke aus und kicherte. "Wie praktisch, dass sie das sowieso will ..."

Divon nahm im gegenüber Platz und zündete sich ebenfalls ein Stäbchen an. "Nun ja, dein Sarkasmus hat mir immer gefallen. Könntest du mir trotzdem sagen, wie du das machst? Nur so, aus wissenschaftlichem Interesse. Wenn ich irgendwann einen Kerl mit meiner potenziellen Ehefrau im Bett erwische, der genau wie ich aussieht, dann wäre es vielleicht gut zu wissen, dass du das bist. Bevor ich dir den Schädel einschlage ..."

Trelain lachte laut. "Erzähl du mir etwas über Sarkasmus! Nemeb, das wird wohl kaum passieren! Eine Frau, die sich mit dir einlässt, auf die würde ich keinen Wert legen. Schon wegen meiner gesellschaftlichen Stellung."
Beide lachten, und Divon stand auf, um eine Flasche Geoph zu holen.

"Deine Witze hin und her - aber *wie* zum Abis machst du das?", nahm der Sergeant das Thema wieder auf. "Du hast vorhin deine Narbe verschwinden und wieder auftauchen lassen. Das war doch so gewollt?"
Trelain zuckte die Schultern. "Sicher, das war gewollt. Ich ... ich weiß nicht recht, wie ich das sagen soll ... Ich kann irgend *etwas* in mir befehlen, dass *es* das tut. Und *es* bewirkt das. Allerdings ist es nicht völlig passiv. Jetzt schon, aber zum Beispiel im Gefängnis in Elengrad hat *es* selbständig gehandelt. Ich war ja selbst entsetzt. Diese Hand, die mir gewachsen ist - und *sie* hat den Schmied umgebracht ... Obwohl ich das selbst auch wollte."
Divon schüttelte den Kopf. "Und früher ... ich meine ..."
"Nemeb! Früher konnte ich das nicht!" Er wiegte den Kopf. "Jedenfalls war es mir nicht bewusst ... Ich weiß nicht. Mein Instinkt sagt mir, dass es irgendwie damit zusammenhängt, dass ich ständig Durst hatte ... Das begann vor ungefähr zwei Hunderttagen."
Divon grinste, und Trelain winkte leicht ärgerlich ab. "Nicht das, was du meinst! Durst auf Wasser! Auf ganz simples Wasser. *Es* braucht es!"
"Jedesmal, wenn du mit dieser Betonung 'Es' sagst, dann läuft mir ein Schauer den Rücken hinunter, weißt du das?! Bist du besessen? Ich meine, in dem Sinne, wie ..."
" ...wie die Pursuition es auffassen würde?", ergänzte der Major. "Eigentlich nicht. Ich bemerke nicht, dass mein Geist, meine Gedanken irgendwie beeinflusst werden. Ich handle ja

auch nicht anderes. Ich tue, was ich ohne ... hm ... *es* auch getan hätte ..."

Divon zog die Augenbrauen zusammen. "Das glaubst du vielleicht nur. Mach doch einfach nur einmal folgendes Gedankenexperiment: Wenn jemand von einem Daemon besessen ist - im klassischen Sinne - wäre er nicht *gerade* deswegen außerstande, dies festzustellen? Beziehungsweise - und jetzt gehe ich noch einen Schritt weiter - würde der Daemon seinen Geist und Willen vollständig beherrschen, dann würde er natürlich nie und nimmer nach außen zugeben, dass dem so ist. Oder?"

Trelain seufzte. "Was glaubst du, wie oft ich selbst diese Problematik schon durchdacht habe? Die Frage ist auch sehr berechtigt, nur: Es liegt im Wesen des Problems, dass man beim Versuch, es selbst zu lösen, im Kreis läuft, nicht wahr?"

"Ay. Also?"

"Also? Versuch *du* herauszufinden, ob ich noch der alte Trelain bin! Am Ergebnis wäre ich übrigens auch interessiert ..."

Divon grinste. "Seht geschickt, Major! Na schön! Also: Wie bist du darauf gekommen, dass du ... hm ... *das* machen kannst?"

"Du wirst lachen: im Halbschlaf. Ich wachte auf und kratzte mich an der Backe. Mit *der* Hand." Er hob die Linke in die Höhe, die jetzt vollkommen normal aussah. "Und schlaftrunken, wie ich noch war, erschrak ich selbst vor der Klaue. Es mag wohl einer von diesen Morgen gewesen sein, wo Melancholie in der Luft schwebt, und die Gedanken sich noch nicht recht zwischen Traum und Realität entscheiden können ..."

"Gesprochen wie ein Poet!", spöttelte Divon. "Im Grunde können wir die pursuitive Befragung jetzt schon abbrechen. Ich glaube nicht, dass ein Daemon diese feine Mischung aus Lyrik und Sarkasmus beherrscht. Jedenfalls würde er den Zustand am nächsten Morgen nach einer ausreichenden Menge

Geoph anders beschreiben." Er stand auf und deutete einen militärischen Gruß an. "Ihr seid der echte Major, Major! Meinen Glückwunsch!"

Trelain lachte. "Äußerst witzig, Sergeant! Und äußerst scharfsinnig. Ich werde Euch bei General Casnoff für eine Beförderung vorschlagen. Bevor ich ihn umbringe ..."

Divon sah seinem Gegenüber ins Gesicht und konnte dort nichts erkennen, das auf Sarkasmus oder Ironie schließen ließ. "Du willst sie alle töten, die ... ich weiß gar nicht, was eigentlich getan haben?"

"Alle, die damit zu tun haben, dass ich verkauft worden bin - und dass Drew umgebracht worden ist!"

"Und wie weit würdest du da gehen - in deinem geheiligten Zorn? Bis zum Bischof hinauf vielleicht? Bis zum König?"

Trelain zuckte die Achseln. "Bis zu Polikides sicher. Und der Ausdruck 'in geheiligtem Zorn' hat mir übrigens etwas missfallen! Hörte ich da Spott heraus?"

Der Sergeant zog die Augenbrauen zusammen. "Ich glaube, du bist doch nicht mehr ganz gesund! Was soll das heißen, häh? Warum willst du deinen Freund Podigbudindrew unbedingt bis in die letzte Konsequenz rächen?"

"Eben deswegen! Weil er mein Freund war! Ich habe nicht allzu viele davon, weißt du?"

"Ay. Das weiß ich. Das weiß ich!" Divon lehnte sich zurück und zündete sich ein Stäbchen an. Nachdenklich pustete er den Rauch vor sich in die Luft und sah den milchig-weißen Kringeln einen Moment lang zu. "Hältst du *mich* für einen Freund?"

Trelain war von dieser Frage im ersten Augenblick verblüfft. "Ay ... ay! Warum fragst du?"

"Warum stellt man eine Frage, equest?! Weil man es wissen will!"

Trelain stieß die Luft pfeifend aus. "Vielen Dank für die erschöpfende Auskunft!"

Der Sergeant beugte sich vor. "Warum dieser gnadenlose Rachefeldzug? Wegen ... weil Drew dein Freund war? Oder nur, weil du selbst es hasst, als Figur in einem Spiel missbraucht zu werden?"

"Nicht schlecht, mein *Freund*! Nicht schlecht! Und ich bin dir wohl eine Antwort schuldig: Beides, equest! Beides! Vielleicht bin ich nur ein armseliges Stückchen Smat im ganz großen Spiel. Und dieses Spiel läuft!"

"Ich denke, es hat schon begonnen, oder?"

"Nemeb!" Trelain schüttelte grinsend den Kopf. "Es wird jetzt erst - oder in den nächsten Zehntagen - *richtig* beginnen! Ich glaube, das hast du noch nicht richtig verstanden. Herzog Ivesnagaios wird Subgäa angreifen, darauf kannst du wetten!"

Divon dachte einen Augenblick lang nach. "Und was wäre bei dieser Wette zu gewinnen?"

"Vermutlich nicht viel. Aber ich gedenke mein eigenes Spiel zu spielen. Und weißt du warum? Damit kommen wir wieder zum vorherigen Thema zurück: Ich hasse es wirklich, auf dem Brett herum geschoben zu werden. Und ich bin bereit, es den Spielern heimzuzahlen. Koste es, was es wolle!"

Der Sergeant lächelte. "Was würde wohl der Schachspieler sagen, wenn ihn plötzlich sein linker Läufer in die Hand bisse?"

Trelain lächelte noch breiter. "Wenn der Biss vergiftet wäre ... Vielleicht würde er dann gar nicht mehr viel sagen, was? Und diese Macht habe ich jetzt!"

Seine Augen schienen plötzlich von innen zu leuchten, und seine linke Hand verwandelte sich in die krallenbewehrte Klaue.

75.

Miracle - Misanthrope

"Divon? Ihr? Ich ..."
Der Sergeant lächelte Calaya auf eine eigentümliche Weise an und schob sie in den Eingang ihrer Wohnung zurück. Sie war so überrascht, dass sie ihn gewähren ließ.
"Was ist mit Trelain? Und ..."
Er legte den Finger auf seine Lippen und gebot so Schweigen. Dann sah er sich gründlich um und überprüfte noch einmal, dass die Tür wirklich geschlossen war. "Verzeiht meinen Überfall, Mylady. Aber es ist auch in Eurem Interesse, dass möglichst niemand etwas weiß."

Skwawk wollte sich gerade auf die linke Seite drehen, weil sein rechter Unterarm eingeschlafen war. Aber angesichts dieses Bildes verzichtete er darauf, ignorierte das taube Gefühl so gut es ging - und beglückwünschte sich innerlich selbst zu seinen Ahnungen.
Er hatte recht behalten. Dieser Divon, der Calaya schon einmal aufgesucht hatte, er hatte sich schon in den frühen Morgenstunden hier in diesem Niveau herumgetrieben. Und zwar mit einer derart auffälligen Unauffälligkeit, über die Skwawk nur lächeln konnte. Er hatte ein Auge für so etwas. Und er vergaß nie ein Gesicht.
Aber darüber hinaus verfügte er auch noch über andere Fähigkeiten. Er hatte einen fast untrüglichen Instinkt, was Geheimgänge und -verstecke betraf. Gerade die oberen Niveaus von Subgäa, die Viertel der Reichen und Mächtigen, waren derartig von einem spinnennetzartigen Gewebe von geheimen Zugängen und Fluchtmöglichkeiten durchzogen, dass man fast von einer zweiten Welt sprechen konnte. Er hatte gar nicht lange suchen müssen, um hinter einem Alko-

ven, der ein niedriges Schränkchen beherbergte, einen Durchgang zu finden. Einer der Mauersteine ließ sich mit etwas Mühe zur Seite schieben, und die entstehende Spalte war breit genug, dass ein nicht zu dicker Mann durchkriechen konnte.

Der niedrige Gang endete nach wenigen Metern in einem runden Schacht mit in die Mauer eingelassenen Steigeisen. Der Geruch von unten ließ schon ahnen, wohin dieser Fluchtweg - oder für was auch immer der geheime Gang vorgesehen war - führte: in die Kanalisation weiter unten.

Skwawk hatte befriedigt genickt. Das konnte auch für ihn von Vorteil sein. Wenn er sich einmal schnellstens empfehlen musste, was in seinem Beruf durchaus vorkommen konnte ... Und in der Kanalisation würde ihn niemand mehr erwischen. Er kannte dort zwar nicht jeden Tunnel und Zufluss, aber er hatte die Hauptkanäle der oberen Niveaus wie eine dreidimensionale Landkarte im Kopf und zudem einen Orientierungssinn, der seinesgleichen suchte. Und es wäre nicht das erste Mal, dass er in der weitverzweigten stinkenden Unterwelt Subgäas seinen Verfolgern entkäme.

Zur Sicherheit - denn solche Dinge überließ er ungern dem Zufall - hatte er auch den Schacht nach oben untersucht. Möglich, dass dieser sogar einmal bis uns nächsthöhere Niveau geführt hatte, aber nach dreißig oder vierzig Metern, das ließ sich schlecht schätzen, war er von einem massiven Felsblock versperrt. Allerdings gab es dort noch zwei Löcher im Erdreich, von etwas mehr als einem Meter Durchmesser und fast exakt geometrisch kreisrund.

Skwawk verzichtete darauf, sich dort umzutun, denn er kannte das: das Loch eines großen Geonogons. Und er hatte begreiflicherweise keine Lust, sich mit einem dieser Wesen anzulegen. Ein guter Kämpfer konnte einen Erdwurm vielleicht besiegen, wenn er Bewegungsfreiheit hatte und seine Flinkheit ausspielen konnte - aber in dessen Höhle niemals.

Calaya hatte die Hände vor die Augen geschlagen. Trelain hielt es für besser, erst einmal gar nichts zu sagen und zu warten. Es dauerte eine Weile.

Sie zündete sich mit zitternden Fingern ein Stäbchen an und sah ihm in die Augen.

"Du bist es, ay!"

Trelain verkniff sich dieses eine Mal eine sarkastische Bemerkung. Auch er vertraute oft seinem Instinkt.

"Es wirkt erschreckend, wenn man es noch nie gesehen hat, ich weiß", sagte er in die beklemmende Stille hinein. "Aber ich bin es wirklich! Brauchst du ... hm ..."

Sie schüttelte den Kopf. "Einen Beweis? Nemeb! Du bist es! Und frag mich bloß nicht, woher ich das jetzt weiß! Allein die Art deines Auftritts hier! Trotz des melodramatischen Pathos nicht ohne zynischen Witz! Hast du dir vorher ausgemalt, wie du das arme Mädchen, das dich seinerzeit verschmähte, jetzt derart beeindruckst, dass ..."

" ... dass sie mir in die Arme sinkt und sagt: 'Liebster Trelain, alle Sünden der Vergangenheit sind erstens vergessen und zweitens meine Schuld. Jetzt, wo du so ein verwegener Held bist - nimm mich!' In dieser Richtung?" Er lachte böse. "Für wie blöd hältst du mich eigentlich? Oder für wie eingebildet?"

"Das kommt darauf an. Möchtest du eine höfliche oder eine ehrliche Antwort?"

"Wenn sich beides nicht vereinbaren lässt, dann pfeife ich auf die Antwort!"

Jetzt lachte Calaya. Ay, genau so hatte sie sich das Wiedersehen vorgestellt. Eigentlich nicht, wenn sie ehrlich war, aber ... Es war wie immer.

Skwawk widerstand der Versuchung, sich über die Augen zu wischen. Er konnte durch den schmalen Spalt zwischen den Steinen nicht alles erkennen, aber das, was er vorhin gesehen hatte, das erschien ihm wie eine Wahnvorstellung. Er kannte einige Leute, die von so etwas berichtet hatten. Sphygs. Das Zeug zerfrisst mit der Zeit das Gehirn. Oder zumindest diesen Teil des Kopfes hinter den Augen, der von diesen Kerlen dafür gehalten wurde.

Bei sich selbst hatte er dergleichen allerdings niemals befürchtet. Das equeste Rauschgift aus den Schildplättchen der Sphyglozyten hatte er niemals angerührt. Er lebte zwar zum großen Teil von Aufträgen, die sich direkt oder indirekt aus dem Sphygs-Handel sozusagen ergaben, aber als Geschäftsmann hütete er sich davor, auf die Seite der Bezahlenden zu geraten.

Und sein Geoph-Verbrauch hielt sich ebenfalls in Grenzen.

Also? Was er hier gesehen hatte, war real. Dieser Trelain konnte sein Äußeres verändern.

Trelain spürte, dass die Stimmung auf dem Tiefpunkt war. Natürlich hatte er sich das Wiedersehen mit Calaya anders vorgestellt. Vielleicht nicht auf diese naive Art, dass sie ihm wirklich in die Arme fiel. Oder doch? Sein Ärger hielt ihn davon ab, sich jetzt nachträglich selbst zu analysieren. Jedenfalls war die Sache verpatzt. Und zwar gründlich.

Calaya schien seine Gedanken gelesen zu haben. "Ich nehme an, dass dieser exzentrische Auftritt notwendig war, oder? Diese Verwandlung. Vor meinen Augen."

"Er war es, equest! Selbst du dürftest doch wohl ..." Trelain bremste sich selbst, als ihm gewahr wurde, dass er im Begriff war, ausfällig zu werden. "Entschuldige! Das war nicht so gemeint! Ich wollte sagen, dass Divon vollkommen recht hatte, wenn er sagte, dass du überwacht wirst."

"War das Divon?"

"Ay. Natürlich. Ich ..." Trelain biss sich auf die Lippen. "Equest! Na gut! Du hast eine Entschuldigung aus mir her-

ausgelockt!" Er breitete die Arme aus. "Preiset den Sieger! Reichet ihm den Pokal!"
 Die Frau lachte. "Nemeb, kein Zweifel! Du bist wahrhaft Trelain!"

Skwawk konnte sich ein Grinsen nicht verkneifen, als er sah, wie Calaya den Mann zuerst zaghaft, dann fest umarmte. Sie strich mit ihren Händen über seine Wangen und küsste ihn auf den Mund. Was waren die Frauen doch für Heuchler! Wenn er jetzt wirklich dieser Marcos wäre, der sich Hoffnungen machte ... Wenn!

"Wo ... wo bist du eigentlich ... ich meine: Du hast dich doch sicher irgendwo versteckt, oder?"
 Trelain nickte. "Natürlich. Anfangs zumindest. Bis ich entdeckte, dass ich das hier konnte. Als wir Subgäa wieder erreichten, quartierten wir uns zunächst in einer leerstehenden Wohnung im siebenundachtzigsten Niveau ein. Eine noble Gegend, das kann ich dir sagen! Und Divon beschaffte alles, was wir brauchten. Vor allem neue Kleidung. Unsere alten Sachen hätte der allerärmste Orkard nicht mehr geschenkt genommen."
 Calaya schüttelte den Kopf. "Es ist unglaublich, dass ihr diesen Aufstieg überhaupt geschafft habt. Fast ein Wunder."
 Trelain zuckte mit den Achseln. "Wenn du es so nennen willst. Ich glaube, dass es einfach gelingen *musste*. Ich habe hier noch etwas vor."
 Er hatte dies in grimmigem Ton fast geflüstert, und Calaya lief ein kalter Schauer über den Rücken. Sie beugte sich vor und fixierte sein Gesicht noch einmal genau. Unglaublich. Nichts deutete darauf hin, dass er vor wenigen Zentssegs noch wie Divon ausgesehen hatte.
 "Wie zum Abis machst du das?"

Er grinste. "Das hat mich Divon auch schon gefragt. Und ich kann dir eigentlich nur sagen, wie ich das entdeckt habe: Als Divon wieder einmal losgezogen war, um Erkundigungen einzuziehen - bei seiner alten Milizeinheit - da saß ich ziemlich nutzlos herum und machte mir meine Gedanken. Etwas vornehmer könnte man das wohl philosophieren nennen. Allerdings keine sehr produktive Philosophie."
"Das waren deine Philosophien ja wohl noch nie!"
"Danke! Du kannst dir deine Spitzen immer noch nicht verkneifen, oder? Jedenfalls starrte ich dabei auf meine linke Hand. Verständlich, sie stellte ja schließlich das sichtbare Mal dar, mit dem ich behaftet war, das bewies, dass ich die ganze Geschichte *nicht* geträumt hatte."
Wie melodramatisch, wollte Calaya kommentieren, ließ es aber bleiben.

Der Lauscher streckte seinen linken Arm vorsichtig aus und bewegte die Finger, um die Blutzirkulation wieder in Gang zu bringen, hoffend, dass kein Gelenk knackte. Er ignorierte den Schmerz und konzentrierte sich derart auf sein Gehör, dass er das Rauschen des Blutes in seinem Kopf vernehmen konnte.

"Und als ich das ... Ding ... so ansah, und mir dabei vorstellte, wie meine richtige Hand ausgesehen hatte, da begann die Veränderung. Langsam, aber irgendwie von meinem Willen gesteuert. Ich *wollte* es, verstehst du? Und *es* tat es!"
"Es?"
Trelain drückte sein Stäbchen im Aschenbecher aus. "Ich habe keinen anderen Namen oder ... ähm ... Begriff dafür. Es! Es ist keine Wesenheit, keine ... hm ... Person. Aber es existiert. In mir."

Calaya fühlte sich plötzlich beklommen. Das Gefühl war nicht Furcht, aber so etwas wie die unbestimmte Vorahnung kommenden Unheils.
Trelains Augen brannten in kaltem Feuer.
Sie lehnte sich vor und griff nach seinem Oberarm, wie um sich zu vergewissern, dass er wirklich leibhaftig hier vor ihr saß. "Kannst du ... es ..." Irgendwie scheute sie sich, das Wort auszusprechen. " ... kontrollieren? Oder ..."
Er lächelte unergründlich. "Oder es mich? Ich weiß es nicht. Aber ich weiß, dass es die beste Waffe ist, die ich jemals geführt habe." Er lehnte sich zurück. "Trotzdem wäre es mir lieb, wenn du mir helfen würdest."
"Und wie könnte ich das?"
"Du bist mit der Hohepriesterin Ophris gut bekannt. Und ich glaube, dass sie entweder eine Schlüsselperson in diesem Spiel ist - oder zumindest die Regeln kennt." Als Calaya verhalten lächelte, zog er die Augenbrauen zusammen. "Liege ich da falsch?"
"Keineswegs. Und sie erwartet deinen Besuch!"
Jetzt war es an Trelain, überrascht dreinzuschauen.

76.

Ascension of Heroes - Saviour Machine

Der Ascator hielt ruckend an. Calaya seufzte. "Schon wieder!", raunte sie ärgerlich. "Ob wir jetzt auf jedem Stockwerk kontrolliert werden?"
"Darauf kannst du dich verlassen!", flüsterte Trelain zurück. "Und rate mal, warum!"
Zwei Wachen in ihren silbernen Brustharnischen salutierten kurz und betrachteten die beiden misstrauisch. Einer der Soldaten murmelte etwas von 'notwendig' und 'angewiesen' und schaffte es dabei - was Trelain ein ironisches Grinsen abnötigte -, unverständliches Gebrummel wie einen Befehl klingen zu lassen. Er tastete Trelain nach Waffen ab und nickte befriedigt. Sein Blick wanderte kurz über Calaya, die diesen möglichst hochmütig zurückgab. "Was soll das, Sergeant? Wir sind schon zweimal angehalten worden!"
Trelain musste sich beherrschen, um nicht noch breiter zu grinsen. Fast tat ihm der Mann leid. Unter Calayas weiten Röcken hätte man nicht nur ein Schwert, sondern vermutlich die kriegsmäßige Ausrüstung eines Wachtrupps verstecken können. Aber die Frau war hier bekannt und zudem ein Protegé der Hohepriesterin. Wenn er sie durchsuchte, dann war das zwar vorbildliche Pflichterfüllung, konnte aber ebensogut zwei oder drei Jahre in den Kupferminen bedeuten.
Tja, das waren eben die interessanten Momente im Soldatenleben. Der Sergeant rang sich ein säuerliches Lächeln ab und begutachtete noch einmal Trelain.
"Das ist ein Diener!", kommentierte Calaya in blasiertem Ton. "Wenn wir dann ..."
"Natürlich, Mylady!" Der Soldat winkte seinen Kameraden aus der Kabine und trat selbst hinaus. "Verzeiht die ..."

Das Ende seines Satzes wurde ihm von den beiden Ascatortüren abgeschnitten, die sich knirschend zuschoben.

Calaya sah Trelain an. "Deine ... äh ... Verkleidung überzeugt!"

Er deutete eine leichte Verbeugung an. "Ein alter, gebrechlicher Diener dürfte wohl wenig Anlass zum Misstrauen geben, dachte ich mir. Ich habe diesen Buttak, so gut es ging, aus dem Gedächtnis rekonstruiert. Das war einfacher, als selbst etwas zu schaffen."

Sie nickte. "Der Diener von deinem Freund Philestasis, ich weiß."

"Ay. Der erschien mir immer wie *die* Verkörperung eines alten schrulligen Faktotums. Ich hoffe, ich mache ihm alle Ehre."

"Und wenn er noch lebt? Ich meine, wenn ihn erst kürzlich jemand woanders gesehen hat?"

Trelain zuckte die Schultern. "Egal. Das schließt ja nicht aus, dass er jetzt hier ist. Und ich glaube nicht, dass sich jemand die Mühe macht, den Tagesablauf eines Dieners zu überwachen."

Skwawk setzte sich auf den Fels, als er die Stelle erreicht hatte, wo das Loch in der Wand des Schachts gähnte. Er starrte misstrauisch in die Schwärze und lauschte erst einmal. Dann steckte er die kleine Fackel in einen Felsspalt und zündete sich an der Flamme ein Stäbchen an.

Sie wurden noch zweimal kontrolliert. Natürlich mit demselben Ergebnis. Es kostete Trelain einige Konzentration, seine neue Form aufrecht zu erhalten. So lange hatte er dies bis jetzt noch nicht getan, und er spürte die Anstrengung. Vor allem wusste er nicht, ob er nicht die Kontrolle verlor, wenn er plötzlich stark abgelenkt wurde. Wenn er zum Beispiel erschrak - oder kämpfen musste. Zum Glück war Letzteres hier kaum zu befürchten.

Er staunte, als sie die düstere Kathedrale im fünfundzwanzigsten Niveau betraten. Die Atmosphäre von Ruhe und Würde, aber auch von Beklemmung und dunklem Geheimnis nahm ihn für einen Moment gefangen.

"Und hier ... hm ... wohnt eine Frau?", murmelte er zweifelnd. "In dieser Gruft? Also, selbst, wenn man Hohepriesterin ist, könnte man es sich doch etwas freundlicher gestalten."

Calaya warf ihm einen vorwurfsvollen Blick zu. "Du kannst dein Schandmaul wohl nicht einmal hier halten, was?"

"Ich hatte eine gute Lehrerin, und ..."

Sie hob die Hand, um ihm Schweigen zu bedeuten. Zwischen zwei Säulen mit allegorischen Figuren hatte sich eine Tür geöffnet.

Die zweite Fackel war fast heruntergebrannt und das Licht flackerte. Aber Skwawk hatte sich derart auf sein Gehör konzentriert, dass er es kaum zur Kenntnis nahm. Der Gesichtssinn nutzte hier sowieso nicht viel, und den Abstieg durch den Schacht würde er auch im Dunkeln finden. Er lauschte.

Die Frau in dem enganliegenden schwarzen Kleid lächelte freundlich und kam näher. Sie trat auf Calaya zu und die beiden Frauen umarmten sich wortlos, aber herzlich.

Dann fasste die Hohepriesterin den 'alten Diener' ins Auge - und ein Lächeln glitt über ihr Gesicht. "Seid gegrüßt, Major Trelain! Leider kann ich nicht sagen, dass ich sehr erfreut bin, Euch zu sehen. Auch in jener Gestalt nicht!"

Trelain grinste schief. Er war nicht sehr überrascht, dass die Frau ihn durchschaut hatte. Man sagte ihr außergewöhnliche Weisheit nach - und zudem hatte er damit gerechnet. Wenn sie ihn so verblüffen wollte, dann war das daneben gegangen.

Skwawk saß in vollkommener Finsternis, aber das machte ihm nichts aus. Die Gedanken konnten freier fließen und weiter hinausgreifen, wenn sie nicht durch optische Reize abgelenkt wurden. Trotzdem vergaß er nicht, auf sein Gehör zu achten.

Wie lange konnte so eine Audienz bei der Hohepriesterin dauern? Im Zweifelsfall sehr lange. Das war ein Problem. Die zeitliche Abstimmung war zwar nicht alles entscheidend in seinem Plan, aber trotzdem eminent wichtig.

Er spielte mit dem Gedanken, sich noch ein Stäbchen anzuzünden, ließ es dann aber bleiben.

Was hatte die Hohepriesterin mit der ganzen Sache zu schaffen? Eigentlich konnte ihm das ja egal sein. Er wurde dafür bezahlt, einen Menschen zu ermorden - und zwar gut. Was sein Opfer für Beweggründe hatte, irgend etwas zu tun - oder zu lassen - das durfte keine Rolle spielen, es sei denn, es war für die Durchführung des Auftrags von Bedeutung.

Trelain hatte Platz genommen und sich zurückverwandelt, als Ophris ihm versichert hatte, dass hier absolut keine Gefahr drohe. Misstrauen war mittlerweile nicht seine zweite, sondern seine erste Natur, aber er vertraute Calaya, die für die Hohepriesterin durchs Feuer gegangen wäre, wie man so sagt.

Seltsam, dass ihm diese enge Beziehung der beiden Frauen niemals so richtig bewusst geworden war. Auch nicht, als er noch mit Calaya zusammenlebte. Er hatte zwar davon gewusst, aber es war ihm nebensächlich erschienen, wie so vieles. Die Laune einer Frau, oder die Prägung auf eine Autoritätsperson, bedingt durch die elterliche Erziehung - es war ihm egal gewesen. Nun, der Fehler lag lange zurück und ließ sich nicht mehr revidieren.

Ein anderer hätte das Geräusch wahrscheinlich gar nicht wahrgenommen, so leise war es, aber Skwawks Sinne waren auf unvergleichliche Art geschärft. Ein fernes Schaben, als ob jemand einen schweren massiven Gegenstand über Steinboden zog. Noch ziemlich weit weg.

Der Attentäter grinste befriedigt und tastete fast liebevoll über den kleinen Flakon in seiner Tasche. Es hatte ihn einige Mühe und ein hübsches Sümmchen gekostet, an einige Unzen der bräunlichen, faulig stinkenden Flüssigkeit zu bekommen. Ein Sphyglozytensammler aus den Außenbezirken, der ihm noch einen Gefallen schuldete, hatte ihm schließlich weiterhelfen können: In dem kleinen Kristallfläschchen war Drüsensekret des weiblichen Erdwurms in der Paarungszeit - unwiderstehlich für jeden männlichen Geonogon. Und dass es sich hier um das Revier eines solchen handelte, hatte er anhand der Kratzspuren am Fels festgestellt. Männliche Exemplare hatten eine härtere Panzerung und hinterließen demzufolge ganz charakteristische Riefen im Stein.

Das Schaben erklang ein zweites Mal, etwas näher, und Skwawk machte sich langsam an den Abstieg in den Schacht.

77.

Ethereal Journeys - Elend

Die Hohepriesterin sah ihn noch immer forschend an, und Trelain ließ sie gewähren, obwohl er langsam ungeduldig wurde. Aber es stimmte: Diese Frau hatte etwas Ehrfurchtgebietendes an sich, das selbst auf ihn wirkte.

"Ay, Ihr seid der Fuchs", stellte sie schließlich fest. "Fragt mich nicht, woher ich das weiß; ich kann es Euch nicht erklären. Vielleicht etwas in Euren Augen ..."

"Hm", brummte er. "Wenn ich ..."

Sie unterbrach ihn mit einer Handbewegung. "Verzeiht, aber ich denke, dass ich Euch zunächst jemanden vorstellen sollte. Eure anderen Fragen ergeben sich dann von selbst."

Der Major nickte ergeben und wartete gespannt, was nun geschehen würde. Ophris machte eine Handbewegung, und aus dem Dunkel trat ein Mann und kam langsam näher. Er trug ein Buch in der Hand und legte es schweigend vor Trelain auf den Tisch.

Dieser war jetzt wirklich überrascht. "Buttak?! Das hatte ich nicht erwartet!"

Der Diener Philestasis' verneigte sich und nahm auf einen Wink der Hohepriesterin am Tisch Platz. Ein leichtes Lächeln spielte um die Lippen der Frau, als sie fortfuhr: "Es freut mich, dass es mir doch gelungen ist, Euch zu verblüffen. Es entbehrt ja wohl nicht einer gewissen Ironie, dass Ihr ausgerechnet *diese* Gestalt wähltet, um mich aufzusuchen. Nun, ich dachte mir, dass es am besten wäre, wenn Ihr aus erster Hand erfahrt, was es mit diesem Buch auf sich hat."

"Und was mit Philestasis geschehen ist!", ergänzte Trelain.

Auf einen weiteren Wink der Hohepriesterin begann der Diener zu berichten:

"In der Nacht, in der Ihr uns verlassen hattet, war mein Meister sehr verwirrt, wenn Ihr versteht ... Er redete nur in dieser Sprache, die ich nicht verstehe. Offenbar dachte er, dass ich ihn verstehen konnte, obwohl er doch wissen musste ... Aber seine, wie soll ich sagen, sein Verstand, sein Geist war sowieso in den letzten Zehntagen vor eurem Besuch immer öfters abwesend, und dann redete er dieses wirre Zeug und schrieb aus diesem Buch Sachen ab."

Trelain unterbrach kurz, da er befürchtete, dass auch Buttak die Übersicht über seine Geschichte verlor. "Aus *diesem* Buch? Dem hier?"

"Nemeb, natürlich nicht. Das hier ist eine Abschrift. Oder ... nemeb! Das Buch, das er *Euch* gab, war eine Abschrift."

Der Major seufzte. Wenn das so weiterging, war eher eine weitere Verwirrung denn eine Aufklärung zu erwarten.

"Am nächsten Tag war sein Geist wieder in Ordnung", fuhr der Diener fort. "Jedenfalls redete er wieder unsere Sprache, auch wenn ich nur verstand, dass er offenbar etwas Wichtiges vergessen hatte, Euch mitzugeben. Aber leider war es dann auch schon zu spät ..."

"Zu spät?"

"Natürlich! Ach so, Ihr wisst ja nicht ... Gleich in den ersten Tagesstunden wurde er festgenommen. Eine ganze Abteilung Wachen. Mit einem Priester der Pursuition. Sie haben ihn mitgenommen."

"Und mit welcher Begründung?"

"Das sagten sie nicht. Ich ..." Er hob entschuldigend die Hände, und Trelain winkte ab. "Schon gut. Ich verstehe. Die Pursuition braucht keine Begründung, um jemanden, der ihr nicht genehm ist, verschwinden zu lassen."

Buttak war den Tränen nahe. "Ich verstehe das wirklich nicht, Major. Mein Meister hatte doch die besten Beziehungen ... Sogar der König selbst hatte ihm in letzter Zeit einige Male die Ehre erwiesen ..."

Trelain zog die Augenbrauen zusammen. "Der König? Selbst?"

"Ay!", nickte Buttak mit einem Anflug von Stolz. "Der König selbst hat meinen Meister in seinen Räumen aufgesucht. Eine große Ehre!"

"Hm. Das ist merkwürdig. Ich dachte, der König verließe nie seinen Palast."

"Um so stolzer war ich ja auf meinen Meister. Es war fast eine ... wie soll ich sagen? ... private Unterhaltung. Nur ein paar Gardesoldaten hatte er dabei."

"Und was wollte der König?"

Buttak warf einen halb fragenden, halb hilfesuchenden Blick zu Ophris, die nickte. "Ich habe nicht alles mitbekommen", erzählte er weiter. "Es schien darum zu gehen, dass ... Er wollte irgendwie die Zukunft geweissagt haben, weil ihn etwas beunruhigte. Und mein Meister ... nun, er konnte ihm da nicht sehr helfen."

"Nicht helfen? Also er konnte ihm über die Zukunft nichts verraten?"

"Doch! Aber das schien alles nicht gut zu sein. Ich habe ja nicht alles verstanden, aber es schien sich um den Prinzen zu handeln. Er hat irgend etwas übersetzt. Aus dieser Sprache ... Ein Zettel. Mehr weiß ich nicht. Und als er verhaftet wurde, wusste ich nicht, was ich tun sollte. Ich bin dann hierher ..."

"An Buttak schien die Pursuition kein Interesse zu haben", fügte Ophris an, "aber vorsichtshalber gewährte ich ihm hier Unterkunft. Polikides hat es bisher nicht gewagt, die Unverletzlichkeit dieses Refugiums infrage zu stellen. Noch nicht."

Sie lächelte dem alten Diener dankend zu, und dieser erhob sich und schlurfte davon.

"Das ist alles mehr als merkwürdig", sinnierte Trelain. "Vor allem, dass der König selbst Philestasis aufgesucht hat. Und ihn nicht einfach bestellt. Also scheint es sich um eine Heimlichkeit gehandelt zu haben, die auch vor dem Hofstaat verborgen bleiben sollte."

Ophris nickte. "Ich schätze, dass ich Euch ab hier weiterhelfen könnte, Major."

"Könnte, Hohepriesterin?"

"Werde! Ihr seid der Runic! Vielleicht werde ich diese Entscheidung bereuen, aber es erscheint mir das einzig Sinnvolle momentan."

"Dann sagt mir zunächst, was aus meinem Freund Philestasis geworden ist!"

Die Frau senkte den Kopf. "Er ist tot. Es tut mir leid. Er ist in einem Kerker der Pursuition gelandet. Und bis wir unseren Einfluss beim König geltend machen konnten, war es schon zu spät. Er hat schon die erste Befragung nicht überlebt. Dazu war er zu alt und zu schwach."

Trelain nickte. "Das dachte ich mir. Wer ist *wir*? Der Kanzler?"

"Richtig. Woher ..."

"Intuition, Madame. Ich sah Euch bei der Audienz zusammenstehen."

"Ihr habt eine gute Beobachtungsgabe. Was habt Ihr Euch noch zusammengereimt?"

Trelain lächelte. "Zusammengereimt? Nun, derjenige, der Philestasis, zumindest in letzter Instanz, auf dem Gewissen hat, nämlich seiner allergütigsten Majestät Foltermeister Yquemedos, war mir etwas behilflich, einiges in die richtigen Bahnen zu denken. Apropos: Er war Ia, die Katze, nemeb?"

"Ay. Die Katze. Ihr scheint noch mehr zu wissen, als ich dachte."

"Ich konnte mir nur keinen rechten Reim darauf machen, und ich weiß auch nicht, ob ich jetzt richtig liege. Wer seid Ihr?"

Die Hohepriesterin drehte das Buch vor sich auf dem Tisch herum und blätterte kurz. Dann zeigte sie auf eine Zeichnung. "Hier! *Imoset* - die Taube."

Trelain besah sich das Bild und überflog kurz den Text, von dem er nicht einmal die Hälfte verstand. "Das ist ein ... hm ... *Vogel*, nicht wahr? Ein mythologisches Tier, das fliegen kann."

"Richtig, Major. Ihr erstaunt mich immer mehr. Wisst Ihr das von Philestasis? Er war übrigens *Augkui* - die Eule. Auch ein Vogel. In den Mythen ein Symbol der Weisheit und Einsicht."

"Teilweise", antwortete Trelain. "Er hat mir als Kind einiges von dieser Sprache beigebracht. Leider wusste ich nicht mehr besonders viel davon. Deswegen habe ich von diesem Buch auch nicht viel verstanden. Wo gibt es diese Tiere?"

Die Hohepriesterin seufzte. "Vermutlich nirgends. In einer anderen Welt. In Sagen. Ich weiß es nicht."

Trelain fasste sie scharf ins Auge. "Sagen? Wollt Ihr mich zum Narren halten? Das hier ist kein Heldenepos oder Märchenbuch." Er wischte einige Seiten hin und her und zeigte auf die Zeichnungen. "Das ist ein wissenschaftliches Werk. So viel habe sogar ich davon verstanden. So wie ein Anatomiebuch für Ärzte. Und wer sollte sich die sinnlose Arbeit machen, ein Nachschlagewerk für imaginäre Lebewesen zu verfassen?"

Ophris schien zum ersten Mal ratlos. "Ich weiß es nicht, Major, ich weiß es nicht, glaubt mir. Diese Tiere ... einige dieser Tiere jedenfalls stellen eine ... wie soll ich sagen? ... Allegorie dar. Ihnen werden menschliche Eigenschaften zugeschrieben: Weisheit, Stärke, Hinterlist, Friedfertigkeit und so weiter. Und umgekehrt ..."

"Und umgekehrt", führte Trelain den Satz fort, "identifizierten sich wiederum einige Menschen mit diesen Tieren und nahmen so deren Namen an, oder?"

"In etwa. Nicht ganz. Es war Philestasis, der eines Tages behauptete, ganz verblüffende Parallelen zu einer alten Prophezeiung zu sehen, die sich ebenfalls auf diese Tiere und ihre allegorische Bedeutung bezieht. Es ..."

"Moment!", unterbrach Trelain. "Die Prophezeiung des ... Wie war das? ... des Sylvanokid oder so?"

"Sylvanoikid." Ophris starrte ihn an. "Die Sage vom Untergang des Erdreichs. Woher wisst Ihr das? Von Philestasis?"

Trelain hatte die Lippen zusammengepresst. "Eben nicht! Jetzt haltet Euch fest! Ich habe diesen Namen von Herzog Ivesnagaios gehört, dem Herrscher von Elengrad!"

Die Hohepriesterin nickte wortlos und kaute einen Moment auf ihrer Unterlippe. Trelain beugte sich vor und grinste böse. "Ihr wisst also Bescheid! Wenn Ihr jetzt fluchen wollt - tut Euch keinen Zwang an!" Er steckte sich ungeachtet der sakralen Umgebung ein Stäbchen an. "Was für ein schmutziges Spiel läuft hier?"

"Leider ist das beileibe kein Spiel, Major! Buttak hatte so etwas erwähnt. Dieser Herzog: ein großer Mann mit langen, fast weißen Haaren, ziemlich blass?"

"Ay. Die Beschreibung stimmt. Ein gefährlicher Mensch."

"Also stimmt es. Er scheint Philestasis mehrmals aufgesucht zu haben, wie Buttak erzählte."

"Hm. Das erklärt manches. Daher wusste er von ... von der Macht. Und er dachte, sie für seine Zwecke ausnutzen zu können. Allerdings ..." Trelain lachte leise. "Allerdings scheint er da auf dem falschen Weg gewesen zu sein. Vermutlich ist er aus Philestasis auch nicht sehr schlau geworden. Daher die Verwechslung."

Ophris sah ihn mit einem unergründlichen Blick an. "Verwechslung?"

"Ay. Das erkläre ich Euch später. Aber momentan seid Ihr noch dran. Also ...?"

Sie nickte. "Schön. Ich muss wohl etwas weiter ausholen ..."

"Oh, da bitte ich sehr darum!"
"Spott ist hier wohl nicht angebracht, aber bitte!"
Trelain lehnte sich bequem zurück und zündete sich noch ein Stäbchen an.

"König Gorodon Szhan ist kaum noch Herr seiner Sinne, das wisst ihr selbst. Also stellte sich schon seit geraumer Zeit die Frage seiner Nachfolge. Aus diesem Grund gründete sich die Partei der *Verschworenen,* einigen einflussreichen Männern und Frauen unter der Führung ..."
" ... von Kanzler Lysander!"
"Richtig! Wir planten, im Falle der Machtübernahme einen gemäßigten Kurs des Reiches einzuschlagen."
"Einen gemäßigten Kurs? In welcher Beziehung?"
"Es stand zu befürchten, dass die jetzt schon fast allgewaltige Kirche die Herrschaft vollständig an sich reißen würde. Dem wollten wir entgegenwirken. Bischof Polikides strebt schon lange nach der Alleinherrschaft, und diese Tyrannei eines machtbesessenen religiösen Führers wollten wir verhindern. Die Folgen für Subgäa wären katastrophal."
"Hm. Reichte die Macht des Kanzlers denn nicht, ein Gegengewicht zu Polikides zu schaffen? Ich dachte immer, Lysander wäre der eigentliche Herrscher des Reiches."
Die Hohepriesterin schüttelte den Kopf. "Anfangs dachten wir auch, dass seine Autorität genügen würde, den Verschworenen genügend Übergewicht zu geben. Aber Polikides' Partei - die *Vertrauten* - verfügte plötzlich über einen mächtigen Trumpf: Quermilian. Der Prinz hatte Lysander schon lange seine einflussreiche Stellung geneidet. Und er schien sich an Polikides' Seite die besseren Chancen auszurechnen, zur Macht zu gelangen."
Jetzt schüttelte Trelain den Kopf. "Das verstehe ich nicht ganz. Der Bischof wäre im Falle eines Sieges der Vertrauten doch ein nahezu ebenso mächtiger Widersacher um die ei-

gentliche Führungsposition. Mit dem er sich dann auseinanderzusetzen hätte."

"Ay. Vermutlich. Aber als Verbündeter des Bischofs wäre der Weg kürzer gewesen. Denn die Vertrauten dachten im Gegensatz zu uns nicht daran, bezüglich der Nachfolge des Königs auf den natürlichen Gang der Dinge zu warten."

"Sie wollten ihn beseitigen?"

"Richtig. Es existierte ein Mordplan."

"Und warum kam er nicht zur Ausführung?"

"Eben weil er uns bekannt war. Wir hatten es geschafft, einen Spion bei den Vertrauten einzuschleusen: Oberst Hachton."

"Hachton. Illvir - der Bär, nicht wahr?"

"Ay. Das Risiko, dass die ganze Verschwörung öffentlich wurde, wurde daraufhin für die anderen zu groß, und sie begruben den Plan, den König umzubringen. Zumindest für den Moment. Und das bedeutete eine Pattsituation der beiden Parteien. So steht die Sache bis jetzt."

"Nicht ganz. Ihr sagtet 'Patt' - ein Begriff aus dem Schachspiel. Um dabei zu bleiben: Wenn man es nicht schafft, den König matt zu setzen, dann entwickelt man eben eine andere Taktik, oder? Abnutzungskampf. Und Hachton lebt nicht mehr. Genau wie Graf Bajan. Auch einer von Euch?"

"Ay. Lesistrap - der Stier."

"Wie günstig für die anderen, dass diese beiden *zufällig* ermordet worden sind, was?"

"Der Geonogon."

"Eben. Und jetzt wird mir klar, wie *ich* ins Spiel komme. Auf Kanzler Lysanders Geheiß natürlich. Er wollte keineswegs, dass ich einen Mörder erwische, der Hataii aufschlitzt. Er wollte von mir den Beweis erbracht haben, dass der Geonogon wenigstens eine Tat entweder mit Unterstützung oder zumindest mit Duldung des Bischofs begangen hat. Hätte er dies publik machen können, wäre es mit Polikides aus gewesen. Ein schlauer Plan."

"Nun, Ihr galtet als der beste Milizoffizier Subgäas ..."

"Vielen Dank. Aber natürlich konnte er mich nicht in seine eigentliche Absicht einweihen."

"Nemeb. Er wusste genau, dass Ihr Euch nicht in ein politisches Ränkespiel verwickeln lassen würdet."

Trelain schüttelte den Kopf. "Also diente der Geonogon sogar beiden Parteien: Den anderen schaffte er zwei Gegner vom Hals und Euch besorgte er den Vorwand, mich einzuspannen. Anscheinend ein vielseitig verwendbarer Mensch ..."

"Ich verstehe Eure Verbitterung durchaus, Major ..."

"Spart Euch die Worte, Hohepriesterin. Der Kanzler hat mich nicht darüber aufgeklärt, um was es wirklich geht, und wer meine eigentlichen Feinde sind, und ließ mich damit bewusst ins Unglück laufen. Es war von ihm ein reines Glücksspiel: Schafft es der gute Major, etwas herauszubringen, bevor sie ihn umbringen, oder nicht? Viel zu verlieren hatte er nicht, außer mich."

Ophris schwieg einen Moment. "Ihr habt recht. Aber ..."

"Nichts aber. Es ist abscheulich - aber logisch. Bringt das mit Eurer *gemäßigten* menschenfreundlichen Einstellung in Einklang, wenn Ihr könnt. Wer gehört oder gehörte alles zu den Verschworenen?"

" Kanzler Lysander, ich, Oberst Hachton, Graf Bajan und etliche hohe Milizoffiziere. Wir hatten noch versucht, Ormilian Gorodon auf unsere Seite zu ziehen, aber der Prinz scheint wirklich vollkommen uninteressiert an politischer Macht."

"Und die Vertrauten?"

"Polikides, Quermilian, General Casnoff, Oberst Urquart. Ich weiß nicht ..."

"Ay. Yquemedos. Und der Skualman. Hm."

"Warum grinst Ihr so?"

"Weil mit Herzog Ivesnagaios ein neuer Faktor in Eurem Spielchen aufgetaucht ist, der Euch wahrscheinlich allen zusammen das Fell abzieht, wie man so schön sagt."

"Glaubt Ihr, dass er Subgäa angreifen wird?"

"Nemeb! Das glaube ich nicht - das weiß ich! Und ich vermute, dass er Erfolg haben wird. Tja, das wäre es dann mit Euren equesten Intrigenspielen!" Er lachte laut, so dass das Echo seines Gelächters sich an den dunklen Wänden brach. "Ich muss zugeben, dass ich diese Wendung nun wieder höchst originell finde!"

Die Hohepriesterin sah ihm mit zusammengekniffenen Lippen zu und schwieg. Trelain brach abrupt ab und beugte sich wieder vor. "Was wisst Ihr über diese Prophezeiung noch - und über meine *Macht*?"

"Das Buch hier: Ihr habt wahrscheinlich recht. Es ist ein wissenschaftliches Werk und enthält nichts über die Prophezeiung. Diese bezieht sich lediglich auf die Charaktere der Tiere."

"Und diese Prophezeiung?"

"Von dieser existierten nur noch Überreste - in Philestasis' Archiv."

Trelain zog die Augenbrauen zusammen. "Wollt Ihr damit sagen, dass diese nicht verfügbar ist? Ich kann mir nicht vorstellen, dass Polikides' Männer sie nicht mitgenommen haben, nachdem sie schon Philestasis verhaftet haben."

"Da habt Ihr leider wieder recht. Von Philestasis' Archiv ist kein Stück mehr vorhanden. Man muss leider davon ausgehen, dass es sich in Polikides' Besitz befindet - wenn es nicht sogar vernichtet ist."

"Equest! Warum grinst *Ihr* jetzt?""

"Weil das dem Bischof gar nichts nutzt! Von der alten Sage existierte nur eine einzige einigermaßen brauchbare Abschrift, eine Kurzfassung, die irgendwann in grauer Vorzeit irgendjemand einmal in unsere Sprache übersetzt hatte. Ein einziges Pergament. Und Philestasis hatte es als Lesezeichen benutzt. Bis er meinte, die Bedeutung zu erkennen."

Trelain konnte es fast nicht glauben. "Ein *Lesezeichen*? Ein Lesezeichen einer alten Übersetzung eines verrotteten Manuskripts einer Sage? Die angeblich eine Prophezeiung ist? Das ist ... *war* alles?"

"Die Prophezeiung traf bis jetzt Punkt für Punkt ein. Ihr seid der beste Beweis dafür, oder? Denn auch von Euch ist die Rede. Und von dem Geonogon. Die beiden Mächte."

"Was wisst Ihr darüber?"

"Nun, zumindest nach Eurem Auftritt hier vorhin, dass Ihr wohl eine davon seid. Die Macht des Wassers. Ihr könnt Euch wandeln, verformen, eine fließende Gestalt ..."

"Und die andere Macht?"

"Die Erde. Stein. Fels."

"Die Erde? Schön. Was bedeutet das?"

Die Hohepriesterin zuckte die Achseln. "Ich weiß es nicht. Welche Fähigkeit könnte das beinhalten? Härte? Unverwundbarkeit? Auch ich verstand nicht alles, was Philestasis davon erzählte. Wie Ihr wisst, redete er ziemlich wirr."

Trelain schwirrte der Kopf. "Trotzdem: Versucht Euch zu erinnern. Möglichst an den Wortlaut."

Ophris lachte leise: "Wortlaut? Sprecht Ihr die alte Sprache? Diesen Dialekt?" Sie wartete die Verneinung nicht ab, sondern fuhr in einem seltsam melodischen, fast singenden Ton fort: "Zwei Zauberer sind gestorben, in einer fremden Welt. Aber ihre Macht ist nicht mit ihnen gestorben, sondern ging über auf zwei Wesen über, die geeignet erschienen ... Die Macht des Steins und die Macht des Wassers. Sie lebt in ihnen fort. Zum Guten und zum Schlechten."

Sie räusperte sich und sah sich im Raum um, als ob sie aus einem Schlaf erwachte. "Ihr, Major, seid der Runic - die Macht des Wassers!"

"Und der andere ist Qarvis - die Ratte. Der Geonogon."

Die Hohepriesterin nickte, stand auf und ging zu einem kleinen Schrein. Sie zog eine Schublade auf und nahm etwas heraus. Trelain hielt fast den Atem an. Ein Pergament. "Das hier", erklärte die Frau ruhig, "ist eine Abschrift von Philestasis Lesezeichen, wenn Ihr so wollt. Er sprach so oft von diesen Dingen, dass es mir wichtig erschien, eine Kopie davon anzufertigen."

Sie legte das Blatt vor Trelain auf den Tisch. "Mehr kann ich im Augenblick nicht für Euch tun. Ihr werdet feststellen, dass es nur Satzfragmente sind. Das liegt daran, dass das Original auch nicht mehr komplett war. Der Großteil des Textes war von dunklen Flecken so gut wie ausgelöscht. Philestasis selbst verbrachte viel Zeit damit, in alten Dokumenten nach dem vollständigen Text zu suchen, aber, so viel ich weiß, vergebens."

Trelain nahm das Pergament vorsichtig in die Hand.

Die Sage vom Untergang des Erdreiches

-Sylvanoikid von Gilnvor - im einhundertundsiebten Jahre
des Eamon-

Zwei mächtige Zauberer in einer weit entfernten Welt waren gestorben, und ihre Fähigkeiten suchten sich zwei neue Träger, die davon zunächst nichts ahnten. Die Macht des Steins erfüllte Qarvis, einen wahnsinnigen Mörder. Die Macht

nahm das Unheil im Erdreich seinen Lauf und
          Eroberung und Untergang.
 In den düsteren Tagen des Jahres des Smajabdon bestand große Uneinigkeit im Reich des Manwar. Er selbst war ob seiner Söhne in Schwermut verfallen, sodass das Reich von der getreuen Vavjarai verwaltet wurde.
 Das erregte den Neid des Sem, der wohl meinte, für diese Aufgabe der Berufenere zu sein. Er setzte sich mit seinen Freunden Coljar, Illvir und Kjell zusammen und diese überlegten, wie man dem Ansehen

und versicherten sich der Mithilfe des Qarvis, der

         insgeheim hasste und Verbrecher Xyrai, dessen Verbindungen mit dem Smajabdon erscheinen ließen.

 Der Sem, der   des Lesistrap, ein Vertrauter der Vavjarai und Gegner der Bestrebungen der
      die Warnung des Illvir, dass die Verschwörer
         Eile not.
 Der Sem verfiel auf den schlauen Plan, mit

die furchtbaren Verbrechen des Mörders Qarvis zu ihren Gunsten ausz
erwecken, dass zum Opfer gefallen sei.
Vavjarei durchschaute den Runic, den einzigen, der imstande wäre, der Zauberkraft des Qarvis zu wid
seiner Hilfe.
Allerdings kam der Runic zu spät, um den Mord an Illvir

seines Mentors Augkui, der ebenso dem Manwar nahestand. Trotz der Warnungen der Ashmu, die der Imoset diente, ließ sich Runic
ohne von seinen eigenen Fähigkeiten zu ahnen. Seine
führte ihn mit dem Verräter Omraimon zusammen, der dem Xyrai

erster Versuch des Belquard, Runic zu ermorden, schlug fehl. Trotz
folgte der Spur des Xyrai.
Der Verrat des Omraimon ließ den Runic in die Hände des Smajabdon fallen. In der Gefangenschaft musste er um sein Leben kämpfen und
rück, nachdem er seine Fä
Eamon und

Die Rache des Runic

Kjell und Ia, die für

der beide Söhne

Armeen des Smajabdon

78.

For Reasons unknown - Lands End

Skwawk schloss die Tür und trat auf den Gang hinaus. Erwartungsgemäß war in dieser späten Nachtstunde niemand mehr unterwegs. Er schätzte die verstrichene Zeit ab: Trelain und Calaya waren vor knapp vier Ssegs gegangen. Das bedeutete natürlich gar nichts, aber er war sich ziemlich sicher, dass sie noch in dieser Dunkelphase zurückkehren würden. Irgendwie hatte er das im Gefühl.
 Er grinste bei dem Gedanken an die Überraschung, die auf sie wartete. Eigentlich schade um die Frau. Sie hatte etwas an sich, das selbst bei ihm eine lange vergessene Saite zum Schwingen brachte ... Und sie hatte *ihn* gemocht. Er lächelte nochmals, als ihm auffiel, dass er bereits in der Vergangenheitsform von ihr dachte. Schade, wie gesagt - aber erstens ließ er sich nie von Gefühlen beirren, und zweitens war die Vorstellung, einen equest schwierigen Auftrag erfolgreich zu Ende gebracht zu haben, weitaus befriedigender als jede geschlechtliche Beziehung.
 In solchen Momenten bedauerte er die armen Humums, die dachten, ein Geschlechtsakt stelle das Höchstmaß an menschlichem Lustempfinden dar.

Trelain registrierte das leise Zischen der Ascatortür nur am Rande und nahm auch nur beiläufig zur Kenntnis, dass Calaya sich bei ihm einhängte. Früher hatte er das nicht besonders gemocht, jetzt ließ er sie schweigend gewähren. Nur kurz huschte der Gedanke an seinem inneren Auge vorbei, dass das für einen zufälligen Beobachter wohl ziemlich befremdend - wenn nicht lächerlich - aussehen musste: Eine ausgesucht schöne Frau, unzweifelhaft der besseren Gesell-

schaft angehörend, ließ sich von einem alten gebeugten Faktotum Arm in Arm nach Hause begleiten.
Er dachte nach.

Qarvis - ein wahnsinniger Mörder. Der Geonogon, ohne Zweifel. Hier schien sich tatsächlich eine alte Prophezeiung zu erfüllen. Das Reich des Manwar. Manwar - der Löwe. Also König Gorodon Szhan. Und das Jahr des Smajabdon. Er dachte an das Wappen über der Ehrentribüne der Arena in Elengrad. Auch kein Zweifel: Bei Herzog Ivesnagaios handelte es sich um Smajabdon - den Drachen.

... sodass das Reich von der getreuen Vavjarai verwaltet wurde. Vavjard - die Spinne, dieses Wort war bekannt. Kanzler Lysander, der Führer der Verschworenen. Langsam kam wirklich Licht in die Sache. Nur, war es nicht unglaublich, dass eine uralte Prophezeiung tatsächlich Punkt für Punkt in Erfüllung ging?

Allerdings: War seine eigene Fähigkeit, die Gestalt zu wechseln, nicht ebenfalls unglaublich? Und trotzdem nicht zu leugnen.

Trelain seufzte resigniert. Er fühlte sich hilflos wie nie zuvor. *Die Mächte, die dieses 'Spiel' kontrollierten, sie agierten mindestens eine Stufe höher, als er gedacht hatte. Selbst König Gorodon und Kanzler Lysander waren nur Figuren - genau wie er.*

Und der Ausgang schien festzustehen. Subgäa würde von den Truppen Ivesnagaios erobert werden. Der Text am Schluss des Pergaments war zwar kaum noch zu lesen und schien zudem von irgend jemandem auch noch gekürzt worden zu sein, aber ...

Trelain zog das Pergament aus seiner Tasche, was ihm einen erstaunten Blick Calayas einbrachte.
Einmal hieß es da ... *Eroberung und Untergang* ... und ganz unten ... *Armeen des Smajabdon*. Die Worte am Schluss

konnten natürlich alles Mögliche bedeuten, aber nachdem der ganze Text *"Die Sage vom Untergang des Erdreichs"* übertitelt war, bestimmt nichts Gutes.
Und nachdem also anscheinend der Ausgang des Spiels feststand - was tat er hier eigentlich? Und zu welchem Zweck? Übersah er etwas?

Es widerstrebte Skwawk, einfach zu verschwinden, ohne sich zu vergewissern, ob alles nach Plan lief. Natürlich konnte er jetzt ohnehin nichts mehr ändern, aber ...
Aber. Er wollte Gewissheit. Und, falls Trelain wider Erwarten überlebte, dann ... Dann könnte er ihm den Rest geben? Wie weit gingen die regenerativen Fähigkeiten eines solchen Gestaltwandlers? Konnte er einen abgeschlagenen Kopf ersetzen?
Zum ersten Mal in seinem Leben empfand Skwawk ein leichtes Schaudern vor einem Gegner. Und - dieses Gefühl faszinierte ihn. Er nippte von diesem Gefühl wie von einem berauschenden Getränk oder einer Droge und genoss das Prickeln.
Er sah sich im Gang um. Einfach in einem Seitengang warten kam nicht infrage. Das war hier eine Wohngegend der Reichen, also musste man vermehrt mit Milizpatrouillen rechnen, und die würden ihn zumindest fragen, was er hier zu schaffen hatte. Und sich am nächsten Tag sicher an ihn erinnern.

Trelain und Calaya bogen in den Gang ein, der zu ihrer Wohnung führte, während der Major weiter nachdachte.
Der Sem, der meinte, der Berufenere zu sein. Bischof Polikides - der Tiger. Trelain schmunzelte bei dem Gedanken. *Die Allegorie bezog sich wohl nur auf die Rolle der jeweiligen Person im Spiel. Coljar, Illvir und Kjell - der Wolf, der Bär und der Hund. Casnoff, Hachton und Urquart. Die Freunde*

des Sem. Nun, in Hachton hatte er sich getäuscht. Eine bedauerliche Panne im Plan der Vertrauten.

Trelain blieb abrupt stehen ... *die Warnung des Illvir.* Und etwas weiter unten ... *den Mord an Illvir ...*

Er schüttelte den Kopf. *Das war es! Die Vertrauten konnten diesen Text niemals in den Händen gehabt haben, sonst hätten sie von Anfang an gewusst, dass Oberst Hachton ein Verräter war. Wer kannte dieses Schriftstück beziehungsweise eine Kopie davon?*

Er selbst und Calaya, jetzt. Ophris. Philestasis natürlich. Lysander vermutlich, nein, sicher. Und? Polikides und seine Freunde nicht. Und?

Ivesnagaios. Ziemlich sicher. Sonst hätte er nichts von der 'Zauberkraft' gewusst. Und?

Der König.

Ein weiterer unbekannter Faktor.

Plötzliches Stimmengewirr weiter hinten im Gang ließ Skwawk aufhorchen. Dort an der Kreuzung hatte sich eine Tür geöffnet und mehrere Personen redeten teilweise lautstark durcheinander.

Er schlenderte langsam in die Richtung. Anscheinend hatte er Glück. Das war genau das, was er brauchte. Ein Straßenlokal. Offenbar hatte man dort bis weit in die Dunkelphase hinein gefeiert. Innen, bei geschlossenen Türen. Und jetzt schickte der Wirt sich an, die letzten Gäste hinauszuwerfen.

Der Krach wurde lauter, als er näher kam. Genau, was er vermutet hatte. Er zählte an die zwanzig Gäste, die sich mehr oder weniger widerwillig im Freien versammelten. Fünf oder sechs von ihnen diskutierten hitzig mit einem dicken Mann in einer braunen Schürze herum, der ärgerlich mit den Armen in der Luft herumfuchtelte. Eine weitere Tür wurde von innen aufgestoßen und drei ziemlich betrunkene Männer schleppten einen Tisch heraus und stellten ihn krachend ab.

Ihnen folgten einige Frauen mit großen Krügen in den Armen, die laut kicherten.

Selbst aus dieser Entfernung konnte Skwawk Wortfetzen verstehen.

" ... ist doch auch schon egal! ..."

" ... ich habe es euch gesagt ..."

" ... Austrinken wird doch wohl noch erlaubt sein! ..."

" ... dann eben hier! ..."

Beinahe hätte Skwawk laut gelacht, zum ersten Mal seit langer Zeit. Die Situation war zu komisch - und für ihn schlichtweg ideal.

Während der Disput der wackeren Zecher mit dem Wirt sich in die Länge zog und zwei Männer ungeniert einen weiteren Tisch ins Freie trugen, mischte sich Skwawk unauffällig unter die Leute. Eine Frau sah ihn mit glasigen Augen einen Moment lang erstaunt an und wollte wohl etwas sagen, aber dann überlegte sie es sich anders und hängte sich leicht schwankend bei einem anderen ein.

Skwawk griff sich ein momentan herrenloses Glas, schenkte sich aus einem herumstehenden Krug einen Schluck bläulichen Geoph ein und bemühte sich, leicht dümmlich herumzugrinsen. Der entnervte Wirt machte einen letzten Versuch, die Leute zum Heimgehen zu bewegen: "Ich werde die Miliz holen, wenn ihr nicht ..."

Er kam gar nicht zum Ausreden, denn ein dünner Mann mit schief sitzender Allongperücke fiel ihm hämisch ins Wort: "Dann kannst du denen erst mal erklären, warum du ... du überhaupt um diese Zeit noch ... noch Gäste hast, oder?" Und ein anderer mischte sich ein: "Außerdem ist mein Cousin Leutnant bei der Miliz, und ..."

Der Rest der Rede ging im allgemeinen Gelächter unter.

Skwawk grinste befriedigt. Glück musste man eben haben. Er setzte sich auf einen Stuhl, wo er den Gang im Auge behalten konnte. Hundert Meter weiter vorne konnte er die Tür zu Calayas Wohnung im Licht der Yllumi-Kugeln sehen.

79.

Have a Drink on me - AC/DC

"Er kommt nicht!"
"Was?"
"Er kommt nicht! Dort ... dort ist plötzlich eine Tür aufgegangen und ... Das scheint eine Kneipe zu sein ..." Hilgar hatte sich herumgedreht und breitete in einer Geste der Ratlosigkeit die Arme aus. Xyraisio fluchte und sah selbst um die Ecke.

"Equest! Was soll das?" Er zog den Kopf zurück, rückte die Kapuze zurecht, die verrutscht war, und überlegte.

Es stimmte, was Hilgar gesagt hatte. Ganz offenbar eine Kneipe. Er kaute nervös auf seiner Unterlippe. Es war zum Verrücktwerden! In dieser ganzen Geschichte passierte ständig etwas Unerwartetes. Dort hatte anscheinend eine ganze Gesellschaft von Saufbrüdern die halbe Dunkelphase durchgefeiert und jetzt immer noch keine Lust, nach Hause zu gehen. Und Skwawk hatte sich ihnen angeschlossen. Warum zum Henker das?

Der Skualman kratzte sich an der Backe und passte seinen Plan im Geiste der veränderten Situation an, während seine drei Männer ihn teils ratlos, teils erwartungsvoll ansahen: Hilgar, der kleine drahtige Informant, der schon seit vier Tagen das Viertel hier bei der Wohnung der Frau beobachtete, und der den Attentäter erspäht hatte; Liam, ein untersetzter, kräftiger Schläger mit blonden Haaren und wulstigen Lippen; und schließlich Baryll, ein grosser dunkler Kämpfer mit stechendem Blick, der Xyraisio treu ergeben war und von dem es hieß, dass er schon mehr als zwanzig Menschen 'verschwinden' habe lassen.

Das waren seine besten Männer, die der Skualman aufgeboten hatte, um Skwawk zu erledigen. Eigentlich genug, um jeden noch so guten Kämpfer zu töten. Liam und Baryll waren Meister mit jeder bekannten Waffe, und sowohl im offenen Kampf als auch aus dem Hinterhalt ungeschlagen. Trotzdem: Skwawks Reputation war - obwohl man eigentlich gar nichts Genaues über ihn wusste - derart, dass man nicht vorsichtig genug sein konnte.

Die beiden Krieger warfen sich einen kurzen Blick zu, schwiegen aber. Nicht so Hilgar. Der Späher zupfte Xyraisio am Ärmel, was ihm einen unwirschen Blick einbrachte, sodass er die Hand sofort zurückzog. "Was jetzt? Damit konnten wir doch nicht rechnen."

"Natürlich nicht!", raunte der Skualman ärgerlich zurück. "Ich hatte gehofft, dass wir Skwawk hier erledigen können, wenn er die Wohnung verlässt. Gegen dr... " Er zögerte einen Moment und rechnete sich dann selbst dazu: ... vier Männer hätte er keine Chance gehabt. Lass mich nachdenken! Noch ist nichts verloren!"

... Verbrecher Xyrai, dessen Verbindungen mit dem Smajabdon ... hieß es da. Trelain schüttelte nochmals den Kopf. *Natürlich. Xyrai - der Skorpion. Xyraisio. Raffiniert. Dieser Mann, dessen Gespräch mit Calumal er damals belauscht hatte, war der Skualman. Und spielte die Rolle seines eigenen Stellvertreters. Wirklich raffiniert. Jeder zu ehrgeizige Unterführer der Organisation des Skualmans musste annehmen, dass es noch einen höheren Drahtzieher gab, der es unerbittlich vergelten würde, falls Xyraisio, der Nummer zwei, etwas 'zustieß'. So kontrollierte man seine Leute direkt, ohne große Gefahr zu laufen, Ziel eines Mordanschlags zu werden.*

Trelain hatte das Bild des Pergaments inzwischen vollständig in seinem Gedächtnis gespeichert und ließ es noch einmal vor seinem inneren Auge erscheinen.

Ashmu - die Eidechse. Das konnte nur Calaya sein. Also war auch sie eine Spielfigur. Natürlich: Ihr hatte er es zu verdanken, dass er durch Ophris der Aufschlüsselung des Spiels ein Stück nähergekommen war. Aber, und da durfte er sich keine Illusionen machen: Selbst die Tatsache, dass er einige der Rätsel gelöst hatte, war Teil des Spiels. Der Runic war zwar eine wichtige, wenn nicht die wichtigste Figur, aber eben nur ein Spielstein.

Fast jeder der Spielfiguren konnte er jetzt jemanden zuordnen. Zum Beispiel Omraimon - der Geier. Der Verräter. Clancey, natürlich. Halt, nicht alle! Eamon - der Adler und Belquart - der Sperber. Der Sperber hatte versucht, ihn zu ermorden. Die Falle in seiner Wohnung. Eine weitere Unbekannte in der Rechnung. Und der Adler? Aus dem Text ging außer dem Namen überhaupt nichts hervor. Noch ein Rätsel.

Und schließlich: Die Macht des Steins erfüllte Qarvis, einen wahnsinnigen Mörder. Der Geonogon. Qarvis - die Ratte. Welche Personen blieben noch übrig? Es waren nicht viele.

Trelain fröstelte leicht, als er versuchte, sich von dem Mörder ein Bild zu machen. Es wurde nicht deutlich, sondern blieb seltsam diffus, verschwommen. Und er wurde das unangenehme Gefühl nicht los, irgend etwas übersehen zu haben.

Die Tür zu Calayas Wohnung kam in Sicht, und gleichzeitig war entferntes Stimmengewirr zu vernehmen, ein Geräusch, das er zu dieser Zeit hier nicht erwartet hatte.

Xyraisio tastete nach dem Dolch unter seinem Umhang, aber der Griff der Waffe strahlte keinerlei Sicherheit oder Beruhigung aus. Die anderen sahen ihn an. Er musste eine Entscheidung treffen. Die Sache abbrechen? Oder?

Was hatte Skwawk dazu bewegt, sich dort unter diese betrunkene Gesellschaft zu mischen? Doch wohl kaum der Geschmack auf ein paar Gläser Geoph. Oder doch? Wollte er einen Erfolg feiern? Hatte er es womöglich geschafft, Trelain aus dem Weg zu räumen?

Das würde natürlich einiges ändern. *Nemeb!* verbesserte sich der Skualman im Geiste. Das würde nichts daran ändern, dass Skwawk eine Gefahr darstellte. Er musste verschwinden. Ansonsten ... Bischof Polikides hatte sich eindeutig ausgedrückt. Und er würde kein Versagen akzeptieren. Wenn er es nicht schaffte, Skwawk für immer zum Schweigen zu bringen, dann würde *er* für immer zum Schweigen gebracht werden. Xyraisio gab sich da keinen Illusionen hin. Er war zwar immer ein wertvolles Werkzeug für Polikides gewesen, und er war dabei selbst nicht schlecht gefahren, aber der Bischof würde ihn ohne sentimentale Rücksichten erbarmungslos aus dem Weg räumen, wenn er jetzt versagte.

Also: Skwawk oder er. Und es musste *jetzt* geschehen.

Xyraisio räusperte sich umständlich und bemühte sich um eine möglichst feste Stimme. "Wir werden die Sache jetzt erledigen. Also spielen wir die Betrunkenen und mischen uns ebenfalls dort unter die Leute. Ein schneller Dolchstich ..."

Baryll sah ihn halb skeptisch an und Xyraisio beeilte sich, zu erklären: "In den nächsten Ssegs wird hier keine Milizpatrouille auftauchen. Dafür hat Casnoff gesorgt. Also kein großes Risiko!"

"Außer Skwawk!", murmelte Hilgar.

Der Sperber, der von diesem Namen natürlich nichts wusste, nippte von seinem Getränk, als ihm einer der Männer, der vorhin noch mit dem Wirt gestritten hatte, zuprostete. Der Geoph schmeckte nicht einmal schlecht, aber er konnte dem Zeug einfach nicht viel abgewinnen.

Er nickte einer der prächtigen Kleidung nach gesellschaftlich ziemlich hoch stehenden Dame, die momentan allerdings ziemlich derangiert wirkte, freundlich zu und drehte sich sofort ostentativ zur Seite, um nicht in ein Gespräch verwickelt zu werden. Nach dergleichen war ihm jetzt wahrlich nicht zumute.

Der arme Wirt schien inzwischen seine fruchtlosen Versuche, die Gesellschaft doch noch loszuwerden, aufgegeben zu haben und machte das Beste aus der hoffnungslosen Lage: Er schenkte sich selbst ein Glas ein, setzte ein resigniertes, aber verbindliches Lächeln auf, lehnte sich seufzend an die Mauer und nahm einen kräftigen Schluck.

Gut so. Es schien, als könne er hier getrost noch die nächste Zeit herumstehen. Und wenn eine Patrouille auftauchte? Nun, dem konnte man getrost entgegensehen. So ein gewöhnlicher Milizunteroffizier würde es kaum wagen, einen, wenn auch betrunkenen, Haufen von Leuten der besseren Gesellschaft zu arretieren. Damit würde er sich mehr Ärger als Lob einfangen.

Gut. Skwawk fingerte in seiner Tasche nach einem Stäbchen, als er am Arm festgehalten wurde.

Die Frau, der er gerade den Rücken zugedreht hatte, ließ sich nicht so leicht abschütteln.

"He, junger Mann, ich ... ich habe mit Euch gesprochen! Ihr könntet wenigstens ..."

Der Rest des Satzes blieb offen, denn sie kam auf ihren hochhackigen Schuhen ins Stolpern und musste sich mit beiden Händen an seiner Schulter festhalten. Allerdings sah sie nur einen Moment lang erschrocken drein, dann lächelte sie ihn spitzbübisch an. "Hoppla! Verzeiht!"

Obwohl sie wieder fest auf den Füssen stand, hielt sie sich weiter an ihm fest.

Skwawk war zu beherrscht, um zu fluchen. Das hatte gerade noch gefehlt! Die Frau sah nicht einmal schlecht aus, aber diese plumpe Art hätte ihn selbst unter normalen Umständen abgestoßen. Er bemühte sich, nicht vollkommen abweisend zu wirken. Immerhin musste er den Eindruck erwecken, als gehöre er zu diesen Leuten.

"Keine Ursache, Mylady! Ich ..."

Sie kicherte schrill. "Mylady!? Habt ihr das gehört, ihr Flegel? Hier ist endlich jemand, der weiß, wie man sich einer Dame gegenüber benimmt!"

Der letzte Satz war ziemlich laut gewesen, und Skwawk fühlte sich plötzlich wie jemand, der bei einem Staatsbankett heftige Zahnschmerzen bekam. Zwei der umstehenden Männer drehten sich zu ihm herum und musterten ihn so, als ob sie ihn zum ersten Mal wahrnehmen würden - was wohl auch stimmte.

"Es ist schon gut!", lächelte er der Frau zu und legte seine Hand auf ihre. Sie ließ ihn gewähren und schenkte ihm einen herzerwärmenden Blick.

"Ihr seid wirklich sehr freundlich, Herr ..."

"Marcos."

"Herr Marcos." Sie trat einen Schritt zurück, behielt seine Hand aber in der ihren. "Es kommt selten vor ... aber ... ich meine ... Ihr gehört doch eigentlich nicht zu ... zu ..."

Ein älterer Mann in rotblauer Staffage mit verzierten Trippelschuhen hatte sich zu ihnen gesellt und lauschte interessiert. Skwawk fluchte innerlich, behielt aber die Contenance.

"Nemeb, Mylady. Ich ..."

Der rotblaue Kerl starrte ihn jetzt derartig impertinent an, dass Skwawk die Gelegenheit nutzte, von dem Thema abzulenken: "Kann ich Euch helfen?"

Der Mann kniff die Augenbrauen derart zusammen, als musste er sich bemühen, seine Gedanken in Worte zu fassen. "Ich ... ich habe Euch heute noch nicht gesehen, mein Herr! Und ich ..." Er nahm einen Schluck aus seinem Glas und kleckerte dabei auf sein Rüschenhemd.

Die Frau schob ihn zur Seite, wobei er beinahe sein Glas fallen ließ und lachte. "Das ist doch egal, Herr ... Marcos. Wir wollen uns unterhalten!"

Skwawk nickte beflissen und ließ es sich gerne gefallen, dass er am Arm genommen und einige Schritte weitergeführt wurde.

"Was ist mit dir?", fragte Calaya, als sie schließlich vor ihrer Tür standen. "Du hast in der letzten halben Sseg so gut wie nichts geredet."
Trelain sah auf. "Es soll vorkommen, dass man nachdenken muss!"
"Oh! Diese Einsicht höre ich mit Freuden! Welch erstaunliche Wandlung!"
"So? Früher hatte dich das nicht gestört, wenn ich sseglang nichts gesagt habe!"
"Das lag wohl daran, dass du früher sseglang gar nichts sagen konntest! Du warst zu betrunken, um überhaupt irgend etwas herauszubringen!"
Er seufzte. Das war sicher nicht der richtige Moment, um die alten Sachen aufzuwärmen. Aber so war es immer gewesen. Immer im falschen Moment. "Wenn ich betrunken war, dann ... Na egal! Was willst du?"
Sie sah ihn böse an, und er wusste, dass er es wieder vermasselt hatte. "Entschuldige bitte! Ich wollte ..."
"Ay. Schon gut. Du wolltest!"
Ein lautes Lachen ertönte von weiter hinten aus dem Gang, und Trelain wandte seinen Kopf dorthin. Offenbar ein Lokal, in dem jetzt noch etwas los war. Seltsam.

Die Frau plapperte munter auf ihn ein, aber Skwawk hörte nur mit halbem Ohr zu. Der blaurote Mann von vorhin hatte sich ein neues Glas voll eingeschenkt und steuerte wieder auf sie zu. Equest! Wenn der Kerl einen Streit anfangen wollte, weil Skwawk offensichtlich nicht zu dieser Gesellschaft gehörte ... Er konnte jetzt alles gebrauchen, nur kein Aufsehen.

Andererseits: Was war auch schon dabei, wenn sich ein später Heimkehrer noch bei einem letzten Umtrunk anschloss?

Dort kamen ebenfalls noch vier Leute, die wohl vom Lärm angelockt worden waren. Skwawk lächelte. In diesen Nobelwohnvierteln schien sich doch einiges mehr an Nachtleben abzuspielen, als er gedacht hatte. Na, um so besser.

Er nippte noch einmal von seinem Glas und warf in den Redeschwall der betrunkenen Lady ein freundlich interessiertes "Ach wirklich?" ein, obwohl er gar nicht mitbekommen hatte, über was sie gerade schwadronierte. Aber schließlich wusste er, was sich gehörte.

"Ay!", bestätigte sie eifrig. "Ihr werdet es nicht glauben, aber ..." Das Wortgeplätscher lief neben seinem Interesse vorbei wie der Straßenlärm an einem Markttag. Man registriert es und ordnet es im Geiste als unumgänglich und eigentlich kaum störend ein.

Die vier Männer - oder drei Männer und eine Frau, denn eine Person trug eine weite Kapuze, die die Gesichtszüge verhüllte - waren inzwischen herangekommen und mischten sich zwanglos unter die Gesellschaft. Hm. Wenn das eine Frau war, dann wohl ausgesprochen hässlich, dass sie ihr Gesicht nicht zeigte. Aber so etwas sollte es ja geben. Zwei der Männer ließen sich wie er auch nicht lange bitten, sondern griffen sich Gläser und schenkten sich ein.

Skwawk zog die Augenbrauen zusammen. Warum meldete sich just jetzt der Teil seines Instinkts, der für Misstrauen und Vorsicht zuständig war?

Calaya nestelte in ihrer Tasche herum und förderte schließlich den Schlüssel zutage. Es knirschte leicht im Schloss, als sie aufsperrte. Trelain trat ein, und während sie umständlich absperrte, überlegte er sich seine nächsten Worte.

Auch Trelain verfügte über einen ausgeprägten Instinkt für Gefahr - und der meldete sich jetzt. Warum?

Ein fremder Geruch.
Calaya drehte sich herum und wollte etwas sagen, aber sie verstummte, als sie seinen Gesichtsausdruck sah. Er hob eine Hand. Hier roch etwas ... faulig.
Trelain konzentrierte sich derart auf seinen Geruchssinn, dass unwillkürlich die Rückverwandlung in seine ursprüngliche Gestalt begann. Es knirschte vernehmlich, als sich sein Brustkorb ausdehnte.

Die beiden Männer, die sich Gläser geholt hatten, schlenderten langsam weiter in Richtung der Kneipentür, während der oder die mit der Kapuze dort im Gang stehenblieb. Der vierte, ein ziemlich großer Kerl mit dunklen Haaren, ging in die andere Richtung.
Skwawks Misstrauen wuchs. Im Geiste rechnete er sich aus, wo sie sich in wenigen Zentssegs befinden würden. Das wäre ein annähernd gleichseitiges Dreieck.
Mit ihm in der Mitte.
"Meint Ihr nicht auch, Herr Marcos?", fragte die Frau neben ihm. Er sah zu ihr hinunter. Sie verstummte abrupt, als sie ein Blitzen aus seinen Augen sah. Jetzt fiel ihr erst auf, dass Skwawks Augen fast vollkommen undurchsichtig waren und trotzdem von innen heraus zu reflektieren schienen. Das bemerkten meisten Menschen erst, wenn sie ihm direkt ins Gesicht sahen - was selten jemand tat. Sie war so irritiert, dass sie vollkommen vergaß, was sie eigentlich hatte sagen wollen.
"Was? Entschuldigt bitte, ich hatte Euch nicht richtig verstanden!", nahm er das Gespräch sofort wieder auf. Es wäre zu sehr aufgefallen, wenn ihn diese dumme Hataii plötzlich wie einen Daemon anstarrte.
Er tastete unter seine weite Jacke und fühlte den Griff des Kurzschwerts. Auch der Dolch in seinem rechten Stiefelschaft war an seinem Platz. Der Angriff würde nicht mehr

lange auf sich warten lassen. Und jetzt war ihm auch klar, wer der Mann mit der Kapuze war.

80.

A short Essay - Echolyn

Skwawk sah unauffällig zur Seite, dann zur anderen. Die beiden Männer bei der Tür und der große Schwarzhaarige drängelten sich, möglichst ohne den Eindruck von Hast zu erwecken, aber zielstrebig auf ihn zu. Bald würden sie ihn erreicht haben. Xyraisio war dort stehengeblieben. Natürlich. Der große Skualman hatte nicht die Absicht, selbst etwas abzubekommen. Immerhin: Die Sache schien wichtig genug, dass er bei diesem Unternehmen dabei war. Skwawk grinste böse. Wie schmeichelhaft.

Trelain sah Calaya an. Hier im Vorraum war nichts Außergewöhnliches festzustellen. An was erinnerte ihn nur der Geruch? Er tastete nach dem Dolch in seinem Gürtel, bedeutete Calaya, dort stehenzubleiben, wo sie war, und öffnete die Tür zum Wohnraum. Der Geruch war plötzlich viel stärker.

Der Blonde und der Kleine umgingen eine kleine Gruppe von Zechern, die lautstark diskutierten. Der Kleine langte unter seinen Umhang und rempelte dabei beinahe eine Frau an. Er nickte entschuldigend und setzte seinen Weg fort.

Wo hatte er diesen Geruch schon einmal wahrgenommen? Vor Trelains innerem Auge huschten Impressionen aus den Außenbezirken vorbei.

Der Schwarze schob einen Mann, der ihm im Weg stand, einfach zur Seite und ignorierte dessen Protest.

Die Außenbezirke. Natürlich roch es dort ziemlich modrig, aber das hier war wesentlich intensiver.

Armbrüste konnten die Kerle wohl kaum dabei haben, also ...

Ein Geonogon? Wie ...?

Jetzt!

81.

Piece by Piece - Slayer

Der Geonogon ist ein bis zu zwölf Meter langes schlangenähnliches Tier von gelblich-weißer bis hellbrauner Färbung. Er kann einen Durchmesser von bis zu einem Meter erreichen. Sein Kopf besteht vor allem aus einem riesigen dreieckigen Maul mit scharfen Hornkiefern, die von einem Kranz aus dünnen Tentakeln eingerahmt sind. Etwas Augenähnliches ist nicht zu entdecken, und die 'Experten' Subgäas schätzen, dass er sich mithilfe des Gehörs, des Geruchs und eines besonderen Sinnes, der Erdschwingungen wahrnimmt, orientiert.

Das Exemplar, das in Calayas Wohnraum vergeblich ein Weibchen gesucht hatte, war ein besonders großes - und es war wütend. Wütend über die Vergeblichkeit seiner Suche und über die plötzliche Störung.

Der Wurm stieß ein tieffrequentes Brüllen aus, das den Fels erzittern ließ und ein Schränkchen mit Gläsern und Karaffen von der Wand stürzen ließ. Dann zuckte sein Kopf vor.

Trelain sah die drei Kiefer vor sich aufklappen und spürte den stinkenden Atem des Tiers wie eine Sturmbö aus der Unterwelt. Calaya hinter ihm schrie gellend auf.

Skwawk brauchte sich nicht umzudrehen, um zu wissen, dass der Kleine jetzt nahe genug heran war. Er stieß die Frau zur Seite, um Bewegungsfreiheit zu haben, und wie durch Zauberei hatte er plötzlich das Kurzschwert in der Hand. Für einen Moment schien die Zeit stillzustehen.

Hilgar hatte gegen die Schnelligkeit des Attentäters keine Chance. Bevor er noch begriff, dass er jetzt nicht mehr der Angreifer, sondern das Opfer war, blitzte Skwawks Klinge im gelben Licht einmal kurz auf. Er war zu überrascht, um überhaupt eine abwehrende Bewegung zu machen. Die scharfe Schneide zertrennte Haut, Muskeln und Adern, schrammte über einen Knochen der Halswirbelsäule und beschrieb einen Halbkreis aus spritzenden Blutstropfen. Sofort wirbelte Skwawk herum. Nicht nötig, sich weiter um den Kleinen zu kümmern. Sein Orientierungssinn wusste genau, wo der Blonde jetzt stand. Er wäre der nächste.

Hilgar, der Spitzel, knickte in die Knie. Seine Augen verschleierten sich, während er noch fahrig versuchte, das aus der klaffenden Halswunde in hohem Bogen herausschießende Blut mit den Händen zurückzuhalten.

Die Frau kreischte laut - und alle Augen richteten sich auf die unglaubliche Szene.

Seine schnellen Reflexe bewahrten Trelain davor, von den zuschnappenden Kiefern in Stücke gerissen zu werden. Er sprang zurück, und der riesige Kopf des Wurms verfehlte ihn knapp. Das Tier brüllte jetzt noch wütender und warf den Kopf herum, um die Beute wenigstens an die Wand zu quetschen. Trelain kannte die bei dieser Größe fast unglaubliche Schnelligkeit eines Geonogons und war sofort weiter zur Seite ausgewichen, aber er konnte nicht verhindern, dass die schuppige Haut über seinen rechten Oberarm schrammte und die Haut aufriss. Der Aufprall stieß ihn zurück, und er stolperte über irgendetwas am Boden.

"Raus!", schrie er Calaya zu, die immer noch wie gelähmt im Durchgang stand. "Bring dich in Sicherheit!"

Er konnte nicht sehen, ob sie seinem Befehl folgte, denn der Erdwurm nahm seine volle Aufmerksamkeit in Anspruch.

Xyraisio traute seinen Augen kaum. Equest! Er hatte selten eine so schnelle Aktion gesehen. Skwawk musste über einen sechsten Sinn verfügen. Aber Hilgar war der am wenigsten gefährliche Mann gewesen. Und gegen Liam und Baryll

dürfte niemand eine Chance haben. Die beiden wussten jetzt, dass der Attentäter gewarnt war, und nun würden sie handeln. Trotzdem spielte der Skualman mit dem Gedanken, vielleicht lieber zu verschwinden. Nemeb! Oder ...?
 Baryll war nur einen Moment lang von der veränderten Situation überrascht. Dieser dämliche Hilgar hatte sich zu schnell vorgewagt und dabei wahrscheinlich seinen Dolch sehen lassen. Vorbei war die Chance auf 'einen schnellen Stich und die Sache ist erledigt'! Na schön! Er zollte der Arbeit eines anderen 'Experten' schon den nötigen Respekt - und dieser Skwawk war bewundernswert flink! - aber das hielt ihn keinen Moment lang von seiner Aufgabe ab. Und Liam war auf der anderen Seite.
 Jetzt gab es auch keinen Anlass mehr, heimlich vorzugehen. Baryll zog sein Kurzschwert und schnellte vorwärts.

Nur mit dem Dolch konnte er nichts ausrichten, das wusste Trelain. Der Kopf des Geonogons schwang in halber Höhe des Zimmers hin und her, während er ärgerlich zischte. Das Tier orientierte sich neu, also hatte er einen Moment Zeit. Er fluchte, als ihm einfiel, dass sein Degen im Schlafraum lag. Und selbst mit dieser Waffe wäre es mehr als zweifelhaft, ob er dem Wurm eine ernsthafte Verletzung zufügen konnte. Eine Hellebarde hätte er jetzt gebrauchen können! Equest auch, dass Calaya ihren beiden Dienern heute freigegeben hatte!
 Von seinem Oberarm und der Hüfte floss das Blut, und während er den Kopf des Wurms beobachtete, konzentrierte er einen Teil seines Bewusstseins darauf, die Wunde zu schließen.

Skwawk sah den schwarzhaarigen Mann auf sich zukommen und rechnete sich nach einem kurzen Blick zur Seite blitzschnell aus, dass ihn beide Angreifer höchstwahrscheinlich gleichzeitig erreichen würden, was seine Chancen erheblich schmälerte. Das waren natürlich Experten. Also musste er den Zeitplan stören.

Skrupel waren Skwawk fremd - und wenn es um sein Leben ging, dann erst recht. Er packte die Frau, die immer noch entsetzt auf die blutige Leiche Hilgars starrte, am Arm und stieß sie in Barylls Richtung. Sie schrie gellend auf und riss im Stolpern die Arme hoch, um sich an irgend etwas festzuhalten.

Baryll war schnell genug, um zu verhindern, dass er von der Frau gepackt und umgerissen wurde, aber das Ausweichen kostete ihn ein oder zwei Ssigs.

Und die nutzte Skwawk.

Liam, der inzwischen dicht genug herangekommen war, war in seinem 'Beruf' erfahren genug, um zu wissen, dass es jetzt auf Ssigs ankam, die er gewinnen musste. Er hatte den Attentäter in Aktion gesehen und ihm war klar, dass dieser Mann keine leichte Beute sein würde - jetzt nicht mehr.

Also nur nicht zu forsch angreifen, sondern auf Sicherheit spielen und hinhalten, bis Baryll heran war. Nach beiden Seiten zu parieren, das würde kein Mensch lange durchhalten.

Er täuschte mit seinem kurzen Schwert einen Hieb auf Kopfhöhe an, fälschte diesen ab und stach gerade nach Skwawks Brust. Eine normale Finte ohne besondere Finesse, die der andere sicher durchschaute, aber sie würde ihm zumindest eine Parade abverlangen. Und bevor die Riposte erfolgte, müsste Baryll schräg hinter ihm sein.

Liam war trotz der geänderten Situation zuversichtlich. Er war kein schlechter Fechter, und zwei oder drei Attacken würde er abwehren können.

Der riesige Kopf des Geonogons stieß ein weiteres Mal zischend vor, aber Trelain hatte seine Position schon wieder gewechselt. Er stieg auf einen Tisch und setzte von da in weitem Sprung über den Mittelkörper des Wurms hinweg, wich dem heftig schlagenden Schwanz aus und erreichte sein Ziel: einen schmalen Alkoven auf der anderen Seite des Raums, in dem die Statue irgendeines Heiligen stand. Er warf das Ding zur Seite und schaffte es, sich in die Mauernische zu drücken, die gerade breit genug für ihn war.

Keinen Moment zu früh: Die Hornkiefer schnappten direkt vor seinen Augen zu und krachten derart heftig aufeinander, dass er meinte, die Mauer stürze ein. Der faulige Luftschwall nahm ihm den Atem, und mit tränenden Augen konnte er gerade noch erkennen, dass der Geonogon den Kopf weit zurückzog, um nochmals zuzuschnappen.

Skwawk parierte mühelos, aber er wusste, dass ihm die Zeit davonlief. Natürlich wartete der andere jetzt auf einen Gegenangriff, den er wahrscheinlich ebenfalls parieren konnte, und dann wäre sein Partner zur Stelle. Nemeb!

Sein Schwert zuckte vor und wurde abgelenkt, aber damit hatte er gerechnet. Er tat, was eigentlich kein Fechter tun würde, sprang, die Klinge des Gegners nicht achtend, nach vorne und prallte mit dem ganzen Körper gegen den anderen. Liam war einen Moment lang von dem heftigen Aufprall völlig verblüfft, und Skwawk stieß mit dem Kopf zu. Er hörte und spürte das Nasenbein des Blonden splittern.

Liam sah nur noch Sterne vor den Augen und stolperte rückwärts. Er hieb mit seinem Schwert blind um sich, aber Skwawk war schon wieder zurückgesprungen.

Baryll sah sich plötzlich ohne Unterstützung einem kampfbereiten Meister der Klinge gegenüber.

Ein weiteres Mal dachte Trelain, der ganze Raum würde zusammenstürzen und ihn unter den Felsbrocken begraben, als der Schädel des Geonogons in blinder Wut gegen die Wand krachte. Die Kiefer konnten ihn nicht erreichen, denn der Alkoven war zu schmal, aber das Vieh begriff das noch nicht und setzte seine Bemühungen brüllend fort.

Für den Moment war er relativ sicher, aber das bedeutete gar nichts. Bis eine Milizpatrouille, von dem Lärm oder von Calaya alarmiert, anrückte, konnte es noch lange dauern. Und selbst dann war es fraglich, ob die Soldaten es wagen würden, den Erdwurm anzugreifen.

Nemeb, er musste sich schon selbst helfen. Und seine Fähigkeit, die Gestalt zu verändern, nutzte ihm hier so gut wie gar nichts. (Es sei denn, sie erlaubte ihm, sich aus zerfleischten Einzelteilen wieder zusammenzusetzen - aber das gedachte er lieber nicht auszuprobieren.)

Wer immer ihm dieses Untier auf den Hals gehetzt hatte, der hatte wohl genau gewusst, was er tat.

Skwawk lächelte breit und deutete mit der Klinge einen Gruß an. Der Blonde war in die Knie gebrochen und spuckte Blut auf den Boden. Sicher würde er noch einige Zeit nichts sehen, also stellte er keine unmittelbare Gefahr da. Er würde ihn später erledigen.

Und das jetzt konnte er genießen.

Baryll erwiderte den Gruß und kniff die Lippen zusammen. Equest! So hatte er sich die Sache nicht vorgestellt. Der Abis sollte den Skualman verschlingen!

Er sprang vor und schlug zu. Die Klingen prallten funkensprühend aufeinander. Skwawks Riposte kam sehr schnell, und Baryll konnte gerade noch parieren. Er wich einen Schritt zurück und setzte eine Finte an, aber Skwawk gedachte nicht, die Initiative jetzt noch einmal aus der Hand zu geben. Bevor Baryll erneut angreifen konnte, musste er schon wieder parieren, was nicht ganz gelang, und er trug einen Schnitt am rechten Unterarm davon.

Der schwarzhaarige Mörder begann zu schwitzen, teils aus Angst, teils weil Skwawk ihm unerbittlich zusetzte und ihn Schritt für Schritt zurücktrieb.

Ein weiterer Schnitt quer über die Brust, ein schneller Stich in die Schulter. Aus vielen kleinen Wunden strömte das Blut über Barylls Körper, und jede Verletzung schwächte ihn mehr.

Skwawk hatte es nicht mehr eilig. Er hielt inne und sah aus kalten Augen zu, wie Baryll die Waffe aus der Hand glitt und zu Boden klirrte.

Der Schwarzhaarige hob den Kopf und sah ihn an. "Hört, können wir nicht ...?"

Skwawk stieß ihm das Schwert durch die Brust. "Nemeb!"

Liam wischte sich das Blut aus dem Gesicht und spuckte aus. Er versuchte gar nicht erst, seine Waffe zu heben; es hätte keinen Zweck gehabt. Skwawks schwarze Augen leuchteten in dämonischem Feuer von innen, als er ihm den Kopf von den Schultern schlug.

Der Schädel rollerte einige Meter über den Steinboden und blieb in einer Blutlache liegen. Die weit aufgerissenen Augen starrten Xyraisio an, der immer noch dort stand. Der Skualman war zu keiner Bewegung fähig, als Skwawk langsam näher kam.

Der Geonogon hatte begriffen, dass er so nicht ans Ziel kam und änderte seine Taktik. Er presste seinen Kopf so dicht wie möglich gegen die Felswand, und die Tentakel rund um seine Kiefer tasteten sich vorsichtig vor, um nach dem Wesen zu greifen, das es wagte, ihm die Stirn zu bieten.

Trelain konnte durch seine tränenden Augen kaum etwas sehen und hustete qualvoll, als ihm der stinkende Atem des Wurms ins Gesicht blies. Er spürte die Berührung am Oberschenkel. Der schmutzigweiße Tentakel ringelte sich wie eine Schlange einmal um das Bein und tastete sich dann weiter nach oben. Trelain stieß mit der Dolchklinge in die glitschige, aber unerwartet zähe Haut hinein. Der Geonogon zischte erbost, als er den Schmerz spürte, und zog. Trelain schaffte es mit äußerster Anstrengung, den Tentakel durchzuschneiden, bevor er von den Füßen gerissen wurde.

Das abgetrennte Ende glitschte zu Boden und wand sich wie eine Sphyglozytenlarve wild hin und her. Auf Trelains Oberschenkel klebte dunkelgelber zäher Schleim, der auf der Haut brannte. Zwei weitere Tentakel griffen nach ihm, und er musste sich mit der Linken irgendwo festhalten, um nicht ins Freie gezerrt zu werden, während er mit dem Dolch in der Rechten zustieß und sägte.

Fast am Rande stellte Trelain fest, dass seine linke Hand sich in die schuppige Klaue mit den stahlharten Nägeln verwandelte, und sich mit unglaublicher Kraft an den Fels krallte.

Calaya war noch so verwirrt, dass sie erst, als sie die Schenke erreichte, feststellte, dass von der lärmenden Gesellschaft von vorhin niemand mehr da war. Zwei Tote lagen in ihrem Blut am Boden, und …

Für einen Augenblick glaubte sie ernstlich, alles nur zu träumen. Das konnte doch nicht wahr sein! Trelain kämpfte in ihren Räumen mit einem Geonogon, und hier schien ein Gefecht stattgefunden zu haben …

Sie schüttelte den Kopf und schnaufte tief durch, aber das Bild blieb. Dort stand ein Mann mit einer Kapuze und ein anderer mit einem blutigen Schwert ging auf ihn zu. Und obwohl sie diesen nur von hinten sah, glaubte sie, ihn zu kennen.

Marcos? War das doch ein Traum?

Eine innere Stimme rief Xyraisio zu, sich umzudrehen und wegzulaufen, aber er konnte den Blick nicht von Skwawks funkelnden Augen abwenden. Es war alles verloren, das wusste er. Selbst wenn der Attentäter, den er selbst beauftragt hatte, ihn verschonte: Es war aus mit ihm. Er hatte mindestens einmal zu oft versagt. Und vielleicht wäre es besser - und weniger schmerzhaft - wenn er hier starb als in einem Kerker der Pursuition.

Der mächtige Anführer der größten Verbrecherorganisation Subgäas ließ hilflos die Arme sinken und sah seiner Nemesis entgegen.

Skwawk lächelte. Auch er hatte verloren. Er konnte den Skualman jetzt töten - und das würde er auch -, aber die Tatsache, dass Xyraisio/Zodiar persönlich an dieser Unternehmung teilgenommen hatte, bedeutete, dass ein noch Mächtigerer seinen Kopf wollte. Bischof Polikides. Und Skwawk konnte noch so gut mit dem Schwert sein - ab jetzt würde er der Gejagte sein. Gejagt von den Schergen der Pursuition, die nach Tausenden zählten und ihren Spitzeln und Zuträgern, die nach Zehntausenden zählten.

Er ließ die Klinge sinken und legte dem Skualman die Hand auf die Schulter.

Calaya ging langsam auf die surreal wirkende Szene zu.

82.

Always with you - Elegy

Die Tentakel des Geonogons hatten zwar nicht die Länge und vor allem nicht die Kraft wie die Fangarme eines großen Skualmans, aber es waren viele, die sich um Trelains Beine wickelten wie eine Schlingpflanze. Das Blut lief von seinen Oberschenkeln, wo die Haut aufgerissen war und machte den Boden rutschig. Die Wunden schlossen sich dank der Macht ziemlich schnell, und scheinbar ohne sein Zutun bildeten sich dort metallisch schimmernde Schuppen - aber er verlor Blut und spürte, wie er langsam aber sicher schwächer wurde.

Ein Fangarm wickelte sich um seinen Hals und ein zweiter um sein Gesicht. Trelain sah einen Augenblick nur farbige wirbelnde Schlieren, als ihm die Luft abgedrückt wurde, und seine Linke krallte sich mit ihren scharfen Klauen tief in das Fleisch, aus dem gelber klebriger Saft spritzte. Die stahlharten Nägel zerfleischten den Tentakel fast mühelos und rissen ihn schließlich ab.

Trelain kämpfte keuchend und um sich schlagend wie ein in die Enge getriebenes Tier. Er bemerkte gar nicht, dass er seinen Dolch, der dem Geonogon irgendwo im Fleisch steckte, nicht mehr in der Hand hielt - seine Rechte hatte sich ebenfalls in eine schuppenbewehrte lebende Mordwaffe verwandelt, mit der er fast blind stach, zupackte und glitschiges Fleisch zerteilte und zerriss.

Wegen des Fangarms vor seinem Gesicht konnte er jetzt gar nichts mehr sehen, und er biss in die weißliche Masse hinein, spürte den Widerstand der unerwartet festen Haut, biss stärker. Warmer Schleim quoll ihm in den Mund, aber er ignorierte das Verlangen, auszuspucken und schlug seine Zähne, die sich plötzlich ebenfalls anders anfühlten, in die fleischige Masse. Sein Kiefer schien über ein Vielfaches seiner norma-

len Kraft zu verfügen, und wie ein Raubtier seine Beute schüttelte er den abgebissenen Fangarm von sich, ein tief aus seinem Inneren kommendes atavistisches Triumphgebrüll ausstoßend.
Trotzdem wusste ein Teil seines Verstandes, dass er diesen Kampf verlieren würde. Ein Geonogon gab erst auf, wenn er tot war - oder seine Beute bekommen hatte.

Trotz seines minimalen Denkvermögens war der Erdwurm mittlerweile irritiert. Dieses Wesen verfügte trotz seiner Kleinheit über außerordentliche Kräfte und wehrte sich mit gefährlichen Waffen. Und es war schnell.
Er zog den Kopf zurück und wiegte ihn hin und her.

Trelain hatte einen Moment Zeit zu verschnaufen und wischte sich mit dem Handrücken über die Augen, um den klebrigen Schleim aus dem Gesicht zu bekommen.
Der Geonogon griff nicht an. Auch er hatte die veränderte Situation bemerkt.
Im Durchgang zum Vorraum waren drei Personen aufgetaucht: Calaya - und? Zwei Männer offenbar. Nur zwei? Das konnte doch keine Milizstreife sein. Und der eine hatte den anderen beim Genick gepackt und ...

Xyraisio schrie fast quiekend auf, als ihm klar wurde, was Skwawk vorhatte. Aber sein Zappeln und Heulen nutzte ihm nichts - und der Attentäter war wesentlich kräftiger als er, dem anstrengende Betätigungen fremd waren, der immer nur andere Menschen für sich hatte kämpfen und morden lassen.
Skwawk grinste boshaft, als er sich vorstellte, wie Hunderte von Toten im Abis, die ihr vorzeitiges und gewaltsames Ableben Xyraisio zu verdanken hatten, sich jetzt von ihren Zuschauerplätzen auf einer imaginären Galerie im Nirgendwo erhoben und mit ihren Knochenhänden Beifall klatschten.

Ihm, der er auch ein Mörder war - und der gerade jetzt eine der wenigen guten Taten in seinem Leben vollbrachte.
 Er schleuderte den Skualman vorwärts, geradewegs auf den herum schwingenden Kopf des Erdwurms zu.

Primitive Lebensformen handeln - im Rahmen ihrer Möglichkeiten - rational. Und der Geonogon kannte keine höheren Emotionen wie Rachsucht oder Selbstbestätigungsbedürfnis. Hier war eine neue Beute - und die schien ohne Schwierigkeiten zu erwischen zu sein.
 Die mächtigen Kiefer schnappten im Zustoßen zu, packten Xyraisio an Oberschenkel, Hüfte und Schulter und zermalmten ihn in drei Ssigs zu einem blutigen Matsch aus zerfetztem Fleisch und zersplitterten Knochen.

Calaya war nicht mehr fähig zu schreien, hatte die Hände vors Gesicht geschlagen, und sah erst auf, als Skwawk ihr beruhigend die Hand auf die Schulter legte: "Es ist vorbei!"

Der Geonogon schluckte einen Teil seines Opfers gleich hinunter, richtete sich mit dem Vorderteil hoch auf und wand sich hin und her, um die groben Brocken abwärts rutschen zu lassen. Da waren noch drei Wesen im Raum, aber die interessierten ihn jetzt nicht mehr.
 Er stieß ein blubberndes Zischen aus, um diese Zwerge zu warnen, ihn jetzt in Ruhe zu lassen, und sie schienen sich an die Warnung zu halten. Er befand die offenen Räumlichkeiten hier, in denen womöglich noch mehr von der Sorte herumliefen, für zu unsicher zum in aller Ruhe Verdauen und schlängelte sich zwar nicht eilig, aber zügig in Richtung des Lochs in der Mauer.
 Dort verschwand er mit einem kratzenden Geräusch, eine Spur von rotem Blut und gelbem Schleim hinterlassend.

Calaya starrte das 'Wesen' an, das ihr und Marcos langsam entgegen kam, und obwohl sie wusste, dass es Trelain war, konnte sie ihr Grauen nicht verbergen. Ihr ehemaliger Geliebter hatte fast nichts Menschliches mehr an sich. Seine Gestalt war kaum noch zu erkennen, vielmehr ähnelte die silbrig-schuppige Haut einem Insekt auf zwei Beinen. Seine Arme waren länger und wesentlich muskulöser, und die Klauenhände mit den messerähnlichen Krallen reichten bis fast zu den Füßen. Auch sein Gesicht hatte kaum noch Ähnlichkeit mit dem eines Menschen: lange scharfe Hauer ragten über die schorfige Unterlippe hinaus, und sein Kinn und die Wangen waren mit Blut und gelbem Saft verschmiert.

Das Wesen stieß ein gutturales Grunzen aus und spuckte Schleim von sich.

Die Worte blieben Trelain im wahrsten Sinne des Wortes im Halse stecken. Er stellte fest, dass er nicht sprechen konnte, und sah an sich herunter. Kein Wunder, dass Calaya ihn anstarrte wie einen Daemon aus dem Abis: Eine fleischgewordene Wahnvorstellung aus dem Fiebertraum eines Irrsinnigen konnte kaum schlimmer aussehen.

Er konzentrierte sich auf die Rückverwandlung und hob Geduld erbittend eine Hand.

Während die Macht die 'alte' Form rekonstruierte, fiel der Rest seiner Kleidung bis auf die Fetzen, die an ihm klebten, von ihm ab, und er stand nackt vor Calaya und ...

Wer war das?

Als sich die immer noch nicht ganz menschlichen blutunterlaufenen Augen auf ihn richteten, wusste Skwawk, dass sein Auftritt gekommen war - wie ein Schauspieler, dessen Stichwort gefallen ist.

Er senkte demonstrativ sein Schwert und deutete eine leichte Verbeugung an: "Major Trelain, vermute ich?"

"Ay!" Trelain musste sich mehrmals räuspern, bis seine Stimme wieder funktionierte. "Ay, das bin ich! Ich muss Euch wohl danken ..."

Skwawk lachte. "Oh, nur bedingt, Major! Nur bedingt!"

Trelain schüttelte irritiert den Kopf und wischte sich mit der Hand die unappetitlichen Rückstände des Kampfes aus dem Gesicht. "Nur bedingt? Ihr scheint mir ein wahrhaftes Lehrbeispiel an Bescheidenheit, Herr ...?"

"Marcos", warf Calaya ein, aber der Angesprochene lächelte wie zur Entschuldigung und verbesserte: "Skwawk! Entschuldige bitte, meine Liebe!"

Calaya verstand gar nichts mehr. "Was?"

Trelain winkte ab. "Angesichts der Tatsache, dass Ihr mir vermutlich das Leben gerettet habt, erscheint es mir von geringer Bedeutung, dass Ihr offenbar mehrere Namen führt ..." Er lachte.

"Nun", schränkte Skwawk ein, "das mag sein. Trotzdem: Ich bin - sozusagen - dafür verantwortlich, dass Ihr überhaupt in Lebensgefahr gekommen seid. Oder - um es anders auszudrücken - ich habe Euch dieses Präsent bereitet!" Er wies grinsend auf den verwüsteten Wohntrakt.

Jetzt verstand Trelain auch nichts mehr. Der Kerl, den Calaya offenbar kannte, rettete ihm erst das Leben, und dann gestand er hier kaltlächelnd, dass er ... Wie hatte er das überhaupt gemacht?

Skwawk fingerte mit der Linken ein Stäbchen aus der Tasche, und wie durch Zauberei flammte es plötzlich auf. Er nahm einen tiefen Zug und stieß genüsslich eine weiße Rauchwolke aus. Ihm war nicht entgangen, dass die Finger der rechten Hand des Majors einige Zentimeter länger geworden waren und die Nägel sich vorschoben.

Auch Trelain stellte fest, dass der Mann vor ihm seine Waffe zwar gesenkt hatte, aber so hielt, dass er jederzeit einem Angriff begegnen konnte. Und sicher konnte er mit dem Kurzschwert umgehen.

Die Situation war plötzlich wieder gespannt. Calaya spürte, dass sich hier zwei gefährliche Männer gegenüberstanden, die sich wie zwei Raubtiere gegenseitig belauerten. Und die etwas gemeinsam hatten: dieses unergründliche Feuer in den Augen, das von Tod zu künden schien. Seltsam, dass ihr das an Marcos - Skwawk, verbesserte sie sich im Geiste - noch nie aufgefallen war. Irgend etwas hatte sie immer abgehalten, ihm direkt in die Augen zu sehen.

Skwawk setzte sich auf eine Chaiselongue, die bei dem Kampf heil geblieben war, legte seine Klinge demonstrativ neben sich und hielt Trelain ein Stäbchen hin. "Wir sollten uns unterhalten, Major! Waffenstillstand?"

"Ay! Na schön: Waffenstillstand. Warum versucht Ihr nicht, Euer Werk zu vollenden?"

Der Attentäter gab ihm Feuer und lächelte unergründlich. "Ich bin doch nicht wahnsinnig!" Er nahm gleichmütig zur Kenntnis, dass Trelain stehengeblieben war, und lehnte sich bequem zurück. "Fragt Ihr Euch nicht, wie ich den Geonogon hierher gebracht habe?"

"Hm. Der Lockstoff aus den weiblichen Drüsen? Das war das Zeug, das so gestunken hat, oder?"

"Ay. Kein schlechter Einfall, nemeb?"

"Schon. Wenn es nicht um meinen Kopf gegangen wäre ... Ihr scheint in dieser Beziehung über ziemlichen Einfallsreichtum zu verfügen, Herr Skwawk. Vermute ich richtig, dass dies nicht Euer erster Versuch war, mich zu meinen Ahnen zu versammeln? Ich kann mich da erinnern, dass mich vor einiger Zeit jemand grillen wollte - mithilfe der Quanz. Das muss auch ein recht findiger Mensch gewesen sein ..."

"Vielen Dank, Major! Ich misstraue Schmeicheleien, aber aus Eurem berufenen Munde ..."

"Dann verstehe ich trotzdem nicht, warum Ihr Euren eigenen Plan vereitelt habt!"

"Dinge ändern sich, Major! Und das werdet Ihr gleich verstehen: Wisst Ihr, wer das war, der da an Eurer Stelle ..." Er hatte die letzten drei Worte genüsslich betont. " ... das vorgezogene Frühstück des Geonogons geworden ist?"

"Nemeb! Ich konnte das ... hm! ... Frühstück ja nicht einmal richtig sehen."

"Sein Name war Xyraisio, oder auch ..."

"Zodiar, der Skualman!"

"Richtig! Und er war derjenige, der Euch aus dem Weg geräumt haben wollte."

"Da war er nicht der einzige!", grollte Trelain. Er zog an seinem Stäbchen, und einige lose Gedankenenden fügten sich zusammen. "Ihr seid ein Auftragsmörder, nemeb?"

"Das trifft den Kern der Sache ziemlich genau."

Jetzt lachte Trelain. "Nicht übel, die Geschichte. Jetzt lerne ich also den Sperber kennen!"

"Wie? Ich fürchte, jetzt verstehe ich nicht ..."

Trelain lachte noch lauter. "Das macht nichts, Herr Skwawk! Darf ich zunächst weiter raten?" Er wartete die Antwort nicht ab, sondern fuhr fort: "Hinter Zodiar steckt Bischof Polikides, aber das brauche ich Euch ja wohl nicht zu erzählen."

Skwawk wiegte lächelnd den Kopf: "So? Woher wollt Ihr wissen, dass ich das weiß?"

"Weil Ihr mich sonst nicht hier herausgehauen hättet! Also, ich wollte weiter raten: Dass Ihr mir plötzlich aus dem Smat heraushelft, in den Ihr mir selbst hinein verholfen habt, das lässt nur einen Schluss zu: Die beiden wollten *Euch* an den Kragen. Ihr wusstet zu viel, was?"

Skwawk drückte sein Stäbchen auf dem Boden aus, zündete sich ein neues an und richtete die glühende Spitze auf Trelain. "Bisher wirklich gut geraten! Und was waren dann meine nächsten Gedanken?"

Trelain kniff die Augenbrauen zusammen. "Ist nicht schwierig: Ihr habt den Skualman erledigt, aber gegen den Bischof und die Pursuition habt Ihr keine Chance. Doch, eine! Mich!" Er ließ sich ebenfalls noch ein Stäbchen geben. "Ihr habt also von meiner Fähigkeit gewusst! Und Ihr glaubt, dass ich imstande sein könnte, den Bischof dorthin zu befördern, wohin er gehört."

"Ay, Major! Das glaube ich. Und ich biete Euch meine Hilfe an."

Er streckte die Hand aus, und Trelain schnaubte durch die Nase. "Das ist ja wohl der unglaublichste Vorschlag, den ich je gehört habe." Er stieß einen Rauchkringel aus und sah ihm zu, wie er zur Decke aufstieg. "Der bezahlte Mörder, der mich zwei Mal umbringen wollte, bietet sich als mein Partner an!"

Calaya sah ungläubig zu, wie die zwei Männer sich die Hand gaben.

83.

*The Rape and Ruin of Angels (Hosannas in Extremis) -
Cradle of Filth*

General Casnoff sah ziemlich blass aus, als er auf den Wink des Bischofs Platz nahm. Diesen jedoch schien wie üblich nichts zu erschüttern, jedenfalls nichts, das imstande war, die dicke Schicht von Schminke über seinem Gesicht zu durchdringen.

"Also, was ist?", herrschte er den General an. "Wie sieht es aus?"

"Nicht gut. Gar nicht gut! Bis wir überhaupt etwas gemerkt hatten, waren die Neunziger- und die Achtziger-Niveaus schon überrannt. Der Angriff war gut organisiert, das kann ich nur sagen, equest nochmal!"

"Hm." Polikides kaute ärgerlich auf seiner Unterlippe. "Der Angriff war gut organisiert!", äffte er Casnoff nach. "Das sagt Ihr als Experte auf diesem Gebiet! Es wäre Eure Aufgabe gewesen, so etwas zu verhindern!"

Sein Gegenüber rutschte unbehaglich in seinem Sessel hin und her. "Das ... das wäre selbst dann unmöglich gewesen, wenn wir etwas geahnt hätten! Diese Niveaus sind unmöglich zu verteidigen. Dort leben nur Orkards!"

"Na und?"

Der General hob in einer hilflosen Geste die Hände. "Ich glaube, Ihr macht Euch keine Vorstellung, wie die Lebensbedingungen dort unten sind. Diesen Leuten ist es egal, ob Subgäa von fremden Soldaten eingenommen wird. Die interessiert nur, an welchen Ausgabestellen es ab und zu etwas zu fressen gibt und wie sie sich das Ungeziefer vom Leib halten."

"Na, na!", winkte der Bischof leicht amüsiert ab. "Nun werdet bloß nicht melodramatisch! Bis jetzt hat Euch das auch nicht weiter belastet, oder?" Er nahm einen Schluck rötlichen Geoph aus seinem Glas und betrachtete versonnen die Flüssigkeit. "Wie gut, dass es die Heilige Kirche gibt, die solchen armen Existenzen Trost und Zuflucht bietet, was? Seelisch natürlich, versteht sich!" Er grinste süffisant und gab ein gedämpftes Rülpsen von sich. "Und die Kirche ist überhaupt nicht amüsiert, wie Ihr Euch habt übertölpeln lassen!"

"Übertölpeln?!", begehrte der General auf. "Das war Eure Angelegenheit, diese Geschäfte mit dem Herzog! Ihr und Euer Freund, der Skualman! Ihr habt mir ständig erzählt, wie vorteilhaft für die Vertrauten die Verbindung mit diesem Kerl wäre. Sklaven gegen Sphygs - und wir würden fast alle illegalen Machenschaften im Reich kontrollieren! Mit beträchtlichem Gewinn! Das waren Eure Worte!"

"Und Ihr solltet die euren mit Bedacht wählen!", zischte der Bischof. "Ich glaube, Ihr vergesst, wem Ihr gegenüber sitzt!"

Casnoff wurde noch blasser, als er schon gewesen war. "Ich meinte ja nur", wiegelte er ab, "dass es sicher nicht meine Schuld ist, wenn Herzog Ivesnagaios uns plötzlich angreift. Das ... das konnte schließlich niemand voraussehen."

Polikides nickte grimmig. *Equest! Ganz unrecht hatte der General nicht mit seinen Vorwürfen - aber das konnte er natürlich niemals zugeben. Eigentlich hätte er so etwas einberechnen müssen; dass der die ganze Zeit so vorteilhafte Verbündete sein eigenes Spiel spielte. Aber mit dieser Entwicklung hatte nicht einmal er gerechnet. Als ob die Schwierigkeiten mit diesem Major Trelain nicht schon reichten.*

Seine Gedanken schweiften kurz ab. *Trelain, der Runic. Sollte diese gäaequeste Prophezeiung sich tatsächlich in allen Punkten erfüllen? Er kannte sie, aber leider nicht wörtlich. Es war doch unmöglich, dass ...*

Der Bischof schüttelte den Kopf und rief sich selbst innerlich zur Ordnung. Das war jetzt von nebensächlicher Bedeutung.

"Also", knüpfte er den Faden wieder an, "was gedenkt Ihr zu tun?"

Casnoff seufzte. "Zu tun? Im Augenblick kann ich nur reagieren! Wir haben natürlich die Ascatoren blockiert und einen starken Block im zweiundachtzigsten Niveau errichtet. Aber dafür brauchen wir fast alle unsere Männer. Die Soldaten des Herzogs sind in der Überzahl - und ..."

Er zögerte, und Polikides fuhr ihn ärgerlich an: "Was und?"

"Nun, es scheint, als ob Ivesnagaios auch über die besseren Soldaten verfügt. Unsere Leute sind nicht sonderlich geübt ..."

Er sah, wie sich die Miene des Bischofs verfinsterte und beeilte sich, fortzufahren: "Auf einen richtigen Krieg, ich meine ... einen Angriff ... einen ernsthaften Eroberungsangriff war doch niemand gefasst, oder?"

"Ay. Vor allem Ihr nicht, scheint mir! Wenn ich daran denke, dass ich Eure Ernennung zum Befehlshaber der Miliz befürwortet habe, dann könnte ich ... na egal!"

"Immerhin habt Ihr auch Oberst Hachton protegiert!", wagte Casnoff einzuwerfen. "Weil er für Eure ... für unsere Zwecke nützlich erschien. Und der sich dann als Verräter herausstellte ..."

Polikides beugte sich vor und deutete mit dem spitzen Finger auf den General. "Und ich habe diese Entscheidung bereut, das ist richtig. Und ich überlege mir gerade, ob ich meine Entscheidung Euch betreffend vielleicht auch bereuen sollte!"

Casnoff schluckte. "Nemeb, nemeb! Es wird alles getan, was getan werden muss!"

"Ich hasse es, solche equesten Floskeln zu hören, General! Kämpfen Eure Männer oder nicht?"

"Doch, doch! Es ist nur so, dass ... hm ... manche überlegen sich ..."

Der Bischof stellte sein Glas klirrend ab. "Ihr werdet sämtliche Meuterer oder Deserteure unverzüglich hinrichten. Vor aller Augen!"

Ein anderer Führer und ein anderer General hatten zur selben Zeit eine Unterredung. Allerdings fand diese in bedeutend freundschaftlicherer Atmosphäre statt, wenn auch unter schwierigeren Bedingungen:
Ivesnagaios setzte seinen dreck- und rußverschmierten Helm ab und schüttelte Baldur die Hand. Er schnaufte schwer und brauchte erst einige Ssigs, um zu Atem zu kommen.
"Ich freue mich, Euch unverletzt zu sehen, General!"
"Das gilt für mich ebenso, Hoheit!" Der alte Haudegen warf einen erst besorgten, dann vorwurfsvollen Blick auf die blutende Wunde am Arm des Herzogs. "Nun ja, nicht ganz unverletzt!"
"Oh, das ist nichts Schlimmes. Macht Euch keine Sorgen!"
"Das werdet Ihr mir nicht verbieten können! Ihr solltet wirklich nicht persönlich an den Kämpfen teilnehmen! Als Euer eigener militärischer Oberbefehlshaber müsste ich Euch das eigentlich verbieten ..."
Ivesnagaios lachte. "Vielen Dank für die Fürsorge!" Er setzte sich auf eine rauchgeschwärzte Treppenstufe und sah kurz zu, wie eine Abteilung Pikeniere vorbeimarschierte. "Wisst Ihr, General, ich kann nicht einfach hier in Sicherheit bleiben und nur zuschauen, wie meine Soldaten in die Schlacht ziehen."
Baldur spielte mit dem Griff seines Schwerts herum. "Von Sicherheit kann auch hier keine Rede sein! Wenn der Feind es schafft, einen energischen Gegenangriff zu organisieren, dann ist hier in einer halben Sseg die Hölle los!"
"Ich ... wir haben es geschafft, den mittleren Treppenabsatz einzunehmen und die Hindernisse aus dem Weg zu räumen. Sobald die Männer ausgeruht und verstärkt sind, wird uns

nichts mehr abhalten, bis ins einundachtzigste Niveau vorzustoßen. Wir sind am Zug!"

Baldur seufzte. "Trotzdem: Ich muss Euch dringend raten, erstens Euch nicht zu sehr persönlich zu exponieren, und zweitens die Geschwindigkeit unseres Vorstoßes etwas zu drosseln. Unsere Anfangserfolge sind zwar äußerst beeindruckend, aber equest riskant. Ihr wisst selbst, wie lange es dauert, weiteren Nachschub heranzuführen."

"Ay!", gab Ivesnagaios widerwillig zu. "Ich weiß. Der Ascator fasst nicht viele Personen und noch weniger Kriegsmaterial. Aber eben deshalb sind wir gezwungen, schnell vorzustoßen, um uns hier oben einen sicheren Brückenkopf zu schaffen."

"Aber der ist geschaffen, Mylord! Habt Ihr nicht gesehen, dass wir in den ersten fünfzehn Niveaus kaum auf Widerstand getroffen sind? Die Menschen hier hassen ihre eigene Regierung!"

"Das tue ich auch! Und ich sage, dass wir weiter vorstoßen müssen! Bis ins fünfundsiebzigste Niveau, mindestens! Von dort aus können sie die Ascatoren blockieren, die weiter nach oben führen. Und wenn wir dieses Stockwerk in unsere Gewalt bringen, dann haben sie nur noch eine Chance, uns aufzuhalten ..."

"Die Ascatoren abstürzen zu lassen, indem sie die Führungsseile kappen!"

"Eben. Und das wird ihnen selbst das Genick brechen! Ohne schnelle Verbindung zwischen den Niveaus ... Dann können wir uns langsam aber sicher bis nach oben kämpfen. Das wolltet Ihr doch, oder? Unsere materielle Übermacht ausspielen."

Baldur nickte ergeben. "Ay. Darf ich trotzdem noch eine Frage stellen?"

"Natürlich!"

"Wie weit geht das? Ich meine ... Was ist dort oben, was Ihr so begehrt? Die Herrschaft über zwei Reiche? Hat man ... Verzeiht die Frage! ... damit nicht mehr Ärger als Freude?"

Ivesnagaios stand auf und legte seinem General die Hand auf die Schulter. "Eine gute, eine wirklich intelligente Frage! Und ich werde sie Euch gerne beantworten, denn Ihr seid es wert, die Antwort zu hören! Ich begehre nicht 'etwas' da oben - ich begehre *das* 'Oben'! Versteht Ihr nicht?"

"Nemeb, Mylord!" Vor einer halben Sseg hatte er sich noch geehrt gefühlt, dass der Herzog ihm vertraulich die Hand auf die Schulter gelegt hatte, jetzt fühlte er sich unbehaglich..

"Wie? Oben?"

Jetzt seufzte Ivesnagaios. "Habt Ihr Euch nie gefragt? ... Nemeb, das ist der falsche Ansatz! ... Die Richtungen, in die wir uns bewegen können, sie sind irgendwie alle gleich: vorwärts, rückwärts, links, rechts, im Kreis um den Zentralschacht herum ... Und hinunter geht es in den Abis ..."

Baldur schob sich die schweißverklebten Haarsträhnen aus dem Gesicht. Plötzlich kam ihm der furchtbare Verdacht, dass der Herzog, derjenige, in dessen Auftrag er hier Männer in den Tod schickte, nicht mehr ganz richtig bei Verstand war. Was sollte das mit diesem 'Oben'?

Ivesnagaios winkte ab: "Ich sehe schon, Ihr versteht *nicht*! Es ist ... es ist nicht nur eine geometrische Richtung - es ist ... ein Ziel, eine Verheißung! Es ist das Gegenteil des Abis! Und ich muss dorthin!"

84.

The Opening of the glory End - Rosicrucian

Calaya rümpfte die Nase, was Trelain nicht entging. Er grinste sie an und zuckte kurz mit den Schultern. "Tut mir schon leid, dass das Quartier hier nicht dem entspricht, was du sonst so gewöhnt bist, aber es ist sicher - ziemlich sicher jedenfalls."

"Es stinkt!", gab die Frau zurück. "Und ich denke immer noch, dass ich bei Ophris am sichersten aufgehoben wäre!"

Trelain stellte einen umgekippten Hocker auf und setzte sich. Er zündete ein Stäbchen an und stieß eine Rauchwolke aus. Die leerstehende Wohnung hier im einundsiebzigsten Niveau war natürlich ziemlich heruntergekommen. Kein Wunder: Die vorherigen Bewohner hatten wohl angesichts (und angeruchs) des leckendes Kanalisationsrohres an der Decke, aus dem ein dünnes Rinnsal brauner stinkender Brühe an der Wand herunterlief und irgendwo zwischen den Bodenplatten versickerte, vorgezogen, den Wohnort zu wechseln anstatt Reparaturmaßnahmen einzuleiten.

Das war nicht einmal ein schlechtes Viertel hier, und nicht zu weit unten gelegen, und es war ein Glücksfall gewesen, dass sie dieses Idealversteck gefunden hatten. Beziehungsweise, dass Divon es gefunden hatte. Das andere Versteck weiter unten hatte noch wesentlich schlimmer ausgesehen - und zudem eine ziemlich schwer zu schätzende Anzahl vielbeiniger Mitbewohner beherbergt, die dem Wohnambiente nicht gerade förderlich waren.

Der Major ließ den Rauch aus seinen Nasenlöchern quellen und schnippte die Kippe weg. "Ich glaube nicht, dass du bei Ophris wirklich sicher wärst."

"Sie hat dafür garantiert."

"Hm. Und wer garantiert für *sie*?"

"Das sagst du nur, weil du sie nicht magst! Du hast immer die Leute nicht gemocht, mit denen ich gesellschaftlichen Umgang pflegte!"

Er lächelte milde. "Das ist richtig - und mit gutem Grund! Aber das hat damit nichts zu tun! Deine Freundin ist mir auch gar nicht einmal so unsympathisch ..."

"*So* unsympathisch?"

"*So* habe ich 'so' auch nicht gesagt! Mir scheint es manchmal, dass du ganz gerne negative Hintergedanken in meine Worte hineininterpretierst! Macht dir das Spaß?"

Calaya zog die Augenbrauen zusammen und holte tief Luft. Diese Ssig nutzte Skwawk, um sich einzumischen: "Es erscheint mir wenig sinnvoll, jetzt über rhetorische Feinheiten zu diskutieren. Und alte Probleme sollten auch ein anderes Mal erörtert werden, nemeb?"

"Mischt Euch ... misch dich nicht ein!", schnappte Calaya. "Aber du hast recht! Egal! Warum sollte ich mich also nicht bei Ophris verstecken? Sie ist die Hohepriesterin. Und niemand würde es wagen ..."

Trelain winkte ab. "Ich denke, das ist ein Trugschluss. Erstens haben die Vertrauten es schon gewagt, zwei von euch umzubringen ..."

"Ich denke, das war der Geonogon?!"

Der Major lachte laut. "Jetzt sei doch nicht so naiv! Glaubst du, jemand erweist der anderen Partei im Kampf um die Macht aus lauter Freundlichkeit den Gefallen, zwei von euch mit wegzuputzen? Als kostenlose Dreingabe sozusagen, wo er gerade sowieso dabei ist, einer Hataii den Wanst aufzuschlitzen ...?!"

"Du bist geschmacklos!"

"Und wenn schon! Du gefällst mir auch! Nemeb! Entweder der Geonogon ist überhaupt kein Triebmörder und das ganze Schauspiel wurde nur aufgeführt, um der Öffentlichkeit zu verkaufen, dass Bajan und Hachton bedauerlicherweise von einem Irren abgemurkst worden sind ..."

Calaya schüttelte den Kopf. "Das kann doch nicht sein! Das würde doch bedeuten, dass diese ganzen Frauen ..."

" ... dass diese Frauen nur sterben mussten, um die Legende von einem wahnsinnigen Mörder aufzubauen!", ergänzte Skwawk. Er grinste, und seine Augen leuchteten einen Moment lang in dunklem Feuer. "Keine schlechte Idee! Ich halte das nicht für ausgeschlossen. Und die zweite Möglichkeit?"

Trelain sah seinen neuen Partner nachdenklich an. "Dass der Geonogon mit den Vertrauten zusammenarbeitet. Weniger wahrscheinlich, das muss ich zugeben. Das würde voraussetzen, dass er ihnen - oder zumindest, na, ich würde sagen, dem Bischof - bekannt ist. Und sich überzeugen lassen hat - gegen ein Wegsehen offizieller Stellen, versteht sich! - zwei kleine Auftragsarbeiten nebenher mit zu verrichten ..."

Skwawk wiegte den Kopf. "Weniger wahrscheinlich, in der Tat. Aber nicht ganz auszuschließen. So wie Ihr die Sache dargelegt habt, neige ich zur ersten Version. Also sind die Hataii nur umgebracht worden, um die Legende von einem irren Mörder aufzubauen."

"Wenn es nur so einfach wäre!", seufzte Trelain. "Leider spricht ein wichtiger Punkt dagegen: In der Prophezeiung steht: *Die Macht des Steins erfüllte Qarvis, einen wahnsinnigen Mörder*. Und ich glaube mittlerweile an diese Prophezeiung!"

Jetzt mischte sich Calaya wieder ein: "Und? Ist es nicht wahnsinnig, für ein politisches Ränkespiel sechs oder sieben unschuldige Frauen brutal zu ermorden?"

Alle drei schwiegen einen Moment lang. Dann sah Skwawk Trelain an. "An wen denkt Ihr? Den Bischof selbst?"

"Nemeb! Ich halte Polikides für einen der größten Verbrecher, die jemals in Subgäa lebten - aber ich glaube nicht, dass er sich selbst die manikürten Finger schmutzig machen wür-

de. Oder riskieren würde, dass die Schminkeschicht in seiner Visage Schaden nähme. Von dem Risiko ganz zu schweigen. Nemeb, wir müssen jemand anders suchen! *Qarvis - die Ratte*. Also auch nicht irgend ein angeheuerter Niemand, sondern eine wichtige Figur des Spiels."
"Also an wen denkt Ihr?"
Trelain steckte sich noch ein Stäbchen an. "Eines nach dem anderen! Prioritäten! Zuerst einmal beunruhigt es mich, dass Divon sich in den letzten Tagen nicht mehr sehen lassen hat."
"Wer? Divon?", fragte Skwawk. "Ist das derjenige, der ..."
Trelain nickte. "Ihr werdet ihn gesehen haben, als er Calaya aufsuchte, nicht wahr?"
"Ein schlanker junger Mann mit einem kecken Bärtchen? Euer Diener?"
"Mein Freund. Und ich habe nicht viele davon. Dass er nicht einmal eine Nachricht hier hinterlassen hat, gefällt mir nicht."
"Vielleicht wartet er in eurem alten Versteck in den Neunzigerniveaus?", warf Calaya ein.
"Ich hoffe nicht! Weil, dann lebt er entweder nicht mehr, oder er ist Gefangener von Herzog Ivesnagaios, oder er hat zumindest keine Möglichkeit, hier herauf zu kommen."
"Wegen ... Die Räuberbande, die sich in den Neunzigerniveaus zusammengerottet hat, wie man so hört?"
Trelain spuckte aus. "Räuberbande? Ist das die offizielle Version?" Er lachte böse. "Das ist die Armee von Herzog Ivesnagaios von Elengrad! Das ist keine Räuberbande, sondern das sind Tausende von gut ausgerüsteten und gut gedrillten Soldaten, die Krieg gegen uns führen. Ich hatte so etwas befürchtet, dachte aber nicht, dass es so schnell passieren würde. Vermutlich sind sie inzwischen bis weit in die Achtzigerniveaus vorgestoßen."
Calaya schüttelte den Kopf. "Ich verstehe nicht! Ein richtiger ... Krieg? Und du hast das gewusst?"

"Natürlich! Ich war ja ein Teil seines Plans. Aber anscheinend geht es auch ohne mich!"

Sie sah ihn an und verzog das Gesicht. "Was ist nur aus dir geworden?"

"Ein Monster!", erwiderte er ungeniert und ließ an der Spitze des rechten Zeigefingers die gekrümmte Klaue entstehen, die im Licht des gelben Glühsteins kurz metallisch aufblitzte.

Skwawk sah fasziniert zu. "Ich hoffe nicht, dass Ihr vorhabt, hier zu warten, bis jener Divon wieder auftaucht. Freundschaft in allen Ehren, aber ..."

Trelain schüttelte den Kopf. "Nemeb! Ich glaube zwar nicht, dass Ihr davon etwas versteht, aber Ihr habt recht! Die Zeit drängt, das spüre ich!"

"Aber warum? Was ...?", fragte Calaya und rang einen Moment nach Worten. "Was soll das Ganze? Was hast du vor? Und *du*?" Sie hatte sich zu Skwawk umgedreht.

Der Attentäter lächelte fein. "Ich? Ich will meine Haut retten, was denn sonst?! Und meine Haut bleibt nur heil, wenn der Bischof die seine verliert. Und derjenige, der die Absicht und die Fähigkeiten hat, sie ihm abzuziehen, der sitzt hier! Ich erkenne Rachsucht in den Augen eines Menschen, nicht wahr, Major?"

Der Angesprochene nickte. "Ich weiß nicht, ob ich Euch trauen kann, Skwawk. Aber wir verfolgen im Augenblick wohl das gleiche Ziel."

Calaya starrte von einem zum anderen, und ein Schauder lief über ihren Rücken. Diese beiden Männer hatten den Tod im Gefolge. Vielleicht auch ihren. Trotzdem konnte sie sich einer gewissen Faszination nicht erwehren. "Und wie geht es jetzt weiter, ihr Helden?"

Trelain ließ sich von Skwawk noch ein Stäbchen geben. "Der Bischof wird sterben! Aber jetzt noch nicht. Wir werden zunächst denjenigen aufsuchen, der mich in die ganze

Geschichte verwickelt hat. Er ist mir auch noch einige Antworten schuldig."

85.

Time is running low - Tyrant

Derjenige, der Trelain in die Geschichte verwickelt hatte, saß einen Tag später in seinem Audienzsaal und blätterte gedankenverloren in einem Buch mit Zeichnungen von Fabelwesen hin und her, während er überlegte.

Vor einer Sseg hatte er von einem Kurier General Casnoffs die letzten Nachrichten aus dem siebenundsiebzigsten Stockwerk erhalten. Es sah nicht gut aus. Die Verteidigungslinie im achtzigsten Niveau war nach eintägigem Kampf überrannt worden, obwohl Casnoffs Soldaten erbitterten Widerstand geleistet hatten. Angeblich. Man munkelte allerdings auch, dass einige Kompanien nur halbherzig gekämpft und nach der Flucht oder dem Tod ihrer Offiziere allzu bereitwillig die Waffen gestreckt hatten.

Lysander machte sich nichts vor. Die Sache konnte ausgehen, wie sie wollte: Er selbst war erledigt. Und zwar aus eigener Dummheit. Er hatte sich nur darauf konzentriert, das Spiel der Vertrauten zu durchkreuzen und sich selbst eine bessere Position bei der Frage der Thronnachfolge zu sichern. An einen richtigen militärischen Angriff hatte er nie gedacht, so hatte ihn das Intrigenspiel in Anspruch genommen. Und das rächte sich jetzt.

Gäa verfluche Bischof Polikides!

Und es schien, als ob dieser ... Er blätterte einige Seiten zurück und sah ein gestreiftes Raubtier mit scharfen Zähnen: *Sem - der Tiger*. Der Bischof. Nemeb! Das war lachhaft! Noch einige Seiten weiter zurück ... Hier! Ein *Schwein*! Ein sich im Dreck suhlender Allesfresser. Es schien, als ob dieses Schwein auch jetzt noch die besseren Karten hätte.

Es war trotz der beeindruckenden Anfangserfolge von Herzog Ivesnagaios mehr als fraglich, ob es ihm gelingen würde,

ganz Subgäa bis zu den Eins- oder gar Nullundniveaus hinauf zu erobern. Oder zumindest vollständig besetzt zu halten. Über so viele Besatzungstruppen konnte niemand verfügen. Also würde ein gewisser Teil des alten Reichs vermutlich - einige Arrangements vorausgesetzt - autonom bleiben.
 Schön und gut. Nemeb! Eben *nicht* gut! Was übrig bleiben würde, wäre - natürlich! - die Kirche. Das hatte sie in allen Krisen der letzten fünfhundert Jahre geschafft. Teilweise sogar gestärkt.
 Lysander fluchte lautstark, obwohl das sonst nicht seine Art war. Es war zum Verzweifeln! Gerade bei der parasitären Institution, die am meisten Elend des Volkes schuld war, suchten diese Idioten Trost und Zuflucht, wenn es wirklich böse kam! Wie ein Geoph-Süchtiger!
 Wenn sich Ivesnagaios also darauf beschränkte, Subgäa militärisch zu besiegen, dann konnte es durchaus sein, dass Polikides zumindest pro forma Amt und Würden behielt - und das Leben. Er selbst dagegen - als Kanzler des Reiches - würde öffentlich exekutiert werden. Und die eigene Bevölkerung würde bei seiner Hinrichtung jubeln. Schließlich war es immer von Vorteil, jemand zu haben, dem man die Schuld an der Misere anlasten konnte. Einen Kirchenfürsten, der ja immer nur an das Seelenheil seiner Anbefohlenen gedacht hatte, auf dem Streckbrett in vier Teile zu zerreißen war da schon wesentlich unpopulärer.

 Die Steigleiter war da - wie Skwawk gesagt hatte.
 Trelain nickte seinem neuen Kameraden anerkennend zu, als er sich an den untersten Sprossen hochzog. "Und das habt Ihr gewusst, Attentäter? Mir scheint, dass die hohen Herrschaften trotz ihrer Wachen wesentlich unsicherer leben, als sie denken!"
 Skwawk lachte leise. "Nicht gewusst! Errechnet! Die Kanalisationssysteme in den oberen Niveaus gleichen sich ziem-

lich. Die Räume darüber sind kaum umgebaut worden, also mussten auch keine neuen Zuflüsse geschaffen oder alte Abflüsse umgeleitet werden. Vor allem sind sie besser intakt. Weiter unten ist das anders. Dort ist öfter einmal ein Kanal verstopft oder eingestürzt. Aber hier kann man sich auf die alten Baumeister verlassen. Und die haben natürlich ein bewährtes System beibehalten."

Calaya verzog das Gesicht. "Ein phantastisches System! Ich stehe hier bis zur Hüfte in ... Na, das will ich gar nicht wissen!"

"Hast du vielleicht gedacht, dass deine hochwohlgeborenen Freunde nicht scheißen müssen?", raunzte Trelain. "Manche von ihnen tun zwar so, aber ..."

"Du wirst wieder einmal vulgär! Und ich glaube, das macht dir Spaß!"

"Eine verzeihliche Entgleisung ob Eures gar reizend dekorierten Antlitzes, Mylady!", gab Trelain zurück und leuchtete ihr mit dem herausgeschraubten Glühstein ins Gesicht, das über und über mit braunem Schlamm verschmiert war.

"Das scheint dich zu erheitern, was?"

"Man tut sein Bestes, um auch unangenehmen Situationen die positiven Seiten abzugewinnen!"

Er stieg einige Sprossen höher und zerriss mit einiger Mühe ein Spinnennetz aus fingerdicken Fäden. Das Zeug war zwar zäh, klebte aber kaum noch, also war es vermutlich schon älter und verlassen - und die Vavjard hoffentlich nicht mehr in der Nähe.

Nach kurzem Aufstieg erreichten sie einen Zufluss, der schräg weiter nach oben führte. Über ihnen schimmerte Licht.

Trelain klemmte sich mit den Beinen fest und drückte gegen das Absperrgitter. Es saß so fest, dass es nicht einmal wackelte. Er wartete, bis Skwawk nachgekommen war.

Der besah sich die Sache mit dem Auge des Fachmanns und zuckte geringschätzig die Schultern. "Kein Problem!"
Er zauberte aus einer Jackentasche ein metallenes Werkzeug hervor, ein auf den ersten Blick unscheinbares längliches Flacheisen, das allerdings ein erstaunliches Innenleben enthielt. Er grinste ob Trelains erstauntem Blick, als er mehrere 'nützliche' Instrumente heraus klappte, die mit einem sinnigen Mechanismus in geschlossenem Zustand so ineinandergriffen, dass das Ganze verblüffend wenig Platz beanspruchte: ein kurzes starkes Messer, eine kleine Säge, ein Schraubenzieher und ein Bohrer.
"Ein sehr praktisches Gerät!", erklärte er, während er sich mit dem Schraubenzieher an dem Gitter über ihnen zu schaffen machte. "Eigener Entwurf!"
"Mir scheint", raunte Trelain, "dass die Miliz von Euch noch einiges lernen könnte. Respekt, Respekt!"
"Es wäre mir lieber ... beziehungsweise war es mir immer lieber, wenn die Miliz so dumm bliebe, wie sie war. Es erleichtert das Geschäft. Verzeiht!"
"Schon gut!", brummte Trelain und ließ sich die herausgedrehten Schrauben reichen. "Ich bin bei aller Antipathie gegen Euer Metier gerne bereit, einem Meister seines Fachs den nötigen Respekt zu zollen."
Skwawk unterbrach seine Arbeit und sah ihm forschend ins Gesicht. "Bei aller Antipathie? Wart Ihr denn jemals etwas anderes als ich? Ein bezahlter Vollstrecker der Ambitionen einiger Reicher. Und erzählt mir nichts von Legalität und Dienst am Volk. Die Miliz war nie mehr als das ausführende Organ der Regierung - und über deren Machenschaften wisst Ihr wahrscheinlich besser Bescheid als ich!"
Trelain verkniff sich einen Protest, und Skwawk gab ihm noch eine Schraube in die Hand. "Es ist jetzt wohl nicht die rechte Zeit, um meine Auftraggeber im Einzelnen aufzuzählen - aber wir beide arbeiteten oft genug für die gleiche Seite.

Und mit den gleichen Mitteln ...!" Er fuhr sich mit dem Daumen vielsagend über die Kehle.

Er wartete keine Antwort ab - die Trelain auch nicht gehabt hätte - und hob das Gitter aus seiner Befestigung.

Der Kanzler lehnte sich zurück und legte die Füße bequem auf den Tisch. Auch das war sonst nicht seine Art, aber jetzt war ihm danach zumute. Er betrachtete die zwei Flaschen Geoph und die drei Gläser.

Draußen vor der Tür standen fünf Wachen. Es waren gute Männer, und er kannte sie persönlich. Mehr Soldaten konnten momentan zum persönlichen Schutz nicht erübrigt werden. Er als Kanzler hätte sich natürlich stur stellen und eine ganze Kompanie von der Front abziehen können, aber das wollte er nicht.

Es hätte auch keinen großen Sinn gehabt, denn der Besuch würde kaum zur Tür hereinspaziert kommen. Er fragte sich, ob er schon einschenken sollte. Irgendwie hatte er im Gefühl, dass es heute so weit wäre. Vielleicht sein Todestag.

Ein leises Räuspern hinter ihm. Der Kanzler lächelte, ohne sich umzudrehen. "Ihr seid sehr höflich, Major. Wolltet Ihr mich nicht erschrecken? Oder Euch nach allem Ärger die Befriedigung gönnen, mich anzusehen, wenn Ihr mich umbringt?"

"Angst, Mylord?", fragte Trelain und trat in das Blickfeld.

Lysander warf einen abschätzenden Blick auf die lange Klinge in seiner Hand. "Wäre es ganz und gar unmännlich, das zuzugeben, Trelain?"

"Ganz und gar nicht!" Der Major senkte die Waffe und trat langsam näher. "Ihr habt uns erwartet - und Vorbereitungen getroffen. Ich dachte es mir fast." Er wies auf die bereitstehenden Gläser. "Eine nette Geste, fürwahr! Ich hoffe, dergleichen gibt es nicht noch mehr. Hinter den Vorhängen dort zum Beispiel!"

"Unbesorgt, Major! Ich wäre ja wohl der erste ..."

"In der Tat! Übrigens habt Ihr bei aller Vorausplanung ein Glas zu wenig hingestellt. Wir sind zu dritt!"

Jetzt erst drehte sich Lysander herum und betrachtete seine nächtlichen Besucher. Mit der Frau hatte er gerechnet, und er nickte ihr freundlich zu. Angesichts des dritten Gastes konnte er ein verwundertes Kopfschütteln nicht unterdrücken. "Seid ebenfalls herzlich willkommen, Attentäter! Und verzeiht die Unhöflichkeit, nicht an Euch gedacht zu haben! Es wird sich wohl noch ein Glas finden ..."

Skwawk nickte ebenfalls. "Finden, Mylord? Keine Bediensteten?"

"Nemeb! Ich dachte mir, dass die folgende Szene lieber unter Ausschluss des Publikums stattfindet."

"Eine Liebhaberinszenierung sozusagen. Aber mit Stil, das muss ich zugeben!"

Der Kanzler erhob sich und wies einladend auf die bereitstehenden Stühle. Er schenkte drei Gläser voll und stellte sich selbst die Flasche hin. "Wie gesagt, ich bitte, den fehlenden Service zu entschuldigen!"

Trelain nahm einen Schluck und nickte anerkennend. "Nicht schlecht. Es überrascht mich etwas, dass die Herrschaften sich kennen ..."

Skwawk prostete ihm zu. "Ich erwähnte ja bereits, dass wir teilweise auf der gleichen Seite arbeiteten."

Lysander stimmte ihm zu. "Es hat mich im ersten Augenblick überrascht, Euch hier an der Seite des Majors zu sehen. Aber nur im ersten Augenblick. Eigentlich logisch! Ihr habt Euch mit den falschen Auftraggebern eingelassen, nemeb, Attentäter? Und jetzt wollen sie Euch an den Kragen, was? Ein bisschen bin ich jetzt von Euch enttäuscht, wisst Ihr? Ich dachte immer, Ihr hättet ein untrügliches Gespür für schlechte Geschäfte!"

"Die gleiche Meinung hatte ich von Euch ebenfalls, Mylord! Und mir deucht, dass Ihr noch dümmer dasteht als ich!"

Trelain lachte lauthals. "Sehr gut! Fast unbezahlbar! Ich würde gerne einiges an Eintritt bezahlen, um diesen Dialog zu hören, wenn ich nicht der Meinung wäre, durch die Scheiße zu kriechen wäre genug Bezahlung!"

"Oha!", spöttelte der Kanzler und nahm einen großen Schluck aus der Flasche. "Wie ich höre, verfügt Ihr ebenfalls über dramatisches Talent!"

"Nicht zu knapp!", warf Calaya ein. "Wenn die Herren vielleicht diese Schmierenkomödie beenden wollten ..."

"Natürlich!", wurde Lysander ernst. "Wollt Ihr mich umbringen, Major? Angesichts der Schwierigkeiten, die ich Euch bereitet habe, würde mich das nicht wundern."

Trelain schwenkte die Flüssigkeit in seinem Glas hin und her. "Nemeb! Ich will Euren Freunden da nicht vorgreifen und ihnen den Spaß verderben. Und eventuell wird Euer Tod dann noch viel interessanter ... Vor Trauer schwermütig werde ich wohl nicht!"

"Also seid Ihr aus einem anderen Grund gekommen?"

"Ay. Ich denke, dass Ihr uns noch etwas Aufklärung schuldet. Im Übrigen wart Ihr Euch durchaus bewusst, dass ich Euch nicht umbringen wollte."

"Na, nicht ganz. Trotzdem ..."

"Trotzdem: Ihr wolltet, dass ich einen Mörder finde! Und Ihr wolltet, dass ich selbst und unabhängig von Eurer Verschwörung darauf komme. Damit die Morde des Geonogon den Vertrauten das Genick brechen. Ein öffentlicher Skandal: Der Bischof und General Casnoff machen einen irren Mörder zu ihrem willkommenen Werkzeug. War es nicht so?"

"Genauso war es!", gab Lysander zu. "Und deswegen war es unabdingbar, dass Ihr unabhängig von mir oder Ophris den Täter entlarvt - öffentlich. Woher wisst Ihr überhaupt von den Verschworenen und den Vertrauten?"

"Von Ophris natürlich!"

"Euer Werk, nicht wahr?", sah Lysander Calaya an, die nickte. "Nun, das schadet nichts. Im Gegenteil!" Er nahm noch einen Schluck aus der Flasche und lehnte sich wieder zurück. "Jetzt schadet gar nichts mehr! Und deswegen sollt Ihr gerne erfahren, was Ihr wissen wollt. Hier liegt eine Abschrift des Buchs!"

Trelain schlug den Wälzer ungefähr in der Mitte auf und blätterte kurz herum. Er zeigte auf das Bild des Nagetiers und legte die Hand darauf. "Ich werde dieses Buch jetzt mit mir nehmen. Aber darin steht nichts über die eigentliche Bedeutung der Figuren. Also: Wer in Eurem equesten Spiel ist Qarvis - die Ratte?"

Lysander zog einen kurzen Dolch aus seiner Jacke hervor und legte ihn mit einer gewissen Feierlichkeit vor sich auf den Tisch. Dann nahm er noch einen großen Schluck aus der Flasche. "Es hat mich gefreut, Euch noch einmal zu sehen, Major Trelain - und natürlich Euch auch, Calaya." Er grinste. "Und Euch, Attentäter! Sobald Ihr hier wieder verschwunden seid - vermutlich ebenfalls durch die Kanalisation! - werde ich mir hiermit die Pulsader aufschlitzen!"

Er nahm die Waffe in die Hand und prüfte kurz die Spitze. "Sehr scharf. Ich denke, dass ich wohl erfolgreich sein werde. Und wer die Ratte ist? Was glaubt Ihr?"

Trelain griff nach dem Dolch, wiegte ihn kurz in der Hand und reichte ihn dann an den Kanzler weiter: "Quermilian Gorodon!"

Lysander nickte. "Ay. Natürlich. Übrigens: Ich vermute, dass Bischof Polikides wesentlich mehr Informationen hat über das, was oberhalb der Zehnundniveaus ist. Dort ist der Schlüssel für die Macht über ganz Subgäa. Und er wird sie einsetzen. Ohne Rücksicht. Ihr habt nicht mehr viel Zeit! Ich kann Euch nur noch einen Rat geben: Fragt Ormilian. Er hat sich immer für diese Dinge interessiert."

86.

Nightmare - Venom

Trelain schlief schlecht in dieser Nacht und wurde von Albträumen heimgesucht. Immer wieder wachte er schweißgebadet auf.

"Was ist?", flüsterte Calaya neben ihm und strich ihm sachte über die Wange.

Er keuchte. "Lass nur. Schlaf weiter! Es ist ... nichts." Er sah hinüber. Sie war ein Stück von ihm weggerutscht. Als sie seinen Blick bemerkte, lächelte sie entschuldigend. "Du ... deine Hände haben sich zwischendurch einige Male verwandelt. Und ich fürchtete, dass du mir weh tun könntest ..."

Er biss die Zähne zusammen, dass es schmerzte und schwieg einen Moment. So weit war es schon gekommen. "Ich könnte dir nicht weh tun, Calaya! Und *es* glaube ich auch nicht ... Aber du hast recht. Man kann *ihm* ... mir nicht trauen!"

Er drehte sich herum und schloss die Augen, aber er fürchtete, der Albtraum kehrte zurück. Er hatte keine Handlung gehabt, eigentlich nur Impressionen.

Zwei Männer waren gestorben. Zwei Zauberer. In einem anderen Spiel. Die Macht des Wassers und die Macht des Steins hatten sich andere Träger gesucht. Die Macht des Wassers ihn.

Und im Gegensatz zur Wirklichkeit war das Eindringen in seinem Traum grauenvoll und schmerzhaft gewesen. Er hatte sich immer gefragt, ob man im Traum Schmerzen verspüren konnte. Jetzt wusste er es. Etwas Monströses, Nichtmenschliches war in ihn gefahren, hatte sich seiner bemächtigt - und benutzte ihn jetzt ...? Tat es das?

Er wischte sich den Schweiß von der Stirn und richtete sich auf. Calayas Atemzüge gingen ruhig. Er stand leise auf und

ging hinaus. Skwawk sah ihm erstaunt entgegen. "Ihr seid noch nicht dran, Major! Erst in eineinhalb Ssegs."
"Schon gut. Ich kann nicht schlafen. Leg dich hin. Besser, wenn morgen wenigstens einer von uns ausgeruht ist."
"Geht es Euch nicht gut, Major?"
"Nicht besonders. Und meinetwegen kannst du Trelain zu mir sagen."
Der Attentäter grinste ihn an und äffte einen militärischen Gruß nach. "Soll mir recht sein. Also dann bis zur fünften Sseg!" Er ging hinaus und wandte sich in der Tür noch einmal herum. "Ein interessantes Buch, übrigens!" Er zeigte auf das Tischchen, wo Lysanders Buch aufgeschlagen lag. "Ich habe mir erlaubt, etwas darin herumzublättern, um mir die Zeit zu vertreiben. Wirklich interessant! Glaubt Ihr ... du, dass es das gibt? Oder gegeben hat?"
"Mittlerweile glaube ich beides. Das ist kein Märchenbuch!"
Skwawk nickte ihm noch einmal zu und verschwand.

Was für eine Seite hatte er denn aufgeschlagen? Trelain beugte sich vor und studierte die Abbildung des Tiers. Eine Schlange. Wie ein langer Wurm mit ledriger Haut. Ohne erkennbare Extremitäten. *Oarvis* in der alten Sprache.
Ein seltsames Gefühl berührte ihn beim Lesen des Namens, aber er konnte es nicht erklären.

87.

Licensed to kill - Jag Panzer

General Casnoff warf seinen Helm achtlos in eine Ecke und ließ sich keuchend auf die Polster sinken. Sein provisorisches Hauptquartier im dreiundsiebzigsten Stockwerk war alles andere als komfortabel, so wie er es gewohnt war, und so hatte man es wenigstens einigermaßen möbliert.

Vollkommen nutzlos, dachte er sich. Spätestens in zwei Tagen musste er dieses Quartier verlassen und sich weiter nach oben zurückziehen. Er fluchte innerlich. Als er von Bischof Polikides zum Kommandeur der Miliz ernannt worden war - nun, ernannt hatte ihn der Bischof natürlich nicht, aber als solchen vorgeschlagen, was so ziemlich das Gleiche war -, da hatte er gedacht, es geschafft zu haben. Eine bequeme und einflussreiche Lebensstellung. Viel Macht und wenig Mühe. Vor allem kein Dreck und Blut. Denn obwohl er sich immer den Anschein eines zähen und erfahrenen Kämpfers gab, hasste er beides. Diese Drecksarbeit, das war etwas für die niederen Chargen, nicht für ihn.

Und jetzt hatte er mehr davon, als ihm lieb sein konnte. Gäa verfluche Herzog Ivesnagaios! Und am besten den Bischof dazu!

Casnoff löste umständlich den schwarzen goldverzierten Brustkürass und die Beinschienen und suchte erst einmal den Abtritt auf. Beim Pissen, das mühsam wie in letzter Zeit üblich war, sinnierte er weiter.

Das fünfundsiebzigste Niveau war nicht zu halten, das war ihm klar geworden, als er den erbitterten Kämpfen vorhin zugesehen hatte - natürlich aus sicherer Entfernung. Obwohl seine Leute sich mehr Mühe gaben, nachdem er einige gefasste Deserteure vierteilen lassen hatte, war das Vordringen der bleichen Soldaten in ihren schuppigen Panzern nicht aufzuhalten. Ein unerbittlicher Wille schien sie voranzutreiben, über Berge von Toten, die sich auf den vom vergossenen Blut glitschigen Treppen stapelten, hinweg zu marschieren, eine Wand aus Schwertern und Spießen. Tödlich und unaufhaltsam.

Die unteren Niveaus waren verloren, da gab er sich keinen Illusionen hin. Er ging in sein Quartier zurück und winkte einem der Wachsoldaten. "Holt einen Schreiber und einen Boten! Eine Nachricht an den Bischof! Nemeb!", verbesserte er sich. "Zwei Boten! Wer weiß, ob die Ascatoren noch funktionieren!"

Die beiden Wachsoldaten, die die Boten begleitet hatten, warteten, bis sie das typische Geräusch hörten, wie der Ascator sich in Bewegung setzte, und sahen dem anderen Melder nach, wie er in Richtung des nächsten Treppenaufgangs lief.

Von dort kamen zwei andere Soldaten

Skwawk sah kurz zu Trelain hinüber und nickte ihm unmerklich zu.

Der Diener schenkte Casnoff gerade ein Glas voll, als es an der Tür klopfte. "Was ist denn noch?", knurrte er unwirsch.

Nach einer Sseg kehrte der Diener zurück. "Zwei Soldaten. Wohl die, die Ihr beauftragt hattet, die Boten zu begleiten. Es sei etwas geschehen."

"Was? Der Ascator?"

"Ich weiß es nicht, Mylord. Sie wollten es nur Euch persönlich sagen!"

Casnoff stieß einen lauten Fluch aus. "Was soll der Unfug? Draußen steht Leutnant Bernard! Bekomme ich jetzt jede Meldung von jedem kleinen Lakai persönlich?"

"Vielen Dank für die Beurteilung meiner Person!", meinte Trelain, der in den Raum getreten war. "Ist es gestattet?"

Der General war ob dieser Frechheit eines einfachen Soldaten einen Moment lang sprachlos. Er starrte seinen Diener an, der langsam zur anderen Seite des Raumes zurückwich. Ein zweiter Soldat betrat den Raum und sah sich prüfend nach allen Seiten um.

Casnoff verstand immer noch nicht. "Was soll das? Wo ist Leutnant Bernard?"

Der zweite Mann deutete eine leichte Verneigung an. "Unabkömmlich, Mylord. Leider unabkömmlich."

Die Situation war so lächerlich, dass Casnoff auflachte. "Unabkömmlich? Das ist absurd! Ich lasse den Kerl aufhängen!"

"Das wird nicht mehr nötig sein!", widersprach Trelain, jetzt auch lachend. Er winkte dem Diener gelassen zu: "Setz dich da hinten irgendwo auf seinen Arsch! Und bleib da sitzen, dann bleibst du auch am Leben!"

Der Mann gehorchte und ging zitternd zu einer Sitzbank im Hintergrund des Raumes. Skwawk zog die Schultern kurz hoch. "Na also! Der Kerl kommt hier nicht mehr heraus, und ich glaube nicht, dass irgend jemand anderes zur Tür hereinkommt. Somit ist alles bereit für deine freundliche Unterredung. Aber lass dir nur nicht zuviel Zeit! Ich weiß nicht, wie oft hier Wachablösung ist oder Melder ankommen ..."

"Ay!" Trelain nickte und grinste dann Casnoff an, der ihn immer noch verständnislos anstarrte. "Nun, dann zu uns!"

Der General duldete es ohne Widerspruch, dass sein 'Gast' sich zu ihm an den Tisch setzte und aus der Karaffe einen Schluck nahm. "Hm. Nicht übel. Mir scheint, es kann um Euren 'Feldzug' gar nicht so schlecht bestellt sein, wenn so feine Sachen noch zu haben sind. Entschuldigt, dass ich aus der Karaffe trinke, aber ich wollte es Euch nicht zumuten, ein Glas zu beschaffen. Sicher habt Ihr nicht mit Gästen gerechnet, Mylord!"

"Was?! Wer zum Abis seid ihr? Und wie seid ihr hier hereingekommen?"

Trelain lachte nochmals laut. "Wie wir hier hereingekommen sind? Nun, indem wir Eure vier Wachen - samt dem Leutnant - da draußen umgebracht haben! Prophylaktisch. Um lästige Diskussionen zu vermeiden."

"Was?!"

"Ihr wiederholt Euch! Und ich dachte immer, derart hohe Herrschaften verfügten über einen differenzierteren Wortschatz ... Nun, was glaubt Ihr, was der Grund unseres Besuchs ist?"

Casnoff schluckte, und er spürte, wie ihm der kalte Schweiß ausbrach. "Ihr ... Ihr seid Männer von Ivesnagaios?"

"Hm", wiegte Trelain den Kopf, "die Vermutung liegt nahe, nemeb? Aber wie könnten wir es geschafft haben, bis hierher vorzudringen?"

Der General wusste nicht, wo ihm der Kopf stand, und antwortete fast automatisch. "Über die Ascatoren? Ein Stoßtrupp? Ich weiß es nicht. Und ... und ... Jetzt wollt Ihr mich ... töten? Aber ..." Er räusperte sich umständlich, als er merkte, wie trocken sein Hals und sein Mund plötzlich waren. "Aber Ihr täuscht Euch, Ihr Herren!"

Bei dem Wort 'Herren' sahen sich Skwawk und Trelain an und brachen nach einer Ssig der Verblüffung in brüllendes Gelächter aus.

"Das ist wirklich gut!", prustete Trelain. "Ganz die feine Manier!"

"Ay, nicht wahr!", stimmte Casnoff eilig zu. Er musste die Zähne zusammenbeißen, denn plötzlich bekam er einen Krampf in der linken Wade. "Und leider ... leider muss ich Euch sagen, dass Ihr Euch getäuscht habt. Ich ... ich bin gar nicht so wichtig, wie Ihr Euch das vielleicht gedacht hattet."

"Sooo?", dehnte Trelain. "Also eher unwichtig, was? Und wir dachten, du bist hier der Kommandeur! Ein ... ähm ... wie heißt das?"

Er hatte sich fragend zu Skwawk herumgedreht, und der tat so, als ob er einen Moment lang angestrengt nachgrübelte: "Ein General?"

"Genau!", stimmte Trelain erleichtert zu und hieb sich mit der Faust aufs Knie. "Ein General! Naja: General - Korporal ... Wir haben wohl den Falschen erwischt! Ein bedauerlicher Irrtum!" Er stand auf und reckte sich. "Am besten, wir entschuldigen uns, bringen dich um und verschwinden wieder, bevor noch jemand etwas merkt ..."

"Wie bitte?!" Casnoff konnte es nicht fassen. "Ich verstehe nicht ..."

"Oh, du wirst gleich!", stellte Trelain fest und setzte sich wieder, wobei er den Degen vor sich auf den Tisch legte. Die Blutschmierer auf der Klinge entgingen dem General nicht, wie sein ängstlicher Blick zeigte.

Trelain spielte kurz mit dem Griff der Waffe herum, dann sah er sein Gegenüber direkt an. "Vielleicht kannst du uns doch etwas nützlich sein."

"Oh, sicher! Sicher! Was wollt Ihr wissen?"

"Einiges." Trelain stützte das Kinn in die Linke, während er mit der Spitze des Degens auf den General zeigte. "Zum Beispiel: Was ist die Quadratwurzel von Einhundertneunundsechzig?"

"Häh? Was soll ..."

Trelain stieß kurz zu, und die Klinke drang einen Zentimeter tief in den linken Oberarm des Generals ein. Der heulte auf und umklammerte die Wunde mit der rechten Hand. Nach einigen Ssigs quollen Blutstropfen zwischen seinen Fingern hervor.

"Du hast die Frage nicht beantwortet! Von einem Mann deines Standes kann man doch elementare mathematische Bildung erwarten, nemeb?"

"Halt! Um Gäas willen!", schrie Casnoff, als der Degen vor seinen Augen aufblitzte. "Es ist ... es ist ... Dreizehn!"

"Sehr gut!" lobte Trelain und nahm noch einen Schluck aus der Karaffe. "Zweite Frage: Wie viele Tonnen Kupfer werden alljährlich in den Außenbezirken Subgäas abgebaut? Bitte genau!"

Casnoff sah sein Gegenüber entsetzt an.

Zehn Ssegs später war der General so weit, jede Frage zu beantworten. Vor ihm auf dem Tisch lagen drei Finger, ein Daumen und ein Ohr in einer Blutlache. Trelain sah auf den zusammengekrümmten Körper in dem Sessel vor ihm herab, der sich mit seiner dreifingrigen gebrochenen Hand an der Lehne festhielt. Der andere Arm hing schlaff herab.

"Auf die nächste Frage setze ich ein Auge. Mal sehen, ob ich gewinne! Was kann Bischof Polikides noch unternehmen, um diesen Krieg noch zu gewinnen?"

Casnoff keuchte schwer und starrte ihn aus blutunterlaufenen Augen an. "Ich weiß es nicht!" Die Klinge bewegte sich ein Stück, aber er schüttelte nur resigniert den Kopf. "Ich weiß es wirklich nicht! Es ist etwas in den Einund- oder Nullundniveaus ... Ich war noch niemals dort, glaubt mir! Nur Kirchenfürsten haben dort Zutritt! Es gibt dort etwas, aber ich habe keine Ahnung ... Irgend etwas dort oben ..."

Trelain sah zu Skwawk hinüber, aber der zuckte nur die Schultern und erinnerte ihn mit einer Handbewegung daran, dass die Zeit knapp wurde.

"Na schön!", knurrte Trelain. "Trotzdem noch eine Frage: Wer von euch ist Qarvis - die Ratte?"

"Quermilian!", röchelte Casnoff, dann sah er auf, als die Erkenntnis dämmerte. "Ihr ... Ihr seid keine Leute von Ivesnagaios! Ihr seid ... Equest!" Ein blutiger Husten unterbrach seine Worte.

Trelain grinste ihn böse an und leitete die Umwandlung ein. Nach einigen Ssigs hatte er wieder sein ursprüngliches Gesicht. Er packte Casnoff am Hals und zog ihn ganz nah zu sich heran. "Was ist die 'Macht des Steins', die Quermilian hat? Ich muss das wissen!"

Casnoff wischte sich das Blut von den Lippen und lachte mühsam. "Du bist der andere, was, Trelain? Die Macht des Steins? Das wird dir noch zu schaffen machen. Hör zu!"

Mit erstaunlicher Kraft zog er den Kopf des Majors zu sich herunter und spuckte ihm sein Blut auf die Wange. "Er kann durch Wände gehen, haha! Einfach so! Mitten durch! Den bekommst du nicht!"

Trelain riss sich los. "Es gäbe da noch eine allerletzte Frage!" erklärte er sachlich. "Wie sieht es mit deiner Fähigkeit zu fliegen aus?"

88.

Looking for someone - *Genesis*

Ormilian Gorodon lehnte sich am Tisch nach vorne und blinzelte der Frau zu. "Und ich möchte doch behaupten, dass ich Euch irgendwoher kenne ..." Er lehnte das Kinn in die Hand und verzog das Gesicht, als ob er angestrengt nachdächte.

Sie lachte. "Macht keine solchen Grimassen! Und wie gesagt, ich glaube nicht, dass Ihr mich kennt. Bei diesen Hofbällen werde ich Euch kaum aufgefallen sein."

"Aha!", grinste er. "Hofbälle! Nun habt Ihr Euch verraten, meine Dame! Ihr wisst also genau, wer ich bin! Und ich bin lediglich auf Vermutungen angewiesen. Das ist nicht ganz fair. Auch wenn mir das Spielchen gefällt ..."

Die Frau nippte von ihrem Glas und schenkte ihm ein Lächeln. "Verzeiht, Lord Ormilian."

Er bedeutete ihr mit einer Handbewegung, die Stimme zu senken. "Das muss wirklich nicht jeder wissen, finde ich. Woher nehmt Ihr die Gewissheit, dass ich *ich* bin und nicht mein Bruder?"

"Ich glaube nicht, dass Quermilian ... verzeiht! ... Lord Quermilian ein Lokal hier im zweiundfünfzigsten Niveau aufsuchen würde, nemeb?"

"In der Tat!", lachte Ormilian. "Das glaube ich auch nicht! Obwohl das hier gar keine so üble Gegend ist." Er lehnte sich wieder vor und sah ihr in die Augen. "Immerhin lernt man hier ganz bezaubernde Frauen kennen. Auch wenn das nicht so ganz zufällig geschehen ist."

Sie schlug die Augen nieder. Errötete sie gar ein wenig? "Nemeb, Mylord. Es ist ..."

Er unterbrach sie nochmals. "Lasst den Lord sein. Es dürfte sich mittlerweile herumgesprochen haben, dass ich mir aus dergleichen nichts mache. Mein Herr Bruder ist da anders, aber, wie gesagt, den würde man hier auch nicht antreffen."

Er schnippte mit den Fingern, und ein Kellner servierte eine neue Flasche Geoph und leerte den Aschenbecher. "Ich finde, da wir uns nun über mich im Klaren sind, sollten wir etwas Licht ins Dunkel um Eure Person bringen, nemeb? Ich glaube, das habe ich mir verdient."

"Verdient? Durch die beiden Gläser Geoph, zu denen Ihr mich eingeladen habt, Ormilian?"

Der Prinz lächelte innerlich. Es klang gut, wie die Frau seinen Namen aussprach. Respektvoll, aber trotzdem mit einer Prise Koketterie. Und einer Spur Laszivität. Ay, das klang gut! Er begann, den Abend richtig zu genießen.

"Aber nicht doch!", schüttelte er den Kopf. "Wegen meiner Eigenschaft, ein angenehmer und unterhaltsamer Gesellschafter zu sein. Und ...", drohte er ihr schelmisch mit dem Zeigefinger, " ... Ihr werdet doch dem Sohn Eures gesalbten Herrschers nicht die Auskunft verweigern?"

Sie lachte glockenhell und neigte in gespielter Zerknirschung den Kopf. "Das würde ich nicht wagen, mein Herr! Mein Name ist Myriam. Ich bin eine der Hofdamen von Lady Elisbeth, der Frau ..."

" ... von Lord Hector Sherfon, dem Minister für Kunst und Kultur", ergänzte er. "Ein furchtbar langweiliger Mensch. Und hat zudem keine Ahnung von seinem Fach. Ein absoluter Ignorant. Wenn seine Frau vom selben Schlag ist, dann beneide ich Euch nicht um Eure Stellung."

"Nun, es ziemt sich nicht, abfällig über die Herrschaft zu sprechen ... Die Lady, sie ist nicht mehr die Jüngste ..."

"Wohl gesprochen, Myriam!" Er blinzelte ihr zu. "Es heißt, dass das Gestell unter ihren Unterröcken das Einzige ist, das sie noch aufrecht hält."

"Ein bösartiges Gerücht!", lachte sie. "Nun, ich sah Euch damals, ich weiß nicht, wie lange das genau her ist ... Bei der

Ernennung irgend so eines Generals zum Vorsteher der Miliz, oder wie das heißt."

"Ah!" Er nickte. "Casnoff vermutlich. Zum Kommandeur der Miliz. Auch so eine öde Veranstaltung, bei der sich sämtliche Wichtigtuer des Reichs gegenseitig den Bart kraulen, nur um öffentlich zu machen, was sowieso feststeht, und woran niemand etwas ändern kann."

"Das klingt, als ob Ihr diesen Casnoff nicht besonders schätzt."

Er verzog das Gesicht. "Nicht besonders. Ein Karrieremacher." Er schenkte beiden Geoph nach und stieß an. "Lassen wir das. Ihr habt dieses Gespräch doch nicht zufällig gesucht, Myriam, oder?"

"Oh, ich bin zufällig hier, falls Ihr das meint. Als ich mich zu Euch setzte, da wusste ich natürlich, wer Ihr seid. Und ... nun, das reizte mich irgendwie, wenn Ihr versteht ..."

Der Blick, den sie ihm schenkte, hätte einen Eisenträger zum Schmelzen gebracht. Ormilian lächelte, dann sah er der Frau in die Augen. "Ihr seid zufällig hier. Ohne Begleitung? Das ist sehr leichtsinnig, meine Dame!"

"Oh, ich bin nicht ganz so wehrlos, wie Ihr denkt!", widersprach sie und beugte sich vor, um zu flüstern. "Ich habe einen Dolch. Unter meinem Rock."

"Ah!", nickte er anerkennend. "Ein Dolch. Gut. Aber es ist trotzdem gefährlich, in diesen Zeiten alleine unterwegs zu sein."

Sie beugte sich vor. "In diesen Zeiten? Das ist auch ein Grund, warum ich Euch angesprochen habe: Man hört, dass das Reich verloren sein soll ... Die Angreifer von unten ... Sie sollen weiter vorgedrungen sein, als bisher offiziell zugegeben wird ..."

Ormilian nahm einen Schluck und zuckte die Schultern. "Hört man das?"

"Das scheint Euch ziemlich gleichgültig zu sein."

Er zuckte nochmals die Schultern. "Was würde es nutzen, wenn ich mich aufregen würde?"

Die Frau sah ihn fassungslos an. "Aber ... aber es ist das Reich Eures Vaters! Vielleicht wäre es einmal Eures geworden."

"Nemeb!" Er schlug mit der flachen Hand auf den Tisch, dass es krachte. "Ich dachte, es wäre bekannt, dass *ich* kein Interesse daran habe!"

Sie hatte die Hand vor den Mund geschlagen und sah ihn entsetzt an. Ormilian seufzte und nahm ihre Hand begütigend in seine. "Verzeiht, Myriam! Ich wollte Euch nicht erschrecken! Ich musste dies nur schon tausend Mal erklären: Dieses Reich zu regieren, daran liegt mir nichts. Ich möchte kein Herrscher sein. Man hat dann zwar Macht, aber keine Freiheit mehr, wenn Ihr versteht. Und mein Bruder ... nun, er will, und dann soll er."

"Aber wenn das Reich jetzt erobert wird ...?"

Zum ersten Mal zeigte sich ein böses Aufblitzen in Ormilians Augen. "Dann muss auch *er* die Konsequenzen tragen, nemeb?"

"Ihr meint - den Tod?"

"Hm. Falls Subgäa vollständig erobert werden sollte - was ich nicht glaube - dann hätte er womöglich damit zu rechnen, dass man ihn als potenziellen Thronfolger nicht am Leben lässt. Aber das ist seine Sache!"

"Aber, was ist dann mit Euch? Ihr seid doch auch ein potenzieller Thronfolger."

Ormilian lachte. "Eben nicht, das sagte ich ja! Keinerlei Interesse! Und Herzog Ivesnagaios von Elengrad weiß das!"

"Was?" Die Frau starrte ihn fassungslos an. "Ihr kennt die Angreifer?"

"Nicht persönlich. Aber ich weiß genug von diesem Herzog. Er will erobern, nicht vernichten. Womöglich bekommt Subgäa also einen neuen Herrscher. Aber Euch sollte das nicht weiter beunruhigen."

Calaya ließ sich ein Stäbchen geben und nahm einen Zug. "Mir scheint, die Möglichkeit, dass das Reich Eures Vaters von fremden Eindringlingen erobert wird, bringt Euch nicht sehr außer Fassung, Mylord. Und dass dieser und Euer Bruder dabei getötet werden, auch nicht!"

Ormilian steckte sich ebenfalls ein Stäbchen an. "In der Tat. Für meine Person fürchte ich nicht viel. Und ob der Herzog von Elengrad mit seinen neuen Untertanen recht glücklich wird, das wage ich zu bezweifeln."

Sie sah ihn unergründlich an. "Würdet Ihr mich auf meinem Nachhauseweg begleiten? Ich denke, Ihr habt recht: Die Zeiten sind unsicher."

Er lächelte und nickte.

89.

Bonded by Blood - Exodus

"Ihr wohnt sicher im Kremanwar", stellte Ormilian mehr fest als zu fragen und Calaya nickte. Der Kremanwar, das waren die zehn Stockwerke zwischen dem dreißigsten und dem vierzigsten Niveau, der Regierungsbezirk, der ausschließlich dem Königshaus, den Ministern und hohen Beamten sowie ihren Bediensteten vorbehalten war. Nebst einigen Milizkasernen natürlich. "Dann sollten wir keinen der Zentralascatoren benutzen", stellte der Prinz fest, als er ihren Arm ergriff und in eine Seitengasse einbog.

"Warum das?", fragte Calaya und runzelte die Stirn, was er aber nicht sehen konnte. Das brachte den Plan durcheinander. Trelain hatte damit gerechnet, dass sie einen Ascator am inneren oder mittleren Ring um den Zentralschacht benutzen würden. Sie sah unauffällig über die Schulter, konnte aber nur die üblichen Passanten, die um diese Zeit noch in den Vergnügungsvierteln unterwegs waren, erblicken. Hoffentlich hatte wenigstens einer der beiden anderen die Tür des Lokals im Auge behalten. Der erste Teil des Planes hatte überraschend schnell geklappt: mit dem Prinzen ein Gespräch anzufangen und ihn dann zu bitten, sie nach Hause zu begleiten. Das war eben fast zu einfach gewesen. Und jetzt begannen die Komplikationen.

"Weil die Zentralascatoren bis ganz nach unten fahren", erklärte Ormilian. "Durchaus möglich, dass sie inzwischen abgeschaltet oder ganz außer Betrieb gesetzt worden sind, damit keine Stoßtrupps des Herzogs bis zum Regierungsviertel durchbrechen können. Oder dass sie schon von ihm kontrolliert werden. Das könnte fatal werden."

"Aber", warf Calaya verwirrt ein, "falls diese Möglichkeit besteht, müsste dann nicht an jeder Ascatortür ein Wachtrupp stehen?"

Ormilian lachte laut, und das Echo seines Gelächters hallte von den Wänden zurück, so dass sich einige der Leute, die noch unterwegs waren, erstaunt umdrehten. "Liebes Kind, was stellt Ihr Euch vor? Auf jedem Stockwerk gibt es mindestens fünf Zugänge zu den Ascatoren. Wenn General Casnoff vor jedem einen Wachtrupp postieren wollte, dann hätte er kaum noch Soldaten, um die Treppenaufgänge zu verteidigen. Nemeb, ich schätze, dass man die Aufzüge so blockiert hat, dass sie nicht tiefer als bis zum ... na, sagen wir mal, zum sechzigsten Niveau fahren."

Sie sah ihn erstaunt an. "Und das geht?"

"Nun, ich verstehe nichts von diesen ... diesen technischen Dingen, aber ich bin sicher, dass sich das bewerkstelligen lässt. Und ich bin mir auch sicher, dass, wenn das nicht geht, man nicht zögern würde, die Ascatoren komplett zu zerstören. Das wäre zwar eine Katastrophe für Subgäa, aber einige Herren unserer erlauchten Führung würden das sehr wohl in Kauf nehmen, um ihre kostbare Haut zu retten. Jedenfalls erscheint es mir bedeutend sicherer, einen der äußeren Aufzüge zu benutzen. Und ich kenne einen, der sowieso nur bis zum fünfundfünfzigsten Niveau fährt."

Calaya nickte ergeben und ließ es sich gefallen, dass er seinen Arm um sie legte, als sie eine der äußeren Hauptstraßen überquerten und in einen schmalen Seitengang einbogen.

Ormilian drückte auf den Knopf, und das typische knirschende Geräusch hinter der Metalltür zeigte, dass sich die Mechanik in Bewegung setzte. Das kleine Licht über dem Eingang begann zu blinken, und er nickte ihr befriedigt zu.

Das Geräusch von Schritten aus dem Gang, aus dem sie gekommen waren, ließ Ormilian aufschauen. Im gelben Licht der Glühsteine konnte er einen Mann erkennen, dessen Ziel anscheinend ebenfalls der Ascator war.

Irgend etwas in der Art, wie der Mann langsam, aber zielstrebig näher kam, weckte das Misstrauen des Prinzen. Außerdem hatte er nicht die Absicht, mit einem Fremden zusammen nach oben zu fahren.

"Bleibt hinter mir, dann wird Euch nichts geschehen!", flüsterte er und schob Calaya mit der Linken hinter sich, während er mit der Rechten nach dem Griff seines Rapiers tastete.

"Oh, so ungefährlich ist es nicht hinter Euch, mein Prinz!", höhnte eine flüsternde Stimme an seinem Ohr, und er spürte kalten Stahl an seiner Kehle. Ein anderer Mann mit schwarz glänzenden Augen grinste ihn über die Schulter an und zog ihm die Klinge aus der Scheide, während der Dolch sich keinen Millimeter bewegte.

Ormilian ließ die Arme sinken und schalt sich innerlich selbst einen Narren. Die Frau war zwei Schritte zurückgetreten und lächelte ihn wie zur Entschuldigung an. Ay, ein equester Narr war er gewesen! Sie gehörte zu diesen Kerlen. Entweder war das eine Bande von gewöhnlichen Straßenräubern, die glaubten, mit ihm den Fang ihres Lebens gemacht zu haben, oder das waren Agenten des Herzogs.

Trelain war jetzt herangekommen und bedeutete Skwawk, die Klinge vom Hals des Prinzen zu nehmen. Er deutete eine leichte Verbeugung an. "Ich wünsche einen guten Abend, Lord Ormilian, auch wenn das jetzt etwas lächerlich klingt. Nemeb, wir sind keine Banditen oder Erpresser, falls Euch dieser Gedanke jetzt durch den Kopf gegangen ist. Und wir stehen auch nicht in den Diensten von Herzog Ivesnagaios."

"Könnt Ihr Gedanken lesen?", fragte Ormilian erstaunt. "Tatsächlich vermutete ich etwas in dieser Richtung." Er sah sich sein Gegenüber genau an, und jetzt erkannte er den Mann. "Major Trelain! Ich dachte, Ihr wärt getötet worden!"

"Ay, das dachten einige! Nun, wie Ihr seht, Mylord, lebe ich noch!"

"Das freut mich! Aber es erstaunt mich um so mehr, dass ich von Euch und ...", er warf einen halb vorwurfsvollen Blick zu Calaya hinüber, " ... Euren Komplizen hier, nun, überfallen werde. Ihr habt keinen Grund, mir in irgend einer Weise gram zu sein."

"Verzeiht! In der Tat habe ich dazu keinen Grund. Und dies ist auch kein Überfall. Mein Kamerad hier", er zeigte auf Skwawk, "wollte vorsichtshalber nur verhindern, dass Ihr zur Waffe greift. Es hätte unsere Unterredung etwas erschwert."

Ormilian lächelte säuerlich. "Ihr habt eine interessante Art, Euch auszudrücken, Major! Also an einer Unterredung ist Euch gelegen? Das hättet Ihr einfacher haben können!"

"Das glaube ich nicht, mit Verlaub. Es gibt zu viele Leute in Subgäa, die mich gerne tot sehen würden. Auch wenn sie jetzt andere Probleme haben."

Mit einem Rasseln öffneten sich die Türen des Ascators, und Trelain wies auf die Kabine. "Bitte einzusteigen. Dann erfahrt Ihr alles Weitere."

Trelain hielt den Fahrstuhl mit der Notbremse zwischen zwei Stockwerken an. Die unsichtbare Mechanik protestierte kurz mit einem schrillen Quietschen und die Kabine ruckte mehrere Male bedenklich, doch dann stand sie still. Ein kleines rotes Licht an der Schalttafel begann zu blinken zum Zeichen, dass der Geist des Ascators mit dieser außerplanmäßigen Unterbrechung der Fahrt keineswegs einverstanden war.

Ormilian schüttelte den Kopf. "Glaubt Ihr nicht, dass sich diese Unterredung in meinen Räumlichkeiten angenehmer gestalten ließe als hier? Ich garantiere für Eure Sicherheit."

"Und wer garantiert für Euch? Nemeb, Mylord. Ich bitte Euch, dies nicht als Beleidigung aufzufassen, aber hier fühle ich mich im Moment sicherer. Und nun werde ich Euch eine kleine Geschichte erzählen ..."

Eine Viertelsseg später schüttelte der Prinz nochmals den Kopf. "Das ist ... das ist einfach unglaublich, Major! Mein Bruder soll dieser irre Mörder sein? Unmöglich!"

"Nicht irre!", widersprach Trelain. "Einen Wahnsinnigen, der Hataii umbringt, gibt es überhaupt nicht. Das war nur eine Legende, die Euer Bruder aufgebaut hat, um einige Gegner der 'Vertrauten' aus dem Weg zu räumen, ohne Verdacht auf politischen Mord zu erwecken."

"Das ist absurd! Diese Frauen auf bestialische Weise zu ermorden, nur um die Geschichte von einem wahnsinnigen Mörder glaubhaft zu machen? Das traue ich nicht einmal meinem Bruder zu."

"Ich schätze, dass die ganze Idee von Bischof Polikides stammt. Aber Euer Bruder war die ausführende Hand." Trelain beobachtete den anderen genau. Es hing viel davon ab, dass Ormilian ihm glaubte. Allerdings hatte er bei der Erzählung der ganzen Geschichte die Zauberkraft des Geonogons sowie seine eigene Fähigkeit der Gestaltveränderung verschwiegen. Er hielt es für besser, wenn möglichst wenige Personen davon wussten.

"Ich kann es nicht glauben!", wiederholte Ormilian. "Und wie soll er das getan haben? Irgend jemand müsste ihn doch einmal erkannt haben."

Jetzt mischte sich Calaya ein. "Liebt Ihr Euren Bruder? Es erschien mir vorhin in unserem Gespräch nicht so."

Ormilian wiegte den Kopf. "Es hätte wohl keinen Zweck, jetzt zu heucheln. Nemeb, ich liebe ihn nicht! Aber er ist mein Bruder! Blut von meinem Blut. Und ... Warum diese Unterhaltung? Was wollt Ihr von mir?"

"Wenn Euch das Wohl Subgäas am Herzen liegt, dann solltet Ihr uns helfen!", stellte Trelain fest. "Darum wollten wir Euch bitten!"
"Helfen? Meinen Bruder zu töten?"
"Er ist ein Mörder!", beharrte Trelain. "Gut, ich akzeptiere, dass Ihr nicht willens seid, dabei zu helfen, ihn unschädlich zu machen. Darum hätte ich Euch auch nicht gebeten. Aber es ist unglaublich wichtig, dass wir gewisse Informationen bekommen."
"Wenn sie Quermilian schaden sollten ..."
"Hört mich erst an! Kanzler Lysander verwies mich an Euch. Er sagte, dass Bischof Polikides den Schlüssel zur Macht über Subgäa kennt, und dass er ihn einsetzen würde. Und dass Ihr darüber Bescheid wisst."
Ormilian starrte ihn an. "Das hat Euch der Kanzler gesagt? Der 'Schlüssel zur Macht'? Equest!" Er dachte nach, die Fäuste geballt.
"Was ist das, dieser Schlüssel?", hakte Trelain nach. "Und was kann der Bischof damit tun? Das hat jetzt mit Eurem Bruder gar nichts zu tun!"
"Equest!", fluchte der Prinz nochmals. "Doch, das hat etwas mit meinem Bruder zu tun! Hört zu: Der Schlüssel zur Macht, das ist die Quanz!"
"Was? Die Quanz? Die die Yllumi-Röhren zum Leuchten bringt?"
"Nicht nur das! Die Quanz, das ist die Kraft, die alles am Leben erhält. Alles! Ohne sie wäre es nicht nur dunkel, sondern gäbe es keine Nahrungs- und keine Wasserversorgung." Er machte eine Pause und sah Trelain an. "Und keine Luft."
"Was?" Jetzt verstand Trelain. "Und der Bischof? Kann er ... kann er die Quanz manipulieren?"
Ormilian biss sich auf die Lippen. "Wenn er das kann, dann gibt es nur zwei Möglichkeiten, von wem er das wissen kann: von meinem Vater, was ich nicht glaube, oder ..."

"Oder von Eurem Bruder!"
Der Prinz nickte grimmig. "Ich werde Euch helfen, Major! Wenn Quermilian wirklich mit dem Bischof gemeinsame Sache macht, und die beiden willens sind, mit der Quanz herumzuspielen, dann ist er in der Tat wahnsinnig. Das könnte alles Leben auslöschen!"
"Und was tun wir jetzt?", fragte Calaya.
"Wir fahren hinauf bis in den Kirchenbezirk. Dort gibt es zwei andere Ascatoren weiter nach oben. Und die führen bis zu den Nullundniveaus. Ich kenne die Kombination der Schalttafeln."
Er nickte Skwawk zu, der ihm seinen Degen zurückgab, und steckte die Waffe in die Scheide. "Ich schätze, wir sollten keine Zeit verlieren."

90.

Ascension - Anathema

"Ihr bleibt hier!", befahl der Bischof dem Leutnant. "Mit fünf Soldaten! Ich möchte nicht überrascht werden."
Dieser nickte und teilte die Männer ein. Die übrigen fünf Soldaten folgten Polikides die schmale Wendeltreppe hinauf. Nach wenigen Zentssegs hatte der kleine Trupp sein Ziel erreicht: eine eiserne Tür mit einer Schalttafel daran, wie bei einem Ascator.
"Dreht Euch herum!", befahl der Bischof und drückte die neunstellige Kombination von Ziffern, als die Männer gehorchten.
Er registrierte befriedigt das leise Zischen, als die Türhälften links und rechts in der Wand verschwanden. Das war schon etwas anderes als die halb verrostete Mechanik der Ascatoren, bei denen man immer befürchten musste, dass sie einmal steckenblieben oder gar abstürzten.
Er bedeutete den Soldaten mit einer Handbewegung, hier Posten zu beziehen, betätigte einen Schalter an der Innenseite und der Eingang schloss sich wieder.
Jetzt war er alleine. Im Machtzentrum.
Im Gegensatz zu der riesigen Halle draußen mit ihren gigantischen Maschinen und Apparaten war der kreisrunde Raum hier relativ niedrig, nicht einmal fünf Meter hoch. Die Wände, Boden und Decke bestanden aus massivem glänzenden Metall.
Der Bischof atmete tief durch und ließ den Eindruck erst einmal einige Ssigs auf sich wirken. Es war schon ein gewaltiges Gefühl, hier zu stehen - und die Macht über Leben und Tod von Millionen von Menschen in der Hand zu haben. Und er würde diese Macht nutzen. Nutzen, um zu strafen. Ein göttliches Strafgericht, seines, würde über die he-

reinbrechen, die es gewagt hatten, sein Reich anzugreifen. Und damit ihn.
 Polikides ging die paar Schritte bis zu dem großen Schaltpult und setzte sich in den Sessel. Einen einzigen Schönheitsfehler hatte sein Plan noch: Er musste auf Quermilian warten.

"Ich hatte mich schon immer gefragt, was sich eigentlich in den obersten Stockwerken des Kirchenbezirks befindet", meinte Trelain.
 Ormilian zuckte die Schultern. "Eben nichts, außer dem hier."
 Sie durchquerten eine riesige Halle, an deren Seitenwänden Hunderte, Tausende von Särgen aufgereiht waren, jeder auf einem kleinen Steinpodest ruhend und mit einer bronzenen Tafel versehen. Sie hatten keine Zeit, die Inschriften zu lesen, und so erklärte Ormilian: "In diesen Kisten ruhen die Überreste sämtlicher Mitglieder meiner Familie aus den letzten sechshundert Jahren. Und natürlich sämtliche Kirchenoberen, das versteht sich."
 Calaya schüttelte verwundert den Kopf. "Die hat man aufgehoben?"
 Der Prinz lachte. "Ay, was glaubt Ihr denn, Myriam ... Verzeihung: Calaya? Selbst die verfaulten Überreste oder die bloßen Knochen eines Prälaten oder Bischofs sind immer noch zu wertvoll, um einfach in den Zentralschacht geworfen zu werde. Nemeb, die letzte Ruhestätte im Abis ist schon dem gemeinen Volk vorbehalten."
 "Ihr seid zynisch!"
 "Ay, vielleicht. Ich habe mir in meiner Familie und bei der Kirche nicht gerade Freunde geschaffen, wenn ich über diese Praxis spöttelte. Meiner Meinung nach haben nämlich gerade diese Kirchenfürsten am meisten zu fürchten, was sie im Abis erwartet. Darum lassen sie sich hier aufbewahren, wo

sie das Höllenfeuer vielleicht nicht erreicht. Vollkommen kindische Vorstellung natürlich."

"Und was ist mit Euch?", fragte Calaya. "Auch Ihr werdet eines Tages hier liegen."

Ormilian sah sie nachdenklich an. "Das glaube ich nicht."

Sie fragte nicht weiter.

Quermilian Gorodon stieg aus dem Ascator aus und hetzte den Gang entlang. Er achtete nicht auf die Särge in der großen Halle, denn er spürte, dass er sich beeilen sollte. Der Bischof hatte ihm bestellen lassen, sich ganz oben in der Schaltzentrale einzufinden. Equest, was hatte Polikides vor? Noch war der Krieg nicht verloren. Bestimmt konnte man die Angreifer noch stoppen. Denn deren Nachschubsituation musste ja schließlich immer schwieriger werden, je weiter sie sich nach Subgäa hinein verloren. Und die unteren Stockwerke, die Orkard-Distrikte, nun, die konnte Ivesnagaios haben.

Er fluchte bei dem Namen. Dieser equarte Barbarenhäuptling hatte sie alle an der Nase herumgeführt.

Der Prinz atmete auf, als er die Tür des gesuchten Ascators am Ende des Ganges erblickte. Das rote Licht über der Tür hatte etwas Beruhigendes. Es zeigte, dass der Aufzug noch intakt war - und ihn nach oben bringen würde.

Er bremste abrupt seinen Lauf, als er Stimmen von der anderen Seite zu hören glaubte. Das konnte doch nicht sein! Wer zum Abis ...? Hatte seine Einbildung, seine überreizten Sinne ihn getrogen?

Nemeb, jetzt konnte er auch Schritte vernehmen. Mehrere Personen.

Es galt, keine Ssig zu verlieren. Einige schnelle Schritte, und er stand vor der Ascatortür. Das vertraute Knirschen ertönte, als der Aufzug sich auf seinen Knopfdruck weiter oben in Bewegung setzte. Wenn er nur schon da wäre!

"Dort!", rief Skwawk, als er den Gang erreichte. "Da ist jemand bei der Ascatortür!"

Ormilian fluchte. In dem gelben Dämmerlicht konnte er die dunkle Gestalt auf diese Entfernung nicht erkennen, aber er ahnte, wer das sein könnte. "Das ist vielleicht Quermilian. Schnell!"

Die Ssigs verrannen zähflüssig wie ein Lavastrom, und Quermilian begann zu schwitzen, als er sah, dass die vier Männer zu laufen begannen. Oder war da eine Frau dabei? Egal. Wo blieb die Kabine?

Die Fremden waren höchstens noch dreißig oder vierzig Meter weg, als sich die Ascatortüren quietschend aufschoben. Schnell, nur schnell! Er drückte die ersten drei Ziffern der Kombination. Eine Zwei, eine Vier, eine Acht. Und dann ... Equest! Was dann? In der Aufregung zitterten seine Finger und beinahe hätte er die falsche Taste gedrückt. Eins, Drei, Neun, Null. Ein grünes Licht begann zu blinken. Betriebsbereit. Jetzt noch das Stockwerk. Null-Eins.

Trelain fluchte laut, als die Türen sich fast vor seiner Nase schlossen und die Kabine dahinter sich in Bewegung setzte.

Ormilian kam dicht hinter ihm an. "Das macht fast nichts!", keuchte er.

"*Fast* nichts!?", schnappte Trelain. "Erstens haben wir einen weiteren Gegner da oben, zweitens sind sie jetzt gewarnt, und drittens könnten sie den Ascator blockieren. Wollt Ihr zwanzig Stockwerke zu Fuß nach oben stiegen? Bis dahin kann alles zu spät sein!"

Der Prinz winkte ab. "Einen weiteren Gegner? Es ist gar nicht sicher, ob der Bischof schon dort ist."

"Oh, da bin ich mir *fast* sicher!" machte Trelain den anderen nach. "Der ist dort! Und mit seiner Wache vermutlich!"

"Aber in einer Beziehung kann ich Euch beruhigen, Major! Erstens gibt es noch einen zweiten Ascator bis ganz nach oben, und zweitens: Sie können von dort nicht blockiert werden!"
"Seid Ihr da sicher?"
"Ay. Vollkommen."
"Hm." Trelain sah in die Runde. "Aber gewarnt dürften sie sein, nicht wahr?"
Ormilian nickte. "Da stimme ich Euch zu."
"Also dürfte uns an beiden Ascatorausstiegen ein Empfangskomitee erwarten."
"Richtig!", stimmte der Prinz zu und grinste. "Wenn ich also einen Vorschlag machen dürfte?" Er wartete die Antwort nicht ab und fuhr fort: "Wir fahren nicht bis ganz nach oben, sondern steigen ein Niveau darunter aus."
"Und nehmen dann die Treppe?"
Ormilian schüttelte den Kopf. "Das wird nicht gehen, Major. Denn dort gibt es keine Treppe mehr. Die endet hier!"
"Und wie sollen wir das dann machen?"
Der Prinz grinste noch breiter. "Durch den Zentralschacht. Dort oben gibt es eine Steigleiter, die an der Schachtwand nach oben führt. Wahrscheinlich für Notfälle geschaffen, wenn die Ascatoren einmal ausfallen."
Calaya starrte ihn an, und er erklärte weiter: "Das weiß nicht einmal mein Bruder. Ich hoffe, ihr seid schwindelfrei ..."

91.

Morbid - Psychotic Waltz

Polikides fuhr herum, als hinter ihm das Zischen ertönte, das zeigte, dass sich die Tür öffnete. Quermilian. Der Bischof wischte sich nervös über die Stirn, nicht darauf achtend, dass er jetzt Schmierer von der Schminke an seinen Fingern hatte. Er war so von dem Gefühl der Macht - fast göttlicher Macht - eingenommen gewesen, dass er regelrecht erschrocken war, als das Geräusch erklang.

Der Prinz keuchte, und Schweißperlen schienen auf seiner Stirn zu schimmern.

"Was ist los?", fragte Polikides mit einem leicht verächtlichen Grinsen. "So zu beeilen hättet Ihr Euch auch nicht zu brauchen!"

Quermilian warf ihm einen bösen Blick zu. "Von wegen! Beinahe wäre ich erwischt worden!"

"Erwischt?" Der Bischof zog die Augenbrauen zusammen. "Drückt Euch gefälligst etwas deutlicher aus! Wer hätte Euch *erwischt*?"

"Ich weiß nicht! Vier Männer! Einer könnte auch eine Frau gewesen sein. Ich konnte sie nicht genau erkennen, und begreiflicherweise war ich etwas in Eile ..."

Er hatte die letzten Worte in ironischem Tonfall ausgesprochen, was Polikides nicht entgangen war. "Hm", brummte er. "Und wo?"

"Im Einundzwanzigsten. Einer von ihnen könnte mein Bruder gewesen sein. Könnte."

Polikides kaute auf seiner Unterlippe. "Möglich. Es muss jemand sein, der die Kombination für die oberen Niveaus des Deusemtan kennt, denn ich glaube nicht, dass jemand über die Treppen hochkommt, ohne von irgendjemandem gesehen zu werden. Eine Hundertschaft Wachsoldaten bewacht noch die Aufgänge. Mehr konnte Casnoff leider nicht erübrigen."

Er dachte kurz nach und fragte dann: "Glaubt Ihr, dass sich Euer Bruder ein paar Männer angeheuert hat, um uns hier in die Quere zu kommen?"

Quermilian zuckte die Achseln. "Ich wusste noch nie, was mein Bruder denkt. Ich habe ihn nie verstanden. Und warum sollte er uns in die Quere kommen? Meines Wissens nach interessiert ihn gar nichts - außer seinem persönlichen Amüsement. Außerdem kann er doch gar nicht wissen, was wir vorhaben. Nemeb, was triebe ihn hierher?"

Er hatte dies im Brustton der Überzeugung gesprochen, aber Polikides sah an seinem unsicheren Blick, dass er selbst nicht so ganz überzeugt war.

Calaya wusste, wenn sie nach unten sah, dann würde sie unweigerlich stürzen. Trotzdem musste sie fast eine Zentsseg gegen den heftigen Zwang ankämpfen, über ihre Schulter zu sehen. Ihre Finger hatten sich so fest um die eisernen Sprossen verkrampft, dass es sie Kraft kostete, den Griff zu lockern und mit der Rechten höher zu greifen.

Sie zog sich den halben Meter hoch und tastete mit dem Fuß nach der nächsten Sprosse, immer befürchtend, da wäre gar keine und sie würde ins Leere treten.

Der Wind peitschte ihr die Haare ins Gesicht und zerrte an ihrem ganzen Körper. Irgendwo über ihren Köpfen brummten riesige Maschinen, die diesen Sturm erzeugten, dessen Rauschen und Tosen sie befürchten ließ, das Gehör zu verlieren.

Trelain, der hinter ihr war, schrie irgend etwas herauf, das sie aber nicht verstand. Sie sah zu ihm hinunter, und das war ein Fehler. Sofort packte sie der Schwindel, als sie in den schwarzen Abgrund schaute, diese unendliche Röhre, wo viel, viel weiter unten Hunderte von kleinen gelben Lichtpunkten herauf schimmerten.

Calaya schrie voll Panik auf und sah sich schon stürzen, aber als sie die Augen schloss und sich nur auf den Griff ihrer Hände und den festen Tritt ihrer Füße konzentrierte, ließ der Schwindel nach. Sie atmete tief durch und tastete sich zitternd höher.

Der Sturm schien von Sprosse zu Sprosse an Intensität noch zuzunehmen.

"Übrigens", erklärte Quermilian, "weil Ihr gerade von General Casnoff spracht: Er ist verschwunden!"

"Verschwunden?", fragte Polikides zurück. "Was soll das heißen?"

Der Prinz stieß missmutig die Luft durch die Nase aus. Die Art des Bischofs, ständig ein einziges Wort zu hinterfragen, machte ihn langsam, aber sicher ärgerlich. "Was soll es schon heißen? Ver - schwun - den!" Er betonte die einzelnen Silben, als ob er die Aussprache des Wortes einem Kind erklären müsste, was ihm einen bösen Blick einbrachte. "Zuletzt haben ihn einige Offiziere in seinem provisorischen Hauptquartier im dreiundsiebzigsten Niveau gesehen. Und einige Ssegs später fand man seine vier Wachsoldaten im Vorraum tot. Ziemlich schlimm zugerichtet. Und von ihm keine Spur. Viel Blut am Boden. Sein Diener war ebenfalls verschwunden. Nun macht Euch selbst einen Reim darauf! Glaubt Ihr, dass ein Stoßtrupp von Ivesnagaios durchgebrochen ist? Über einen der Ascatoren?"

Polikides kratzte sich an der Backe, was ihm rosafarbene Fettschmiere unter den Fingernägeln bescherte. "Nemeb! Das war Trelain!"

Quermilian war für einen Moment sprachlos, dann lachte er geringschätzig. "Dieser Major? Unmöglich! Er sollte allein vier Soldaten - und einen Offizier - derart zugerichtet haben? Das ist doch lächerlich!"

"Das glaube ich nicht!", murmelte der Bischof seltsam nachdenklich. "Wir haben ihn alle unterschätzt." Er grübelte einige Momente vor sich hin. "Vielleicht war er bei den Männern dabei, die Euch verfolgten ..."

"Und wenn schon! Ich habe es ja noch geschafft! Und hier herauf werden sie nicht kommen. Ich habe den Wachsoldaten befohlen, die Ascatortüren im Auge zu behalten. Beide."

Der Bischof ärgerte sich ein wenig, dass Quermilian *seiner* Leibwache Befehle erteilte, aber gegen diese Maßnahme konnte er wohl kaum Einspruch erheben. Blieb allerdings noch die Frage, ob es selbst diese Elitekämpfer schaffen würden, Trelain aufzuhalten. Er räusperte sich mehrmals. "Falls das Major Trelain war, dann wisst Ihr ja hoffentlich, auf wen er es abgesehen hat. Er soll ziemlich rachsüchtig sein ..."

Quermilian lachte böse. "Nun, seine Rache gegen Euch dürfte größer sein als gegen mich."

"Ah so? Und warum das bitte?"

"Ihr habt das eingefädelt, dass er an Ivesnagaios verraten wurde. Und auf Euren Befehl wurde sein Freund zu Tode gefoltert, wenn ich Eurem Gedächtnis da ein bisschen nachhelfen dürfte."

Jetzt lachte der Bischof. "Aber *Ihr* habt Bajan und Hachton umgebracht! Und aufgrund dessen ist er überhaupt in die Angelegenheit verwickelt worden. Weil Lysander unbedingt ihn haben wollte, um die Sache zu untersuchen."

"Trotzdem", widersprach Quermilian, "das war eine gute Idee. Ihr wart regelrecht begeistert."

"Egal jetzt!", winkte der Bischof ab. "Diese gegenseitigen Schuldzuweisungen führen zu nichts. Wir ziehen am selben Strick. Und wenn die Sache danebengeht, dann hängen wir am selben Strick. Also sollten wir zusammenhalten."

"Ein schöner Vergleich. Na gut. Warum habt Ihr mich hier herauf bestellt?"

Polikides stand aus seinem Sessel auf und ging im Raum auf und ab. "Wie weit sind die Truppen von Ivesnagaios schon vorgedrungen?"

"Die letzte Meldung besagte, bis zum dreiundsechzigsten Niveau. Der Angriff ist etwas langsamer geworden. Ich habe Oberst Laudel zum General und Oberkommandierenden ernannt. Er errichtet eine neue Verteidigungslinie im sechzigsten Stockwerk."

"Hm. Glaubt Ihr im Ernst, dass wir diesen Krieg noch gewinnen können?"

Der Prinz sah nachdenklich drein. "Gewinnen? Nemeb! Aber ich glaube, dass wir den Angriff in den Fünfzigerniveaus zum Stehen bringen können. Die sind besser zu verteidigen. Und wenn aus dem Vormarsch erst einmal ein Stellungskampf geworden ist, dann dürfte der equeste Herzog gewaltige Schwierigkeiten bekommen. Der Nachschub für die Truppen könnte nicht mehr so einfach ..."

Polikides winkte unwirsch ab. "Verschont mich mit diesen pseudomilitärischen Könnte-Müsste-Dürfte-Konjunktiven! Als ob Ihr etwas davon verstehen würdet! Mit dieser Vielleicht-Arithmetik lässt sich kein Krieg gewinnen!"

"Habt Ihr vielleicht eine bessere Idee?", knurrte Quermilian. "Wer weiß, vielleicht schlummert unter dieser klerikalen Hülle ein militärisches Genie ..."

Der Bischof ignorierte den Spott. "Ay, ich habe einen besseren Vorschlag! Was glaubt Ihr, warum wir uns hier treffen?" Er wartete keine Antwort ab und erklärte weiter: "Mein Plan ist vielleicht etwas radikal, aber er wird mit Sicherheit zum Erfolg führen: Wir werden den Angreifern das Lebenslicht ausblasen; von hier aus!"

Der andere sah ungläubig drein. "Ihr meint ..."

"Ay, das meine ich!", stimmte Polikides zu, und seine Augen blitzten tückisch. "Wir schalten ihnen alles ab: Licht, Wasser, Quanz - und Luft!"

"Seid Ihr wahnsinnig? Die Generatoren für die Luftversorgung abschalten? Damit bringt Ihr doch *alle* Menschen um!"

"Eben nicht! Ihr habt mir doch seinerzeit erzählt, was Ihr von Eurem Vater erfahren habt: Die oberen fünfzig Stockwerke verfügen über eine separate Energieversorgung. Das bedeutet, auch über Luftversorgungsanlagen. Ihr sagtet selbst, dass sich im Falle eines Ausfalls der Quanzgeneratoren, zum Beispiel durch einen größeren Wassereinbruch in den Nullundniveaus, sämtliche oberen Niveaus automatisch abschotten würden und mindestens zehn Tage autark wären. Zehn Tage, das reicht! Das reicht für Herzog Ivesnagaios und alle seine Truppen!"

Quermilian glaubte zu träumen. "Und für alle Menschen, die in den fünfzig unteren Niveaus leben! Wollt Ihr die alle auf dem Gewissen haben?"

Der Bischof lachte schrill. "Redet Ihr doch nicht von Gewissen! Ihr seid genauso ein Mörder wie ich! Ihr habt Menschen auf dem Gewissen, genau wie ich!"

Der Prinz bemühte sich, ob der Ungeheuerlichkeit dieses Vorschlags nicht zu stottern. "Aber doch nicht Tausende, Hunderttausende!"

"Was macht den Unterschied, das frage ich Euch? Heißt es nicht, der Wert eines Menschenlebens sei unendlich hoch einzuschätzen, mehr als alle materiellen Güter?"

"Ich verstehe nicht, auf was Ihr hinauswollt!"

"Seid Ihr in der Lehre der Mathematik unterwiesen worden? Natürlich seid Ihr das, als Abkömmling von hohem Geblüt! Somit dürfte Euch die Zahl 'Unendlich' nicht fremd sein. Sie hat bemerkenswerte Eigenschaften: zum Beispiel ändert sie sich nicht, wenn man etwas dazu addiert. Oder wenn man sie mit einem Faktor multipliziert."

Quermilian glaubte mehr und mehr, dass sein Gegenüber verrückt geworden war. "Was zum Abis sollen diese Rechnungen?"

"Ganz einfach: Wenn ein Menschenleben unendlich viel wert ist, dann sind zwei auch nicht mehr wert - und tausend auch nicht. Und wer immer behauptet, dass es schlimmer ist, tausend Menschen zu töten statt einem, der gibt damit ja zu, dass sich der Wert eines Lebens konkret messen lässt. Ausdrücken lässt in Zahl und Maßeinheit!" Er lachte laut. "Und das würden diese equesten Moralkleinkrämer nie. Nemeb, ein Menschenleben ist entweder unendlich viel wert - oder gar nichts! Das macht für die Zusammenrechnung keinen Unterschied! Und ich neige zu letzterer Ansicht. Geld, nur um ein Beispiel zu nennen, ist mehr wert als ein Menschenleben, denn es muss erst erarbeitet oder erbeutet werden. Menschen dagegen gibt es von selbst, und mehr als einem lieb ist! Es ist egal, ob man einen tötet oder Hunderttausend!"

Quermilian schwirrte der Kopf. "Und dabei soll ich Euch helfen?"

"Natürlich! Versteht Ihr nicht? Damit wären unser beider Probleme ein für allemal gelöst! Der Feind wäre vernichtet, und nach acht oder neun Tagen schalten wir die Quanz einfach wieder ein. Die ganze Nobilität Subgäas und die wertvollen Menschen in den oberen Niveaus haben überlebt. Und wir sind die Retter des Reiches. Die Frage der Thronfolge wäre somit kein Problem mehr, denn alle wären uns dankbar. Und wir beide teilen uns die unumschränkte Herrschaft: Ihr der weltliche Fürst - ich der geistliche."

Der Prinz runzelte die Stirn und dachte kurz nach. "Glaubt Ihr, dass man einfach darüber hinwegsieht, dass wir die Hälfte der Bevölkerung ersticken ließen?"

Polikides lachte geringschätzig. "Erstens wären das vorwiegend Orkards; denen weint niemand eine Träne nach. Und zweitens: Wenn es Ivesnagaios schafft, ganz Subgäa einzu-

nehmen, dann müsste der ganze Adel schwerwiegende Beschneidungen seiner Macht und seiner Vorrechte befürchten - wenn nicht sogar um sein Leben fürchten. Und glaubt mir: Ich kenne diese Herrschaften! Die würden lieber über eine Leichenhalle herrschen, als nur ein einziges Privileg aufzugeben!"
"So wie Ihr!"
"So wie ich!"
Quermilian ging im Raum hin und her. "Gebt mir eine Zentsseg zum Nachdenken!" Er drückte auf den Knopf, der die Tür öffnete und trat hinaus. Auf dem Treppenabsatz drehte er sich noch einmal um und sah Polikides an, der vor dem großen Schaltpult stand. "Das will wohlbedacht sein. Ich werde einen Rundgang machen - und Euch meine Entscheidung dann mitteilen."
Der Bischof grinste innerlich. *Deine Entscheidung? Die Entscheidung habe ich schon getroffen. Und wenn es nicht mit dir geht, dann geht es auch ohne dich!*

92.

Electric Grave - Cathedral

Ormilian kletterte als Erster über die Brüstung. Skwawk kam dicht hinter ihm und zog Calaya hoch. Sie keuchte schwer und zitterte noch etwas, konnte es sich aber doch nicht verkneifen zu bemerken: "Vielen Dank! Für einen bezahlten Mörder bist du kein übler Kerl!", was er mit einem Grinsen quittierte.
Trelain staunte nicht schlecht, als er neben ihnen stand. Sie befanden sich auf einer Galerie rings um einen riesigen Raum, der einige Meter unter ihnen ein wahres Labyrinth aus anscheinend wahllos verteilten Maschinen, Generatoren, Aggregaten, Schalttafeln und sonstigen bizarren Metallmonumenten beherbergte. Und alle waren mit Kabeln, Schläuchen und Röhren miteinander verbunden, als hätte ein betrunkener Riese versucht, ein Spinnennetz aus Stahl, Kupfer, Messing und Glas zu weben, in dem sich Hunderte von eisernen Zylindern, Würfeln und Halbkugeln gefangen hatten.
Das war, obwohl in Kopfhöhe gelegen, das Herz Subgäas; geschaffen von einer unbegreiflichen Zivilisation vor Tausenden von Jahren.
Und das Herz schlug. Überall blinkten verschiedenfarbige Lampen, bewegten sich einzelne Elemente, erklangen die Stimmen der Maschinen, die pfiffen, flöteten und summten. Eine wirre Symphonie aus willkürlich zusammen klingenden Tönen und Geräuschen - und doch schienen sie zu harmonieren, einer dem Menschen unbegreiflichen Gesetzmäßigkeit gehorchend, als unterhielten sie sich in ihrer Sprache.
Er ließ den Eindruck lange auf sich wirken. Auch die anderen schwiegen. Trotz der gewaltigen Ausmaße der ganzen Anlage und der imponierenden Massigkeit der Maschinen, die die ihnen innewohnende Kraft erahnen ließ, wirkte das

Herz der Welt in seiner Gesamtheit fragil und verletzlich wie ein filigranes Kunstwerk aus dünnen Silberfäden und Glas.

Trelain unterbrach das Schweigen. "Habt Ihr die Brücke gesehen?"

Skwawk nickte. "Ay. Ungefähr fünfzig bis sechzig Meter über uns, schätze ich."

Calaya beugte sich über die Brüstung des Fensters und sah nach oben, obwohl der Sturm ihre Augen wieder tränen ließ. Die beiden hatten recht: Dort oben spannte sich der sanft gekrümmte Bogen einer silbernen Brücke über den Abis und endete auf der anderen Seite an der glatten Wand.

"Wie kann das halten? Ich sehe keinerlei Trageseile oder Pfeiler", fragte sie Ormilian, der die Achseln zuckte

"Ich weiß es nicht! Aber glaubt Ihr nicht, dass die Erbauer dieses Ganzen hier durchaus auch imstande waren, eine Brücke ohne Zwischenbefestigungen über den Zentralschacht zu spannen?"

Calaya nickte wortlos und wischte sich die Tränen aus den Augen.

"Sicher waren sie das", stimmte Trelain zu. "Aber damit ergibt sich eine andere Frage: Warum taten sie das? Wart Ihr schon einmal dort oben, Ormilian?"

"Nemeb! Begreiflicherweise hatte ich keine große Lust, mitten über dem Abis zu stehen. Das hätte mir nur Albträume beschert."

Trelain kratzte sich am Kinn. "Trotzdem: Die unbekannten Schöpfer dieser Welt haben sich nicht die Mühe gemacht, dort oben eine Brücke über den Abgrund zu bauen, nur um die Aussicht zu genießen."

Er stellte erstaunt fest, dass er sich die Erbauer Subgäas nicht mehr als Götter vorstellte, sondern als ... nun, vielleicht Menschen, zumindest aber reale irdische Lebewesen. Die gigantischen Maschinen hier waren imposant, ehrfurchtgebietend - aber das Produkt einer irgendwann einmal greifbaren Zivilisation.

Diese Erkenntnis ließ Trelain lächeln. Er empfand plötzlich eine Art Befreiung, obwohl er nicht sagen konnte, wovon er sich befreit fühlte. Vielleicht von einem letzten Rest atavistischen Glaubens an Götter, Daemonen, Teufel und sonstige unsichtbare Mächte.

Ormilian sah ihn erstaunt an. "Was ist? Was soll mit der Brücke sein?"

Trelain schüttelte den Kopf, um in die Wirklichkeit zurückzukehren. "Es sieht so aus, als ob das gegenüberliegende Ende höher liegt. Und wenn es hier einen Aufgang zur Brücke gibt, dann bedeutet das, dass ..."

"Dass ...?"

"Dass es dort drüben weiter höher geht! Hier ist *nicht* das obere Ende der Welt!"

Die anderen starrten ihn an, als hätte er den Verstand verloren. Aber Trelain ließ sich nicht beirren. Es war, als wäre plötzlich eine Grenze in seinem Gehirn gefallen. So wie die Welt nicht irgendwo nach den Unterhundertniveaus zu Ende war, sowenig endete sie hier. Es gab Übernullniveaus. Es gab sie. Oder ...

Oder ...

Polikides sah zum wiederholten Male auf die große Uhr an der Wand. Im Gegensatz zu den in Subgäa gebräuchlichen Zeitmessinstrumenten besaß sie einen zweiten Zeiger, der schneller rotierte und es zusammen mit den auf dem Rand angebrachten Punkten gestatte, einzelne Zentssegs abzulesen. Dieses Kunststück hatten die besten Feinmechaniker des Reiches bis jetzt noch nicht zustande gebracht.

Quermilian war seit zehn Zentssegs überfällig.

Trelain duckte sich hinter einen summenden Metallrhombus, nachdem er einen Blick nach unten hatte werfen können, und kehrte zu den anderen zurück, die in der Deckung zwischen einer anderen würfelförmigen Maschine und der Außenwand gewartet hatten.

"Dort vorn ist eine Treppe, die nach unten führt", erklärte er. Es war nicht nötig zu flüstern; in dem allgegenwärtigen Lärm der Anlage war seine Stimme schon zwei Meter weiter nicht mehr zu hören. "Ich konnte von dort aus eine der Ascatortüren sehen. Drei Wachen!"

Skwawk pfiff leise durch die Zähne. "Das bedeutet, dass an der anderen Tür ebenfalls vermutlich drei Mann postiert sind. Es ist wohl kaum anzunehmen, dass sie den einen Zugang bewachen und den anderen nicht. Also sind es schon sechs!"

Trelain nickte. "Weiter ist anzunehmen, dass bei Polikides noch einige Soldaten sind. Und ich gehe davon aus, *dass* der Bischof hier ist. Woher sonst die Wachen? Quermilian hat sie nicht mitgebracht." Er fasste Ormilian ins Auge. "Eure Befürchtung scheint sich zu bewahrheiten. Polikides will sich an der Quanzversorgung zu schaffen machen!"

Der Prinz presste die Lippen zu einem schmalen Strich zusammen. "Ich wollte es nicht glauben! Gäa verfluche ihn!"

"Wie viel Schaden kann er denn damit anrichten?"

Ormilian legte ihm die Hand auf die Schulter. "Wie viel? Unendlichen, irreparablen Schaden! Dieser Wahnsinnige will die Quanz abschalten. Und das bedeutet den Tod für vielleicht ganz Subgäa! Kein Licht, kein Wasser, keine Luft!"

Trelain starrte ihn ungläubig an. "Das ergibt doch keinen Sinn! Damit wäre er selbst doch auch hinüber!"

Der Prinz schüttelte den Kopf. "Das glaubt er eben nicht! Die alten Überlieferungen meiner Familie besagen, dass sich im Falle eines Ausfalls der Quanz die oberen fünfzig Niveaus eine Zeitlang selbst versorgen. Dort existieren angeblich Notfalleinrichtungen."

"Angeblich?"

"Natürlich. Die Überlieferungen sind mehr als tausend Jahre alt und niemals vollständig entziffert worden. Halbwegs fundierte Vermutungen. Und selbst, wenn das stimmt: Dass diese Notversorgung nach tausend Jahren, in denen sie niemals überprüft worden ist - und zwar von Menschen, die etwas davon verstehen - noch intakt ist, ist doch wohl mehr als zweifelhaft. Das ist ein equestes Risiko! Der Bischof muss den Verstand verloren haben!"

Quermilian grüßte den Offizier und betrachtete die zwei Wachsoldaten. Die Männer sahen zuverlässig aus. "Hat jemand versucht, den Ascator zu benutzen?"

Der Leutnant schüttelte den Kopf. "Nemeb, Mylord! Nicht einmal das Lichtsignal hat geblinkt!"

Der Prinz dankte und setzte seinen Weg fort. Er war zwischen den riesigen Maschinenblöcken umhergewandert, um nachzudenken. Wenn er jetzt den direkten Weg zur Zentrale zurücknahm, dann wäre er in zehn Zentssegs dort. Er würde zu spät kommen, aber das war egal. Polikides würde sich gedulden müssen. Diese Entscheidung erforderte gründliche Überlegung.

War die Argumentation des Bischofs falsch gewesen? Eigentlich nicht. Es war der einzige Weg, den Krieg noch zu gewinnen. Und Opfer mussten schließlich im Kampf immer gebracht werden. Selbst in einem formellen Duell zwischen zwei Ehrenmännern kam der Sieger selten ohne Verletzungen davon. Trotzdem war der Plan von derart ehrfurchtgebietender Perfidie, dass selbst ihm schwindelte.

Quermilian musste fast gegen seinen Willen grinsen. In der Tat, Polikides schien selbst ihn an Niedertracht noch zu übertreffen. Und diese grandiose Ruchlosigkeit hatte irgendwie etwas Imponierendes an sich. Warum eigentlich nicht?

Seine Gedanken schweiften kurz ab. Warum hatten seine Verfolger nicht versucht, den Ascator zu benutzen? Konnten sie wissen, dass hier oben kampfbereite Soldaten bereitstanden? Oder es sich ausrechnen? Wenn wirklich sein Bruder dabei gewesen war? Was konnte der ahnen? Eigentlich nichts.
Irgend etwas irritierte ihn plötzlich. Aus dem Augenwinkel hatte er eine Bewegung wahrgenommen. Wo war das gewesen? Er sah zur Galerie hinauf, fünf Meter über ihm. Hatte sich dort etwas bewegt, oder narrten ihn seine angespannten Sinne?

"Wo ist die Zentrale?"
"Dort gegenüber", erklärte Ormilian. "Seht Ihr die runde Empore? Auf der anderen Seite führt eine schmale Wendeltreppe hoch. An ihrem oberen Ende ist der Eingang zur Zentrale. Wenn der Bischof hier ist, dann hält er sich dort auf."
"Hm", knurrte Trelain. "Wir müssen davon ausgehen, dass er noch einige Soldaten bei sich hat. Und selbst, wenn wir die überwältigen können: Er wäre gewarnt. Das geht nicht ohne Lärm. Es würde womöglich die Wachen an den Ascatoren herbeirufen. Und könnten wir Polikides daran hindern, noch im letzten Moment die Anlage auszuschalten? Könnt Ihr sie wieder in Betrieb setzen?"
Ormilian zuckte die Achseln. "Mit Sicherheit nicht sofort. Ich habe mir die Zentrale früher schon angesehen. Aus der Anordnung der Schalter an der großen Kontrolltafel kann man schon einige Schlüsse ziehen, aber begreiflicherweise hat noch niemand versucht, die Versorgung aus- und wieder einzuschalten. Und ...", machte er eine bedeutungsvolle Pause; " ... wer sagt, dass die Anlage ihren Dienst so einfach wieder aufnimmt, wenn sie einmal abgeschaltet ist? Das gan-

ze System erscheint mir unglaublich kompliziert. Vielleicht muss das Wiedereinschalten in mehreren Schritten erfolgen."

"Smat!", fluchte Trelain. "Hier stehen wir kurz vor dem Ziel und kommen nicht weiter!"

Skwawk, der die Halle beobachtet hatte, kehrte von seinem Posten zurück. "Vielleicht hätte ich einen Vorschlag: Das Problem ist doch, schnell genug an den Bischof zu kommen, noch bevor er die Quanz ausschalten kann, nemeb? Ormilian kann das schaffen; er ist Quermilians Zwillingsbruder und sieht ihm täuschend ähnlich."

Oder ich! dachte sich Trelain. "Keine schlechte Idee! Da bleibt allerdings ein kleines Problem ..."

Der Attentäter nickte. "Die Kleidung. Und ich glaube, auch dafür eine Lösung zu haben: Gerade habe ich nämlich Quermilian dort unten durch die Halle laufen sehen - und zwar alleine. Er scheint die Wachen an den Ascatoren inspiziert zu haben. Und es sah nicht so aus, als ob er seinen Rundgang schon beendet hätte. Er schien nicht sehr in Eile zu sein."

Trelain nickte Skwawk anerkennend zu. "Sehr gut! Das könnte wirklich funktionieren! Hast du sehen können, in welche Richtung er gegangen ist?"

"Das kann ich nicht sagen! Er ist zwischen zwei von diesen Maschinen verschwunden."

"Dann müssen wir ihn suchen, equest!" Er sah Calaya an. "Du bleibst hier in Deckung. Im Kampf könntest du uns nichts nützen - eher noch schaden!"

Sie wollte widersprechen, schwieg dann aber. Er hatte recht.

Trelain überlegte kurz, dann fuhr er fort: "Ich habe keine Ahnung, wie knapp unsere Zeit ist, aber wir sollten jetzt handeln! Und unsere Chancen, Quermilian zu finden und zu ..." Er warf einen Blick zu Ormilian hinüber. " ... zu überwältigen, steigen, wenn wir uns aufteilen. Jeder von uns dreien geht in eine andere Richtung. Was er dann weiter tut, bleibt ihm überlassen. Ich habe keinen Plan. Wir können nur hoffen, dass es einer von uns schafft! Kann ich mich auf Euch verlassen, Ormilian?"

Der Prinz sah ihm in die Augen. "Ihr meint, ob ich meinen Bruder töten würde, wenn es darauf ankäme?"

"Das meinte ich!"

"Ihr könnt Euch auf mich verlassen!"

Skwawk räusperte sich. "Dann wäre es vielleicht besser, wenn Ihr Bescheid wisst!" Er schaute Trelain vielsagend an, und der nickte. "Ay, sonst habt Ihr keine Chance."

Ormilian zog eine Augenbraue hoch. "Was meint Ihr? Ich bin besser mit der Klinge als mein Bruder. Er ist kein besonderer Fechter."

"Lasst Euch auf keinen Kampf ein! Selbst wenn man den Lärm nicht weit hören würde. Und auch wenn es Euer Bruder ist: Keine Diskussion! Keine Vorwarnung! Tötet ihn schnell, auf der Stelle, am besten aus dem Hinterhalt!" Er machte eine Pause, weil er wusste, dass die folgenden Worte unglaubhaft klingen würden.

"Er besitzt die Fähigkeit, feste Wände zu durchdringen!"

Er hatte recht behalten. Ormilian sah ihn an, als ob er plötzlich jeglichen Verstand verloren hätte.

93.

A Sea to suffer in - My Dying Bride

Polikides war inzwischen mehr als verärgert. Wo blieb Quermilian? Er trat vor die große Schalttafel mit ihren Hunderten von Lämpchen und Schaltern und starrte sie so lange an, bis die Lichtpunkte vor seinen Augen zu tanzen begannen. Brauchte er den equesten Prinzen überhaupt? Irgendwann einmal würde er ihn ebenfalls aus dem Weg räumen müssen, aber dieser Zeitpunkt war jetzt noch nicht da. Erstens musste er, wenn der Plan glückte, jemanden präsentieren können, der die Verantwortung für diesen - wenn auch gerechtfertigten - Massenmord mit ihm teilte, um sie ihm mit der Zeit dann ganz zuzuschieben; und zweitens kannte sich Quermilian mit dieser Anlage hier besser aus als er. Oder, berichtigte er sich, brauchte er den Prinzen wirklich zum Ausschalten? Er selbst verstand zwar nichts von der Technik, aber so schwierig konnte die Bedienung doch nicht sein ...
 Und er bekam das unangenehme Gefühl nicht los, dass die Zeit drängte.

Trelain duckte sich hinter einen Maschinenblock und gab automatisch acht, dass die Klinge in seiner Hand nicht gegen das Metall klirrte, obwohl zu solcher Vorsicht keine Veranlassung bestand. Der Lärm hier würde sogar einen lauten Schrei übertönen. Immerhin wenigstens ein Umstand, der für sie arbeitete.
 Dreißig Meter weiter standen die drei Wachen vor der Ascatortür und schienen sich zu unterhalten, jedenfalls soweit das bei dem Krach möglich war.
 Von Quermilian keine Spur. Hoffentlich waren die anderen bei ihrer Suche erfolgreicher! Auch Trelain spürte irgendwie,

dass nicht viel Zeit blieb. Er zog sich vorsichtig zurück und beschloss, es bei der Mittelempore zu versuchen.

Calaya kam sich plötzlich sehr verlassen und hilflos vor. Und das Schlimmste war, dass sie wirklich nichts tun konnte. Nur warten. Sie hatte außer einem Messer zum Essen niemals eine Waffe in der Hand gehabt und verstand nichts vom Anschleichen oder unauffälligen Beobachten.
Beobachten.
Sie lugte vorsichtig über die obere Kante der Maschine, aber in dem ganzen riesigen Saal war kein Mensch zu sehen. Die glatte Metallfläche unter ihren Handflächen begann plötzlich leicht zu vibrieren, und in die raumfüllende Symphonie aus maschinellen Geräuschen mischte sich ein neues tiefes Brummen.
Sie zog den Kopf zurück und lehnte sich seufzend an die Wand hinter ihr.

Der Bischof sah an der Schalttafel hoch. Das System erschien logisch. Hundert rechteckige Kästchen untereinander, jeweils zehn davon zu einer Einheit zusammengefasst. Die Schriftzeichen links daneben konnte er lesen, da er die Alte Schrift einigermaßen beherrscht: von 01 bis 100. Vorsichtshalber hatte er sogar nachgezählt: hundert Stockwerke, nichts anderes konnte das bedeuten.
Und in jedem Rechteck leuchtete eine grüne Lampe. Vier von ihnen, die Nummern Zweiundneunzig, Fünfundneunzig, Neunundneunzig und Hundert, blinkten in langsamem Rhythmus. Und jedes mal, wenn die grüne Lampe ausging, blitzte rechts daneben ein rotes Licht auf und oberhalb der Schalttafel erklang ein halblautes dissonantes metallisches Schnarren.
Er überlegte. Das konnte eigentlich nur eines bedeuten: In den Neunzigerniveaus stimmte etwas nicht ganz. Eben. Dort

unten kam es auch des öfteren zu Schwierigkeiten mit der Quanz. Deshalb arbeiteten da auch die Wasserpumpen nicht mehr, wie sie sollten.

Kein Zweifel, diese Tafel zeigte an, ob in jedem einzelnen Niveau die Quanzversorgung in Ordnung war.

Der Geonogon streckte die Hand aus und berührte die Metallfläche. Zuerst tastete er nur leicht darüber. Die Macht in ihm spürte die leichte statische Aufladung. Er hatte kein Wort für dieses Phänomen, aber er wusste, dass dies mit der Quanz zusammenhing. Die Haare auf seinem Handrücken richteten sich auf. Er wusste, dass die Quanz gefährlich sein konnte, aber dieser Effekt hier amüsierte ihn.

Nun presste er die Hand fest gegen die Fläche, und die Macht drang in das Metall ein, erforschte das Material, analysierte es, kehrte in ihn zurück - und meldete, dass alles bereit war. Die Materie besaß andere Eigenschaften, zum Beispiel war sie bedeutend homogener angeordnet als beim letzten Mal, aber sie würde kein Problem darstellen, eher eine Vereinfachung. Jedoch hatte die Macht wahrgenommen, dass sich hinter der äußeren massiven Schicht ein Hohlraum befand, in dem sich Teile befanden, die sich bewegten.

Das komplizierte die Rechnung.

Das Durchdringen von festen Körpern erforderte die höchst komplizierte Koordination der exakten Phasenverschiebung von realer zu imaginärer Materie jedes einzelnen Elementarteilchens. Was noch schwieriger wurde, wenn das zu durchdringende Objekt sich bewegte. Um genügend Zeit zu haben, diese komplexen Rechnungen auszuführen, musste sich der Träger äußerst langsam bewegen.

Die Recheneinheit machte alle Kapazitäten frei, die momentan anderweitig nicht benötigt wurden, und meldete, dass sie bereit sei. Daraufhin begann die Koordinationseinheit ihre Arbeit.

Der Geonogon lächelte, als der Widerstand des Metalls nachließ. Er streckte den Arm aus, und der schien für einen fiktiven Beobachter plötzlich in die Maschinenoberfläche einzutauchen.
Nach einer Zentsseg war der Geonogon nicht mehr zu sehen.

Trelains Orientierungssinn, der ihn noch niemals im Stich gelassen hatte, wies ihm auch hier den richtigen Weg. Er musste einige Umwege in Kauf nehmen, weil das Kabel- und Röhrennetz zwischen einigen der Maschinen so dicht war, dass kein Durchkommen möglich schien, aber nach zehn oder fünfzehn Zentssegs war er sicher, sich in der Nähe der Mittelempore zu befinden.
Trotzdem wurde er langsam mutlos. Und er begann, am Gelingen des Unternehmens zu zweifeln. Alles hing viel zu sehr von Zufällen ab. Selbst wenn er Quermilian fand: Wenn der ihn zuerst sah, dann brauchte er nur in der nächsten Wand zu verschwinden, und alles war verloren.

Polikides richtete seinen Blick auf das schräge Pult unter der großen Anzeigetafel. Er setzte sich in den Sessel, der da stand, und stützte sich mit den Ellbogen auf die Kante des Schaltpults. Der Zusammenhang war nicht zu übersehen: das gleiche Feld mit den rechteckigen Flächen, eine für jedes Niveau, untereinander angeordnet, nur in kleinerem Maßstab. Auch die Zahlen stimmten.
Nur waren hier keine Kontrolllampen, sondern Schalter. Für jedes Niveau ein Drehschalter. Mit drei Stellungen. Links, Mitte, Rechts. Bezeichnet mit Buchstabenkombinationen, die ihm nichts sagten. Und ...
Aha! Bei allen Stockwerken befand sich der Schalter in der linken Position, nur beim zweiundneunzigsten, fünfundneunzigsten, neunundneunzigsten und hundertsten *nicht*. Mittelposition.

Der Bischof grinste. Er war sich langsam sicher, dass er Quermilian nicht mehr brauchte.

Die Maschine änderte die Frequenz des Brummtones, und ein hohes Pfeifen erklang leise, so hoch, dass man es kaum hören konnte, mehr erahnen. Calaya spürte, wie sich ihre Nackenhaare aufrichteten. Sie empfand plötzlich ein seltsames Gefühl, das sie nicht beschreiben konnte. Beunruhigend. Als ob sie beobachtet würde.

Sie hatte schon gehört, dass es so etwas geben sollte: dass in der Nähe von Quanzleitungen manchmal eine eigenartige Aura herrschte, die manche Menschen wahrnehmen konnten; allerdings sollte dieses Phänomen vollkommen ungefährlich sein.

Nemeb, das war etwas anderes: als ob man weiß, dass man beobachtet oder belauscht wird. Jemand war hier. Und diese Tatsache war schon beunruhigend genug.

Ein Versuch konnte nicht schaden, dachte sich der Bischof, und die wurstartigen Finger seiner Rechten tasteten fast zärtlich über den Schaltknopf. Und selbst, wenn er jetzt irgendetwas irreparabel schädigte - auf eines von den Neunzigerniveaus sollte es nicht ankommen. Wenn dort überhaupt irgendjemand lebte - naja, 'leben' konnte man das sowieso nicht nennen! -, dann waren das Orkards, flüchtige Verbrecher, Sphygs-Süchtige und Ungeziefer. Er stützte den Kopf in die linke Hand und zählte mit dem rechten Zeigefinger die vier blinkenden Niveaus ab.

Wer - nicht - schnell - stens - rennt - da - von, den - frisst - der - Ge - o - no - gon! sagte er sich im Geiste einen alten Kinder-Abzählreim auf.

Das neunundneunzigste. Na schön!

Mit der Hochstimmung der Vorfreude, als wenn man als Kind ein neues Spielzeug geschenkt bekommen hat, und nicht erwarten kann, es auszuprobieren, fasste er den Schalter. Beinahe geriet er in Versuchung, laut zu jauchzen. Er hätte sich schon früher für diese Dinge interessieren müssen. Das war faszinierend.

Und mit der puren Lust am Zerstören, die auch Kinder manchmal haben, drehte er den Schalter mit einem Ruck nach rechts.

Sofort erlosch das grüne Blinklicht auf der Schalttafel, und die rote Lampe leuchtete auf, nicht mehr in Intervallen, sondern dauernd. Auf einer zweiten, kleineren Schalttafel rechts über ihm begann ein anderes rotes Licht zu blinken, und ein lauter auf- und abschwingender Heulton erklang.

Polikides lachte begeistert. So einfach war das gewesen! Das konnte nur ein Warnsignal sein, dass im Neunundneunzigsten die Quanz abgeschaltet war. Er hatte es geschafft! Auch ohne Quermilian!

Er lehnte sich im Stuhl zurück und malte sich aus - nicht in den schönsten, sondern in den dunkelsten Farben -, was dort unten jetzt passierte. Die equesten Truppen von Ivesnagaios würden schön dumm gucken, wenn sie plötzlich in vollkommener Finsternis standen. Er konnte sich nicht beherrschen, er musste bei dieser Vorstellung gackernd lachen. Der dreimal equarte Herzog hatte ihn unterschätzt, und jetzt würde er die Folgen zu schmecken bekommen.

Der Ausfall der Quanz würde natürlich momentan noch keine lebensbedrohlichen Folgen haben. Selbst wenn dort unten jetzt die Luftversorgungsanlagen stillstanden: Jedes Niveau hatte genügend Fenster zum Zentralschacht, und von dort würde frische Luft nachströmen, solange die Versorgung in den anderen Niveaus intakt war.

Er grinste böse. Aber wenn sie dort auch abgeschaltet war ... Er hatte es buchstäblich in der Hand. Die hohen Niveaus würden sich abschotten und autark versorgen, und dort unten ...

Es war perfekt. Zuerst würde der Angriff auf der Stelle zum Stehen kommen. Ein Kampf bei Fackellicht war unmöglich, jedenfalls in größerem Umfang. An eine regelrechte Schlacht war da nicht zu denken.

Schön. Ein sofort sichtbarer Erfolg. Aber dann, nach sieben oder acht Tagen ... Er malte sich genüsslich aus, wie Ivesnagaios' Männer langsam, ganz langsam merkten, dass die Luft schlechter und schlechter wurde. Wie sie die Fackeln löschen mussten, deren Rauch nicht mehr abzog. Und für einen geordneten Rückzug so vieler Soldaten wäre es dann zu spät. Panik würde ausbrechen. Jeder würde versuchen, seine eigene Haut zu retten und den Ascator zurück nach unten noch zu erreichen - der vermutlich auch nicht mehr funktionierte.

Und aus dem Zentralschacht würde es bestialisch herauf stinken, als Vorankündigung dessen, was sie alle erwartete, denn natürlich wurde dort auch keine Luft mehr ausgetauscht. Polikides hatte nie geglaubt, dass der Abis in die Unendlichkeit oder ins Jenseits reichte. Nemeb, irgendwo musste er ja zu Ende sein - und dort vermoderten Millionen von Leichen. In morbider Verzückung stellte er sich den Gestank vor.

Was für ein verdientes Ende für diesen unverschämten Humum - und alle seine Männer! -, der es gewagt hatte, *ihn* anzugreifen! Polikides lächelte selbstzufrieden, als ihm gewahr wurde, dass er bereits von sich selbst als Impersonation des Reiches dachte. Warum nicht?

Calaya wurde immer nervöser. Das Gefühl wich nicht. Aber von oben herab konnte sie niemand beobachten. Links und hinter ihr war die Außenwand, rechts die große Maschine. Sie sah hinauf. Nemeb. Dort oben konnte sich kein Mensch halten, denn der Metallwürfel wurde weiter oben zu einer halbkugelförmigen Kuppel. Selbst wer es schaffte, dort hinaufzusteigen, der würde unweigerlich bei der ersten falschen

Bewegung hüben oder drüben herunterrutschen und sich sämtliche Knochen brechen.

Und den Gang vor sich hatte sie im Blickfeld. Dort rührte sich nichts. Trotzdem wurde sie das Gefühl von lauernder Gefahr nicht los. Sie tastete nach dem Dolch in ihrem Gürtel.

Der Schalter sprang plötzlich mit lautem Klacken von der rechten in die Mittelposition zurück, und Polikides, der gerade in der Vorstellung von nach Luft röchelnden Soldaten mit um den Hals verkrampften Fingern geschwelgt hatte, erschrak furchtbar.

Die rote Lampe auf der kleinen Schalttafel erlosch, das Warnsignal verstummte, und auf der großen Tafel blinkte im Feld mit der Nummer Neunundneunzig wieder das grüne Licht.

Equart! Was war das?

Der Bischof quälte sich aus seinem Sitz hoch und trat zwei Meter zurück, um wirklich glauben zu können, was er sah.

Anscheinend hatte sich die Quanz wieder eingeschaltet. Von selbst. Er fluchte laut und widerstand der Versuchung, wie ein Kind trotzig mit dem Fuß aufzustampfen. Obwohl ihm danach zumute war: Das wäre doch zu albern gewesen!

Nemeb, alles ließ sich erklären. Er setzte sich wieder, brachte seinen Ärger unter Kontrolle und dachte nach:

Also war die Sache nicht so einfach, wie er gerade noch geglaubt hatte. Eigentlich verständlich. Die Tragweite der Entscheidung, in einem Niveau die Versorgung abzuschalten, war den Erbauern wohl zu groß erschienen, als dass das Drehen eines einzigen Schalters genügt hätte. Auch verständlich. Schließlich konnte das möglicherweise auch versehentlich geschehen.

Er wusste nicht, wie die unbekannten Schöpfer Subgäas ausgesehen hatten, und warum sie das überhaupt getan hatten, aber auch er stellte sie sich nicht als überdimensionale Wesen, als Götter vor. Und zweifelsohne hatten sie rational gedacht. Vernünftig.

Du brauchst nicht wie ein Wesen einer unglaublich höher entwickelten Zivilisation zu denken. Denke nur vernünftig.
Und was wäre vernünftig?
Der Schalter ist von selbst zurückgesprungen. Also gibt es einen Kontrollmechanismus. Eine Einrichtung, die eine solche gravierende Maßnahme wie das Abschalten der Quanz selbständig rückgängig macht, wenn nicht ...
Wenn nicht was?
Was tut ein Korporal, wenn er sich nicht sicher ist, ob er den Befehl seines Hauptmanns richtig verstanden hat? Er lässt ihn sich noch einmal bestätigen.
Das war es!

Das tieffrequente Brummen änderte wiederum seine Tonlage, und der Boden vibrierte einen Augenblick lang leicht. Calaya fühlte, wie sich ihre Nackenhaare schon wieder aufstellten. Ein warmer Lufthauch streifte ihre Wange.

Und er brachte einen Geruch mit sich, der nichts Maschinelles an sich hatte. Nicht Öl, Schmierfett oder Funkenflug. Menschlich.

Sie fuhr herum und erstarrte, die Augen weit aufgerissen. Der Mann schien direkt aus der Metalloberfläche herauszutreten, als wenn ein Körper aus einem Quecksilberbecken auftaucht, nur war die Perspektive um neunzig Grad gekippt.

Der Geonogon lächelte, wie zur Entschuldigung.

"Es tut mir leid", zischte er, "aber ich habe nicht viel Zeit! Nicht viel Zeit!"

Sie öffnete den Mund, aber kein Laut drang über ihre Lippen, kein Schrei, kein Wort, kein Flüstern.

Die Klinge blitzte einmal vor ihren Augen auf und spiegelte rote, grüne, gelbe und blaue Lichter. Selbst ein violettes war dabei, das prägte sich ihr seltsamerweise im Bruchteil einer Ssig ein.

Dann stieß der Geonogon zu. Sein Gesicht verzerrte sich vor Calayas brechenden Augen zu einer Fratze blanken Hasses, in der aber doch eine Spur von Traurigkeit zu erkennen war. Er lachte eigenartig leer, inhaltslos, wie wenn jemand einen Witz erzählt, den man schon kannte, als ihr Oberkörper nach vorne sackte wie eine Marionette, der man die Fäden durchschnitten hatte.

Er stach die Klinge tiefer hinein, wo sie eingedrungen war, direkt unter dem Brustbein, und sah fasziniert zu, wie sie in die Knie brach und ihre Hände sich zuckend um die Schneide legten, kraftlos zwar, aber doch, dass Blutstropfen zwischen den Fingern hervorquollen.

So starb Calaya, und als es vorbei war, kniete ihre leere Hülle immer noch vor den Füßen des Geonogons.

Er stieß den Leichnam mit dem Fuß von der Klinge herunter und reinigte seine Waffe an ihrer Kleidung. Ein Ausdruck des Bedauerns lag auf seinem Gesicht, als er noch einmal "Keine Zeit!", flüsterte.

94.

Assault & Battery - Hawkwind

Polikides' Stimmung wurde schon wieder wesentlich besser, als er seinen Gedankengang noch einmal nachvollzog und darin nichts Unlogisches fand. Nemeb, auf seinen Verstand hatte er sich immer verlassen können. Schlauheit, Gelassenheit, Aufmerksamkeit, Willenskraft - und sich nicht von dummen Rücksichten auf was auch immer vom Ziel abbringen lassen!
Es musste also eine Art von Rückfragemechanismus geben.
Ihm wurde plötzlich heiß. *Doch hoffentlich nicht in einem ganz anderen Niveau!* Das wäre allerdings fatal! *Nemeb! Hier ist die Zentrale! Und hier wurden Entscheidungen getroffen.*
Er sah hinauf. Die kleinere Schalttafel. Von dort war das Warnsignal gekommen, und dort hatte auch eine zweite rote Lampe aufgeleuchtet, als er den Schalter für das neunundneunzigste Stockwerk nach rechts gedreht hatte.
Er stand auf und ging um das Schaltpult herum, um sich die Tafel genauer anzusehen.
Die rote Lampe, die jetzt dunkel war. Daneben ein kleines Quadrat, ein graues Maschengitter, das ein Loch verdeckte. Möglich, dass von hier der Heulton gekommen war.
Und darunter ...
Das konnte er erst jetzt sehen, wo er direkt davorstand. Ein kleineres Rechteck, das sich von dem großen, dessen Teil es war, nur durch die Farbe unterschied. Eigentlich nicht einmal durch seine eigene Farbe, sondern wie sich das Licht darin spiegelte.
Der Bischof fuhr mit seiner Handinnenseite sachte über das Metall, und er spürte die feine Fuge zwischen den Flächen. Nicht einmal ein Fingernagel passte da dazwischen. Seine

Finger hinterließen einige rosa Fettschmierer, als er diesen Versuch aufgab.

Wie könnte das noch ...? Er drückte mit all seiner Kraft gegen das innere Rechteck ...

... und beinahe hätte er laut gejubelt. Fast ohne Widerstand ließ es sich einen Zentimeter nach innen drücken und schwang dann nach außen auf, als er die Hand verblüfft zurückzog.

Auch Trelain hätte fast gejubelt, als er von seiner erhöhten Position aus den Gesuchten endlich erblickte. Er war auf eine der Maschinen hinaufgestiegen, die wie eine kleine Stufenpyramide aussah, auch wenn ihn die Vibration unter seinen Füßen nervös machte, und zwischen den Metallröhren hindurch spähend, die von der Spitze der Maschine bis zur Decke der Halle hinaufführten, sah er ihn endlich.

Quermilian, kein Zweifel. Die Kleidung. Sie hatten besprochen, dass sie sich spätestens in zwei Ssegs wieder bei Calaya treffen würden. Selbst wenn es einer von ihnen bis dahin geschafft hätte: Er sollte nichts weiter unternehmen, bis sie wieder beieinander waren.

Trelain beugte sich vor. Der Prinz schien die Richtung zum zweiten Ascator einzuschlagen. Falls der Bischof sich nicht inzwischen selbst an der Anlage zu schaffen machte, dann hatten sie anscheinend noch etwas Zeit. Er zog schnell den Kopf zurück, als Quermilian in dem Gang schräg unter ihm plötzlich stehenblieb und sich umdrehte. Der Prinz sah sich nach allen Richtungen um und zog den Degen halb aus der Scheide an seiner Hüfte. Mit einem Kopfschütteln stieß er die Klinge zurück und setzte seinen Weg fort.

Konnte es sein, dass der Kerl auch ziemlich nervös war?

Trelain stieg vorsichtig die Stufen hinunter und folgte ihm.

Noch ein weiteres Augenpaar beobachtete ihn: Skwawk schaffte es gerade noch, Deckung hinter einem spinnennetzartigen Kabelverhau zu suchen, als er den Prinzen sah, der in den Gang einbog. Der Attentäter lächelte grimmig. Na schön, dann würde *er* den Kerl erledigen! Er ließ die Hand über den Griff seines Degens gleiten, dann überlegte er es sich anders. Messer. Seine bevorzugte Waffe. Auf kurze Entfernung flinker und eleganter - und genauso tödlich.
Wenn Quermilian seinen Weg fortsetzte, dann ...
Skwawk fluchte innerlich, als sein potenzielles Opfer plötzlich stehenblieb, sich nach links und rechts umsah, als ob er eine Gefahr witterte, sogar seine Klinge ziehen wollte, es dann aber ließ, und schließlich in die andere Richtung ging.
Er überlegte und bemühte seinen Orientierungssinn. Vor seinem inneren Auge erschien ein ziemlich exaktes Bild der Räumlichkeiten. Quermilian bewegte sich in Richtung des zweiten Ascators. Ob er noch einmal nach dem Rechten sehen wollte?
Beim Aufstehen zog Skwawk den Dolch aus seinem Stiefel.

Das Schicksal, die Vorsehung, oder was auch immer, führte auch Ormilian in die gleiche Richtung. Er hatte keinen Chronometer bei sich, aber seiner Schätzung nach mussten inzwischen eineinhalb Ssegs vergangen sein, in denen er zwischen den lärmenden Maschinen umhergeschlichen war - ohne seinen Bruder zu finden.
Eine Eingebung ließ ihn nochmals das Areal bei den Ascatoren absuchen. Vielleicht wollte Quermilian ja nochmals die Wachsoldaten kontrollieren. Wenn er ihn und Trelain erkannt hatte, als er im Deusemtan den Ascator bestieg, dann dürfte er ziemlich nervös sein ...

Hinter der Abdeckplatte erblickte Polikides mehrerlei. Das Ganze war offenbar eine Art in die Wand eingelassener

Schrank. Aber er enthielt nicht etwa Geld, sonstige Unterlagen oder die obligatorische Geoph-Flasche.

Ein ungefähr einen Zentimeter durchmessendes Loch mit gezacktem Rand, darüber ein eingravierter Text. Drei Sätze, die er nicht verstand, weil sie zu viele unbekannte Begriffe enthielten. Und unterhalb ...

Da lag ein Schlüssel. Ein seltsames Ding mit einem zu kleinen platten Griff, den man gerade mit zwei Fingern fassen konnte, und mit einem ungewöhnlich bizarren Bart - aber unzweifelhaft ein Schlüssel. Daran ein dünnes silbernes Kettchen.

Der Bischof atmete tief durch. Er wusste, dass er der Lösung equest nahe war. Er würde noch einen Versuch unternehmen. Dabei würde sich herausstellen, ob er die Sache richtig verstanden hatte. Jedenfalls war es ziemlich unwahrscheinlich, dass dieser Schlüssel nur den Abtritt aufsperrte. Er grinste.

Quermilian grüßte den Offizier und musste sich vorbeugen, um ihm etwas ins Ohr zu rufen, das konnte Trelain von seinem Posten aus sehen. Dann nickte der Prinz auf die Erwiderung hin und lehnte sich an die Wand, um sich ein Geoph-Stäbchen anzuzünden. Die beiden Soldaten glotzten gelangweilt in die Gegend.

Trelain runzelte die Stirn. Im Geiste maß er die Entfernung von hier bis zur Zentralempore. Nemeb, nicht einmal ein lauter Schrei wäre bis dort zu hören. Immerhin schon wieder ein Umstand zu seinen Gunsten. Der Lärm der Maschinen war so gut wie vollkommene Lautlosigkeit.

Vier Mann. Das war allerdings kaum zu schaffen, auch für ihn nicht. Und er musste blitzartig schnell an Quermilian kommen, bevor dieser in der Wand verschwand. Equest! Also musste er jegliche Deckung vernachlässigen und ohne Rücksicht auf Verluste vorstürmen. Er allein. Das würde nicht ohne lebensgefährliche Verwundungen abgehen.

Welche Grenzen waren der Macht gesetzt, verlorene Körpersubstanz zu ersetzen?
Er wusste es nicht.

Ormilian sah vorsichtig über die Brüstung der Balustrade. Er stand jetzt genau über der Ascatortür, unsichtbar für die drei Soldaten - und für seinen Bruder. Mit einem Sprung wäre er unten. Er war gut genug durchtrainiert, um sich dabei nicht zu verletzen. Und er war gut genug mit der Klinge, um gegen einen Gardesoldaten zu bestehen.
Aber gegen drei? Und Quermilian?

Trelain war instinktiv tiefer in Deckung gegangen, als er die Bewegung auf der Balustrade gesehen hatte. Ormilian. Der Prinz schien sich zu überlegen, ob er herunterspringen sollte.
Nemeb, jetzt noch nicht!
Das war ein gedanklicher Schrei gewesen, und das Wunder geschah: Ormilian sah herüber. Trelain winkte kurz mit dem Arm und duckte sich sofort wieder. Die Wachen hatten ihn nicht bemerkt. Er wechselte die Position, so dass er von unten nicht mehr gesehen werden konnte. Aber von der Brüstung.
Dann begann er zu gestikulieren, in der Hoffnung, dass der andere seine Handbewegungen verstand. Wenn alles klappte, dann waren sie jetzt wenigstens zu zweit.

Das Versuchsschema war eigentlich höchst einfach, so wie alle genialen Eingebungen vom Odem der Simplizität leben. Wenn die Apparatur eine Bestätigung verlangte, dann konnte man das ja unter den selben Bedingungen wie vorhin ausprobieren.
Polikides hatte inzwischen Quermilian, das Reich und den Krieg vergessen. Seine Gedanken rotierten nur noch um Schalter, Lämpchen und Quanzleitungen. Und um die fast

göttliche Macht, die sich dahinter verbarg. Die er sich jetzt untertan machen würde. Kraft seines Verstandes.

Er drehte den Schalter für das neunundneunzigste Niveau nochmals nach rechts, wo er einrastete. Aber das würde nur von kurzer Dauer sein. Wenn nicht ...

Zum ersten Mal in seinem Leben bewegte sich der Bischof nicht seiner Körperfülle angemessen behäbig, sondern sprang fast aus dem Sessel hoch und eilte zu der kleinen Schalttafel, nicht darauf achtend, dass er mit seiner ausladenden Hüfte an die Kante des Pults schrammte.

Das rote Licht blinkte, und der Alarmton heulte durch den Raum. Seine Finger zitterten vor Erregung, als er den Stahlstift in das gezackte Loch steckte. Der Griff zwischen seinem Zeigefinger und Daumen ruckte etwas, als der Schlüssel einrastete.

Er drehte leicht nach rechts, und ... Ein stärkeres, deutliches Einrasten. Der Alarmton verstummte abrupt.

Polikides wich zurück. Fast wagte er nicht zu atmen. Auf der großen Anzeigetafel leuchtete bei der Nummer Neunundneunzig das rote Licht. Er starrte abwechselnd dorthin und auf den Schlüssel, als erwartete er, dass dieser heraussprang und ihn erschlug.

Aber nichts dergleichen geschah. Nach einer Zentsseg, in denr er wie eine bronzene Statue regungslos dagestanden war, jeden Moment erwartend, dass irgendetwas passierte, dass der Geist der Maschine gegen diesen unerlaubten Eingriff protestierte, dass der Boden des Raumes sich öffnete und ihn, den Frevler, verschlang, war nichts geschehen.

Nichts. Und der Schalter verharrte in der rechten Stellung, und die rote Lampe brannte.

Er hatte es geschafft! Er hatte im neunundneunzigsten Niveau die Quanz abgeschaltet!

Quermilian stand so ungünstig direkt an der Ascatortür, dass er ihn keinesfalls als Ersten erwischen würde, und wenn der Angriff noch so überraschend erfolgte. Ein Soldat und der Offizier standen im Weg. Und der andere Soldat hatte sich etwas seitlich postiert, auch er stellte eine beträchtliche Gefahr dar, wenn er schnell genug reagierte und seine Klinge in den Rücken stieß - oder ihm von hinten den Kopf von den Schultern schlug.

Den musste unbedingt Ormilian übernehmen, denn Trelain würde keine Zeit haben, sich um ihn zu kümmern. In sieben, höchstens acht Ssigs musste er an den Soldaten vorbei sein. Spätestens dann würde sich Quermilian von seinem Schreck erholt haben und handeln.

Und wenn er seine Fähigkeit einsetzte, würde er ihn niemals mehr vor die Klinge bekommen.

Er biss sich auf die Lippen. Die Sache war equest riskant. Aber ihnen blieb nichts anderes übrig. Hoffentlich hatte wenigstens Ormilian seine Handkommandos richtig verstanden.

Trelain schlich sich noch einige Meter vor und bezog dort hinter einer eineinhalb Meter hohen Stahlröhre, aus der einige Schläuche herausragten wie die Fangarme eines Skualmans und sie mit einer anderen Maschine verbanden, Stellung. Im Innern des Geräts erklang erklang alle acht oder zehn Ssigs eine Art Rülpsen, als wenn Blasen aus einer zähflüssigen Masse austraten.

Der Major konzentrierte sich und rief die Macht in ihm. Er musste keine 'verbalen' Befehle erteilen, seine Wünsche nicht einmal gedanklich aussprechen. Sich nur die Form vorstellen. Er dachte zurück an den Kampf mit dem Geonogon in Calayas Wohnung.

Die Haut an seinen Schultern, Oberarmen und im Nacken begann sich langsam zu verändern. Graumetallisch schimmernde Schuppen bildeten sich und schoben sich übereinander, wie die Rüstung von Ivesnagaios' Soldaten. An seiner linken Hand ließ Trelain die Fingernägel wachsen, sich leicht einkrümmen und verlieh ihnen eisenharte scharfe Spitzen, als trüge er einen Kampfhandschuh mit Dolchklingen an den Fingern. Die Rechte ließ er, wie sie war, um das vertraute Gefühl für den Griff seines Rapiers nicht zu beeinträchtigen. Mehr denn je hing jetzt von seiner Geschicklichkeit im Umgang mit der Waffe ab.

Er schaute noch einmal hoch, aber von hier konnte er Ormilian nicht entdecken. Aber der Prinz würde ihn sehen, sobald er losstürmte - und hoffentlich wissen, was er zu tun hatte.

Trelain atmete noch einmal tief durch und hob seine Klinge.

Der Bischof saß vor dem Pult und überlegte. Eigentlich dachte er über gar nichts nach, sondern genoss nur das Gefühl, alles in der Hand zu haben. Es war wunderbar. Und er schwelgte in der Vorfreude auf das, was er gleich tun würde. Hinterher würde er eine Befriedigung empfinden, die sich mit nichts vergleichen ließe; nicht einmal mit einem Geschlechtsakt. Vielleicht ähnlich wie damals, als Bischof Versucci nach seiner langwierigen Krankheit endlich das Zeitliche gesegnet hatte - wobei er in den natürlichen Verlauf der Dinge etwas beschleunigend eingegriffen hatte -, und er von König Gorodon das Amt des Pontifex' der Reichskirche entgegengenommen hatte.

Aber die Befriedigung, die er jetzt erwartete, würde noch größer sein. Er würde das Reich retten, die Angreifer nicht nur demütigen, sondern vernichten - und sich damit gleichzeitig langfristig die unumschränkte Alleinherrschaft sichern. Was konnte man vom Schicksal mehr erwarten?

Und vielleicht hielt diese Erwartung des kommenden Hochgefühls den Bischof davon ab, sofort zur Tat zu schreiten. Er wusste, dass das der Höhepunkt seines Lebens sein würde, ein Gefühl, wie es ihm nie mehr vergönnt sein würde zu genießen.

Darum hatte er es plötzlich nicht mehr so furchtbar eilig. Es war wie beim Liebesakt. (Allerdings hatte Polikides nie in seinem Leben Liebe für irgend etwas oder jemanden empfunden, es sei denn, für sich selbst und seine Ambitionen.) Die Phase kurz vor dem eigentlichen Höhepunkt genoss er immer sehr, allerdings währte sie nur kurz. Hier war das anders: Er konnte sie noch etwas hinauszögern, das unglaublich belebende Gefühl der Vorfreude noch verlängern.

Er spürte, wie er unter der Schminke zu schwitzen begann, und seine Finger zitterten, aber er genoss die Erregung.

Ormilian schwang sich über das Geländer, als er Trelain aufspringen und vorstürmen sah. Beinahe hätte er vor Verblüffung gezögert, denn so unglaublich war die Geschwindigkeit des Majors, der im Laufen einen Schrei ausstieß wie ein wütendes Raubtier, der sogar den Maschinenlärm kurz übertönte.

Dieser Schrei tat seinen Zweck, denn die Soldaten erstarrten vor Schreck. Eine Ssig gewonnen, vielleicht zwei. Der Prinz federte in den Knien auf und musste kurz um sein Gleichgewicht kämpfen, aber er blieb auf den Füßen.

Trelains jetzt maximal gespannte Sinne ließen ihn die Aktion empfinden, als liefe die Zeit langsamer. Sein Auge registrierte, dass jemand von oben herabsprang und zwei Meter von der dritten Wache entfernt aufkam. *Ormilian. Gut. Die zeitliche Abstimmung war nahezu perfekt.* Aber er konnte sich nicht weiter um ihn kümmern. Der Prinz musste jetzt selbst sehen, wie er zurechtkam. *Hoffentlich hatte er sich in der Beurteilung seiner eigenen kämpferischen Fähigkeiten nicht überschätzt!*

Der erste Soldat, der vor Trelain auftauchte, hatte eigentlich keine Chance. Seine Reflexe ließen ihn nach dem Griff seines Degens greifen, aber da war es schon zu spät: Trelain hatte keine Zeit zum Ausholen, er rannte ihm die Spitze seines Rapiers durch den Hals und bremste seinen Lauf, um die Klinge zurückzuziehen.

Der Offizier hatte eine schnellere Reaktion. Während Quermilian noch wie gelähmt auf die unglaubliche Szene vor seinen Augen starrte, hatte der Leutnant seinen Degen schon aus der Scheide und hieb nach dem Angreifer. Trelain parierte zurückweichend und wehrte die Klinge zur Seite ab. Er fluchte innerlich. Der Kerl war äußerst schnell und schien sein Handwerk zu verstehen. Natürlich, die Leibgarde des Bischofs würde kaum aus Stümpern bestehen.

Wenn Ormilian jetzt versagte, dann würde er gleich einen zweiten Gegner hinter sich haben. Und alles musste equest schnell gehen.

Der dritte Wachsoldat war einen Moment lang irritiert, dass plötzlich ein zweiter Gegner neben ihm auftauchte, der ihm näher war. Aber auch er war ein Elitekämpfer, ausgesucht aus den besten Männern der Miliz, und verfügte über Kaltblütigkeit und schnelle Reflexe.

Der Kerl, der offenbar von der Balustrade über ihnen heruntergesprungen war, stolperte kurz und rang um sein Gleichgewicht. Der Soldat wäre seines Postens nicht würdig gewesen, wenn er diese Chance nicht sofort erkannt und ausgenutzt hätte: Er zog seine Waffe im Bruchteil einer Ssig und holte in einer fließenden Bewegung zum Schlag aus.

Wenn Ormilian sich jemals gewünscht hatte, ein ernsthaftes Duell auf Leben und Tod auszufechten: jetzt hatte er es. Zweifelsohne war sein Gegner ein Meister der Klinge.

Der Prinz schaffte es, den ersten Hieb abzuwehren. Auch wenn die Parade nicht ganz sauber war, weil er noch nicht richtig stand: Er trug keine Verletzung davon.

Ormilian lachte plötzlich laut und ging nun selbst zum Angriff über. Ausfallschritt, Finte. Er wusste nicht, ob er diesen

Mann besiegen konnte, aber er hatte es halb geschafft: Er hatte ihn von Trelain abgelenkt!

Trelain biss die Zähne aufeinander, als er den Hieb von hinten erwartete. Aber er konnte sich nicht umdrehen, denn der Leutnant stieß halbhoch zu und fälschte den Stoß kurz vor dem Ziel nach unten ab, eine Kombination, die höchste Aufmerksamkeit verlangte. Alles spielte sich in Bruchteilen von Ssigs ab. Er parierte, nutzte den eigenen Schwung aus und schwang seine Klinge hoch, sich selbst im Hochspringen drehend. Ein derartiges Manöver hatte der Leutnant noch nie gesehen. Und das wurde ihm zum Verhängnis.

Sein Körper stand noch einen Moment lang aufrecht, mit dem Degen in der Rechten, und ein Schwall Blut spritzte aus dem Hals, während sein Kopf über den Boden kollerte, eine rote Zykloide auf das Grau zeichnend.

Trelain sprang sofort herum und wandte sich Quermilian zu, der zwei Meter von ihm entfernt stand und ihn immer noch anstarrte wie einen Daemon, eine auferstandene tote Seele aus dem Abis, die zurückgekehrt war, um begangene Untaten zu rächen.

Der Major lächelte böse und ...

... und eine Hand packte seinen Unterschenkel und hielt ihn mit erstaunlicher Kraft fest.

Ormilian parierte wie aus dem Lehrbuch, fintete zweimal und stach dem Mann seine Klinge in den ungedeckten linken Oberarm. Der schrie auf und nahm sofort eine defensive Stellung ein. Der Prinz trat zurück und lächelte ihn an.

"Aber ... Mylord ...", rief der Soldat, der jetzt zum ersten Mal sein Gesicht genau sah, und ließ seine Waffe verwirrt sinken.

Ormilian stieß ihm seinen Degen durch die Brust. Das war nicht ganz die feine Art, aber in der Eile konnte er sich nicht aufhalten lassen.

Er sah zur Ascatortür - und erkannte, dass er zu spät kommen würde.

Quermilian erwachte aus seiner Erstarrung, als er sah, dass sich ihm eine unglaubliche Chance darbot: Der erste Soldat, den der daemonenhafte Angreifer niedergestochen hatte, lebte noch. Er hatte sich in der Blutlache herumgewälzt und den linken Fußknöchel des Mannes gepackt.

Trelain reagierte schnell, aber er verlor zwei Ssigs, als er dem Soldaten die Hände abschlug.

Quermilian stieß ein schrilles Lachen aus und schlug mit seiner Klinge zu. Der Hieb hätte Trelain Kopf, Hals und die rechte Schulter samt Arm gekostet, aber ...

Dem Prinzen wurde die Waffe aus der Hand geprellt, als hätte er mit einem Eisenstab auf einen Granitbrocken eingedroschen. Aber der Hieb erfüllte wenigstens momentan seinen Zweck: Trelain verspürte einen Schlag gegen seine linke Schulter, als hätte ihn ein Vorschlaghammer getroffen. Er vermeinte das Knirschen zu hören, als sein Schlüsselbein unter den harten Schuppen zersplitterte, und die Wucht des Aufschlags schleuderte ihn zur Seite, wo er einen Augenblick benommen liegenblieb.

Vor seinen Augen tanzten rote Schlieren. Quermilian, der seine Fassung wieder erlangt hatte, grinste ihn zähnefletschend an und wich zur Wand zurück.

Es war zu spät. Er hatte es nicht geschafft.

Wie durch einen rötlichen Nebel sah Trelain, wie das Grinsen von Quermilians Gesicht verschwand und dem Ausdruck von Verblüffung Platz machte.

Ein Messer steckte in seiner Brust.

Er sank langsam in die Knie, einen roten Fleck an der Wand hinter sich zurücklassend. Aus seinem Mund sickerte ein dünner Blutfaden, der in einen breiten Schwall überging, als er noch etwas sagen wollte, das ohnehin niemand verstand. Dann kippte er zur Seite und blieb dort verkrümmt liegen.

Eine kräftige Hand packte Trelain an der rechten, unverletzten Schulter und half ihm auf. Skwawk.

"Ich wusste doch, dass mir das noch einmal von Nutzen sein würde!", stellte der Attentäter mit einem Lächeln auf seinen Lippen fest. "Ich meine, das Messerwerfen zu üben."

Trelain hustete und lächelte ihn ebenfalls an. "Auch wenn das jetzt wie ein Widerspruch klingt: Du bist wirklich ein guter Mörder!"

95.

Towards the Pantheon - Emperor

Polikides entschied, dass er jetzt lange genug gewartet hatte. Es war an der Zeit. Ein Teil seines Verstandes, der nicht von dem allgemeinen Hochgefühl der erregten Vorfreude ergriffen war, meldete sich plötzlich:
Wo zum Abis blieb Quermilian? Ihn so lange warten zu lassen, das war nicht nur unhöflich, das war eine Unverschämtheit. Er ging zur Tür der Zentrale und sah hinaus: Die fünf Soldaten hatten auf halber Höhe der schmalen Treppe Posten bezogen, wie er es ihnen befohlen hatte. Er wollte sie im Auge behalten können, aber hier oben unbeobachtet sein. Zwei von ihnen rauchten. Na schön. In seiner Gegenwart hätten sie das nicht gewagt, aber bitte ...
Jedem sein persönliches Laster. Heute, an diesem großen Tag, wollte er nicht so sein.
Wo blieb Quermilian? Schön, der Prinz war eigentlich gar nicht mehr vonnöten, aber trotzdem hätte er gerne wenigstens *einen* Menschen als Publikum für seine Großtat gehabt.
Also? Sollte er noch warten? Oder gar einen der Männer losschicken, um ihn zu suchen? Nemeb! Das erweckte ja ganz den Eindruck, als ob er auf diesen verblödeten Spross einer degenerierten Sippe angewiesen wäre!
Nemeb! Dann eben nicht! Große Männer waren am stärksten, wenn sie alleine waren! Er hatte sich an der Vorfreude sattgefühlt, jetzt verlangte ihn nach der eigentlichen Befriedigung.
Mit dem erhebenden Bewusstsein der Bedeutung des Augenblicks quetschte der Bischof sein fettes Hinterteil in den Sessel vor dem Kontrollpult und tastete über die untersten Schalter. Das Gefühl der Macht war fast schmerzhaft intensiv.

Bei der Nummer Neunundneunzig hatte sich nichts geändert. Nach wie vor brannte die rote Lampe. Dort unten war es jetzt also finster. Undurchdringliche schwarze Nacht.

Jetzt musste er nur die anderen Schalter alle nach rechts drehen. Und dann den Befehl mit dem Schlüssel bestätigen. Kein Problem.

Also! Er begann seine Arbeit von unten: Hundert, Achtundneunzig, Siebenundneunzig, Sechsundneunzig, ...

Jeder Schalter rastete mit einem leisen Knacken in der rechten Position ein, und prompt leuchtete neben ihm die rote Lampe auf. Rechts über dem Schaltpult begann die Warneinrichtung zu quäken, aber er scherte sich nicht darum und setzte sein Werk fort.

... Dreiundsiebzig, Zweiundsiebzig, Einundsiebzig, Siebzig, ...

Er wischte sich den Schweiß von der Stirn und stand auf, um sich vorbeugen zu können.

... Fünfundfünfzig, Vierundfünfzig, Dreiundfünfzig, ...

Der letzte! Polikides war schweißgebadet. Er keuchte wie nach einem Lauf rings um den Zentralschacht. Und jetzt ...

Als er sich umdrehte, stieß er einen quiekenden Schrei aus, so erschrak er. Quermilian stand vor ihm. Lächelnd.

Der Bischof schüttelte den Kopf. "Ihr habt mich vielleicht erschreckt! Wo wart Ihr so lange? Na egal jetzt!" Er wollte an dem Prinzen vorbeigehen, um zu der kleinen Schalttafel zu kommen, aber dieser trat ihm in den Weg. "Tut mir leid, wenn ich Euch erschreckt habe, mein lieber Bischof. Was tut ihr hier, wenn ich fragen darf?"

Polikides hatte keine Lust, jetzt dumme Fragen zu beantworten, aber irgend etwas in der Stimme des Prinzen ließ ihn aufhorchen. Und noch etwas irritierte ihn: Quermilian hatte auf seiner Hemdbrust einen großen Blutfleck.

"Was ... was ist denn das?"

Der andere winkte leichthin ab. "Oh, nichts Besonderes. Ein kleiner Unfall. Ihr musstet doch hoffentlich nicht zu lange auf mich warten?"

"Nemeb, nemeb! Was für ein Unfall?" Die ganze Situation wirkte auf einmal seltsam surrealistisch. "Das ist doch Blut!"

"Schon", bestätigte der Prinz. "Aber das ist jetzt egal." Er warf einen Blick auf die Schalttafel und registrierte das Alarmsignal. "Aha! Ich habt das System also durchschaut! Meinen Respekt, Bischof! Jetzt muss nur noch der Schlüssel herumgedreht werden, nemeb?"

Polikides kam sich vor wie in einer Vorstellung eines Schmierentheaters. Er trat einen Schritt zurück. Der andere trug ein Rapier an seiner Seite. *Wenn der equeste Prinz es sich nun anders überlegt hatte?* "Allerdings. Ich ... äh ... Ich hatte nach unserem vorigen Gespräch Euer Einverständnis vorausgesetzt, und ..." Er wusste momentan nicht weiter.

"Gut, gut!", lächelte sein Gegenüber breit. "Aber was hier jetzt getan wird, das sollte doch unter uns bleiben, oder?"

"Natürlich!", beeilte sich der Bischof zu sagen, und ein Gefühl der Erleichterung durchrieselte ihn. Fast hatte er schon befürchten müssen, dass in letzter Ssig noch alles daneben ging.

"Genau!", bestätigte der andere. "Und deshalb habe ich auch die Soldaten da unten weggeschickt. Um die Ascatoren zu bewachen."

"Schön", stimmte Polikides zu. "Aber jetzt sollte ich ... sollten wir den Schlüssel benutzen. Bevor die Schalter zurückspringen."

Er wollte sich an Quermilian vorbei drängen, aber dieser stand felsenfest und wich keinen Zentimeter. "Nicht so schnell! Zuerst möchte ich Euch noch zwei Freunde vorstellen ..."

Polikides hörte die Worte, aber er erfasste den Sinn nicht, so sehr war er im Geiste schon beim Herumdrehen des Schlüssels. Er starrte den anderen nur mit gerunzelter Stirn an, bis er die Bewegung in der Tür sah.

"Darf ich die Herrschaften bekannt machen?", höhnte Ormilian. "Bischof Polikides, seines Zeichens Pontifex der erhabenen Kirche, Seelenhirte aller rechtschaffenen Menschen, Beschützer der Krone und Wahrer des Friedens!" Er machte eine bedeutungsvolle Pause und stellte dann die beiden Männer vor, die näher kamen:

"Major Trelain und ... hm ... Herr Skwawk! Die beiden Herren hatten mich ersucht, eine Audienz zu vermitteln!"

Polikides begriff nicht, dass es Ormilian und nicht Quermilian war, der diese Worte sprach. Er starrte nur auf Trelain und nahm am Rande seines Bewusstseins wahr, dass hinter ihm alle Schalter in Halbssigabstand in ihre ursprüngliche Stellung zurückschnellten. Beim letzten verstummte der Alarmton.

Und mit jedem Klacken bröckelte ein Stück von seinen hochfliegenden Plänen ab, bis nichts mehr übrig war. Seine Augen folgten Ormilian, der zu der kleinen Schalttafel ging und den Schlüssel an sich nahm. Aber sein Bewusstsein sah nur das Bild einer zerplatzenden Seifenblase.

Trelain genoss eine Sseg lang die Szene. Dann konzentrierte er sich wieder auf seine linke Schulter. Aber vorher nickte er Skwawk zu.

"Würdest du mir noch einen Gefallen tun ... Freund?"
"Ay!"
"Erledige den Kerl! Bring ihn einfach um!"

96.

Abyss of the Void - Gamma Ray

Bischof Polikides hatte zu guter Letzt doch noch erreicht, auf was er sein ganzes Leben lang hingearbeitet hatte: Von seiner hohen Position an der Spitze Subgäas, die ihm wahrlich niemand streitig machte, sah er festen Blickes auf sein Reich hinab, in tadellos gerader Haltung, im Bewusstsein seiner nie mehr anfechtbaren Souveränität lässig mit den Füßen schaukelnd, und streckte allen Zweiflern die Zunge heraus.
Und als ob sich die Apotheose seiner Person auch in körperlicher Schönheit manifestierte: Zum ersten Mal seit Jahren war sein Hals wieder zu sehen.

Trelain kniete neben Calayas Leiche und hatte ihren Kopf in seinen Schoß gebettet. Er sagte kein Wort, sondern starrte nur auf ihr Gesicht, das trotz ihres gewaltsamen Todes friedlich aussah. Und so schön wie damals.
Er sprach mit ihr, aber nur in seinem Inneren. Skwawk sah seine Lippen sich bewegen, aber kein Laut war zu hören. Ormilian wollte etwas sagen, aber nach einem Blick auf das Gesicht des Majors ließ er es bleiben.
Nach einer Zentsseg richtete sich Trelain schließlich auf. Er setzte den toten Körper auf, sodass er an der Wand lehnte und drückte seiner ehemaligen Frau die Augen zu. Er konnte nicht weinen, seine Augen produzieren keine Tränen.
"Ich werde sie nicht in den Abis werfen!", murmelte er, und Skwawk nickte.

Sie mussten nicht lange suchen. Auf der anderen Seite der Zentralempore, da wo der Bischof hing, führte eine Treppe weiter nach oben. Dort fanden sie den Aufgang zu der Brücke, die sich über den Abis spannte.

Trelain tat ein paar Schritte nach vorne. Obwohl es wie polierter Stahl schimmerte, war das Metall nicht glatt.

Und seltsamerweise herrschte hier oben kein so starker Sturm. Hundert Meter über ihm endete der Zentralschacht. Er hätte nie geglaubt, dieses Bild jemals zu sehen. Der Schacht, das geometrische und irgendwie auch geistige Zentrum Subgäas, die Achse, um die sich alles anordnete, selbst die Gedanken - er war hier schlicht zu Ende. Als hätte man ein Loch in einen Stein gebohrt und, als es tief genug war, einfach aufgehört.

Die Decke bestand aus massivem Stein, allerdings übersät mit Tausenden von jeweils fünfzig bis hundert Meter durchmessenden Metallgittern. Was sich hinter diesen befand, konnte er nicht sehen. Vielleicht die Apparaturen, die ganz Subgäa mit Luft versorgten. Zum ersten Mal wurde ihm bewusst, welch kostbares Gut so eine Selbstverständlichkeit wie Luft eigentlich war.

Die Brücke hatte eine Breite von vielleicht vier Metern, kein Geländer und führte in einem sanft ansteigenden Bogen zur anderen Seite. Er sah in die schauerliche Tiefe hinab, und irgend etwas, das vielleicht schon immer, aber mit Sicherheit in den letzten Monaten in seinem Unterbewusstsein darauf gewartet hatte, gedacht zu werden, tauchte plötzlich frei und klar an die Oberfläche.

"Und nun?", fragte Skwawk. "Willst du dort hinübergehen?"

"Ay!", nickte Trelain. "Ich will nicht nur - ich muss!"

"Warum? Um von dort drüben in den Abis zu starren? Ich fürchte, ich verstehe dich nicht. Es dürfte gefährlich sein!"

"Nemeb, du verstehst mich nicht!", lachte Trelain bitter. "Denke doch mal! Die Brücke führt höher hinauf. Glaubst du, sie endet dort drüben einfach an der Felswand? Sicher nicht! Dort ... dort ist der Ausgang!"

Ormilian machte eine Grimasse. "Der *Ausgang*? Ich glaube, ich verstehe auch nicht! Der Ausgang wessen? Und wohin?"

Trelain seufzte. "Versteht ihr immer noch nicht? Diese Beschränktheit unserer Welt, die auch unsere Gedanken beschränkte? Subgäa ist ein Käfig, ein Gefängnis, und das hat bloß niemand gemerkt, weil es keine Sicht nach draußen gibt. Der Wurm, der in einer verschlossenen Tonne aufwächst, glaubt, das ist die ganze Welt, weil er nie etwas anderes gesehen hat - und weil er deswegen nie etwas anderes gedacht hat."
"Und du hast ein Fenster gefunden?"
"Wenn du es so nennen willst, ay! Das Buch mit den Tierzeichnungen. Das ist keine Sammlung von Märchenwesen und Phantasiegeschöpfen. Dazu ist die Beschreibung zu wissenschaftlich und zu detailliert. Und die Hintergründe mancher Bilder! Du hast sie gesehen: Das ist eine ebene Welt, von riesiger Ausdehnung in der Fläche, ohne Wände, an die man hier unweigerlich stößt, wenn man länger geradeaus geht. Und ohne Begrenzung nach oben!"
Er machte eine Pause und lächelte über die ungläubigen Gesichter der beiden anderen. "Es gibt sie, und sie ist über uns! Ich fühle das, ach was, ich *weiß* das! Und dort drüben ist der Aufgang!"
Skwawk und Ormilian starrten ihn immer noch an, ohne sich zu äußern. Zu unglaublich erschien ihnen dieser Gedankengang. Eine flache, in der Ebene ausgedehnte Welt! Und sie sollte sich über ihnen befinden?!
Trelain sah von einem zum anderen. "Ich gehe auch ohne euch; es ist mir Ernst! Kommt ihr mit? Was haben gerade wir drei in Subgäa noch verloren? Ivesnagaios wird das Reich erobern - wir haben ihm den Weg geebnet. Und wir sind Ausgestoßene, auch du, Ormilian! Uns hält nichts mehr hier, und niemand wird uns vermissen. Wir sollten es wagen, equest!"
Skwawk schüttelte grinsend den Kopf. "Warum eigentlich nicht?" Er stieß Ormilian mit dem Ellbogen an, und dieser nickte schließlich. "Ay, warum eigentlich nicht?"

Nach knapp einer halben Sseg hatte Trelain die andere Seite erreicht. Er hatte sich ausbedungen, zuerst alleine zu gehen. Sicher war sicher. Und wenn eine plötzliche Luftbö ihn in der Mitte von der Brücke fegte, dann waren die anderen um eine Erfahrung reicher und konnten das Vorhaben immer noch fallen lassen. Nach ihm sollte Ormilian die Brücke überqueren, und Skwawk am Schluss folgen.

Nach anfänglichen Protesten hatten die beiden sich einverstanden erklärt.

Er hatte recht behalten: Die Brücke endete nicht blind an der Felswand. Ein schmaler Torbogen mit einem runden Raum dahinter.

Der Raum war völlig leer, und der zentimeterdicke Staub auf dem Boden zeugte davon, dass sich hier lange, lange Zeit niemand aufgehalten hatte.

Niemand, der den Ascator benutzt hatte, der nach oben führte. Nach oben. Ein dicker roter Pfeil mit einer verwitterten, unlesbaren Inschrift daneben ließ keinen Zweifel an seiner Bestimmung.

Ormilian sah, dass der Major wieder auftauchte und herüberwinkte, nachdem er vier oder fünf Zentssegs verschwunden war.

Skwawk verzog sein Gesicht zu einem breiten Grinsen. "Er hat es wirklich geschafft! Und es ist wahr! Er hat recht gehabt!" Er nickte dem anderen zu. "Ihr seid dran! Viel Glück! Wir sehen uns drüben!"

Der Prinz dankte und setzte seinen Fuß mit etwas Skepsis auf das Metall, aber es stimmte: Die Oberfläche war überhaupt nicht rutschig. Nach einigen Metern, als er feststellte, dass der Luftzug bei Weitem nicht kräftig genug war, um ihn in den Abis zu blasen, schritt er energischer aus.

Skwawk zündete sich ein Stäbchen an und sah ihm zu, während er sich mit einer Spur von Besorgnis ausmalte, wie er nachher den selben Weg ginge. Ihn konnte nichts so leicht ängstigen, und schon einige Male war er in Ausübung seines 'Berufs' genötigt gewesen, am Rande des Abis' entlangzuklettern. Trotzdem war er nicht ganz frei von der elementaren Furcht aller Bewohner Subgäas vor dem schwarzen Schlund, wo alle Wege endeten.

Er riss sich von seinen Gedanken los und sah erstaunt hinüber. Trelain wartete offenbar nicht auf Ormilian, sondern ging ihm entgegen. Was sollte das jetzt?

Auch der Prinz stellte sich diese Frage, als er den Major sah, der ihm bei zwei Dritteln des Weges entgegenkam.

Trelain lächelte, aber es war kein herzliches Lächeln, als er ihn erreichte. "Es stimmt!", sagte er. "Ich habe einen Ascator gefunden, der weiter nach oben führt."

Der fast gleichgültige Ton verwirrte Ormilian. "Phantastisch! Also ..."

Er wollte seinen Weg fortsetzen, aber Trelain wich nicht, sondern hob eine Hand. "Augenblick! Es gibt noch etwas zu klären, bevor wir weitergehen!"

"Ach? Und was?"

Trelain griff in seine Tasche und holte ein verknittertes Stück Papier hervor. Er hielt es dem Prinzen entgegen. "Da! Seht Euch das an!"

Ormilian war von der seltsamen Szene so verwirrt, dass er tat wie geheißen. Der Zettel enthielt die verschnörkelten Buchstaben der Alten Schrift:

Die Sage vom Untergang des Erdeiches
-Sylvanoikid von Gilnvor - im einhundertundsiebten Jahre
des Eamon-

Zwei mächtige Zauberer in einer weit entfernten Welt waren gestorben, und ihre Fähigkeiten suchten sich zwei neue Träger, die davon zunächst nichts ahnten. Die Macht des Steins erfüllte Qarvis, einen wahnsinnigen Mörder. Die Macht ...

Er sah Trelain an. "Und? Was ist damit?"

"Kennt Ihr das nicht?"

"Ich ... kann sein, dass ich das schon einmal gesehen habe! Die alte Sage, nemeb?"

"Die sich in allen Punkten erfüllt hat. Nemeb, es war die ganze Zeit vor meinen Augen, und jetzt habe ich es erst gesehen - und verstanden!"

"Ich verstehe schon wieder nicht ..."

"Eigentlich müsstet Ihr! Dieses Dokument ist die Kurzfassung der Prophezeiung von Sylvanoikid über den Untergang des Erdreiches; entdeckt oder selbst verfasst von meinem Freund Philestasis ..."

"Schön, aber ich kann trotzdem nicht folgen!"

Trelain trat noch einen Schritt näher und sah Ormilian direkt in die Augen. "Da steht das Wort: *Qarvis* - die Ratte. Der wahnsinnige Mörder. Der Geonogon, der Hataii umbrachte. Und wer war das?"

"Nun: Quermilian, mein Bruder! Er war Qarvis."

Trelain lachte leise. "Ay, so war es! *Die Macht des Steins erfüllte Qarvis* ... Hat es Euch kein bisschen erstaunt, dass er, als es auf Leben und Tod ging, nicht seine Macht benutzt hat, um sich in Sicherheit zu bringen? Wir hätten ihn niemals mehr erwischt!"

Ormilian verspürte einen leichten Anflug von Ärger bei diesen seltsamen Fragen. "Nemeb! Wahrscheinlich wollte er das gerade, aber Skwawk hat ihn mit seinem Messerwurf getroffen, noch bevor er ... wie immer er das auch machte ... Und ein Toter kann wohl kaum noch durch die Wand gehen, oder?"

"Da stimme ich zu!", nickte Trelain. "Wisst Ihr, ich bin die ganze Zeit von zwei falschen Annahmen ausgegangen: nämlich dass der Geonogon *entweder* ein wahnsinniger Mörder ist, der zu seinem Vergnügen Frauen aufschlitzt und dabei sozusagen aus Versehen und zum Vorteil der Verschwörerbande des Bischofs zwei von den Gegenspielern miterledigt hat, *oder* dass alles nur eine Spiegelfechterei war, um zwei politische Morde zu kaschieren - und ein irrer Mörder niemals existiert hat.

Beide Annahmen sind falsch, so wie das ganze Spiel überhaupt viel komplexer war, als ich jemals glaubte. Und *beide* sind richtig: Quermilian, die Ratte, nutzte einfach die einmalige Gelegenheit, *seine* beiden Morde einem wirklich existierenden anderen Täter mit unterzuschieben. Dabei musste er natürlich, sozusagen um das richtige und glaubhafte Ambiente zu schaffen, ebenfalls zwei Frauen umbringen, auf die gleiche Art, wie dies der Geonogon tat. Allerdings machte er beim zweiten Mal aus Unwissenheit einen Fehler: Oberst Hachton war *invais*: er bevorzugte Männer. Und das wusste Quermilian nicht. Dieser Widerspruch fiel mir schon damals auf. Warum sollte ein invaiser Mann eine Hataii aufsuchen? Und dann zufällig dort Nebenprodukt eines Triebmörders werden? Nemeb, das roch förmlich nach einem Theaterstück!"

Ormilian schnalzte bewundernd mit der Zunge. "Nicht schlecht. Aber was hat das jetzt mit diesem Zettel hier zu tun?"

"Ganz einfach: Dieser Zettel identifiziert den wahren Geonogon!"

"Also war Quermilian *nicht* Qarvis - die Ratte?"

Trelain schmunzelte. "Doch, natürlich! Nur hat mich General Casnoff in seiner letzten Zentsseg noch belogen: Er bestätigte mir zwar, dass Quermilian die Ratte sei, aber er erklärte mir höhnisch, dass ich ihn niemals erwischen würde, weil er feste Materie durchdringen könnte. Und das war gelogen!"

Ormilian kniff die Augenbrauen zusammen, als überlegte er: "Ich komme mir langsam ziemlich blöd vor, Major! Ich verstehe schon wieder nicht ganz. Gerade sagtet Ihr doch, dass Quermilian die Ratte war ..."

"Ihr versteht schon! Allerdings war Quermilian die Ratte, aber nicht die Ratte verfügte über die Fähigkeit, Wände zu durchdringen!"

"Sondern?"

Trelain fingerte ein Geoph-Stäbchen aus seiner Tasche und steckte es an. "Hier verhalf mir wieder das Buch zu dem richtigen Gedanken. Das Buch, das ich von Philestasis schon einmal bekommen hatte, und das ich, beziehungsweise eine Kopie davon, von der Hohepriesterin Ophris noch einmal geschenkt bekam. Das legendäre Buch, das die Tierbilder enthält - mit Beschreibung."

Er stieß eine weiße Rauchwolke aus und sah ihr kurz nach. "Die Schlange - *Oarvis*. Das seid Ihr, Ormilian, nicht wahr? 'Die Macht des Steins erfüllte *Qarvis*, einen wahnsinnigen Mörder ..." und so geht es weiter im Text: ... *die furchtbaren Verbrechen des Mörders Qarvis ..., ... die Zauberkraft des Qarvis ...* ' Alles Fälschung!"

Trelain schnippte die Kippe über den Rand der Brücke, wo sie als rotes Lichtpünktchen kurz in den Luftwirbeln auf- und abtanzte, bevor sie verlosch.

"Euer Vater, König Gorodon, liebte Euch, nicht Euren Bruder Quermilian. Er liebte Euch, obwohl er wusste, dass Ihr nicht mehr richtig im Kopf seid. Wahnsinnig. Er erkannte das früh - ich leider zu spät. Und er wusste, dass Philestasis' Dokument Euch irgendwann einmal entlarven würde. Wahrscheinlich hat er auch den alten Mann verschwinden lassen; ich weiß es nicht. Und trotz seiner offensichtlichen Demenz - wahrscheinlich ein Familienerbteil - verfiel er auf den schlauen Plan, das Papier nicht einfach zu vernichten, sondern zu *fälschen.* Vermutlich, um zweierlei zu erreichen: Die Schuld von Euch weg-, und seinem anderen Sohn Quermilian zuzulenken. Seht Euch das Papier an!"

Der Prinz zerknüllte das Blatt in seiner Hand. "Was soll dieses Schriftstück eines senilen alten Spinners schon beweisen?"

Trelain ließ sich nicht beirren. "Lasst mich die Geschichte noch fertig erzählen: Als ich erfuhr, dass Euer Vater Philestasis zu Hause aufgesucht hatte, wurde ich schon wieder misstrauisch. Ein König macht sich diese Mühe? Da musste mehr dahinterstecken!"

Er zündete sich noch ein Stäbchen an. "Um Euch zu schützen, hat er das Dokument gefälscht! Das war nicht schwierig. Philestasis war arglos genug. Euer Vater musste nur einen Moment abwarten, wenn der Alte einmal hinausging oder in seinen Büchern nach irgendwelchen Quellen suchte. Er wusste, dass Philestasis' ganzes Vermächtnis bei Ophris landen würde. Und der Fälschungsakt ging vermutlich ganz schnell vonstatten!"

Ormilian sagte nichts, also fuhr Trelain fort:

"Ein kleines Strichlein unter dem 'O' - und aus *'Oarvis - der Schlange'* wurde *'Qarvis - die Ratte'*! Phantastisch, nemeb? Nur ein *Qelen*: der Strich, der das 'Q' vom 'O' unterscheidet! Und ich habe so lange gebraucht, um darauf zu kommen! Dabei springt einem die Analogie fast ins Gesicht: Ormilian und Quermilian: Die Schlange und die Ratte. Euer Vater, der König, muss schon bei der Namensgebung diese beiden archetypischen Tiere vor Augen gehabt haben. Denn an Zufälle glaube ich in dieser ganzen Geschichte schon lange nicht mehr ..."

Trelain lächelte sein Gegenüber an, und seine Augen leuchteten in dunklem Feuer. Ormilian tastete unwillkürlich nach

dem Griff seines Rapiers. Trelain sah die Bewegung, aber er rührte sich nicht, nur sein Mundwinkel verzog sich spöttisch.
"Du hattest recht, Ormilian, als du sagtest, dass *du* nie in der Familiengruft liegen würdest. Du bist der Geonogon, ein blasierter, vom Leben in Reichtum gelangweilter eingebildeter Geck, der Frauen ermordet, wahrscheinlich weil er keinen hochbekommt oder im Winseln seiner Opfer die Bestätigung der letzten, absoluten Macht über Leben und Tod zu hören glaubt. Und die Fähigkeit, die du in dir trägst, hat dir ermöglicht, deine Perversionen fast ohne Risiko auszuleben. Weil du dich ohne das beruhigende Bewusstsein, jederzeit spurlos verschwinden zu können, nicht getraut hättest! Du kläglicher Feigling, du hast deinen 'Ehrennamen' wirklich verdient: Du bist ein Wurm!"
Trelain ging noch einen Schritt auf den Prinzen zu. "Obwohl deine ganze Verwandtschaft auch ein erbärmlicher Haufen von Verbrechern, Lügnern, Schwachköpfen und Größenwahnsinnigen ist: Sie haben nicht verdient, dass ein Wurm wie du neben ihnen aufgebahrt wird!"
Er zeigte mit dem Finger hinunter in den schwarzen Schlund. "Du hast Calaya getötet, und dafür wirst du dort enden!" Er trat zwei Schritte zurück und lachte plötzlich laut. "Was glaubst du, warum ich diesen Ort hier für unser letztes Gespräch gewählt habe? Keine Mauern, keine Wände - nur der Abgrund!"

Skwawk rannte los, um die beiden zu erreichen, aber er wusste: Was immer dort geschah, er würde zu spät kommen. Er sah, wie Ormilian seinen Degen zog.

Trelain sprang zurück, ohne seine Klinge zu ziehen, und wich dem Stoß aus. Natürlich hatte er mit einer letzten verzweifelten Aktion des anderen gerechnet. Er stieß den

Schwertarm Ormilians einfach zur Seite und schlug mit seiner linken Pranke zu. In dem Hieb steckte seine ganze Wut.
 Die messerscharfen Klauen zerfetzten Ormilians rechte Wange, rissen ihm den Unterkiefer und ein Auge weg.

Skwawk blieb stehen, so bannte ihn die Szene. So wie es aus dieser Entfernung aussah, hatte Trelain Ormilian den halben Kopf weggeschlagen. Der Prinz ließ seine Waffe fallen, schlug beide Hände vor den Rest seines Gesichts und heulte laut auf.
 Er machte zwei torkelnde Schritte vorwärts und taumelte auf den Rand der Brücke zu. Dann fiel er ... Nemeb! Er schaffte es, den Major an Arm und Schulter zu fassen und riss ihn mit sich über die Kante.

Der Schrei des Geonogons verhallte nach einer halben Zentsseg in der schwarzen Tiefe, das Echo seines Gebrülls war der letzte Gruß des Mörders an die Nachwelt.
 Trelain hing an seiner linken Hand über dem Abgrund. Seine Fingernägel schienen sich in das Metall hineinkrallen zu wollen, konnten aber nicht verhindern, dass sie Zentimeter um Zentimeter weiter abrutschten. Er schwang sich leicht nach rechts, um mit der anderen Hand nach oben langen zu können, aber diese bekam an der Kante keinen festen Halt zu fassen. Der Versuch führte nur dazu, dass seine Linke ebenfalls langsam aber sicher abglitt.

Skwawk spurtete wieder los, aber er wusste, dass er Trelain nicht rechtzeitig erreichen konnte.

Eine kräftige Hand packte Trelains linken Unterarm und zog ihn so weit hoch, bis er mit seinem Oberkörper auf festem Grund lag.

Er musste mehrmals schnaufen, um wenigstens ein verständliches Wort hervorbringen zu können. "Du?"

Divon lächelte und setzte sich neben ihm auf den Boden. "Ay! Ich! Du hattest wohl gedacht, ich wäre verlorengegangen, was?"

Trelain schüttelte, immer noch keuchend, den Kopf. "Nemeb! Verlorengegangen sicher nicht, das ist mir jetzt klar! Du hast die ganze Zeit zu gut mitgespielt, um einfach verlorenzugehen!" Er musterte den anderen, als ob er ihn zum ersten Mal sähe. "Und du hast deine Sache wirklich gut gemacht! War nicht so leicht, auf mich aufzupassen, was?"

"Nemeb!", lachte Divon. "Das war nicht so einfach!"

Trelain fummelte ein leicht zerknautschtes Stäbchen aus seiner Jackentasche und zündete es an. "Muss man seinem Schutzenkel Dank sagen? Wenn dem so ist, dann würde ich das jetzt gerne tun ..."

"Man dankt!", schmunzelte Divon und nickte, als der Major ihm ebenfalls ein Stäbchen reichte. Eine Zentsseg rauchten sie schweigend, und Trelain sah Skwawk entgenen, der außer Atem bei ihnen angelangte.

"Wer zum Abis ist das?", schnaufte der Attentäter. "Der Kerl ist einfach mitten aus der Luft hier aufgetaucht ..."

"Das würde ich ihm nicht zum Vorwurf machen, nachdem er mich davor bewahrt hat, dem Geonogon bis ins Ziel nachzulaufen, aber die Frage ist nicht schlecht!", stimmte Trelain zu. "Ay, wer bist du, *Divon*?"

Der andere wiegte den Kopf. "Es ist nicht nötig, dass ich dir das erkläre. Das wird ein anderer, wahrscheinlich schon bald. Aber es stimmt, dass ich ein bisschen auf dich aufgepasst habe. Nicht ganz uneigennützig, das muss ich hinzufügen. Aber das ist jetzt egal! In den Begriffen eurer Legende bin ich *Eamon - der Adler*."

97.

Stairway to Heaven - Led Zeppelin

Zuerst passierte gar nichts. Dann erklang weit über ihnen ein zuerst leises, dann langsam anschwellendes Quietschen, das seine Frequenz änderte und zu einem tiefen Brummen wurde.
 Trelain nahm den Finger vom Knopf und registrierte befriedigt, wie hinter der Ascatortür das vertraute Knirschen erklang, das bestätigte, dass sich die Mechanik in Bewegung setzte. Er sah Skwawk an, der anerkennend nickte.
 Nach etlichen Zentssegs, in denen sie schweigend warteten, schoben sich die Türhälften auf. Die Kabine sah so aus wie alle anderen, aber sie hatte statt der Schalttafel für die Stockwerke nur einen einzigen Schalter. Mit zwei Stellungen: ein Pfeil nach oben und ein Pfeil nach unten.

Der Ascator ruckte leicht beim Anfahren, dann war seine Bewegung ruhig und fließend, fast lautlos. Nach oben.
 "Ich habe immer noch nicht ganz verstanden!", unterbrach Skwawk das Schweigen. "Dieser Divon: War das ein Gott? Er ist einfach verschwunden, nachdem er das Stäbchen zu Ende geraucht hatte!"
 Trelain grinste. "Er war zuerst mein Untergebener, dann mein Freund, schließlich mein Schutzengel. Ay, vielleicht ist er auch ein Gott! Aber immerhin einer, der Stäbchen raucht ... Ich weiß es nicht!"
 "Und ich nehme an, dass du auch nicht weißt, was uns dort oben erwartet."
 "So ist es. Bereust du deine Entscheidung, dich mir anzuschließen?"
 "Bereust du deine Entscheidung, einem bezahlten Mörder zu trauen?"

"Nemeb!" Trelain lachte. "Werd bloß nicht sentimental, nur weil ich dich einmal 'Freund' genannt habe!"
 Skwawk stimmte in sein Lachen ein. "Naja, immerhin warst du der Einzige, der das bislang getan hat!"

Wenn sie gedacht hatten, dass der Ascator direkt im Paradies oder wenigstens in einem prachtvollst ausstaffierten Festsaal endete, in dem hundert geschmückte Jungfrauen "Heil Dir im Siegerkranz" sangen und zum Willkommen Ambrosia darreichten, dann sahen sie sich getäuscht:
 Ein kahler Raum, aus dem rohen Fels gehauen, empfing sie. Die 'Empfangshalle' hatte nichts aufzuweisen als eine schmale Treppe, die weiter nach oben führte - und einige Spuren im Staub des Bodens. Keine Spuren von Menschen. Irgendwelche kleinen Tiere, schätzte Trelain.
 Trotzdem, irgend etwas ... Genau! Die Luft. Sie roch anders. Nicht unbedingt besser, aber anders. Leicht modrig, aber dennoch: Es schwangen Geruchsspuren darin, die ganz anders waren als alles, was ihm bis jetzt in die Nase gekommen war.
 Die Aufzugtür schloss sich knirschend hinter ihnen - und war praktisch unsichtbar, denn ihre Außenseite war von der Felswand nicht mehr zu unterscheiden.
 Trelain und Skwawk sahen sich an, dann gingen sie zu der Treppe.

*

Der Mann versorgte sein Pferd und suchte dann noch einmal mit seinem Blick den Horizont ab, aber er registrierte nichts, das irgendwie verdächtig schien. Die Sonne neigte sich im Westen dem gezackten Rand des Gebirges entgegen und änderte ihre Farbe ins Rötliche. Einige dünne Wolkenbänder schoben sich vor die rote Scheibe, langsam und gemächlich nach Norden driftend. Der Wind war so schwach, dass man ihn kaum spürte. Einige Hundert schwarze Pünktchen stiegen weit entfernt aus einer Baumgruppe in den Himmel auf.

Ein friedlicher Abend. Auch der Tempel strahlte nichts als Ruhe aus. Obwohl ...

Irgend etwas beunruhigte den einsamen Reisenden. Er sah zum wiederholten Male zu den Mauern des Tempels hinüber, in dessen Schutz er die Nacht verbringen wollte. War das nicht ein Geräusch gewesen? Aber er hatte doch vorhin nachgesehen. Ein Tier? Gefährliche Raubtiere gab es in dieser Gegend eigentlich nicht ... Eine Schlange vielleicht.

Sicher war sicher. Er zog seinen Degen und beschloss, sich die obere Halle des Tempels noch einmal anzusehen.

Zwei Männer standen plötzlich dort. Sie starrten auf die Sonne und den Horizont, als ob sie so etwas noch nie gesehen hatten. Sie trugen Klingen an ihrer Seite. Wie zum Teufel kamen die beiden Kerle dorthin? Aus dem Inneren? Hatten sie sich dort versteckt gehalten? Und es schien die beiden überhaupt nicht zu beeindrucken, ja nicht einmal zu interessieren, dass er mit gezogener Waffe näher kam.

Trelain hatte den Bewohner dieser Welt natürlich gesehen, aber der Anblick des Himmels, der Wolken, der Sonne, und tausend anderer Dinge faszinierten ihn dermaßen, dass er glaubte zu träumen. Erst als der junge Mann sich vernehmlich räusperte, riss er sich von dem Bild los und wandte ihm seine Aufmerksamkeit zu.

"Ähm ... Guten Tag!"
Der andere ließ seine Klinge sinken. "Guten Tag! Ich muss zugeben, dass ich mit Besuch zu dieser Stunde nicht gerechnet hatte." Er war in Schwarz und Grün gekleidet, hatte ziemlich langes blondes Haar und sprach einen seltsamen Dialekt.
Trelain versuchte sich in einem verbindlichen Lächeln. "Verzeiht! Besuch?"
"Ihr kommt doch aus dem Inneren des Tempels, oder?"
"Ay! Sozusagen!"
"Ay? Aha!" Der andere grinste. "Seid Ihr Seemann?"
Trelain verstand gar nichts mehr. "Was ist ein Seemann?" Na egal, die Höflichkeit erforderte wohl, dass man sich zunächst vorstellte. "Das ist Skwawk, und ich bin Trelain!"
Der Mann neigte leicht den Kopf.
"Angenehm! Mein Name ist Daniel!"

ENDE